NO
ME DIGAS QUE
fue un sueño

Linda Herz

NO ME DIGAS QUE
fue un sueño

Una historia de amor en la Revolución maderista

narrativa

No me digas que fue un sueño
Una historia de amor en la Revolución maderista
Linda Herz

Primera edición: Producciones Sin Sentido Común, 2019

D. R. © 2019, Producciones Sin Sentido Común, S. A. de C. V.
     Pleamares 54, colonia Las Águilas,
     01710, Ciudad de México

Teléfono: 55 54 70 30
e-mail: ventas@panoramaed.com.mx
www.panoramaed.com.mx

Texto © Linda Herz
Fotografía portada © Linda Herz
© I'm friday y Caesart, usada para la licencia de Shutterstock.com

ISBN: 978-607-8469-69-7

Impreso en México

A Marco Antonio,
mi doctor, mi compañero, mi novio,
mi amante, mi esposo.

...Entre mi alma y las sombras del olvido
existe el valladar de su memoria:
que nunca olvida el pájaro su nido
ni los esclavos del amor su historia....

"Hojas secas"
MANUEL GUTIÉRREZ NÁJERA

Índice

Primera parte

Ciudad de México, abril de 1963

La sirena de la ambulancia sonaba con insistencia. El jardinero, angustiado, abrió el portón con el cansancio de los muchos años que llevaba escondidos bajo el gabán. En el pórtico, dos hombres esperaban a los enfermeros. Las colillas dispersas en el suelo y las tazas con restos de café delataban una larga noche de vigilia.

En el piso superior, donde se guardaba la intimidad del hogar, tres mujeres preparaban a la anciana que yacía dentro de la habitación. Sus miradas se cruzaban en silencio. No habría más recriminaciones entre los miembros de la familia. La decisión tomada durante la madrugada se convertía en una realidad con el amanecer, aunque el hecho significaba ir en contra de la última voluntad de la enferma. La menor del grupo no pudo aguantar el llanto. ¿Por qué llevarla lejos? Ahogando el sollozo que le oprimía la garganta, salió. Sus compañeras terminarían la penosa tarea.

Los camilleros entraron en la habitación apenas iluminada por las veladoras que rodeaban la imagen de san Judas Tadeo. El aroma fétido de la estancia contenía los olores de esa destrucción que crece lentamente. Ayudados por una sábana, colocaron a la enferma sobre la camilla. En el colchón quedó marcada la silueta delgada, pequeña, frágil, que aún guardaba un poco de calor; sobre la almohada yacían unas cuantas hebras de cabello marchito. Con vendas, la enfermera amarró el cuerpo flácido, casi sin vida, al armazón.

Bajaron la camilla por las escaleras. El suave vaivén fue suficiente para que el cuerpo moribundo reaccionara. La anciana abrió los ojos. La verdad había penetrado sus sentidos en chispazos de lucidez: no estaría ahí para abrir la puerta. Sin ella, ¿quién esperaría el toque del timbre? Varias imágenes cruzaron su borrosa mirada: los sillones desgastados, la mesa de madera oscura, el terciopelo verde, las porcelanas, el reloj de pedestal que marcaba alguna hora incierta y las viejas fotografías color sepia que el tiempo avejentó.

Una mano tomó la suya. No reconoció el rostro. Los labios se posaron sobre su frente. "¡Pablo!", gritó su alma. Nadie contestó. Hacía mucho que nadie le respondía. Las voces se fueron perdiendo en la memoria, sólo quedaron algunos tonos conocidos. ¿De quién? ¿Una mujer, su madre? No recordaba el arrullo de unos brazos.

La puerta principal se abrió y un rayo de luz le iluminó la cara. Pudo distinguir el techo del pórtico y las flores que caían sobre la cornisa. Hubiera dado lo poco que le quedaba por olerlas. ¿Cuándo las plantó? Vagamente lo recordaba, pero estaba segura de que ésa era su casa.

En el pasado, la recorrió tantas veces buscando en cada uno de sus rincones a Pablo. En ocasiones, lo encontró en la cocina leyendo el periódico mientras tomaba el café; en el cuarto de la entrada elaborando una pócima milagrosa; rodeado por los niños del barrio o desnudo sobre la cama brindándole amor. Una tarde, desapareció. La gente le dijo que a Pablo le había fallado el corazón. ¡Mentirosos!, no lo conocían. Pablo tenía un corazón tan grande que por ningún motivo podía fallar. Pero no volvió. Y desde entonces ella esperó su regreso. Día tras día, entretejiendo las horas vacías, y noche tras noche, entre los sueños abandonados que rodeaban el lecho solitario. Siempre en espera, siempre pendiente, hasta ese instante, en el que ella saldría para no volver.

Los camilleros la colocaron en la ambulancia. La enfermera se sentó al lado de la anciana y la arropó con la cobija del olvido, apenas una evocación. El paramédico tomó el brazo de la enferma, buscó una vena y trató de insertar, inútilmente, la aguja del suero.

La ambulancia salió de la casa. El jardinero se quitó el sombrero de palma a manera de respeto mientras las lágrimas bañaban su rostro moreno. En segundos, todos los años que había guardado se le vinieron encima. Él también era viejo: un hombre cubierto de canas. Sólo le quedaba poner en orden sus pertenencias y regresar a sus orígenes, antes de sufrir la misma suerte que la señora.

En la ambulancia, la anciana trató de hablar. Quería que la devolvieran a su casa, a la silla junto a la entrada, pero sus labios estaban tiesos, sin vida. Sonaron las campanas de una iglesia cercana. ¿Qué hora sería? ¿Qué tan lejos estaban?, se preguntó. Ya nada tenía importancia. Un cansancio profundo le recorrió el cuerpo. Lentamente cerró los ojos en una tranquila despedida. Todo quedó en silencio; todo, menos las campanas que todavía vibraban en el aire.

Ciudad de México, febrero de 1910

Las campanas anunciaban la primera llamada a misa de siete. El indio Matías miraba nervioso las ventanas superiores. Estaba seguro de que los árboles que rodeaban el huerto protegerían su complicidad. Con las manos callosas sostuvo la escalera de madera que estaba recargada contra el muro. Deseaba ver hacia arriba y deleitarse con los tobillos femeninos, cubiertos de seda, que trepaban. La tentación era grande, pero el pecado sería peor. ¡Y qué decir de la penitencia! Si el padre Severiano se enterara de sus pensamientos, le jalaría las orejas y lo obligaría a asistir a la doctrina que tanto odiaba. Bueno, una miradita era un pecadillo que no merecía castigo. Dios no se enojaría con el pobre indio que trabajaba de sol a sol y, fuera de ellos dos, nadie se daría cuenta.

—Así que tú eres quién la ayuda.

El susto de encontrarse con Chona lo sacó de sus ensoñaciones y con un gesto de inocencia soltó la escalera que se fue ladeando hacia la derecha. El rostro sudoroso le cambió a un amarillo al descubrir el terror en la cara de la sirvienta.

—¡Bruto! ¡Qué se cae la niña María! –la rechoncha mujer corrió a ayudar al indio Matías a poner la escalera en su lugar–. Está bien, está bien, voy a ayudarlos. Pero si doña Adela se entera, nos corre, y a ti, niña, te casa con don Agustín.

María sonrió agradecida, se alzó la falda y ayudada por la hiedra trepó la barda. Caminó sobre el filo sin soltar la canasta. La prisa por salir de la casa sin ser descubierta le hacía perder el equilibrio. Un grupo de urracas cruzó el cielo causando gran revuelo entre los pájaros que descansaban en el ahuehuete. Los tres se volvieron hacia la casa. Nadie se asomó por la ventana. En la esquina, María vio los hoyos del salitre que le servirían para descender.

Una vez en la calle, corrió hacia la avenida donde pasaba el tranvía. Por el camino iba limpiándose la falda manchada de polvo grisáceo y quitándose las hojas que se le habían enredado en el cabello. Lamentaba que a las mujeres no se les permitiera usar pantalones. Todo sería tan fácil, pensó. Sabía que en Estados Unidos muchas mujeres habían desafiado las críticas; usaban pantalones y efectuaban trabajos masculinos. ¡Vivían en pleno 1910! Y en México todavía era mal visto que una joven saliera sola. Estaba cansada de inventar métodos de escape para ir a trabajar con su padre. Si un milagro pudiera convencer a su madre... No, nunca lo permitiría. Le contestaría que en una familia adinerada y con clase las mujeres se dedicaban a las labores de punto, a la música y la lectura. Pero ni siquiera eran ricos, ni tenían mucha clase; aunque ella poseía una piel clara y sus hermanas, ojos azules. Para muchas personas, esos detalles significaban finura. ¡Al diablo con todo eso! Cruzó la avenida. No quería que nadie la reconociera y le hiciera perder un tiempo precioso. Pronto sonaría el segundo llamado a misa y sus hermanas terminarían el desayuno. Imaginaba el escándalo que armaría su madre cuando descubriera que, a pesar de cerrar las puertas y esconder las llaves, no las acompañaría.

De la canasta, María sacó un rebozo negro y lo echó sobre su cabeza. Luego, como las mujeres del pueblo, encorvó la espalda para perderse entre la gente que subía en el tranvía rumbo al centro de la ciudad.

* * *

Usando una servilleta bordada con las iniciales de la familia, Adela se limpió los restos de chocolate. Medio tamal descansaba sobre su plato. No podía consumir la pieza completa o perdería la figura que era la envidia de sus amigas. Miró el traje que portaba y sonrió satisfecha. La costurera había hecho un trabajo excelente, aunque ella diría que lo confeccionó Julia Lalle, la famosa modista de San Juan de Letrán. Total, nadie lo notaría y en cambio, las presumidas del grupo alabarían su buen gusto. Se levantó y echó el último vistazo por la ventana. El sol ya alumbraba los corrales y el gallo cantaba en demanda de alimento. En cuanto bajara al vestíbulo, le llamaría la atención al indio Matías. Llevaba demasiado tiempo en el huerto recogiendo la verdura, mientras que en la casa había muchas tareas por hacer. Unos golpes discretos en la puerta de su cuarto llamaron su atención.

—Adelante –contestó con tono autoritario.

Chona entró tímida y restregándose las manos en el delantal.

—El coche de alquiler está en la calle y las niñas la esperan en el patio –la trabajadora calló. ¿Cómo se lo explicaría?–. Sólo hay un problema, doñita.

Adela no estaba de humor para escuchar dificultades. Pero la especialidad de Chona era buscar conflictos. Hizo un gesto de desprecio y tomó de la cómoda el sombrero de paño gris adornado con plumas de avestruz y que hacía juego con su traje sastre.

—Pues si existe un problema, resuélvelo, Chona. Ésa es tu función –Adela se colocó el sombrero ligeramente inclinado y tomó su bolso–. ¡Ah! ¿Se trata de dinero? Olvídalo. No tengo un centavo. Si el lechero viene con la cuenta, dale unas monedas y que vuelva la semana que entra.

Adela salió de su habitación rumbo a la escalera, seguida por Chona.

—Pero ya le debemos harto, doñita, igual que al carnicero. Don Olegario se va a enojar cuando se entere que no les pagamos.

—Ni modo. Él tiene la culpa –Adela se puso los guantes y se persignó ante la figura del Cristo crucificado, junto a la escalinata–. Si trabajara en otra cosa yo no tendría que ahorrar hasta el último céntimo para vivir como gente decente. ¡Imagínate! Debo encontrarles a mis hijas unos pretendientes ricos, con futuro, pero para lograrlo se necesita mucho dinero. Un buen apellido no se casa con una muchacha del montón. ¿Cómo fui a tener seis mujeres?

—No diga eso, doñita. Los hijos son una bendición.

—Eso dicen, pero también causan problemas. Por cierto, ¿saldrán las pequeñas temprano de la escuela?

—Sí. La madre Bernardita me avisó que a las once.

—No olvides recogerlas. Seguramente nosotras regresaremos al mediodía. Si en la escuela alguien pregunta por mí, les dices que estoy con las Damas de la Santa Caridad.

Al ver a su madre al pie de la escalinata, Blanca, molesta, arrojó el libro de poemas de Gutiérrez Nájera sobre la banca. Lucila, indiferente, continuó acariciando al gato. Adela las observó con detenimiento. Las dos vestían las prendas que la costurera les acababa de entregar y que imitaban a la perfección los modelos del Palacio de Hierro.

—¿Dónde está María? –preguntó Adela conteniendo el enojo.

—Cuando regresamos de desayunar ya no estaba en el cuarto –contestó Blanca en tono acusador.

—¡Chona! –gritó Adela–. ¿Qué sabes tú del asunto?

—¡Ay, doñita! Ése era el problema que le quería informar. No sé cómo lo hizo, pero la niña María se volvió a escapar. Les pregunté a los otros sirvientes y nadie la vio. Yo creo que tiene una copia de la llave porque se esfumó como un fantasma –Chona puso cara de mortificación y se santiguó.

—Esa niña sólo me causa enojos y mortificaciones. ¿Qué van a decir mis amigas? La Nena Rincón Gallardo me acabará con sus comentarios sarcásticos y la Kikis Escandón me comerá viva –Adela se llevó las manos a la frente para calmar el dolor que le atravesaba las sienes–. María no aprende y, lo peor, Olegario la solapa. Estoy harta de las habladurías que provoca. Creen que trabaja para obtener dinero. ¡Qué vergüenza!

Blanca tomó a su madre por los hombros a manera de consolación. Lucila se unió al grupo, apenada por la angustia de Adela.

—No te apures, mamá. No la necesitamos. Ayer te lo dije –afirmó Blanca–. Es una egoísta. No le importa dejarnos en ridículo por mezclarse con el populacho. Ven, limpia tus lágrimas y vámonos, o llegaremos tarde a misa de ocho. La iglesia está lejos.

—Tienes razón. Ustedes sí me quieren y agradecen los sacrificios que hago por esta familia. Cuando estén bien casadas, María se arrepentirá de su proceder y por desgracia, será demasiado tarde. Ningún hombre querrá una esposa desobediente. Mi cruz será cargar con una solterona rebelde el resto de mis años –Adela, abrazada por sus hijas, se encaminó al portón donde el coche de alquiler las esperaba. Antes de salir se volvió hacia la sirvienta que, aliviada, contemplaba la escena.

—¡Chona! –gritó Adela con tono desafinado–. Pon a ese indio flojo a trabajar. Que haga todas sus tareas y luego que lave los pisos.

Tras cerrar el portón, Chona se dirigió con paso cansado hacia la cocina. ¿Cuándo había cambiado doña Adela? La sencilla muchacha se había convertido en otra tirana como las que abundaban en las zonas adineradas de la ciudad. Un gesto triste apareció en su cara. Recordaba a una mujer joven y hermosa vestida de novia, con ojos color miel y el cabello dorado graciosamente peinado en rizos. Siempre risueña y alegre. Porque la conocía desde que se había casado con su niño Olegario. Fueron buenos tiempos. La pareja de enamorados vivió feliz a pesar de las limitaciones. Habitaron un cuarto de la vieja casona de Xochimilco. Posteriormente, cuando las niñas crecieron y murió doña Florita, madre de Olegario, vinieron a morar en la casa del Centro. Ahí comenzó la transformación. Adela tomó el lugar de la difunta, comenzó a dar órdenes, olvidó responsabilidades y dispuso de los bienes; actos que le dieron ínfulas de gran dama. Sin embargo, la situación empeoró cuando los extranjeros impusieron sus modas. Entonces Adela sacó a relucir su linaje francés. Recalcaba con orgullo que sus parientes habían llegado a México en tiempos del general Santa Anna.

El desorden reinaba en la cocina. La loza del desayuno permanecía sobre la mesa. La encargada de la limpieza estaba tendiendo las camas de los patrones. Chona se sentó en la vieja silla. Su gran figura, enfundada en un vestido negro y el delantal blanco, le daba un aire imponente que hacía que los otros empleados le temieran. En el rincón, la vieron de reojo dos sirvientas indígenas, una que molía los chiles y otra que amasaba la harina. No se atrevieron a hacer ningún ruido cuando Chona, molesta, se quitó la cofia de la cabeza y la aventó al suelo. Soltó las trenzas encanecidas que debía sujetar sobre la nuca. Odiaba el disfraz que Adela le impuso con aquel ridículo gorro lleno de encajes y detestaba cuando la nombraba ama de llaves. Ella era simplemente la sirvienta más antigua en la casa y la que ordenaba a los otros criados. Encontró un pedazo de cartón junto a al plato que contenía las sobras del pan dulce. Lo cogió y comenzó a abanicarse. El sudor mojaba su rostro moreno de facciones toscas.

—¿Pue pasar, ña? –en la puerta que daba al patio trasero apareció la figura delgada del indio Matías. Llevaba el calzón y la camisa de manta sucios de tierra y sangre, los pies descalzos y el cabello largo recogido en una coleta. En una mano traía agarradas de las patas al par de gallinas que acababa de sacrificar y en la otra, un costal con plumas.

—Déjalas en la pileta pa' que Leocadia las limpie –el mozo cruzó la cocina dejando un rastro de sangre en el piso–. En verdad que eres tonto, Matías –agregó Chona–. Manchar el suelo es trabajar doble.

El indio la observó preocupado. Por más que se esforzaba en hacer las labores a la manera de los blancos siempre terminaba regañado. Sólo la niña María lo perdonaba. Por eso él la quería. Ella era diferente a todos los catrines que vivían en esa casa. Chona vio la angustia en la cara del pobre hombre y suavizó la voz.

—Cuéntame, Matías, ¿desde hace cuándo ayudas a la niña María a escapar?

Él nada más alzó los hombros como si no supiera nada. Chona comprendió que nunca encontraría respuesta.

—No voy a insistir, pero escúchame bien, Matías. Olvídate de la niña. Ella no es pa' ti. Los blancos no se mezclan con nosotros, nos separan muchas diferencias –Matías bajó la cara apenado–. No te apures, nadie te va a delatar –Chona se volvió hacia donde estaban las otras sirvientas–. Porque somos hermanos. Si alguien dice algo a los patrones, nos lleva el chamuco a todos. Y nadie desea volver a trabajar en una hacienda, ¿verdad? Ahora vete, haz tu trabajo, luego te cambias de ropa y te pones huaraches. Si doña Adela te descubre tan cochino te va a regañar.

El mozo salió corriendo y Chona no pudo evitar una sonrisa llena de lástima. ¿Qué había sucedido después de las revueltas? Ninguna guerra trajo beneficios a los indios ni a los mestizos. Con Juárez todo parecía diferente. Los campesinos lo consideraron un ejemplo porque de indio llegó a la presidencia, aunque después de tanto sacrificio nada cambió para los pobres. Bueno, por lo menos don Benito jamás se apenó de su origen. En cambio, don Porfirio olvidó de dónde venía. Cuando vivía Delfinita, el oaxaqueño atendió a los necesitados. Pero ahora el presidente se había convertido en un catrín que ocultaba el verdadero color de su piel bajo un manto de polvo blanco.

* * *

María dobló el rebozo y de la canasta extrajo su bolso de ante, un sombrero de paño café y el saco que complementaba el traje sastre que llevaba puesto. Discreta, observó su rostro en un espejo. Unos rizos habían escapado del peinado. Trató de regresarlos a su lugar; fue imposible. El cabello rizado difícilmente se prestaba al peinado recogido que estaba de moda. Se polveó las mejillas, pasó un colorete rosado sobre los labios y, por último, con unos ganchillos fijó el sombrero a la cabeza. Cuando bajó del tranvía distaba mucho de la joven que había subido minutos antes.

La Plaza Mayor estaba llena de gente y de ruidos. La soleada mañana invitaba a que los individuos comenzaran sus actividades temprano. Varios tranvías esperaban en fila a que los pasajeros los abordaran. Muchas personas atravesaban la calle entre las vías, sin importarles el peligro que esto representaba, con tal de tomar un coche de alquiler. Los automóviles tocaban las bocinas para no chocar con las calesas ni las carretas repletas de artículos que procedían de las rancherías cercanas. María sonrió al ver que unos perros perseguían a unos hombres que montaban a caballo. Caminó hacia el parque donde un cilindrero interpretaba una melodía de moda y le dio tres monedas; junto a él, un muchacho cuidaba una vitrina repleta de frutos secos, azucarados y dulces de leche. En el atrio de la Catedral, las monjas vendían rosarios, estampas de santos y veladoras. Del otro lado, una trompeta anunciaba a un grupo de militares que salía por la puerta de Palacio Nacional.

María atravesó la plaza rumbo a Catedral. Los vendedores mostraban sus mercancías:

—Ande, niña, miltomate, espinaca, verdolaga verde, recién cortá. To' está fresco –dijo una india que cargaba en el rebozo a un recién nacido.

—¡Pajarillooos! Traigo gorriones, cenzontles, colibríes, loritos de la costa –gritó una india que llevaba varias jaulas con aves.

—¡Pescado blanco! ¡Jabón del pueblo! –exclamaron otros vendedores.

Un joven se acercó ofreciendo rebozos, enaguas bordadas con flores, camisas de manta y listones de colores. El panadero pasó con una enorme canasta en la cabeza. Varios niños corrían tras él en espera de que alguna pieza se le cayera. Como todas las mañanas, María vio junto al quiosco a las ancianas que vendían tamales. Una niña invitaba a pasar al puesto ambulante: "¡Tamaleess! ¡Atolii! ¡Champurrado calienteee!"

—Buenos días, niña María –Juan, el antiguo aguador del rumbo llevaba colgados unos cántaros con agua y varias tazas de barro.

—Buenos días, Juan. Supe que estuviste enfermo –le contestó amable.

—Un poquito. Ya sabe, niña, el dolor de rabadilla –el mestizo sonrió mostrando su encía desdentada–. Pero me compuse. Mi unté la hierba y ya toy bien.

—La hierba no te cura, sólo te quita la molestia. Tienes que ir con el doctor Pérez.

—¡Ay, niña! No hay dinero. Desde que pusieron los tubos, se acabó el trabajo. Ya naide quere agua. Na' más la vendo a los sedentos que pasan por el camino.

—Cuando termines tu tarea, ven al negocio. Necesito que me ayudes a guardar unas mercancías. Te pagaré el día completo.

—Gracias, niña bonita, ahí estaré.

Al lado de Catedral, las floristas se peleaban por atender a los clientes. Desde la escalinata que llevaba a la pérgola había botes llenos de orquídeas, geranios, azáleas, belenes y coronas florales conmemorativas, listas para ponerles la leyenda o con motivos religiosos para los difuntos.

Después de comprar los alcatraces para el altar de la Virgen de Guadalupe que protegía el negocio, María se dirigió hacia la zona vieja del Centro. Su falda se movía con gracia siguiendo el ritmo de su caminar y dejando al descubierto los botines negros de piel. Unos lagartijos quisieron llamar su atención, pero ella iba absorta en sus pensamientos.

Como cada mes, ese día su padre recibiría mercancía nueva. El señor López recogería en la estación del ferrocarril los bultos que procedían de Europa. Ansiaba ver las novedades que enviaban los proveedores. Con seguridad llegarían *La mode ilustrée* y el *Journal des Demoiselles*, los encajes belgas, las medias de seda, algunas telas y lo que con ansia esperaba: los libros más vendidos en las librerías de Madrid. Sus ojos gozarían observando cada objeto. Pensaba limpiar la vitrina principal y acomodarlos de manera que lucieran como en los almacenes elegantes. En un barrio como ése, donde estaba situada la tienda, poca gente gustaba de la lectura, pero los artículos importados y a buen precio volaban en pocas horas. De momento compadeció a sus hermanas. Se perderían el placer de abrir los paquetes. ¿Cómo podían preferir la charla inútil al trabajo? Blanca había estudiado un año en la escuela normal, sus conocimientos podían ser de utilidad para el negocio, pero la tonta estaba sumida en fantasías donde revoloteaban los solteros que acostumbraban participar en las reuniones de los Escandón. Ésos que ella detestaba, ya que solamente las cortejaban por un rato y no tomaban en serio ningún compromiso. Los únicos que valían la pena eran Antonio Pascal y Lorenzo Ricaud. Aunque practicaban los mismos vicios, tenían buenos sentimientos. Con Antonio las unía una vieja amistad y María sabía que sus hermanas soñaban en casarse con él. Blanca estaba dispuesta a atraparlo. A toda reunión a la que él asistía, buscaba pretextos para conversar. Sin embargo, Antonio la prefería a ella. De hecho, él le daba las ideas para escapar de la casa. Fue él quien hizo los hoyos en la barda salitrosa aprovechando una noche sin luna y también era quien le prestaba libros prohibidos para mujeres.

Cruzó la calle. Varios edificios estaban en obra. Les habían quitado el destruido aspecto colonial para darles una estructura refinada de canterías en la fachada, balaustradas y techos recubiertos con metal. El viejo barrio sucumbía a los gustos afrancesados que se construían en las nuevas zonas. Casas, que en algún tiempo abrigaron a nobles, se habían convertido en vecindades donde habitaban familias con pocos recursos.

Dio vuelta a la derecha y al fondo de la calle estaba la esquina frente al viejo convento de La Merced. Ahí se localizaba el almacén de la familia Fernández. Un letrero en la parte superior del local anunciaba "La Española". Abajo decía con letras más pequeñas: "Francisco Fernández y sucesores.

Establecida en 1841. Artículos para el hogar, nacionales y europeos." Qué irónico, reflexionó María. El abuelo Paco pensó en una gran sucesión de varones que continuaran abriendo sucursales de La Española por todo el país. Nunca imaginó que el único hombre sería Olegario y que su primogénito procrearía seis niñas.

Olegario entregaba el cambio a un cliente cuando descubrió a María. La presencia de su hija ahí era aviso de problemas en el hogar. Sabía que Adela le recriminaría la falta de severidad ante la muchacha desobediente, pues nunca entendería el espíritu libre de María. Todas las jovencitas de dieciocho años se sentirían dichosas de asistir, bien vestidas, a los centros sociales y presumir de las frivolidades que la riqueza producía, pero a su niña le gustaban los retos. Deseaba exprimirle los conocimientos a don Fidel, el contador, y llevar las operaciones en los libros. El viejo empleado logró un buen resultado, pues su pupila se convirtió en una experta y él era feliz con su hija en el negocio.

—Buenos días –María saludó a dos indígenas que esperaban a que Olegario los atendiera.

—Buenos días tenga su merced.

—Ya llegué, papá –le dio un beso en la mejilla a Olegario y agregó–. Voy a ponerme el delantal. ¿Por dónde empiezo?

—¿Se puede saber qué haces aquí? –mostró una falsa molestia–. ¿Acaso quieres que tu madre me condene al infierno? Le prometí que si desobedecías te mandaría de vuelta a casa.

—No lo vas a hacer, ¿verdad? –María le rodeó el cuello y lo llenó de besos–. Hoy necesitas mi ayuda. Voy a apuntar en el libro de entradas esos objetos que tienes allá.

Sin decir más, María corrió por el estrecho pasillo saludando a cada uno de los empleados hasta llegar a la oficina. Olegario la contempló embelesado. ¡Cómo quería a aquella niña! Bueno, todas sus hijas eran importantes. Dios lo llenó de bendiciones cuando ellas nacieron. ¿Quién iba a decir que estaría rodeado por mujeres? Él, que había sido un solterón introvertido y que siempre consideró el matrimonio como asunto ajeno. Blanca y Lucila se parecían a Adela: altas, rubias, de ojos claros; la primera, de veinte años, vanidosa y calculadora; la segunda, de quince, dulce, amable. En muchos gestos le recordaban a la Adela que conoció hacía más de cuatro lustros y a cuyos encantos se rindió. En cambio, María, con sus dieciocho años, era del tipo de los Fernández: piel bronceada, cabello castaño claro, ojos color olivo. En sus rasgos se mezclaron la herencia mora, la francesa y la mexicana, combinación que la hacía hermosa, además de poseer un carácter independiente, alegre y a veces explosivo. Era una contradicción que esa figura menuda y delicada estuviera llena de energía y fortaleza. Las otras pequeñas, Lorena, Rosa y Ana, tenían semejanza con las hermanas mayores.

—Patroncito, aquí traigo lo que me pidió –uno de los indígenas puso una serie de guajes de varios tamaños, pintados con motivos florales, en el mostrador.

—¿Cuántos traes?

—Son veinticinco.

—¿A cuánto me los vas a dejar?

—¡Ay, patroncito! Ya le dije –en la cara del indígena apareció una sonrisa tímida–. Si apenas saco ganancia pa' comer.

—Bájales el precio y te compro todos.

—¡Uy, patrón! Ta difícil. Mire, tan re bonitos –Olegario no contestó, se limitó a observar al indio–. Ta bien, patroncito, déme el dinero y al rato le traijo el resto –contestó con resignación. Olegario le dio vuelta a la manija que abría la caja registradora.

—Anda, hombre, que tu trabajo no es ninguna miseria. Toma parte del dinero y cuando regreses, te doy el resto. Ah, pero te vas directo a tu casa –le dijo estricto–. No quiero que te gastes el dinero en la pulquería y olvides tu compromiso.

—Cómo cree, patroncito, si toy jurado a la Virgencita de Guadalupe –observó las monedas con satisfacción y las metió en el fondo del morral. Luego salió hacia la calle.

—Y tú, ¿qué traes? –preguntó Olegario al otro indígena que con rapidez se levantó del asiento.

—Son pachones de palma de Oaxaca. Mírelos, patrón, tan bien tejiditos, juertes, sin defectos...

Conforme pasaban las horas, la gente del barrio y de algunos pueblos cercanos llenaron el local. Había tantos artículos que el espacio para los clientes se notaba disminuido. Al principio, cuando Francisco Fernández abrió La Española, lo hizo con la intención de vender a los peninsulares arraigados en México mercancías que llegaban en barcos a Veracruz y Acapulco. En esa época, los mostradores estaban en la planta baja y en la parte superior vivía Flora con los niños. Posteriormente, la zona se pobló con cientos de viviendas y La Española se convirtió en la tienda más importante del barrio. Ahí, las amas de casa y los obrajes de la zona podían encontrar de todo: velas, parafina, quinqués, manta, telas de algodón, collares de confitillo, aretes de filigrana, peinetas, crema para las manos, lociones, loza de barro o cerámica, frijol, garbanzo, habas, maíz, metates, canastas, sombreros de palma, machetes, carbón, planchas, molcajetes, escobas, reatas, latas de conservas, hilos, aceite de olivo, vino, petates, cinchos para caballos, sillas de montar, varas, leña, sarapes y, en un aparador especial, objetos finos. Hacia el mediodía llegó el señor López con el embarque. María lanzó un grito de júbilo cuando la carreta jalada por mulas paró frente a la puerta y de inmediato salió al encuentro del empleado. Varios cargadores bajaron las cajas. Olegario y Fidel permitieron que María fuera la encargada de abrir los bultos y clasificarlos. El instinto femenino era el mejor elemento para la decoración de las vidrieras.

Aprovechando la poca afluencia de clientes, por ser la hora de la comida, los hombres se retiraron a leer el periódico junto al mostrador. Olegario dividió el diario en dos y le pasó la parte de sociales a su compañero.

—¿Alguna novedad? –preguntó Fidel a su patrón.

—Todo igual. La fiebre de construcciones continúa. La columna que pusieron en el Paseo de la Reforma sigue creciendo. ¡No se necesitaba gastar tanto dinero en un monumento a la Independencia! Hidalgo descansaría en paz si lo dejan de tomar como ejemplo en los discursos políticos. Bueno, aquí hay una noticia importante. Por lo que dice el reportero, muy pronto concluirán las cisternas de agua potable en las Lomas de Dolores y comenzarán a cerrar las zanjas que hay en las calles. La verdad es que el agua entubada que traen desde Chapultepec sabe espantosa. Tantos agujeros que hicieron por toda la ciudad y para nada. Y usted, ¿qué encontró? ¿Muchos matrimonios y bautizos?

—También hay recepciones. Pronto llegará el nuevo embajador americano, Henry Lane Wilson, y la colonia estadounidense ofrecerá una comida en su honor. Por lo visto nuestro vecino del norte, al cambiar de representante, desea estrechar las relaciones con México y ganarle el mandado a Francia. Según escuché, este Wilson hace gala de la adulación y sabe que ése es el punto flaco de don Porfirio.

—No les crea mucho. Nuestro presidente tiene experiencia. Si los americanos piensan que se enfrentan a un corderito, se equivocan. Dentro del anciano existe un veterano imposible de manipular. Acuérdese de lo que dijo: "Pobre México, tan cerca de Estados Unidos y tan lejos de Dios". La gente encuentra pretextos para organizar fiestas. Los empresarios prepararán todo tipo de honores y, por supuesto, mi esposa hará lo imposible para que la inviten.

—¿Ya se fijó quién está merodeando en la acera de enfrente? –con discreción Fidel señaló hacia la calle. Olegario se quitó los lentes y observó al hombre que, nervioso, miraba hacia el interior del negocio.

—Como siempre que María está aquí –aseveró con disgusto–. Parece que tiene espías. Si pudiera, le arrojaría un balde de agua.

—Le apuesto que hará lo mismo –comentó Fidel–. Después de tomar valor, entrará, nos saludará y preguntará por cosas que no va a comprar. Si la señorita María aparece, se acercará a platicar con ella.

—No me gusta ese tipo, me da desconfianza. Se murmura que es maderista.

—Es un buen muchacho –opinó el contador–. Lo protege un licenciado, aunque las malas lenguas dicen que es el bastardo que tuvo con una sirvienta. De cualquier modo, estudia en la Escuela de Jurisprudencia y, ya sabe, a muchos jóvenes de esa edad les gana la rebeldía.

—¡Bah! Patrañas. Borregos inconformes, mal agradecidos. Entiendo que don Porfirio tiene años encima, pero todavía le queda mucha fibra. Esas ideas tontas de Madero sólo confunden a la gente. El lagartijo no tiene idea de lo que antes fue la ciudad. No había orden ni respeto. Los robos estaban a la orden del día.

Afuera, Leandro Ortiz jaló con fuerza las mangas de su saco. Deseaba cubrir los puños raídos de la camisa de algodón. Su ropa en buen estado, la guardaba para ocasiones especiales. El dinero que ganaba como ayudante del licenciado Pedraza apenas le alcanzaba para pagar los estudios y las bebidas que compartía con sus amigos de la facultad. Utilizaba el cuarto de huéspedes de su benefactor y compartía los alimentos con los empleados de la casa. Nunca había pensado en ahorrar dinero para establecerse por su cuenta. Pedraza lo trataba bien, aunque su esposa lo detestaba; además, gozaba de los favores de la Prieta Ramírez que calmaban sus ardores juveniles. Nunca deseó tener dinero... hasta que vio por primera vez a la hija del gachupín.

Desde la ventana de la oficina la contemplaba cada vez que bajaba del tranvía y caminaba orgullosa hacia la Plaza Mayor. Conocía sus movimientos, sus gestos, las sonrisas que dedicaba a los vendedores, hasta esos pasos coquetos que atraían a los hombres y que a él le fascinaban. María se había convertido en su musa. Después de conocerla comprendió a los poetas atormentados, quienes pasaban tardes enteras en los cafés de la calle de Plateros. No importaba cuánto tiempo le llevara conseguirlo. Trabajaría mucho, hasta horas extras, porque en algún momento María se convertiría en su mujer.

Decidido, atravesó la calle y entró a la tienda. El dueño y el empleado leían el periódico.

—Buenas tardes –dijo con amabilidad.

—Buenas tardes –contestaron sin ánimo.

—Necesito unos botones plateados, como éste –sacó del bolsillo uno y se lo mostró a Fidel–. ¿Dónde lo encuentro?

El dependiente le mostró a Leandro un cajón con muchos compartimentos llenos de botones. Éste miró con aparente interés, mas sus ojos se desviaron hacia la puerta entreabierta de la oficina. La visión lo sedujo: María sentada, dándole la espalda. Observó con deleite la blusa blanca de encaje, el cuello delicado que seguramente olía a jazmín, todo el encanto femenino que motivaba los deseos de su cuerpo. María sintió la mirada e instintivamente se volvió. Sonriendo salió a saludar a Leandro.

—Señor Ortiz, ¿qué lo trae por aquí?

—¡Señorita María, qué sorpresa! Hace tiempo que no la veía por estos rumbos –se quitó el sombrero y nervioso lo sostuvo entre las manos–. Ando en busca de unos botones que se parezcan a éste. ¿Podría ayudarme, por favor?

—No he visto algo parecido –buscó sin éxito en los compartimentos–. Creo que no lo podremos ayudar. Tal vez, si pregunta en la Sedería Francesa; tienen un buen surtido.

—Gracias, en otra ocasión pasaré por ahí. ¿Cómo ha estado? Espero que su ausencia no se deba a alguna enfermedad.

—Mi ausencia se debió a diferencia de criterios –contestó sin perder la sonrisa–. Pero creo que a partir de hoy, la situación cambiará.

—Eso me alegra. Sin duda, usted es un sol que alegra este espacio.

Leandro observó cada uno de los movimientos de María, quien, ruborizada, guardó los cajones en su lugar.

—Es usted muy amable –respondió sin devolverle la mirada–. ¿Se le ofrece algo más?

—Quiero pedirle que me permita acompañarla al paradero del tranvía a la hora de la salida. Ya sé que es una impertinencia de mi parte. ¡Apenas nos conocemos! La verdad, será un placer platicar con usted. Claro, está en su derecho de rechazarme; o dígame si necesito pedirle permiso a su señor padre.

María lo miró fijamente. La sonrisa amable se perdió ante el atrevimiento del joven. Las pocas veces que había conversado con él le pareció sincero, interesante. Tenía buen tipo: moreno, alto, cabello castaño peinado con raya en medio, de facciones finas; además, educado y sencillo. A su padre no le parecería que hiciera amistad con un desconocido sin que éste le fuera presentado formalmente. Su madre jamás permitiría que tuviera relación con un empleado de oficina. Pensar en lo que diría la animó, ¿qué perdería con tratarlo?

—Perdóneme, señor Ortiz. Creo que su petición es un poco apresurada. Temo que por esta ocasión no podré aceptarla –sintió lástima por la desilusión que mostraba. Odiaba herir a la gente y más cuando el afectado le simpatizaba. Sin embargo, cumplía con la buena educación que le habían enseñado en la escuela–. No, no se apene –agregó–. Es preferible que venga aquí, a la tienda, y conversemos.

En segundos Leandro recuperó el optimismo. María no lo rechazaba del todo. Le daba la oportunidad de tratarla y él aprovecharía los pocos minutos que ella le iba a dedicar. La emoción que lo invadió era tan grande que deseaba besarle la mano o por qué no, saborear su boca.

—Gracias, señorita María, gracias. Todos los días esperaré el momento de verla –retrocedió en dirección a la puerta–. ¡Es usted un ángel!

Leandro partió sin despedirse de los demás. La prisa por desaparecer era mayor que cualquier norma social. Su rostro reflejaba alegría y esperanza. Olegario lo siguió con la mirada hasta que la figura del enamorado se perdió entre la gente. Para él no fue una sorpresa: María siempre fue caritativa. De niña adoptó a todos los perros callejeros que se le acercaban. Los llevaba a casa bajo promesa de cuidarlos. Chona y él terminaban por aceptarlos mientras que Adela, enfurecida, se encerraba en su habitación. María había crecido y ya no protegía animales solitarios. ¿Por qué no adoptar a un sedicioso desvalido?

* * *

El calor era insoportable. Adela, recostada sobre un sillón, abanicaba su cara. Las puertas que daban al patio de la casa estaban abiertas, aunque eran insuficientes para crear una corriente de aire. Las ventanas de la parte trasera no se abrían en las noches por orden de Olegario. Era preferible soportar el encierro a que los atormentaran los mosquitos que revoloteaban por el jardín y el huerto.

La viuda de González, de cabello cano y modales elegantes, corregía con paciencia la costura de las niñas. Acudía a enseñarles los secretos de la confección dos tardes a la semana a cambio de una pequeña cuota. Todas se sentaban alrededor de la modista que vestía de luto, a pesar de que su marido había muerto hacía muchos años. Entre las manos sostenían bastidores, telas, agujas e hilos que sacaban del costurero de mesa que la abuela Flora obsequió a Adela cuando se comprometió. Blanca bordaba figuras geométricas en punto de cadenilla sobre una pieza de tul, mientras las menores aprendían a elaborar el cordonet.

El fonógrafo tocaba *Voces de primavera* de Strauss. Adela miró el reloj. Faltaban veinte minutos para que terminara la sesión. El atardecer pasaba con una lentitud exasperante, mientras que la rabia crecía en su interior con tanta rapidez que amenazaba con explotar en cualquier momento. Todo había sido perfecto: el arreglo de ella y sus hijas, su llegada espectacular a la iglesia de san Felipe Neri en un coche elegante, el almuerzo en la casa de la Kikis Escandón. Una mañana maravillosa hasta que la tonta Paz Barroso la puso en evidencia. ¿Cómo se le ocurrió preguntarle acerca de las *truites meunières* que servían en el Mesón Doré? Gracias a su habilidad para cambiar de tema nadie se dio cuenta de que nunca había ido a ese restaurante. Luego, las amigas de la Barroso la atormentaron con preguntas estúpidas: "¿Por qué no compras un automóvil?" "¿Cuándo vas a tener teléfono?" "¿Todavía no tienen pretendientes tus hijas?" ¡La sarta de mentiras que inventó! Afortunadamente llegó Elena Charpenel con su prole y atrajo la atención de las arpías.

¿A qué hora llegarían Olegario y María?, se preguntó. Después de la merienda hablarían sobre el comportamiento de la muchacha. No iba a hacer lo que le venía en gana sino lo que ella, su madre, ordenara. Dios le había impuesto el sagrado deber de educar a sus hijas, así lo leyó en el libro que estaba sobre su regazo, *Vírgenes á medias* de Marcel Prevost: "Si al ver que vuestras hijas se van haciendo mayores no tenéis el valor de vivir exclusivamente para educarlas y conducirlas intactas de cuerpo y alma al matrimonio, no las acostumbréis a vivir como mujeres. Casadlas en buen hora jóvenes pero excluyéndolas hasta entonces del contacto del mundo."

—Lorena, no estás poniendo atención al ejemplo –la viuda de González siguió con el dedo las formas irregulares del bordado.

—¡Por Dios, Lorena, fíjate en lo que haces! Siempre lo he dicho: eres una tonta –exclamó Adela sarcástica–. Ningún hombre te va a querer por torpe –le arrebató la costura enojada y jaló los hilos desbaratando la labor.

Lorena ocultó las lágrimas. Por más que se esforzaba en las puntadas, le salían disparejas. Todas guardaron silencio. Ni Blanca se atrevía a defender a sus hermanas cuando su madre se encontraba de mal humor. Sólo Lucila, sin que nadie lo notara, tomó la mano de Lorena a manera de consolación.

Adela salió al pasillo y se recargó sobre el barandal. ¡Cómo odiaba esa casa! Los muros cubiertos por tapices dorados la asfixiaban. Ni siquiera la nueva decoración le daba un aspecto decente a esa casona vieja en la calle de Pescaditos, en el antiguo barrio de Nuevo México. Para colmo, estaba cerca de la fábrica de armas de La Ciudadela y la antigua cárcel de Belén.

¿Cuántas veces le había pedido a Olegario que dejaran el rumbo? Ella deseaba vivir en la elegante colonia Juárez, en una casa al estilo de las mansiones parisinas. Anhelaba ser vecina de sus amigas, frecuentar los restaurantes exclusivos, disfrutar de las reuniones de los ricos, cambiar el estropeado Landó por un Renault y viajar cada año a París. Pero Olegario se negaba a hablar del tema. Le contestaba que él era feliz en la vieja morada de sus antepasados, con grandes habitaciones y un huerto. Afortunadamente aceptó modernizar el cuarto de baño con drenaje, un retrete digno y una gran tina con agua corriente, así como a electrificar toda la casa. Tampoco le interesaba vender el horrible tendajón de La Merced e invertir el dinero en empresas mayores, como lo había hecho su primo Louis Pascal; o Clemente Jacques, que había logrado establecer una cadena de abarrotes. Los franceses sabían hacer las cosas. En pocos años se convirtieron en los dueños de México.

Adela limpió el sudor de su frente. Ni el abanico le daba alivio, así que desabotonó su camisa y se arremangó los puños. Muy pronto llegaría la Cuaresma y tendría que vestir de luto para acompañar a la Virgen en su duelo. ¡Maldita casa! Algún día tendría un yerno rico que la sacaría de ahí. ¿Cuál fue su error? La desesperación la cegó y se casó. En aquellos tiempos pudo elegir entre varios paisanos. El tío Pierre trató de convencerla. No aceptó. Los consideró oportunistas y ella necesitaba la seguridad económica que un buen matrimonio le daría; entonces conoció a Olegario. Era el soltero más codiciado de las fiestas: guapo, heredero de una fortuna y muy trabajador. Las atenciones y los regalos la cautivaron. Sin embargo, sus planes fallaron. Don Paco murió dejando deudas, una hija mal casada, dos solteronas y una viuda que dictaba la vida del hijo, la nuera y las nietas.

La campanilla del portón sonó. Adela abotonó su camisa aprisa y bajó las mangas. No esperaba a nadie.

—¡Chona, Chona! ¿Estás sorda? –gritó–. ¿No querrás que yo abra la puerta?

—Ya voy, ya voy –la criada caminó por el patio arrastrando los pies.

—Apúrate, mujer, puede ser algo importante.

Chona abrió el portón y ante ella apareció don Agustín Rosas.

—Buenas noches, ¿se encuentra doña Adelita? –preguntó amable.

—¿Tiene invitación? –gruñó Chona.

—Invitación que digamos, no. Ayer pasó doña Adelita por mi negocio y me pidió visitarlos cualquier noche –de la cartera extrajo una tarjeta de presentación y se la entregó.

—Pase y espere ahí –señaló una banca a la entrada del patio–. Voy a avisarle a la señora.

Chona deseó que Adela no recibiera al recién llegado. Don Agustín tenía casi cincuenta años, era viudo, con muchos hijos y estaba en busca de esposa.

—¿Quién es, Chona?

—Don Agustín Rosas, doñita.

—¡Por fin vino! –se persignó en silencio y luego agregó–. Hazlo pasar a la sala y ofrécele algo de tomar. En un momento bajamos –Adela corrió hacia la habitación que ocupaban sus hijas–. ¡Blanca, Lucila, a cambiarse de ropa que tenemos visita!

Don Agustín entró a la sala seguido por Chona, quien señaló la licorera que estaba sobre una mesa.

—Póngase cómodo. En un momento viene la señora –se retiró con lentitud para observarlo de reojo. No le gustaba nada. Lo consideraba un zopilote gordo y calvo en busca de carne fresca. "Adela está loca", pensó. "Con tal de obtener dinero es capaz de casar a las niñas con el judío Elías", el abonero que pasaba todos los jueves acompañado del indio Zenaido.

Agustín Rosas y Alcántara sirvió un poco de licor en una copa. La bebida tenía consistencia ligera aunque el sabor era aceptable. Un trago de coñac barato no le haría daño. Recorrió el salón. La casa estaba vieja, pero bien conservada. Pocas porcelanas que valieran la pena, un espejo biselado que daba amplitud al salón, alfombras tal vez importadas de China, dos candiles de cristal, algunas pinturas antiguas, incluyendo el óleo de doña Flora y don Francisco, muy al estilo de Pelegrín Clavé, y varias fotografías sobre una cómoda Chippendale junto al reloj de pedestal. En todos los objetos se notaba que la familia Fernández vivió mejor en tiempos pasados. Ahora entendía la insistencia de Adela para que los visitara.

Tres hijas en edad de casarse y sin dinero se convertirían en un problema serio. Él aceptaría a cualquiera de las jovencitas en su cama. Las tres eran hermosas y necesitaba una esposa que atendiera y cuidara a sus hijos, mientras él se divertiría con las putas que circulaban afuera de los teatros. Una boda ostentosa, residencia con lujos, posición respetable y para él, libertad para tener amantes, aunque disfrutar de los muslos de una virgen le atraía bastante. A Adela la convencería con un poco de dinero y algunas joyas baratas. El único obstáculo sería Olegario. Un hombre tan recto al que todavía no se le conocían lados flacos.

Unos minutos después, Adela bajó enfundada en un vestido rojo, con la cara cubierta de polvo rosado y dejando tras de sí una estela de perfume caro. Como sombras de la madre aparecieron Blanca y Lucila portando prendas iguales en diferente color.

—Buenas noches, don Agustín. ¡Qué gusto tenerlo en esta casa! –le tendió la mano, en la que el hombre depositó un ligero beso.

—Al contrario, doña Adelita. Para mí es un placer saludarlas y deleitar mi vista con niñas tan bonitas –hizo una pequeña reverencia ante Blanca y Lucila, dedicándoles la mejor de sus sonrisas.

—Por favor, siéntese, debe venir cansado del trabajo –la anfitriona se acomodó en un sillón rodeada por sus hijas. Revisó el salón. En apariencia todo estaba en su sitio. Casi nunca recibía visitas por lo que siempre mantenía cerrada esa parte de la casa.

—¿Tardará en llegar don Olegario? Es imprudente visitarlas cuando el hombre de la familia se encuentra ausente –comentó Agustín por cortesía, aunque en el fondo sabía que ese detalle no le importaba a Adela.

—Ni hablar del asunto. Mi esposo estará complacido con su presencia –cruzó la pierna mostrando al descuido la pantorrilla. Los ojos del invitado se posaron en la zona descubierta sin articular palabra. Un sorbo de coñac le aclaró la garganta.

—¿Cómo ha estado, doña Adelita?

—Muy bien, don Agustín, gracias, mas nunca faltan las preocupaciones. Usted sabe, hay tantos pobres en esta ciudad que no me alcanza el día para organizar colectas y luego repartirlas entre esos desamparados. Si usted viera qué felices se ponen cuando llego. ¡Y qué decir de las obligaciones en casa! –la sonrisa de Adela se perdió en un gesto de resignación–. Hay que vigilar los bienes. Ya no existen criados leales.

—Me imagino –respondió cortante el invitado–. Y usted, Blanquita, ¿también ayuda a los necesitados?

—Por supuesto, mi niña tiene un alma muy noble, ¿verdad, hijita? –Blanca solamente asintió–. Cada vez que visitamos el hospicio lleva juguetes a los huérfanos y les regala un poco de alegría.

—Quiero pensar que a usted, Blanquita, le gustan los niños –dijo sugestivo sin dejar de mirar a la muchacha. Ella, tímida, sonrió.

—¡Pasa horas jugando con los niños! –contestó Adela–. De hecho, Blanca y María estudiaron un año en la Normal. Le gustan tanto las criaturitas que quiere tener muchos hijos. ¿No es así, queridita? –Adela le dio un codazo a su hija, que de nuevo asintió con una sonrisa tonta en los labios.

—¿Estudió para maestra? ¿Por qué dejó la escuela? –interrogó Agustín esperando oír a la muchacha.

—Usted sabe –Adela tomó aire para continuar hablando–. Que las niñas decentes anden por la calle no es correcto y mi hija prefirió aprender las labores del hogar. Blanca se prepara para ser una excelente esposa.

Una risita escapó de la boca de Lucila. Ajena al diálogo entre su madre y el invitado, esperaba con ansias el momento en el que saliera disparado el botón de la levita de don Agustín. Si su madre supiera cuál era el motivo de su diversión, la castigaría. Una mujer jamás debe fijarse en el cuerpo de un hombre, eso le habían dicho las monjas en el colegio. No pudo evitarlo, la tentación era demasiado grande. A cada respiro, la tensión de la levita dividía el abdomen de don Agustín. El traje de casimir inglés, al último corte de la moda, hubiera sido perfecto para un hombre esbelto, no para un viejo con dos tallas más. Lucila pensaba que debajo de la camisa usaba un corsé para mantener las adiposidades en su lugar. Adela la fulminó con la mirada. Ella adoptó un gesto serio. Estaba segura que nadie tenía idea de su descubrimiento.

—Y díganos, don Agustín, ¿qué dicen los negocios? –preguntó la anfitriona con una sonrisa fingida.

—Bien, doña Adelita, aunque hay mucho trabajo –se recargó sobre el respaldo y sacó una cigarrera dorada–. Las damas están preparándose para las fiestas de la próxima temporada. Por lo que se murmura en los altos círculos, habrá muchas recepciones en las embajadas, casinos, clubes sociales y, por supuesto, los bailes en palacio, que al parecer serán los más elegantes de la época –dio varias fumadas y depositó el encendedor sobre la mesa–. Los grandes almacenes están importando de Francia diseños de exclusivos modistos afamados, telas, sombreros y todas esas baratijas que fascinan a las mujeres. Como comprenderá, doña Adelita, yo hice lo mismo con las gemas. En mi último viaje a Europa adquirí piezas que pronto adornarán los estantes de la joyería.

—Las joyas que por el momento exhiben en las vitrinas están bellísimas. A mí me encantó el juego de zafiros y a Blanca el collar de perlas, ¿verdad, hija?

—No han visto las gargantillas de brillantes que mi representante adquirió en Rusia. Son dignas de una reina –se acercó hacia la anfitriona y habló en voz baja–. Aquí entre nos, les confiaré que la zarina Alejandra y sus hijas, las princesas Romanov, tienen unas iguales.

Los ojos de Adela se abrían con cada palabra demostrando la excitación que crecía en su interior: ¡Brillantes de los que usa la nobleza! Si pudiera obtener una de esas gargantillas, sería la envidia de sus amigas. No había modo. El dinero no alcanzaba y no podía empeñar los pocos objetos de valor que quedaban en la casa. Además, el tacaño de Olegario nunca le compraría nada semejante. El miserable ni siquiera le permitió quedarse con algunas alhajas de su difunta suegra cuando ésta murió.

—Sería un honor para mí mostrárselas. Si desean pasar mañana por mi despacho –agregó el joyero con una sonrisa burlona–. Me encantaría ver cómo lucen en su cuello, Blanquita. Estoy seguro que el azul de sus ojos brillará intensamente, opacando cualquier diamante.

La mirada de Agustín se posó sobre la muchacha y lentamente fue bajando hasta detenerse en los senos. Blanca sintió que las mejillas le hervían. Hizo el intento por abandonar el sillón, pero Adela le jaló la manga.

—Me parece una excelente idea, ¿verdad, hijita? Mañana estaremos con usted después de misa de nueve.

—También tengo unos aderezos delicados para jovencitas como usted, Lucila –dijo cruzando los brazos sobre el vientre–. Por cierto, ¿dónde está María?

* * *

Un grito de júbilo inundó la cocina. Tras varios intentos, la viuda de González logró abrir, con un gancho de tejido, la cerradura del cofre donde las pequeñas guardaban sus ahorros. Ana extrajo las monedas y se las entregó a Chona. Luego volvió a cerrar el cofre para que su padre no notara el saqueo. La sirvienta juntó el dinero con el que acababa de sacarse del corpiño y lo contó.

—Parece que va a alcanzar –caminó hacia la puerta y le hizo varias señas al indio que esperaba en el patio–. Fíjate bien, Matías, corre a casa de doña Rebeca, la anciana que vive en el callejón del puente, y le dices que vas de parte de la señora Adela. Le entregas este papel y el dinero, y esperas a que te sirva la comida. Llévate una canasta pa' que metas ahí la loza y luego la cubres con el trapo –cuando el indio se disponía a salir, Chona agregó–. De regreso no camines por la calle, no sea que el patrón te encuentre y haga preguntas. Mejor cruza por los callejones y entras por la parte de atrás. Yo te espero en el huerto, junto a la escalera.

Todas los miraron sorprendidas. En la parte trasera no existía una escalera y menos por el huerto. Chona no dio explicaciones; se limitó a continuar con el trabajo.

—Toñita, dales de merendar a las niñas y a la señora González en la cocina. Ahí hay churros y chocolate –ordenó señalando el pocillo que estaba sobre la estufa–. Leocadia, pon a calentar la cazuela del pipián y la de los frijoles. Ustedes –se dirigió a las sirvientas indígenas–. Prendan el comal y echen las tortillas. Yo voy a arreglar la mesa del comedor.

* * *

María puso la mano sobre el brazo de su padre cuando bajó del tranvía. Esa tarde Fidel se encargaría de cerrar el negocio a las seis. Olegario prefirió retirarse temprano, antes de que los oficinistas abarrotaran los vagones. El trayecto a su casa se le hizo corto. María le pidió permiso para que el señor Ortiz pudiera visitarla en la tienda. De momento, no le contestó. No le gustaba ese dilema. Podía tratarse de un lagartijo en busca de una aventura; aunque Fidel aseguró lo contrario. Si se oponía, María era capaz de verlo a escondidas, situación que afectaría la reputación de su hija. Si aceptaba, se convertiría en un blando que alcahueteaba los caprichos de la muchacha, y si por desgracia Adela se llegaba a enterar, sería capaz de encerrar a María en un convento y a él en un manicomio. Sin embargo, tampoco le agradaban los catrines que Adela tanto alababa. Los tiempos habían cambiado junto con los valores. Últimamente, las virtudes que los hombres buscaban en las mujeres se limitaban a tener un apellido aristócrata y una herencia considerable.

—Y bien, ¿qué pensaste? –le preguntó María al tiempo que cruzaban la calle.

—¡Ay, me pones en un predicamento! Te conozco y confío en ti. Sé que eres respetuosa, fiel a tus principios; por lo tanto, no puedo negarme. Pero entiende bien. Que acepte que el señor Ortiz te visite en la tienda no quiere decir que permita otro tipo de relación. Deben platicar a la vista de los empleados, y si acaso llega a invitarte a salir, lo harán acompañados por Chona. ¿Está claro? –ella asintió–. ¡Ah, se me olvidaba! Ni una palabra a tu madre ni a tus hermanas.

María rió con ganas. En esa familia todos tenían secretos que ocultar. Desde Chona y su silencioso pasado, hasta el misterioso origen de su madre.

—Buenas tardes, doña Enriqueta –Olegario tocó su sombrero y saludó a la vecina que colocaba una mesa y varias sillas en el portón de su vivienda.

—¡Don Olegario! ¡María! No esperaba verlos. ¿No estaban en casa? –preguntó con aparente amabilidad la mujer de figura pequeña, piel arrugada y cabello cano.

—¿Por qué? A esta hora termino de trabajar –respondió Olegario.

—Bueno, no me vayan a malinterpretar, ni quiero parecer chismosa –extendió el mantel sobre la mesa; luego se acercó a sus vecinos y en voz baja les dijo–. Lo que sucede es que hace rato escuché ruidos en la calle, varios golpeteos de ruedas, gritos y los perros ladrando. Ya sabe cómo se ponen los animales cuando entra algún extraño. Así que me asomé por la ventana. No me interesaba ver de quién se trataba, no, a mí no me gusta el chisme ni meterme en los asuntos de los demás, sólo que debemos andar con cuidado. Hay mucha gente desconocida por el rumbo, que viene a visitar a lo presos de Belén y sabe Dios qué mañas tenga –los ojos de la anciana recorrieron la banqueta de manera misteriosa. María hizo un gran esfuerzo para disimular la risa–. Entonces vi pasar un carro negro, muy elegante, que se paró frente a su casa. Un hombre bien vestido bajó, tocó la campanilla y después de que Chona le abrió la puerta, su invitado le hizo señas al chofer para que se fuera. ¿Así que están doña Adela y las niñas solas?

—¡Ah, por Dios! ¿Cómo pude ser tan despistado? –Olegario se volvió a ver a María–. Vamos, hija. Se me olvidó que hoy cité a un cliente muy importante en la casa. ¡Qué pena! Ha de estar aburrido esperando en la entrada –tomó a María de la mano y de nuevo tocó su sombrero–. Muchas gracias, doña Enriqueta. Si no fuera por usted, hubiera cometido una falta de educación. Gracias, mil gracias.

—De nada, don Olegario. Yo sólo cumplo con mi deber de vigilar por el bien de todos nosotros –contestó orgullosa–. Si necesita algo para la merienda, hoy venderé pozole y tostadas de pata.

De prisa, Olegario y María caminaron hacia el viejo portón de madera. El padre jaló la campana en espera de que Matías abriera la puerta.

—¿Invitó a alguien tu madre?

—No sé, no tengo idea.

—A veces tu madre es absurda y tonta. ¿Cómo puede recibir a un hombre cuando no estoy aquí? ¡Mira que darle material a doña Enriqueta para que lo disperse por el barrio! –volvió a jalar la campana, nadie salió. De la bolsa del pantalón extrajo una llave y la metió en la chapa. Al abrir, el olor a pipián y chocolate invadió el ambiente–. Estos aromas nunca reciben al jefe de la casa. Sin duda, debe tratarse de una persona importante.

* * *

—¿Es posible que no te des cuenta? Hasta un ciego vería que mamá desea comprometerte con el gordo Rosas –María colocó el libro sobre la mesa de noche y rodó por la cama para enfrentar a Blanca–. Daba pena ver de qué manera lo atendió durante la cena. Casi le daba de comer en la boca. ¡Y todas las cosas que inventó! ¿Cómo se atrevió a afirmar que tú habías horneado esos postres?

—Exageras, sólo presumió un poco. Mamá no quiere casarme con él. Lo único que desea es comprar una alhaja a buen precio. ¿Sabes? Creo que don Agustín quiere regalarme una gargantilla. Mañana iremos a su joyería y luego nos invitó a comer al Mesón Doré.

—A veces no te entiendo. Tú eres la mayor y te pasas de ingenua. Ni Lucila es tan infantil –las dos se volvieron hacia la hermana que dormía en la cama del rincón–. Por favor, piensa. Nadie regala algo de tanto valor sin obtener un beneficio y menos ese gordo. Escucha lo que hablan, los dobles mensajes, las poses de mamá. Todas sus intenciones van dirigidas a casarnos con un rico.

—Mi corazón es de Antonio, lo sabes bien. Si no me caso con él, no me desposo con nadie –desafiante, estrechó el libro de poesía contra su pecho.

—Pues te quedarás soltera, mi querida Blanca, porque Antonio no piensa casarse contigo.

—Hablas por envidia. Yo soy la elegida aunque tú digas lo contrario. Si no, ¿por qué viene a visitarnos?

—Nos considera sus amigas, casi hermanas, y se siente a gusto en nuestra compañía; aunque creo que tiene un interés adicional en esta casa.

—¿Se trata de mí? Si sabes algo, dímelo.

—No. Se relaciona con los guisos de Chona.

—Hoy lo vi –en los labios de Blanca se formó una sonrisa radiante–. Acompañó a la tía Tere a misa. Guapo, muy guapo. Llevaba un traje café oscuro que le sentaba de maravilla. Al salir de la iglesia se quedó platicando conmigo. Hubieras visto el berrinche que hicieron Toñeta Arce y Dolores Escalante. ¡Estaban verdes de envidia!

—No lo dudo. Es un buen tipo y tiene muchas pretendientas.

Blanca puso el separador dentro del libro, lo dejó a un lado y se sentó sobre la cama. Ansiaba compartir con María su emoción. Tal vez su hermana fuera la mejor amiga de Antonio, pero nadie lo amaba como ella.

—Quiere que Lucila, tú y yo lo acompañemos en su coche al desfile de las flores. Yo acepté en nombre de las tres. Ya le dije a la viuda de González que me confeccione un vestido precioso, entallado, con escote discreto, que haga juego con mi nuevo sombrero azul. Estoy segura de que ese día se me declarará.

—Ni lo sueñes. Antonio goza su soltería. Cuando se comprometa será porque en verdad está enamorado –le contestó indiferente.

—Como siempre, pareces ave de mal agüero. En vez de contradecirme cierra la puerta del pasillo. Tengo sueño –molesta se metió entre las cobijas y se tapó la cara con la sábana.

María se levantó de la cama. La habitación se había enfriado lo suficiente para mantener una temperatura agradable. Tal vez si cambiaran las cortinas de terciopelo rosa por otras más ligeras el ambiente se conservaría fresco. Su madre adoraba los tapices recargados, las yeserías, los muebles dorados y los cuadros con paisajes europeos, además de las porcelanas que con seguridad adquirió en algún bazar de caridad. Todo en el cuarto era absurdamente rosado y en la habitación contigua, la de las hermanas menores, la decoración lucía en tonos amarillos. Cerró la puerta y abrió el respiradero que daba hacia el patio central.

—Por tu bien, Blanca, escúchame. No eres la duquesa del duque Job que conquista al amado con su taconeo. Aunque nunca me lo ha dicho, sé que Antonio ama a otra –sus ojos se posaron en Lucila–. En cuanto a don Agustín, cuidado. El viejo sabe manejar muy bien a mamá.

No hubo respuesta. María apagó la lámpara y se recargó sobre la almohada. ¡Qué suerte tenía Antonio! Las mujeres lo buscaban para ofrecerle sus favores y en esa casa, en esa habitación, existían dos hermanas que suspiraban por él.

Cuando eran niños, María lo adoró. Fue el héroe de sus sueños infantiles. Durante las vacaciones, en la hacienda cafetalera que la familia Pascal tenía en Veracruz, ella lo seguía por todos lados. Lo acompañaba en los juegos masculinos sin importarle la burla de los niños y las críticas de las niñas. Pasaba horas sentada en la hierba viéndolo correr por el cerro, montar en bicicleta o patear un bote con los otros muchachos. El único que echaba a perder los buenos momentos era el hermano mayor de Antonio. Cada vez que María cruzaba el reino de los varones, Pablo bufaba molesto y la mandaba de regreso con las niñas. ¿Por qué la odiaba? Nunca lo supo.

Al paso de los años el amor que la unió con Antonio cambió a un cariño fraternal. Él olvidó los estudios y buscó las diversiones de la gente adinerada. Ella se convirtió en una señorita estudiosa y Blanca, en la eterna enamorada que se dedicó a idealizarlo. ¿Lucila? Comenzó a admirarlo hacía pocos meses. María los sorprendió lanzándose miradas a escondidas. ¿Aprobaría Antonio a Leandro Ortiz? Eran tan diferentes, como el agua y el aceite. No, no le comentaría nada. Primero debía conocer al señor Ortiz.

Los ruidos de la noche la arrullaron. Lo último que escuchó fue un murmullo que escapó de los labios de Blanca: "No hay española, yanqui o francesa, ni más bonita ni más traviesa que la duquesa del duque Job".

El indio Matías observó cómo se fueron apagando las luces de la casa. Desde su escondite en el huerto, pudo escuchar la discusión entre Adela y Olegario. Un pleito más en que el patrón salía perdiendo. Lo supo porque de repente se prendió la luz del cuarto de visitas para apagarse pasados unos minutos. La habitación de la niña María también estaba a oscuras. Los últimos comentarios que se colaron por entre los muros fueron que la niña María iría a trabajar con el patrón y que la doña se encargaría del futuro de la niña Blanca.

—Dinos la verdad. ¿Se trata del pastelero del Grand Hôtel de París? –las cuatro mujeres que ocupaban la mesa se volvieron hacia el hombre rubio, vestido de blanco y con un gorro de chef sobre la cabeza.

—Por supuesto –asintió Teresa Pascal–. Él elaboró la mayoría de los pasteles que están sobre el mostrador. Les dije que las invitaría al café una vez que él hubiera llegado.

—Tienes buen gusto, Tere. Esos postres lucen deliciosos. Van a atraer a mucha gente y qué decir de ese galán, es todo un Adonis –agregó Luisa Murillo cuyo sombrero con moños rosas sobrepasaba, por varios centímetros, los de sus compañeras.

—Ojalá y te dure mucho tiempo, querida. No te vaya a hacer la jugarreta de Sylvain Daumont. Aunque Amadita Díaz lo disimula muy bien, todavía le tiene coraje al mal agradecido. Lo trajeron de Francia, le dieron habitación y le pagaron un sueldo mayor al que ganan los cocineros mexicanos. Yo que tú no me fiaba del francés –comentó en tono sarcástico Concha Castillo de Landa, al tiempo que observaba indiferente los anillos que llevaba en la mano derecha.

—Creo que la situación es diferente –replicó Tere–. Nuestro contrato es por un año. Si Anatole resulta inteligente, pronto se independizará y abrirá su propio establecimiento igual que Sylvain. Y nosotros tendremos la oportunidad de traer a alguien joven, con ideas modernas que cambie el menú. Las novedades no son malas.

Concha frunció los labios para mostrar su disgusto. El comentario no dio en el blanco esperado. Detestaba que otras fueran las estrellas de la reunión cuando a ella la respaldaba una gran fortuna. El dinero la hacía superior al resto de la gente. Y, para colmo, sus amigas ni siquiera notaron los anillos que, según el joyero Agustín Rosas, eran iguales a los que usó la emperatriz Elizabeth de Austria. En la silla de al lado su hija, Milagros Landa, escuchaba en silencio los comentarios. De vez en cuando los ojos de la muchacha se desviaban hacia el pastelero y sus creaciones depositadas sobre el mostrador. El olor a pasta recién horneada le había abierto el apetito. Sin embargo, debía esperar hasta que la anfitriona les ofreciera algo de comer. Con fingida admiración se volvió a ver a la mujer de su derecha. La delgadez y la estatura de Tere Pascal le otorgaban un porte elegante capaz de lucir cualquier prenda. El cabello castaño entrecano, la piel blanca, delicada y los ojos claros le daban un aire extranjero.

A cada comentario, Milagros sonría asintiendo con la cabeza. No importaba si las respuestas iban en contra de su madre. En esos momentos le interesaba actuar como una mujer accesible y quedar bien frente a la anfitriona. Porque una vez que Pablo regresara de Europa, ella se convertiría en la futura señora Pascal.

La mesera, vestida con uniforme azul y delantal blanco, esperaba que la dueña del establecimiento la llamara para tomar la orden. El reloj de la pared marcaba las cinco de la tarde con diez minutos y poco a poco, el local de la Pastelería Francesa se fue llenando de señoras de la alta sociedad.

Las pequeñas mesas circulares cubiertas con manteles de damasco azul y rodeadas por cuatro sillas se alineaban a lo largo de los ventanales biselados que por un lado daban a la calle de San Francisco y, por el otro, a San José del Real. Al centro del local, la barra de madera clara, decorada con dibujos polícromos de vegetales, contenía toda clase de pasteles, tartas, merengues, galletas, dulces y chocolates.

Tere Pascal llamó a la mesera, quien se acercó presurosa.

—¿Qué les apetece tomar? –preguntó amable a las invitadas.

—*Café au lait* para mí –respondió Luisa–. ¡Ah! Con más café y menos leche, ya que si no está bien hervida me causa malestar.

—Para mí también *café au lait* –exclamó Milagros.

—*Black tea*, por favor –ordenó Concha desganada al tiempo que aventaba sobre la mesa la carta del menú. El té le sabía a infusión para enfermos. Detestaba el sabor amargo de las hierbas que ni con cucharadas de azúcar mejoraba. En realidad, deseaba pedir *chocolat au vin rouge*, una combinación de chocolate, crema dulce y vino tinto, pero se abstuvo. No quería recibir críticas por beber algo tan pesado cuando el maldito corsé le apretaba y no le ayudaba a disimular los gordos en la espalda y axilas. Tampoco le interesaban los comentarios de las conocidas que pensaban que el chocolate era una bebida para el pueblo. En la actualidad, las damas elegantes debían beber té como en Inglaterra.

—Yo quiero chocolate con canela –dijo Tere–. Y, por favor, tráenos unas rebanadas de los pasteles que elaboró Anatole –la mesera se retiró hacia la cocina dejando a la dueña con sus amigas.

—Muchas gracias por invitarnos al *five o'clock*. Es un honor ser de las primeras en conocer las creaciones del nuevo *pâtissier* –Milagros se dirigió con voz empalagosa a la anfitriona–. Cuando le cuente a mis amigas se enojarán conmigo por no avisarles antes. De seguro, vendrán enseguida. Ellas adoran los *cakes and jellies*. Todas las tardes asistimos al Café Colón o al Imperial en busca de novedades.

Tere sonrió sin dejar de ver a la muchacha. Conocía muy bien esas novedades que Milagros y sus amigas buscaban en las cafeterías: usaban pantalón, levita, sombrero de copa e invitaban a los bailes de temporada. No consideraba a Milagros fea, tampoco la belleza que algunos decían. Era una morenita graciosa, de grandes ojos negros, educada en las mejores escuelas, rodeada de dinero, lujos y, por desgracia, con el mismo gesto burlón de su madre. Algo en Milagros no le gustaba. A veces pensaba que la desconfianza se debía a celos disfrazados, ya que Pablo le escribía más cartas a Milagros que a ella. O, tal vez, las dudas nacían en los constantes ataques que Concha dedicaba a otras personas. De lo único que estaba segura es que su hijo mayor mantenía un romance con Milagros a través de la distancia. Y eso no le agradaba en lo más mínimo.

—Cuéntanos, ¿cómo está Carmelita? –le preguntó Tere a Concha.

—¡Ay, mi pobre prima! Tiene tantos problemas que ya no puede más. ¡Imagínense! Con las fiestas del Centenario casi encima. Claro que Guicha y Chofa, sus hermanas, la ayudan mucho, igual que las esposas de los ministros. Ella demuestra energía, optimismo, a pesar de que su alma sufre. Cada aniversario de la muerte de mi tía Agustina, se deprime. ¡Y, para colmo, la afligen todos los achaques de su marido! Por más médicos que consulta Porfirio, no aciertan en la cura. Ya ven, ni los viajes a Popo Park lo animan. Pobre Carmelita, cuánto sufre –Concha puso cara de mortificación para darle énfasis a sus palabras.

—Qué raro. Yo sabía que se encuentran perfectamente bien –comentó Luisa–. De hecho, me dijo Lorenza Braniff que hace unos días asistieron a una reunión en el Jockey Club. Carmelita estuvo muy sonriente y el general, como siempre, listo para la batalla. Creo que andan organizando el recibimiento al nuevo embajador americano.

—No es posible, la Braniff está loca –respondió Concha furiosa–. ¿Quién va a saber más? ¿Yo que soy prima de Carmen y que la visito casi a diario o una extraña que sólo la ve en las fiestas? Si les digo que Carmelita está triste es porque está triste. Sólo los parientes cercanos sabemos la verdad –conforme hablaba, la cara de Concha se fue enrojeciendo. ¿Cómo se atrevía la estúpida de Luisa a contradecirla? Nadie conocía la vida íntima de los Díaz como ella. ¿Acaso alguien interrogaba mejor a las criadas de la casa?

—Por Dios, Concha, no te enojes. Únicamente fue un comentario. Sabemos que acerca de la familia Díaz, tú nos das cátedra. Mejor platiquemos del último chisme de Cristina Rivas –sugirió Tere.

—Dicen que ahora tiene de amante a un noble alemán –aseveró Luisa–. Según una prima lejana, Cristina se hartó de mantener al cazafortunas con el que andaba y lo dejó plantado en Génova. La verdad, qué pantalones tuvo esa mujer. ¡Mira que estafar al marido, olvidar a los hijos y dedicarse a disfrutar la buena vida en Europa!

—Parece que ya sentó cabeza. Me contaron que está enamoradísima de su nuevo pretendiente y que ahora trabaja en una casa de antigüedades en Niza. Es más, se va quedar a vivir con su amante en París –comentó

Milagros–. Él quiere tener hijos con ella, pero el ingenuo olvida la diferencia de edades. Además, no sé si esté enterado de que Cristina dejó cuatro hijos aquí.

—Hablando de París, ¿cuándo regresa Pablo? –Concha trató de darle amabilidad a su voz.

El tema despertó el entusiasmo de Tere. Deseaba contarles todo lo que su hijo le había escrito acerca de la práctica en los hospitales parisinos y los preparativos para el viaje. Sin embargo, se abstuvo. Cuando Concha se interesaba por algo, era para obtener algún provecho.

—Anteayer nos llegó un telegrama. Pablo estuvo unos días en Provenza. Fue a despedirse de los tíos. Dice que tomará el barco a mediados de mes. En Saint-Nazaire nos avisará cuándo llegará a Veracruz –respondió Tere con emoción–. Iremos a recogerlo al puerto y luego pasaremos unos días en la hacienda.

—Pues en el telegrama que recibí hoy, Pablo dice que prefiere el barco que zarpa el día 12. Así que llegará antes –en la cara de Milagros apareció el gesto burlón. La satisfacción que reflejó la muchacha distaba mucho del desaliento que Tere experimentó.

—Milagros, de nuevo tenemos diferentes versiones –contestó la anfitriona con sonrisa forzada–. Yo prefiero creer lo que está escrito en mi telegrama. Pablo no puede engañar a sus padres de esa manera.

Milagros, molesta, frunció la boca. En realidad poco sabía de los planes de Pablo. Ella le escribía cada semana y él le enviaba telegramas agradeciéndole su atención. De vez en cuando llegaba una carta con respuestas concisas a las preguntas que le formulaba acerca de los chismes de la realeza europea. Fue ella quien le sugirió los cambios para el viaje de regreso.

La conversación se vio interrumpida por la mesera que se acercó a la mesa portando la charola. En cada lugar colocó servilletas, cubiertos, platos y bebidas. Al centro depositó dos platones con rebanadas de Carlota de fresa, *gàteau d'amanades*, bollos enmielados y rosca a la mantequilla. Frustrada, Concha miró los grandes tazones llenos de café con leche que saboreaban Luisa y Milagros. En cambio, le pareció miserable la pequeña taza con infusión negra.

—¿Piensas hacerle una reunión de bienvenida a Pablo? –preguntó Concha mostrando indiferencia hacia los pasteles.

—Por supuesto. Después de cinco años de ausencia se merece una gran fiesta. Ojalá mi hijo se establezca en México –dijo Tere con nostalgia–. Quiero tener a mi familia en casa.

—Sólo estará en México por una temporada –insistió Milagros–. Pablo quiere trabajar en la clínica St. Mary's en Rochester. Ya le mandó una solicitud al doctor William Mayo.

Tere clavó la mirada en el rostro de la muchacha y no contestó. Prefería el silencio a que la furia terminara con su educación y pusiera a la presumida en su lugar. Pablo nunca le había comentado sobre una posible estancia en Estados Unidos. Su hijo no mentía de esa manera.

—¿La fiesta va a ser en tu casa o en un restaurante? –preguntó Luisa con la intención de romper la tensión del momento.

—En casa. En el salón de fiestas y en el jardín podemos recibir a muchas personas.

Concha tragó el bocado de pastel de almendras, luego bebió un poco de té para que las palabras salieran con claridad.

—Si quieres podemos hacer la fiesta en nuestra mansión de Tacubaya. Ahí hay mucho espacio y no está lejos de la ciudad. O, si prefieres, pongo a tu disposición la hacienda en Cuautitlán. Existen habitaciones para organizar una celebración de fin de semana –los ojos de Concha brillaban por la emoción–. ¡Imagínate! A cuántas personalidades invitaríamos. A los Díaz, los de la Torre, los Casasús...

—No, no –la interrumpió Tere–. No se trata de un evento social, Concha, sino de una reunión con los amigos de Pablo y la familia, algo informal. Chona, el ama de llaves de mi prima Adela, va a cocinar la comida mexicana que tanto le gusta a mi hijo.

—¡Por Dios, Tere! ¿Comida mexicana? Eso está bien para el pueblo, no para gente de nuestra clase –replicó Concha con tono despectivo–. Mejor contrata los servicios de Charles Recamier. Él tiene buen gusto y vas a quedar de maravilla. Además, ¿piensas invitar a Adela, esa corriente, y a sus hijas?

—Me extraña que me lo preguntes –respondió Tere molesta–. Bien sabes que las quiero como si fueran mis parientes.

—Lo que se dice parientes, no –agregó Concha–. El que tus suegros y los abuelos de Adela vengan de Barcelonnette, no los hace familiares. Yo sé que las estimas, pero la verdad, Tere, piénsalo, no corresponden a nuestro nivel. Reconozco que las niñas son bonitas, un hermoso adorno para las fiestas; bueno, hasta tienen simpatía, pero no encajan en el grupo. Y, por si fuera poco, es terrible soportar la vulgaridad de Adela –tragó saliva y continuó–. Y de Olegario, ¡ni hablar! Al pobre le hace falta pulir sus modales de tendero español.

—Ahora sí estoy contigo, Concha –Luisa puso cara de complicidad y en voz baja comentó–. Realmente, Tere, has ayudado mucho a esas jovencitas. Gracias a ti las aceptaron en el Colegio Francés de San Cosme, pero ni las hermanas de san José pudieron moldearlas. Ya sabes, María es una rebelde que causa vergüenza. O, tal vez, Adela miente y están tan mal de dinero que las niñas deben trabajar.

—Claro que miente. Es una farsante –afirmó Concha–. Adela nos contó que Julia Lalle de Coq les confeccionaba la ropa y no es cierto. La misma Julia nos dijo que lleva años sin pisar el taller de costura, ¿verdad, Milagros? –Concha codeó a su hija, quien tomó la palabra.

—Ni van a L'atelier de couture, ni a la *boutique* de Chapeaux Charmant, ni al Palacio de Hierro; como tampoco han asistido al restaurante de Sylvain –animada por la intriga, Milagros continuó–. Le pregunté a las empleadas del almacén y no las conocen. Visten imitaciones corrientes que algún charlatán les confecciona. Es más, no pueden distinguir entre un modelo de Worth y un diseño de Poiret.

—Creo que están siendo duras al juzgarlas –opinó Tere en tono conciliador–. Sé que Adela es especial y, por lo tanto, muchas personas la rechazan, pero sus hijas no tienen la culpa.

—Por supuesto, las jovencitas están libres de culpa –contestó Luisa–. Aunque son cómplices de los inventos de la madre y, por desgracia, los hijos siempre imitan las acciones de los padres. Verás cómo les va a ir a esas niñas. Yo creo que María anda por malos pasos.

—A mí me caen bien –dijo Milagros–. Al contrario, me dan lástima. Blanca fue mi compañera en el colegio y la pobre siempre miraba con envidia nuestros vestidos. En Semana Santa, cuando las monjas nos pedían ser piadosas, le prestábamos nuestras muñecas de porcelana para que jugara con ellas. Se ponía feliz. En cambio, María era odiosa. La tonta se mostraba orgullosa y no aceptaba nuestros juguetes. Prefería las muñecas de trapo que la sirvienta le compraba en el mercado.

—¡Ay, Tere! Eres tan buena que caes en la inocencia –Concha se preparó para dar el golpe final–. Como madre de Antonio deberías prohibirle que pasee con esas muchachas. No le hace ningún bien que la gente lo vea acompañado de las hijas de Adela. ¡Imagínate! Podrían pensar que está comprometido con alguna. Antonio es un buen chico, digno de un mejor partido: una mujer educada, de buena familia y con principios. ¿Estás de acuerdo? –en su interior, Concha se sintió más ligera al ver la preocupación en la cara de Tere. De alguna manera era conveniente separar a Antonio de la sombra de las Fernández. Muchas mujeres se verían beneficiadas. El menor de la familia Pascal se había convertido en un soltero codiciado, aunque por muchos eran conocidas las aventuras que tenía con las tiples de los teatros y los escándalos que provocaba en los tugurios de mala muerte.

Tere miró el reloj. El tiempo se le hizo eterno. Las dudas que alguna vez guardó en su interior crecían con rapidez hasta hacerle insoportable la estancia en la cafetería. Conocía las debilidades de Adela y las soportaba por el gran cariño que sentía hacia las hijas de su amiga. Había cometido un gran error al invitar a Concha y a Luisa a tomar el té.

Refugio miraba embelesada al hombre delgado, de cabello rubio y ojos castaños, que jadeaba sobre ella. Los cuerpos desnudos, sudorosos, luchaban en fuertes embestidas para alcanzar la cima del placer. Sus manos morenas se aferraban a las nalgas de su hombre como si de esa manera la penetración fuera más profunda. Con la lengua lamió la oreja de su compañero, provocándole un ligero temblor. Luego fue dejando el rastro de su saliva por las mejillas, la mandíbula, el mentón hasta llegar a la boca. Por unos instantes saboreó los labios masculinos que poco a poco se abrieron para recibirla. Lentamente el cuerpo de Refugio se arqueó. Un escalofrío seguido por varios espasmos estremeció su piel llevándola a otro mundo, donde solamente existían ella y ese hombre que se había convertido en el motivo de su vida. Él era quien le daba sentido a los días y causaba zozobras a su alma. Sus miembros se aflojaron entre suspiros, pero la satisfacción completa llegó cuando escuchó el grito lujurioso de su amante.

Antonio se tendió a su lado. Refugio lo amaba. No le importaba que él la visitara únicamente cuando necesitaba el placer que le brindaba su cuerpo. Si ésa era la manera de retenerlo, soportaría sus desprecios cuando los instintos estaban saciados. En algún momento Antonio comprendería cuánto le amaba y la haría su esposa. Se lo prometió la primera vez que tuvieron sexo.

Lo conoció varios meses atrás. Ella trabajaba de mesera en la cafetería de la familia Pascal y le pareció un dios desde que lo vio. Pensó que así debió ser el Quetzalcóatl que narraba el maestro de la escuela de su pueblo: rubio, barbado, un ser que a su paso emanaba energía, atracción, deseo. Por eso no dudó ante la propuesta de que fueran amantes. No le preocupó que Antonio le pidiera que ocultaran sus relaciones, como tampoco cuando él la despidió de la cafetería para convertirse en vendedora de fruta en un tianguis de la ciudad. Le dijo que era lo mejor para ambos, que no era bueno que los descubrieran por las indiscreciones de las otras meseras. Tampoco le entristeció apartarse de su familia que vivía en Azcapotzalco con tal de habitar en el horrible cuarto de vecindad que él le pagaba. Ella había nacido para hacerlo feliz.

En silencio, Antonio dejó la cama y recogió la ropa regada por el suelo. Con un gesto de asco sacudió las prendas y las colocó sobre la silla.

—Todavía no dan las seis. ¿Por qué no te quedas un rato más?

No contestó. Molesto se puso el pantalón. Luego los calcetines y los zapatos.

—No te vayas, Antonio, hace mucho que no hablamos –Refugio apartó las sábanas, rodeó la cama y se paró frente a él.

—No empecemos con los reproches de siempre. Sabes que soy un hombre ocupado.

Enojada, Refugio tomó la camisa y se la echó en la cara.

—Sí, sé cuales son tus obligaciones. Paseas a viejas ricas en tu coche y por las noches vas a cenar a sitios elegantes y al teatro. Nunca tienes tiempo para mí.

—No tienes derecho a cuestionar mis actividades –de la cartera, Antonio sacó unas monedas y las arrojó sobre las sábanas–. Ahí te dejo dinero para que pagues la renta –hizo a un lado a la mujer desnuda que luchaba por contener el llanto. Frente a un pedazo de espejo, Antonio se colocó la corbata–. Y más vale que no hagas tus escenitas estúpidas. Me estás hartando y, cuando algo me cansa, prefiero echarlo al olvido.

Refugio corrió hacia Antonio y lo abrazó por la espalda.

—No, Antonito, perdóname, no me dejes, por Dios, te lo suplico –le dijo llorando–. Sabes que te amo, sólo que a veces me entran los celos y no me aguanto.

Antonio se zafó del abrazo y con violencia la echó al suelo. Desesperada, Refugio abrazó las piernas de su amante para no dejarlo caminar.

—¡Suéltame idiota! Quita tus manos de mi ropa, la ensucias –furioso, la agarró por los cabellos y la arrastró por el cuarto hasta que Refugio, vencida por el dolor, lo dejó.

—Por favor, no te vayas.

—¡Eres una perra, maldita! –le gritó con el rostro distorsionado por la rabia–. En mala hora me fui a meter con una piojosa como tú. ¿Sabes por qué nunca te saco a pasear? Pues entérate de una vez: me avergüenzas. Lo único bueno que tenías estaba entre tus piernas, pero eso también ya me aburrió.

Antonio abrió la puerta y la azotó al salir. En el patio de la vecindad, se cercioró de que nadie lo observara. Los vecinos, aunque habían escuchado los gritos, no hicieron caso. Los pleitos entre parejas era algo cotidiano en las viviendas. Con rapidez, Antonio se puso el chaleco, el saco, el sombrero y, evitando chocar con los tendederos cargados de ropa vieja, se dirigió hacia la salida. Odiaba la inmunda vecindad cuyas paredes estaban a punto de caerse y a la gente que la habitaba. Muchas veces se prometió no regresar, pero la lujuria era mayor. Aguantaba la peste del drenaje que corría en un canal abierto por el centro del patio; soportaba con el estómago revuelto el encierro del cuartucho lleno de humedad, las sábanas raídas y el sudor de Refugio, con tal de aliviar la tensión de sus ingles. No le faltaban mujeres. Las viudas lo acosaban, tenían experiencia y no existía ningún compromiso después de unas horas de sexo. Con las solteras prefería coquetear ya que exigían matrimonio, aunque algunas le brindaban sus encantos sin perder la facha de decencia. Sin embargo, cuando la urgencia se convertía en incendio exigía las caricias de Refugio. Ella, con tal de agradarlo, se prestaba a sus demandas y siempre lo perdonaba.

Al cruzar el portón de la vecindad inclinó un poco el sombrero sobre la cara e ignoró a la anciana que pedía limosna en el umbral.

Apoyada sobre un palo que hacía las veces de bastón, la vieja Tomasa caminó arrastrando la pierna gangrenada hacia el cuarto de Refugio. Tocó varias veces, pero no obtuvo respuesta. Sólo escuchó sollozos apagados. Tomasa se apoyó en la puerta y con el peso de su cuerpo la empujó. El corazón se le estrujó al contemplar a la joven acostada en el suelo, sobre un vómito amarillento. Refugio cubrió inútilmente su desnudez, luego se levantó y enredó su cuerpo con la sábana.

—¿Otra vez lo mismo? –preguntó Tomasa adivinando la escena–. Ese hombre es malo, muy malo. Nunca te va a hacer feliz, entiéndelo.

Avergonzada, Refugio bajó la mirada. La palidez de su rostro y las ojeras anunciaron otro mareo. Se sentó sobre el colchón para evitar una segunda caída. Tomasa se acomodó a su lado.

—Acuéstate, descansa y no te preocupes. Cuando mi hija regrese del trabajo te ayudaremos a limpiar el cuarto –jaló la otra sábana y arropó a Refugio–. ¿Le dijiste del chamaco que esperas?

Refugio negó con la cabeza y de nuevo comenzó a llorar.

* * *

Chona soltó la carcajada al abrir el portón. Una mano cubierta por un guante sostenía una rosa formando círculos. Chona intentó tomar la flor, pero ésta huía con rapidez.

—¡Niño Toño! Usté no cambia –dijo con entusiasmo. La mano había desaparecido, pero la vieja sirvienta estaba segura de que pertenecía a Antonio Pascal, pues siempre que el muchacho llegaba a la casa, bromeaba. Chona iba a asomarse cuando entró Antonio de un salto cargando varios ramos y seguido por Lorenzo.

—¡Qué susto me puso, niño Antonio! –Chona retrocedió varios pasos, lo que le hizo perder el equilibrio.

—¿Quién es la nana más bella del mundo? –exclamó Antonio meloso, al tiempo que sostenía a Chona.

—Ni diga eso, niño –contestó la mujer sonriendo con timidez–. Yo nunca fui bonita.

—A mis ojos siempre lo serás, Chonita –Antonio le dio unas palmaditas en la espalda.

—Pasen, pasen, en un momento llamo a la señora y a las niñas.

—Y ¿cómo sabes que vinimos a verlas? Lorenzo y yo estamos aquí para comer carne en salsa verde y tortillas recién hechas. ¿Verdad, Lorenzo?

—Por eso esta rosa es para usted, Chonita –contestó Lorenzo mientras le entregaba la flor al ama de llaves.

—Gracias, niños –murmuró Chona emocionada. Algunas personas tenían un gesto cariñoso con ella y la familia Pascal se encontraba en ese pequeño grupo. Tanto Louis como su esposa siempre abogaban por ella ante los malos tratos de Adela. Chona los apreciaba. Consideraba que pertenecían a los pocos aristócratas que merecían respeto.

Antonio entró al salón, dejó las flores sobre una mesa y, consciente de que las dueñas del hogar se encontraban en alguna faena femenina en la planta alta, gritó.

—¿Dónde están las damas más bellas del mundo? Si no bajan en cinco segundos vamos a subir, las raptaremos sin darles oportunidad de cambiarse de ropa, con el cabello suelto y sin colorete –vio el reloj y comenzó a contar en voz alta–. Cinco, cuatro, tres, dos, uno. Allá voy.

—¡Te ganamos! ¡Nosotras llegamos primero! –por la escalera bajaron corriendo Ana y Rosa. Antonio atrapó a la menor, la alzó y se la pasó a Lorenzo, quien le dio varias vueltas en el aire. Antonio cargó a Rosa, la besó en la frente y luego la depositó en el sillón. Las niñas, contentas, observaban a Antonio que se dirigía hacia donde quedaron las flores.

—Esto es para mis muñequitas –a cada una le entregó un ramillete de violetas–. Y cuéntenme, ¿cómo se han portado?

—Muy bien –Ana imitaba los modales de los adultos. Seria, movía las manos igual que su madre–. En esta semana no nos castigaron porque cumplimos con nuestras tareas, pero Lorena, como siempre, hizo enojar a mamá. Lorena no tuvo la culpa sino papá –aclaró–. La otra noche se pelearon.

—No es cierto, tú no sabes nada, cállate –Rosa le hizo una seña a su hermana.

—Y ¿qué pudo molestar a tu mamá? –Lorenzo fingía asombro, aunque consideraba que las rabietas eran el estado natural de Adela–. Ella nunca se enoja.

—Lorena es una tonta –Ana cruzó la pierna y se acomodó la falda de manera que las rodillas quedaran ocultas–. Todo lo hace mal. Por culpa de ella y de María, mamá anda de mal humor.

Las miradas de Lorenzo y Antonio se encontraron. Conocían muy bien cuáles eran los problemas que causaba María. También sabían que Adela despreciaba a Lorena porque la niña carecía de habilidad para las labores mujeriles.

—Buenas noches –la voz materna puso fin a la conversación. El temor de haber hablado de más apareció en los rostros infantiles. Adela, seguida por Blanca, Lucila y Lorena, se encontraba en la entrada de la sala. Los jóvenes se levantaron.

—Tía Adela, tan guapa como siempre –Antonio le besó la mano sin perder la sonrisa. Lorenzo hizo lo mismo, aunque sin demostrar el entusiasmo hipócrita de su amigo.

—Gracias, caballeros, son ustedes muy amables –Adela trató de ocultar la molestia que le provocaba la visita de los muchachos. No le caían mal, al contrario, el que dos solteros de buena clase buscaran a sus hijas era motivo de presunción. Pero le preocupaba que en cualquier momento llegara don Agustín y Blanca no atendiera a su pretendiente por conversar con jóvenes, cuyas intenciones eran pasar un momento ameno sin un compromiso serio. Además, la cena escaseaba, únicamente había comprado cuatro raciones de estofado con papas y verduras. No le quedaba otra opción más que volver a saquear los ahorros de sus hijas. ¡Cuántos sacrificios con tal de casarlas bien!

Lorenzo y Antonio saludaron a las recién llegadas con un beso en la mejilla, pero el que Antonio le dio a Lucila fue prolongado, tierno y, sin que los demás se dieran cuenta, le rozó por unos instantes la mano. Lucila, sonrojada, lo miró nerviosa. Ninguna caricia le hacía estremecerse como las que de repente le comenzó a prodigar Antonio. También le asustaba que su madre la regañara por permitir ese atrevimiento. Antonio la soltó y, junto con su amigo, repartió los ramos de flores.

—Y María, ¿todavía no regresa?

—No –contestó Blanca–. Desde la mañana se fue con papá a trabajar. Es raro, ya deberían estar aquí, pero no importa, podemos divertirnos sin ella –Blanca tomó del brazo al invitado y lo llevó hacia el sillón de dos plazas. Antonio volteó a ver a Lucila que los seguía sin perder detalle. Por su poca experiencia no se atrevía a competir con las hermanas mayores.

—Hoy me toca sentirme bendito entre las mujeres. Ven, Lucila, cabemos los tres –le ofreció la mano a la quinceañera que de inmediato aceptó. Blanca frunció el entrecejo y su rostro perdió toda serenidad.

—No es necesario que nos apretemos por Lucila. Ella puede platicar con Lorenzo.

—Por mí no se preocupen. Yo estoy muy bien acompañado con mis pequeñas –Lorenzo abrazó a las menores y ofreció el lugar vacío a Adela, quien negó el ofrecimiento con la cabeza. Prefería hablar de pie, dominando la situación.

—Blanca, será mejor que no te arrugues el vestido. No tarda en llegar don Agustín –Adela miró las mejillas pálidas de su hija–. ¿Saben? Blanca ya tiene un pretendiente oficial que la visita todas las noches –un gesto burlón apareció en sus labios al notar la expresión de desconcierto de los muchachos. La noticia había hecho el efecto esperado. Con tono sorpresivo agregó–. ¿No lo habías comentado, querida?

Antonio observó a Blanca. La muchacha titubeó sin poder contestar.

—¿Cómo es posible que no me lo contaras? Debería ser el primero en saberlo –dijo Antonio a manera de reproche. El hecho de que Blanca tuviera novio le importaba poco. Sin embargo, la noticia sería un buen chisme a la hora del té.

—No lo pensé.

Los segundos se hicieron eternos para Blanca. Su madre no tenía freno, todas sus esperanzas las acabó con sus explicaciones innecesarias. Ella pensaba mantener en secreto las visitas del viejo y darle tiempo a Antonio para que comprendiera lo mucho que lo amaba. En esos momentos deseaba lanzarse a sus brazos y pedirle que la sacara de esa prisión, que se casara con ella.

—¿Quién es el afortunado? ¿Lo conocemos? –preguntó Lorenzo.

—Por supuesto, querido –contestó Adela al tiempo que se dirigía hacia el fonógrafo–. Se trata de don Agustín Rosas, el joyero de la aristocracia –sonrió satisfecha. La noticia les caía como un balde de agua helada. Estaba segura de que para el fin de semana los allegados de los Pascal murmurarían, ya que confiaba en la indiscreción de Antonio–. Los abandono con las notas de la orquesta sinfónica de Berlín. La música clásica les dará la oportunidad de conversar. Vamos, niñas, dejemos a los jóvenes –Adela se retiró seguida por sus hijas pequeñas, ante el silencio sepulcral de Lorenzo y Antonio.

—Dime, ¿estás de acuerdo con tu madre? ¿Te agrada de verdad ese hombre? –cuestionó Lorenzo en voz baja. Blanca levantó ligeramente la cabeza. La desesperación que revelaba su rostro aumentó cuando sus ojos se anegaron de lágrimas.

—Mamá no le preguntó. Simplemente decidió que pactar un matrimonio con don Agustín era lo que convenía a mi hermana y a la familia –respondió Lucila, quien se acercó a Antonio en busca de protección. En el fondo, la quinceañera temía un destino similar–. El viejo gordo le pidió permiso a mamá para visitar a Blanca y casi todas las noches viene a cenar.

Lorenzo la estrechó a manera de consuelo. No soportaba a Adela, ni sus poses de dama de sociedad. Conocía la opinión general: las niñas del tendero español no merecían mejorar de clase. A diferencia de muchos, a él no le impresionaban las críticas. Si las frecuentaba era porque se había encariñado con ellas.

—Ya, ya, no llores –Lorenzo extrajo del bolsillo un pañuelo y se lo ofreció a su amiga–. ¿Tu papá aceptó esta locura?

—No, él se opone –murmuró Blanca, entre sollozos–. Estaba tan enojado que nos amenazó. Tuve miedo, mucho miedo de que le dejara de hablar a mamá. Así que mentí. Tú sabes, ella no soportaría la vergüenza de pertenecer al grupo de las separadas y ¿qué sería de mis hermanitas? Le dije a papá que estaba contenta con la petición de don Agustín. Él respetó mi decisión aunque no le hace gracia el asunto. Siempre esperó otro tipo de hombre para mí.

Antonio escuchaba sin interrumpir. Esta vez la tía Adela había ido más allá de toda lógica. En las reuniones asediaba con preguntas a los solteros, obligaba a las niñas a incluirse en conversaciones que no les correspondía; averiguaba acerca de viudos recientes. La angustia por casar a las hijas la llevaba a situaciones absurdas. Pero comprometer a la hija con un vejestorio, dueño de la peor fama de México con tal de obtener una buena posición social, rebasaba el límite. Ahora que, pensándolo bien, el compromiso le ayudaría a sus planes. Blanca saldría del camino. Estaba harto de que ella se apareciera en cada reunión donde existía la posibilidad de flirtear con alguna debutante. Al casarse la hija mayor, las que seguían tendrían la oportunidad de conocer pretendientes. Con María no había problema. Ella no creía en el dicho de hermana saltada, hermana quedada. Ahora podría seguir visitando la casa como amigo de la familia sin que nadie lo obligara a formalizar una relación.

Observó a Lucila. Muchas veces se cuestionó la absurda atracción que sentía por ella. Siempre la consideró una mocosa que se arrastraba por el suelo en busca de animalitos domésticos. Él, que buscaba a mujeres maduras para gozar, se encontraba obsesionado por una quinceañera que se ruborizaba con cualquier roce. Había sido un acierto sentarse juntos en ese sillón. Cómo ansiaba descubrirle los secretos del sexo, saciarse y luego olvidarla; sí, olvidarla, porque a él no le gustaban los compromisos.

—Debes aceptar a don Agustín –afirmó Antonio ante el desconcierto de los demás. Luego se dirigió a Blanca en voz baja–. Creo que debes actuar con inteligencia y aprovechar esta situación. Admite al viejo verde, pídele regalos que tengan satisfecha a tu mamá, acompáñalo a comidas y fiestas; diviértete. Mientras, buscaremos la manera de deshacernos de él.

—¡No puedo hacer eso! No me gusta mentir –comentó Blanca desilusionada.

—No seas tontita. Puedes fingir. Ustedes, las mujeres, son expertas en ese arte. Pórtate como buena hija y obtendrás muchos beneficios.

El ruido del portón los distrajo. Ana, Rosa y Lorena corrieron hacia la entrada gritando de alegría: "Ya llegó papá. ¡Papá! ¡Papá! ¿Qué nos trajiste?" En el arco de la entrada aparecieron Olegario y María. El jefe de la familia se encontró rodeado por las tres niñas que se peleaban por colgarse de su cuello. Olegario saludó a los invitados desde lejos. Lorenzo y Antonio dejaron sus lugares con la intención de estrecharle la mano, pero Olegario se alejó rodeado de sus tres hijas que, ansiosas, tocaban los bolsillos abultados de su saco. En el patio logró calmar a las chiquillas y extrajo tres bolsas de papel llenas de dulces de azúcar.

María tomó de la mano a Lorenzo y le dio un beso en la mejilla, luego saludó a Antonio.

—Por fin llegaste. ¿Se puede saber dónde andabas? –Antonio estrechó a María y la llevó hasta la mesa donde estaba el ramo de rosas que le había traído–. Esto es para mi consentida, sólo que antes tienes que decirme de quién estás enamorada.

—Ya lo conoces, o ¿no eres tú en quien confío mis secretos?

—No todos, querida, sé que me ocultas algo.

—Tienes razón, me descubriste. Acompañé al príncipe de Gales a una exposición. Tenemos un romance a escondidas, aunque el pobre es tan aburrido que decidí regresar a tu lado. Tú sí sabes cortejar a una dama.

María observó la expresión de sus hermanas. Parecía que estaban en un velorio: Blanca tenía las mejillas húmedas y, por los pucheros ahogados, en cualquier momento rompería en llanto. Lucila demostraba su enojo tensando la mandíbula y frunciendo el entrecejo. Adivinando la escena que se había vivido en aquella sala minutos antes, se separó de Antonio y se dirigió hacia el fonógrafo.

—¡Qué música! Estoy segura de que mamá puso el disco, le encanta arruinar las reuniones. ¿Qué les parece algo más alegre? –agarró otro disco, lo colocó en el aparato y le dio cuerda. Tenía la esperanza de crear un ambiente agradable, iluminando el salón y abriendo las ventanas para que el aire circulara. Lucila merecía una oportunidad y el espíritu de Blanca un poco de optimismo–. Creo que una polca estará mejor.

La Cantinera de Juventino Rosas comenzó a sonar a todo volumen. María se acercó a Lorenzo; lo llevó hacia un extremo de la sala fuera de la alfombra y se pusieron a bailar. Antonio, indeciso, invitó a bailar a Lucila ante la frustración de Blanca, que con envidia vio la alegría de su hermana.

El ruido atrajo a Olegario y a las niñas. Se paró a la entrada del salón, mas no pudo sonreír ni aplaudir al ritmo de la música, como lo hacían sus hijas menores. Un nudo se le formó en la garganta al ver el desánimo de Blanca: esa niña no era feliz. Olegario bajó las mangas de su camisa, las abrochó, reacomodó su corbata y se dirigió con paso gallardo hacia donde estaba sentada su hija.

—Señorita, ¿me permite bailar con usted esta pieza?

Blanca sonrió agradecida y le ofreció la mano a su padre. A su lado, nunca estaría sola. Entonces, ¿por qué no confiarle la verdad? No, no traicionaría las esperanzas de su madre. Sólo le quedaba demostrar la falsa alegría que le propuso Antonio, mientras encontraba una solución o se resignaba.

Al comenzar la tercera pieza, Adela gritó desesperada, no soportaba el volumen. Nadie le hizo caso y menos cuando estaban a punto de cambiar de pareja. Lorenzo invitó a bailar a Lorena, quien torpemente seguía los movimientos del muchacho. En el centro, María formó un círculo con las pequeñas para que las niñas la imitaran.

Cuando Agustín Rosas llegó, la música, los aplausos y las risas provocaban el alboroto de una fiesta familiar. El joyero, descontrolado, observó la escena. Desde sus tiempos de juventud no había asistido a una tertulia improvisada. Recordó los agradables momentos en compañía de los amigos.

—¡Don Agustín! –exclamó Adela mortificada por lo que pudiera pensar el joyero–. Usted disculpe tanta vulgaridad, pero, ya sabe, los jóvenes de hoy tienen pésimos gustos.

Blanca saludó a su pretendiente con un ademán y continuó bailando con Antonio. Agustín le devolvió una sonrisa sincera. No estaba de humor para indignarse; las ventas habían sido demasiado buenas y quería festejarlo. No a diario se cerraban tratos con don Ramón Corral e Ignacio de la Torre. Este último había comprado varias cadenas de oro para regalárselas a su amante en turno. ¡Cínico! En la ciudad la gente comentaba acerca de la pasión que el yerno de don Porfirio sentía por los jovencitos imberbes.

Adela fulminó a Blanca con la mirada. La orden silenciosa era que dejara de bailar inmediatamente y cumpliera con sus obligaciones.

—Ya viene mi hija, don Agustín.

—Déjela, déjela, doña Adelita. La muchacha está contenta y eso es lo importante. ¿No le gustaría bailar una polca?

—¿Qué dice? –Adela abrió los ojos temerosa de no haber escuchado bien.

El joyero no contestó. Todos se quedaron sorprendidos cuando don Agustín Rosas se integró al baile llevando del brazo a su futura suegra.

El frío de febrero azotó la cara de Pablo. El hombre alto, de cabello castaño claro, abrió los ojos color avellana y su mirada se topó con una estructura metálica que se alzaba hacia el cielo. No le encontró una forma definida ni intentó buscarla. El cansancio le exigía volver a cerrar los ojos, pero el suelo duro y la baja temperatura se lo impidieron. Recostada sobre su pecho, cubierta por una capa, Anne se encontraba dormida. El cabello rojizo de la muchacha cubría parte del cuerpo de Pablo, cuya camisa mostraba restos de colorete femenino. Más allá, dormidos junto a unos arbustos, Pablo observó a sus compañeros. ¿Qué hora sería?, se preguntó. Trató de sacar el reloj que guardaba en el chaleco, mas un dolor agudo le atravesó la cabeza. En la hierba todavía quedaban botellas con restos de champaña. El verlas le provocó nauseas. Lo último que deseaba era probar el líquido burbujeante o cualquier alimento que cayera en su estómago vacío; sin embargo, a pesar del asco, reconoció lo contento que estuvo. La medianoche había alcanzado a Pablo y a sus amigos en la cantina de *monsieur* Gerard, el más famoso en los barrios bajos parisinos. Cuando los echaron a la calle, después de bailar cancán acompañados por la cantante Lala Belle y divertirse con las prostitutas del lugar, recorrieron las orillas del Sena tomando champaña.

Pablo nunca había bebido tanto, pero la alegría del grupo había desinhibido su carácter reservado. No siempre era el festejado, así que decidió reír, bailar y besar a todas las mujeres que se atravesaban por su camino. No desaprovecharía su última noche en París. Quería llevarse el recuerdo de la ciudad y ¿quién mejor que el gordo Gerard para lograrlo? Al salir del local, volvió a brindar con todos los amigos.

Nunca pensó en dormir bajo la torre Eiffel como un indigente. El honorable doctor Pablo Pascal criticaba a los borrachos que pasaban la noche sobre la banca de algún parque y terminaban en la sección de urgencias del hospital donde estudiaba. Sin embargo, la estructura que estaba frente a él era la torre. Pasó los dedos por su cabello castaño. ¡Cómo le hubiera gustado tener la pócima secreta del doctor Leduc para aliviar el dolor de la nuca!

Recordó que pararon en los jardines, ante las súplicas de las mujeres que deseaban descansar un rato. Luego, Anne lo besó apasionadamente, le desabrochó la camisa para acariciarle los vellos, lo apartó del grupo y entre unos matorrales hicieron el amor a la luz de la luna. Pablo observó a su compañera. La maravillosa Anne, la enfermera que lograba que los estudiantes de médicina pasaran, muy entretenidos, las prácticas en el hospital. Alzó la capa que la cubría. La blusa entreabierta dejaba ver los grandes senos que él tanto disfrutó en las noches de guardia. El deseo hizo reaccionar su cuerpo. Esa mujer excitaba a los hombres con la sonrisa, con los movimientos de su cadera, con el olor a lavanda de su perfume. Pablo quería meter su cara entre los senos cálidos y perderse en su sabor. La iba a extrañar. Después de un año de compartir la cama con ella iba ser difícil encontrar otra compañera que disfrutara el sexo como Anne lo hacía.

Cuando la conoció le incomodó la libertad que pregonaba. A la enfermera nunca le gustaron las relaciones duraderas ni unirse a un hombre en especial. Jamás renunciaría a sus sueños por atender un hogar y a unos hijos que no deseaba. En el verano, Anne se marcharía a Alemania a estudiar medicina.

El cantar lejano de unos gallos le anunció el poco tiempo que le quedaba. Cuando volviera al apartamento de la familia Pascal, en el bulevar Saint-Michel, el viejo Jean, portero del edificio, le estaría esperando con un taxi para que lo llevara a la estación del tren. Él debía regresar a México a practicar la medicina y a cortejar a Milagros. Ésos eran los deseos familiares y fallar no era digno de un hombre de su categoría.

Los tintes rosáceos que iluminaron el cielo despidieron la noche de fiesta. En unos minutos llegarían los barrenderos. Ansioso, Pablo deslizó la yema del dedo por el pecho de Anne hasta llegar al pezón. Ella abrió los ojos y sonrió. Pablo no pudo más. Se colocó sobre su amante luchando contra la ropa que les impedía unirse. Ella alzó las piernas para recibirlo con la misma urgencia que él demostraba. Unos murmullos, acompañados de pasos, se escucharon cerca. Probablemente sus amigos habían despertado. No importaba que los vieran compartiendo su placer. Ni el mismo Gustave Eiffel sabría lo que era poseer a una mujer bajo el monumento de metal que había construido. Eran sus últimos minutos en París, y los gozaría hasta el final. Total, sólo una vez se tenían veinticinco años.

—Por lo menos inténtelo, María. No opine sobre una persona sin conocer-la. Venga conmigo mañana por la noche y le presentaré al auténtico señor Francisco I. Madero. Es un tipo extraordinario que busca un cambio pacífico –Leandro trataba de convencerla mientras atravesaban La Alameda rumbo a la nevería situada en la calle de la Mariscala. Chona los escoltaba unos pasos atrás tratando de escuchar lo que el desconocido le decía a su niña.

—¿Qué pretexto le inventaría a mi padre? Si le digo que lo voy a acompañar al Centro Antirreeleccionista, me prohibiría salir con usted.

—No tiene por qué saber la verdad –le contestó con gesto de compli-cidad–. No vamos a hacer nada indebido, Chona podrá venir. ¿No es así, Chonita?

La sirvienta emitió un gruñido a manera de respuesta. Esperaba que María actuara con cordura y no se le ocurriera aceptar una invitación a una guarida de revoltosos. Además, iba a estar difícil salir de la casa sin levantar sospechas.

La tarde era soleada aunque de vez en cuando soplaba el viento frío de los primeros días de marzo. Muchas jovencitas, luciendo sus mejores ropas, daban vueltas por La Alameda, seguidas por la severa mirada de las gobernantas. Las matronas, con gestos discretos, aceptaban o rechazaban las atenciones de los caballeros que se acercaban a cortejar a sus protegidas. Por la avenida Juárez y San Francisco, la antigua Plateros, varios carruajes transportaban damas de sociedad a las cafeterías de moda. Unos cuantos coches, los más elegantes de la ciudad, hacían fila frente al Jockey Club para dejar a los socios que aprovechaban sus ratos de ocio jugando ajedrez.

Leandro nada más tenía ojos para María. Desde que la visitaba, se ha-bía enamorado totalmente de su voz, sus gestos, su risa, de su figura, que esa tarde llevaba un vestido que lograba entallarle la cadera a la perfec-ción. Gozaba la sencillez de sus palabras, aunque a veces le fastidiaban sus poses de señorita rica que no aceptaba ningún cambio, pero a diferencia de las adineradas, ella se preocupaba por las necesidades de los humildes. Había que ver la devoción que le tenían el aguador, los empleados de la tienda, los indígenas que llevaban la mercancía y la misma Chona, que la cuidaba no por obligación sino por un inmenso cariño.

—Odio mentir, Leandro. Además, no me agrada el tal Madero. Ha-bla de injusticias cuando él siempre vivió en la abundancia; rechaza a los aristócratas y olvida que su familia es dueña de Coahuila. Propone cambios y, por desgracia, no tiene un proyecto lógico. En México existen problemas muy serios, pero debemos reconocer que Díaz no lo ha hecho tan mal.

—Tiene razón –contestó Leandro–. No lo ha hecho tan mal, lo ha hecho pésimo. Nunca, en la historia de este país, el pueblo ha estado revolcándose en la miseria como ahora. Si usted saliera, se daría cuenta de lo que sufren los indígenas. Los mineros yacen encerrados en un infierno sin esperanza y los campesinos deben tanto a sus amos que ya empeñaron hasta las almas de sus nietos. El presidente ha enriquecido a unos cuantos mientras que el pueblo no tiene nada.

Durante unos minutos caminaron en silencio. Leandro estaba arrepentido por la agresividad de su comentario. No quería ser demasiado crítico. María no tenía la culpa de la educación privilegiada que recibió. Estaba seguro de que si escuchaba a Madero iba a pensar diferente y lucharía por una verdadera justicia social. El pueblo estaba con el nuevo líder. Faltaba convencer a la gente adinerada, núcleo al que pertenecía su amada.

—Exagera con eso de la historia –dijo animada por la discusión–. Otros gobiernos tampoco han visto por los pobres ni la clase media. No olvide a Santa Anna que vendió medio país, a presidentes tan grises como Comonfort y Lerdo de Tejada, que aumentaron las deudas, y qué decir de las constantes guerras que acabaron con el progreso del país. Por lo menos, con Díaz hemos tenido paz –hizo una pausa para saludar a una conocida, luego agregó–. Mi papá me contó que antes los negocios no evolucionaban. Los comerciantes y los industriales tenían miedo de invertir por la falta de estabilidad y los constantes saqueos. Unos días los conservadores eran los dueños del país; otros, los liberales; al otro siguiente, los invasores. Por lo menos, en los últimos veinticinco años hemos vivido en tranquilidad.

Leandro prefirió no discutir. Deseaba enseñarle la realidad que él veía e iniciarla en sus creencias, mas no la molestaría con el entusiasmo maderista que los dominaba a él y a los estudiantes universitarios. Bastante afortunado debía sentirse en compañía de su amada.

Atrás de una fuente encontraron el local de nieves El Progreso. El quiosco estaba alejado de la zona de moda. Era un sitio tranquilo, discreto, preferido por los antiguos clientes que gustaban de los batidos con leche. Buscaron una mesa sombreada por las ramas de un árbol.

—Aquí estamos más cómodos que en el Café Colón. ¿No le parece?

—Yo deseaba invitarla al Colón porque a usted le agradan los merengues rellenos de chocolate.

—Gracias, Leandro. He de confiarle que también adoro el batido de vainilla –sonrió agradecida. Él la observó. ¿Qué demonios importaba que su amada fuera una porfirista? Tampoco importaba el dinero que iba a gastar esa tarde, si la sonrisa de María estaba dedicada únicamente a él. Las noches en vela revisando los documentos del Centro Antirreeleccionista valían la pena. Le daban el dinero extra que podía gastar sin remordimiento. Leandro se dirigió al mostrador dejando a las mujeres solas.

María suspiró relajada. Cuando se encontraron, cerca de las obras del Nuevo Teatro Nacional, lo convenció de ir a las nieves por la calle de la Mariscala, donde su amistad con un hombre no causara comentarios que al final llegarían distorsionados a oídos de su madre. Las pocas veces que había salido con él, buscaba sitios nunca frecuentados por las amigas de Adela.

—Creo que hoy la libramos, Chona. La señora Espinosa no dirá nada. Ella es muy discreta y odia los chismes.

—¡Ay, niña! Qué bueno que fue esa mujer con la que nos encontramos. ¿Por qué no nos regresamos solas al tranvía? Total, todavía es temprano –desde que llegaron al parque su tarea ya no había sido vigilar los modales de Leandro; se dedicó a abrir bien los ojos para evitar a las conocidas que paseaban por La Alameda.

—Leandro no lo permitiría, es todo un caballero.

—No me gusta, niña –dijo Chona en voz baja, mirándolo con desconfianza–. Dice cosas muy raras. Por favor, niña, no vaya a donde se juntan los rebeldes, se puede meter en problemas serios.

—No te asustes, Chonita, es un buen muchacho –le contestó con aprecio–. Es serio y me quiere bien.

—Bueno, hay que reconocerlo, niña. Él está aquerenciado con usté, pero insisto, no me gusta nadita lo que habla.

—Lo sé. A veces también a mí me molestan sus reflexiones, pero al menos razona. No es como los amigos de Antonio que sólo hablan de la moda, las fiestas, Europa y la vida íntima de la gente.

Leandro regresó con una charola que depositó sobre la mesa. A Chona le ofreció una copa llena de fruta revuelta con helado de chocolate, a María, un batido de vainilla y jarabe de fresa, y para él, nieve de limón.

Chona contempló lo que tenía enfrente. Nunca en su vida se le había ocurrido comer algo semejante; tampoco acostumbraba compartir la mesa cuando acompañaba a las niñas de la casa.

—Disculpe, joven, esto no es para mí –comentó apenada.

—Pruébelo, es una delicia. Se llama Amor de clérigo. Le va a gustar.

—Pero... –Chona miró suplicante a María.

—Nada que alegar. Usted es mi invitada.

Por unos segundos, María posó su mano sobre la de Leandro. Su manera de tratar a Chona le había agradado. ¿Podría enamorarse de una persona tan diferente a ella? Probó el batido que, según el menú, se denominaba Boca de dama. No era afecta a las bebidas frías, sin embargo, disfrutó ver cómo Chona devoraba las frutas.

—Entonces, ¿qué ha decidido? –preguntó Leandro–. ¿Acepta acompañarme a la junta?

—No estoy segura –limpió sus labios con la servilleta–. Admiro a don Porfirio; estoy convencida de los beneficios de sus obras.

—No quiero ofenderla –le contestó con voz pausada–. Díaz es un mentiroso. En la entrevista que le hizo James Creelman, afirmó que estaría agradecido de que surgieran otros partidos políticos y que él dejaría el poder. Sin embargo, ha mantenido mano dura contra cualquier opositor. Dudamos que las próximas elecciones sean limpias.

—El presidente no miente –su firmeza desmoronó la defensiva del enamorado–. Es muy difícil dejar su obra maestra en manos de un desconocido. ¿Abandonaría el negocio que tanto trabajo ha costado, a un novato? No. Por desgracia, el gran error de Díaz es no tener seguidores jóvenes que continúen con su plan y eso lo hace desconfiar de todos. No confío en Madero: un hombre que habla con los espíritus para que lo aconsejen no está muy cuerdo.

—Debe conocerlo –dijo entusiasta–. Don Panchito es un hombre brillante, de buena familia, que ha estudiado en el extranjero. No sé si tiene contacto con los espíritus, pero está iluminado por un guía del más allá –Leandro tomó discretamente la mano de María y agregó–. Venga conmigo, escúchelo, comparta mis ideales. Le prometo que no se arrepentirá.

Lo miró fijamente a los ojos. La sinceridad de esa petición la desarmaba. No perdería nada con escuchar al señor Madero. Ella tenía sus convicciones y jamás las modificaría. O ¿acaso Leandro sería el hombre que la haría desafiar al mundo?

* * *

Una señal de Olegario bastó para que Matías entendiera el mensaje. El indio tomó el gabán y salió presuroso detrás de las mujeres que caminaban hacia la parada del tranvía. Sabía que la niña María, acompañada por Chona, asistiría a la celebración de los oficios en La Profesa. Pronto oscurecería. Las luces del callejón se encenderían y el sereno daría el primer rondín por la zona.

Las vio subirse a un tren que viajaba hacia el centro de la ciudad. Matías corrió atrás del vehículo hasta que logró agarrar el barandal trasero. Nadie como él para transformarse en sombra y pasar inadvertido.

Pasaron frente a La Profesa atiborrada de creyentes, pero las mujeres no se bajaron; continuaron hasta la Plaza Mayor, donde se perdieron entre la multitud.

Las calles se llenaban de empleados y comerciantes que cerraban los establecimientos. Matías las siguió a distancia. Las miró entrar a una casa de estilo sobrio que más parecía una oficina que un templo. Varias personas esperaban en la entrada. Matías no se atrevió a ingresar. Las reuniones de catrines no eran para él. Además, por experiencia sabía que cuando hombres importantes se reunían a discutir, el indio siempre salía jodido.

Atravesó la calle para esperarlas, sentado junto al portón de un edificio. Un policía lo observó desconfiado. ¡Ah!, detestaba a los malditos cuicos que sospechaban del hombre humilde únicamente por ser pobre. Cuando el uniformado dobló la esquina, Matías aprovechó para treparse a un árbol y acomodarse en las ramas gruesas. Del gabán extrajo las sobras de la cena. Mientras saciaba su hambre vigilaría y, si se le antojaba, hasta podría orinar.

María, luciendo un sastre azul marino y un discreto sombrero de raso del mismo color, entró a la habitación principal seguida por Chona. La sala y el comedor se habían convertido en salón de conferencias, con decenas de sillas. Las paredes, pintadas de amarillo, mostraban consignas de lucha y óleos que representaban a Hidalgo, Morelos, Benito Juárez y a los hermanos Flores Magón. Arriba del estrado, una manta decía: "Respeto a la Constitución de 1857. Sufragio efectivo, no reelección".

María recorrió los rostros en busca de Leandro. La mayoría de los asistentes eran universitarios, oficinistas, empleados, obreros y unos cuantos empresarios. Algunos jóvenes se volvieron a verla entre murmullos. Chona, envuelta en el voluminoso vestido negro que usaba en la Cuaresma y en los velorios, mostraba un gesto violento que no permitía acercamiento alguno.

—Le dije que no viniéramos, niña. Hay demasiados buitres en busca de carne tierna –rezongó al tiempo que jalaba a su protegida hacia un extremo del salón.

—No están haciéndonos daño, Leandro no lo permitiría –María le sonrió a dos muchachos que la saludaron.

—Si fuera un caballero, nos hubiera esperado en la puerta –Chona fulminó a los atrevidos, quienes desviaron la atención hacia otro lado.

—Ignoraba que vendríamos. Mejor olvida tus protestas y abre bien los ojos para localizarlo.

—Este sitio es indecente. Mire nomás la cantidad de hombres que hay.

—Los mismos que puede haber en la iglesia.

—No. Hablan cosas que usted no debe escuchar.

La voz de Chona llamó la atención del grupo donde se encontraba Leandro que, al descubrirlas, salió a su encuentro nervioso, pero con la felicidad reflejada en la cara: su amada había cumplido la promesa de acompañarlo y él, por suerte, llevaba la levita que le acababa de regalar su padrino.

—María, me hace el hombre más dichoso de la tierra –le dijo depositando un beso en la mano–. Me esperaba todo, menos verla aquí –sus ojos se dirigieron hacia la chaperona que no disimulaba su enojo–. Chonita,

qué bueno que vino –como respuesta, Leandro escuchó un gruñido apaga-
do–. Por favor, pasen. Allá están mis amigos.

—Aquí la espero, niña. Usté me llama cuando me necesite –Desconfiada, Chona se sentó sin dejar de observar lo que la rodeaba.

María sintió alivio. La compañía de Leandro relajó la tensión que la
invadía. Las críticas al régimen porfirista que escuchó a su paso la pusieron
en alerta. Tendría por delante una velada difícil e interesante. Admiraba a
Díaz, mas no se cegaba a la realidad: el general había cometido atropellos
para los que no existían absolución. Los empleados de la tienda mencionaban a conocidos que purgaban penas en la cárcel de Belén por criticar
la dictadura.

—Quiero que conozcan a la señorita María Fernández –Leandro la
presentó a cada uno del grupo–. Mi colega, el licenciado Rafael Lozano;
el licenciado Juan Pérez, amigo de la facultad; el padre Jacinto Gálvez,
párroco de San Juan; y mi querida amiga, Celia Ramírez.

María los saludó con una ligera inclinación de cabeza. Celia no le
respondió, se limitó a examinarla con una mirada penetrante que caía en
la agresión.

—¿Es la primera ocasión que asiste al Centro? –preguntó Juan a la recién llegada–. Estoy seguro de que juzgará nuestros comentarios un tanto
insolentes –agregó sarcástico–. Pero al final saldrá convencida de que es
necesario el cambio. Por ejemplo, cuando usted llegó, hablábamos acerca
de la relación hipócrita entre Díaz y la Iglesia católica. ¿Qué opina?

María, disimulando el nudo que se le acababa de formar en la garganta, contestó.

—Resulta inadecuado, señor Pérez, hablar de hipocresía. Creo que el
término adecuado sería relación diplomática entre altos mandos –Leandro
y el sacerdote rieron complacientes, lo que la animó a continuar–. Al igual
que Juárez y Lerdo, Díaz ha respetado las Leyes de Reforma, permitiendo que la Iglesia asuma un papel espiritual. Los primeros se opusieron a
los intereses de la Curia y le declararon una guerra ideológica abierta. En
cambio, el presidente Díaz ha permitido al clero actuar libremente dentro
de ciertos límites, o sea, practican un respeto mutuo.

—Exacto, actuan con doble cara –alegó Rafael–. Por un lado, Díaz se
dice ateo, defensor de los liberales, respetuoso de las leyes juaristas y, por
otro, a través de su esposa, con quien se casó religiosamente en ceremonia
privada, acepta los negocios de obispos y cardenales que le dan muchos
beneficios. ¿Acaso no compró la aprobación de monseñor Eulogio Gillow,
al darle en concesión el ferrocarril de San Martín y el tranvía de Puebla
a Texmelucan? Dicen que el arzobispo tiene una enorme residencia en
Oaxaca, además de un rancho ganadero –hizo una pausa y continuó–. Y
ni hablar de los favores que obtuvo Labastida y Dávalos con la farsa de la

coronación de la Virgen de Guadalupe o los siete días de fiesta por la llegada de monseñor José Mora y del Río.

Celia Ramírez sonrió burlona ante la exclamación de María y con fingida preocupación se dirigió al licenciado.

—Por favor, Rafael, calla tu enorme boca. ¿Qué no ves que escandalizas los castos oídos de la señorita?

—Se equivoca –respondió María retadora–. Eso no me hace mella. Simplemente me asombra que juzguen la obra del presidente por hechos aislados y no por la trayectoria de su gobierno –tomó suficiente aire para calmarse y, sin olvidar las enseñanzas de Olegario, continuó–. No dudo que monseñor Labastida haya obtenido bastantes privilegios en los años que estuvo al frente de la Iglesia mexicana. Sin embargo, para 1895, fecha en la que fue la coronación, el prelado había muerto y, discúlpeme, padre Jacinto, si mis comentarios hieren su sensibilidad, pero más culpa tienen los sacerdotes corruptos que dejan a un lado sus valores para aceptar el soborno, que el mismo Díaz. El presidente propone y en los otros está aceptar o no.

—¡Vaya, vaya! La señorita vino a darnos lecciones de moral –exclamó Celia, molesta–. Seguramente quiere compartir con nosotros lo que aprendió en la escuela de monjas..

—No seas puntillosa, Prieta –intervino el padre Jacinto de manera conciliatoria–. Por desgracia, la señorita Fernández dice una gran verdad: tanto peca el que mata la vaca como el que le coge la pata. Reconozco que si el presidente compra voluntades es porque ha encontrado quién acepte el precio –recorrió los rostros de sus condiscípulos en busca de aprobación–. Por eso, todos estamos de acuerdo en que urge un cambio, no sólo en el gobierno sino en las altas esferas políticas, económicas y sociales del país. Pero olvidemos por el momento las creencias personales y ocupemos nuestros lugares antes de que se llene el local. Leandro, ¿por qué no llevas a la señorita Fernández con Sarita y las damas del Comité Femenino?

Leandro la guió hacia un grupo de mujeres que estaban cerca del estrado. Entonces ella se detuvo en seco y enfrentó al muchacho.

—Dígame, ¿sus compañeros siempre son agresivos o sólo cuando conocen a alguien diferente?

—No les haga caso –se disculpó–. En realidad son muy amables, aunque hoy están un poco excitados. Tal vez se deba a la inquietud que nos invade cuando hablamos sobre las próximas elecciones presidenciales.

—¿Eso les enseña el señor Madero? ¿A intimidar?

—De ninguna manera. La intimidación la utilizan los que no saben dialogar. Madero es un hombre pacífico, inteligente. En pocos minutos lo escuchará.

—¿Y Celia? Parecía molesta. ¿Acaso existe algún interés entre ustedes?

La sonrisa de Leandro se perdió en un gesto serio. Debía de tener cuidado con la Prieta. Era una mujer con bastantes cualidades, pero, como enemiga, se transformaba en un demonio imposible de controlar.

—El único interés que existe entre nosotros es la amistad –contestó tajante, y la tomó del codo para continuar el camino.

Un grupo de mujeres, luciendo prendas oscuras y portando grandes sombreros, los recibió sin perder el hilo de la conversación. María las analizó y llegó a la conclusión de que se parecían a las amigas de su madre. La más joven se levantó de la silla y fue a darles la bienvenida.

—Doña Sarita, quiero presentarle a la señorita María Fernández –la mujer, de sonrisa agradable, respondió al saludo con amabilidad.

—Mucho gusto, el licenciado Ortiz nos ha platicado de usted –Sara la invitó a sentarse junto a ella–. Acompáñenos, así tendremos oportunidad de conocernos.

Las señoras sonrieron, mientras Leandro se disculpaba por abandonarlas para atender asuntos relacionados con la junta que estaba a punto de comenzar.

María observó a Sara Pérez. Había escuchado algunos comentarios sobre la esposa de Madero. En persona, se le hacía imposible que fuera como la pintaban los periodistas. La baja estatura, la delgadez de su cuerpo, la tez morena clara y los ojos oscuros, vivaces, le daban una imagen de sencillez. Probablemente, por esa naturalidad, los caricaturistas se aprovechaban de la señora Madero para atacar al líder político.

—¡Es imperdonable lo que ese sátrapa hizo! Panchito deberá pugnar para devolver a cada municipio la independencia escolar y permitir que el clero se encargue de la educación de los pequeños –exclamó una mujer de cabello cano–. No se puede pretender que todos los niños aprendan lo mismo. ¿Dónde han quedado las costumbres que nos regían?

—Exageras, Chuchis –intervino otra que, por su vestimenta, parecía guardar luto–. Hay que reconocer que no fue tan mala la reforma educativa de Justo Sierra. Ahora los estudiantes de provincia tienen las mismas oportunidades que los de la ciudad. Lo que tiene que suspenderse son las clases de gimnasia. ¡Pobres chamacos! Hacen ejercicio en el exterior sin importar el mal clima.

—No entiendo las razones que tuvo Justito. Conozco a su familia y sé que son católicos, de buen linaje y moral intachable. Nunca debió aceptar las ideas de Protasio Tagle –aseguró con tono severo una anciana de rostro pálido y arrugado–. Sarita, convence a tu marido de que termine con el libertinaje que provocan las clases de gimnasia. Además, la poca ropa sólo incita a malos pensamientos. ¡Qué horror! –se persignó, logrando que sus amigas la imitaran–. Las niñas andan brincando, hacen piruetas que les causarán un trastorno serio. También ha sido pernicioso para las jovencitas que ahora practican ese infernal juego del patinaje. Deberían prohibirlo.

—¿El patinaje, las clases de gimnasia o la reforma educativa? –preguntó María, incrédula.

—Todo, señorita, todo el desenfreno que infecta a la juventud –confirmó la anciana sin dejar de señalarla con el índice–. Antes, la formación cristiana que teníamos nos daba la oportunidad de ser esposas resignadas, madres devotas y nunca perdimos la virtud con experiencias ajenas a nuestra manera de pensar –satisfecha buscó la aprobación de sus compañeras–. Pero ¿qué podemos esperar? Díaz, con el llamado progreso, enterró nuestras tradiciones. Y, por si fuera poco, también corrompió las buenas conciencias que lo rodean. ¿Está de acuerdo con nosotras?

—No, mi querida señora –María miró de reojo el gesto tranquilo de Sara–. Los niños necesitan ejercicio al aire libre para desarrollarse. Está demostrado que quien practica cualquier tipo de actividad física duerme mejor, tiene más apetito y se enferma menos.

—Ésas son mentiras que los Científicos inventaron para manipular a los ignorantes –gritó Chuchis.

—Se equivoca y me atrevo a afirmarlo porque lo aprendí en las clases de la maestra Estefanía Castañeda –respondió María sin intimidarse–. Hace un año tuve la intención de dedicarme a la educación preescolar. Desgraciadamente, por motivos familiares, dejé la escuela normal –guardó silencio para que las mujeres consideraran el comentario, luego agregó con sarcasmo–. ¡Ah! Por cierto, algunos sábados voy con mis hermanas a patinar al Tívoli del Eliseo. No se imaginan lo divertido, no, más bien, lo excitante que es.

—¿Así que usted patina? –Sara rompió la tensión que suscitaban los cuchicheos de las señoras–. ¡No sabe las ganas que tengo de hacerlo! Desde que mi marido y yo nos conocimos en Estados Unidos, no he podido convencerlo de que me lleve a la pista –un dejo de nostalgia acompañó el suspiro–. Cuando éramos novios y yo estudiaba en California, junto con mis cuñadas Mercedes y Magdalena, patinaba y andaba en bicicleta.

—¡Sarita, por Dios! No debes propiciar tal degeneración, ni mucho menos comentar tus imprudencias de juventud ante desconocidos –le advirtió Chuchis, temerosa de los oídos que las rodeaban.

Sara asintió. Aunque lo lamentaba, su amiga tenía razón. En público, no debía dejarse llevar por los recuerdos. Había depredadores que deseaban despedazar a su esposo y cualquier frase podría convertirse en un arma de ataque.

—Bueno, estamos aquí para encontrar soluciones y no para atacarnos entre nosotras –afirmó Sara. Luego se dirigió a María en tono confidencial–. ¿Podría venir a mi casa el próximo lunes? Me encantaría conversar con usted.

María aceptó. Por ningún motivo rechazaría la invitación.

Leandro se acercó al grupo llevando dos bultos. Risueño jaló una silla y se sentó al lado de la joven.

—La junta comenzará en cinco minutos –dijo a las damas maderistas–. Las negociaciones con los enviados de los estados ya terminaron. Están de acuerdo en mandar varios contingentes de apoyo la primera semana de abril. La convención será un éxito. ¡Le demostraremos al gobierno que no le tenemos miedo! Somos miles los mexicanos que exigimos justicia.

Las mujeres gritaron alegres, abrazándose entre ellas y felicitando a Sara, quién trataba de sacar del bolso un pañuelo para secar las lágrimas.

El entusiasmo contrastaba con la seriedad de María. El ceño fruncido y los labios apretados mostraban su malestar. Imaginaba la ciudad sumida en un caos gracias a las marchas de los rebeldes y la mano dura del presidente disolviendo a garrotazos las peticiones de la población. Consciente del enojo de su amiga y en un arrebato por calmarla, Leandro le besó la mano.

—Disculpe nuestra exaltación, pero comprenda, para nosotros es un triunfo.

—No hay problema, Leandro, en realidad fue un error venir. Lo mejor será retirarme –tomó su bolso con la intención de levantarse.

—Por favor, no se vaya –la agarró suavemente del brazo impidiendo que se alejara–. Sólo le pido que escuche al señor Madero y luego lás acompaño a su casa.

—Es inútil, Leandro. Ninguno de los dos disfrutaría la conferencia.

—Se equivoca. El hecho de que esté sentada junto a mí es suficiente para gozar cualquier momento. Quédese, le prometo que no se arrepentirá –María buscó acomodo lamentando el tonto impulso que la llevó a ese lugar.

—Por cierto, don Panchito le mandó un obsequio. Esperamos que sea de su agrado

—¿Un regalo para mí? ¡Don Francisco no me conoce!

—La conoce muy bien –bajo la mirada crítica de las damas maderistas, María tomó el bulto y lo comenzó a desenvolver cuidando no rasgar el papel.

Varios individuos salieron de la oficina y el silencio llenó el salón. María interrumpió la tarea e, interrogante, observó a Leandro. Éste le murmuró al oído.

—El de cabello canoso es don Emilio Vázquez Gómez, presidente del Partido Antirreeleccionista; el que está a la derecha es Toribio Esquivel, y el de la izquierda es don Panchito.

—Sí, vi su fotografía en el periódico.

—El que entró al final es Roque Estrada y el de junto, el más joven, José Vasconcelos.

Vázquez Gómez se levantó de la silla, saludó a la concurrencia y comenzó el discurso, pero María no lo escuchó. Toda su atención estaba en el líder del movimiento. Si conocer a Sara Pérez le causó asombró, la presencia del propio Madero, la impactó. Calculó que ella misma podía tener mayor estatura y pesar más que ese hombre. El traje de casimir inglés, las manos finas, la barba y el bigote recortados a la moda, hablaban de una persona acaudalada ajena al guerrillero que movía a las masas. ¿Cómo podía ese enano hacer temblar al gigante don Porfirio? Probablemente porque hablaba el mismo idioma que el pueblo, pensó; sin embargo, su personalidad lo colocaba muy por debajo del dictador.

Evitando hacer ruido, sacó de la envoltura un libro cuyo título decía: *La sucesión presidencial en 1910* de Francisco I. Madero.

Abrió la primera página y leyó la dedicatoria escrita con letra elegante:

María:

Espero que cuando termine esta lectura comprenda los principios y la finalidad de mi lucha.

Con admiración y respeto,

Francisco I. Madero

Su ánimo pasó de la emoción a la preocupación. Había escuchado muchos comentarios negativos acerca de aquel libro que en su medio, se consideraba una obra prohibida. Llevar el texto a casa la llenó de dudas. Su madre armaría un gran escándalo, lo cual no era novedad. Pero... ¿qué opinaría su padre? El contenido lastimaría las creencias por las cuales había vivido y las que día a día había transmitido a sus hijas. No. Se lo daría a Chona para que lo escondiera en su cuarto.

Leandro tampoco se concentraba en la exposición de Vázquez Gómez. Lo único que podía sentir era la tibieza de María junto a él, observar el perfil femenino que tanto le gustaba, admirar los rizos que le caían sobre la frente. Ansiaba calmar el deseo que crecía dentro de él cada vez que olía el perfume de la jóven. Apenas habían pasado cinco semanas desde que comenzó a verla y ya la consideraba de su propiedad. En una ocasión le propuso hablar con sus padres para visitarla como pretendiente, pero ella no quiso. No fue un rechazo tajante, ya que continuó aceptando sus invitaciones; mas no le permitió volver a tocar el tema. Tendría la paciencia de Job. Si algo había aprendido de don Panchito era a esperar una oportunidad y a él le llegaría, estaba seguro.

El discurso del presidente del partido terminó entre aplausos, lo cual los devolvió a la realidad. Madero, con movimientos pausados, dejó el lugar, se paró frente al público y con voz tipluda que tendía a desafinar, se dirigió a sus seguidores.

—Conciudadanos: creo que debemos dividir nuestra campaña en dos periodos: el de organización y el de lucha. El de organización debe durar hasta que se llegue a nuestra convención y entonces principiará la lucha.

Desde su caballo, Pablo contemplaba las plantas de cafeto que lo rodeaban. La extensión era tan grande que los plantíos iban desde los patios de
la casa grande hasta el bosque que circundaba la serranía. El sol, el aire
cálido y húmedo de Xalapa le brindaban la serenidad que hacía tiempo
anhelaba. Nada se comparaba con la tranquilidad familiar después de cinco años de ausencia. Atrás habían quedado los días fríos; la semana en el
trasatlántico con las interminables fiestas; el desembarco lento, tedioso;
los trámites; el envío por ferrocarril a la Ciudad de México de las cajas con
instrumentos quirúrgicos, libros, muebles y ropa; y el viaje a la hacienda
por caminos en mal estado, debido a las constantes lluvias.

A su lado, montado a caballo, Jesús Torres, el capataz de la Hacienda
La Trinidad, le mostraba los cafetos tiernos, recién plantados.

Los caballos siguieron una vereda arbolada hacia la caída de agua, al
beneficio y a la llamada Villa de las flores, zona donde vivían los peones
acasillados. En sus años de juventud, Pablo recorrió aquellas cañadas y
planicies, entonces libres de cosechas, cabalgando el potro que su padre le
regaló cuando cumplió seis años.

Jesús señaló los canales de riego que se habían construido a imitación
de los que usaban los agricultores americanos. Los tubos serpenteaban por
el terreno accidentado llevando agua a los cafetos. Más allá, unos trabajadores conducían las carretas equipadas con aditamentos que facilitaban la
repartición de abonos.

—¡Ay, joven Pablo, viene usted muy cambiado! Parece que fue ayer
cuando le enseñé a montar al Castizo, y ahora ya es todo un doctor –el
comentario parecía sincero, aunque el tono burlón lo hacía desconfiar.
Desde que se encontraron por la mañana en las caballerizas de la casa
grande el empleado lo examinó con recelo.

—Todos hemos cambiado, Jesús.

—Y usted –le preguntó en tono confidencial–, ¿se nos va a casar pronto?

—No, Jesús, todavía no –Pablo lo miró molesto. Consideraba su vida
un tema personal–. Primero quiero practicar la medicina, y eso me quitará
muchas horas.

—No esté tan seguro, joven. La señorita que lo recibió en el puerto se
notaba muy ansiosa y cuando una hembra se lo propone, nos atrapa como
reses en el matadero. ¡Luego hacemos cada tarugada!

—Lo sé y lo he tomado en cuenta.

En aquella ocasión esperaba de todo, menos encontrarse con Milagros Landa acompañada por su madre. El barco había atracado a la medianoche. Al amanecer, Pablo salió a la cubierta para disfrutar la panorámica de la ciudad. Se llevó gran desilusión al verse rodeado por toda clase de desperdicios que flotaban sobre el mar y por los olores fétidos que llegaban desde la isla de San Juan de Ulúa. Conforme pasaron las horas, el muelle se llenó de vendedores, mujeres que atendían puestos con comida –cuyos vapores inundaban la cubierta del barco–, pordioseros a la caza de limosnas, niños que ayudaban a cargar equipaje a cambio de unas monedas, prostitutas en busca de marineros, familiares de los viajeros, además de transportes de carga.

Después de saludar a sus padres y ya casi dispuestos a partir hacia Xalapa, encontraron a Milagros y Concha en el muelle. Se presentaron con el pretexto de que pasaban unos días de vacaciones en Veracruz. Fueron tan amables y cariñosas, que le apenó el comportamiento agresivo de su madre...

—Me dijo el patrón que va a poner un consultorio bien elegante pa' los puros ricos. Usted sí se va a hinchar de billetes sin fregarse el lomo.

—No tanto, Jesús. Al principio hay más trabajo que dinero. Primero debes ganarte la confianza de los pacientes.

La idea que tenían sus padres acerca de su profesión era de riqueza. Los profesionistas graduados en las escuelas parisinas se cotizaban a precios que solamente la clase adinerada podía pagar. A su llegada a la Ciudad de México le esperaba un despacho en el callejón de Santa Clara, cerca del Círculo Francés. Ahí se especializaría en atender enfermedades relacionadas con las mujeres, aunque los planes a futuro eran abrir un hospital en la zona más exclusiva: la nueva colonia Roma. Al principio, cuando tomó unos cursos en La Salpêtrière pensó dedicarse a los trastornos nerviosos. Los descubrimientos del doctor Freud habían causado furor entre los europeos y si la gente quería estar en la vanguardia, debía recurrir al psicoanálisis. Pero con el paso del tiempo, lo que en verdad le apasionó crecía dentro del cuerpo femenino. La emoción que experimentaba con el nacimiento de cada niño iba más allá que la ambición por ganar dinero. Deseaba emplear toda la ciencia para que las criaturas llegaran a término sanas y sin poner en peligro la salud materna. Sus padres respetaron esa decisión, siempre y cuando se dedicara a la consulta privada.

Los caballos cruzaron el viejo puente dejando atrás los cafetos tiernos. Al otro lado, varios peones revisaban los de mayor altura. Las frutas tenían un color rojizo claro. Según los cálculos de Pablo, madurarían antes de las lluvias.

El manantial brotaba en la loma, cuya vegetación se cerraba protegiendo al borbollón de los intrusos. El arroyo bajaba entre piedras, matorrales, arbustos y raíces de árboles, que torcían de manera caprichosa el flujo. Al llegar al límite, las aguas se precipitaban hacia el estanque, en cuyos bordes nacían varias clases de plantas.

Los dos descendieron de los caballos que arrimaron hacia la orilla para beber agua. El sitio aún guardaba la frescura y la intimidad, a pesar de los acueductos y canales que llevaban el líquido a varias partes de la hacienda. Pablo caminó alrededor del lago admirando cómo los rayos del sol se filtraban entre las ramas iluminando la caída de agua. Las rocas redondas del fondo lo transportaron a otra época que el tiempo no logró borrar: el recuerdo de Julita.

Fue un mediodía de abril, cuando el calor azotaba la región. Él cursaba la escuela media en el Colegio Inglés y se preparaba para la temporada de exámenes. Como la plaga de moscas y el bochorno hacían insoportable el encierro de la casa, la familia decidió marcharse al puerto donde la brisa refrescaba los restaurantes del malecón. Él prefirió el silencio de la finca. Gozaba del refugio que le daba el tronco bifurcado del amate. Trepaba con facilidad llevando consigo la almohada y los textos que debía estudiar. En cierto momento, escuchó el sonido de quien camina de puntillas para no delatarse. Su mirada se posó en la mulata que, aprovechando la ausencia de los amos, se fue quitando la ropa, dejando al descubierto su hermoso cuerpo juvenil. Él no quiso deshacer el hechizo que lo envolvió al descubrir la piel oscura de las nalgas firmes. Julita soltó su cabellera negra, rizada y de un brinco se zambulló en el agua fría. Durante unos minutos, con los ojos cerrados, la muchacha flotó dejando a la vista de Pablo los pezones erectos por donde escurrían hilos de agua, el vello fino y húmedo que ocultaba su sexo. Parecía una ninfa sacada de alguna leyenda mitológica. La Venus de ébano que se aparecía a los hombres para brindarles satisfacción carnal.

Desde ese día, Pablo regresó al estanque en busca del placer que le provocaba la mujer. La observaba permitiendo que su cuerpo reaccionara ante aquella desnudez, e imaginaba miles de sueños: él tocaba y besaba aquella piel cálida. La magia duró hasta que la mulata lo descubrió. Quiso huir, apenado por haber interferido en la intimidad de la joven. En su prisa sus piernas fallaron al buscar los apoyos y cayó al pie del tronco, desparramando las hojas de los textos. Ella sonrió divertida ante el apuro del muchacho y para sorpresa de Pablo, lo invitó a recoger las hojas que flotaban sobre el estanque.

Pablo nunca había estado con una mujer. Su experiencia, a los dieciséis años, se limitaba a unos cuantos besos y abrazos a escondidas con jovencitas de sociedad. Nunca había mostrado su cuerpo y, dentro del medio en el que se desenvolvía, era un acto prohibido. La muchacha notó la turbación de Pablo y, calculando el efecto del deseo, acarició con lentitud sus senos, una y otra vez. Pablo no pudo más. Los calores que atormentaban su vientre, su miembro, lo animaron a quitarse la ropa y, sin más reflexiones, saltó al estanque. Julita tomó la iniciativa. Lo llevó al centro del lago. Nadaron, se besaron, se abrazaron para sentir el goce de sus cuerpos. En esos instantes desapareció el tiempo, la diferencia de piel, la clase social, las creencias; lo importante era lo que ambos se ofrecían. Julita lo llevó a la parte posterior de la cascada, tras las rocas que escondían un espacio de tierra blanda. La mulata se tumbó, moviendo las caderas al ritmo de sus propios dedos que con rapidez masajeaban su pubis. Pablo se tendió al lado, pero Julita, con gesto de desesperación, le pidió que se trepara sobre ella. En el momento en que obedeció, ella abrió las piernas para mostrarle un camino al éxtasis. Con un suspiro nostálgico, Pablo recordó los muchos mediodías que pasó en el estanque, en compañía de Julita.

—¿Nos vamos, joven Pablo?

La voz de Jesús lo devolvió a la realidad. Pablo asintió y montó sobre el caballo. ¿Cuál habrá sido el destino de la mulata?

Después de esa temporada no volvió a buscarla. Lo desilusionó el golpe de la verdad. No era amor, ni siquiera pasión, el sentimiento que lo unió a la muchacha, sino la lujuria de la adolescencia.

Una tarde acudió a las caballerizas en compañía del encargado, quien lo ayudaría a ensillar al Castizo. Grande fue la impresión que recibieron cuando encontraron a la mulata y Antonio, totalmente desnudos, revolcándose sobre las frazadas que cubrían a los animales por las noches. La venda se le cayó de los ojos al escuchar el comentario del empleado: Julita brindaba sus servicios a los hijos de los hacendados del rumbo apoyada por Jesús, su primer amante.

Pablo no regresó al estanque y evitó cualquier visita al pueblo que pudiera ser motivo de encuentro. Tiempo después, al hacerse público el embarazo de la mulata, su madre, como buena hacendada católica y temerosa de la responsabilidad de Antonio, le regaló a Julita una buena dote y le buscó un marido que se hiciera cargo del recién nacido. Antes de marcharse a Francia, Pablo se enteró de la viudez de la mulata.

Sentada bajo un fresno, María esperaba la llegada de Leandro. Como todos los jueves, lo aguardaba en Santo Domingo donde tenían la oportunidad de conversar, al tiempo que la acompañaba hasta la esquina de su casa, cruzando calles poco transitadas por los conocidos. Sobre el regazo de María descansaban su bolso y el libro que Madero le obsequió. Puso un separador en la página y su mirada se perdió en el chorro de la fuente.

Había repasado los últimos capítulos y conforme lo hacía, sus dudas aumentaban: los grandes logros del porfiriato, que su padre tanto alababa, se opacaban ante el despotismo de la dictadura. Los resultados fueron magníficos a cambio de muchos años en el poder; además, no era lo mismo pensarlo que escucharlo y verlo escrito en un libro.

La mala opinión que tenía sobre el líder antirreeleccionista cambiaba conforme lo conocía. Leandro se encargaba de esa tarea. Le había contado acerca de la vida que los Madero llevaron en San Pedro de las Colonias. Era imposible que aquel hombrecito, que luchaba por el bienestar de sus trabajadores y que se convirtiera en vegetariano para no causarle sufrimiento a ningún animal, quisiera derrocar al anciano de hierro. No, jamás lo lograría, pensó María con angustia.

Aquella mañana, cuando visitó a Sarita, supuso que encontraría una casa llena de propaganda subversiva, en cuyo sótano ocultaban a una decena de disidentes.

Le sorprendió entrar a una residencia en la calle de Berlín, elegantemente decorada, y encontrarse a una Sarita risueña, alegre, sin las tensiones que le provocaban las reuniones políticas. Al pasar al vestíbulo, la anfitriona insistió en ofrecerle un refrigerio en una pequeña sala donde se podía disfrutar del jardín. Como le dijo, ella y su marido adoraban la intimidad que ese espacio les proporcionaba. Las cortinas de gasa blanca permitían que los rayos del sol iluminaran los sillones de brocado, el tapete persa, la mesa de caoba y la pequeña cajonera que en la parte superior sostenía un florero con azucenas.

Mientras que Sarita le ordenaba el servicio al mayordomo, María observó unas repisas con varias fotografías de la familia Madero y algunos libros. Pudo distinguir textos de filosofía hindú: *El libro de los espíritus* y *El evangelio según el espiritismo*, ambos de Allan Kardec, y unos cuantos tomos de la Revue Spirite.

Sara la tomó de la mano y la invitó a sentarse.

—Me alegra que viniera, María. ¡Leandro habla tanto de usted! Se ha convertido en su musa.

—Espero que le haya dicho la verdad y no exageraciones.

—Le confío que sí ha exagerado –se acercó hacia ella, como si fuera a confiarle un secreto–. Un enamorado tiende a idealizar los actos de la mujer amada. ¿No cree?

Sorprendida miró a la anfitriona y le contestó apresurada, tratando de que Sarita no malinterpretara su relación con Leandro.

—El licenciado Ortiz no está enamorado de mí.

—Tonterías, querida. Él la ama y si no se lo ha dicho, es por temor a ser rechazado –le contestó segura.

—¿Temor? ¿Leandro? –no pudo terminar la frase. Apreciaba la compañía de Leandro, le halagaban sus atenciones, admiraba el valor con el que defendía sus ideas y, sin duda, existía cierta atracción, pero no podía haber amor; más bien, no debía.

—Acéptelo, María, no se arrepentirá –le dijo como si adivinara sus pensamientos–. Es un hombre bueno, decente y tenaz que hará lo imposible por complacerla –sus ojos se posaron en la fotografía de su boda–. Así es mi Pancho: íntegro, valiente, tierno... Tal vez por esa similitud, Leandro y mi esposo se llevan bien.

Al no obtener respuesta, Sarita decidió cambiar de tema.

—¿Le gustan los canarios? –preguntó al tiempo que se dirigía hacia la jaula de latón que estaba junto a la ventana. María asintió y la siguió–. Los de color oscuro los tengo desde hace años. Pancho me los regaló en nuestro tercer aniversario.

Observó a la pareja de plumaje casi naranja, rodeada por otros canarios.

—Y los amarillos, ¿son sus crías? –preguntó María curiosa.

—No, tuvimos que comprar dos más pues no se apareaban. En ciertos momentos temí que no soportaran el cambio. ¿Sabe?, estaban muy acostumbrados a la casa –dijo nostálgica mientras colocaba un poco de alpiste en un recipiente.

—¿A cuál casa? –de nuevo la curiosidad la traicionó.

—No me expliqué bien –contestó con una sonrisa triste–. Me refería a San Pedro de las Colonias. Tal vez Leandro no se lo comentó. Nosotros vivíamos en Coahuila.

—Creo que usted también estaba acostumbrada –dijo al notar el cambio de ánimo de su anfitriona–. ¿Extraña esa vida?

Por unos minutos Sarita se quedó reflexionando con la mirada fija en las aves.

—Va a pensar que soy una tonta, pero a veces me siento sola. Quisiera regresar el tiempo y disfrutar la libertad que Pancho y yo teníamos –la sonrisa triste volvió a iluminar el rostro moreno–. La hacienda es un lugar agradable, fresco, tranquilo y aunque llevaba poco viviendo ahí, me sentía en mi hogar. En algunas ocasiones acompañaba a mi esposo a Nazas y aprovechábamos el atardecer para caminar por la orilla del río, sin importar si nos mojábamos la ropa, sin hacer caso a los comentarios de los extraños –su voz perdió el tono pausado y su sonrisa se animó–. Sin embargo, esos momentos los cambio con tal de ver a Pancho feliz. Créame, María, él no quiere hacerle daño a nadie, como tampoco destruir lo establecido. Lo único que busca son leyes más justas y elecciones limpias.

—Para lograrlo se tiene que ir don Porfirio y eso significa estar contra lo establecido –le contestó a la defensiva.

—En parte. Hay que reconocer que el señor ya cumplió su misión –le respondió sin ganas de ofender–. Entendemos que el general, para llegar a sus metas, necesitaba mantenerse en el poder, pero no tenía por qué ser tan cruel con los desposeídos. Ya le llegó el tiempo de dejar la presidencia a gente joven y permitir que se respete la constitución.

—Se han respetado las leyes. Si no, ¿cómo hemos progresado?

—María, no peque de ingenua. Han regido las leyes que ha decretado el señor Díaz para su conveniencia. La Constitución de 1857 lleva muchos años enterrada.

Unos gritos infantiles la trajeron a la realidad. Cuatro niños pasaron corriendo detrás de una pelota. María vio el reloj. Contra su costumbre, a Leandro se le había hecho tarde. Lo esperaría unos minutos, ya que debía hablar con él y aclarar la situación. Su mente regresó a su encuentro con Sarita.

Cerca del mediodía, Madero se les unió. Después de saludar a María, le dio un beso a su mujer en la frente y sobre la mesa colocó varios periódicos con artículos subrayados.

A continuación, le preguntó a la joven su opinión sobre *La sucesión presidencial*. Ella ya había leído los primeros capítulos, así que le contestó sincera, sin ganas de ofenderlo.

—Es un interesante tratado de historia, señor Madero.

—¿Sólo le pareció un tratado? –indagó divertido–. ¿No cree que atrás de un discurso histórico pueda haber un mensaje?

Ella se sintió incómoda, como si fuera la víctima de un acertijo. El gesto amigable de Madero la animó a continuar.

—Bueno, en el prólogo usted da sus razones para escribir el libro y demostrar que vivimos en una dictadura.

—No se mortifique, María, tiene toda la razón. Mi libro es un recuento de la historia de México, escrito con la finalidad de que la gente recobre la memoria. Un pasado glorioso, con luchas sangrientas para conservar la libertad. Entonces, ¿por qué permitir que un hombre y su equipo nos la quiten? –sus pequeñas manos se movían con la pasión de las palabras–. El pueblo debe comprender que no es bueno que limiten su voluntad. Está ciego y ya no ve la diferencia entre democracia y dictadura. Siga leyendo y me entenderá.

* * *

Cuando María se disponía a atravesar la calle, divisó a Leandro, quien bajaba presuroso del tranvía entre decenas de personas que caminaban indiferentes. Al pueblo no le interesaba luchar por un cambio; es más, pensó, nunca lo intentaría. A menos que alguien lograra despertarlos. ¿Podría don Panchito? No tenía la respuesta, sólo un horrible presentimiento. Sin embargo, ella nunca olvidaría aquellos ojos de mirada bondadosa que invitaban a creer en él.

Leandro se había disculpado varias veces por la tardanza con la que llegó a la cita; pero María continuaba molesta: el silencio y su gesto sombrío hablaban por ella. Decidieron caminar entre los callejones de un barrio popular. A Leandro no le agradaba el trayecto, ya que al atardecer los pasajes oscuros se convertían en guarida de ladrones. Debido a la hora, muchas personas que salían del trabajo caminaban por un solo lado de la calle. Los viejos adoquines lograban que cualquier transporte se quedara atorado en el lodo. La estrechez del paso le permitía a Leandro sentir el roce del brazo femenino.

—¿Qué sucede, María? ¿Por qué tan callada? ¿Acaso hice algo que le molestara?

—Ya hablaremos –le contestó cortante. No le interesaba discutir mientras caminaban.

—Veo que trae el libro que le dio don Panchito. Sé que conocer a los integrantes del partido ha sido duro para usted porque su modo de pensar no va de acuerdo con nuestro programa, pero… –no pudo continuar. La mirada de María le hizo guardar silencio. Desde que estuvieron juntos en el Centro Antirreeleccionista, habían tenido pocas ocasiones para conversar debido a la presencia de Chona, que en esa ocasión no los acompañó. ¿Cómo le podría hablar de sus sentimientos si estaban alejados? Y ese distanciamiento sólo había logrado que su ansia por abrazarla creciera. ¡Cómo le gustaría que ella fuera su mujer! En la soledad de su cuarto oscuro, frío, muchas noches imaginó que estaba en otra habitación donde María lo esperaba y lo besaba amorosamente.

Una ilusión que a su tiempo haría realidad; sin embargo, por el momento, tendría que esperar. En los primeros días de abril asistiría a la convención nacional del partido y debía concentrarse en la elaboración de planes y las correcciones de los discursos que pronunciaría don Panchito. Roque Estrada y él tenían la responsabilidad de que el líder obtuviera la candidatura a la presidencia.

Faltaban unas cuantas calles para llegar a la esquina donde se despedirían. Los últimos rayos de sol iluminaban las azoteas de las casas. María se detuvo y se volvió hacia Leandro.

—Déjeme aquí, Leandro. Puedo llegar sola a mi casa.

—¿Por qué, María? –le preguntó sorprendido–. Me gustaría saber qué sucede. ¿A qué se debe este silencio?

—Nada en especial. Estoy cansada –dijo sin ánimo.

—No mienta –la tomó de la barbilla para obligarla a mirarlo–. La conozco bien y sé que no es sincera. Hable con la verdad –María bajó la cara para evitar los ojos inquisitivos de Leandro.

—Lo mejor es que dejemos de vernos por una temporada –afirmó con voz apenas audible.

—¿He cometido algún error?

—No, no se trata de usted, Leandro.

—¿Qué sucede? –desesperado la atrajo hacia él.

—Por favor –María intentó zafarse de la mano que la lastimaba. Leandro suavizó el contacto, pero no la soltó–. No podemos continuar. Me enteré que se ha malinterpretado nuestra amistad. Sarita dice que usted tiene otras intenciones conmigo.

—¿Y si así fuera? –inquirió desafiante–. No veo la causa de su enojo. Usted es joven, bonita, inteligente, soltera, y yo también me encuentro sin compromiso.

—Es que no entiende...

En el rostro de Leandro apareció un gesto de amargura. Su mano se cerró en el brazo de María causándole un poco del dolor que a él lo consumía: ella lo despreciaba.

—Entiendo muy bien y me sorprende –repuso con rabia–. Nunca pensé que usted tuviera esos prejuicios de clase. ¿Acaso no soy lo suficientemente bueno para la distinguida señorita Fernández? ¿Necesito regalarle alhajas, como el joyero lo hace con su hermana? ¿O su mamacita ya le encontró un marido?

María, con las mejillas encendidas, lo miró furiosa. Las palabras sarcásticas de Leandro la hirieron.

—¡Es usted un verdadero asno! –gritó al tiempo que se volvía hacia él–. Madero, Estrada y usted no se dan cuenta de la realidad. Creen que sus sueños son únicos y sus palabras proféticas. Están equivocados. Son unos tontos, terminarán enterrados en un panteón junto con sus estúpidas frases –tomó aire para contener las lágrimas–. Y también, otra estúpida idea es pensar en mí. Se equivocó, Leandro, apreciaba mucho su amistad y nada más...

María recogió ligeramente su falda y, sin despedirse, atravesó la calle y corrió hacia su casa.

Leandro se quedó inmóvil asimilando cada una de las palabras que María le había gritado. Aunque deseaba detenerla, sus piernas se quedaron sin movimiento. Una mujer pasó ante él empujando un carro de camotes. El ruido de las ruedas de madera al chocar con las piedras, lo sacó de su abstracción ¿Qué demonios le sucedía? No podía dejarla marchar sola. Adelante se encontraba la pulquería. No importaba que lo despreciara, tampoco que las advertencias de la Prieta Ramírez le dieran vuelta por la cabeza. Jamás le daría la razón.

María corrió varios metros y sólo se detuvo al doblar en la calle de Pescaditos y encontrar a doña Enriqueta que, como cada atardecer, colocaba el puesto con comida.

—¿Qué te sucede, muchacha? Vienes muy agitada, como si te viniera persiguiendo el diablo –la anciana le ofreció un mantel. María, más relajada, tomó el lienzo y cuando iba a colocarlo sobre la mesa escuchó atrás de ella la voz angustiada de Leandro.

—Tenemos que hablar. No puede sacarme de su vida –la tomó del hombro, pero María continuó firme dirigiendo su atención a la anciana que la miraba perpleja.

—Buenas noches, doña Enriqueta –dijo María con frialdad a la vecina–. Me esperan mis hermanas.

El portón de la casa se abrió sin esperar a que ella tocara la campana o sacara la llave del bolso. En el umbral apareció el indio Matías con un machete en la mano.

—¡María, por favor, no se vaya! –gritó Leandro suplicante.

—Gracias, Matías. Dile al señor Ortiz que yo me pondré en contacto con él.

El cuarteto musical tocó *Tristes jardines*. La fiesta en honor de Pablo era un éxito, a pesar del menú mexicano y la presencia de Adela. Para los invitados que gustaban la comida francesa, Tere Pascal dispuso una mesa con platillos elaboraros por Deverdun. Los señores se encontraban reunidos en el salón fumador de donde salía un alegre murmullo.

Cerca del pasillo que conducía al jardín, Tere vio a Pablo. El joven platicaba con dos viejos amigos. El amor maternal la llenó de orgullo. Era bueno tenerlo en casa y que se integrara a la vida social que los rodeaba, pensó. Esa mañana, ella y su esposo lo acompañaron al nuevo consultorio. Le dieron el último arreglo; luego brindaron con champaña por el éxito futuro. Fue una inauguración íntima, entre familia; lástima que Antonio no llegara a tiempo. Apenas la semana anterior, la secretaria terminó de enviar las tarjetas de presentación y varias mujeres ya habían sacado cita para la consulta. La única duda que nublaba su felicidad era la atención que Pablo dispensaba a Milagros. Ella no se opondría: primero estaba la decisión de su vástago.

A su paso, Tere descubrió a Milagros sentada junto a la ventana en compañía de sus amigas. Les sonrió. No le quedaba más remedio que mostrarle amabilidad a la antipática hija de Concha.

Milagros le devolvió la mirada. Sabía que no era aceptada, pero eso no la incomodaba. Estaba dispuesta a soportar todos los desaires con tal de obtener el amor de Pablo. Una vez que lo atrapara, lo convencería para que se fueran a vivir a Europa, lejos de la absorbente señora Pascal.

Milagros comenzó a abanicarse de prisa. Sus amigas no debían notar lo contrariada que se encontraba con la fiesta. Ella y su madre quisieron organizar la reunión en la hacienda, lejos de la gente que pudiera distraer a Pablo; sin embargo, Tere se empeñó en hacerlo a su manera.

Milagros se volvió hacia sus compañeras al tiempo que suspiraba resignada.

—¡Cuéntanos! ¿Ya te pidió formalizar el noviazgo? –le preguntó Toñeta, sin perder de vista a Pablo–. Está guapísimo. No permitas que se te escape.

—Además, es un excelente partido –aseguró Dolores–. Si fuera mi pretendiente, no lo dejaría solo –discreta señaló con la mirada–. Observa cómo se le resbalan esas busconas.

Milagros dirigió su atención hacia Pablo. Varias jóvenes rodeaban al doctor sin perder la oportunidad de coquetear. Hubiera querido tomarlo del brazo y no soltarlo hasta que terminara la reunión. Así las convencería de que estaban comprometidos y que ella era la única mujer con derechos sobre él. Frustrada, reconoció que no podía hacer nada. Entre ellos sólo existía una buena amistad, aunque Pablo le había demostrado interés durante el breve encuentro que tuvieron la tarde anterior. Le alegró no serle indiferente. Esa noche, en varias ocasiones, lo sorprendió observándola sin disimulo.

—Hacen la lucha por conquistarlo, mas no lo lograrán –aseguró–. Pablo y yo esperaremos hasta que se establezca; entonces, hablará con mi papá.

—Sospechaba que algo nos ocultabas –Toñeta abanicó su cara–. Se nota muy enamorado. Desde que nos sentamos no te ha quitado la mirada de encima. *You are a lucky lady.*

—Por cierto, ¿han visto a Antonio? –Dolores abrió su carnet de baile y lo revisó–. Le prometí la próxima ronda.

—Olvídalo, dudo que se acuerde de ti –le respondió Milagros en tono sarcástico–. Las hermanas Fernández tienen atrapado a mi pobre cuñadito. Parece que andan por el jardín.

—¿A quién se le ocurrió invitarlas, Milagros? –preguntó en voz baja Toñeta, que observaba a través del cristal.

—Pues a mi querida suegra que se pasa de ingenua. Mi mamá se lo advirtió. Le aclaró que las Fernández no eran bien recibidas, pero Tere nos salió con el trillado argumento de que las quiere mucho.

—Las pobres dan pena. Son bonitas y demasiado corrientes, son unas machucas cualquiera. Claro que, a diferencia de aquéllas, éstas no usan sus encantos para mantener a algún hermano –murmuró Dolores–. Lo bueno es que Blanca vino con su prometido. Ahora nuestro problema es la mosquita muerta de Lucila. La noto encandilada con Antonio.

—No me preocupa, es una niña sin chiste –Milagros hizo un gesto de desprecio–. Mi cuñado nunca le hará caso.

—Por suerte no vino María –añadió Toñeta–. Lo hubiera acaparado, ya saben cómo se las gasta la estúpida.

—Sabíamos que no vendría –respondió Dolores entre dientes–. Almita Galván me contó que la vio paseando del brazo de un muchacho por la avenida Juárez.

—¿En serio? –preguntaron las dos.

—Sí, también me dijo que se trataba de un hombre humilde sin alcurnia, pero muy, muy atractivo. Un pelado cualquiera –agregó con intriga.

—La zorra se divierte –opinó Toñeta en tono burlón–. ¿Lo sabrá Adela?

—No creo. Tiene tantas ínfulas que jamás permitiría que María se metiera con un truhan. Ella quiere yernos adinerados como Agustín Rosas –sus miradas se dirigieron hacia el joyero–. ¿Se imaginan a Blanca en su noche de bodas? Terminará aplastada por la panza de su marido –las tres rieron cubiertas por el abanico.

—Pobre, me da lástima –afirmó Milagros–. ¡Tenerse que casar con ese vejestorio!

—Mejor cuéntanos –pidió Toñeta emocionada–. ¿Pablo y tú ya están planeando su matrimonio?

—Todavía es un secreto; así que no digan nada –dijo Milagros. No caería en contradicciones que la pusieran en evidencia–. Pablo quiere que nos casemos aquí, en la ciudad, para darle gusto a sus padres. Yo prefiero las capillas del valle del Loire para una ceremonia fastuosa, acompañada de una gran recepción en algún palacio de la campiña francesa –la envidia reflejada en los rostros de las muchachas, logró que Milagros se sintiera satisfecha–. Por supuesto, antes de instalarnos en Estados Unidos, viajaremos una larga temporada por Europa.

—¡Qué suerte! –exclamó Dolores–. Ojalá atrape a Antonio y emparentemos. ¿Te imaginas una boda doble?

—Sinceramente, no me interesa. Cada quien lo suyo.

Las primeras notas del vals interrumpieron la conversación. Las solteras cerraron los abanicos en espera de que los muchachos fueran a buscarlas para conducirlas a la pista de baile. Antonio, lamentándose por haber abandonado a Lucila, apareció en la puerta que comunicaba la casa con el jardín y haciendo una ligera caravana tomó la mano de Dolores.

Poco a poco el centro del salón se fue llenando de parejas que se movían al ritmo de la música.

Desde su lugar, Pablo le hizo una seña a Milagros. Ella se quedó a la expectativa mientras él terminaba de arreglar sus asuntos. Las próximas tandas se las había prometido a él. Paciencia, se dijo, si fuera necesario lo esperaría toda la velada.

Observó el vestíbulo alumbrado por los candiles de Baccarat. El espacio era tan grande que la improvisada pista de baile parecía pequeña. La casa tenía la distribución de las modernas residencias del Paseo de la Reforma. Alrededor del vestíbulo se localizaban el despacho de Louis Pascal, la biblioteca, el cuarto de costura de Tere, el pequeño salón de música, el salón fumador, el comedor y el pasillo que conducía a los baños y a la cocina. Por los arcos del fondo se pasaba al jardín trasero.

El interior, decorado por muebles estilo Luis XV, también incluía cómodas y mesas victorianas, así como objetos diseñados por Tiffany. Milagros sonrió satisfecha al pensar que esa casa le pertenecería.

En el extremo derecho del vestíbulo, la doble escalinata llevaba hacia la parte superior donde se encontraban las habitaciones de la familia y la estrecha escalera que conducía al mirador. Milagros recordaba la vista desde la torrecilla. Se podía divisar el Castillo de Chapultepec, rodeado por los llanos de La condesa, los límites de Tacubaya y la calzada de

La Verónica; además de la glorieta donde se encontraba el monumento a Cuauhtémoc. Del lado contrario se apreciaban la rotonda con la escultura de Carlos IV y la avenida que conducía a La Alameda.

—¿Me acompañas? –Pablo se acercó a Milagros–. ¿Te importaría si no bailamos? –la petición no permitía rechazo. La sonrisa varonil conquistaba a cualquier mujer–. No he tenido oportunidad de comer y dicen que la cena es una delicia.

Pablo la tomó del codo y la llevó al jardín. Milagros estaba feliz de tener unos minutos de intimidad.

Llegaron al patio donde Chona atendía una mesa llena de antojitos. En varios platones había tacos, sopes, quesadillas y enchiladas. Atrás, una empleada echaba las tortillas en el comal, mientras que otra avivaba el fuego del anafre con un soplador.

—¿Ya cenaste? ¿Gustas probar algo? –Pablo le entregó un plato que Milagros rechazó con menosprecio.

—*Merci*, sólo probaré algún bocadillo de Deverdun –Pablo la miró sin prestarle importancia.

—¿Qué me va a servir, Chonita?

—Lo que usted quiera, niño Pablo –le contestó al tiempo que limpiaba sus manos con un trapo–. Las enchiladas de pollo están picositas o si prefiere algo sin chile, le preparo unas quesadillas y usté les pone la salsa.

—Sírvame un poco de cada una. Todo se ve sabroso.

—Sí, niño Pablo –tomó un plato de barro, sirvió la comida y se lo entregó.

—Gracias, Chonita.

Pablo mordió un pedazo y le ofreció otro a Milagros.

—Prueba la quesadilla de chicharrón, está exquisita.

—No, no me gustan las fritangas. Prefiero probar el *foie gras* y el *bisqué* de caviar. Tienen un sabor más fino –en francés le ordenó al cocinero que la atendiera. El chef belga, luciendo gorro alto y guantes blancos, colocó los bocadillos que la muchacha pedía sobre un plato de porcelana de Sèvres.

Milagros comparó las pequeñas porciones con la exageración del plato que sostenía Pablo. ¡Tere no escondía su origen pueblerino! ¿Cómo se le ocurrió mezclar los manjares europeos con los desperdicios que deleitaban al pueblo?

—¿Fino? –preguntó Pablo asombrado–. Será diferente. A mí jamás me agradaron los caracoles ni las vísceras que utilizan los cocineros franceses. En cambio ansiaba probar unos tacos.

—*All right* –accedió Milagros–. Después de alimentarte en los buenos restaurantes, la comida mexicana es un antojo pasajero.

Caminaron hacia unas sillas y se sentaron.

—Eso de los buenos restaurantes es relativo. Cuando había mucho trabajo en el hospital sólo me alimentaba con *croissant* y queso. Sin embargo, algunos fines de semana viajaba a la provincia para disfrutar la comida de los *chalets*. Ahí sirven los mejores platillos del país.

—¡Qué suerte! Hace tres años que no voy a Francia, pero cómo extraño los restaurantes *du quartier de l'Étoile* –probó un trozo de galleta con paté y luego agregó–. Quiero pasar el próximo verano en Biarritz y posteriormente quedarme unas semanas en París. Ya lo platiqué con mi padre y está de acuerdo.

—No sabía que te marcharías –dijo con cierta desilusión.

—¿Te sorprende? –indagó atenta a la reacción de Pablo que por unos segundos se quedó pensativo–. Ya te lo había escrito.

—No recuerdo, no... Yo pensé que... Olvídalo.

Milagros sonrió satisfecha. Su estrategia estaba dando resultado. Inventaría un viaje mientras ganaba tiempo para convertirse en compañera inseparable de Pablo; entonces, él no le permitiría marcharse.

—Faltan varios meses. Por cierto, ¿acudirás a la reunión de los Casasús?

—No lo sé. Debo trabajar.

—Sé que te entrevistaste con el señor Lefèvre. ¿Vas a dar consulta en el Hospital Francés?

—Probablemente. Necesito un sitio donde efectuar las cirugías, aunque, en realidad, tengo otros planes.

—¿Se pueden conocer?

—Por el momento no –se acercó a ella y le rozó con ternura la mejilla–. Pero si te portas bien, te los diré pronto.

No quería anticipar una noticia que le causaría diferencias de opinión. Sólo dedicaría las tardes a la consulta particular. Por las mañanas atendería a las enfermas del Hospital Morelos por un sueldo mínimo.

A nadie le había comentado el encuentro que tuvo esa mañana en la Escuela de Medicina. El doctor Eduardo Liceaga, quien presidió el Consejo Superior de Salubridad, le propuso hacerse cargo de la sección de obstetricia del Hospital Morelos, la clínica para mujeres públicas ubicada en la avenida Hombres Ilustres; además de enseñar a los futuros médicos lo que aprendió en Francia. También hablaron sobre la necesidad de formar voluntarias que ayudaran a las nuevas madres a aceptar a sus hijos recién nacidos. ¿Por dónde comenzaría? Tal vez Milagros... No, apartó la idea de su cabeza. Las niñas bien no tenían ningún trato con prostitutas. No, no se lo propondría. El principio de su búsqueda estaba en otro lugar.

* * *

Pablo estacionó su auto a un costado de la entrada del Círculo Francés, en el callejón de Santa Clara, cerca del edificio neoclásico donde se encontraba su consultorio. Se dirigió hacia las puertas de madera lustrosa, cuyo frontón anunciaba Nouveau Cercle Français. Antonio lo esperaba en el salón destinado a la cantina-bar.

El vestíbulo, decorado al estilo Luis XV, lo transportó al país que lo había albergado durante sus años de estudiante. Saludó a algunos conocidos de sus padres y, sin perder tiempo, depositó en el guardarropa el sombrero y el maletín médico.

No estaba de ánimo para reuniones sociales. Las escenas vividas horas antes en el hospital lo dejaron preocupado: mujeres, casi niñas, despreciando a sus hijos concebidos en la práctica del oficio; otras, infectadas de por vida. Sin embargo, Antonio y Lorenzo lo habían llamado con urgencia.

—¡Bienvenido a casa! Varios muchachos lo rodearon. Se volvió a verlos tratando de entender lo que sucedía, pero unas gotas espumosas le rociaron la cara. Antonio, sonriente, acababa de abrir una botella de champaña y el líquido se derramaba entre los dedos y brazos de los jóvenes que deseaban llenar sus copas.

Pablo reconoció a muchos de sus compañeros de la comunidad francesa y amigos, con los que había compartido agradables momentos y con los que organizó los mejores festejos en el Tívoli del Eliseo. Ahí estaban José Barrón, Anselmo Charpenel, Ernest Boyer, León, entre otros. Pablo los abrazó, agradecido de pasar unas horas en su compañía, como lo hacían en la adolescencia.

—Por favor, Antonio, deja de ensuciarnos –le ordenó Pablo a su hermano cubriéndose la cara–. Vas a mancharnos los trajes.

—No importa. Esta tarde trabajaremos mugrosos ¡No me vayas a decir que te desagradó esta sorpresa! –exclamó Antonio sin dejar de salpicarlos.

—Al contrario. El problema será limpiar los tapetes –todavía recordaba los destrozos que habían hecho durante los encuentros amistosos en el antiguo Club Francés. El director, además de cobrarles, los ponía a asear el salón de fiestas.

—No te preocupes –murmuró Anselmo–. Mi papá aporta demasiado al Círculo Francés como para que nos pongan a limpiar o nos exijan dinero extra.

—¿Alguien habla de ayuda? –Lorenzo Ricaud entró al bar cargando enormes bandejas con bocadillos–. ¿Pensaban que no iba a llegar a tiempo? Se equivocaron. Tuve que sobornar a las ayudantes del cocinero para que le dieran prioridad a mi pedido.

—Huele delicioso –Antonio olfateó la comida e invitó a sus amigos a ocupar unas mesas –Vamos, antes de que se enfríen.

—Pensé que querían hablar de negocios –Pablo miró a su hermano y a Lorenzo–. Nunca esperé este baño de burbujas.

—Era la única manera de sacarte del hospital –declaró Lorenzo, al tiempo que tomaba un plato–. Desde que regresaste no haces más que trabajar, trabajar y tomar el té con Milagros.

—Bueno, hay que poner en práctica los conocimientos –dijo Ernest–. Si no ¿para qué perdió tanto tiempo en la universidad?

—No me digas que los conocimientos se aplican mejor en Milagros –bromeó–. Porque nuestro querido doctor no pierde el tiempo.

—¿Cuántas mujeres dejaste en Europa? –preguntó Anselmo con tono malicioso–. No creo que durante cinco años estuvieras solo.

Pablo sonrió con nostalgia. No podría platicarles de Anne, no lo entenderían.

—Dejé unas cuantas –asintió complacido de que sus amigos lo observaran con admiración. Muchos jóvenes iban a Europa a estudiar, pero pocos regresaban con un título. En cambio, volvían acompañados por una esposa, algún crío y sin dinero.

—Y ¿cuáles son los planes? –lo interrogó Lorenzo–. ¿Piensas casarte? –burlón, se volvió a verlo.

—No, por el momento no, aunque tal vez...

—Milagros y sus amigas son muy insistentes. Andan desesperadas por casarse con un profesionista –comentó Ernest horrorizado–. No sólo ellas, creo que a todas las damiselas las educan para obtener marido.

—¡Que si no lo sé! –afirmó León risueño–. Hace unos meses estuve a punto de caer en las garras de Toñeta. Estábamos en la sala de su casa cuando ella se sentó sobre mis piernas –pasó la lengua por los labios saboreando el recuerdo–. Gracias a que la criada hizo ruido me di cuenta de que llegaban sus padres.

—Y tú, Antonio, ¿qué nos dices de Dolores?

—Tiene las manos muy sueltas –contestó imitando a la muchacha. Hacía movimientos inocentes, pero dirigidos a los genitales–. Si te descuidas te da un apretón en las nalgas. También he sentido sus dedos en otras partes de mi cuerpo –los miró divertido–. Invítenla a bailar y se darán cuenta.

Todos rieron. El mesero aprovechó el ambiente relajado para dejar otros platones y servir vino.

—Menos mal que ya te quitaste a Blanca de encima –intervino José.

—Sí –asintió Antonio–. Desde que la comprometieron con el viejo Rosas perdió el encanto; claro que, cuando estamos en confianza, sigue acosándome.

—¿Se refieren a Blanca Fernández? –preguntó Pablo curioso–. Pensé que la que te pretendía era María.

—Bueno, yo creo que las dos hermanas andan locas por él –comentó Anselmo burlón–. O ¿me equivoco?

Pablo apuró su copa y miró sorprendido a Antonio. Su hermano aún continuaba con aquel juego que tanto le molestaba cuando eran niños.

Sin embargo, reconocía que Blanca estaba hermosa y que Lucila se había convertido en una señorita; pero a la fiesta de bienvenida no asistieron ni el tío Olegario ni las otras hijas.

—Exageran, amigos. Blanca andaba alocada y me aburría, pero María es una amiga. A Lorenzo le consta. Además –anunció señalando a su amigo–, él anda tras ella.

—En serio, Lorenzo, ¿te gusta la gatita? –cuestionó maliciosamente Ernest.

Pablo arqueó las cejas. Milagros no exageraba. Por lo visto la mala reputación de las Fernández aumentaba.

—Es agradable y de ninguna manera una gatita –respondió Lorenzo, ligeramente sonrojado.

—Por cierto, ¿con quién van a desfilar el próximo domingo? –preguntó Anselmo–. Yo invité a Josephine Ebrard.

—Pues a mí, don Nicolás Godibar me va a prestar su landó si llevo a Marcelita y a Lupe –afirmó resignado León.

—Tienes suerte, un suegro como él te otorga un futuro asegurado –comentó Lorenzo–. Aunque el precio es alto. ¡Mira que soportar a ese par!

—Y ustedes, ¿con quién van a ir? –los cuestionó Ernest.

—¡Qué pregunta! –exclamó Antonio–. Las Fernández me esperan.

—Ya lo sabíamos.

—¿Y tú, Pablo?

—Obvio –respondió José, antes de que Pablo abriera la boca–. La señorita Milagros Landa ya le puso la etiqueta de apartado.

—No importa, hermano –intervino Antonio–. ¿Qué haríamos sin ellas? Las mujeres nos alegran la vida, entre otras cosas, y por eso, en la noche te vamos a llevar al teatro.

—¿Alguna obra importante? –preguntó Pablo–. Milagros me comentó que el Teatro Colón se había declarado en quiebra.

—¿Nos crees idiotas para asistir al aburrido Colón? –contestó Antonio entre carcajadas–. No, nosotros nos referimos a la carpa. Ahí nos esperan la bella Lala Belle y sus compañeras de baile, las mejores putitas de la temporada.

Su hermano no había cambiado, pensó. Continuaba buscando el sexo fácil de los burdeles. Ya encontraría algún pretexto para zafarse del compromiso. ¿Por qué no visitar a Milagros y elaborar el plan para el domingo?

—Olvidemos a las mujeres –agregó Pablo risueño–. Pónganme al corriente. ¿Cómo está Nacho de la Torre? ¿Sigue igual de loco? Y Sebastián, ¿qué se ha hecho?

—De Sebastián, dicen que su novia paseaba por Champs-Élysées tomada del brazo de un oficial británico.

—¡Otra vez hablando de mujeres! –exclamó Pablo–. Mejor, cuéntenme cómo ven la situación aquí. Escuché que la gente está descontenta con el general y que andan eufóricos con el tal Madero.

—Ni soñando. Ése es un oportunista que engaña a los pobres.

—Son una bola de perros que quieren morder la mano que les da comer –opinó Antonio con cierto desprecio–. Están jodidos. Culpan al gobierno por lo mal que la pasan. Se le olvida a la indiada que si no tienen qué comer es porque no les gusta trabajar. Vienen muy mansitos a pedir que los ayudes y luego te exigen, según dicen los revoltosos, garantías laborales.

—Estúpidos, nada más causan problemas –comentó Anselmo–. Hace tres años armaron una revuelta en el corredor industrial de Río Blanco. ¿Lo sabías? –le preguntó a Pablo, quien asintió con la cabeza–. La policía entró en defensa de los bienes de los empresarios. Hubo muchos muertos que pronto se convirtieron en mártires.

—No creo que haya problema. Es una situación pasajera –aseguró Lorenzo–. Madero se parece al candidato perpetuo: un iluso que busca una oportunidad de antemano perdida.

—Bueno, sé que don Nicolás Zúñiga y Miranda jamás ha tenido seguidores. En cambio, he escuchado en el hospital a enfermeras, doctores, y hasta pacientes, alabar el discurso de Madero –miró a sus amigos preocupado y agregó–. Pienso que a Madero debemos observarlo con cuidado.

Un silencio tenso se apoderó del salón.

—No hay peligro, le dan demasiada importancia –Anselmo palmeó amistosamente la espalda de Pablo–. A Díaz nadie lo mueve.

—Además, nosotros no tenemos problema. El tío Yves Limantour no permitirá que afecten nuestros intereses.

Pablo examinó a sus compañeros. De nuevo, el ánimo se había apoderado de ellos. Alrededor sólo quedaban charolas con algunos bocadillos y muchas botellas vacías. Tomó su copa y brindó en silencio: "Por nosotros", murmuró. Estaban tan lejos de la realidad. Ojalá y se equivocaran, pensó. Díaz eliminaría a sus enemigos y todo seguiría exactamente igual.

Leandro y la Prieta Ramírez atravesaban La Alameda bajo el sol domini-
cal. El reloj apenas marcaba las ocho de la mañana. Con el ánimo decaído había aceptado la invitación que Celia le había hecho, aunque ambos
odiaban las excentricidades de los ricos. Consideraban que los desfiles y,
en especial el de las flores y el combate que le seguía, eran un insulto para
la gente que ganaba un mísero salario y que, por desgracia, se convertía
en espectadora que alababa el despotismo de unos cuantos. Si el dinero
que gastaban los poderosos en rosas, gardenias, violetas y tulipanes, que
traían desde los viveros de Mixcoac y San Ángel, lo utilizaran en mejorar
la alimentación de los desposeídos, serían más honorables y, por lo tanto,
aplaudibles.

No obstante, Celia lo convenció. Al amanecer se presentó en el oscuro
cuarto que él ocupaba en la casa de Pedroza, ataviada con un largo huipil
blanco bordado con flores. Le repitió lo absurdo de su comportamiento.
Lo regañó. No valía la pena sufrir por una catrina insignificante cuando
ella estaba dispuesta a darle amor sin condiciones.

Por ser Domingo de Pascua había un ambiente festivo en la plaza.
La temperatura cálida permitía que varios niños jugaran dentro de las
fuentes y mojaran a las personas que caminaban cerca. Los globeros, merolicos y vendedores de comida aprovechaban el paso de cientos de personas que se dirigían hacia la avenida Juárez, cargando huacales de madera
vacíos, en busca de un buen sitio para observar el desfile que comenzaría
a las nueve.

Encontraron lugar en segunda fila, cerca de las tribunas que ocupaban los invitados especiales y el jurado conformado por funcionarios del
gobierno capitalino. Celia aprovechó la cercanía de una farola para treparse sobre la base de metal. Leandro la abrazó por la cintura con el fin
de ayudarla a guardar el equilibrio. Ella sonrió agradecida, luego abrió el
paraguas negro que los cubriría del sol.

Conforme pasaban los minutos, la gente se arremolinó junto a ellos.
Algunos niños se subieron a la farola sin importarles que ésta ya estuviera
ocupada. La falta de espacio le dio a Celia la oportunidad de recargarse
totalmente sobre su amigo quien, a su vez, se apoyó sobre la cadera de ella.
A través de la delgada tela, sintió los muslos gruesos y las nalgas generosas
de su amante. Había pasado muchas noches abrazado a la calidez desnuda

de Celia. La extrañaba y sabía que ella sufría por la separación, mas no podía remediarlo.

La avenida estaba limpia y los postes lucían macetas llenas de flores y estandartes alternándose con banderas mexicanas. Los balcones también estaban decorados con flores. Las ventanas abiertas permitían a sus moradores observar sin necesidad de salir. Abajo, unos cuantos ciclistas aprovechaban para dar vueltas y captar la admiración del público.

—Es una locura; no entiendo el comportamiento humano –dijo Celia señalando a obreros, sirvientes, amas de casa, vendedores–. Odian a sus patrones y aquí están, esperando a que pasen para aplaudirles por la demostración de soberbia. Con razón los malditos catrines se sienten dioses.

—Qué más da, Prieta –aseveró resignado al darse cuenta de que lograr el cambio que el Partido Antirreeleccionista proponía era una labor titánica. Primero debían concientizar a las personas y luego convencerlas acerca de la lucha pacífica a través del voto–. Entiéndelas. Trabajan sin satisfacción. Buscan diversiones que las hagan sentirse parte de la clase a la cual enriquecen. Debemos agradecer a las autoridades su benevolencia –añadió con sarcasmo–. Los parientes de papá Díaz nos dan circo para que olvidemos las injusticias.

—¡Qué filósofo tan complaciente resultaste! Ojalá y todo se arreglara con discursos amables y justificaciones ante la ceguera que nos han impuesto... ¡Ay! Espera, me jalas, me caig... –el comentario de Celia se vio interrumpido por la falta de equilibrio de Leandro, quien sin proponérselo tiró con brusquedad del huipil. Una mujer embarazada, con el cabello revuelto, sucia, se abrió paso entre los espectadores dando empujones y sin prestar atención a los insultos. Su intención era llegar a la primera fila. La Prieta la miró percibiendo la pena que reflejaba su semblante. Quiso ayudarla. Le hizo una seña a Leandro y éste se acercó.

—¿Se siente bien?

La mujer lo miró indiferente y sólo preguntó: "¿Ya empezó?" Leandro negó con la cabeza, pero los aplausos de la multitud los hicieron volverse.

Once bicicletas totalmente cubiertas por flores de papel abrían la demostración. Las manejaban jóvenes bien vestidos, con pantalones blancos, sacos de rayas y sombreros tipo *canotiers*, que saludaban alegremente a la audiencia. Unos minutos después apareció el coche de Porfirio Díaz Ortega, hijo del general, con el cofre adornado por rosetones rematados con moños amarillos. Lo acompañaban su esposa Luisa Raigosa, que portaba un gran sombrero con plumas de marabú, y sus hijos, luciendo trajes marineros. Atrás les seguía un Victoria Daumont –de Ignacio de la Torre y Amada Díaz–, de cuyos extremos colgaban rosas con hojas de parra. En la parte trasera, palmas entrelazadas sostenían ramos de margaritas. Más discreto marchaba el Ford de los Rincón Gallardo, que apenas portaba unos pocos adornos. Después de una pausa, siguieron los vehículos de las hermanas Romero Rubio, los Braniff, los Casasús, los Escandón, los Fernández Castellot y los Cortina.

Al paso lento de los automóviles, los niños gritaban, aplaudían y saludaban a los participantes. Algunos adultos escondidos entre la multitud se atrevieron a chiflar y a lanzar injurias en contra del gobierno, a pesar de los policías que tenían la orden de detener a cualquier alborotador. Sobre todo, debían apresar a los que llevaban pancartas atacando al presidente o apoyando a Madero.

Hombres elegantes enfundados en trajes primaverales y damas con vestimentas claras, sombreros de crestón de ala tendida y cubiertas por finas sombrillas de encaje conducían coches último modelo, *coupes*, landós y cabriolés totalmente forrados con moños, rosas, gardenias, claveles, azucenas y geranios.

"¿Cómo podía estar observando un absurdo que iba en contra de sus principios?" pensó Leandro molesto. Era testigo del método que utilizaba el gobierno para comprar voluntades: enajenar a la gente con quimeras que dejaban un agradable sabor, pero conforme pasaba el tiempo se tornaban en bocado amargo. Un aguijonazo interior le hizo sentirse culpable. Por su mente pasaron varias imágenes: su madre, junto con los sirvientes de Pedroza, lo llevaba a ver los desfiles militares. Todavía percibía el ambiente festivo. El Caballerizo, un mulato gigantesco de raro acento, lo sostenía sobre sus hombros para que él se deleitara comiendo pepitorias, mientras admiraba la gala de los soldados y alguna que otra mujer hermosa, que se atrevía a seguir a la tropa. En aquellas ocasiones todos regresaban a casa maravillados y el tema flotaba durante meses en las charlas de sobremesa.

Una caricia de Celia sobre su cabeza bastó para que se relajara. Sólo entonces se dio cuenta de la tensión que lo aquejaba.

* * *

Antonio arrancó su automóvil en la calle del Empedradillo. En el asiento delantero lo acompañaba Lorenzo y en la parte trasera, sentadas sobre los respaldos cubiertos con raso blanco, estaban Lucila, María y Blanca. La mayor, después de muchos alegatos, logró que su madre y don Agustín le permitieran participar.

—¿Listas, preciosas? No olviden arrojar los ramilletes que están en las canastas. Al pueblo le gusta recibir un regalo de nosotros –metió la velocidad rebasando al calesín que tenía adelante–. Y no lo olviden: tienen que sonreír, ése es nuestro sello. Si mostramos una verdadera alegría, los chiquillos nos amarán.

—Está bien. Conduce despacio para que podamos guardar el equilibrio –Blanca trataba de colocarse una horquilla en el sombrero que impidiera que el viento lo hiciera volar.

—Si tú me lo pides, es un placer.

Cerca del Jockey Club avanzaron lentamente. Cientos bloqueaban el paso. La policía intentaba abrir camino por medio de arengas y amenazas. Las cornetas de los autos, en franco choque con los silbatos de los uniformados, provocaban un caos entre los caballos que jalaban las calesas.

Los automóviles dieron vuelta en avenida Juárez. Antonio se sintió contento al escuchar la algarabía de los espectadores y, aún más, al observar a las tres muchachas. Blanca sonreía feliz. La blusa de gasa azul acentuaba el color de sus ojos y en su rostro había una tranquilidad que sólo reflejaba cuando se encontraba lejos de su prometido. Lucila, envuelta en olanes rosados, que coincidían con el rubor de sus mejillas, estaba sentada en medio de sus hermanas justo frente al espejo retrovisor, donde podía mirarse con discreción. María llevaba un vestido de muselina *beige*, cuello alto y mangas cortas. El cabello lo traía recogido bajo un sombrero de paja italiana rodeado por flores naturales.

Antonio detuvo el auto cuando estaban por llegar a la glorieta del Caballito, en el cruce de avenida Juárez y Paseo de la Reforma. Su intención era hacer una entrada triunfal al ritmo de la melodía que tocaba un grupo musical desde el templete ubicado afuera de la casa de Ignacio de la Torre. Una distracción que aprovechó la embarazada para correr hacia el coche gritando.

—¡Antonio! ¡Antonio! ¡Por favor!

—¿La conoces? –preguntó Blanca sorprendida.

Antonio, furioso, aceleró el coche ante la exclamación ahogada de sus acompañantes. Refugio alzó los brazos suplicando, pero el coche pasó de largo. María se levantó angustiada y le gritó a Antonio que pararan. No hizo caso; al contrario, metió el acelerador hasta el fondo y ella cayó de costado sobre el asiento. En un momento, las miradas desesperadas de Refugio y María se encontraron. El coche continuó la marcha. Atrás quedó la embarazada, tirada en el suelo, sollozando.

La gente aullaba insultos y algunos pelados trataron de alcanzar el auto, sin escuchar los silbatos de los gendarmes que amenazaban con detenerlos. Celia y Leandro, ajenos al escándalo, corrieron a auxiliar a la mujer.

—No está herida –afirmó Celia después de haberla revisado.

—¡Ayúdame, Prieta! –Leandro tomó entre sus brazos el cuerpo frágil de la desconocida y se dirigió hacia La Alameda–. Consigue agua. Yo la llevaré a aquella banca –Leandro le dio unas monedas y señaló a un aguador que descansaba junto a la fuente. Unas ancianas enlutadas se acercaron.

—¡Santísima Virgen, lo que se ve ahora! ¡Tome! –le ordenó una de ellas sacando de su bolso un frasco con líquido–. Póngale agua bendita sobre la frente. Le va a sanar todos los males que infectan su cuerpo –Leandro no aceptó el ofrecimiento.

—¡Es usted un irresponsable! –gruñó la otra vieja observándolo con odio–. No debió traer a su esposa a un lugar donde hay tanta gente.

Se fueron indignadas lanzando injurias sobre ellos. Sus voces altisonantes lograron atraer la atención de varios curiosos que se acercaron a ver.

Acostaron a Refugio bajo la sombra un árbol. Leandro la abrazó tratando de calmar los temblores que la aquejaban. Celia le dio a beber agua.

—¿Por qué lo hizo? Puso su vida en peligro –le dijo Leandro en tono paternal.

—Mi vida no importa, está acabada –la delgadez de Refugio acentuaba su vientre bajo la desgastada túnica. La piel amarillenta, pegada al hueso; el cabello marchito sobre los hombros y las ojeras que daban la impresión de un antifaz violáceo mostraban la avanzada desnutrición.

—No diga tonterías –replicó Celia–. Su salud es importante al igual que la de la criatura.

—¡Qué va a saber mi niño de importancias! Los dos merecemos morir, nadie nos quiere –Refugio cogió el borde de su túnica y se limpió la nariz; luego, con cierta rapidez, caminó hacia la parada del tranvía.

—¡Espere! La acompañaremos a su casa.

Refugio negó con la cabeza, apurada por perderse entre la gente. Los curiosos comenzaron a dispersarse en busca de otra diversión, dejando parados junto a la banca a Celia y a Leandro.

—No entiendo, ¿por qué se acercó a ese auto?

—Creo que conocía al conductor o al acompañante. Probablemente alguno de los riquillos la abandonó –Celia hizo una pausa y luego le preguntó con sarcasmo–. Y tú, querido, ¿no reconociste a las damas del coche? –Leandro la miró con expresión de reproche.

—Vámonos, Prieta –contestó fastidiado–. Ya tuvimos demasiado drama por hoy. Los desgraciados catrines no respetan la dignidad de nadie.

* * *

—¡No me mientas! –María, enojada, no dejaba de protestar–. No digas que te confundió con otra persona porque no te creo. Gritó tu nombre. Todos la escuchamos –con la mirada buscó la aprobación de sus hermanas.

—Ya te dije que no tengo nada que ver con ella, aunque pensándolo bien, se parecía a una mesera que trabajó en la cafetería y que corrimos por ratera. ¿Te acuerdas que te lo comenté? –se dirigió a Lorenzo–. Una muchacha que estaba dolida porque la despedimos. La que dejaba brujerías en la puerta de la cafetería.

—Sí, algo me comentaste –respondió su amigo con complicidad.

—¡Pobre mujer! –afirmó con lástima–. Está trastornada y no es justo que la fiesta termine por una demente. Te prometo, preciosa, solucionar el asunto –le dijo a María conciliatorio–. Mañana a primera hora me pondré en contacto con el licenciado Rodríguez. Él revisará el caso y si cometimos un error, lo enmendaremos. Pero, por favor, no mencionen el incidente a mis padres, sería angustiarlos sin razón. Ahora –su rostro se iluminó con una enorme sonrisa–, muestren alegría que muy pronto llegaremos a la glorieta de Cuauhtémoc y el desfile terminará.

Antonio hervía por dentro. Después de la corta discusión los ánimos habían decaído. ¿Quién se había creído la pendeja de Refugio para llamarlo en público? ¿Cómo se atrevía a perseguirlo? ¿Estaba embarazada? Le había pagado demasiado bien sus servicios; sin embargo, la muy estúpida no estaba agradecida. Arreglaría las cuentas con ella y la enterraría en el infierno; ahí jamás lo volvería a molestar.

Por el espejo retrovisor le guiñó el ojo a sus amigas. Lucila sonrió tímidamente, pero las otras se mantenían serias. Antonio debía conservarse sereno y buscar, lo más rápido posible, un juego divertido. No soportaba la mirada suspicaz de María que lo observaba en busca de una reacción que lo delatara.

La caravana prosiguió por Reforma y el Paseo de Chapultepec; luego algunos carros se pararon frente a la estación Colonia del ferrocarril, para permitir que los niños admiraran las decoraciones. Los que continuaron pasaron, en solitaria peregrinación, por la glorieta donde se terminaba de construir la Columna de la Independencia. A la derecha contemplaron el antiguo Rancho de la Teja y a la izquierda, los terrenos aún sin fraccionar de la ex Hacienda de la Condesa. Las pocas familias que caminaban por la calle aplaudían a los coches que en tramos desiertos lograban alcanzar una velocidad de veinte kilómetros por hora. A lo lejos, los participantes divisaron los trenes que circulaban junto al antiguo acueducto, abarrotados por personas dispuestas a continuar la fiesta.

Al llegar al bosque de Chapultepec, miembros de la alta sociedad, entre serpentinas y confeti, recibieron a los automovilistas. Al fondo, sobre el viejo cerro, se levantaban el Colegio Militar y el Castillo, la residencia veraniega del presidente Porfirio Díaz.

Los carruajes fueron admirados por la gente que ya se encontraba en el bosque; posteriormente se estacionaron afuera del Auto Club, a las orillas del lago. La terraza, adornada con rosas, disponía de varias mesas protegidas del sol por sombrillas blancas. Al centro, el chef belga ofrecía a los socios canapés y bebidas, mientras que un cuarteto de violinistas tocaba entre los comensales amenizando la reunión.

—¡No es justo! ¡No es justo! ¿Por qué Antonio prefirió a esas busconas? Yo pensé que me iba a invitar y me atreví a rechazar a Pedro de Osio –Dolores caminaba haciendo gestos que manifestaban su frustración. Con una mano cargaba un canasto con flores y con la otra trataba de recoger su falda de seda verde.

—¡Ay, querida! deberías estar agradecida. Se me hace horrible desfilar bajo el sol quemándote los brazos, el polvo raspándote el cutis y el sudor apestando tu ropa. Además, la gentuza se muere de envidia y trata de tocarte con sus dedos sucios –Toñeta hizo una mueca de aversión y agregó–. ¡Qué asco! No deberían permitirle a los pobres la entrada al bosque.

—Exageras, Toñeta, hay que comprenderlos. Para el pueblo nuestras actividades son novedad, una ilusión que los infelices nunca tendrán. Sólo unos pocos poseemos un auto y habitamos una casa decente –comentó Dolores en tono despreocupado–. Bueno, ¿a mí qué me importa si la indiada la pasa bien o mal? Mi único interés se llama Antonio Pascal. Mira –señaló los ramilletes amarrados con moños rojos–, compré varios *bouquets* para aventárselos.

—Pues no seas tan obvia, te vas a desprestigiar. Haz lo que yo: repártelas entre los más guapos, así tendrás varias veladoras encendidas.

—¿Estás loca? –rió burlona–. Tu estrategia no te ha servido de nada, tienes tus veladoras bien apagadas. Por más intentos, nadie se te acerca y si no es por Pablo que aceptó pasar por nosotras –dirigió la mirada hacia la pareja que las seguía–, estaríamos encerradas en casa.

—¡Qué envidia me da Milagros! Ni parece que vinimos juntas.

—Si yo anduviera con Antonio, tampoco te haría caso.

—¡Cállate! –murmuró Toñeta–. Pablo puede escucharte y sería pésimo para tu reputación. ¡Imagínate! Si le contara a Antonio tus locuras… –entraron al Auto Club, saludaron de mala gana a unas conocidas y se dirigieron a la terraza–. Vamos a buscar una buena mesa donde puedan admirarnos.

Milagros y Pablo caminaban lentamente sin querer llegar al club. Él cargaba la canasta con flores de su acompañante, además de la delicada sombrilla de seda. Le divertían los comentarios de las solteronas prematuras que a cualquier precio deseaban conseguir un hombre, sin importarles que fuera un rabo verde o un vejestorio. Milagros, tomada de su brazo, sostenía una charla trivial sin fin, para que él no escuchara el chismorreo. Pablo recordaba las advertencias de sus compañeros y reía en silencio al concederles la razón. También se encontraba sorprendido por el cambio que había sufrido Chapultepec. La última vez que visitó el bosque, antes de partir a Europa, era un lugar sucio, mal oliente, con matorrales e infestado de animales que dejaban sus excrementos en las veredas. Un nido de asaltantes al anochecer. Y solamente las mujeres de dudosa reputación aceptaban pasear en compañía masculina después de las cinco de la tarde.

Le habían contado que el tío Limantour –ministro de economía–, para las fiestas del Centenario quiso convertir el bosque en un sitio de diversión y relajamiento parecido al de Boulogne en París. Para lograrlo mandó limpiar el sitio, cortó la maleza y quitó los ahuehuetes enfermos. Diseñó rotondas, levantó fuentes al estilo clásico, trazó calles pavimentadas junto a veredas delineadas por plantas exóticas y, lo más importante, aprovechó los antiguos manantiales para llenar el lago artificial donde ya nadaban cisnes entre las barcas que se alquilaban al público.

Esa mañana, cuando se levantó de la cama, estaba dispuesto a cancelar la cita. Deseaba compartir con Milagros un domingo diferente, tener la oportunidad de conversar sin chaperonas ni amistades que intervinieran. Le gustaba Milagros, gozaba de una excelente figura, aunque detestaba sus arranques de niña consentida tan frecuentes como las risas. No la conocía. La correspondencia que sostuvieron durante años sólo hablaba de trivialidades.

—¿En qué piensas? –Milagros sonreía con una coquetería estudiada.

—Esto es agradable, pero me hubiera gustado pasar el día contigo en algún paraje. Hubiéramos tendido un mantel y en vez de traer flores, cargaría quesos, carnes frías, *baguettes* y vino.

—*I'm sorry* –le palmeó el brazo a manera de consolación–. No podíamos faltar al primer evento primaveral. Es importante asistir y que te vean.

—¿Realmente es importante?

—Bueno –titubeó al responder–. Puedes faltar, pero no sería bien visto. Somos amigos y debemos compartir las fiestas.

—¿Entonces las prioridades deben sacrificarse?

—No es para tanto. Los imprevistos se perdonan.

—¿Por qué no se me ocurrió una emergencia en el hospital?

—Olvida las preocupaciones. Ya te dije que unas horas de distracción son necesarias. Mira lo relajado que estás.

El camino serpenteaba junto al lago. En la orilla, el agua cristalina permitía ver peces pequeños que hacían la delicia de los menores. Los niños lanzaban migajas congregando no sólo a los charales, sino a los pájaros que aprovechaban las sobras que caían sobre la banqueta.

—Tal vez no se deba al lugar ni al evento, sino a la compañía –le dijo sin dejar de mirarla.

—*Merci* –Milagros pasó la mano por su cara como si estuviera apenada.

—No seas tan modesta –Pablo la detuvo. No tenía prisa por llegar con las amistades y escuchar las interesantes noticias del momento: que si los sombreros vienen más chicos; que si las parisinas enseñan las pantorrillas; que si fulano engaña a su esposa; que si la otra ya se embarazó. El único interés que podría tener de esos encuentros era el de darse a conocer como médico entre las damas.

—Me sorprende, doctor Pascal –sonrió satisfecha–. ¿Usted haciendo comentarios comprometedores? ¿Lo puedo tomar en serio?

—Por favor, Milagros. ¿No pensarás que estoy aquí para ver las ridiculeces de tus amigos o flirtear con alguna debutante?

—¡Doctor Pascal! ¡Qué poco romántico es usted! No le interesa el cortejo.

—¿Qué te hace pensar eso?

Caminaron hasta la escalinata que conducía a la puerta. Los organizadores, vestidos con levitas grises y chisteras oscuras, registraban la llegada de los vehículos. Uno de cabello cano y bigote abundante los saludó desde lejos.

—Eres... No sé cómo explicarlo, ¿serio, frío?

—Voy directo al punto, sin hacer caso a las reglas.

—Exacto –asintió temerosa de que él se ofendiera.

—Ya no soy un jovencito que pierde el tiempo en banalidades. Esa etapa la viví hace años y, créeme, la pase muy bien. Ahora tengo muchos planes, pero en mi perspectiva también se encuentra la búsqueda de una mujer con quien establecer un hogar.

La gente se arremolinaba junto a los organizadores. Leían las listas con los nombres de los vehículos que habían llegado y los apellidos de los integrantes de cada equipo. El murmullo no permitía intimidad alguna.

Pablo la llevó hacia un lado.

—¿Sabes lo que significa hogar? –le preguntó en tono suave.

—¿Hogar? –el corazón de Milagros amenazaba con salirse y, por primera vez, sus mejillas adquirieron un tono rosáceo. ¿Debía tomar esas palabras como una declaración o se trataba de una broma? No, pensó, era un acertijo, el entretenimiento de moda. La certeza de haber adivinado la llenó de satisfacción. No defraudaría a Pablo–.

"Oh my God! Claro... –río nerviosa, haciendo la mueca que le daba parecido con su madre–. Hogar es una palabra compuesta por cinco letras. Comienza con hache y termina con erre.

Pablo la miró pasmado. No podía creer lo que escuchaba. Ella, angustiada por no entender el mensaje, tartamudeó:

—¿Ha... hablas en se... serio? –el gesto insondable de Pablo le produjo un nudo en el estómago–. Hogar –agregó tímida– es una casa muy bonita donde vive una mujer con su marido, muchos hijitos atendidos por sirvientes, fiestas en familia, viajes y, por supuesto, perros.

Un silencio pesado cayó entre ambos. El desconcierto de Pablo se convirtió en enfado. ¿Hablaba con una retrasada mental? ¿O en verdad, tal y como lo temía, Milagros presentaba una estructura excelente sin contenido?

—¿No?

—Olvídalo –contestó Pablo con voz fría–. Vamos, tus amigas te esperan.

—No te enojes –le pidió–. Mañana que estés más calmado te respondo. Hoy en la noche se lo preguntaré a mi mamá.

—¡Profesor Pascal! ¡Doctor Pablo Pascal!

La voz del doctor José Arriaga lo hizo volverse. El joven de baja estatura y escaso cabello rubio se dirigió hacia ellos sonriendo alegremente. Pepín, como le decían, recién había finalizado sus estudios en la Escuela de Medicina con calificaciones sobresalientes. Por recomendaciones académicas, las autoridades del Hospital Morelos lo habían asignado al pabellón de recién nacidos, donde se especializaría en enfermedades infantiles. Arriaga estrechó con fuerza la mano de Pablo. Luego, con los más finos modales aprendidos en un manual, se volvió hacia Milagros.

—La señorita Landa y Castillo –hizo la presentación formal sin reflejar su ánimo.

—Encantado de conocerla –depositó un ligero beso sobre su mano–.

—Ahora veo por qué el profesor Pascal no se queda a nuestras reuniones de los jueves –Milagros observó de reojo a Pablo, pero éste se mantuvo inexpresivo–. No pensaba encontrarlo aquí –agregó el joven–. Sé que es imprudente interrumpirlo fuera del horario de trabajo, pero no podía esperar para darle la noticia: convencí a las hermanas Fortuño para que entren al voluntariado –señaló a dos jovencitas altas, flacas y desaliñadas que lo esperaban cerca de la balaustrada–. Al principio se negaron. Pusieron innumerables pretextos: que si se contagian, que no saben cambiar pañales, que el horario; en fin, toda esa palabrería femenina. Cuando ya desesperaba, les eché el discurso de la Magdalena y la oportunidad que tuvo de regenerarse –los tres examinaron a las Fortuño con discreción–. Son católicas, se sintieron piadosas y dicen que el martes se presentarán en el hospital ¿No es fantástico?

—Muy bien, doctor Arriaga –le palmeó la espalda–. Ya faltan menos voluntarias. El martes las entrevistaremos y si están de acuerdo, comenzaremos a asignarles tareas.

—No se arrepentirá –aseguró Arriaga mientras se despedía–. Son unas muchachas extraordinarias.

—¿De qué se trata? –preguntó Milagros intrigada–. ¿Para qué quieres a las Fortuño?

—Shh –Pablo le puso su índice sobre los labios y sonrió sin ganas–. Cuestiones de trabajo.

—Quiero saberlo ahora mismo –insistió más seria. Su actitud amenazaba con iniciar uno de sus acostumbrados berrinches.

—Créeme, no te agradará.

—El doctor comentó algo sobre voluntariado. Y si se trata de ayudar, sé cómo hacerlo. Siempre acompaño a mi mamá cuando las Damas de la Santa Caridad entregan medicinas, mantas o regalos a hospitales y asilos. Es emocionante obsequiar un poco de amor a los desposeídos. Además, vienen los periodistas, te toman fotos y hacen la reseña en el periódico.

—Es diferente, Milagros, este trabajo no es para ti. No insistas –dijo con firmeza.

—Si me cuentas, tal vez podré ayudarte mejor que las otras.

—No, Milagros, no cuando se trata de prostitutas sifilíticas –contestó tajante. Su mirada, antes cálida, se endureció–. Vamos, ya llegaron todos los automóviles.

* * *

Al atardecer, la batalla floral llegó a su fin. Miles de pétalos quedaron regados por el pavimento creando un mosaico multicolor. Algunos sombreros femeninos y muchos cestos pisoteados, llenaban los basureros cercanos al campo de guerra.

Varios participantes aprovecharon para vagar por las veredas del bosque; otros, la mayoría, prefirieron reunirse para jugar en los jardines que circundaban el lago. Pablo, harto de jugar a adivinar con mímica obras de teatro que no había visto o canciones que jamás escuchó, dejó a Milagros con sus amigos. Caminó unos metros hasta que encontró un paraje tranquilo, ideal para la lectura. El festejo le había parecido un absurdo que distaba mucho de la pascua francesa. En París, los habitantes se reunían en parques y plazas en divertido convivio sin distinciones sociales. Se preguntaba cómo había soportado tantas horas. Aguantó gracias a la ocurrencia de José Barrón. Tomaron unas bicicletas prestadas y pedalearon hasta la entrada del castillo, custodiada por la guardia presidencial; mientras, los demás se arrojaban rosas.

La comida en el Restaurante Chapultepec le pareció excelente, con la sazón del chef inglés y los vinos del Rhin, pero alejada de la sencillez que él esperaba en un día de campo. Desde la veranda, observó con envidia a los jóvenes que preparaban sus alimentos sentados en el césped, de la misma manera que él disfrutó la comida improvisada cuando visitaba la campiña con Anne. Y Milagros, ¡por Dios!, parecía que el establecimiento era un escenario donde lucir sus caprichos. Tres copas de vino sirvieron para que se pavoneara ante las mujeres que la criticaban en voz baja. Luego, hizo derroche de su mala pronunciación porque insistió en platicar en francés con los que se sentaron alrededor. ¡Cuánto ridículo! La pena ajena lo invadió constantemente. ¿Cómo se comportaría alejada del grupo que tanto la influía?

Se recargó sobre un tronco y abrió el libro de Edgar Allan Poe. Leyó varias hojas, mas no pudo resistir el arrullo del viento que lo transportaba a la vieja campiña francesa, lugar de reposo durante los cálidos veranos.

—¡Detenla! –Antonio gritó alegre al pasar brincando sobre las piernas de Pablo–. No dejes que me alcance y si pregunta por mí, dile que fui a los manantiales.

Pablo se despertó asustado y vio a su hermano riendo a carcajadas. Sin soltar el libro se levantó inmediatamente a ver de quién huía Antonio. Un repentino golpe le hizo perder el equilibrio. La mujer que corría tras su hermano se estrelló contra él. Pablo miró sorprendido a la joven que yacía sentada sobre la tierra, con el cabello suelto y el sombrero de paja entre las manos.

—¿Se encuentra bien? –le preguntó al tiempo que la ayudaba a levantarse.

María asintió buscándose algún raspón en el brazo. Intentó dar unos pasos, pero no pudo apoyar el pie. Pablo la tomó de la cintura permitiendo que se recargara en él.

—Soy médico –le dijo tratando de reconocer el rostro de la muchacha–. Déjeme ver su pie.

Ella se levantó ligeramente el vestido y le mostró el tobillo lastimado. Con delicadeza, Pablo le quitó el botín de cabritillo y le movió el pie cubierto por una media rota. Ella lanzó un débil quejido.

—¿Duele? –preguntó sin dejar de mirarla.

—Solamente cuando lo mueves hacia arriba –los nervios amenazaban con traicionarla. No debía lloriquear por una tontería.

—Está lastimado. Nada de preocupación, aunque si quiere caminar pronto, hay que cuidarlo.

—Gracias, Pablo –le dijo sonriendo–. Ahora ayúdame a levantarme. Debo alcanzar a Antonio. Lleva mi bolso y amenazó con abrirlo.

—¿Nos conocemos? –la observaba sin perder detalle: los ojos color olivo, el cabello castaño que caía en ondas hasta los hombros, la boca llena, una sonrisa cálida que él recordaba.

—¿Cómo te sientes? –preguntó Lorenzo preocupado–. Desde allá te vimos caer; pero, por más que corrí, no pude ayudarte –añadió al tiempo que le quitaba un rizo de la cara–. Lo bueno es que Pablo ya te atendió –Blanca y Lucila llegaron atrás de él agitadas por la carrera.

—María, ¿puedes caminar?

El nombre resonó en la cabeza de Pablo: María, María, la descarriada María Fernández, la compañera de juegos de su hermano, a quien él tanto detestaba. Ahora que la inspeccionaba detenidamente, se reprochaba no haberla reconocido. Continuaba igual: despeinada, sucia y actuando como un muchacho atrabancado.

—No hay problema –intervino Pablo sin salir de su sorpresa y, dirigiéndose a Blanca y Lucila, agregó–: deben ponerle lienzos de agua fría y untarle árnica con camomila; los próximos días deben cubrirle el pie con fomentos calientes. Es importante que guardes reposo –le dijo a la herida.

—¿Voy a poder caminar? –preguntó María desilusionada.

—Puedes, mientras no te duela –declaró con falsa frialdad–. Cuando digo reposo me refiero a no correr detrás de los hombres.

—No acostumbro perseguirlos y si me caí, fue por tu culpa –olvidó la cortesía y lo fulminó con la mirada

—¿De verdad? –preguntó sarcástico.

—Si tu hermano no me hubiera quitado el bolso y tú no te hubieras interpuesto, estaría muy tranquila.

—Ni modo, terminó el juego. Ya no podremos participar en el segundo combate en las calles del Centro –anunció Blanca con frustración.

—Habrá tiempo para la revancha –Lorenzo acarició la mejilla de María–. Creo que debemos marcharnos. Voy a buscar a Antonio. Ustedes lleven a su hermana al coche.

Blanca trató de levantar a María; pero el pie lastimado perdía el apoyo y resbaló.

—María, no te hagas la pesada. Y tú, Lucila, deja en el suelo los sombreros y las bolsas y ayúdame a levantar a esta vaca.

Pablo sonrió al observar el inútil esfuerzo de las Fernández. Probablemente María parecía una vaca revuelta en el fango; pero las otras dos no eran más hábiles que unas vacas chapoteando en el estanque.

—Permítanme –Pablo levantó a María–. Cuélgate de mi hombro –le ordenó–. Brinca con el pie bueno.

El trayecto se hizo eterno. María caminaba molesta por tener que depender de una persona detestable. Se incriminaba en silencio por estúpida. ¡Habiendo tantos hombres agradables, tuvo que caer frente al más odioso! ¡Cretino! Burlarse de ella diciendo que corría tras los hombres.

El cuerpo delicado de María distaba mucho de la corpulencia de una vaca. Pablo veía hacia el frente en una lucha entre la razón y la curiosidad por mirarle el pecho. Sentía en su costado los senos femeninos que emanaban un perfume envolvente. El cabello de la joven rozaba su barbilla y su mano apretaba con fuerza la pequeña cintura. La deliciosa excitación que lo cubrió lo hizo detenerse. Sus ojos escudriñaron cada milímetro del rostro de María. Se posaron en los labios saboreando imaginariamente el sabor que tendrían; luego bajaron con lentitud por el cuello, la garganta, la imaginaria línea que marcaba el comienzo del busto.

—¿Sucede algo? –preguntó María turbada, consciente de la mirada sensual de Pablo.

—Nada –contestó recuperando el gesto burlón–. Tu peso, querida, me cansó –se masajeó el antebrazo–. Vamos, sostente sobre el pie, que tengo prisa.

Sorprendido por la reacción de su cuerpo, Pablo volvió a tomar a María y con brusquedad la llevó hasta el coche donde la dejó al cuidado de sus hermanas. No, no le interesaba esa zarrapastrosa, se dijo, mientras regresaba en busca de Milagros. Era igual de pretenciosa y vacía que las incultas mocosas que acostumbraban correr tras los solteros. No, no le importaba María, se repitió. Lo que sucedió se debía a los meses que llevaba sin revolcarse con una mujer. Aceptaría la invitación a la caza de las viudas que buscaban divertirse. Sin duda, lo necesitaba.

* * *

La noche envolvió la ciudad. Pocos habitantes deambulaban por las calles. Leandro, pensativo, observaba el humo de su cigarro. En la mesa del

Infiernito, en el Portal del Coliseo, quedaban los jarros de los fosforitos, la mezcla de café negro con alcohol catalán que había bebido. Su cara reflejaba tristeza. María se negaba a verlo y, sin importarle el sufrimiento ajeno, se divertía con sus pretendientes millonarios. La confundió. Pensó que era diferente a las de su clase, pero la mojigata había resultado peor. Celia se lo repitió muchas veces; sin embargo, él nunca lo aceptaría.

El 2 de abril era la fecha del general Porfirio Díaz. Acostada sobre la cama y aún en camisón, María ignoraba la voz de su madre. No asistiría al festejo en el Zócalo. Como cada año, los amigos y adeptos manifestaban su apoyo al presidente marchando bajo el balcón central de Palacio Nacional. Desde ahí, el dictador agradecía las consignas que lanzaban en su favor. En la memoria del pueblo, todavía se recordaba la batalla del 2 de abril de 1867, en Puebla, cuando el joven general Díaz derrotó las fuerzas imperialistas del general Márquez; combate que inició la toma de la Ciudad de México y la retirada final del ejército francés, el invasor.

María lo único que deseaba era un momento libre. Poner sus ideas en orden, sin tener que escuchar las quejas maternas, los chismes de las hermanas mayores y los gritos de las pequeñas.

Chona la miraba mientras colocaba la plancha sobre la parrilla portátil. En mala hora a Blanca se le había ocurrido usar la falda rosa que estaba arrugada en el canasto de la ropa limpia.

—Si no está peinada a tiempo, niña, su mamá la va a regañar ¿No se da cuenta de que deben llegar temprano al Centro?

—No iré –contestó sin ánimo–. Estoy enferma, me duele algo.

Chona tomó la plancha llena de carbones hirvientes y la pasó sobre la falda.

—Doña Adela armará un escándalo si no las acompaña. ¿Para qué se arriesga? –bajó la voz y agregó–. Debería darle gracias a Dios que le permitan salir sin cuestionarla.

Chona movió la cabeza preocupada. María estaba distante, seria. Sabía que evitaba al licenciado Ortiz porque escuchó aquella discusión en el portón; además, ya no la acompañaba a las citas clandestinas. A veces, sin ningún motivo, se enojaba; otras, lanzaba suspiros y su rostro adquiría una expresión nostálgica. Para ella, el licenciado Ortiz era el responsable de ese cambio. Le había metido ideas extrañas y su niña ya no se encontraba a gusto con la familia. Seguramente, el tal Madero le había aconsejado que no asistiera a la fiesta del presidente. Y eso armaría un gran problema. Olegario, para celebrar el día, colocaba muchas banderas afuera de la tienda y en la puerta principal ponía telas tricolores coronadas por un enorme medallón con la efigie del presidente.

Chona terminó de planchar y se encaminó hacia la habitación de Adela. Al entrar, mientras recogía las prendas sucias que tapizaban el suelo, escuchó las recomendaciones que daba la patrona.

—Y no me salgas con la estupidez de que te da pena pedirle a don Agustín que te regale el broche con brillantes –Adela señaló a Blanca–. Simplemente dile que no tienes qué ponerte para el baile de la Beneficencia Mexicana.

—Mamá, no puedo ir con él –respondió mientras terminaba de vestirse–. Desde el año pasado le prometí a Antonio que lo acompañaría.

—Olvídalo. Agustín es tu prometido, un hombre respetable, y debes presentarte con él en cualquier convivio. María y Lucila acompañarán a Antonio –Adela se acercó a su hija mayor y le arregló la blusa–. En cuanto a ti, Lucila, será la última ocasión que vas con los muchachos –tomó un espejo y revisó cómo lucía el collar de perlas que su yerno le había obsequiado–. Ya es tiempo de encontrarte un pretendiente.

Blanca sintió lástima por su hermana. Cada vez que a su madre se le metía un plan, era imposible convencerla de lo contrario. En unos cuantos meses ella se convirtió en la novia de un hombre tan desagradable que compraba la aprobación con alhajas.

—¡No es justo! –replicó Lucila–. Si Blanca ya está comprometida, el turno es de María: ella es mayor.

—Lucila –dijo resignada–. ¿Acaso no entiendes la mala situación de tu hermana? ¿Quién crees que acepte a una mujer tan voluntariosa? Por cierto, ¿María ya se levantó?

—No, doñita –contestó Chona nerviosa–. La niña se siente indispuesta. Le duele el estómago. Parece que comió algo echado a perder.

—¿Cómo es posible? –preguntó contrariada–. ¿Por qué no me avisaste? Sabía que estaba obligada a acompañarnos. Debemos callar las malas lenguas.

—Ya le dije, pero no se puede levantar.

—¡Por Dios! Ya no soporto los rumores. Esa malcriada está acabando con la reputación de la familia. Bien dice la Kikis que la vigile. Tanta ausencia es señal de malos pasos. Nos engaña.

—No, doña –Chona restregaba las manos en el delantal–. Hasta pálida se puso.

—¡María! ¡María! Ven aquí inmediatamente.

—¡Ya voy, mamá! –su voz contenía todo el malestar que podía inventar. Llegó a la habitación dando pequeños pasos y apretándose el vientre con las dos manos.

—¿Cómo es posible? Chona, prepárale un té de hierbabuena. Y tú, María, comienza a vestirte.

—Mamá, no puedo, te lo juro. Imagínate, qué dirían tus amigas si me vieran entrar a un baño público. Se morirían del asco.

Adela se quedó pensativa. No podía permitir que su hija come- tiera otra imprudencia. Bastante tenía con los chismes que había pro- vocado María en la necedad de perseguir a Antonio por el bosque de Chapultepec.

—¡Chona! Dale a esta niña glóbulos de veratrum. ¡Que no salga! Es necesario que se alivie para el baile de la Beneficencia Mexicana –luego se dirigió a María–. Más vale que te compongas, no podemos fallarle a la Nena Rincón Gallardo.

El motor de un coche se escuchó en la calle acompañado de la cam- pana de la puerta.

—Vámonos, ya llegó el chofer de don Agustín –las jóvenes termi- naron de acomodarse los sombreros, se pusieron los guantes y tomaron sus bolsos con olor a perfume. Adela miró fijamente al ama de llaves, la cual agachó la cabeza–. Ya hablaremos, Chona, y más vale que me digas la verdad.

María respiró aliviada. Se puso la bata y salió al balcón. La fingida enfermedad le había dado minutos de reflexión, pero no sirvió de mucho, pues estaba más confundida. Le hacía falta la compañía de Leandro, sus ocurrencias, su método de razonamiento, que la dejaba exhausta, y las tar- des que pasaban juntos; pero no deseaba verlo. Un sentimiento de traición la amenazaba. Traición a los principios que le inculcaron desde pequeña y los cuales despreciaba Leandro. Ella y sus hermanas estudiaron gracias a la apertura porfiriana y a la buena posición económica que su padre obtuvo con los años de progreso. Podían viajar con seguridad, obtener buenos alimentos, vestir bien, practicar su religión. Sin embargo, no podía apartar las palabras de don Panchito, como tampoco acallar los gritos que salían de los muros de Belén y que ella había escuchado.

El recuerdo de una mirada le atravesó la memoria, ¿por qué la in- quietó así? Muchos hombres la observaban a diario, pero ninguno como Pablo. La hizo sentirse admirada, deseada, sensual. Por unos segundos su piel se erizó provocándole un placer desconocido. ¡Santo Dios! ¿Qué le sucedía? Quería toparse con Pablo; pero también le daba temor. ¡Eran tan diferentes! Un suspiro brotó desde lo más profundo de su pecho. No podía experimentar atracción por él, se regañó en silencio. El tipo era odioso, mal educado y, desde que regresó de Francia, bastante pagado de sí mis- mo. Comparándolos, Leandro lo superaba.

—Aquí está su té y los glóbulos –le dijo Chona.

—No los necesito, me encuentro de maravilla –la abrazó con cariño–. El próximo sábado es el baile y no pienso asistir. Chonita, tú me vas a ayu- dar. Quiero que me consigas la hierba que te laxa y el líquido que altera la temperatura del cuerpo.

—¿Cómo se le ocurre una tontería así? –la regañó mientras intentaba zafarse.

—No es la primera vez. ¿Te acuerdas cuando mi mamá insistía en mandarme de retiro con las monjas a San José? Me diste el tratamiento y me quedé contigo.

—Es usté una tramposa descarada. Si doña Adela me descubre, me encierra en la cárcel.

—Nadie nos descubrirá, te lo prometo –le dijo con una sonrisa traviesa–. Tú puedes, Chonita, por favor.

La Convención Nacional Independiente, de los partidos aliados Nacional Antirreeleccionista y Nacional Democrático, concluyó entre aplausos y vítores de los miembros que acudieron de todos los rincones del país. Por votación unánime, eligieron a Francisco I. Madero como candidato a la presidencia de la República y al doctor Francisco Vázquez Gómez como vicepresidente.

En los jardines del Tívoli del Eliseo, entre árboles y fuentes, los participantes comentaban el éxito del Congreso, que sería la base de la democracia electoral y la transición a gobiernos más justos. Elogiaban los discursos que encendían el espíritu de lucha; sobre todo, el pronunciado por Madero, el 16 de abril, al aceptar la candidatura ante los delgados.

En una pérgola cubierta por hiedra y buganvilias, Leandro, Celia, Rafael Lozano y Roque Estrada, esperaban al mesero que les traería una botella de vino blanco para brindar por el futuro del partido.

—¡Por fin llegó la hora! Los catrines van a temblar –declaró Rafael sonriendo–. Con Madero veremos caer veintitantos años de dictadura.

—Ojalá –opinó Leandro poco convencido–. El viejo se va a defender como gato boca arriba. No dejará el poder aunque el pueblo se levante en armas. Les aseguro que muy pronto sentiremos su mano dura.

El mesero, ansioso por escuchar la conversación, dejó sobre la mesa las copas y la botella de vino; luego, con una lentitud exasperante, sirvió el líquido.

—Tal vez recibiremos el castigo por portarnos mal, pero dejemos las conjeturas para mañana. Hoy nos toca festejar –Rafael pagó la cuenta al mesero al tiempo que le hacía una seña para que se retirara.

—¡Por don Panchito! –exclamó Leandro alzando la copa–. ¡Salud! –los demás lo imitaron sin perder la sonrisa.

—Madero estuvo excelente, dominó la escena siempre seguro de sus palabras.

—¡Repasamos tantas veces el discurso!, Pancho es único –Roque tomó un cigarro–. Anoche parecía repetir un texto ajeno; no obstante, cuando subió al estrado, le imprimió esa emotividad que estrujó nuestra conciencia.

Leandro sacó de su portafolio unas hojas mecanografiadas y comenzó a leer en voz alta:

Parece que el pueblo mexicano ha querido conmemorar dignamente el Centenario de nuestra Independencia, imitando el heroico ejemplo que nos dieron nuestros padres de 1810, queriendo inscribir en el año de 1910 otra página gloriosa para nuestra historia, que será la conquista de nuestros derechos de ciudadano. Nosotros confiamos en el triunfo, porque al recorrer el territorio nacional por doquiera hemos visto que el pueblo está resuelto a conquistar su soberanía y hacer que se respeten sus derechos en los comicios, en la próxima contienda electoral, y porque sabemos que siempre que el pueblo mexicano ha acometido alguna empresa, teniendo por objeto conquistar su independencia o su libertad, sabemos por la historia, porque ella nos lo enseña, que el pueblo ha salido victorioso.

Celia, Rafael y Roque volvieron a aplaudir.

—Había muchos fotógrafos tomando placas; lástima que ninguna vaya a salir en los periódicos. Es más, no creo que salga alguna nota que nos mencione.

—No importa –opinó Roque dando unas cuantas fumadas–. Podrán censurarnos y silenciar lo que acaba de suceder. Imbéciles. La verdad no se ocultará por mucho tiempo. Como siempre, en la tarde, los soplones que estuvieron escondidos entre el público le informarán al presidente todo lo que hicimos –dejó el cigarro en el cenicero y agregó–. Todavía no comprenden que la mejor propaganda es la censura. Nos hace más fuertes ante los ojos del pueblo. Nosotros vamos a trasmitir el mensaje a los que no estuvieron presentes. Y van a escucharnos, porque la gente ansía tener esperanza.

—Estoy de acuerdo. Contaremos cómo el auditorio se puso de pie para ovacionarlo.

—Sí y cada vez que le aplaudíamos, al pinche doctorcito se le caían los cachetes –Celia infló las mejillas imitando a Vázquez Gómez.

—No le digas así, Prieta –Leandro la reprendió en voz baja–. Los hermanos Vázquez Gómez están comprometidos con la lucha.

—Pues a mí me dan desconfianza –afirmó Celia burlona–. El licenciadillo es un resentido y el pelón, un perro que muerde la mano que le da de comer. Si yo fuera don Porfirio ya lo hubiera mandado a la horca.

—¡Cállate, Prieta! –Rafael la reprendió–. Te pueden escuchar sus partidarios y nos metemos en gran lío.

—No creas, a mí tampoco me agradan –confesó Roque–. Sin embargo, tienen demasiado peso entre los antirreeleccionistas. Desde que el general Bernardo Reyes se fue al exilio por convertirse en el sucesor presidencial, los reyistas buscaron refugio en los Vázquez Gómez –hizo una ligera pausa y continuó–. Además, se espera que cuando ganemos la transición sea pacífica. Díaz no se atreverá a dañar a su médico de cabecera. Al viejo le importa demasiado la opinión internacional.

—Dinos, Roque, ¿es cierto que Díaz se portó déspota con don Panchito?

Roque asintió y en voz baja les explicó:

—Me consta que Pancho deseaba pactar con él, ya que considerábamos que el cambio debería venir desde el interior del gobierno. Pensábamos que si don Porfirio deseaba reelegirse, había que permitirlo, siempre y cuando el vicepresidente fuera uno de los nuestros: Pancho, Emilio o el doctor Vázquez. Quise acompañar a Madero, pero no me dejó. Deseaba enfrentar él solo al dictador y demostrarle a su familia que el microbio, como le dicen, tiene suficiente tamaño para desafiar al elefante.

—Hay muchos rumores. Se comenta que Díaz estaba furioso –Leandro y Celia se acercaron para escuchar mejor.

—Adrián Benavides me contó que, cuando fueron a la entrevista, el presidente acababa de llegar de una comida y más que enojado, parecía harto. Con su gran presencia y la levita negra, trató de intimidar a Pancho. Dice Benavides que no lo bajó de joven Madero y se mostró despectivo con los estatutos del partido –una sonrisa burlona apareció en su rostro–. ¡Imagínense! Se atrevió a comparar la candidatura de Madero con la de don Nicolás Zúñiga y Miranda.

—Desgraciado –Celia no podía acallar su coraje. Molesta, tamborileaba sobre la mesa produciendo un ruido desagradable.

—Pancho le pidió garantías para unas elecciones limpias –agregó Roque–. Y Díaz le contestó que tuviera confianza en la Suprema Corte de Justicia.

—¿Nos cree estúpidos?

—¡Viejo astuto! –exclamó Rafael–. Como si no supiéramos que los magistrados se limitan a cumplir órdenes.

—Ahora entiendo por qué don Panchito improvisó –asintió Leandro tocándose la frente–. Recuerdo que dijo: "Si el general Díaz, deseando burlar el voto popular, permite el fraude y quiere apoyarlo con la fuerza. La fuerza será repelida por la fuerza, por el pueblo resuelto a hacer respetar su soberanía y ansioso de ser gobernado por la ley."

—¿Qué nos espera? –preguntó Rafael con incertidumbre. Por unos minutos Roque se quedó pensativo acariciando la copa de cristal vacía.

—Mucho trabajo –contestó escogiendo sus palabras–. La gira electoral demanda organización, apoyo y financiamiento. Claro que Pancho aportará el mayor capital; sin embargo, debemos visitar a empresarios y comerciantes.

—¿Qué podemos esperar del gobierno? –volvió a preguntar Rafael.

—Todo. Antes, constantemente llegaban amenazas a la familia Madero, lo que causó la división entre los hermanos. Ahora nos van a perseguir, a encarcelar. Tratarán de destruirnos, pero debemos resistir y mantenernos unidos...

Una serie de aplausos, acompañados por gritos de júbilo, los atrajo. Acompañados por los asistentes a la convención, Francisco I. Madero, su esposa Sara, los hermanos Vázquez Gómez y Toribio Esquivel, salieron del salón de actos para dirigirse hacia una explanada. Ahí, los fotógrafos tomarían la última foto del evento: los candidatos rodeados por los delegados y los directivos del partido.

—¿Nos vamos? –Roque y Rafael se levantaron para salir en la foto. Por ningún motivo perderían la oportunidad de aparecer en las memorias de la convención.

—Nosotros los alcanzamos en unos minutos –Leandro se sirvió lo que restaba de vino.

—¿Qué has decidido? –le preguntó Celia tomándolo de la mano.

—Me voy a la gira, Prieta; don Panchito me necesita. Siempre lo he ayudado en los asuntos legales. No lo voy a dejar sabiendo que los puercos piensan destruirlo.

—Así quería escucharte, listo para la batalla.

—Y tú, ¿qué piensas hacer?

—Pues irme contigo –Celia acercó la mano de Leandro a su boca y la besó.

—Prieta, la situación estará difícil. Voy a renunciar al estudio y al trabajo y mis ahorros apenas alcanzarán para comer. No creo que don Panchito me pague mucho –por primera vez lamentó el dinero que desperdició cortejando a María.

—Parece que acabas de conocerme, Leandro. Me adapto a lo que venga.

—¿Qué dirá tu familia?

—A mi madre no le hago falta. Está muy ocupada atendiendo al borracho de mi padrastro.

—Piénsalo, no puedo ofrecerte nada –retiró su mano y se levantó.

—¿Ni tu cariño? –Leandro se quedó callado evitando su mirada cargada de reproche–. El tiempo hablará. Yo haré que olvides a la rota. Sólo permíteme acercarme –Celia dejó el banco y, llena de esperanza, abrazó al futuro licenciado.

—Relájate, Juanita. Nada va a sucederte. Si no dejas de moverte no podré escuchar el corazón de tu niño –Pablo trataba de colocar el Pinard metálico sobre el vientre de la joven. Los ojos negros de la embarazada miraban el objeto con desconfianza–. Este aparato sirve para que valore la salud de tu hijo. Yo pongo la oreja en el extremo y tú te quedas quieta –la muchacha respingó al sentir el metal frío.

—¡Ay, doctorcito! Pierde su tiempo con esa putita. Apenas entiende el español. ¿Por qué no me revisa a mí? Yo sí me dejo tocar –Ramona bajó el tirante del camisón y le enseñó a Pablo su seno moreno con el pezón erecto–. ¿Se le antoja un revolcón? A mí sí –abrió sus piernas gordas enseñando el pubis recién aseado–. No le tema a la enfermedad, ya estoy curada, sólo que el méndigo doctor Martínez no me deja ir.

—Tápate, Ramona, y déjame trabajar.

Unos minutos bastaron para que Pablo comprendiera la seriedad del asunto. Los débiles latidos presagiaban una muerte prematura. La desnutrición de la madre, además de la infección, hacían imposible que la criatura se recuperara antes del parto, que, según su experiencia, sería en dos meses. Sin perder la serenidad, Pablo le acomodó la bata a la joven y le dio unas palmaditas de aprobación en el hombro.

—Debes tomarte las medicinas, si quieres que te cambiemos a otra sala donde tus parientes te puedan visitar.

—¡Ah, qué doctorcito tan catrín! –Ramona se sentó en la cama con aparente resignación, pero sin ocultar la sonrisa burlona. Le gustaba intimidar a los médicos mostrándoles sus partes íntimas. Reía a carcajadas cuando los estudiantes de medicina enrojecían–. Sólo porque es bueno con nosotras no le digo lo que se merece. ¿Sabe? Cuando yo estaba joven era la más bonita del barrio y los hombres se peleaban por mí. Si me hubiera conocido en aquella época no me hubiera rechazado.

—No se trata de rechazo. Soy tu doctor y no se me permite relacionarme con las pacientes –Ramona continuó hablando mientras Pablo le entregaba a la enfermera los instrumentos de trabajo.

—Pude elegir a cualquiera, doctorcito; pero el Chino me robó. Después de violarme me puso a trabajar en las calles –su voz antes amable se tornó amarga–. Ahora estoy aquí, enferma y sin poder administrar mi local. ¿Ve a todas las que están en el rincón? Esas putas trabajaban para mí. ¡Ah! ¡Pinches soldaditos, qué joda nos pusieron!

Pablo miró al extremo opuesto de la habitación y observó a cinco adolescentes aletargadas en dos camas; luego, sus ojos recorrieron la sala repleta de mujeres que, en la mayoría de los casos, debían compartir un colchón. Por desgracia, todavía no inventaban la cura milagrosa contra la sífilis, y si en realidad las autoridades deseaban controlarla, debían iniciar una campaña entre los hombres. Pablo meneó la cabeza con pesar. En una sociedad conservadora, la culpabilidad recaía en la mujer. Y no sólo en las prostitutas o en las actricillas de carpa que llevaban una vida licenciosa. Por otra parte, en la consulta privada atendía a señoras educadas y madres de familia cubiertas de sifílides. Todas contagiadas por maridos que pregonaban una severa moralidad.

—Eso pertenece al pasado, Ramona. Ahora debes pensar en una nueva vida –Pablo se quitó la bata blanca y la colgó sobre el perchero–. Si vuelves a las andadas te contagiarás y el encierro será mayor.

Pensativo, dejó el pabellón donde se aislaba a las sifilíticas. A pesar de los techos altos y las ventanas abiertas, el olor de la humedad, junto con el de los humores, se concentraba y el calor provocaba que las infecciones se propagaran a los otros pabellones.

Desde su llegada al Hospital Morelos había propuesto varias modificaciones, según el modelo de las clínicas europeas que parecía más efectivo: pocas camas en salas bien ventiladas, además de una excelente higiene. Mas el poco presupuesto o la indiferencia administrativa impedían cualquier reforma. Argumentaban que la institución, tal como estaba, cumplía con su labor. Gracias a la intervención del doctor Ángel Rodríguez, pudieron cambiar el cunero al salón más apartado, protegido y libre de contagios.

La continua falta de agua en los baños tampoco ayudaba. Muchas embarazadas acudían con tifo, sarna o con ladillas que les recorrían el cuerpo. Luego de rasurarles la cabeza y el pubis, era indispensable la ducha cada tres días. En ocasiones, las pacientes se quedaban enjabonadas tiritando de frío y los doctores debían acarrear agua helada de la cisterna a los baños.

Pablo caminó por el pasillo y entró al pabellón de embarazadas a recoger su chaqueta y el maletín. El enorme salón también se encontraba atestado de preñadas que no tenían dinero para pagar un sanatorio y acudían a urgencias cuando la partera no podía resolverles el problema. Entre la gente del pueblo era común la visita a curanderos y brujas para controlar una enfermedad. Cuando usaban las hierbas adecuadas había una ligera mejoría; sin embargo, la ignorancia y las supersticiones cobraban cientos de vidas.

Por la mañana había atendido a una joven con seis meses de gestación que llegó con dolores en el vientre bajo. Grande fue su sorpresa cuando la revisó: una raíz abortiva, hinchada, había lacerado las paredes vaginales y se encontraba incrustada en la parte inferior del útero. Pasó varias horas en urgencias retirando los pedazos de tubérculo y limpiando el sangrado. La criatura continuaba con vida, pero no dudaba que el sufrimiento les causaría la muerte a ella y a la madre.

Unas niñas con el vientre abultado lo saludaron. Pablo les respondió. Apenas tenían doce años y ya esperaban el primer hijo. Muchas jovencitas, como ellas, llegaban al Morelos en busca de un hogar temporal. Víctimas de una violación, huían del hospital dejando a sus críos en el cunero.

Pablo bajó la escalinata y llegó al patio. Acompañadas de algunas enfermeras, varias pacientes tomaban el sol que se filtraba entre los fresnos. Aunque las plantas crecían al descuido, el lugar conservaba el encanto de un viejo jardín colonial. Al centro, un chorro solitario brotaba en la fuente arrullando el descanso de las convalecientes. Apenas se podía apreciar la cúpula de la capilla de San Juan de Dios que estaba al lado y que una vez, junto con las instalaciones del hospital, formó un conjunto religioso.

Desde que tenía memoria, en el Hospital de San Juan de Dios se dedicaban a curar a mujeres con enfermedades venéreas. Antes estuvo administrado por las Hermanas de la Caridad, pero en 1875 lo tomó el Ayuntamiento y le cambió el nombre a Hospital Morelos. Bien recordaba que cuando era niño y acompañaba a su madre a la Iglesia de la Santa Veracruz, al salir del oficio, los adultos les prohibían a los pequeños acercarse a aquel lugar y si por desgracia debían pasar frente a la entrada, los mayores se santiguaban.

Desde entonces contaba con los cinco pabellones, sólo que con menos camas. En un espacio apartado se encontraban el quirófano, el consultorio, los baños comunales, el comedor y la cocina. Afortunadamente, la última administración, la del doctor Ramón Macías, había cambiado las calderas, las vajillas, sábanas y el instrumental médico: todas las adquisiciones se lograron gracias a la caridad de las damas voluntarias.

Pablo consultó el reloj. Le quedaba tiempo antes de que comenzara la consulta particular y como necesitaba visitar la droguería Labadie, decidió caminar hasta el Centro.

Al salir, se topó con dos enfermeras que cargaban a unos recién nacidos. Bien sabía el destino que les esperaba: serían entregados en la Casa de Niños Expósitos, donde quedarían registrados como hijos de padres desconocidos. Cuanto antes debía acelerar los planes: era necesario capacitar a las voluntarias. Ellas, con paciencia y cariño, ayudarían a las madres para que aceptaran a sus hijos, además de enseñarles un oficio que les dignificara la vida.

Cruzó de prisa La Alameda. Aminoró el paso en Plateros con el fin de disfrutar los aparadores de los almacenes. No obstante, su pensamiento continuaba en el hospital. Le gustaba atender los partos y, en especial, resolver las complicaciones que se presentaban durante la labor. Orgulloso, mostraba a los estudiantes de medicina los resultados de un buen trabajo. En cambio, las enfermedades de las mujeres lo ponían tenso. Aunque había extirpado ovarios, fibromas y corregido quirúrgicamente fístulas, todavía no solucionaba la complicación de los tumores. Las malditas masas deformes crecían dentro del útero matando a la paciente. Sólo la morfina calmaba los dolores terminales.

Sin duda, era mejor cuidar embarazos en la consulta privada y, si era necesario, operar en el Hospital Francés que contaba con los mejores instrumentos de la época.

Una vez que visitó la droguería, sus pasos lo llevaron al Zócalo. Por unos minutos descansó bajo la sombra del quiosco. Pensó en el doctor Pérez. En la hacienda le dijeron que el médico atendía en un tapanco en La Merced. Reanudó su camino hacia el viejo barrio. Le emocionaba encontrar al hombre que tanto le enseñó y, al mismo tiempo, tener la oportunidad de platicar con el tío Olegario. Había saludado a Adela, sus hijas y hasta a la odiosa de María, pero sabía que al tendero jamás lo vería en las reuniones. El tío era feliz con su vida simple y eso le agradaba a él.

Conforme se acercaba a La Merced el ritmo de la calle se aceleraba. El alma comercial invadía las calles: tendajones con telas económicas, mercerías, sastres que adaptaban trajes gastados, fondas que ofrecían comida corrida por sólo dos pesos, la pulquería El delirio de Baco que vendía curados de sabores, locales con muebles usados, madererías, la carbonería El Averno, en cuya puerta se mostraban comales y anafres. Al final, en una esquina, estaba La Española.

Antes de cruzar, le llamó la atención un hombre que trataba de pasar inadvertido entre una pared y el poste de la farola. Un joven moreno, alto, vestido con sencillez, fingía leer un periódico, pero miraba insistentemente hacia la tienda.

—¿Se le ofrece algo? –le preguntó Pablo con frialdad.

El individuo lo observó molesto, y sin contestar se alejó unos metros para regresar una vez que Pablo atravesó la calle.

—¿Cuántas veladoras le doy, doña Nachita? –Olegario colocaba un cuartillo de frijol, al tiempo que sumaba la cifra en la nota de la clienta.

—Déme tres chicas para prendérselas a san Judas Tadeo y dos grandes para el altar del Santísimo.

—Bien, doña Nachita, sólo que en lugar de dos le voy a dar tres y sin costo extra. Ésta –dijo señalando el vaso con parafina–. Es para que la ponga en el altar a nombre mío –agregó sonriendo.

—Por supuesto, don Olegario –dijo Nachita condescendiente–. Verá lo milagroso que es el Santísimo.

—¿Y a mí, no me regalas algo? –Olegario y la clienta se volvieron hacia el extraño que acababa de entrar a la tienda. –¿Acaso no me reconoces? –Olegario se quitó los anteojos para examinar al recién llegado.

—¡Muchacho! –exclamó asombrado–. ¡Qué cambiado estás! Pasa, no te quedes ahí. ¡Chucho! –gritó al empleado que se encontraba en la parte trasera–. Ven a atender a la señora. Discúlpeme, doña Nachita, le presento a mi sobrino, el doctor Pablo Pascal.

—A sus pies –Pablo se quitó el sombrero e hizo una ligera caravana. La mujer sonrió coqueta, inclinando la cabeza.

—Vaya, don Olegario, qué escondido tenía al sobrinito. Lástima, ya no estoy en edad para estos trotes. No se mortifique por mí. Atienda al joven.

Olegario condujo a Pablo hacia la oficina que ocupaba Fidel, trabajando en la contabilidad.

—Toma asiento y cuéntame...

María, con varios mechones de cabello cayéndole sobre la cara y el delantal sucio, bajó de la bodega cargando tres cajas.

—Sabía que aún quedaban cuentas de colores para elaborar collares –le dijo al empleado que la seguía con cinco cajas entre los brazos–. Yo misma las apunté en el libro.

—Por Diosito, patroncita, que yo busqué. Seguramente vinieron los nahuales y los escondieron para que mis ojos no los vieran –interpeló temeroso del regaño.

—Cipriano, déjate de tonterías –María frunció el entrecejo–. Únicamente acuérdate dónde acomodas los objetos delicados. Tú eres el responsable de que la mercancía se encuentre en buen estado. Ponlas sobre la mesa.

María sopló el polvo, que voló sobre su cara, y luego abrió las cajas que contenían lentejuelas, chaquiras y cuentas. Las examinó: con un hilo grueso y unos broches podría diseñar collares con motivos patrios. Era tanto el alboroto por las fiestas del Centenario, que cualquier artículo se vendería bien. Animada, María corrió hacia el despacho.

—¡Papá, papá, ya conseguí los materiales! –abrió la puerta sin reparar en el visitante–. Después de la comida comienzo a armarlos... –su voz disminuyó al ver a Pablo–. Perdón –agregó turbada–. No sabía que estabas ocupado. Voy a buscar a don Fidel.

—No te vayas, María –Olegario señaló la silla invitándola a sentarse; sin embargo, ella prefirió permanecer en su sitio–. Pablo pasó a saludarnos.

—Buenas tardes –dijo con voz áspera–. Disculpa que no te dé la mano –molesta, se revisó las palmas sucias–. Estoy trabajando.

María sintió que Pablo la revisaba y un enojo sin explicación se apoderó de ella. Lamentó traer la falda arrugada, las mangas de la blusa arremangadas y los botines viejos. Podía imaginarse su cara cubierta por el polvo y el cabello despeinado. Pero ¿qué más daba? Parecía una tonta preocupada por lo que opinaría un hombre que ni siquiera le importaba.

—¿Cómo sigue tu pie? –por un segundo Pablo le vio los botines.

—Bien –contestó tajante–. Tus recomendaciones y los cuidados de Chona me ayudaron. Gracias.

—No sabía que María trabajaba contigo –Pablo se dirigió a Olegario aunque su atención continuaba puesta en la joven.

—Yo no quería –el padre hizo un gesto de impotencia–. Pero ¿quién le puede negar algo a esta niña? Es muy tenaz.

—Ya lo creo –esa muchacha era un desastre, pensó. Cuando no estaba corriendo como desquiciada, cargaba mercancías sin importarle la presencia de los empleados. No obstante, cómo había deseado ese encuentro. Desde Chapultepec, María se convirtió en una obsesión que aparecía en su mente en momentos inoportunos y su cuerpo de nuevo lo traicionaba.

—Los dejo solos –María se dirigió hacia la puerta.

—Por cierto –le preguntó Olegario a su hija–. ¿Se encuentra el doctor Pérez en su consultorio?

—El doctor salió a dar una consulta a domicilio.

—Gracias por la información, María. A propósito… –dijo Pablo como si estuviera haciendo memoria–. Afuera, frente a la tienda, hay un tipo que me pareció muy sospechoso y cuando lo interrogué, prefirió retirarse sin hablar. Pensé que podría tratarse de un ladrón. Si abrimos la puerta, lo podrán ver.

Olegario dejó el sillón para asomarse. Luego, con una silenciosa mirada interrogó a María. Ella, sonrojada, abandonó la oficina.

—Es un conocido del barrio. Nada de qué preocuparnos –añadió Olegario tratando de restarle importancia al tema.

—Sí, ya me di cuenta –murmuró Pablo incómodo. Su intuición le había dado la respuesta acertada. El hombre estaba en espera de María y el padre la solapaba. Ésa era la causa por la que nunca asistía a las reuniones, concluyó. Pobre Antonio, se dijo, sintiendo pena por su hermano. ¿O debería sentir pena por él mismo? La infeliz coqueteaba con hombres de buena cuna, mientras que en las sombras otorgaba sus favores a cualquier pelado.

—Cúbrete la cara. Si no te tapas del sol, ni el polvo blanco disimulará el paño de las mejillas.

—Déjame en paz. Por lo visto no me has puesto atención. Te importa más criticarme que la tragedia que estoy viviendo. *Oh my God!*

El landó descapotado cruzó el portón de la casa de la familia Landa en la colonia Guerrero y el chofer dirigió a los caballos al centro de la ciudad. Milagros, sentada frente a su madre, trataba de colocar la sombrilla rosa contra el sol. Por ningún motivo aceptaría una mancha que la hiciera verse más morena.

—Me lo has repetido mil veces. Ya me hartaste –afirmó Concha aburrida de escuchar sus lamentos. Molesta por cancelar la cita con la modista, debía ir en busca de su prima, quien, después de muchas súplicas, le dedicaría unas cuantas horas.

—¿Es que no me vas a dar la razón? –rezongó Milagros con voz lastimera.

—Te la otorgué desde el principio y para encontrar una solución a tus burradas, vamos a ver a Carmelita. Ella nos ayudará –la llenaba de envidia la posición de las Romero Rubio, que por ningún motivo eran superiores a ella. De hecho, se criaron juntas, asistieron a las mismas clases y, en edad de merecer, ella eligió el mejor partido: al industrial Pedro Landa y Villafuerte. Luisa se casó con José de Teresa, quien, gracias a Porfirio había sido embajador en Austria hasta su muerte; y Sofía se unió con el mediocre Lorenzo Elizaga. Sin embargo, ¿quién iba a pensar que Carmelita sería la esposa del presidente del país? Claro, cuando el tío Manuel aceptó el compromiso toda la familia se burló del indio que fingía tener clase, con los pésimos modales que mostraba en la mesa y lo cursi que se veía pretendiendo a la mojigata de Carmen. ¿Cómo duró el anciano en el poder? ¿En qué momento se enamoraron? Porque, sin duda, el general adoraba a su mujer y ella le guardaba una gran devoción.

—¿Tú crees que Carmelita convenza al tío Porfirio? –la pregunta de su hija la distrajo de sus reflexiones.

—Por supuesto: ella sabe cómo manejar a un hombre, no como tú, que te comportas igual que una retrasada mental –se volvió a Milagros y, moviendo el índice, agregó–. ¿Cuántas veces te lo he repetido? Nunca debes abordar temas que desconoces –Concha se inclinó acortando el espacio que la separaba de la cara de Milagros–. Cuando te preguntó sobre el significado de hogar debiste sonreír ingenua, como te enseñé, y devolverle la pregunta. ¿Te costaba mucho decir: dímelo tú? No, tenías que salir con la tontería de "voy a preguntárselo a mi mamá" –Concha imitó la voz aguda de su hija.

—Yo pensé que estaba bromeando –lentamente Milagros se fue hundiendo en el sillón.

—Tal vez piensas demasiado, pero sólo idioteces. Los hombres pueden decir muchas tonterías y comportarse según les sugiere su excitación. La inteligencia de la mujer reside en aprovechar las contradicciones masculinas y manejarlas. Pierdo la fe, nunca aprenderás.

—Todo iba muy bien hasta que me hizo esa pregunta difícil de contestar. Luego cambió –Milagros comenzó a sollozar–. Se puso serio y yo traté de alegrarlo toda la tarde. Pablo prefirió apartarse de nosotros y volvió a aparecer abrazando a la buscona de María Fernández –sacó un pañuelo y se sonó con fuerza, ante la actitud reprobatoria de su madre–. Pensé que para el baile de los Escandón ya se le habría pasado el mal humor. Al principio estuvo encantador conmigo, bailamos varias piezas; pero, de repente, apareció el doctor Rocha y Pablo platicó con él hasta que terminó la velada –al escuchar el nombre de María, Concha sintió como si le dieran un pinchazo. ¡Cuántas veces le repitió a Tere Pascal que separara a sus hijos de las malas compañías! La tonta no entendió y ahora la tal María tenía embrujados a los dos hermanos. ¡Ah, pero esa batalla la ganaría ella o dejaría de llamarse Concepción Castillo López de Landa! Le pediría a Carmelita que suspendieran a Pablo del Hospital Morelos, ya que su futuro yerno no debía rebajarse a curar prostitutas. También, con mucha delicadeza, sugeriría que el presidente le ofreciera a Pablo un puesto en alguna embajada o una beca de estudios superiores en el extranjero. ¡Lo debía separar de la Fernández!–. En casa de los Casasús –continuó Milagros sorbiendo por la nariz y limpiándose las lágrimas con la manga del vestido–, se salió sin ofrecerme una disculpa. Sólo me mandó un mensaje con doña Catalina. Dijo que tuvo una emergencia en el hospital. Fue una grosería dejarme sola cuando todas mis amigas llevaban pareja. ¿No lo crees?

—No –contestó Concha tajante–. Entiéndelo. No te puedes oponer a su profesión. Más adelante, cuando te hayas comprometido con él, le exigirás, ¿me escuchas? –volvió a señalarla con el índice–, le exigirás que se busque un ayudante que lo sustituya por las noches. Mientras tanto, debes ser comprensiva.

—Te juro que soy muy dulce, tan dulce que hasta cambio la voz como tú lo haces y luego bajo los ojos, pestañeó un poco para que note mi candidez y sonrío feliz. Tampoco resultó.

—Por supuesto –Concha comenzó a abanicarse. Esos malditos bochornos la sacaban de quicio–. A mí también me resultaría chocante una actitud tan falsa –dijo sofocada–. Por lo visto, no has practicado lo suficiente para que resulte natural.

—En el baile de la Beneficencia Mexicana apenas si quiso escucharme. Se la pasó mirando hacia la puerta como si esperara a alguien –un torrente de lágrimas inundó sus ojos–: ¿Quée vooy a haacer, mamáaa? *Oh my God!*

—Aprender las reglas de oro del comportamiento social. ¿Podrías repetírmelas?

—¡Mamá, te las he dicho mil veces!

—Repítelas.

Resignada, Milagros buscó acomodo en el sillón y numerando con los dedos enguantados recitó la letanía.

No hablar con nadie acerca de la edad; platicar con experiencia sobre las materias del hogar; quejarse de tener muchas obligaciones sociales; ante temas desconocidos comentar "qué interesante"; hablar en voz baja y sonreír con discreción; dar pasos pequeños y no hacer ninguna tarea propia de hombres; leer libros religiosos, y recordar que nosotras, las mujeres con clase, únicamente sufrimos neuralgias. ¡No me escuchas! –se quejó Milagros más calmada–: ¿Qué puedo hacer? Si Pablo no se compromete conmigo voy a quedar en ridículo.

—¡Cállate! –Concha masajeó sus sienes–. Pareces disco de fonógrafo, aunque tú no necesitas que te den cuerda.

El carruaje rodeó la Plaza de Armas. Varios vendedores intentaron acercarse al vehículo mostrando sus mercancías. A una orden de la patrona, el chofer los amenazó con el látigo.

—¡Desgraciados calzonudos! –refunfuñó Concha desde su asiento–. No permiten que las personas de buena cuna circulen en paz –se volvió hacia su hija y añadió–: Porfirio debería encerrarlos por mugrosos.

El landó se estacionó frente a la casa número ocho de la calle de Cadena, un inmueble sobrio, sin jardín, cuyos balcones daban hacia la banqueta. El cochero se apresuraba a abrir la portezuela, cuando el gesto intimidante de Concha lo invitó a retirarse.

—Límpiate la cara –le ordenó a la muchacha inclinando la sombrilla para ocultar a su hija–. Si te preguntan por qué traes los ojos llorosos y la nariz roja, dices que estás resfriada.

—Le voy a suplicar a tía Carmelita que interceda por mí. Deseo que me acepten de voluntaria en el Hospital Morelos –Milagros sacó un espejo y se polveó la cara.

Concha fulminó a su hija con la mirada. ¡Qué poco entendimiento cargaba en la cabeza! Si no le hubiera dolido cuando la parió, dudaría que por sus venas corriera su sangre.

—¡Ni se te ocurra! –dijo con los labios apretados–. Jamás lo permitiríamos tu padre y yo. Atender a mujerzuelas es trabajo de sirvientes. ¡Piensa, niña! –le dijo señalando la frente–. Nunca debes bajarte del pedestal en el cual te criaste. Aprende a manipular a los que te rodean. Ellos se encargarán de la obra sucia.

—¿Qué haré? –preguntó desilusionada.

—Fingir que nada ha sucedido, queridita. Pórtate amorosa con Pablo, invítalo a toda reunión, aparécete por su consultorio particular, visita a Tere. Haz lo imposible para que las personas piensen que existe una relación entre ustedes. Compromételo, yo me encargo de lo demás.

La puerta de la casa se abrió. Una empleada les hizo una reverencia. Atrás aparecieron Sofía y Luisa, hermanas de Carmelita. Concha saludó vacilante. Sus planes tendrían un pequeño retraso. Nunca imaginó que sus otras primas estarían ahí y los favores que se solicitaban a la esposa del general debían sugerirse en privado. Resignada a escuchar los chismes de la semana, llamó al cochero, quien, presuroso, las ayudó a bajar del vehículo.

María aún llevaba en la mano el mensaje que Leandro le había enviado. La citaba frente a la glorieta de Cuauhtémoc. Había salido rápidamente de la tienda sin darle una explicación a su padre. En el recado, Leandro la amenazaba con hacer un escándalo si no asistía a la cita. ¿Quién demonios se creía? Haberle brindado su amistad no le daba ningún derecho sobre ella y eso lo dejaría bien claro. ¡No aceptaba chantajes y sólo se encontrarían cuando ambos estuvieran dispuestos! Si se negaba a entender, tendría que ser más drástica.

Bajó del tranvía alisándose el vestido azul y, a lo lejos, distinguió la figura del licenciado. María avanzó hacia él, asombrada por el griterío que armaban los cientos de personas que caminaban cargando pancartas hacia una avenida trasversal.

—¿Qué sucede? ¿Por qué tanta urgencia? –María trataba de descifrar alguna respuesta, pero sólo encontró una sonrisa amable. Feliz de tenerla a su lado, Leandro la contempló agradecido.

—Disculpe por turbarla con mi apremio. Necesito hablar con usted.

—Creo que fui muy clara la última vez que nos vimos, señor Ortiz. No deseo ser molestada, mucho menos con amenazas como éstas –le dijo mostrándole el papel que traía en la mano.

—Sé que hice mal en tratarla de ese modo. No lo merece, mas... –levantó los hombros apenado–. Ante sus negativas no me quedó remedio.

—Entiéndalo de una vez –manifestó autoritaria–. No me interesa saber de usted, ni de los Madero ni sobre sus luchas; tampoco quiero formar parte de sus enredos.

—No pretendo inmiscuirla en nada. Sólo necesitaba informarle que me voy de viaje.

—¿Y eso qué tiene que ver conmigo?

La sinceridad de María hirió a Leandro en lo profundo. No concebía que esa mujer no demostrara algún afecto hacia él.

—Por supuesto –respondió con voz entrecortada–. Nada. Vamos, caminemos un rato y platiquemos –María negó y se quedó parada.

—Me tengo que ir.

—Por favor, acompáñeme. No le quitaré mucho tiempo –Leandro le ofreció el brazo–. La he echado de menos. Sé que ha ido a diario a trabajar con su papá.

—Sí, me informaron que espiaba desde el farol de enfrente.

—Perdóneme, no pude evitarlo. Me hacen falta las tardes a su lado. Necesito su sonrisa, la motivación de sus palabras –calló unos instantes y añadió con los ojos fijos en el perfil de su acompañante–. Y, usted, ¿no extraña esos momentos? –fue lo único que preguntó, aunque hubiera querido decirle lo amarga que había sido su ausencia. Quería expresarle todo sin enfadarla, sin que ella diera la media vuelta y lo dejara plantado en la desesperación.

—Leandro, por favor, no siga –él la detuvo y la miró.

—María, es necesario que conozca mis sentimientos hacia usted. Yo la amo, deseo pedirle permiso a su padre para pretenderla formalmente.

—Creo... –él le puso el dedo en los labios para que callara.

—No, no diga nada. Sé que no soy un tipo excepcional con un apellido de alcurnia o una posición económica sólida; mucho menos ahora que no tengo un empleo fijo.

—¿Qué sucedió?

—Renuncié. Mañana me uniré a la gira de don Panchito –hizo una pausa–. Sí, María, me voy por unos meses. Antes de marcharme necesitaba que conociera mis sentimientos hacia usted. No me responda, no quiero una respuesta precipitada. Cuando termine la campaña por la presidencia, regresaré a la ciudad y entonces la buscaré.

—¿Cuántos días tardará?

—No lo sé. Quiero acompañar a don Panchito en su recorrido por el país. Tal vez viajaré hasta julio o hasta que la cartera aguante. El sueldo que me ofrece es simbólico –reflexionó unos segundos y agregó–. Probablemente escriba alguna reseña para un diario de provincia y eso me dará la oportunidad de recibir unos centavos extras.

—Leandro, no entiendo si usted es un patriota o un verdadero loco.

—Son locuras con valor patriótico. Los cambios no vienen solos, hay que generarlos. Nacen como ideas que crecen mientras se van moldeando, afinando y, de repente, se convierten en un modo de pensar, en una exigencia.

—Y ¿qué sucede si fallan los maderistas?

—O pasa desapercibido el movimiento o a nosotros, los agitadores, nos espera la cárcel y el juicio de la sociedad.

—¿No le importa exponer su vida, su integridad?

—En los ideales, como en el amor, se debe entregar todo sin importar las consecuencias –Leandro aumentó la presión sobre el codo de ella.

Caminaron varias cuadras y doblaron en la calle de Berlín. Los dos se asombraron al observar la multitud que se arremolinaba frente a la casa de la familia Madero. Muchas voces, en discordancia, coreaban consignas a favor de Madero y el Partido Antirreeleccionista; comerciantes, amas de casa cargando a sus críos y cientos de empleados vitoreaban al líder que se encontraba en el balcón de su casa acompañado por su esposa. Emocionado, él agradecía con los brazos abiertos los aplausos de miles de personas que continuaban llegando.

—¿Qué pasa, Leandro? Nunca vi algo semejante –le gritó al oído, confiando que él la escucharía a pesar del escándalo que los rodeaba.

—Lo que estamos viviendo, María, es historia –sonrió feliz y en un arrebato la estrechó brevemente–. Ahora sí viene el cambio que todos esperamos. Adiós a los terratenientes, adiós a los magnates, adiós a los malditos rurales que tantas injusticias han cometido. Don Perpetuo, como lo llama mi amigo Filomeno Mata, al fin dejará el poder.

Un silencio se hizo cuando Madero comenzó a hablar. Su voz tipluda apenas se escuchaba. La gente, deseosa de entender el mensaje, se apiñó contra la reja de la casa.

—En una república, el título más honroso a que deben aspirar sus hijos es el de ser buenos ciudadanos, y nosotros no aspiramos a otra cosa.

Una gran ovación lo interrumpió. María sintió un nudo en el estómago: la emoción y el temor, unidos, querían explotar en su interior. Le alegraba el éxito de los Madero, pues habían sacrificado tiempo y dinero por sus ideales. No obstante, le atemorizaba el futuro. Si don Francisco ganaba la presidencia, ¿seguirían como hasta ahora? ¿Respetaría la propiedad privada y los beneficios que gozaban los suyos? Entre los conocidos de su padre circulaban toda clase de rumores acerca de Madero.

—La manifestación con que nos honran en estos momentos nos demuestra que hemos sabido interpretar las verdaderas aspiraciones del pueblo.

Una mujer morena, enfundada en un vestido de algodón amarillo, se acercó a ellos y se colgó del brazo de Leandro. Cuando se quitó el sombrero, María la reconoció.

—Leandro, lo logramos. Están enloquecidos con don Pancho. Ve, quedan pocos folletos –Celia le enseñó los panfletos que estaba repartiendo. En ellos se invitaba al público a participar en la gira maderista que comenzaría en unos días.

—Sí, Prieta, debemos festejarlo –Leandro sonrió vacilante.

—Y ésta, ¿qué hace aquí? –preguntó Celia áspera. En su mirada se reflejaba el odio que sentía por la que consideraba una intrusa.

—Yo la invité –el tono autoritario y la calma que demostraba Leandro hizo que Celia sofocara su coraje.

—Habíamos quedado que... –Leandro la tomó del codo animándola a marcharse.

—Después hablaremos, Prieta, te lo prometo. Ve a casa de don Panchito con nuestros amigos. Ahí nos encontraremos en unos minutos.

Celia examinó a María. Nadie iba a quitarle a su amante, se dijo. Que Leandro hiciera con la catrina lo que se le antojara. No le reclamaría. Al final, en los próximos meses, ella lo tendría todas las horas sin compartirlo con nadie. Caminó hacia la casa del candidato sin detenerse. Antes de entrar rompió en pedazos la propaganda y frustrada la aventó al suelo.

—¿Por qué me detesta? Yo nunca le he hecho nada –dijo María sin perder ningún detalle.

—Olvídela, está celosa.

—¿Existen motivos? Le pregunté si usted tenía otro tipo de relación con ella y lo negó.

—No le mentí –afirmó sincero–. Lo que me une con la Prieta es una amistad de muchos años. Ambos creemos en lo mismo y sostenemos una lucha común. Entiéndalo, María, mi corazón únicamente le pertenece a usted.

—Por favor, Leandro, no volvamos a lo mismo.

—El momento solemne se acerca, y el pueblo, como lo esperábamos, ha respondido a nuestro llamamiento. Esta manifestación es la prueba más elocuente de ello... Pues bien, señores, nosotros estamos altamente agradecidos por esta honra, y sabremos siempre estar a la altura del pueblo mexicano que nos distingue con su confianza...

Los gritos y los aplausos estallaron entre la multitud. La gente lanzaba vivas y coreaba el nombre del líder. Los que portaban pancartas o banderas las elevaban. Leandro, en busca de unos minutos de intimidad, llevó a María hacia el portón de una casa.

—Debo irme –dijo Leandro con tristeza–. Los miembros del partido me esperan –en su rostro apareció un gesto sombrío–. Por favor, piense en mi propuesta –le tomó la mano y depositó un beso en el dorso–. Le escribiré –le aseguró cuando se retiraba.

—No, no me escriba –aseveró mortificada, luego le gritó–. Bueno, sí, hágalo a nombre de Chona.

Leandro se regresó y sin darle tiempo a reaccionar le plantó un beso en la boca.

Antonio cambió de posición la palanca del convertible. Deseaba alcanzar una gran velocidad y demostrar, a los que observaban, que su poder no tenía límites. Estaba furioso. Por quinta ocasión había acudido a buscar a Refugio y nadie en la vecindad le daba señas de su paradero. ¡Maldita!, gruñó. ¿Dónde se había metido? La desgraciada vieja coja se negaba a hablar, pero él estaba seguro de que la escondía. Como nunca, quería encontrar a la puta y patearle el vientre hasta que no le quedara ningún aliento de vida. La estúpida no le iba a embarrar al bastardo que cargaba sin disimulo. Él le había dejado muy claro que ella debía cuidarse y si no lo hizo, no le correspondía ayudarla. Del interior de la guantera sacó una botella de brandy y bebió un buen trago.

El cuarto estaba vacío cuando llegó. La casera le había dicho que Refugio tuvo que desocupar la pocilga por falta de pago y que los muebles sólo sirvieron para arder en una hoguera. ¡Desagradecida! ¿Olvidar la cama y la silla? Como ella no los había pagado... Otro trago lo hizo sentirse mejor.

Al pasar por el Paseo de la Reforma vio que varias personas atravesaban la avenida con pancartas entre las manos. Los mensajes escritos sirvieron para animar la furia que lo dominaba. Esos perros maderistas merecían un susto, se dijo mientras pisaba el acelerador y, sin dudarlo, enfiló el coche hacia los manifestantes, quienes corrieron en desorden hacia la banqueta ante las carcajadas de Antonio.

Se estacionó cerca de la casa de la familia Madero, un barrio elegante, con grandes mansiones, cuyos dueños, sin duda, detestaban las excentricidades políticas. ¡Y no era para menos! A Francisco I. Madero se le consideraba una vergüenza, un estigma para los magnates, ya que con sus actos renegaba de sus raíces, despreciaba a los familiares ricos, hacendados coahuilenses, y se burlaba de su propio abuelo, don Evaristo Madero, ex gobernador de Coahuila.

Sin bajarse del coche, Antonio escuchó el discurso entre burlas y sorbos de brandy. ¡Qué poco valía el pobre tipo! Sus ojos se posaron en una ventana. Por el extremo del cortinaje, unos hombres observaban hacia el exterior, temerosos, pues la chusma invadía la banqueta. Antonio lanzó otra carcajada y se paró sobre el asiento delantero del coche con la botella en alto. Brindaría con los desconocidos por estar prisioneros dentro de su propiedad. "¡Qué ironía!", exclamó. Una joven le gritó que se callara. En respuesta él se desabrochó la bragueta y le dijo en voz alta: "Piruja muerta de hambre".

Una rechifla cayó sobre él obligándolo a sentarse. Dio el último trago y lanzó la botella vacía hacia unos arbustos. Cerró los ojos unos segundos y los abrió ligeramente despejado. Una pareja discutía bajo el rellano de una puerta: el hombre, un tipo común y vulgar, no tenía nada especial; sin embargo, la mujer gozaba de una figura que la hacía diferente a las demás. Bajo el liviano vestido, adivinaba unas buenas nalgas y un par de piernas bien torneadas. Para su gusto, a la joven le faltaba peso. El cabello castaño bajo un sombrero azul le daba un aire familiar, aunque de espaldas todas las mujeres parecían iguales.

Ella negaba algo con la cabeza y el hombre volvió rápidamente sobre sus pasos para plantarle un beso en la boca. "¡Qué romántico!", murmuró Antonio con burla: "Los arrastrados adoran la cursilería". Sin embargo, cuando la muchacha se volvió para marcharse, un nudo le cerró la garganta: la mujerzuela que se dejaba besar en público era María.

Olegario dio un portazo. Su silencio, las pequeñas raciones que ingirió durante la merienda y el gesto adusto eran signos de su enojo. Y Adela, excitada por las actividades de la mañana, no tenía ánimos de discutir. Si le preguntaba a su esposo la causa de su molestia, con seguridad le reclamaría los gastos excesivos de las últimas semanas o el hecho de descuidar a las hijas pequeñas, siempre encerradas bajo la custodia de Chona. Sólo de pensar en el mismo sermón, le provocó jaqueca. O tal vez el dolor se debía al Borgoña entibiado en baño maría con el que acompañó la comida. Su marido no la entendía. El dispendio en atavíos de buena calidad era un pequeño sacrificio que les proporcionaría grandes recompensas. Si sus hijas no se casaban con buenos partidos, ¿quién vería por ellos en la vejez? ¿Cómo mantendrían ese nivel de vida? Blanca, Lucila y ella necesitaban atuendos finos para asistir a los almuerzos, festejos y bailes. La temporada apenas comenzaba y no podían desmerecer ni convertirse en blanco de críticas. Las telas, los sombreros importados y los guantes de seda costaban bastante caro, y si fuera necesario empeñar la casa para conseguir unos yernos aceptables, lo haría.

En cuanto a las pequeñas encerradas en casa, le causaba remordimiento, aunque Olegario exageraba. A veces las llevaba a fiestas de cumpleaños y, en otras ocasiones, María las invitaba a jugar al Tívoli del Eliseo. Cuando crecieran y estuvieran en época de merecer, les buscaría buenos esposos.

El silencio y el mal humor de Olegario no le iban a echar a perder el agradable sabor que le dejó la comida en Chez Sylvain. ¡Al fin podría hablar con sus amigas del restaurante sin tener que inventar! ¡Cuántas veces soñó con aquel lugar! Y el tacaño de Olegario siempre se negó a llevarla bajo el pretexto de que detestaba la comida francesa. Sonrió al rememorar cómo entró tomada del brazo de don Agustín. Parecía una reina, cubierta en sedas y oropel, tan segura de sí misma como si fuera una clienta predilecta. Pidió el filete de venado con puré de castañas. La carne le pareció dura y con demasiado sabor, pero ella afirmaría ante sus conocidas que era lo más suculento que jamás había probado. Lástima que no pudo saborear el coñac que le sirvieron a su yerno al finalizar el banquete. Era de mal gusto que una mujer tomara bebidas fuertes en un lugar público, sin la presencia de su marido. ¡Ah! Cómo se le antojó. De la enorme copa parecida a una bombilla, emanaba un *bouquet* exquisito, provocado únicamente por el calor de la mano.

La llegada de María interrumpió sus pensamientos.

—¿Qué sucede? Me dijo Chona que papá me espera en el estudio —el silencio que reinaba la puso en alerta. El reloj marcaba las siete y veinte de la noche; demasiado temprano para que ya hubieran cenado y no tan tarde como para que sus hermanas estuvieran dormidas.

—Desconozco qué le pasa a tu padre —contestó Adela agresiva—, pero seguramente se debe a alguna trastada tuya —sonrió con desprecio. Antes de subir la escalinata agregó con amargura—. Por fin, Olegario descubrió la clase de hija que tiene.

María se dirigió al despacho. Esa tarde pudo regresar más temprano a la casa. En cambio, prefirió deambular por las calles y observar las vitrinas de los comercios. No compró nada, únicamente necesitaba distraerse y olvidar que había recibido su primer beso sin esperarlo, a escondidas y al amparo de un zaguán; no obstante, su boca reclamaba el recuerdo y a su mente volvía la nueva sensación: unos labios tibios acariciando los suyos. Hizo a un lado esa satisfacción y tocó la puerta. Desde el interior escuchó la voz grave de su padre.

—Entra.

—Buenas noches, papá, ya estoy aquí —la habitación apenas estaba iluminada por el viejo quinqué de petróleo.

—Prende la lámpara y siéntate —le ordenó.

—¿Qué sucede? ¿Por qué estás tan serio?

—Las preguntas las hago yo —respondió tajante mientras se quitaba los anteojos y colocaba el periódico en un sillón.

—¿Qué hice para que te molestaras?

Olegario la fulminó con la mirada. Ella, nerviosa, desvió los ojos hacia la pizarra y los mapas que colgaban en la pared.

—Hoy saliste muy rápido de la tienda y olvidaste la canasta con tus pertenencias. ¿A qué se debió tanta prisa?

En segundos, María repasó lo que ésta contenía: el rebozo, el labial, el cepillo, las horquillas, la libreta de apuntes y la estilográfica.

—Leandro me mandó una nota donde solicitaba verme —contestó sincera. No era el momento de inventar salidas que distrajeran la atención de su padre. Si quería obtener su favor, debía confiarle la verdad.

—O sea, el muchacho te ordenó y tú obedeciste, sin esperar a que alguien de respeto te acompañara y sin una invitación formal —ella asintió y mantuvo la vista en el globo terráqueo que estaba sobre una cajonera. No quería desafiar a su padre, quien luchaba por mantener la calma—. Habíamos quedado que únicamente podrías pasear con él si Chona te acompañaba —hizo a un lado el sillón y se puso a caminar con las manos a la espalda—. Desobedeciste mis órdenes.

María, apenada, volvió a asentir.

—¡Por Dios! ¿Qué tienes en la cabeza? —la ira explotó—. Comprendo que desprecies las reglas de tus hermanas; acepto que no admitas a ningún pretendiente sólo por complacer a tu madre; mas lo que nunca aceptaré, es que pongas en peligro tu integridad... Escucha, tu integridad. Tal vez no te importe el qué dirán; pero si no te comportas como es debido, lo lamentarás. Créeme, un error no se perdona. Confié en ti, te permití esa amistad a pesar de la desconfianza hacia ese muchacho. Me porté como vil alcahuete con tal de que no actuaras a escondidas. Y, por lo visto, me equivoqué —hizo una pausa—. Esta tarde saliste sin avisar ni dejar algún mensaje, como si escondieras algo vergonzoso —se detuvo en seco y enfrentó a su hija—. ¿Qué ocultas, María? ¿Acaso tienes otro tipo de relación con el señor Ortiz?

—¡No, papá! —contestó de inmediato—. ¡Por supuesto que no! Nunca lo haría sin tu permiso. Además... —su padre movió la cabeza negando con fuerza lo que ella pudiera explicar.

—¡Entonces! ¿Qué ocultas? —le gritó al tiempo que sacaba del cajón de la mesilla el libro que Madero le había obsequiado a María—. ¡Esto es lo que ocultas! —como si el ejemplar le quemara las manos, lo lanzó sobre el regazo de su hija. El volumen resbaló sin que ella pudiera atraparlo y cayó al suelo deshojado ante su mirada horrorizada —¡Me has estado engañando! Estás involucrada en estupideces.

—No, no es lo que tú piensas —le dijo en tono de súplica—. Déjame explicarte...

—¿Qué vas a decirme? ¿Más mentiras? No, todo tiene un límite —observó a su hija, quien metía las hojas dentro de las pastas, y añadió—. Y no digas que no conoces al tal Madero porque no lo voy a creer. El libro tiene una dedicatoria demasiado personal, de alguien que te ha tratado desde hace tiempo y, aunque Chona y Matías lo nieguen, presiento que estás asistiendo a las reuniones de esos desgraciados.

—¡Sólo fui a una! Te lo juro, papá.

—No soy tan ingenuo —Olegario volvió a sentarse masajeando sus sienes.

—¡Por favor, créeme! No estoy involucrada con ellos ni con Leandro —María se acercó a su padre e intentó tomarle la mano. Él no lo permitió.

—Me equivoqué contigo, María. Siempre te vi diferente al resto de las jóvenes de tu edad. Admiraba tus intereses, pensé que tú me sustituirías cuando ya no pudiera trabajar. ¡Qué tonto fui! —las lágrimas inundaron los ojos de María al ver el rostro desilusionado de su padre.

—No digas eso. ¡Por favor, escúchame! Sólo fui una vez al Centro Antirreeleccionista; Leandro me invitó y ahí conocí a Madero. Él me regaló el libro. Lo autografió a petición de Leandro. Yo misma me sorprendí cuando abrí el paquete. Papá, no pienses que ando de revoltosa —Olegario la dejó continuar en espera de una explicación lógica. Lo que menos deseaba era que su hija rechazara sus enseñanzas; tampoco podía permitir que algún día la apresaran por andar con los sublevados–. Me asignaron un lugar junto a Sarita, la esposa de Madero, y al lado de muchas señoras conocidas –añadió María–. En cuanto a lo de hoy, sé que hice mal por no avisarte. Al mediodía recibí la nota de Leandro. ¡Me amenazaba con armar un escándalo si no me entrevistaba con él! –la indiferencia con la que su padre la escuchaba le estrujó el alma, mas el daño estaba hecho–. Ya acabó eso papá. ¡Creeme!

El silencio sólo se rompía por los sollozos de la joven. Olegario se enderezó en su silla.

—Por supuesto que acabó. Un hombre tiene la obligación de defender a su familia, sus valores, sus bienes y todo aquello por lo que ha luchado –su dedo golpeaba el brazo de la silla al finalizar cada frase–. No voy a permitir que un mequetrefe pervierta tu alma e infiltre idioteces en nuestra casa. No dejaré que pongas en duda los principios que te inculqué.

—No es para tanto –María sintió la obligación de defender a Leandro. Se arrepintió cuando vio que la rabia volvía a invadir a su padre.

—Pensé que habías comprendido –dijo con voz serena, pero gélida–. Otra vez me equivoqué. Todo lo que somos y tenemos –señaló la habitación, los muebles y la ropa– se lo debemos a mi trabajo, a los ahorros, al esfuerzo de tu madre por querer lo mejor para ustedes y a lo que tus abuelos nos heredaron. No me refiero únicamente a cosas materiales –hizo una pausa–. El patrimonio también incluye educación, buenas costumbres, maneras de pensar y de actuar; beneficios que logramos gracias a nuestras convicciones y a la fe en un futuro. Poco a poco mi padre logró hacer de La Española una empresa éxitosa; luego construyó esta casa y la de Xochimilco. A mí me tocó acrecentar el capital y la fama de los Fernández... –meneó la cabeza–. Nada hubiera sido posible con guerras o pugnas económicas, entiéndelo; nada si todavía viviéramos entre ladrones asesinos que únicamente buscaban el poder. Las leyes sólo se pueden aplicar en donde reina la paz –María percibió unos ruidos al otro lado de la puerta. No obstante, Olegario continuó hablando–. Ustedes, los jóvenes, quieren vivir de prisa. Exigen una democracia ficticia porque han crecido en la abundancia. No tienen memoria. Yo sí recuerdo el caos que imperaba y, por Dios, no quiero regresar a lo de antes, ni que ustedes tengan la amarga experiencia de levantarse cada mañana sin saber a qué bando deben apoyar para obtener comida. Mis abuelos y mis padres sufrieron aquella incertidumbre. En cualquier revuelta, o cada vez que a un gobierno extranjero se le metía la idea de invadir el país, podían perder su patrimonio. La última vez que vi a mi abuela –su voz se quebró ante el doloroso recuerdo–, viajábamos en diligencia hacia Guadalajara cuando unos desgraciados asaltaron el carruaje. Nos bajaron para apoderarse del dinero y de las joyas que mi abuela guardaba en la ropa interior. Como ella se negó a desnudarse, la degollaron. Ninguna autoridad hizo algo. Le dijeron a mi padre que los tiempos eran duros y que no investigarían un caso aislado.

María rodeo a su padre con los brazos. Había escuchado en varias ocasiones el relato, pero nunca como ahora pudo sentir el dolor del niño que había presenciado semejante episodio.

—Calma, papá, ya no pienses en eso.

—Ustedes se burlan de ese hombre –dijo señalando la foto del presidente que se encontraba en un portarretrato sobre el escritorio–. Lo creen un anciano decrépito que no sabe lo que hace. ¡Qué ciegos están! Desde hace veintitantos años el asalto, el asesinato y los atentados a la propiedad pública y privada se castigan duramente. Es una bendición tener la seguridad de que nadie te va a quitar lo que te pertenece, ni el gobierno ni un maldito ladrón –calló un momento deseando esconder aquellas imágenes que todavía lo quemaban–. Todas las comodidades que te rodean: electricidad, agua caliente en tu casa, un drenaje que limpia las calles de inmundicias, transporte, escuelas, alimentos; en fin, cientos de artículos que hacen de tu vida un lujo se los debes a las políticas de don Porfirio y su equipo, aquél que tus amigos maderistas quieren derrocar.

—Papá, haber asistido al Centro Antirreeleccionista fue una equivocación; pero te aseguro que el señor Madero y su esposa son buenas personas.

—No lo dudo, ambos vienen de familias honorables. El problema reside en que han distorsionado sus ideas, además de rodearse de gente nefasta. Y, como no quiero que sigas cometiendo errores, se terminaron tus idas a trabajar.

—¿A qué te refieres? –un temor conocido la hizo ponerse a la defensiva. Si no iba al almacen tendría que quedarse en casa con su mamá y aceptar los caprichos que le impusiera–. No me castigues. ¡Yo no puedo quedarme en la casa! –afirmó con voz desesperada–. Prometo hacer lo que tú quieras.

—¿Segura? –la interrogó tanteando hasta dónde llegaría su hija. La conocía demasiado bien y jamás se distinguió por ser la niña más obediente. Le dolía apartarla de su lado, en un encierro cruel; mas confiaba en que el castigo la apartaría de las malas influencias.

María quiso protestar, pero la mano en alto de Olegario la hizo callar.

—No volverás a ver al licenciado Ortiz. Matías tiene la orden de no permitir que se acerque. Y si me entero que propicias un encuentro, te juro, María, que te enviaré a vivir con mis hermanas a Xochimilco –sin mirarla se dirigió a la puerta.

—¡Papá! –corrió hacia su padre. Si no lo convencía, su suerte estaría echada.

—¡He dicho! Y, como no quiero que ese hombre te inquiete, a partir del próximo lunes vas a ir a trabajar como voluntaria al Hospital Morelos con Pablo Pascal. Ahí atenderás a mujeres que cayeron en desgracia por no hacer caso al consejo de sus mayores.

Sorprendida, abrió la boca y sus palabras se atropellaron.

—¿Enloqueciste? ¿Cómo voy a trabajar con Pablo? Nunca nos hemos entendido.

—Ni modo, Mariquita. Si no supiste apreciar por las buenas lo que tienes, lo aprenderás de las desposeídas.

—No podré...

—Así son las reglas.

* * *

¡Mariquita! Desposeídas... Pablo... Mariquita. Las palabras de Olegario rondaban en su mente mezclándose en una sola realidad: a partir del lunes iría a trabajar con el honorable doctor Pascal hasta que su paciencia explotara y él la corriera. Por lo menos, la ausencia de Leandro le daba una tregua, pues el simple hecho de sentirse acechada por un hombre que no aceptaba su familia la ponía nerviosa. Apagó la luz del estudio y cerró la puerta. Caminó por el pasillo oscuro y subió la escalera lentamente. ¿Cómo diablos fue a olvidar la canasta con sus pertenencias? Al salir del trabajo sólo tomó su bolso con algo de dinero y no pensó más en el asunto. Estaba segura de que había dejado el libro escondido en el cuarto de Chona. Puso todo el cuidado para no ser descubierta, pero el maldito recado la desquició.

¡Mariquita! ¡Ah! Cómo detestaba ese apodo. Sus padres solían llamarla así cuando querían ridiculizarla. Se detuvo ante el altar y se persignó en el silencio de la estancia familiar. "Ni modo, Mariquita". Su padre había acertado en el castigo. ¿Qué sería peor? ¿Recoger inmundicias? ¿Lavar cadáveres? ¿O soportar a Pablo? Era preferible lo primero, pues la basura y los cadáveres no hablaban.

Entró a la habitación y vio que sus hermanas estaban inmersas en sus labores: Blanca leía el libro que nunca acababa de leer; mientras Lucila le encontraba una razón de existencia al crochet.

Se dejó caer sobre la cama. Lo último que deseaba era darles explicaciones a sus hermanas y entablar un debate nocturno que no llegaría a nada. Ansiaba dormir muchas horas sin que los gritos de su madre la despertaran con las campanadas de la misa de seis. Imaginaba el escándalo que armaría cuando su padre le dijera que la hija descarriada iba a trabajar en el hospital. Le subiría el calor, se desmayaría y el doctor Blanchet le recetaría sales, baños calientes y unos días de retiro en el convento de las Hermanas de San José. Por supuesto que su madre no se encerraría en la abstinencia y menos sin don Agustín; pero tendría un buen pretexto para chantajear a la familia. Blanca se acercó y le murmuró un poema.

—Déjame en paz, que no estoy de humor para escuchar al conde Job –Blanca no se movió–. ¡Vete a dormir y deja de fastidiar! –volvió a cerrar los ojos enfadada.

—¿Acaso crees que sólo tus problemas son importantes? –Blanca la zarandeó. María abrió un ojo y le contestó con voz irritada.

—Esto es más serio de lo que te imaginas. Por favor, déjame tranquila, mañana platicamos.

—No creo que tu problema sea mayor al mío. Me caso en enero –las palabras sonaban con un dejo de amargura que nada podía disimular. Inmediatamente María se incorporó de la cama y la miró sorprendida.

—¿Qué dices?

—Esta mañana acepté la proposición de don Agustín –agachó la cabeza con los ojos perdidos en el diseño de la colcha, mientras sus dedos frotaban los pliegues del camisón.

—¿Por qué, Blanca? Dijiste que aceptarías el cortejo hasta que encontráramos un pretexto para alejarlo. ¡No puedes casarte con él! –le gritó agobiada–. No lo amas.

—Ya lo pensé. Don Agustín me conviene. Es un hombre rico, le gusta la buena vida, tiene excelentes relaciones y, sobre todo, me quiere –el discurso, bien aprendido, le dio la pauta a María para comprender que la idea del matrimonio venía de otra persona.

—¿Estás delirando? –comentó desesperada ante la ceguera de su hermana–. A don Agustín le gustas, pero el cariño no existe. Es un hombre falso y sin sentimientos que se divierte con mujerzuelas. Lorenzo dice que tiene a sus hijos olvidados –María se levantó y se quitó el vestido.

—Ayer, cuando terminó la misa, tuve oportunidad de hablar con Antonio –confesó Blanca ruborizada–. Me dijo que casarme con don Agustín era lo que nos convenía –hizo una seña para que María se acercara. Tomó los lazos del corsé y comenzó a desamarrarlos liberando los senos de su hermana–. Y hoy seguí su consejo. Le pedí a mamá que concertara una cita con papá y don Agustín.

—No puedes hacerle caso a Antonio. Él miente cuando se siente acorralado –afirmó segura de las conclusiones a las que había llegado. Aquella mujer, la que prácticamente se les aventó en el desfile, tenía una relación con Antonio. Lo notó en las miradas de ambos y cada vez que volvía a tocar el tema con su amigo, el nerviosismo lo traicionaba.

—A mí jamás me engañaría –aseveró Blanca indignada–. Él me ama y eso me hace muy feliz –sonrió y apretó el libro contra su pecho, como si cada poema hubiera sido escrito para ella.

—¡Despierta! Antonio no ama a nadie –María se puso el camisón; luego se sentó en la cama junto a Blanca y comenzó a quitarse las medias que sujetaba con unas ligas. Lucila, al escuchar el nombre de su enamorado, se volvió a ver a sus hermanas. Al no entender la conversación, continuó con la tarea que traía entre manos.

—No es cierto, lo dices porque estás celosa –el rostro sonrojado de Blanca se contrajo.

—Nunca podría tener celos de ti, eres mi mejor amiga –María dulcificó su tono de voz y le acarició la mejilla–. ¿Qué te aconsejó Antonio?

Más animada y sin percibir ninguna rivalidad susurró.

—Me dijo que las mujeres casadas tienen mucha más libertad para pasear con sus amistades. Los maridos les dan permiso y dinero a cambio de un poco de atención. Me aseguró que, en nuestros días, el matrimonio es sólo un convencionalismo y que, en la intimidad, cada quien busca a quien amar. ¿Entiendes lo que eso significa? –preguntó emocionada–. Antonio quiere que me case para tener un romance conmigo –una risita nerviosa escapó de su boca.

—¿Aceptarías ser la amante en vez de la esposa?

—¿Por qué no? Con tal de tenerlo entre mis brazos.

—¿No te importaría lo que pensarán papá y mamá?

—No tienen por qué enterarse. Antonio me contó que existen señoras, muy respetables, que alquilan habitaciones para que los amantes se encuentren con la debida discreción.

—No sabes de lo que hablas. Las cosas no son tan sencillas... ¿Qué sucedería si don Agustín se da cuenta?

Molesta por la poca comprensión de su hermana, Blanca se levantó de la cama; pensaba que a María la mataban los celos.

—Tiene razón mamá –dijo al tiempo que regresaba a su cama–, te has convertido en una solterona negativa. A todo le encuentras problemas.

—Blanca, por favor, no te cases –no hubo respuesta. Ésta continuó con su lectura.

Más deprimida que cuando entró en la recámara, María se metió bajo las cobijas. ¿Qué había sucedido? De un momento a otro la armonía familiar amenazaba con hundirse en un torbellino. Su madre la despreciaba, su padre malinterpretó sus acciones y Blanca insistía en una rivalidad inexistente. Pero esos asuntos parecían lejanos ante su propia realidad: debía trabajar con Pablo. La sola idea le causaba agobio. Ella ignoraba los cuidados de los enfermos y él era un perfeccionista que gozaba poniéndola en ridículo. Los recuerdos lo atestiguaban.

Cerró los ojos y a su mente acudieron imágenes del pasado que la hicieron sentirse mal. Evocó el día que cumplió quince años: hubo una reunión familiar en la casa de Xochimilco, una comida campestre y un vals informal con su papá. Para la ocasión, éste le regaló una gargantilla de brillantes que había pertenecido a su bisabuela. Sin embargo, el festejo mayor, que todas las quinceañeras esperaban, era la visita al Castillo de

Chapultepec. La tía Tere había conseguido que Carmelita Romero Rubio de Díaz recibiera a varias jovencitas y a sus familiares a tomar el té.

Para aquella reunión estrenó un vestido blanco, que su madre le compró en el Centro Mercantil. Un nudo creció en su garganta al rememorar que ésa fue una de las pocas ocasiones en las que Adela se portó cariñosa. Gracias a la hija debutante, su madre conoció las habitaciones presidenciales.

Llegaron temprano a la entrada del castillo. Un valet las condujo al lujoso elevador que las llevó desde las faldas del cerro hasta el alcázar sin tener que subir la pendiente y sin pasar por el escudriño de los cadetes que estudiaban en el Colegio Militar. Todas las jóvenes corrieron hacia la balaustrada. ¡Qué vista! La ciudad se veía como una pintura de José María Velasco. Las cúpulas, las amplias avenidas y las plazuelas rompían la monotonía de las construcciones. Los pueblos cercanos, que rodeaban la gran metrópoli, eran villorrios llenos de vida con cúpulas menores, casas pequeñas, cultivos y animales que pastaban ajenos al barullo de la gran ciudad. Más allá, se distinguían las aguas fangosas del lago de Texcoco resguardadas por los picos nevados del Popocatépetl y el Iztaccíhuatl.

Un mayordomo con librea y peluca los invitó a pasar al Salón de los embajadores: una exclamación se escuchó al entrar a la estancia revestida de elementos barrocos y clásicos, y llena de muebles estilo Luis XVI, forrados con tapices rosáceos. Las puertas, cuyos cristales tenían el escudo nacional, daban hacia el jardín donde se podía apreciar Las bacantes –del pintor Santiago Rebull– y un edificio circular que guardaba el antiguo observatorio. Dentro del salón había mesas con juegos de té que, según el diseño, delataban su procedencia: porcelana china, Limoges, Bavaria y hasta unas curiosas miniaturas de Mayólica. Sobre una mesa de mayor tamaño, colocaron bocadillos salados y pastelitos franceses, que seguramente aportó la tía Tere Pascal. Al otro extremo, en el pasillo que conectaba varias habitaciones, un pianista amenizaba el encuentro.

Carmelita llegó con una sonrisa amable y luciendo un sencillo vestido de seda azul rey. Saludó a cada uno de sus invitados como si los conociera, lo que los hizo sentirse cómodos. A María le pareció una verdadera reina, discreta y elegante. Aunque ya no era joven, los años le habían dado la belleza de la madurez. Todavía guardaba la delgada figura, con ese cuello largo que daba cabida a los hilos de perlas y a los aretes discretos. Su piel blanca, bien cuidada, dejaba ver unas cuantas arrugas alrededor de los ojos o en la comisura de los labios. Y el cabello sin canas se alzaba sobre la cabeza en un gracioso abombado.

La tertulia pasó entre anécdotas, risas y buen humor. Carmelita era una excelente anfitriona que gozaba de una amena charla que incluía toda clase de temas. A las quinceañeras les emocionó cuando les narró cómo había conocido a su esposo. A cada palabra, sus ojos todavía se iluminaban.

Hacia el anochecer se presentó en el salón el general Porfirio Díaz. Todos callaron en el momento en el que el hombre entró, enfundado en un traje gris oscuro, con el sombrero y el bastón en la mano. La diferencia de edades era enorme: cerca de treinta y cinco años. No obstante, Carmelita caminó hacia él y le dio un beso cariñoso en la mejilla.

Siempre recordaría la impresión que le causó el presidente: un hombre que con su sola presencia demandaba respeto. El rostro adusto le cambiaba cuando dirigía una sonrisa a los invitados; mas no causaba temor. Parecía un abuelo protector de cabello totalmente cano y mirada inteligente.

Al finalizar la reunión, doña Carmelita les entregó a las festejadas un obsequio. A ella le tocó un carnet de baile y un abanico de encaje; ambos eran color *beige*. "Úsalo con alegría y apunta en sus hojas buenos momentos", traía escrito en una tarjeta. Y ¿qué había hecho? Leer un libro que difamaba la buena obra del presidente y portarse como una traidora con quien la había tratado con tanta amabilidad.

Chona suspiró profundamente. El miedo a viajar en la barcaza le causaba mareos. Una sudoración fría se apoderaba de su grueso cuerpo cada vez que los remos pegaban en el costado de la nave. En el pasado, muchas embarcaciones habían zozobrado por algún desperfecto, y las vidas cobradas por el antiguo canal de la Viga aumentaban los saldos rojos de los días festivos. Las pocas personas que se salvaban eran los afortunados que sabían nadar; pero a ella nadie le enseñó.

Ansiosa chupó el limón que llevaba en la mano. Una vendedora, que ofrecía mazorcas asadas sobre una trajinera, se lo había recomendado para disminuir el mareo; sin embargo, ella prefería tocar la cinta azul cielo que amarraba a su cintura. La curandera le habló sobre el listón, el cual la protegería de los tlaloques que habitaban en las riberas del canal, quienes se divertían con las almas de las personas ahogadas. Pero si la persona llevaba el listón, su ánima se iba derechito al paraíso de la santísima Virgen.

Necesitaba calmarse. Temblorosa se sentó junto al indio Matías, quien entretenido lanzaba pedazos de tortilla a los patos que seguían el navío. Chona lo miró nostálgica: el muchacho continuaba siendo el mismo niño que el Tata Cenobio le había entregado hacía varios años. Vestía el calzón y la camisa de manta bordada, recién adquiridos, con un gabán de lana burda acomodado sobre el hombro y un viejo sombrero de palma cayendo sobre la espalda.

Chona fijó la mirada en las construcciones que bordeaban el canal. El paisaje había cambiado desde los tiempos lejanos en que ella acudía a Santa Anita. Años atrás, los altos pastizales escondían los nidos de las aves y las trajineras cubiertas de flores, con el nombre de alguna dama inscrito al frente, flotaban al ritmo de los músicos que ofrecían sus servicios desde una barca. Qué placer le daba comprar los quelites, los nopalitos frescos y las calabazas recién cortadas. Los ancianos decían que el antiguo canal de la Viga fue el sitio de reunión de los catrines antes de que frecuentaran los lujosos restaurantes de Plateros y que Iztacalco se convirtiera en guarida de pelados.

Ahora, unos jacales construidos con carrizos y adobe formaban miserables pueblos. Se comunicaban por un camino de terracería, donde pocas diligencias circulaban atravesando los apantles que llevaban el agua sucia hacia el río. Los llanos, desprovistos de maleza, acumulaban basura que ni las autoridades ni los lugareños limpiaban. Sin embargo, a lo lejos todavía se podían distinguir chinampas sembradas con rosas y azucenas entre hileras de ahuejotes, algunas huertas y pocos grupos de tules que resguardaban a los chichicuilotes y las agachonas.

A pesar del último pleito que se suscitó en la casa, la patrona les permitió salir. Primero tuvo que afrontar las recriminaciones que Olegario le hizo por solapar a la niña María. Regaño que esperaba. Siempre supo que la amistad con el tal Leandro no traería nada bueno. Posteriormente, mientras servía el desayuno, escuchó la discusión entre Olegario y Adela porque ésta aceptó el noviazgo de la niña Blanca con el viejo calvo sin pedirle permiso al jefe de la familia. Sintió tristeza por su niño Olegario. Al pobre le sobraban problemas con una mujer tan pretenciosa. ¡Lástima que doña Florita ya no viviera! Ella era toda una señora. Ella sí hubiera puesto orden en la casa.

La mayoría de las personas bajaron en el pueblo de Santa Anita. Por ser tres de mayo, día de la Santa Cruz, el camino estaba adornado con papeles de colores que colgaban de un extremo al otro, además de arcos triunfales elaborados con flores y granos. A los lados, los indios que venían de los pueblos vecinos ofrecían sus productos. En la plaza, los grupos musicales peleaban por un espacio entre el vocerío de la multitud, mientras que los concheros bailaban en círculos, al ritmo del huéhuetl y el teponaxtle, frente a la iglesia.

Por unos minutos se pararon a escuchar las campanadas que anunciaban la misa de once; luego, continuaron la marcha hacia un predio donde se celebraba un festejo familiar.

Seguida por Matías, Chona entró a la propiedad cercada por estacas de madera. El árido terreno dejaba espacio para unas cuantas gallinas que hurgaban entre la tierra. Después de saludar a unas personas que preparaban el almuerzo, se dirigieron hacia una choza enclavada cerca de una enorme grieta.

Chona dio unos pasos, temerosa de golpearse contra las vigas del techo. En una saliente rocosa, iluminado por veladoras rojas, encontró un *ocelotl* disecado custodiando a san Isidro Labrador, san Judas Tadeo y la Virgen de Guadalupe, junto con las figuras de Cihuacóatl y Tlazoltéotl. En la penumbra, Encarnación Chimalpahin se arrodilló. A su mente vinieron tristes recuerdos de su niñez, cerca de Anenecuilco. Recordaba poco a su abuela, a su madre y a su padre, el déspota capataz Pascual Olvera, quien tenía afición por las jovencitas que trabajaban en la hacienda.

Una tarde nublada, don Pascual la montó en el caballo y la llevó a pasear a los llanos que rodeaban los cañaverales. Ella desbordaba de orgullo. A ninguna de sus otras hijas le daba esa preferencia ¡Tonta presumida! Al ponerse el sol, el cielo se abrió liberando la lluvia, los relámpagos y el granizo. El peligro los obligó a buscar refugio en un establo vacío. Don

Pascual prendió una fogata y le aconsejó que se quitara la ropa. Temerosa, dejó sobre unas tablas la enagua, la camisola y temblando se acercó al fuego. El capataz, viendo el miedo que reflejaba el rostro infantil, la abrazó.

En la mente de Chona los hechos pasaron con rapidez. La angustia todavía le carcomía las entrañas. Vio a su padre metiendo la lengua con sabor agrio en su boca; montado sobre ella, tratando de introducir su miembro erecto en la vagina núbil. Parecía que un cuchillo atravesaba una y mil veces su cuerpo desgarrando, lacerando, burlando cualquier intento de salvación.

Los meses transcurrieron entre lágrimas, recriminaciones, trabajo y un vientre que se hinchaba. El niño nació pequeño, desnutrido y ella, de catorce años, no podía amarlo. Durante tres años cargó al chiquillo sobre la espalda como las otras mujeres que debían acarrear la caña, limpiar los surcos y preparar la comida para los peones.

¿Cuándo pensó en huir? En realidad nunca lo planeó, pero aquel día, Pascual le ordenó pasar a la oficina. Después de golpearla, le arrebató al niño para dárselo a su esposa que jamás pudo tener descendencia.

Derramó pocas lágrimas; la vida que el capataz de la hacienda le ofrecería a su hijo sería superior a la que ella le daría. ¿Qué otra cosa podía hacer? Largarse sin dejar huella.

Vagó por tierra extraña hasta que la gente del Tata Cenobio, chamán de los tlahuicas, la rescató y la llevó ante el anciano. Por recomendación de una conocida del Tata entró a trabajar con la señora Flora, recién casada con don Paco. A ella le tocó criar a los hijos del matrimonio y a las seis pequeñas de Olegario.

¿Volvería a encontrarse con su hijo? No, no lo creía. Lo último que supo fue que la esposa de Pascual lo abandonó, llevándose al niño. Desde entonces sus plegarias iban dirigidas al bienestar de esa criatura.

Al salir de la choza, la luz del mediodía la deslumbró. Tardó unos segundos en distinguir a varias personas que comían sentadas frente a una mesa larga, bajo una techumbre de paja seca. A un lado, dos muchachos sacaron de un hoyo la carne sudada envuelta en hojas de plátano. Unas jovencitas ofrecían barbacoa con salsa borracha y cestos llenos de tortillas recién hechas; mientras que los perros paseaban nerviosos entre las piernas de los invitados en espera de los sobrantes. Al frente, unas parejas bailaban al son de unas guitarras y un violín desafinado: ellos con sus trajes lustrosos por las cuantiosas planchadas, ellas luciendo faldas floreadas y blusas de manta, cuyos diseños imitaban las lujosas prendas que usaban las damas de sociedad. Atrás, junto a unos barriles con pulque, descubrió a Matías sonriéndole al vaso de curado que sostenía y zapateando, desgarbado, al ritmo de la melodía. Por el modo en que se comportaba, Chona entendió que el indio había aprovechado muy bien su ausencia.

Cuando se disponía a reprenderlo un hombre de amplia sonrisa la interceptó.

—Deja que el muchacho se divierta.

—¡Ciriaco! ¡Qué susto me diste!

—Ándale, Chonita, tómate un curadito de tuna y ven a comer unos tacos –la tomó del brazo y la condujo a la mesa principal–. Matías necesita conocer gente de su edad y por ahí hay unas chinitas que quieren bailar con él.

—Ese indio es muy menso, Ciriaco. No sabe hablar, mucho menos bailar. Matías es tan torpe que se tropieza con el aire.

—Si mis ojos no me engañan, el joven tiene habilidades que desconoces –replicó sonriendo.

Chona se volvió hacia donde estaba Matías y no pudo creer lo que veía: junto a las parejas que bailaban, daba vueltas abrazado a una muchachita de escasos quince años, que feliz pegaba su mejilla contra el pecho de su acompañante.

—Déjalo, Chonita. Tiene derecho a conseguir novia –Ciriaco le pasó un brazo por la espalda, animándola a entrar al convite–. Ven, quiero presentarte a los hijos de Cleofás Salazar. Son aquellos bigotones que están allá. El alto se llama Eufemio y el otro, el de la mirada torva, es Miliano; bueno, así le decimos. Su verdadero nombre es Emiliano Zapata.

María atravesó la plazuela disgustada. Como todas las mañanas debía acudir al Hospital Morelos a perder el tiempo. A las internas poco les interesaba tejer ropa para los pequeños y ella no se caracterizaba por su paciencia. En cuanto a la costura, sólo unas cuantas enfermas se acercaban a dibujar moldes con el fin de elaborar ropa para adultos.

Entró al hospital y la humedad fría que imperaba en el edificio la obligó a cubrirse. Detestaba el vestíbulo oscuro, maloliente, atestado de personas que esperaban noticias sobre alguna pariente.

Saludó a las enfermeras que atendían la puerta, firmó el libro de acceso y se dirigió hacia la planta alta, único espacio donde se les permitía trabajar a las voluntarias. Con cada paso, las baldosas sueltas resonaban, provocando un ligero eco, y los antiguos frescos que decoraban las paredes parecían fantasmas que celaban los secretos que se escondían bajo los techos. Varios muros habían perdido el recubrimiento y, en su lugar, los ladrillos remozados ocultaban las grietas del tiempo.

Subió la escalinata. Parecía que los botines contenían cientos de piedrecillas que entorpecían su paso. Odiaba la tediosa rutina en la que llevaba viviendo una semana. En el pequeño cuarto que les asignaron, junto al depósito de blancos, encontraría a Elodia Fortuño repartiendo tareas a toda infeliz que se atravesara en su camino. La solterona insistía en que todas las que acababan de parir debían rezar el rosario para saldar sus pecados. Después, María caminaría por los pasillos ofreciendo los servicios del voluntariado a las internas, mientras que Eufemia Fortuño ocuparía la única máquina de coser.

A ella le correspondía recoger las bolas de estambre que donaba la gente, clasificarlas, enrollarlas, guardarlas en diferentes cajas y convencer a las embarazadas de que tejieran chambritas para sus hijos. Pero el esfuerzo no daba resultado y su actividad se limitaba a escuchar la plática vacía de las hermanas y a leer a escondidas el libro que traía en el bolso.

La única diversión que a veces tenía era observar la extraña reacción que invadía a las Fortuño cuando algún doctor iba al cuarto a saludarlas o a darles cualquier indicación. Las hermanas olvidaban sus labores y se dedicaban a examinar la entrepierna del infortunado. La obsesión por medir los genitales masculinos llegaba a tal grado que las solteronas perdían el hilo de la conversación, poniendo nerviosos a sus interlocutores. Aunque también existían algunos libertinos que disfrutaban el atrevimiento y hasta posaban para enseñar mejor sus atributos.

Al entrar en la habitación se encontró con la cara alargada de Elodia, quien no ocultaba el mal humor.

—Quince minutos de retraso –dijo señalando el reloj, luego tomó el rosario que colgaba de un altar improvisado–. Por tu irresponsabilidad, comenzaremos tarde el rezo.

—Por mí puedes ahorrarte el rosario y comenzar a trabajar –con deliberada lentitud, María extrajo de su bolso un delantal; luego colgó el sombrero en el perchero.

—Imposible. ¿Cómo va a redimir Nuestra Señora de los Dolores a estas pecadoras? Eres una egoísta que desea que se condenen –le recriminó, tratando de intimidarla.

—Perdonen la interrupción –Pablo asomó la cabeza por la puerta y se dirigió a Elodia–. Desde hoy, la señorita Manzano trabajará con ustedes. Ocupará el lugar de la señorita Fernández –una joven rolliza, de alegre sonrisa, apareció detrás del doctor y les tendió la mano–. En cuanto a usted, María, tome sus pertenencias y venga conmigo.

De mala gana, recogió el sombrero y metió el delantal dentro del bolso, arrugándolo. Sin despedirse, miró desafiante a las hermanas que sonreían sin dejar de palmear en la espalda a la nueva voluntaria. ¡Que se quedaran con el voluntariado!, se dijo a sí misma. Al final, lo único que ella necesitaba era recuperar la libertad sin contrariar a su padre.

—Vamos a mi consultorio, señorita Fernández –ordenó Pablo–. Necesito hablar con usted.

—¿Qué idea se te metió en la cabeza? –preguntó irritada sin atender a los cuchicheos de las enfermas que paseaban por el pasillo–. ¿Piensas echarme?

Pablo no contestó. Con grandes zancadas, que dejaban atrás cualquier rasgo de cortesía, se dirigió a la enfermería. Unas afanadoras los observaron, seguras de que la voluntaria iba a recibir una reprimenda.

—A partir de este día –le dijo Pablo en tono áspero–, ya no vas a ser una voluntaria irresponsable. Hablé con tu padre y está de acuerdo en que hagas tareas más nobles que coquetear con los doctores.

—¿Yo? ¿Coquetear? ¿Cómo te atreves a acusarme de algo que no he hecho?

—Elodia Fortuño no miente –y, aunque la solterona no se lo hubiera dicho, él sabía que era verdad. Había escuchado los comentarios de los médicos expresando su admiración por la señorita Fernández. Los sorprendió mirándola con el deseo encendido en los rostros y él la vio devolverles la sonrisa. La oyó platicar con esa voz viva, alegre, que seducía los oídos, y saboreó el perfume de rosas que delataba su presencia envolviéndolo en un estado de ansiedad inexplicable.

—No puedes creerle a esas hipócritas –protestó.

—Dicen la verdad –asintió burlón.

—Sólo he sido amable con los practicantes que nos han ayudado. ¡Por Dios, Pablo, están mintiendo!

—Me importan poco los chismes –Estaba cansado de las quejas y si debía poner orden en el voluntariado, comenzaría por la señorita Fernández. No permitiría que la protegida de su hermano se burlara de él–. Tu padre autorizó tu anexión al trabajo de enfermería.

—¿Qué? ¿Están locos?

—No grites, todavía escucho bien. Además, a las señoritas no les interesan tus problemas –se volvió a ver a las afanadoras que continuaban lavando el instrumental médico.

—Entonces, si no quieres protestas, libérame de este castigo y déjenme vivir –tomó sus pertenencias dispuesta a irse, pero Pablo la agarró del brazo y la sentó frente a una mesa llena de artículos de curación.

—¡Basta de caprichitos! –tomó varios paquetes de algodón y los lanzó sobre la mesa–. Vas a hacer bolas de algodón –señaló un frasco con torundas–. Posteriormente las metes en esos recipientes. Éste tiene agua con jabón y aquél, alcohol. Cuando termines me las llevas al pabellón Armijo.

—Pero yo...

—Sin pretextos ni desobediencias, María. A este hospital no vienes a ordenar –antes de salir se detuvo y le advirtió irritado–: A propósito, aquí en el hospital no soy Pablo, sino el doctor Pascal y tú no eres María Fernández, sino una voluntaria más sin ningún privilegio. Espero que entiendas las diferencias.

"¡Cómo lo odio!", exclamó María en silencio. "¿Por qué demonios no se quedó en Francia? ¡Ojalá y se pudriera en el infierno!" Una de las trabajadoras la examinó burlona. No les daría material a las chismosas, se dijo. El personal del hospital podría hablar de las Fortuño, pero de ella, nunca. Resignada, comenzó a hacer unas cuantas bolas que lanzó dentro de una palangana. "¡Lo odio! ¡Lo odio!", repitió en su interior ¿Cómo podían las internas querer al doctor Pascal? ¿De dónde sacaban las Fortuño que Pablo era guapo y amable? Sin duda, las solteronas estaban al borde de la desesperación. Y, para colmo, no había podido hablar con Antonio para que la ayudara. En las dos ocasiones que él estuvo en casa la ignoró para dedicar sus atenciones a Blanca y a Lucila. Es más, lo percibió agresivo y distante con ella. ¿Por qué su padre la había castigado de ese modo? Unas cuantas lágrimas le mojaron las mejillas. El hecho de pensar en Olegario la hizo sentirse indefensa. "Estúpido Leandro", murmuró. La envolvió en un juego irracional y ahora él se había largado. Tampoco podía ayudarla.

—Echaste a perder el algodón, así no se hace –una mujer delgada, de baja estatura y ojos pequeños, se paró junto a ella. Por el uniforme verde

140

oscuro, el delantal blanco y la cofia, que no dejaba un solo cabello en el rostro, María dedujo que se trataba de la jefa de enfermeras–. Déjame enseñarte.

—No necesito que me digan cómo hacer las cosas.

Reuniendo toda su paciencia, la enfermera tomó la palangana y tiró el contenido a la basura. Los cuarenta años que Amalia Fierro llevaba trabajando en diversos hospitales le habían enseñado a tratar a todo tipo de personas.

—¿Qué le pasa? –protestó María desesperada–. Debo terminar esos paquetes. ¿Acaso no entiende?

La enfermera no respondió. Sin escuchar los reclamos de María, cogió un pedazo de algodón e hizo varias bolas pequeñas, compactas, que fue colocando sobre un lienzo.

—Aquí las pones y cuando tengas un montón, las cubres con la misma tela para que no se contaminen. Al acabar, metes las torundas en los frascos que voy a dejar preparados. Pero antes de comenzar, lávate las manos y ponte el delantal. Ante todo, higiene, muchacha.

Sorprendida por la serenidad de Amalita, como la llamaban sus compañeras de trabajo, María, se dirigió hacia los fregaderos convencida de que la jefa de enfermeras no tenía ninguna culpa de su situación.

* * *

Pablo, preocupado, se limpió las manos con la toalla húmeda que una asistente le ofreció. Acababa de revisar a dos pacientes y dudaba que el tratamiento mercurial curara una sífilis tan avanzada. La mayor, una mujer madura, presentaba pérdida de cabello en la región occipital; parecía que un ratón se hubiera dedicado a morderle la cabeza hasta descarnarla. Pablo supuso que el mal ya había atacado los huesos y que pronto aparecerían síntomas de demencia. La menor, una prostituta joven, mostraba una serie de pápulas que le afectaban la cara, las palmas de las manos y las plantas de los pies. Según el reporte, la inspección sanitaria las había recogido en los alrededores de una cantina que frecuentaban en busca de clientes.

Pablo hizo una seña a la enfermera que lo asistía y le indicó que instalaran a las pacientes en la sala de curaciones, después de asearlas.

Amalita entró a la antesala seguida por María. Las dos cargaban los frascos con torundas y varias sábanas limpias, recién dobladas, que acomodaron sobre la repisa. Pablo las vio de reojo. Deseaba observar a María, pero luchó contra la tentación y continuó explicándoles a los estudiantes las sustancias que contenía la emulsión mercurial.

—En Europa, los científicos ya están experimentando con una combinación de mercurio y arsénico; pero aquí –suspiró resignado– todavía continuamos empleando las preparaciones mercuriales que logran una curación limitada.

Pablo se encaminó hacia las camillas donde aguardaban las dos enfermas. Los alumnos rodearon a la primera. La enfermera acostó a la mujer mayor boca abajo dejando al descubierto las nalgas.

—¿Qué van a hacer? –le preguntó María a Amalita, sin dejar de espiar en la sala contigua.

—Inyectarlas.

—Me voy –aseguró María, al tiempo que daba la vuelta para huir.

—No, muchacha –la jaló hacia una esquina y con voz suave agregó–. Para ayudar a estas mujeres debes entenderlas y conocer el infierno en el que viven.

—Yo no sé nada de curaciones –susurró impotente.

—Lo único que necesitas es tener una pizca de sentido común y mucha bondad en tu corazón –Amalita la abrazó al tiempo que le colgaba varias toallas sucias en el brazo.

Pablo se puso unos guantes de goma e inmediatamente llenó una jeringa. María dirigió los ojos hacia la vitrina donde guardaban el instrumental médico. No quería ver. Siempre se consideró una cobarde cuando se trataba de inyecciones y de sangre; sin embargo, no podía apartar la mirada de lo que Pablo hacía. Le maravilló la destreza con la que efectuaba el trabajo, la admiración que le prodigaban sus alumnos, la confianza que trasmitía a las pacientes.

—Deben estar muy enfermas. ¿Qué tienen? –preguntó María.

—Sífilis.

Ya no escuchó lo que murmuraba Amalita. En pocos segundos acortó la distancia que separaba a la sala de curaciones de la sala de enfermeras. Con asco arrojó las toallas sobre la mesa e inmediatamente enjuagó sus brazos con todo el jabón que encontró en los fregaderos.

* * *

—¡Salud! ¡Por los nuevos tiempos! –exclamó el doctor Luis Garza, jefe de cirugía de la Beneficencia Española.

—Por nuestros tiempos y porque dentro de diez años estemos todavía juntos y felices –agregó el doctor Benavides.

Ocho copas se alzaron. En el otro extremo del Salón del rey del Casino Español, la orquesta animaba la cena ofrecida por el Instituto Médico Nacional.

—Eres muy frío, doctor Garza. Mejor brindemos por el amor que es el fuego que ilumina nuestro sendero –dijo Pepín con tono burlón y volteando los ojos hacia el techo.

—Vamos, no seas cursi. El amor es importante, pero en este momento nos encontramos en una época crucial para la humanidad: los grandes descubrimientos ayudan a mejorar la calidad de vida. Hoy, podemos erradicar los males que nos aquejan.

—Insisto, doctor Garza –replicó Pepín dejando a un lado el tenedor–. Olvida las vísceras humanas en el quirófano y disfruta de las vísceras animales que nos alimentan y de las bellezas que nos acompañan –con un ademán señaló a las cuatro mujeres que estaban sentadas a la mesa.

—Está bien, doctor Arriaga –asintió el doctor Benavides volviendo a alzar la copa–. Propongo un brindis por el amor y los enamorados.

Milagros le sonrió a Pablo, que daba unas cuantas fumadas al cigarro que ella había dejado en el cenicero. Pocas veces fumaba y no entendía la afición que muchas mujeres tenían hacia el tabaco; sin embargo, en esa ocasión, ni el vino ni las bromas de Pepín lograban disipar el cansancio que lo aquejaba.

La noche anterior había decidido no asistir a la fiesta, pero los compromisos del trabajo eran sagrados, además de que no pudo cancelar la cita con Milagros. Hubiera cometido una grosería al no avisarle por lo menos tres días antes. No obstante, tenía que aceptar que la velada resultaba mejor de lo esperado. El cordero con setas y el pez en salsa de alcaparras estuvieron suculentos, la música, alegre y Milagros lucía adorable con las plumas grises adornándole el cabello y el vestido de escote pronunciado apenas cubierto por una gasa plateada.

—Y ustedes, ¿cuándo se casan? –preguntó la esposa del doctor Benavides.

—Todavía no hemos fijado la fecha –respondió Pablo, presuroso, y sin agregar otro comentario, se concentró en la copa que tenía frente a él.

Nerviosa por la respuesta inesperada, Milagros comenzó a agitar el abanico tratando de disminuir el rubor de su rostro.

—Pero si nosotros no estamos comprometidos –susurró a Pablo con una sonrisa velada.

—Querida, luego hablamos. De momento no me interesa dar explicaciones –le apretó la mano por unos segundos–. Te propongo que terminemos de cenar y nos retiremos temprano.

Bebió un sorbo de vino y se preguntó si el exceso de trabajo lo estaba volviendo loco. Esa noche, cuando recogió a Milagros, no tenía ninguna intención de comenzar una relación sentimental con ella. Pero, de repente, se vio envuelto en un ambiente relajado que hizo que contestara a la señora Benavides sin pensarlo. Probablemente se debió al alcohol, al romanticismo de las parejas que los rodeaban o la añoranza de compañía y la necesidad de echar raíces. Observó de reojo a Milagros que animada charlaba con las señoras. Tal vez no fuera mala esposa o tal vez él pudiera cambiar lo suficiente para llegar a comprenderla. No lo sabía y, por el momento, no quería analizarlo.

Hizo a un lado el plato y se recargó en el asiento. Deseaba cerrar los ojos y entregarse a un breve descanso. El cansancio de las piernas era causa de las horas que estuvo parado en el Hospital Morelos. Por la mañana supervisó a los estudiantes en las prácticas clínicas; luego auscultó a las enfermas e hizo varias curaciones, además de atender dos casos de urgencia. Al mediodía asistió, como invitado de doña Carmen Romero Rubio de Díaz, a la ceremonia de entrega de títulos a las enfermeras del Hospital General. Al anochecer, vestido con esmoquin, pasó visita a sus pacientes para terminar a las ocho de la noche, en casa de Milagros con un ramo de flores en las manos.

—Es una desfachatez pretender que andemos por el mundo sin corsé. ¡Imagínense! ¡Qué descaro! –dijo Milagros frunciendo el ceño.

—Tienes razón, nos igualaríamos con las indias –argumentó burlona la esposa del doctor Benavides.

—Pues yo sí me atrevería a usar el *brassiere* de Poiret. Debe ser muy cómodo –agregó la acompañante de Pepín–. Bueno, alguna ventaja debemos tener las que carecemos de busto.

—¡Mártires de la moda! –exclamó Pablo saliendo de la somnolencia–. Por fin llegó un buen samaritano a liberarlas y se oponen. Entiendan, el corsé es antinatural.

—Los hombres no tienen derecho a opinar; mucho menos si se trata de un doctor.

—La moda sólo nos concierne a las damas.

Pablo bebió otro sorbo de vino, inmerso en sus reflexiones. Qué equivocadas estaban, se dijo. Sabía muy bien lo que sucedía en las almas de otras mujeres. Ese día vio sufrir a las dos infelices que asistieron a curación en busca de una esperanza. A diario debía luchar contra el pesimismo que provocaban los falsos remedios y animar a las enfermas a continuar con el tratamiento. Ese día también vio a la señorita Fernández armar un escándalo. ¡Ay, María, María! ¿Qué iba a hacer con ella? ¿Por qué pensaba en la señorita Fernández cuando debía divertirse? Ponerla en orden le provocaba satisfacción y culpabilidad, mas todo el coraje se esfumó cuando la encontró llorando en la sala de enfermeras. Observó cómo Amalita la convencía con toda clase de argumentos para que regresara al voluntariado. ¿Volvería la señorita Fernández? No adivinaba el futuro. Si María no regresaba al hospital, mejor: simplificaría su vida.

Tomó la copa, bebió todo el contenido y le pidió al mesero que se la volviera a llenar. Algunas parejas bailaban un chotis, mientras Milagros continuaba enfrascada en los sombreros que se usarían la próxima temporada.

Una vez bailó con María. Tal vez ella no lo recordara, pero él lo evocaba en sus ratos de ocio. Estaban en la Hacienda La Trinidad. Ella tenía siete años y, embelesada, observaba cómo bailaban las damas. Intentó seguir los pasos sin mucho éxito, entonces él la tomó entre sus brazos y le enseñó a bailar una polca sin que ella se distrajera con la presencia de Antonio.

¡Cómo detestaba la fijación que María tenía por Antonio! Lo seguía como si fuera una cachorra deseosa de cariño. Su hermano era cruel. Detrás de una amable sonrisa ocultaba la perversión de su carácter; por lo tanto, no le extrañó aquel accidente en Veracruz. En aquella ocasión, varias familias fueron a pasar el día al puerto. Hartos de la rutina, abandonaron la hacienda buscando la frescura del malecón jarocho. No había nada más divertido que hacer piruetas entre las olas. Pese a los regaños de Adela, María insistió en meterse al agua sin saber nadar. Antonio la cargó y una vez que estuvieron en lo hondo, la soltó. La niña agitó los brazos y pataleó ante las carcajadas de Antonio. Blanca, que jugaba con la arena, gritó en busca de ayuda.

Pablo recordó la mortificación que se apoderó de él al pensar que María se ahogaba. Nadó con rapidez y en unos segundos estuvo frente a ella, consolándola. Abrazó a la niña y la juntó a su cuerpo esperando trasmitirle seguridad, confianza, cariño. Le acarició el cabello y ella lo abrazó. Ante sus ojos, la carita infantil se llenó de agradecimiento y él recibió dos besos salados que jamás olvidaría.

¿Volvería al hospital? Muy a su pesar reconoció que el asunto le importaba. Si María se negaba, él mismo la obligaría a regresar.

El reloj marcaba las cuatro y veinte de la mañana. La lluvia caía sin piedad filtrándose por el techo y mojando todo lo que había en el interior del cuarto. Leandro, iluminado por la débil flama del quinqué, releía la carta que terminó de escribir. Acomodó el sarape sobre sus piernas. La humedad que invadía las paredes despintadas le calaba los huesos.

Le asaltó un cansancio que no le permitía encontrar reposo. Llevaba encima demasiadas horas de trabajo: en quince días, Francisco I. Madero y su equipo habían viajado a Guadalajara. Sin pernoctar en la Ciudad de México, continuaron el viaje a Puebla y Xalapa, en donde ahora se encontraban. Fiel al líder, Leandro participaba en los comités de bienvenida con los grupos antirreeleccionistas. Hacía viajes en trenes atestados. Pasaba algunos días sin comer y, en otros, se resignaba a probar las fritangas de los puestos callejeros. Por las noches, compartía con la Prieta una cama, en cualquier posada, cerca de la estación de ferrocarriles.

En un rincón, lejos, donde intentaban secar la ropa y los zapatos, Celia dormía sobre un colchón viejo. Leandro sintió la punzada de remordimiento que lo invadía desde que había conocido a María. ¿Cómo podía estar enamorado de una mujer y compartir su cuerpo con otra? Reconocía que la Prieta no ponía límites: entregaba en cada beso, pasión y alma. En cambio, María ni siquiera le había contestado una carta, ni un telegrama; mientras que él la amaba a distancia. Todas las noches la recordaba, indignada por el beso robado, aquella tarde antes de partir. Se tocó la cara. Todavía podía sentir la frescura de esos labios. ¡Cómo la deseaba! Lástima que tuvieran diferentes ideales.

Xalapa, Veracruz, a 18 de mayo de 1910

Estimada María:

Fiel a mis sentimientos, le escribo la presente con el deseo de que se encuentre bien en compañía de los suyos. Le he mandado varias cartas a nombre de Chonita, las cuales espero estén en sus manos.

Nosotros continuamos la gira. Hemos tenido mucho éxito a pesar de las lluvias que este año cayeron adelantadas. Llegamos a Puebla el día 14. Una multitud nos recibió en la estación del ferrocarril y nos acompañó hasta el Centro Antirreeleccionista del lugar. Como siempre, teníamos temor de que las autoridades bloquearan nuestras actividades o que la gente, por miedo a las represalias, no acudiera al llamado. Sin embargo, una sorpresa nos esperaba. Los manifestantes exigían la inmediata presencia de don Panchito y no tuvimos tiempo para reposar. Desde el balcón que da a la plazuela, Madero se dirigió a miles de personas que le aplaudieron durante varios minutos. Usted ya conoce cómo se entrega nuestro Panchito en cada discurso. Les habló tocándoles las fibras de la voluntad, del coraje, del orgullo. La gente gritó vítores y las múltiples pancartas que se alzaban sobre las cabezas mostraban leyendas de esperanza. Si usted lo hubiera visto, también se hubiera impresionado. El pueblo está despertando, María, el hambre de libertad mueve la voluntad de la gente.

"Ahora no vamos a pelear en el campo de la batalla con el arma fraticida; las urnas electorales serán ahora nuestro campo de batalla y el voto nuestra arma de combate... Y así como empuñando las armas supisteis defender en los muros de esta población el honor nacional, así ahora sabréis defender la soberanía del pueblo mexicano... Espero, pues, que vosotros los poblanos, en esta campaña política que pronto va a tener su desenlace, sabréis estar a la altura de vuestros antecedentes históricos..."

Al otro día, cinco mil personas se reunieron en el barrio de Santiago. Sin importar el calor, aguardaron durante horas la llegada de Madero. Deseaban conocerlo, escuchar su mensaje, estrecharle la mano, y por supuesto, dar palabras de aliento a doña Sarita.

"Conciudadanos: el grito contenido en vuestros pechos por más de treinta años, ha estallado con energía inusitada e inesperada... El grito unánime con que me habéis saludado demuestra que habéis forjado las esperanzas de que yo sea el palacio de la democracia; la aclamación con que me habéis recibido me demuestra que esperáis que yo sea el libertador del pueblo mexicano..."

El lunes por la noche, los industriales y comerciantes poblanos organizaron una velada en el Club Central Antirreeleccionista. Inclusive, el Club Femenil Josefa Ortiz de Domínguez participó en la preparación del brindis. La aristocracia ansiaba codearse con don Panchito. Seguro se sorprendieron al ver la sencillez de nuestro amigo, quien, a diferencia del dictador, permite el diálogo, el acercamiento. Varios del equipo nos quedamos afuera. El cupo era limitado, pero me enteré por Toribio Esquivel de que los empresarios brindaron apoyo y dinero para que continuemos con la campaña. Ahora sí, María, estoy seguro de que los días de la dictadura están llegando a su fin.

Hoy, aquí en Xalapa, comenzó a llover desde temprano; sin embargo, no fue pretexto para posponer el programa. El mitin se efectuó frente a los balcones del Hotel México. Don Panchito se dirigió a los obreros y campesinos de la zona que, supongo, movieron cielo y tierra para asistir a pesar de la prohibición de sus patrones. Ahí, con palabras sencillas, Madero les explicó cual será el programa de gobierno si llega a la presidencia de la república.

Mañana, al amanecer, partiremos para el puerto. Lástima, me hubiera gustado quedarme en esta ciudad y disfrutar unos días de descanso. Aunque llueve constantemente, dicen que Xalapa tiene mejor clima que la famosa Pluviosilla, o sea Orizaba.

De regreso pasaré una noche en la Ciudad de México y lo que más ansío es verla. Por favor, no me evite. No me arrepiento del beso que le di; por lo tanto, no le ofrezco una disculpa. Sin embargo, me dolería mucho que una caricia tan significativa para mí, la ofenda.

Esperaré la tarde del 30 de mayo frente a la tienda de su familia con la ilusión de poder acompañarla a su casa.

Siempre suyo,

Leandro

* * *

Chona se persignó varias veces. El indio Matías se dirigía hacia ella observando el sobre que el cartero le acababa de entregar: una carta que llevaba el nombre de "Encarnación" en el frente, y un contenido que significaba problemas.

Chona le arrebató el sobre y sigilosamente lo guardó entre sus senos.

—No digas nada y vete a poner los huaraches que en cualquier momento se puede asomar la doña.

—¡Chona! ¡Chona! –el grito de Adela salió desde el piso superior–. ¿Quién tocó el timbre?

—Nadie, doñita, fue una equivocación –respondió sabiendo que la patrona no se tragaba las mentiras con facilidad.

148

—¿Equivocación? Creí escuchar el silbato del cartero.

—Sí, doñita, Me preguntó si aquí vivía una tal Socorro.

—¡Es el colmo! El estúpido todavía no sabe que aquí vive la familia Fernández. Mañana voy a enviar una queja a la oficina de correos. Contratan a ignorantes que ni siquiera leen. ¿Ya enviaste al indio por la leche?

—Ya, doña Adela –contestó Chona apurada–. Ándale, Matías –le dijo en voz baja, al tiempo que sacaba unas monedas–, vete al establo de don Celestino y le pides tres litros de la ordeña de la mañana.

Luego, con su andar pesado, se dirigió a la vivienda de los sirvientes. Segura de que Leocadia limpiaba los nopales y que las otras sirvientas ayudaban en la cocina, atravesó los lavaderos y entró al cuarto apenas iluminado por unos rayos de sol que se filtraban a través de la rejilla. Una vez que sus ojos se acostumbraron a la oscuridad abrió el ropero, cogió el cofre donde guardaba sus pertenencias de valor, sacó la carta que traía entre los senos y la puso junto a las recibidas en días anteriores.

Un sentimiento de vergüenza la invadió. Hacía mal en ocultarle a María la existencia de las cartas, pero estaba harta de los problemas provocados por el licenciado. Sin duda, ese hombre era un enviado del mal que había desatado las desdichas entre la familia.

¿Qué sucedía?, se preguntó suspirando. Blanca estaba comprometida con el viejo calvo. Decían que un año de noviazgo era el plazo correcto, por lo que la boda sería en la primavera de 1911. Todas las tardes, el gordo llevaba a su novia a pasear e insistía que luciera las joyas que él le había obsequiado.

Adela parecía satisfecha con la relación. Cacareaba y no dejaba de comprar los tiliches que formarían el ajuar de la niña. Sin embargo, el desagradable carácter de la patrona no cambiaba; al contrario, se mostraba irritable, grosera, y ante cualquier contratiempo se desquitaba con las pequeñas. En la última discusión que sostuvieron la doña y Olegario, entre gritos y llanto, advirtió que si María entraba a trabajar en un hospital de sifilíticas, dejaría de ser su hija.

Por su parte, el niño Olegario, callado, aceptaba la decisión de Blanca, aunque no se hacía a la idea de que la niña se casara con un hombre vulgar e inculto.

Lorenzo y Antonio rara vez visitaban la casa y cuando el niño Toño aparecía, llegaba bien enmuinado. Las veladas con música desaparecieron y la tensión invadía las habitaciones.

Un ruido llegó del exterior. Chona cerró el cofre, lo guardó en el ropero y se dirigió desanimada hacia la puerta. Tal vez los demonios tuvieran razón. El chamuco llamado Madero se convertía en la esperanza de los pobres. El mismo Emiliano, quien trabajó en las caballerizas del yerno del presidente, estaba poseído por el mal. En aquella comida en

Santa Anita, dijo a los que lo rodeaban: "No podemos seguir así de jodidos. Aquí, en la ciudad, los caballos de los riquillos viven mejor que los campesinos".

María recogió su cabello sobre la nuca y lo amarró con un listón blanco, cuidando que todos los rizos quedaran sujetos con las horquillas. Su cara se reflejaba en un espejo que colgaba en la pared del baño de enfermeras. Apenas llevaba un poco de rubor en las mejillas. Esa mañana había optado por no pintarse los labios, ni ponerse aretes, gargantilla o cualquier adorno que despertara comentarios entre las internas. Bajó la mirada y observó su atuendo: la falda gris claro y la blusa blanca habían conocido tiempos mejores y los botines, de piel negra y tacón bajo, los tuvo que rescatar del baúl de los desechos. Estaban raspados y con las agujetas deshilachadas, pero eran los más cómodos que tenía para mantenerse de pie durante horas.

—Vamos, muchacha, hay mucho qué hacer –Amalita se asomó por la puerta y le entregó un envoltorio–. Ponte el delantal, no quiero que al final te quejes porque se te ensució la ropa. Anda, te lo amarras en el camino.

—¿Por dónde comenzaremos? –preguntó temerosa de que le designaran algún trabajo con las enfermas contagiosas.

—Ve a la oficina y que Chelito te dé los bultos que dejaron ayer unos patrocinadores. Luego me esperas en la entrada del pabellón Armijo. No te pongas nerviosa. No vas a entrar hasta que quieras conocer a Juanita.

María se mordió los labios para no protestar. Caminó por el pasillo pensativa. Unas pacientes, que tomaban sol recargadas en el barandal, la saludaron y ella devolvió el saludo con la mano, pero sin sonreír. ¿Cómo volvió a caer en la misma trampa?, se preguntó. Días atrás juró no regresar al hospital. Cuando lo decidió, enfrentó el enojo de su padre, quien la acusó de caprichosa y egoísta, más toda resistencia terminó al encontrar a Amalita en la sala de la casa bajo la mirada crítica de Chona.

—Debes regresar –le repitió en aquella ocasión–. No puedes abandonar el trabajo. Tú eres la única que puede sacar el proyecto adelante.

—Me niego. No me interesa contagiarme.

—La sífilis no vuela en el aire. Si así fuera, toda la ciudad estaría infectada. ¿Cuántas personas están enfermas? No lo sabes, pues lo ocultan bajo un manto de discreción.

—No quiero regresar.

—¿No te das cuenta de todo el bien que puedes hacer? Esas muchachitas necesitan ayuda, comprensión, saber que alguien cree en ellas.

La enfermera tenía razón. De algún modo, las personas deseaban que creyeran en ellas, en la sinceridad de sus actos, en la verdad de sus sentimientos. ¿Acaso ella no se encontraba en una situación semejante?

—¿Pero yo qué puedo enseñarles? –respondió María, dudosa.

—La bondad, la caridad, la fe. Luego, lo que aprendiste en la escuela: a leer, escribir, bordar, coser, reparar prendas, qué se yo; en pocas palabras, darles la esperanza de un futuro mejor.

—Están las hermanas Fortuño.

—Ellas no tienen idea de lo que es la caridad, son como las honorables damas de sociedad: una bola de catrinas que organizan bailes para obtener fondos y que nunca se inmiscuyen en los problemas de los desposeídos. Es muy fácil dar dinero... Y ¿el tiempo? Sólo te pido dos meses de prueba. Si no obtenemos resultados, dejas el hospital y prometo jamás molestarte. ¿Te parece?

—¿El doctor Pascal está de acuerdo?

— ¡Claro, muchacha! El doctor te estima, además conoce a tu familia.

Tal vez, a petición de Amalita, pudiera aguantar el mal olor de los pabellones y enseñarle algo a las internas; pero lo que no soportaría era el mal humor del doctor Pascal. Una oleada de angustia le revolvió el estómago. La sola idea de enfrentarse con él la ponía nerviosa.

"¡Tranquila! ¡Tranquila!" se repitió. En el momento en que se llegara a encontrar con el distinguido doctor Pascal, ella se comportaría indiferente.

María entró en la oficina y se paró frente al escritorio. Chelito le entregó seis cortes de tela doblados, hilos y agujas.

No encontró a Amalita en la puerta del pabellón Armijo por lo que decidió esperar junto a la ventana, de donde llegaba un murmullo femenino mezclado con la voz grave y profunda de Pablo.

—Deben cuidar todos los detalles –dijo éste en tono amable–. Cuando atiendan a una paciente, aunque parezca sana es necesario interrogarla, indagar todos los antecedentes sexuales: ¿a qué edad tuvo la primera menstruación? ¿Cuándo fue la primera relación sexual? ¿Cuántos embarazos ha tenido?

A hurtadillas, María se asomó por la ventana. Cuatro estudiantes seguían con atención las indicaciones que Pablo hacía junto a la cama de una enferma.

—Hay que hacer un reconocimiento detallado de la boca, de la lengua, del cabello, la piel, los ojos y apuntar cualquier detalle significativo –apartó las sábanas y le pidió a la mujer que examinaban que se levantara el camisón y abriera las piernas. María, sonrojada, desvió la mirada. No soportaba ver semejante invasión a la intimidad de la persona; además, una señorita decente no debía observar desnuda a una desconocida, mucho menos si había hombres–. Deben revisar la uretra, la zona anal, los ganglios inguinales y la vulva, así como lo estoy haciendo. Para inspeccionar el cuello de la matriz pueden usar un espejo como éste –María, curiosa y olvidando todos los prejuicios, volvió a espiar temerosa de hacer algún ruido que la delatara. Pablo, cuidadoso, metió el espejo en la vagina de la paciente y les enseñó a los alumnos como reflejaba el interior–. Ahora quiero que vean aquí, junto a la vulva. Observen, hay unas pequeñas pápulas en las partes húmedas del cuerpo femenino. No secan ni forman costra; por lo tanto, son una fuente activa de transmisión.

—Vamos –dijo la enfermera. María gritó al sentir la mano de Amalita sobre su espalda y al voltear, su cabeza pegó con el marco de la ventana logrando atraer la atención de Pablo y de los alumnos.

—¿Qué sucede afuera? –preguntó Pablo en voz alta.

—Nada, doctor Pascal, me tropecé –contestó Amalita al ver el gesto suplicante de María.

Entraron en la sala de maternidad. Al fondo del pabellón, cerca de la segunda puerta, estaban cinco jovencitas, que al ver a las recién llegadas, se acercaron a recibirlas.

—Muchachas –anunció la enfermera, sin perder la calidez que empleaba con las pacientes–. La señorita María Fernández les va a enseñar a confeccionar prendas.

¿Cortar ropa? En ningún momento Amalita le informó que daría clases de corte y ella nunca fue la mejor alumna de la viuda González.

—Buenos días, señito –una joven morena, con varios meses de embarazo, le tendió las manos para sostener las telas que María cargaba–. Pancha Rosales, a sus órdenes –María contestó el saludo dirigiendo una amable sonrisa al grupo.

—Ella es Adelaida –dijo la enfermera señalando a la mayor del grupo–. Ellas son Agustina, Conchita y Sebastiana –las muchachas, tímidamente, extendieron la mano–. Por cierto, Adelaida, ¿dónde está la caja que te di?

—Debajo de la mesa. La guardé entre mis piernas; ya ve que si no la ojeamos se la ratean.

—Les entrego el material de costura –anunció Amalita dirigiéndose a María–. Tijeras, alfileres, hilos, lápices, una regla, jabón para marcar y tres pliegos de papel. Si necesitan algo más me avisan.

Una vez que la enfermera se retiró, María revisó, escéptica, las telas: tres retazos de algodón floreado, un lienzo de tafeta azul, sarga café y algodón color crema.

—Con esto es imposible hacer ropa para bebés –comentó María con desilusión.

—Y ¿quién quere ropa pa' chamacos? –replicó Adelaida–. Queremos coser ropa pa' nosotras y pa' vender. No siempre vamos a estar panzonas, ¿verdad, muchachas?

—Cuando me largue de aquí quero bordar hartas cosas bonitas que vender a las catrinas –comentó Agustina–. Ya no quero ser una callejera.

María las observó sorprendida. ¿Acaso pensaban olvidar a sus hijos en el hospital?

—Mire, señito, no es que no queramos a nuestras criaturas –Agustina sobó su vientre–. Pero sin centavos y sin saber trabajar ¿quién nos va mantener? A mí me corrieron de la casa y pos ¿cómo voy a darle de comer a mi chamaco?

—Ya sé qué vamos a hacer –exclamó María sonriente–. Empezaremos con esta tela –tomó un pedazo, lo estiró sobre la mesa y marcó unos cuadros–. La deshilaremos para hacer un mantel con sus servilletas. Conchita, Sebastiana, mídanla; sacaremos ocho cuadros de aproximadamente veinte por veinte centímetros.

En pocos minutos las jovencitas comenzaron a deshilar los lienzos supervisadas por María.

—Oiga, señito, ¿puedo cantar? –A María le sorprendió la petición.

—Por supuesto, Conchita. Si a tus compañeras no les molesta, yo no me opongo.

—Cuando era chica y mi abuela zurcía la ropa, se ponía a cantar.

—¡Ay! No seas cursi. Eso déjalo para las virgencitas.

—A mí me encantaría escuchar las canciones –comentó María, evitando un pleito–. Deben ser hermosas.

Tras la puerta, Pablo observaba fascinado la escena. Si alguna vez soñó con un programa que a futuro dignificara a las enfermas, en aquel minuto se estaba convirtiendo en realidad. Las pacientes elaboraban con ánimo el mantel bajo la complacencia de sus compañeras, y María se estaba conduciendo como la mujer profesional que él nunca imaginó encontrar bajo tanta pretensión.

¿Cómo fue que María había regresado? se preguntó a pesar de conocer la respuesta. Sin duda, la jefa de enfermeras se había convertido en su mejor aliada. A ella le debía que la muchacha hubiera vuelto.

—¡María! ¿Cómo te atreves a quitarnos nuestro material? –Elodia Fortuño entró furiosa al pabellón y les arrebató el lienzo que estaban deshilando–. Fui a la oficina a recoger las telas y Chelito me dijo que tú las tomaste sin nuestro consentimiento –examinó la mesa y reconoció las tijeras que pertenecían al taller de costura–. ¡Ladrona! Te robaste nuestro material. Devuélvemelo inmediatamente.

—No grites, Elodia, escucho bien –dijo María. La solterona la ponía de mal humor. Cómo detestaba a las hermanitas libidinosas que ocultaban el poco cerebro detrás de una virtud mal entendida–. Yo no robé nada, estas telas y el material nos los dio Amalita.

—Esa vieja metiche no tiene autoridad para disponer de lo que no le pertenece.

—Oiga, seño, así no se le habla a la señito Mari ni a la madrecita. La vieja cochina es usté.

—No me hables así, india estúpida –Elodia se acercó a Agustina y la amenazó con el índice–. Voy a hablar con el doctor Pascal para que te corra.

—Ya lárguese, pinche catrina, o se las va a ver con nosotras –varias internas se arremolinaron en torno de Elodia.

—¡Uf, uf! ¿Cómo aguantas el hedor de la indiada? –Elodia se tapo la nariz haciendo un gesto de desprecio–. Sin duda, María, eres igual que ellas: una mujerzuela apestosa.

—Déjanos en paz –María se colocó al frente de las pacientes y movió la mano en señal de calma–. Nada tienes que hacer aquí.

—Tú no eres nadie en este hospital. El doctor Pascal te corrió por maleducada e ineficiente.

—Se equivoca, señorita Fortuño –Pablo, furioso, había presenciado la escena y se arrepintió de haber sobrevalorado a la voluntaria recomendada por el doctor Arriaga–. La señorita Fernández continúa laborando con nosotros en un programa especial. Su misión es relacionarse con las pacientes, que de ninguna manera son estúpidas. El material se queda aquí –añadió entregando la caja y las telas a Conchita–. Tengo entendido que ayer le entregaron a su hermana estambres, hilaza y ganchos para tejer. Vamos, Elodia, la acompaño al taller –con un gesto cortés, Pablo la invitó a salir del lugar.

—¡Un lamentable error! –exclamó Olegario recargado sobre el mostrador mientras hojeaba *El Imparcial*–. Aunque espero que don Porfirio gane las próximas elecciones, reconozco que deberá elegir un mejor gabinete. Todos los aspirantes a cualquier cargo son ancianos.

—Estoy de acuerdo con usted, don Olegario –contestó Fidel parado junto a su patrón–. Gracias a la Divina Providencia aquella entrevista con Creelman sólo fue una llamarada de petate, que utilizaron los enemigos del presidente con el fin de desacreditarlo. Sin embargo, para calmar los ánimos debió considerar a Madero dentro del gabinete.

—No me malinterprete, Fidel –Olegario se quitó los anteojos que cayeron sobre su pecho, sujetos por una cadena. No había clientes y dos empleados comían tranquilamente, sentados sobre unos equipales–. Al decir que se equivocó no me refería al advenedizo, sino a que debió darle oportunidad a la sangre nueva. Dentro de los Científicos hay jóvenes muy capaces.

—Sinceramente, pensé que Porfirito iba a heredar la silla presidencial –Fidel recogió los platos de la comida, los envolvió en el mantel y los colocó dentro de una canasta–. Pero por lo visto, todavía le quedan energías. Hay que tener agallas para aceptar por séptima vez la candidatura a la presidencia y a los ochenta años...

—A mí me gustaba Limantour como vicepresidente. Lástima que los políticos no lo quieran por aristócrata y francés. El hombre tuvo la inteligencia para sacar adelante al país. Él y don Porfirio hubieran hecho un buen equipo. ¿No cree?

—No me lo tome a mal, don Olegario, pero a nuestro presidente le estorban los rivales. A Limantour lo apoyaban industriales, banqueros y comerciantes; no obstante, fue fácil sacarlo de la jugada. En cuanto a Bernardo Reyes, todavía tiene muchos seguidores entre los ganaderos y agricultores del norte y los miembros del ejército. Así que Díaz lo mandó a pasear por Europa –Fidel se quedó pensativo; luego agregó con desilusión–. El problema es que Ramón Corral, nuestro actual y futuro vicepresidente, es tan gris que no tiene voz propia. Una persona así no me gusta.

—En fin, veremos qué pasa. Los rumores aumentan cada día. ¿Gusta un dulce? –Olegario le ofreció al empleado un caramelo.

—Por desgracia, don Olegario, existe un descontento general. La gente se siente insegura por la falta de un sucesor joven. Aunque admiran al presidente, quieren cambios y no los mismos argumentos gastados. ¡Imagínese! El gabinete de la senectud: don Porfirio, ochenta años; el secretario de Justicia, Justino Fernández, ochenta y tres; el secretario de Guerra, Manuel González Cossío, setenta y nueva; Ramón Corral, sesenta. El gobernador del Distrito Federal, Landa y Escandón, sesenta y nueve. A Ignacio Mariscal se lo cargó la muerte a los ochenta y tres. Dentro de los jóvenes podemos considerar a Federico Gamboa, sustituto de Mariscal, en la secretaría de Relaciones Exteriores, y a Limantour, en Hacienda.

—Sus decisiones fueron acertadas.

—En su tiempo, las mejores, pero debemos aceptarlo: Madero es la única solución que tiene don Porfirio. Si no lo admite en el próximo gabinete, puede levantarse la bola.

—¿Cómo se le ocurre semejante tontería? –molesto, observó al contador–. Las crisis tienen solución, a veces de manera drástica. Don Porfirio siempre sabe cómo convencer a los opositores.

—En efecto –respondió Fidel conciliatorio–. Pero ahora, después de la matanza en Río Blanco y la represión en Cananea, los obreros ya no se dejan. Están hartos de que los trabajadores extranjeros tengan mejores sueldos. Los campesinos no quieren cultivar tierras ajenas y hasta los mismos terratenientes del norte no soportan tener que depender de los americanos para maquilar sus productos –el empleado guardó silencio. Su mirada se perdió en los estantes donde estaban los costales con granos–. ¿Para qué ir más lejos? Acuérdese lo que han subido el arroz y los frijoles. El salario no alcanza ni para los alimentos básicos.

—Los hacendados ocultan los alimentos para encarecerlos; unos oportunistas que se benefician del sistema que critican. En cuanto a los norteños, son los peores enemigos del presidente. Gracias a las deficiencias del gobierno, se han enriquecido.

—La verdad, temo que se nos venga encima una revuelta.

—No piense tonterías –aseveró el patrón al tiempo que doblaba el periódico–. Las guerras son cosa del pasado. Nuestro gobierno es sólido y la economía camina por buen sendero; además, como dijo Thomas Johnson en *El tiempo*: "Las palabras vencerán a las armas". La guerra franco-prusiana y la de Crimea serán las últimas que veremos.

—Ojalá y el tal Johnson tenga voz de profeta.

María entró a La Española como un torbellino. El cabello suelto le caía sobre la espalda, las mejillas rojas, la respiración agitada y el sudor que le corría por el cuello eran prueba de la loca carrera que había emprendido.

—¿Qué sucede, hija? ¿Te viene persiguiendo algún lépero? –preguntó Olegario al ver el semblante de su hija.

—No, papá –contestó jadeando–. Odio los trenes lentos, siempre llenos de personas, el tráfico de la ciudad y el calor húmedo. Estuve haciendo fila por horas y los infelices conductores no hicieron la parada.

—Cálmese, señorita María –le dijo Fidel mientras le ofrecía un banco–. Descanse unos minutos, ahora le traigo un vaso de agua.

—Salí al mediodía del hospital y como no encontré transporte, vine corriendo lo más rápido que pude.

—Es natural, hija, que los tranvías estén llenos a la hora de la comida; las oficinas cierran y la gente regresa a sus casas a descansar. Qué extraño que lo hayas olvidado. Y ¿a qué se debe la prisa?

—¡Papá, tienes que ayudarnos!

—¿A quiénes?

—No te imaginas lo odiosas que son las hermanas Fortuño. Elodia me acusó de ladrona delante de las pacientes; dijo que le había robado telas, hilos y tijeras. Yo me defendí, pero no escuchó razones. Pablo la mandó de regreso al cuarto del voluntariado. ¡Papá, ayúdanos! Necesito que nos regales unas cosas.

—Señorita María –Fidel se acercó–, me permití traerle también unos paños húmedos para que refresque sus mejillas.

—Gracias, Fidelito, es usted un ángel –María tomó uno y lo pasó por su cuello.

—No entiendo tu propuesta.

—Necesitamos encajes y la chaquira que encontré el otro día. Las enfermas elaborarán los artículos bajo mi dirección. Tú los vendes aquí y les pagamos como si fueran nuestras proveedoras.

—¡Vaya negocio! Pongo la materia prima, las promociono y luego les pago el trabajo. ¿Usted qué opina, Fidel?

—Creo que podemos llegar a un acuerdo con la señorita María.

—Haz una obra de caridad –rogó María convincente–. Danos la mercancía rezagada y, en cuanto al pago, negociamos un porcentaje.

—Creo que al fin nos estamos entendiendo –comentó satisfecho–. ¡Cipriano! Ve con mi hija a la bodega y empaca lo que ella te pida.

* * *

La lluvia hizo más penosa la espera de Leandro. Protegido por un paraguas, vio como cerraban los negocios situados junto a La Española. También observó cuando Olegario puso los candados a la cortina del establecimiento y cómo los arbotantes luchaban por iluminar la ciudad.

A María no le importó, se dijo mientras se sacudía unas cuantas gotas del brazo. Desde las tres hacía guardia con la esperanza de que su amada pasara por la calle, pero ella no acudió a la cita; es más, ni siquiera le envió un mensaje. Bajó los ojos y vio los zapatos mojados. Esa tarde, como sucedía desde hacía semanas, no tuvo tiempo de mejorar su apariencia. Apenas el día anterior había regresado a la Ciudad de México; por orden de Madero, él y la Prieta no lo acompañarían a la gira por Pachuca, sino que debían visitar a varias personas que les entregarían dinero para la causa.

Desilusionado, caminó hasta la parada del tranvía, aunque el aire le calaba la piel. ¿Habría recibido María las cartas? ¿Por qué nunca le contestó? ¿Acaso entendió que la cita era en la calle de Pescaditos? Fue muy claro sobre el lugar y más claro le quedaba: a ella no le interesaba su amor.

El agua arreció acompañada por relámpagos. Al igual que muchas personas corrió en busca de refugio bajo un portón. A la mañana siguiente se reuniría con Gustavo Madero a quien le entregaría el dinero recaudado y éste le daría una gratificación con lo que podría sobrevivir en la próxima gira.

Celia siempre aportaba algún dinero a los gastos del viaje. Buscaba trabajos ocasionales: lavaba platos en las fondas a cambio de comida; intercambiaba baratijas que llevaba de la ciudad, o compraba bordados que luego vendía. Pero esa noche la Prieta no regresaría al cuarto. Visitaría al licenciado Gómez, quien, a cambio de unas caricias, le pagaría una buena cantidad.

Una oleada de rabia lo invadió. ¿Por qué lo permitía? ¿Acaso Celia no merecía un poco de respeto? No volvería a buscar a María. De ahora en adelante entregaría su esfuerzo y su tiempo a la causa y a la Prieta. Dejó que sus pasos lo llevaran hacia la casa de su antiguo protector. El viejo se confesaba porfirista; sin embargo, le había entregado una suma considerable para la campaña de Madero.

Cruzó el Zócalo y de reojo observó la ventana de su anterior oficina. Pasó muchas horas encerrado entre aquellas paredes con la única ilusión de contemplar a María. ¡Cuánta estupidez! Pensar que una diosa se pudiera interesar por un simple mortal. Debía olvidarla. Volteó hacia el quiosco. Unos cuantos vendedores, cubiertos por lonas, insistían en ofrecer sus mercancías. El lugar estaba casi desierto a excepción de las terminales de los tranvías.

A cinco calles, en el portal del Coliseo, servían los fosforitos que tanto le gustaban. No, no debía caer en la tentación y desahogar la pena con el licor. Era mejor ahorrar los centavos que podría necesitar lejos de casa. "¡Ay, don Panchito, por cuáles caminos nos llevas!" Con emoción su mente evocó el encuentro de Madero con la prensa independiente. Los representantes del *Diario del hogar* portaron un estandarte blanco con cadenas y candados bordados. Madero les había dicho: "Esta manifestación, señores, tan numerosa, tan espontánea, que viene a demostrar el sentimiento profundo de la nación, se debe a esos infatigables luchadores, a quienes no han arredrado las persecuciones ni la pobreza, ni las miserias; a esos de los cuales algunos de ellos traen encadenado su estandarte."

Los simpatizantes llenaban calles, plazas, terrenos, todos unidos al grito de "Viva Madero" o "Arriba la democracia". En la provincia nacieron clubes de seguidores que tenían como misión dar a conocer las ideas de Madero y promover el voto hacia los antirreeleccionistas. ¡Ahora sí iban a ganar las elecciones! Don Panchito, el elegido de la Providencia, no podía fallar. No perdería, se dijo, porque además de luchar por las necesidades del pueblo estaba apoyado por los espíritus. Parecía una locura creer en la interferencia de los muertos. Pero él qué iba a saber, si sólo había estudiado unos años en la Escuela de Jurisprudencia. En cambio, don Panchito era un ilustrado que estudió en Francia, donde aprendió a comunicarse con las voces del más allá. Raúl, el hermano de los Madero fallecido en la infancia, fue el primero en comunicarse. Él lo aconsejó para que llevara una vida recta, decente. José, el espíritu de un desconocido –al que Madero denominó su guía, su maestro– le dijo que él, don Panchito, sería el elegido para una gran misión en la tierra y, por lo tanto, le había recomendado una completa abstinencia sexual para que pudiera cumplir debidamente su cometido. El mismo José le ayudó a escribir *La sucesión presidencial*. Posteriormente siguieron los espectros de Benito Juárez, doña Nemesia, Florencio y Atanasio.

Al llegar a La Alameda se detuvo frente al carro de camotes. Compraría uno para cenar. Su mirada recorrió el lugar y lo encontró diferente. No sólo vigilado por varios gendarmes, sino iluminado por miles de focos colocados en el parque. A su cerebro vino una vieja noticia del periódico. El escrito decía que el presidente Díaz iluminaría la ciudad para las fiestas del Centenario de la Independencia. Con tal derroche, le demostraría al mundo que México era la potencia que guiaba a los países de Latinoamérica hacia el progreso. ¡Cuánto despilfarro mientras existían miles de pobres!

Su andar se volvió más rápido. A pesar de la vigilancia, La Alameda se convertía en refugio de maleantes.

Las elecciones primarias serían el primer domingo de junio; o sea, en unos días. Madero debía ganarlas, tenía la razón, tenía a los votantes de su lado. El triunfo era seguro y ni la maquinaria aplastante del presidente podría arrebatarles la gloria.

—¡Chona, que nadie nos moleste! —ordenó Adela desde la parte superior de la casa—. Estoy muy cansada y mis hijas necesitan reposar. Si alguien toca a la puerta, dile que deje recado.

—Sí, doñita –¿Quién iba a buscarlas, jadeó la empleada, si los únicos que tocaban el portón a esas horas eran los cobradores y para ellos sólo había negativas? Siguiendo la indicación de Adela, corrió las cortinas.

—No olvides encerrar a las chiquillas en el patio trasero, Chona, y encárgate de que no hagan ruido –agregó Adela sin sofocar un bostezo–. Blanca, quítate el corsé, que nada te apriete la cintura ni los senos. No es bueno que se marquen las varillas. Y tú, Lucila, siéntate frente a mí.

Adela tomó una pequeña brocha, la impregnó de leche de cabra espesada con polvo de arroz y la untó sobre el rostro de su hija; después hizo lo mismo con Blanca cuidando no mancharle el cabello y el contorno de los ojos–. Acuéstense sin moverse. La mascarilla no debe doblarse o de lo contrario les marcará arrugas.

Obedientes, las jóvenes se recostaron sobre sus camas, en ropa interior, cubiertas por ligeras mantas. Adela remojó paños dentro de una infusión de manzanilla, los exprimió y los colocó sobre los párpados de sus hijas.

—No hay nada más desagradable que ojos rojizos e hinchados –afirmó mientras secaba el excedente con una toalla.

Adela repitió la rutina en su rostro. Escuchó la respiración inquieta de sus hijas, pero ya no les dirigió la palabra. Se tapó las piernas con la bata de seda con motivos japoneses, se quitó las horquillas dejando libre la cabellera rubia y cerró los ojos. Estaba agotada y los pies no dejaban de punzarle. Suspirando evocó la noche anterior. Por unas horas logró compararse con la Kikis Escandón. ¡Al fin pudo lucir el vestido de satín de seda café y la estola de piel de zorro! Primero, don Agustín Rosas las llevó a cenar a Chez Montaudon, famosa por servir los mejores mariscos de la ciudad. Se saboreó al recordar la sopa de tortuga. Estuvo soberbia. Aunque no tanto como los langostinos au vin, acompañados por frutos secos. Deseó limpiar el plato con los pedazos de pan, pero tuvo que comportarse como dama de sociedad. Luego asistieron al Teatro Colón a ver el retorno de Prudencia Grifell en *Doña Clarines*. La Kikis opinaba que la Grifell era una excelente actriz, pero a ella le pareció bastante vulgar. Hubiera preferido una función de ópera. Sonaba más sofisticada aunque nunca entendía nada. Bueno, por suerte a su yerno no se le ocurrió llevarlas a las tandas del Principal. Decían que en ese lugar salían mujeres con ropas ligeras y, una vez terminada la función, las bailarinas acompañaban a los espectadores influyentes al Palacio de cristal.

Adela suspiró antes de quedarse dormida. Lástima que todavía no visitaran el Jockey Club. Ahí solamente asistían personas con alcurnia. Ya le sacaría la invitación al viejo, junto con un broche de zafiros o dejaría de llamarse Adela Ollivier.

Blanca, en la otra cama, no quería dormir. Deseaba gritarle a todo el mundo que estaba enamorada. Lo que menos le importaba era su próximo matrimonio con don Agustín y sacrificar la vida al lado de ese gordo, con tal de tener a Antonio.

Esa mañana, en el convivio organizado por la viuda de Henry Simpson en el Centro Americano, Antonio la convenció de dar un paseo por las instalaciones.

—Lo he pensado bien, Blanca –le dijo Antonio mientras entraban a la biblioteca que, por la hora, estaba desierta–. No encuentro ningún pretexto para impedir tu boda. Además, imagínate el escándalo que armaríamos y cómo quedaría la reputación de tu familia –continuó, depositando un beso en su mano y acariciándole la mejilla–. Debes casarte con don Agustín Rosas y Alcántara.

Caminaron entre los estantes llenos de libros observando sin interés las portadas.

—¡Dijiste que ibas a ayudarme! –estaba a punto de llorar cuando Antonio rozó sus labios contra los de ella–. No quiero a Agustín, entiéndeme, yo sólo te amo a ti –le confesó sintiendo que le hervían las mejillas por la pena.

—Lo sé, preciosa, y por eso debes acceder –le susurró tomándole el rostro con las dos manos–. Si te casas y cumples con el papel de buena esposa, tu marido te dará la suficiente libertad para entretenerte como mejor te plazca, ¿comprendes? Agustín estará ocupado en el trabajo y nosotros gozaríamos de unas cuantas horas de intimidad a la semana.

Antonio la arrinconó contra un estante y con desesperación le apretó un seno, al tiempo que la besaba. El sombrero cayó al suelo junto con varios libros que, en el silencio del lugar, causaron gran estruendo.

—¡Por Dios, Antonio, detente! Vamos a llamar la atención de los empleados –trató de apartarlo, mas lo único que logró fue que él le levantara el vestido.

—¿Acaso tu pretendiente nunca te ha tocado? –le dijo, devorándola con la mirada.

—¡Suéltame, por favor! –le gritó asustada–. Alguien puede entrar.

—Ahora estoy seguro. El viejo nunca te acariciará como puedo hacerlo yo. Piénsalo, Blanca. Seríamos buenos amantes.

—Yo quiero ser algo más que eso.

—Estoy de acuerdo, vas a ser la señora Rosas y Alcántara –sonrió con cinismo–. Comprende, querida: el matrimonio no va conmigo –poco a poco la mano masculina empezó a buscar una zona más íntima. Ella, angustiada, apretó las piernas.

—Está bien, haré lo que quieras, pero suéltame, suéltame inmediatamente –él se retiró unos centímetros, jubiloso por el triunfo.

—Así me gusta, mi reina, siempre valiente. Como no queremos ser blanco de comentarios mal intencionados, debemos ser discretos, disimular nuestros sentimientos. No echemos a perder el plan, Blanquita –hizo una pausa vigilando la entrada–. Yo seguiré visitando la casa como amigo de la familia y mostraré un ligero interés por Lucila.

—¿Lucila? Creí que María era tu consentida.

—¡No! –la interrumpió como si escuchar ese nombre le quemara el oído–. Por ningún motivo debe enterarse. Desde que entró a trabajar en ese tugurio se convirtió en una amargada. Prefiero a Lucila. Ella es inocente; nunca nos delatará.

Antonio tenía razón, reflexionó Blanca, su antigua confidente se había transformado en la oveja negra de la familia con una pésima reputación y un carácter insufrible. ¡Ah! Lástima que Rosa Espino ya no existiera y, como siempre, debía encontrar consuelo en el también desaparecido Duque Job.

—Despierta, hija, necesito hablar contigo –Olegario acarició el brazo desnudo de Blanca. Sorprendida, la joven abrió los ojos sin saber en qué lugar estaba, ni qué hora del día era–. Límpiate la cara y ponte la bata. Te espero en el despacho.

—¡Cállate y no despiertes a las niñas! Necesitan descansar –Adela se incorporó furiosa–. ¡Te importan muy poco nuestros compromisos! Por si no lo sabes, en la noche asistiremos a la tertulia de los Iturbide.

—Quiero platicar con Blanca en privado –contestó seco, indiferente a los comentarios de su esposa.

—Si hablas con nuestra hija –agregó irritada–, debo estar presente.

—Dije en privado.

* * *

—Entra, hija, y cierra la puerta con seguro –le ordenó cuando entraron al despacho. Olegario se sentó en el sillón donde le gustaba leer y le ofreció a Blanca el que estaba frente a él.

—¿Qué sucede, papá? –Blanca observó a su padre–. ¿Te sientes mal?

—Nada que asuste, hija. –meditó sus palabras, pues lo último que deseaba era despertar la rebeldía de la joven–. Hace tiempo, tuvimos una conversación similar. En aquella ocasión prometí no inmiscuirme y permitir que siguieras con la locura de tu matrimonio. Sin embargo, lo considero un error –la tomó de las manos y la miró directamente a los ojos–. ¿Todavía deseas casarte con Agustín Rosas?

—Sabes que sí –ansiaba gritarle que cancelara la boda y la salvara de sus malsanos sentimientos.

—Lo digo porque finges una felicidad que no sientes. Te delata la tristeza en tus ojos –ella bajó la mirada temerosa de que su padre descubriera la verdad–. A mí no puedes mentirme, te conozco muy bien.

—En serio, papacito, quiero casarme con don Agustín –respondió animada–. Me llena de regalos, vamos a buenos sitios...

—Deja de hablar como tu madre. Los regalos, los restaurantes y los lujos no son lo importante en una persona, ni mucho menos en el matrimonio –hizo una pausa y continuó afectuoso–. Blanca, si no quieres atarte a un hombre de mi edad todavía estás a tiempo. Hoy mismo podemos terminar con este absurdo compromiso.

—Y ¿la reputación de la familia?

—Me valen un comino las habladurías –más relajado, Olegario recargó la cabeza en el respaldo del sillón–. Nuestra reputación se basa en un apellido limpio, forjado con la honradez y los años de trabajo. Por el qué dirán no te preocupes. Le devuelves sus regalos al señor Agustín y te mando a vivir una temporada a Madrid con los primos. Pero, por favor, Blanca, dime la verdad.

Un silencio tenso se apoderó del despacho. Olegario observó la figura encorvada de su hija y sintió pena. ¿Hasta dónde había llegado Adela con sus pretensiones? Convirtió a sus hijas en unos títeres, encajándolas en un ambiente que no les correspondía.

—Te digo la verdad, papá –respondió tratando de parecer sincera–. Deseo, con toda mi alma, casarme con Agustín –debía convencer a su padre, tenía que lograrlo por Antonio, por las promesas de amor que se juraron–. Sé que es un hombre mayor, viudo y con hijos de mi edad. No importa. Él sabrá cuidarme y ofrecerme una vida digna.

—Está bien, Blanca, es tu decisión. Seguiremos con los preparativos. Sólo te pido que prolonguen el noviazgo por lo menos ocho meses –Olegario se levanto del sillón–. Vamos al sótano, deseo mostrarte unos objetos.

Adela se apartó de la puerta y corrió por el pasillo levantándose la bata para no tropezar.

—¿A dónde van? –preguntó a su marido provocando un encuentro casual.

—Al sótano –contestó Olegario, harto.

—Voy con ustedes.

Los tres bajaron por una estrecha escalinata, situada en un extremo del patio delantero, cubierta por macetas con helechos. En tiempos pasados, el sótano sirvió para guardar dinero, así como objetos valiosos. En épocas de guerra se convirtió en la guarida donde se refugiaban las mujeres y los niños.

Olegario sacó dos llaves del bolsillo y abrió los cerrojos. Del interior salió un aire frío, cargado de olores. Una luz tenue iluminó el espacio convirtiéndolos en fantasmas. En las repisas centrales descansaban botellas de vino, garrafas con aceite, algunas conservas, quinqués y sacos de carbón. Debidamente ordenados había muebles cubiertos con sábanas, lámparas, espejos, esculturas, retablos y arcones.

—En aquellas cajas –dijo Olegario señalando un estante de madera–, hay figuras de porcelana importadas de España, vajillas, copas y cubiertos. Esos bultos contienen brocados, gasas y sedas italianas que desde hace años encargué para ustedes. Los rollos de cuero negro protegen tapices flamencos y allá encontrarás encajes belgas –Olegario arrastró un cofre de grandes dimensiones. Abrió la tapa–. Ve: ropa de cama y edredones rellenos con plumas de ganso para que comiences a bordar tus iniciales y, más abajo, manteles y servilletas para que bordes las iniciales de tu marido –Blanca, estupefacta, acariciaba las prendas. No entendía cómo su padre tenía guardados tantos tesoros sin que ellas se dieran cuenta–. La mayoría de los muebles fueron de tus abuelos. Los candelabros son de plata mexicana, pero no por eso, menos valiosos.

Blanca posó la mano sobre la superficie de una mesa y sintió la textura de la madera recién encerada. Ahora entendía en dónde se metía su padre los domingos que se quedaba en casa mientras ellas salían.

—¿Qué significa todo esto, papá?

—Todo lo que guardo en este cuarto lo fui adquiriendo desde que ustedes nacieron. Lo compré para que las hijas de Adela Ollivier de Fernández tengan un ajuar digno. Elige lo que quieras, pero recuerda que tienes cinco hermanas que algún día también se casarán.

—Querido –intervino su esposa–. Ya que estamos aquí, ¿podría tomar algunos artículos para la casa?

—Esto le pertenece a nuestras hijas. Si necesitas algo, pídemelo.

Adela miró recelosa a Blanca. El tacaño de Olegario daba lo valioso a sus hijas mientras ella tenía que aguantarse con vejestorios. Las pocas veces que había entrado al sótano moría por abrir tres cofres pequeños con incrustaciones de concha nácar que guardaban las pertenencias de su suegra. Estaba segura de que ahí estaban las alhajas de la difunta. Era un desperdicio tenerlas guardadas y más desperdicio que muchos de esos artículos fueran a parar a casa de un yerno millonario.

—María, es tiempo de que conozcas a Juanita –comentó Amalita cuando la encontró en el pasillo del hospital–. Creo que ya estás preparada para visitar el pabellón Armijo ¿o todavía temes contagiarte? –la enfermera le entregó una bolsa de papel que contenía varios moldes y una tela rosada.

—No –contestó María resignada–. Usted ya me aclaró cómo se trasmite la enfermedad.

—Como te expliqué, las internas que ocupan esa sala no son malas mujeres. La pobreza las orilló a trabajar en las calles.

—¿Existe algún problema si me acerco a ellas?

—Al contrario, necesitan aceptación. Sin embargo, evita contacto con las que tienen heridas activas, no porque te puedas contagiar, sino por higiene. Ven, vamos a visitarlas. Se van a alegrar al sentirse integradas a tus clases.

María siguió a Amalita al pabellón Armijo. Temía que sus prejuicios la traicionaran y fuese incapaz de trabajar con las proscritas. Por lo que le había contado Agustina, muchas vivían con úlceras que nunca cicatrizaban y, las más enfermas, morían en el abandono.

Al entrar, el fuerte olor a desinfectante le picó la nariz. A diferencia del otro pabellón, en el Armijo las camas eran más estrechas y había menos espacio entre ellas, provocando que el lugar pareciera hacinado. Unos biombos, forrados con telas oscuras, separaban algunos catres. María comprendió que ahí colocaban a las desahuciadas.

—Mira –dijo Amalita señalando un pequeño bulto que dormitaba bajo la protección de un crucifijo–, ella es Juanita, la chiquilla de la cual te hablé. Es una niña otomí, risueña y tranquila. Parece que vivía en Ixmiquilpan. Sus hermanos la vendieron a un traficante de mujeres; por lo tanto, no habla bien español aunque entiende lo que uno le dice. No sabe cuándo nació ni el nombre de sus padres. Le calculan quince o dieciséis años. Al doctor Pascal le preocupa su embarazo –añadió la enfermera con gesto triste–. Piensa que el niño no nacerá vivo, lo que pondría en riesgo la vida de la madre. Voy a presentártela.

Amalita se acercó a la paciente. La palidez de su piel contrastaba con el cabello oscuro, lacio, trenzado con un listón violeta.

—Buenos días, Juanita, vengo a platicar contigo –María le ofreció la mano–. Soy la voluntaria que enseña a cortar y coser prendas, y te traigo un regalo –Juanita observó cómo María sacaba del bolso unos metros de tela–. Es algodón para elaborar un nuevo camisón para ti. El que traes ya está muy viejo. ¿Te gustaría estrenar uno nuevo? –Juanita, poco convencida, asintió con la cabeza. Al notar que la niña no comprendía bien sus palabras, María, olvidando todos sus prejuicios, la estrechó con ternura.

Pabló entró al pabellón seguido por una enfermera que empujaba una mesa con rodajas donde estaban colocados varios frascos, algodón, gasas, jeringas, termómetros y el esfingomanómetro.

Cuando María escuchó la voz masculina, su corazón comenzó a latir con fuerza. ¿Por qué venía a turbarla? A esa hora él debería estar en consulta o en la sala de curación con los alumnos de medicina. Lo miró de reojo. ¡Cómo deseaba ser invisible y poder observarlo detenidamente! Se veía atractivo. Con las mangas del batón arremangadas y el estetoscopio colgando del cuello se paró junto a una mujer y comenzó a hacerle preguntas. Aunque ella continuó explicándole a Juanita, su atención se centró en la curación que efectuaba Pablo.

—Por fin llegó, doctorcito. ¿A mí también me toca curación? –preguntó Ramona con desafiante cinismo.

—Según el doctor Ramírez, ya te revisaron esta mañana –replicó Pablo sin dejar de apuntar en el expediente.

—Pero yo prefiero que usted me limpie, doctor Pascal –los dedos de Ramona recorrieron sus senos–. Sus manos son más fuertes, más deseables que las garras del estúpido aprendiz.

—Ramona, no comiences con insinuaciones.

—Sólo quiero que la catrina que está allá, con la putita, sepa cómo nos atiende –dijo, burlona, señalando a la voluntaria.

Pablo giró sobre sus talones y desconcertado vio como María trataba de enseñarle a Juanita la manera de tomar medidas para dibujar un patrón. Su rostro, libre de cualquier colorete, le pareció hermoso, amarfilado con mejillas sonrosadas y rasgos finos, delicados. Y esos ojos color olivo que miraban a Juanita con ternura infinita. ¡Por Dios! ¿Qué tenía esa mujer que podía atraerlo con tanta fuerza? Debían ser mentiras lo que Milagros y sus amigas decían de ella, porque al observarla despojada de la vanidad con la que la envolvían los chismes, parecía amorosa, sincera, comprometida, capaz de cambiar lo que la rodeaba... ¿incluso al doctor Pascal?

La insistente mirada de Pablo hizo que María se volviera hacia él. Por unos segundos sus ojos se encontraron en un silencio que sólo les pertenecía a ellos. Pablo tuvo deseos de tomarla de la mano y llevarla a un lugar apartado. Deseaba conocerla, descubrir bajo la careta de indiferencia, su capacidad de entrega.

—Ya, doctorcito, cualquiera diría que la catrina es su amorcito –Ramona, suspicaz, examinaba el comportamiento de los dos y con una carcajada volvió a llamar la atención de Pablo–. ¡Ah, qué doctorcito tan atolondrado! Pa' que quiere una apretada si aquí tiene a su reinita –Ramona abrió las piernas y enseñó a todos su sexo húmedo.

María sintió que las mejillas le ardían. Quiso correr y dejar las indecencias que cometían esas rameras. Pero se había prometido no volver a huir. Concentró su atención en el lienzo y en Juanita; mientras que Pablo, furioso y apenado, salió del pabellón murmurando toda clase de maldiciones, seguido por la enfermera.

—Antes de entrar a la prisión a ver a Francisco, cuéntenme ¿qué sucedió? –el párroco de San Juan se arrodilló junto a Celia y Leandro, quienes, sentados bajo la sombra de un muro, esperaban noticias cerca de la penitenciaría de Monterrey.

El calor insoportable los aletargaba dentro de un sudor seco. El lugar árido y terroso, en el que unos pocos arbustos languidecían, les hacía más larga la espera. Frente a la entrada de la penitenciaría, Sara Madero y sus cuñadas Magdalena y Mercedes, resguardadas por un toldo formado por sombrillas negras, hacían guardia acompañadas por algunos maderistas. No debían dejar de manifestarse. Si las quejas no llegaban a los oídos del presidente, la policía podría desaparecer al líder argumentando un intento de fuga.

—¡Ay, Jacinto! Los malditos se salieron con la suya –dijo Leandro invitando al cura a sentarse. El paso de un tranvía aventó una nube de polvo que cayó sobre ellos.

—¡No puede ser! ¡No pueden cargarse a don Pancho! –gritó Celia desesperada–. Ésas son chingaderas –Jacinto observó en el rostro moreno de la mujer huellas de cansancio y lágrimas.

—Cálmate, Prietita, todo va a salir bien –aseguró el sacerdote al tiempo que le acariciaba la cabeza–. Según tengo entendido, están negociando la libertad de Pancho. Los Madero tienen muchas influencias. No en balde son los dueños del guayule y el algodón del país. Además, no olviden que el abuelo, don Evaristo, fue gobernador de Coahuila y un hombre muy respetado. Claro –agregó con gesto de resignación–, para los Madero no es ninguna gracia tener un disidente en la familia. Pero cuéntenme ¿qué pasó después de que salieron de la Ciudad de México?

—Todo fue muy rápido. Tú sabes que en las giras siempre nos ha vigilado la policía y entre los manifestantes se filtran espías –afirmó Celia cambiando de posición.

—Lo sabemos y, de hecho, el partido tiene fichados a los soplones que se hacen pasar por periodistas.

—El cuatro de junio, por la mañana, llegamos a San Luis Potosí y, desde la puerta del vagón, don Pancho dio su discurso. Cientos de personas se arremolinaron junto al ferrocarril –comentó Celia limpiándose las lágrimas–. No dijo nada diferente. Alentó al pueblo a seguir luchando en forma pacífica, por medio del voto y sin provocar una revolución, ni derramar una gota de sangre. Tú sabes que él es incapaz de enemistar a la gente por una causa política.

—El problema no fue ahí, Prieta, sino en Saltillo –intervino Leandro sin dejar de observar a su amigo, el licenciado Rafael Lozano, que se dirigía hacia ellos cargando una maleta y unas botellas con agua–. Por la tarde llegamos a Saltillo. ¡Hubieras visto, Jacinto! En la estación de ferrocarril no cabía un alma más; tal vez éramos unas siete mil personas. Estaba tan lleno el lugar que a duras penas pudimos escoltar el coche que llevó a don Panchito al hotel Coahuila. Fue impresionante. En todo el trayecto se formó una cadena humana aclamándolo. Y, por supuesto, las muestras de apoyo y cariño molestaron al señor gobernador Jesús Del Valle, quien tenía viejas rencillas con Madero. Acuérdense que Del Valle pertenece a la camarilla de Catarino Garza y de Miguel Cárdenas, quien ya fue cuatro veces gobernador del estado. Y don Panchito siempre apoyó la candidatura antirreeleccionista de Venustiano Carranza.

—Aunque no hubiera antecedentes, debían fabricar el delito –comentó Jacinto–. No obstante, Porfirio Díaz prohibió cualquier actividad política en Nuevo León, Coahuila, San Luis Potosí y Aguascalientes.

Rafael Lozano saludó a Celia y Leandro y, antes de sentarse junto a ellos, entregó a cada quien una botella con agua.

—¿Cómo viste a doña Sarita? –preguntó Celia al recién llegado.

—Agotada y con temor. Le ofrecí mi ayuda, pero no la aceptó. Los abogados de la familia se están encargando del asunto. Parece que van a trasladar a Pancho y a Roque a San Luis Potosí.

—¿Por qué a San Luis? –preguntó angustiada Celia–. ¿Acaso quieren desaparecerlos?

—No lo creo. Yo pienso que el gobernador José María Mier no desea problemas –contestó Rafael quitándose el saco y desabrochando los botones superiores de la camisa–. Esta región le pertenece ilegalmente al general Bernardo Reyes y, legalmente, a los industriales y agricultores del norte, que en su mayoría son partidarios de Madero. Sin embargo, hay que estar al pendiente de cualquier movimiento. A nuestro compañero Gabriel Leyva lo asesinaron en Sinaloa. Le aplicaron la ley fuga. Y, por lo que me enteré antes de viajar, José María Pino Suárez está escondido en Yucatán. La policía lo persigue.

—A como sea quieren fregar el movimiento –se quejó Celia–. ¡Malditos engendros de Satanás! –agregó, con la atención puesta en los zopilotes que revoloteaban sobre la penitenciaría.

—No maldigas, Prieta. Son déspotas absolutistas que algún día le rendirán cuentas al Señor.

—Perdona, tú sabes que no me puedo quedar callada: todos los políticos son unos jijos de la chingada.

—¡Ay, Prieta! ¿Cómo podré redimirte? –exclamó Jacinto con un gesto de resignación–. Ya tendré tiempo. Pero volvamos al principio. Cuenten, ¿qué más sucedió?

—Desde la terraza del hotel, Madero comenzó a dar su discurso –continuó Leandro buscando la botella casi vacía: "Conciudadanos: ya ven lo que pasa aquí, ya ven la actitud de las autoridades y cómo son atropellados los derechos de los conciudadanos... Hay que acabar con la tiranía, señores, pues aquí tienen una palpable muestra de lo desastrosa que es."

Como comprenderán, esto alentó a las víboras rastreras del gobierno. Pero eso no fue todo, don Panchito continuó atacando sin prever las consecuencias: "Recuerden que desde hace dieciséis años tuvimos que luchar contra esta administración garza-galanista que ha vuelto a encumbrarse."

Mientras que los oyentes chiflaban y aplaudían, llegó la policía a dispersar la manifestación a garrotazos. Por todos lados había gente sangrando, tirada en el suelo; otros lograron correr y ponerse a salvo dentro de los portales. Fue un caos que Madero logró calmar con gritos dirigidos al inspector de la policía. Dirás que blasfemo, Jacinto, pero don Panchito parecía un mensajero, un enviado que logró crear conciencia en los uniformados. Si pudiera, lo compararía con Cristo.

—No hables tonterías, Leandro. Eres mi amigo y como sacerdote te digo que Cristo sólo hay uno y está en las alturas cuidando a herejes como ustedes –aseguró observando a Celia.

—Esta bien, Jacinto, no te enojes –respondió Celia limpiándose la cara con el borde del vestido–. ¿Qué vamos a hacer si no lo liberan?

—Eso está en las manos de Dios y de Porfirio Díaz. Dejen de distraerse y cuéntanos, ¿qué suscitó el problema? –preguntó Rafael.

—Ahí la jodimos –dijo Leandro abanicándose con unos panfletos.

—Más bien, la jodió Roque Estrada –afirmó Celia abrazándose las piernas con sus brazos.

—Al otro día, cinco de junio, llegamos aquí, a Monterrey –prosiguió Leandro después de dar el último trago de agua–. Nos enteramos de que las autoridades suspendieron el servicio de tranvías y que los rurales estaban patrullando las calles. Eso no importó. A pesar de todas las trampas, la estación del ferrocarril estaba llena. Don Panchito trató de dar su discurso desde la plataforma del tren. La gente gritaba consignas a favor de Madero y en contra del mal gobierno, elevaba estandartes, pancartas; en especial había cientos de obreros de la fundidora que se quejaban por exceso de horas de trabajo y el escaso salario. Como el lugar era estrecho e incómodo, don Panchito decidió dar su mensaje desde la casa de la familia Madero. Miles siguieron la comitiva tratando de romper el cerco policíaco que rodeaba la mansión. ¡Ay, compañeros! Los méndigos policías golpeaban a cualquier infeliz que se acercara, no importaba si eran ancianos, mujeres o niños: a todos les pegaron por igual. La sangre corrió. Don Panchito le reclamó tal brutalidad al inspector de la policía y ¿sabes lo que hizo el desgraciado? Amenazó a Madero. Le dijo que si no entraba inmediatamente a su casa lo iba a arrestar.

—Pero don Pancho no se dejó y le contestó: "A mí no me va a asustar con el encierro porque aquí el único cobarde es usted, que asesina a indefensos" –Celia repitió lentamente las palabras del líder.

—El pinche desgraciado se abalanzó contra Madero y lo zarandeó varias veces –continuó Leandro con la rabia reflejada en el rostro–. Entonces Roque Estrada se encabronó. Les juro, traté de detenerlo, pero me fue imposible. Roque golpeó al inspector hasta que lo dejó bien jodido, tirado en la calle. Le dio en el pecho, en la cara, le abrió los labios. Por unos minutos nos quedamos pasmados. Nunca pensamos que el Roque pausado y tranquilo que conocemos se transformara en un hombre iracundo, difícil de controlar. Para mayor seguridad, Madero y Estrada entraron a la casa y, desde uno de los balcones, don Panchito continuó entregando sus palabras a los pocos oyentes que quedaban: "Después de lo que acabamos de presenciar, no parece sino que estamos en tiempos funestos en el que el general Reyes oprimió este pueblo por espacio de veinticinco años... Ahora, no está aquí mas que un pequeño grupo del pueblo, es inútil dirigirme a ustedes, pero lo haré; por escrito me dirigiré al pueblo de Nuevo León."

Vi que el inspector se acercó al jefe de un regimiento. Grité, quise alertar a la gente, brinqué para que Roque viera las señas que le hacía desde la calle. Imposible. Lo único que pude hacer fue jalar a la Prieta, brincar la cerca de una casa y escondernos tras la hiedra –Celia levantó ligeramente su vestido y les enseñó las piernas raspadas–. Los muy malditos golpearon a las personas con toda la saña de la venganza. Los que podían, corrían, y los que cayeron, quedaron ahí tendidos en el suelo gritando su dolor y desesperanza –Jacinto movió la cabeza lamentando el episodio.

—La democracia está muerta. Nada podemos hacer contra el déspota –murmuró Rafael pensativo.

—Esa noche, los compañeros que siempre lo escoltamos en las giras –Leandro señaló a un grupo de hombres sentados a unos cuantos metros de ellos–, dormimos en el jardín de la casa. Improvisamos un campamento. No lo íbamos a dejar solo en aquellas circunstancias. Y, como lo suponíamos, a la mañana siguiente llegó el inspector, el tal Ignacio Morales, con el rostro hinchado, a detener a Roque Estrada, quien, por instancia de Madero, huyó por la azotea. Así que el valiente inspector entró a catear la casa ante el enojo de doña Mercedes y de Sarita.

—¿Ahí fue donde lastimaron a doña Sara? –preguntó Rafael indignado–. En el periódico apareció la noticia y se decía que la señora Madero estaba herida. Fue por eso que Jacinto dejó encargada su parroquia y yo me permití unas vacaciones sin derecho a sueldo. En verdad, nos asustamos mucho y temíamos por la vida de todos ustedes.

—Es un milagro que haya aparecido una noticia de este tipo en la Ciudad de México. Su majestad, don Porfirio, permitió publicar unas pinceladas de su maldad –la ironía de Celia los hizo sonreír con desgano.

—Para evitar problemas, don Panchito decidió cancelar la visita a Torreón y dirigirse a la hacienda en San Pedro de las Colonias. Al otro día, cuando estábamos en el vagón del ferrocarril, subieron unos policías a arrestarlo –comentó Leandro–. Yo les dije que no podían sin una orden de aprehensión. Los idiotas oficiales se largaron con su frustración a cuestas. Todo estaba listo para partir; pero, carajo, en este país quien tiene poder hace todas las fregaderas que se le antojan. Las autoridades detuvieron el tren.

—Estuvimos horas metidos en el maldito vagón sin saber con qué pendejada nos iban a salir –dijo Celia–. El calor era insoportable y nos puso de mal humor. Sólo don Pancho y doña Sara se mantuvieron serenos, uno junto al otro, tomados de la mano.

—Ya se imaginan qué sucedió.

—Sí, despacharon una orden de aprehensión en contra de Madero –afirmó Rafael Lozano.

—Exacto –afirmó Leandro al tiempo que se paraba y sacudía los pantalones–. Lo acusaron de encubrir la fuga de Roque Estrada, buscado por ultrajes a la autoridad. Sin embargo, Roque, tan íntegro como siempre, se entregó a la policía y pidió que soltaran a nuestro líder –Celia, Rafael y el sacerdote también se levantaron y los cuatro caminaron con rumbo a una fonda.

—Ahora, los dos son compañeros de celda –concluyó Jacinto enviando una bendición a la penitenciaría–. Y si no luchamos por los ideales maderistas, pronto las cárceles estarán atiborradas de nuestros partidarios.

—Supongo que leyeron, en el periódico, el mensaje que envió Madero al presidente –se dirigió Leandro a sus amigos.

—Sí, aquí traigo la nota. El escándalo fue muy grande para ocultarlo:

La nación está cansada del continuismo y desea un cambio de gobierno. Nosotros aceptamos y deseamos la lucha en los comicios, pero si por desgracia, se trastorna la paz, será usted el único responsable ante la nación, ante el mundo civilizado y ante la historia.

—Y, como también se habrán enterado, dirigió un manifiesto al pueblo de México –agregó Leandro, emocionado al recordar las palabras: "Una elección fraudulenta ni puede tener ningún título de legalidad, ni puede ser aceptada por el pueblo... Recuerdo a todos los mexicanos que todo poder dimana del pueblo."

Adela, enojada y temerosa, llegó temprano al Tívoli del Eliseo. Al enterarse, por Tere Pascal, de que María atendería la mesa del Hospital Morelos en la feria de beneficencia, madrugó y permitió que don Agustín acudiera con Blanca, acompañados únicamente por las hermanas menores.

Los rayos del sol evaporaban la humedad que cubría el pasto. Unos carpinteros armaban los tablones donde se colocarían las mercancías, mientras que algunas empleadas colocaban flores y papel picado en las mesas de exhibición. Como cada año, varias instituciones y casas comerciales ofrecerían sus productos a precios económicos y lo recaudado serviría para atender las necesidades de los desposeídos. ¡Ah! Cómo detestaba esas jornadas, murmuró, molesta por haberse levantado tan temprano. Iba a estar muchas horas atendiendo al público, además de tener que demostrar una cordialidad que no sentía. Habría juegos mecánicos, patinaje, paseos en bicicleta, tómbola y a ella –vestida con sastre de raso color crema– como a todas las Damas de la Santa Caridad, le tocaba vender los pasteles que Tere generosamente había donado.

—¿Dónde va a estar la mesa del Hospital Morelos? –le preguntó a un trabajador que pasó junto a ella cargando unas tablas. El hombre, indiferente, alzó los hombros. "Malditos indios ignorantes", dijo entre dientes. "Nunca aprenderán a contestar como gente educada".

Estaba desesperada. Miró el reloj que colgaba en una delicada cadena de oro sobre su pecho. Faltaban quince minutos para las nueve y a las diez abrirían las puertas del parque. Debía encontrar a María antes de que la gente comenzara a llegar y la vieran hacer el ridículo atendiendo el rincón de las mujerzuelas. Le ordenaría que regresara a casa y dejara de arrastrar el buen nombre de la familia. ¿Cómo había aceptado Tere Pascal semejante petición? Nunca, en los muchos años que llevaba efectuándose la kermés, los organizadores habían permitido que las sifilíticas pusieran a la venta su mercancía. ¡Las costumbres se habían relajado demasiado! Los nuevos tiempos y las ideas decadentes que se importaban de Norteamérica estaban afectando a las más nobles familias y, por desgracia, María se encontraba involucrada, solapada por la debilidad de Olegario.

—¿Dónde se encuentra el administrador del parque? –el barrendero, sin soltar la escoba y el recogedor, señaló una oficina cerca de la entrada. Adela caminó, evitando los charcos que podían ensuciarle la falda.

Las nubes grisáceas se alejaban hacia las montañas, prometiendo un sol brillante. Parecía otro día igual al anterior, pensó con desaliento: mucho calor al mediodía y, por la tarde, las odiosas tormentas que inundaban la ciudad. Se alegró de haberse puesto el sombrero con plumas de codorniz.

—Señor Montes, buenos días –dijo al entrar a la oficina–. ¿Podría informarme en que..? –sus palabras quedaron suspendidas al encontrarse con Tere Pascal y Concha Castillo sentadas frente al escritorio del administrador, cubierto por varias charolas con pasteles.

—¡Adela, qué sorpresa! –Tere se acercó a ella y cariñosa le dio un beso en cada mejilla–. ¡Qué bueno que llegaste temprano! Así podrás ayudarnos. Hace un momento comentaba a Concha que necesitamos manos para acarrear los pasteles. El señor Montes acaba de informarnos que sus empleados están ocupados colocando los tablones.

—Vaya, Adela, te tiró la cama –dijo Concha con sarcasmo. ¿Por qué Tere insistía en invitar a aquella advenediza? A pesar de la cursilería que caracterizaba a Adela, esa mañana lucía elegante; mientras que ella, toda una dama de sociedad, temía que, de un momento a otro, las costuras del fino vestido importado de París cedieran ante las carnes blandas de su abdomen–. Tú sólo llegas temprano cuando no tienes que trabajar –agregó, saludándola con un beso al aire.

—Ya ves, *chérie*, también puedo dar sorpresas y ser oportuna: llego cuando se me necesita. Por cierto, ¿qué mesa te tocó atender?

—¿No te dijo Tere? La mesa con la porcelana Limoges que donó mi marido. Y ¿tu esposo? No encontré en la lista su aportación. ¿Qué mercancía donó?

Adela tragó saliva sin saber qué contestar. Olegario le había regalado varias cajas con vino tinto, pero ella no las aceptó. El vino español en nada se comparaba al exquisito sabor del francés, preferido por la concurrencia.

—Vamos, señoras, no perdamos más tiempo. Adela, toma el platón con la tarta vienesa y tú, el que tiene la *tarte tatin*.

—Pasen por aquí –el administrador les mostró un camino menos accidentado.

—¿Que tu hija va a atender la mesa del Hospital Morelos? –Concha no pudo ocultar su sonrisa de satisfacción al ver el rostro ruborizado de Adela. Había dado en el blanco, en donde más podía herir a la odiosa presumida. Por todas era conocido que Adela evitaba cualquier conversación acerca de María y, más, desde que se había integrado al equipo de Pablo. Para Adela sólo existían la virtuosa Blanca y el compromiso con el vulgar joyero. Porque Agustín tendría mucho dinero, pero su comportamiento libertino dejaba mucho que desear.

—Sí... –contestó Adela insegura.

—Ya que hablamos de María, debo confesarte que estoy orgullosa de ella –intervino Tere recogiendo ligeramente su falda con la mano que traía desocupada–. Tu niña ha hecho un gran trabajo en el Morelos y mi hijo Pablo está satisfecho con sus logros. ¡Nadie había podido integrar a las enfermas a un programa! Hoy, muchas se dedican a las manualidades con gran entusiasmo. De hecho, Carmelita quiere introducir el mismo programa en otros hospitales.

—¡Ay, mi prima tan ocurrente! –Concha soltó una falsa carcajada–. No pensará meter a señoritas decentes a trabajar con peladas.

—No digas eso, Concha. Es una tarea muy noble enseñar un oficio a los pobres –Tere observó a sus amigas con perspicacia. Conocía el modo en que se detestaban y cómo podían meterse en una guerra de palabras–. ¿No lo crees, Adela? Yo sabía que María no iba a fallar.

—Bueno, a mi hija la he criado con valores muy firmes –contestó Adela agradecida con el comentario de su amiga–. Desde niña fue bondadosa y caritativa.

—Ni dudarlo –respondió Concha–. Ni dudarlo. Está tan ocupada procurando a los desvalidos que nunca te acompaña a las reuniones ni convive con los nuestros. En especial se encuentra atendiendo a un pobre empleadillo de oficina.

—¿Qué intentas decirme?

—Nada, Adela –intervino Tere tratando de calmar los ánimos–. Ya le dije a Concha que no haga caso de los chismes. La gente habla de más.

Mientras acomodaban los pasteles sobre la mesa no hubo más comentarios. Sin embargo, en la cabeza de Adela daba vuelta el último chisme de Concha. ¿Cuál empleadillo? Cuando regresaran a casa la interrogaría y si ella no confesaba, le sacaría la verdad a Chona. De ella, nadie se burlaba.

* * *

—¡Otra vez nos tocó recibir la ropa usada! –exclamó Toñeta lanzando su bolso en una de las sillas.

—Sí, doña Elena Rincón Gallardo nos eligió. Dijo que el año pasado hicimos tan bien la tarea que no podía prescindir de nosotras –afirmó Milagros mientras contemplaba, con disgusto, el decorado de la mesa. En la parte trasera, sostenida con lazos, estaba una manta que decía con grandes letras rojas: "Recolección de ropa usada".

—¡Ay! ¡Qué asco! No traje otro par de guantes para coger la ropa. No sabemos quién ha usado esos trapos, ni la clase de enfermedades que aquejaban a sus dueños.

—Ni modo, Toñeta, tendrás que usar los guantes que estrenaste hoy. Yo traje unos viejos. Los voy a tirar a la basura al finalizar el día.

—Lástima, echarlos a perder –exclamó Toñeta al tiempo que estiraba los dedos–. Me los compró mi tía Patrocinio, junto con el vestido, en Marsella. ¿A poco no están hermosos?

—Yo también odio la tarea, pero no pude negarme. Pablo se pondrá feliz al ver que trabajo para los necesitados –Milagros tomó el espejo de su bolso, revisó su rostro maquillado con polvos blancos y reacomodó el enorme sombrero cubierto por un plumón de avestruz.

—Mejor hubiéramos ayudado a tu suegra con la venta de los pasteles –Dolores se quedó pensativa unos segundos y luego agregó curiosa–. ¿Por qué no te pidió que estuvieras con ella? Pronto van a ser familiares.

—¡Cállate! No digan nada en voz alta –Milagros se volvió hacia los lados temerosa de que alguien hubiera escuchado–. Pablo todavía no quiere hacer pública nuestra relación.

—¿Hasta cuándo, Milagros? ¿No crees que ya basta de esconder el amor que se tienen? Si se quieren casar ¿para qué tanto misterio?

—Sí –confirmó Toñeta–. Lo deberías hacer público. Así las rogonas dejarán de asediarlo.

—Pablo me lo pidió y yo debo respetar sus deseos. Desea afianzarse, juntar un capital propio –el tono inseguro de la respuesta hizo que sus amigas la observaran con desconfianza.

—Pues apúralo. Él no tiene problemas económicos, su familia es millonaria. Cuentan las Fortuño que las pacientes y las enfermeras coquetean con él. ¡Y qué decir de María Fernández! Se ha convertido en su protegida.

—Rumores, *chéries* –contestó Milagros incómoda–. No le hagan caso a las Fortuño, son muy exageradas.

—Te lo decimos por tu bien: formaliza cuanto antes. No sea que se te vaya a escapar.

—No digas tonterías. Mejor olvidemos por unos minutos a Pablo y pongámonos a trabajar. En esta caja vamos a guardar la ropa de mujer; en aquélla, la de hombre; y en la de allá, la más chica, la de los niños. Por favor, hay que doblarla bien para ahorrar espacio.

—Están muy pequeñas las cajas. No va a caber ni un pantalón.

—No importa. Al rato nos traerán más y se llevarán las llenas. Mis sirvientas aguardan en la entrada, por si algo se nos ofrece –Milagros cogió una bolsa de papel y sacó tres ramos pequeños elaborados con alambre y seda–. Tomen, doña Elena me dio esto para que los usemos. Quiere que todas las voluntarias los llevemos como distintivo, ya que muchas espectadoras también vestirán de blanco –instintivamente pasó las manos sobre el vestido de tafeta con cinto de raso bordado. Debía lucir impecable. Pablo llegaría en cualquier momento y deseaba que la viera hermosa.

—¡Qué preciosas florecillas! ¿Dónde las habrán comprado? –Dolores examinó la delicada elaboración de los capullos rodeados por minúsculas hojas verdes.

—Seguramente las mandó traer de Francia; aunque por la fineza de la hechura, podrían ser belgas.

—Pónganselos en el pecho y cuiden de no pincharse con el broche.

—Hablando de otro tema, déjenme contarles que doña Angelina Barrón me invitó a su finca de Tacubaya –comentó Toñeta.

—¿Vas a ir? –preguntó Dolores.

—*Of course, chéries*. Va a estar José y a mí me urge un novio que me lleve a los bailes del Centenario. ¿Crees que Antonio Pascal te invite?

—Es lo que más deseo. Aunque todavía no insinúa nada.

—A mi cuñadito le sobran mujeres, mas él insiste en perder el tiempo con las Fernández. Mejor olvídalo, Dolores, y acepta la invitación de Pedro de Osio.

—¡Ay! Las odiosas Fernández. ¿Qué tienen ésas que seducen a los hombres?

—No sean ingenuas. Sabemos lo que las Fernández dan a los hombres. Son unas auténticas *machucas*. ¿Por qué don Agustín anda con Blanca? Sencillo. Le da aquello que el viejo desea a cambio de unas cuentas de vidrio.

—Exageras, Milagros. Blanca, aunque me cae mal, es más decente que María. Y no creo que esté enamorada de don Agustín.

—No miento, mi mamá está bien enterada –afirmó Milagros en voz baja–. Dice que Adela se pavonea luciendo las alhajas que el viejo le obsequia. Y si un hombre regala joyas es por algo. ¿No lo creen?

El ruido de las ruedas de metal, chocando contra el suelo, las hizo volverse alarmadas. Frente a ellas, indiferente a los comentarios que provocaba, el indio Matías pasó empujando un carro lleno de cajas. Vestía calzón y camisola de manta, fajados con una delgada banda roja y, sobre la espalda, le colgaba el sombrero jarano.

—*Oh my God! What is that?* No me digan que ahora van a permitir la entrada a los pelados.

—¡La Virgen nos proteja! –exclamó Dolores al tiempo que se persignaba–. Ya es bastante tener que relacionarnos con la chusma y doblar los trapos usados. La indiada se debe quedar afuera, como siempre, mirando entre las rejas.

—No entiendo cómo el gobierno permite que los calzonudos anden por la calle –comentó Milagros indignada por la presencia de Matías–. Además de mal vestidos, son mugrosos, prietos y feos; en verdad, repugnantes.

—Tienes razón, para las fiestas del Centenario, don Porfirio debería ocultarlos. ¿Qué van a pensar los extranjeros?

—Que tenemos aspecto de salvajes, indios descendientes de Cuauhtémoc.

—Ni lo digas, nosotras somos de piel blanca –Dolores se quedó pensativa observando a su amiga–. Bueno, Milagros, tú eres un poco morena, pero no prieta renegrida como ellos.

—¡No digas tonterías! –replicó Toñeta con la intención de evitar una querella–. La clase es la clase.

—Miren quién está allá –señaló Dolores hacia la entrada–. Ahora entiendo por qué entró el pelado, viene acompañando a María Fernández.

Milagros se volvió a verla y una punzada de celos le revolvió el estómago: la protegida de Pablo caminaba con gran dignidad ante la mirada expectante de las voluntarias.

* * *

Antes de enfrentarse al ojo crítico de las compañeras de su madre, María respiró varias veces. Estaba consciente de que iba a ser la comidilla de las fiestas que finalizaban en diciembre. Conocía bien los prejuicios de la gente que despreciaba cualquier labor que no fuera importada. Sólo aceptó presentarse tras escuchar el ruego de las internas que ansiaban vender las costuras a buen precio. Las ganancias obtenidas las utilizarían para comprar materiales que les permitieran confeccionar artículos de mejor calidad.

Esa mañana, María decidió usar un vestido de muselina blanca con pequeñas flores rosadas bordadas en las mangas y el cuello. La sobrefalda, también de muselina, la cubría hasta media pierna y en la cintura, colocó un listón rosa, grueso, que le delineaba el talle. Completó su arreglo con guantes de encaje que le llegaban hasta los codos y un sombrero forrado de satín blanco, cuya copa estaba rodeada con pequeñas rosas de seda, similares a las utilizadas en los ramilletes y que, pocos sabían, las había elaborado Juanita. A su lado, entró Amalita luciendo su uniforme blanco de enfermera.

—Buenos días –María se acercó a saludar al primer grupo formado por Catalina Altamirano de Casasús y su hija Margarita, Sofía Osio de Landa, Angela Terrazas de Creel, Amparo Escalante de Corral y la señora Iturbe de Limantour. A unos metros, se encontraba el puesto de la recién formada Cruz Roja Mexicana. Portando un brazalete con el logotipo de la institución y mostrando varias alcancías estaban Luz González Cosío y la esposa del doctor Liceaga. En una mesa que ofrecía gran variedad de muñecas de porcelana, Amparo y Carmen Corral colocaban listones con dulces. Más allá, Luz Sierra, Luz Landa y Osio y Guadalupe Álvarez Cortina, abrían los estuches aterciopelados que protegían relojes suizos. María, al lado opuesto, saludó a las damas de la colonia francesa arraigada en México, quienes remataban los saldos de los grandes almacenes.

—María, es un placer tener tu compañía –Tere Pascal les salió al encuentro. Después de darle un beso en cada mejilla, la anfitriona saludó a la enfermera y las condujo a la mesa que ocuparían–. Por desgracia, Pablo me avisó a última hora y no pude conseguir nada mejor.

—No te mortifiques, tía –contestó María con suavidad–. Fue muy amable de su parte aceptarnos. Las muchachas del Hospital Morelos están muy agradecidas.

—¿Cómo no iba a apoyarte? Si tú ayudaste a que mi hijo lograra una de sus metas.

—El mérito no es únicamente mío. Sin Amalita, no hubiera hecho nada –María se volvió hacia la enfermera y tomándola del brazo, la acercó hacia ellas.

—Lo sé, lo sé y por eso, mi esposo y yo dimos un buen donativo a favor de las enfermeras del hospital.

—Gracias, señora. Créame que será bien utilizado –respondió Amalita palmeando la mano de Tere Pascal.

María vio a lo lejos a su madre que parecía entretenida con la mesa que arreglaban las hijas de Deverdun. Las rubias jovencitas acomodaban, sobre blondas de papel, charolas y estuches forrados que contenían *petit fours*, *gâteaux*, *bonbons au chocolat* y *fruits glacés*.

Amalita y ella tendieron el primer mantel que habían elaborado las internas y, al frente, acomodaron una canastilla que contenía florecillas de seda. En otra, arreglaron los broches y las pulseras de chaquira, con motivos verde, blanco y rojo, que se venderían bajo el letrero de "*Souvenirs* del Centenario".

Satisfecha, María observó la mesa decorada. Tomó uno de los ramilletes y sonrió. ¿Quién iba a imaginar que Juanita, tan pequeña y modesta, pudiera crear aquellas flores? Pablo compró la seda y le vendió a su madre los ramilletes que lucían las voluntarias. Una risa amenazó con delatar sus pensamientos. La cara que pondrían las honorables Damas de la Santa Caridad cuando se enteraran de que los adornos que ese día usaban habían salido del Morelos.

—Aquí tienes nuestra cooperación, pero ni pienses que nos vamos a quedar aquí –una voz conocida hizo que María se volviera. Frente a ella estaban las hermanas Fortuño enfundadas en olanes de organza, encajes blancos y grandes sombreros emplumados–. Tenemos un compromiso en la mesa de doña Esperanza Gallardo, allá donde están los platones Christophe –dijo Elodia señalando con presunción a una anciana de ancha figura–. Además, tú, como la protegida del doctor Pascal, eres la indicada para velar por los intereses de las mujerzuelas. ¡Dale la ropa, Eufemia! –le ordenó a su hermana, quien presurosa dejó una caja sobre la mesa–. Vámonos, entre más alejadas estemos, mejor.

Amalita abrió la caja. Nunca esperó que las Fortuño ayudaran en algo, ni siquiera creía que supieran tejer.

—¿Qué trajeron?

—Chambritas y cobijas –la enfermera le mostró a María las prendas.

—¿Las habrán tejido ellas?

—Lo dudo, están bien acabadas. El estambre es corriente. Seguramente las compraron en el mercado.

—No podemos ponerlas. Nadie las va a querer.

—Ponlas en la mesa, muchacha. Para qué meternos en problemas con la señora Pascal.

* * *

Hacia el mediodía el sol calaba la paciencia de las voluntarias. Un tendido de sombrillas lograba dar un ligero alivio a las mujeres que paseaban por el parque. Algunas se arremolinaban entre los puestos en busca de baratijas. Otros paseantes preferían los concursos, la lotería o subirse a los juegos mecánicos; mientras que los chicos se entretenían en los prados cercanos o patinaban. Adela, harta, movía con fuerza el abanico.

—¿Cómo está, doña Adelita? –Blanca y Agustín llegaron seguidos de Lucila, Lorena, Ana y Rosa.

—¡Al fin! –Adela observó el reloj–. El día se me está haciendo eterno. No veo la hora de que comience la tertulia.

—¡Mamá! ¡Mamá! ¿Nos das dinero para subirnos al carrusel? ¡Yo quiero rosetas de maíz! –Ana y Rosa gritaron mientras jalaban la falda de Adela.

—¡Quiten sus asquerosas manos! ¡Me ensucian la ropa! –con furia aventó las manos infantiles–. Mejor vayan a jugar y dejen de molestar.

—Mamá, todo lo cobran –replicó Lorena.

—Ése no es mi problema. Le hubieran pedido dinero a su padre.

—Anoche te dio unos billetes para nosotras; yo lo vi, los guardaste en la bolsa.

—Tonterías –contestó nerviosa–. Me lo dio para los donativos.

—No se mortifique, doña Adelita –Agustín sacó unas monedas y se las entregó a las chiquillas–. Corran a la rotonda. En unos minutos comenzará la función de títeres de Rosete Aranda. Son muy divertidos.

—Gracias, don Agustín, es usted muy amable. Estas niñas no entienden nada–Adela observó a su futuro yerno con adoración. No se había equivocado. Era considerado, espléndido, educado, el hombre ideal para su hija o tal vez… ¿para ella? Desechó el pensamiento y dirigió su atención hacia Blanca. Su primogénita lucía hermosa con el vestido amarillo y el sombrero de paja oscura; aunque con esa mirada triste y distante, jamás convencería a nadie de su amor por Agustín.

—Con su permiso, doña Adelita, Blanquita –dijo Agustín haciendo una pequeña reverencia–, en unos minutos regreso con ustedes. Voy a saludar a doña Carmelita y a don Ignacio de la Torre que acaban de llegar. El joyero se marchó a toda prisa dejándolas con la palabra en la boca.

Carmen Romero Rubio de Díaz apareció rodeada de una gran comitiva formada por su propia familia. Cerca de ella caminaban sus hermanas Luisa y Sofía. Como acostumbraba, saludó amable y con agradecimiento a las voluntarias y a los asistentes que se acercaban a estrecharle la mano. Luego de conversar unos minutos con las organizadoras y el administrador del parque, caminó con el fin de adquirir artículos o simplemente para donar algunos billetes a nombre propio. El donativo oficial se haría en otra ocasión, en el Palacio Nacional, con la presencia del presidente, los ministros, industriales, comerciantes, diplomáticos y la prensa.

Atrás de ellas, provocando una ola de murmuraciones, entró Amada Díaz con su marido, Ignacio de la Torre y Mier. Posteriormente, y a diferencia de su hermana, cubierta de discreción, llegó Luz Díaz acompañada de sus hijos y su esposo, Francisco Rincón-Gallardo. Al último, entraron el coronel Porfirio Díaz Ortega, su esposa Luisa Raigosa y sus niños, custodiados por un grupo de militares.

* * *

—Ven, Carmelita, te voy a enseñar las labores de nuestras internas del Hospital Morelos –Tere Pascal atrajo la atención de la esposa del presidente quien mostraba a sus seguidoras la chalina que acababa de adquirir.

—No veo el caso de que mis primas visiten esa mesa, Tere –replicó Concha con tono autoritario–. Mejor vayamos hacia la zona de comida. Ahí están los fotógrafos de la prensa.

—¡Ay, prima! Siempre queriendo imponer tus intereses. La obra del doctor Pascal es muy importante para mi hermana y su esposo. Por ningún motivo nos perderíamos la visita, ¿verdad, Sofía? –declaró Luisa Romero Rubio, después de cruzar una mirada de complicidad con sus hermanas.

—Por supuesto –asintió Sofía con franqueza–. Si no quieres acompañarnos, te puedes entretener con la prensa.

Concha hizo un gesto de desprecio y continuó caminando junto a sus primas. Era necesario hacerlo para que la gente la siguiera considerando importante. En ese mundo, si no tenías un apellido ilustre, nadie te tomaba en cuenta.

—Buenas tardes, si no mal recuerdo tú eres María Fernández –dijo Carmelita al acercarse a la mesa.

María alzó la vista y, al reconocer a la señora de Díaz y sus hermanas, se levantó inmediatamente.

—Señora… señora Díaz, buenas tardes –contestó–. Sí, soy María Fernández Ollivier.

—Han pasado los años y, tal como lo predije, te convertiste en una hermosa señorita. No sólo por tu belleza. ¡Mira que haber logrado despertar el interés de las enfermas del Morelos! Tiene mucho mérito.

—Estoy de acuerdo contigo –agregó Tere satisfecha–. Sin María y Amalita, la jefa de enfermeras del hospital, mi hijo no hubiera logrado llevar a cabo el plan de readaptación que te comenté.

—Bueno, prima, todas nuestras niñas se dedican a hacer obras de caridad sin ningún interés económico –dijo Concha, tratando de quitar importancia al comentario–. Además, las que iniciaron el programa con Pablo fueron las hermanas Fortuño. Unas jovencitas muy decentes.

—¿Por qué no están aquí?

—Vinieron hace rato y dejaron esta ropa tejida –Amalita señaló la canastilla–. Dijeron que atenderían la mesa que está por allá.

—¡Lástima! Parece que tienen otros intereses –opinó Luisa con desdén.

—Seguramente van a regresar –aseveró Concha a la defensiva. Ella se encargaría de que las Fortuño cumplieran. Así las tuviera que arrastrar.

—¡Qué maravilla! –exclamó Carmelita tomando una esquina del mantel deshilado–. Iniciamos muchos programas de readaptación con poco éxito –dijo a la concurrencia concentrando la atención en los otros manteles–. ¡Y pensar que alguien me pidió que influyera en mi esposo para que mandara al doctor Pascal con una recomendación al extranjero! ¡Qué bueno que no le hice caso! Hubiera sido una gran pérdida.

Concha frunció los labios y, al sentir los ojos de sus primas sobre ella, se retiró en busca de Elodia Fortuño. De algún modo debía restarle mérito a la vulgar de María Fernández, murmuró entre dientes. No podía salirse con la suya y dejar a su primogénita fuera de la jugada. A la larga, su hija sería la señora Pascal y debía quedar como un estuche de virtudes ante las damas de sociedad. ¿Dónde demonios estaría Milagros? Seguramente perdía el tiempo con sus amigas. La molestia de Concha disminuyó cuando divisó a Milagros colgada del brazo de Pablo Pascal.

Entre las cabezas y sombreros de los espectadores, Pablo observaba cómo María le explicaba a la esposa del presidente el trabajo de sus pupilas. Mientras hablaba, Amalita sufría para despachar la mercancía. Como si se tratara de una orden divina, las señoras que rodeaban a la comitiva adquirían piezas similares a las que habían comprado Carmelita y sus hermanas. En ese momento lamentó no haber enviado otra enfermera, aunque se suponía que las Fortuño estarían ahí.

—¿Me permiten ayudarlas?

—¡Doctor Arriaga! Apareció como caído del cielo. Por favor, envuelva esas servilletas para la señora del sombrero azul –Amalita le señaló los artículos a Pepín–. Y cóbrele a la señora del chal gris. En la canasta está el precio.

Pablo prefirió mantenerse en su lugar. No quería restarle importancia a María. Ella tenía todo el mérito. En unas semanas se había ganado la confianza de las internas. ¿Preguntaban cómo lo había logrado? Con un poco de comprensión y mucha bondad. ¡Qué equivocado estuvo! María era diferente. Le importaban muy poco los comentarios ajenos y defendía las causas por las cuales luchaba. Además, debía reconocerlo, lucía hermosa. El rubor natural que cubría sus mejillas realzaba el color olivo de sus ojos; el listón rosado acentuaba su pequeña cintura, y sus labios se curva ban en una agradable sonrisa. Era su María. Sí, suya, porque sólo él percibía la calidez que emanaba de cada uno de sus movimientos, porque sólo él gozaba el sonido de su risa y disfrutaba al verla entrar al hospital con la ilusión reflejada en el rostro. Conocía de memoria sus gestos: enojada y con el ceño fruncido, cuando se trataba de él; burlona e irreverente enfrentando a las Fortuño; respetuosa al recibir las indicaciones de Amalita; sonriente, feliz ante el desempeño de las pupilas. Siempre recordaría aquella mañana cuando entró a la sala de curaciones como un torbellino, con la excitación reflejada en el rostro, a mostrarle lo que Juanita había logrado. Apenas si pudo entenderla. Sus palabras salieron atropelladas, haciendo ininteligible el mensaje, pero mostrando un ramillete de flores. Toda la jornada lo persiguió como una sombra, exigiendo que les consiguiera sedas de colores. Agotadora y deliciosa... exasperante... odiosa... ¡Lástima! Era una rebelde incorregible, una coqueta malcriada cuya vida amorosa escandalizaba. Una vulgar, según las amigas de Milagros, que concedía favores a lagartijos oportunistas... ¡Lástima! se repitió con la rabia que nacía de los celos. Era una pena que no pudiera apartarla de los doctores y practicantes que también disfrutaban de la presencia de *su* María.

—*Chéri, wake up.* ¿Soñando? Carmelita te llama –Milagros le murmuró al oído–. *Sweety*, luego tendrás que confiarme dónde están tus pensamientos.

—Doctor Pascal, permítame felicitarlo –Carmelita extendió la mano–. Aquel día, en la entrega de diplomas para las enfermeras, usted me hizo llegar una propuesta. Pensé que sería otra quimera. Sin embargo, los reportes que recibí y lo que hoy observé van más allá de mis expectativas. En realidad, han hecho un magnífico trabajo.

—Gracias, señora –Pablo depositó un beso en su mano–. Apenas es el comienzo. Todavía nos falta afinar algunos detalles y esperar mejores resultados.

—Estoy segura de que los van a obtener. No deje de tenerme informada –Carmelita cogió la mercancía que había adquirido y se la entregó a su chofer. Antes de retirarse agregó–. Venga a la casa, doctor Pascal. Traiga con usted a la señorita Fernández y, por supuesto, a mi sobrina Milagros, su prometida.

* * *

—Cálmate, muchacha. Tienes razón de estar enojada, pero no es para tanto.

—Usted me pidió que me comprometiera con las muchachas y así lo hice. Pero él no. En vez de presentarse temprano y ayudarnos, llegó pavoneándose con su *prometida* colgada del brazo. ¡Una estúpida presumida sin escrúpulos! –María luchaba por colocarse los guantes, pero parecía que sus dedos no cabían en el interior del encaje.

—A decir verdad, a mí también me sorprendió que el doctor Pascal se comportara así. Ya sabes cómo trabaja en el hospital, siempre atento a nuestras necesidades.

—Entonces, ¿por qué no atendió lo que considera su obra? ¿Acaso le daba pena con la distinguida señorita Landa? ¡Es un hipócrita! Sólo piensa en quedar bien con su grupo sin importarle los sentimientos de las personas.

—No lo creo. Tranquilízate o romperás los guantes –la enfermera le ayudó a ponérselos–. Estoy segura de que el doctor Pascal tuvo algún motivo importante.

—Sí, huir con esa *guajolota* y llevársela a la tertulia. Al fin están sus estúpidas esclavas que pueden recoger solas el tiradero –un estallido de cólera le anegó los ojos.

—Bueno, el doctor Arriaga empaquetó los sobrantes, limpió la mesa y arrinconó las sillas.

—Lo sé, pero Pablo… –unas lágrimas resbalaron por sus mejillas– no quiso ayudarnos. Pensé que él era diferente a su hermano. Me equivoqué, Amalita –caminó hacia el interior del jardín seguida por la enfermera.

—Muchacha, estás muy exaltada. Siéntate unos minutos y límpiate las lágrimas –la llevó hacia una banca de madera y abrió la sombrilla a modo de que las protegiera de los paseantes. Con el respeto que le merecía el doctor Pascal, esa tarde se había comportado como un verdadero asno. Teniendo a una mujer como María, se encontraba paseando con una catrina melindrosa, una riquilla que no se ensuciaba las manos. En varias ocasiones lo sorprendió devorando a María con los ojos. La observaba con deseo, amor. ¿Acaso no la envió a buscarla para que regresara? Entonces ¿qué carajos quería el doctor?–. Vamos, muchacha, calma –con una ternura inusual, Amalita palmeó los hombros de María y le ofreció un pañuelo–. Sé que estás desilusionada –la muchacha se limpió las mejillas y de su bolso extrajo un pequeño espejo–, pero lo importante es lo que lograste. En el tiempo que llevo trabajando en los hospitales, y créeme, es bastante, pocas personas se han entregado como lo has hecho. Las muchachas del Morelos pusieron toda su fe en nosotras. Les diste voz, las hiciste soñar con un futuro y ahora no les puedes fallar. Ellas te quieren y se van a poner felices cuando reciban el dinero –Amalita le mostró la bolsa de cuero repleta de billetes y monedas–. Los doctores cumplen su función. Tú debes cumplir la tuya.

—¡Ay, Amalita, no sé si podré! –afirmó mientras polveaba su cara–. No tengo ningún deseo de enfrentarme con Pablo. Lo odio, lo odio más que nunca.

—Ya escuchaste a la señora Carmelita y a la señora Tere: tú eres el alma del proyecto. Él lo ideó, pero tú le diste forma. Además, no querrás que la tal Milagros, que no creo que sea novia del doctor Pascal, ni las

Fortuño, ni las viejas catrinas que estuvieron en el puesto te vean llorando, derrotada. No, muchacha, sonríe y disfruta nuestro éxito.

—Milagros Landa es su novia; si no, lo hubiera negado.

—Tal vez no quiso poner en evidencia a la señorita. Ante todo, el doctor Pascal es un caballero.

—Se fueron abrazados...

—Hay muchos tipos de abrazos. No malinterpretes. Para todo existe una explicación.

—No sé qué hacer.

—Por el momento, nada –la enfermera se levantó de la banca y tras unos segundos de reflexión le dijo–. Anda, ve a distraerte un rato. Tuviste muchas horas de tensión, necesitas divertirte. Yo me encargo de lo que haga falta. El doctor Arriaga dijo que te esperaba en la tertulia. Acéptalo. Es un buen amigo en quien puedes confiar.

* * *

—Déjalas que esperen. Lo único que quieren las mujeres es divertirse y obtener placer –opinó Anselmo Charpenel en el galerón que servía como salón de baile en el Tívoli del Eliseo. Gruesas gotas de lluvia comenzaban a caer sobre las vigas.

—Nosotros también deseamos sexo. ¿No es así? –preguntó José Barrón con una sonrisa burlona.

—Sólo que ellas lo quieren después de visitar la iglesia y con un cura por delante –Anselmo se persignó en medio de una carcajada.

—Prefiero revolcarme con alguna putita de las que están sentadas allá en el fondo –comentó Antonio balanceándose en la silla–. Así no hay compromiso.

—Eso se llama sexo desesperado. ¿Acaso estás perdiendo encanto? ¿Qué sucedió con la viudita de Cabrales?

—Por el momento anda fuera de servicio.

—No tienes compostura, Antonio. Mejor bebamos otra copa de ajenjo. Debo enfrentar las mañas de Toñeta –José cogió la botella de líquido verdoso y sirvió la última ronda.

—No te quejes. Bien que te gusta Toñeta; sobre todo cuando se cuelga de tu brazo y sin discreción te embarra los senos –Anselmo frotó el pañuelo sobre su cuello y la frente. Las horas que llevaban sentados, bebiendo dentro del galerón, lo habían acalorado–. Si se lo propone te echará la soga.

—Del grupito es la mejor. Claro, después de las Fernández.

—Ésas pertenecen a Antonio. Lástima que no tengan una fortuna aceptable ni un apellido ilustre.

—Me encantan las fiestas de caridad: baile y tragos baratos a precio de oro. ¿A ustedes no les agradan? –preguntó Antonio tras empinar la copa y limpiarse la boca con el puño de la camisa–. Me gusta ver al pueblo divirtiéndose –agregó con voz rasposa y poco entendible.

—¿Desde cuándo acá eres afín al populacho? Si lo detestas. Huele a miseria.

—Digamos que me entretiene, me hace reír. Estúpidos; son grotescos hasta cuando bailan. Les ofrecen vino y prefieren tequila barato. Tratan de comportarse y terminan gritando como animales. Sin duda, Darwin tuvo razón: ellos evolucionaron del mono –Antonio, ligeramente mareado, observó el salón. ¿A quién se le ocurrió decorar las paredes con rosetones de flores y listones? Y esa orquestilla de pueblo destrozaba los oídos. Si Offenbach escuchara cómo sonaba el cancán y viera cómo lo bailaban esos infelices, se revolcaría mil veces en el infierno.

—Sí, son ridículos –asintió José–. Sobre todo cuando se embriagan.

—Imagínatelos al mando del gobierno –agregó Anselmo haciendo una burda imitación de los que están bailando.

—¿Bromeas? –cuestionó José–. Afortunadamente la última elección terminó con las pretensiones de los alzados. ¿Quién los hubiera soportado si Madero gana la presidencia? Benditos clubes reeleccionistas.

—¡Salud! –Anselmo trató de levantarse con la copa en alto–. Propongo un brindis por el honorable Francisco que ganó la prisión. El encierro en la cárcel fue la mejor estrategia política. Ojalá y se pudra ahí por el resto de sus días.

—Mi estimado, no fue estrategia –Antonio se desamarró la corbata y con fuerza la arrojó a la pista donde bailaban varias parejas–. Madero violentó el orden y, eso, nadie lo puede aceptar –atropellando las palabras repitió la burla que Tablada había compuesto:

¡Qué paladín vas a ser,
te lo digo sin inquinas;
gallo bravo quieres ser
y te falta, Chantecler,
lo que ponen las gallinas!

—No te burles de Madero delante de la gentuza. Se pueden molestar y echarte pleito –le dijo José en voz baja.

—Yo no inventé los versos. Además, corren en boca de la gente decente.

—Por mí lo hubieran dejado suelto. Es un pobre diablo sin oportunidad aunque debemos reconocer que tiene muchos seguidores –concluyó José.

—¿Cuáles? ¿Los que están bailando? Prefieren parecerse a nosotros que sacarlo de la cárcel –afirmó Anselmo.

—No bromees –serio, con el rostro descompuesto por la bebida, Antonio aseveró–: El día en que se confundan con nosotros estaremos jodidos

–su mirada se detuvo en las caderas de una mujer que se dirigía a la pista–. Bueno, debemos reconocer que algunas de sus viejas podrían ser candidatas para una buena chupada.

—Ni se te ocurra, Antonio. Compórtate. No te aloques con alguna putita. No aquí, delante de nuestras conocidas.

—Una mujerzuela me excita más que la santurrona de Dolores Escalante –su mente se perdió en el recuerdo de Refugio. ¡Ah, qué buenos revolcones daba esa perra! pensó sintiendo la excitación entre sus piernas. Lástima que la muy maldita hubiera echado a perder aquellos buenos momentos. Algún día la encontraría y mataría a patadas al bastardo que cargaba en el vientre.

—No seas extremista. Preferible un revolcón con Blanca Fernández –la voz de Anselmo lo trajo a la realidad.

—Ni loco. Tengo otro interés.

—¿María? –preguntaron al unísono Anselmo y José.

—Ella ya es historia. Se las regalo. Mejor, vayamos a los brazos de las putas más hipócritas de nuestra distinguida sociedad –cogió la copa vacía, la alzó simulando un brindis y luego la dejó estrellarse en el suelo–. No es de caballeros hacerlas esperar; además, necesito hablar con Pablo que acaba de entrar acompañado de su respetable putita.

* * *

—¡Ay! ¡Cuánto calor! Dejaron entrar demasiada gente. Entre el humo del cigarro y el sudor, apesta a humanidad –Dolores movió el abanico con fuerza, sintiendo un pequeño alivio al bochorno que las rodeaba. Unas horas antes, cuando ella y Toñeta entraron al salón, quedaban pocos lugares vacíos. Trataron de llamar la atención de Antonio y José, pero éstos prefirieron ignorarlas. Así que no les quedó más remedio que aceptar las sillas que las hermanas Fortuño les ofrecieron.

—Lo dices por ti, querida. Desde que llegamos no has dejado de fumar –Toñeta dirigió la mirada a los ceniceros llenos de colillas que ocupaban la mesa.

—Y ¿qué quieres que haga si Antonio no viene a buscarme?

—Anselmo lo está llenando de ajenjo. Yo pensé que pasaría la velada en brazos de José.

—Estamos saladas. Después de un día de esfuerzo, ni quién nos saque a bailar.

—Bueno, sonríeles a los hermanos López. Encantados vendrían por ti.

—Ni loca. Me dan asco sus caras llenas de granos –Dolores prendió otro cigarro y le dio una larga fumada, aventando el humo hacia la cabeza de Elodia Fortuño.

—Odio esta maldita lluvia, me engrifa el cabello. He de parecer una desgracia –Toñeta pasó la mano por el flequillo tratando de arreglarlo.

—Un poco. A esta hora y con el cansancio no lucimos como princesas. Siento la cara grasosa –Dolores dejó a un lado el cigarro y de su bolso sacó el espejo–. ¡Qué horror! ¿Por qué no me dijiste que me veía tan mal? Mira mi pelo. Parece nieve derretida. ¡Y el cuello del vestido! Lo que en la mañana era blanco, ahora es un trapeador.

—Deberíamos ir por Antonio y José.

—Jamás. Van a pensar que somos unas rogonas, como las que están sentadas a mi izquierda –murmuró mientras observaba a las hermanas Fortuño–. Los esperaremos un poco más.

—Lorenzo Ricaud está bailando con Elenita Mariscal.

—A él no le gusta embriagarse. Es demasiado serio, aunque dicen que está enamorado de una casada.

—Elenita estaría dispuesta a soportar la falta de amor a cambio de un compromiso.

—Hay que ser sinceras, Toñeta. Nosotras también seríamos capaces de todo.

—No lo digas en voz alta. No vayan a pensar que andamos desesperadas.

—Hablando de busconas, no veo a las Fernández merodeando por aquí.

—Blanca y su vejestorio están en aquella mesa.

—Dicen que ella es menor que el hijo mayor de don Agustín.

—Me da lástima, se le nota el aburrimiento. No quisiera estar en su pellejo.

—Bueno, a lo mejor se casa con el viejo y termina en los brazos del joven. ¡Imagínate! Todo quedaría en familia.

—Eres cruel. Y ¿las otras Fernández? –Toñeta escudriñó el salón en busca de sus rivales; al no encontrarlas, fijó la atención en José.

—No sé. Lucila debe estar afuera cuidando a las mocosas. En cuanto a María, no creo que se atreva venir después del papelón que hizo al identificarse con las meretrices.

—¿Cómo te va, *chérie*? Al fin apareces –le preguntaron a Milagros, quien se acercó con un gesto de satisfacción en la cara.

—Bien, *très bien. Et vous*?

—Hartas. Mucha friega y poca diversión. Llevamos rato esperando que Antonio, José y Anselmo nos hagan caso. Pero no podemos competir con las botellas de ajenjo. Míralos, ahí vienen, tambaleándose.

—Ya déjenlos en paz. Mejor cambien de tema. ¿Qué opinan de la aparición del cometa Halley y el fin del mundo?

—No hables idioteces. ¿A quién le interesan esas tonterías?

—Nos criticas porque andas bien acompañada.

—Es cierto, estoy feliz, pero aborreciendo los malditos zapatos. Voy a quitármelos. Pablo quiso que recorriéramos todos los rincones del parque en busca de unos regalos para sus pacientes. Al final, se decidió por unos dulces.

—¿Cuándo es la fiesta de compromiso? ¿O todavía no quiere que nadie lo sepa?

—Paciencia, en unos meses todo mundo se enterará.

—Milagros, nos estás ocultando la verdad. ¿Qué sucede? ¿No confías en tus amigas?

—Sólo respeto la decisión de Pablo. Por el momento tiene mucho trabajo y...

—Sí, mi tía Jesusa no puede conseguir una consulta con él –aseveró Toñeta–. Dicen que no hay espacio disponible hasta el mes que entra.

—Todo sería mejor si no se hubiera metido a ese maldito proyecto del Morelos.

—Te comprendemos, Milagros. Es horrible el papel de redentor. No obstante, fue el héroe del día. Carmelita se deshizo en halagos. Lástima que ahí estuviera la estúpida Fernández. Cuídate: ella es una rogona.

—Pablo me quiere –la sonrisa se esfumó del rostro de Milagros y su atención se concentró en éste, quien platicaba con Antonio. Cuántas veces, durante la jornada, se repitió que no debía temer a María Fernández. Muchas. Sin embargo, no podía olvidar la manera en la que Pablo se perdió observandola. Estaba hipnotizado. ¿Acaso sucedía algo entre ellos? ¿Tendrían razón sus amigas?

—¡Ay, Milagros!, te quedaste muda.

—Déjala, Toñeta. Mejor, cuéntanos: ¿qué hace tu familia para contrarrestar los efectos malignos del Halley?

—Mi papá opina que estamos locas, mas unas cuantas oraciones no sobran. Uno nunca sabe lo que podría suceder ¿Qué tal si en verdad se acaba el mundo?

—Lo mismo decían en 1899, cuando finalizó el siglo, y ya estamos en 1910.

—De cualquier modo, hay que tomar providencias.

—¡No es posible! ¡Miren quién está en la puerta! –Milagros atrajo la atención de sus amigas.

—Se necesita mucho cinismo para venir aquí, sin pareja –las tres dirigieron la mirada hacia la entrada.

—No le hagan plática, no sea que se quiera sentar con nosotras.

—No creo que se atreva.

—Una de su clase es capaz de todo. Además, tu querido Pablo podría hacer una tontería.

—¿Pablo? No, pero Antonio sí. Dolores, creo que te quedarás sola lo que resta de la noche.

María logró entrar al vestíbulo. Se había quitado el sombrero y su cabello ondulado caía libremente por la espalda, lo que provocaba murmuraciones, ya que nadie se presentaba despeinada a un baile. Inspeccionó el salón en busca del doctor Arriaga, pero iba a ser imposible encontrarlo sin caminar por entre las mesas. Además, era una locura buscar diversión cuando estaba tan desanimada.

—¿A dónde va, María? Aunque no tengo sillas estoy compartiendo un espacio con unos amigos.

—No se moleste, doctor Arriaga, no pienso quedarme.

—Venga, no se arrepentirá. Sé que hay mucha gente y eso hace desagradable el baile; sin embargo, la música está alegre, el agua de chía, deliciosa y hay algunas personas que me gustaría presentarle. Claro, si tiene otro compromiso, lo entiendo. Mire, allá está sentada su hermana. Y ahí, junto a la pared, el doctor Pascal en compañía de sus amistades.

María se volvió al sentir sobre la cabeza la mirada de Pablo. Sus ojos se clavaron en los ojos del joven en un silencioso reproche. Hubiera querido acercarse y reclamarle todo lo que tuvo que callar durante la tarde o bien, cachetearlo hasta desquitar la rabia que la invadía ¿Quién se creía para estar celebrando un triunfo que no merecía? Estúpido, presumido. Pepín la tomó del brazo para que siguiera caminando. ¡Qué diferente era el doctor Arriaga al famoso doctor Pascal! pensó, mientras dirigía un gesto amable a su acompañante. No sería guapo ni tenía la personalidad de Pablo, pero era un buen compañero de trabajo.

Pablo contempló cómo se alejaba María. ¿Qué demonios hacía ahí en compañía de Pepín? ¿Acaso el joven médico era la nueva conquista de la embustera? ¿Por qué venía tan desarreglada? Estaba furiosa, lo notaba en su semblante, en la tensión del cuerpo, en los ojos que destellaban fuego. Debía ser un berrinche pasajero, ya que después del éxito de esa mañana no tenía motivos de enojo. No importaba, así como la vio, entre la escasa iluminación, el humo y el alboroto fue una deliciosa aparición: infantil, sensual, provocadora, una mezcla enloquecedora e irritante.

—¡Vaya! ¡Vaya! ¿Qué sucede aquí? –Antonio torció la boca. Unos segundos de lucidez, en medio de la borrachera, le habían descubierto un nuevo juego para entretenerse. El hermano perfecto, el honorable Pablito, estaba buscando otra puta. No le bastaba la rogona que traía. No. Necesitaba otra conquista; aunque a juzgar por su actitud, entre esos dos había algo más. No podía perder semejante oportunidad. Echaría sus cartas y algún beneficio obtendría. Estaba seguro.

—Con permiso, hermanito. Llegó mi compañera de juerga, mi eterna enamorada –se alejó de Pablo y, al llegar junto a María, la atrapó por la cintura–. ¡Preciosa! –exclamó, al tiempo que le daba un beso en la mejilla–. Te estoy esperando. Con permiso, caballero –se dirigió a Pepín con una exagerada caravana–. La señorita me prometió varias piezas –sin dejarlos replicar, Antonio llevó a María hacia la pista.

—¿Cómo te atreves? Tú y yo no quedamos en nada. Es más, hace mucho que no hablamos –María trató de zafarse, pero los brazos de Antonio se cerraron con más fuerza–. Suelta, me lastimas.

—Deja de gritar, *petite*, la gente nos mira.

—Primero suéltame.

—Pídemelo con amabilidad –la tomó de la barbilla y la acercó a sus labios.

—¡Antonio! –María lo alejó lo suficiente para continuar alegando–. ¿A qué se debe este ataque?

—Me siento desplaza... za... do –sus palabras se cortaban haciendo difícil entenderlo–. Me cambiaste por unas ca... lle... llejeras.

—No es cierto. Sólo encontré trabajo. Tú eres el que dejaste de ir a la casa e invitarme a salir.

—Diferentes intereses, que... ri... ridita. Será que últi... mamente te estás metienn... do en a... asuntos que no son tuyos. Entiéndelo, María, no puedes ponerte en mi contra y dudar de mi pa... pa labra. Acuér... da... date, tú y yo somos igggguales.

—¿De qué hablas?

—Vamos a be... beber unas cuantas copas y a... a... rre glar nuestros asuntos. No es co... rre... cto que una amistad de tantos años termine con un mal entendidooo, ¿verdad? –María permitió que la llevara a la mesa donde aún aguardaba Anselmo y a disgusto bebió un sorbo de la copa que le dio Antonio. Por experiencia sabía que cuando su amigo se emborrachaba se portaba agresivo y, según Lorenzo, lo mejor era seguirle la corriente.

—¿Qué me diste? Es muy fuerte. Además, no creo que sea un buen momento para discutir.

—Salud, que... ri... da. A fondo. No dess... perdi... cies el manjar de los dioses –tambaleándose, la obligó a beber sin darle espacio para respirar. Unas gotas cayeron en el pecho de la muchacha, manchando el corpiño del vestido.

—Ahora volvamos a bai... lar. La distin... guida orquesta está tocando Las Bi... shi-cicletas –alzó la copa y simulando un brindis, tiró el contenido sobre las parejas que pasaban bailando–. Y bien rete... cuerdo te gusta mucho –Antonio la jaló y con grandes zancadas comenzaron a girar entre las mesas, atropellando a quien se les cruzara.

—Detente, me estoy mareando. Me siento mal. Esa porquería que me diste me quemó el estómago –Antonio lanzó una ronca carcajada sin dejar de girar hasta que su botín se trabó en el vestido de una desconocida haciéndolos caer sobre varias parejas.

El grotesco espectáculo alzó una ola de comentarios. Algunas personas se acercaron a auxiliar a los que continuaban en el suelo. María trató de incorporarse. Un dolor agudo y el mareo la obligaron a quedarse tendida sobre el piso. José y Lorenzo corrieron a levantar a Antonio, quien aplastaba a la mujer con la cual se enredó.

—Vámonos, Milagros, estoy cansado –dijo Pablo con voz fría.

—Espera, quiero ver qué sucedió. Ya te lo había dicho: de las Fernández se puede esperar todo.

—Me voy, si quieres quédate. Mi día ha terminado –con la rabia contenida, Pablo dio la media vuelta y salió del salón sin escuchar las explicaciones de Milagros.

Al pasar los dedos por su cabeza, María descubrió unos hilillos de sangre. No entendía con que objeto se había pegado. Despacio se apoyó sobre sus brazos y logró sentarse para tomar las manos de Lorenzo.

—Con permiso –un hombre de gruesa figura se abrió paso entre los curiosos–. Yo me encargo de ella. Pertenece a mi familia política –ante la sorpresa de todos Agustín Rosas y Alcántara tomó a María en sus brazos y seguidos por Blanca, salieron del salón, ajenos a los chismes que los rodeaban.

* * *

El domingo, día del Señor, la vida se movía con una lentitud placentera. María agradeció no tener que levantarse y que la casa estuviera en silencio. Con seguridad su madre y sus hermanas estarían en misa. Le dolía la cabeza. Cualquier movimiento provocaba que su cerebro flotara y que las náuseas le atacaran el estómago. Las malditas campanas no dejaban de sonar, se lamentó, palpando la herida de la frente. El malestar que le aquejaba no era sólo físico, aunque en sus brazos descubrió varios moretones. Su malestar era profundo: le dolía el alma.

La noche anterior se sintió ridícula, falsa, y aunque no le importaba la opinión de la gente, le apenaba que las Fortuño informaran a las internas del Morelos que terminó borracha en el suelo. ¡Maldito Antonio! ¿Por qué tenía que aparecer? No, la culpa era únicamente de ella. Nunca debió asistir a ese baile y comportarse como una idiota. A pesar de que Chona se esmeró en limpiarla se sentía sucia. Olía a sudor, mezclado con humo de cigarro y el rancio sabor del vomito alcoholizado entre los dientes. Para su sorpresa, Amalita se presentó muy temprano en la casa con el fin de curarle la herida y darle el tónico del doctor Leduc para aliviar el dolor. Los chismes corrían rápidamente. ¿Cómo se había enterado la enfermera?

Quizá el doctor Arriaga se lo habría contado, aunque en domingo pocos médicos acudían al hospital.

Se levantó de la cama. Un ligero mareo la obligó a sentarse de nuevo. Luego, se dirigió hasta la mesa donde estaba la jofaina. Tomó la jarra con agua, mojó un paño y lentamente humedeció su cuello. Se puso una bata y se dirigió al cuarto de baño. Abrió la puerta. Sintió el vapor que salía de la tina blanca de porcelana. Con cuidado se sumergió en el agua caliente. ¿Qué les diría a sus alumnas?

Se enjabonó el cabello. Debía continuar con el trabajo sin remordimientos. Ella no era una borracha ni se comportaba de manera indebida. Y Pablo ¿qué pensaría? Molesta se quitó la espuma de los ojos ¡Qué demonios le interesaba lo que opinara! Sin embargo, cada vez que pensaba en él, sentía una opresión en el corazón.

El reloj de la penitenciaría marcaba las once cuarenta. Pronto se efectuaría el cambio de guardia y los familiares de los internos comenzaron a arremolinarse junto al portón para recibir noticias o con el fin de introducir alimentos a algún pariente.

—¿Qué pasó, Prietita? ¿Por qué tardaste tanto? –preguntó Leandro–. Llevo más de media hora esperando.

—Lo sé. Pon las cazuelas en su lugar –Celia, a disgusto, le entregó dos bolsas de yute–. En unos minutos hago el guacamole y desmenuzo la carne para los tacos.

—¿Qué sucede, Prieta? Te noto enojada.

—¿Cómo quieres que me sienta, si cada vez que voy al mercado me tengo que pelear con los jijos de la fregada? Méndigo gobierno, quiere acabar con nosotros. Todos los días los precios suben. De poco sirve regatear.

—Entiendo, pero no queda de otra –Leandro colocó en la banqueta ocho huacales vacíos que servían de base a una mesa–. Si la campaña hubiera seguido el curso natural, como lo esperábamos, no estaríamos en este pueblo, muertos de hambre y de cansancio.

—A veces quisiera largarme y mandar todo al demonio –sobre la mesa, Celia colocó un lienzo de manta bordado con flores y varias cazuelas de barro–. Primero soportamos los calores afuera de la cárcel en Monterrey y ahora, debemos velar por la seguridad de don Pancho y de Roque, aquí, en San Luis.

—A mí no me importa el tiempo que deba estar sentado bajo este árbol, vendiendo tacos. No me moveré de aquí hasta que los liberen. Si dejamos de vigilar, te juro que los enfrían.

—Ni modo, tendré que conformarme –Celia le entregó un paquete de tortillas, mientras ella sacaba una tabla de picar y un cuchillo–. Aunque la verdad estoy harta, traigo la muina muy subida. ¿Cómo es posible? ¿Por qué el maldito fraude? Nunca debieron encarcelar a la única persona honesta que ganaría la presidencia.

—Cálmate, Prieta, y deja de picar tanto chile.

—¿Qué más da? Que se enchilen los desgraciados. Por cierto, ¿fuiste a la oficina de correo?

—Sí, traigo dos cartas, pero nada de dinero. Rafael y Juan se disculpan por no enviarnos algo. Dicen que esperemos otras semanas. Hay que entenderlos. También andan jodidos.

—Todos estamos jodidos –Celia echó el chile picado, el cilantro y unos trozos de jitomate en la vasija donde Leandro depositaba aguacates recién pelados–. Estamos rodeados de fábricas y los pobres rejodidos obreros no pueden salir a comprarnos un miserable taco. Con doce horas de trabajo y los veintidós centavos de paga, sólo tienen ánimo para un jarro con atole y un petate. En cambio, si fueran textileros franceses, ferrocarrileros americanos o mineros ingleses, tendrían harto dinero para gastar.

—Esas injusticias terminarán cuando don Panchito llegue a la presidencia.

—¡Ay, Leandro! A veces pienso que te dieron toloache –en unas cazuelas de menor tamaño puso salsa roja y salsa verde que había comprado en el mercado–. No reaccionas. Pancho tendrá el poder cuando algún infeliz le vacíe unas pistolas a Porfirio Díaz, a Corral y a Limantour. Los demás porfiritos se van a morir del puro miedo. Están tan viejos... –una carcajada iluminó el rostro de Celia.

—Entonces regresaría Bernardo Reyes.

—A ese vejestorio no le temo. Los reyistas también desean llenar de plomo la cabeza del presidente. El general, como ministro de Guerra, tenía derecho a la vicepresidencia y no al exilio. Sus seguidores andan bien ardidos y no se van a calmar hasta que don Bernardo retorne al país –extrajo un trozo de carne cocida y empezó a desmenuzarlo–. ¡Creyendo que era el elegido, hasta escribió y publicó la biografía del desgraciado de Díaz!

—Yo desconfío de todos. Siento que los traidores nos rodean –en un extremo de la mesa Leandro puso un vitrolero con agua de limón rodeado por varias jícaras–. Decían apoyar a Madero y seguramente votaron por Díaz. En los periódicos informaron que la ciudadanía nombró a 20 mil 145 electores para elegir al presidente. Y nuestra gente, ¿dónde quedó?

—Nuestra gente está como nosotros: guardando ilusiones dentro de un basurero –cubrió la carne para evitar que las moscas revolotearan encima.

Leandro recogió los trastes sucios. Estaba agotado. Igual que Celia deseaba mandar las esperanzas al demonio y retomar su vida en la ciudad. Regresaría a casa de su protector, a su trabajo con un sueldo pequeño, pero seguro y, por supuesto, volvería a buscar a María. ¡Apenas si tenía tiempo para pensar en ella! Desde que trasladaron a Roque Estrada y a Francisco I. Madero a San Luis Potosí porque las autoridades alegaban que los discursos más sediciosos se habían proclamado ahí, él y Celia habían recurrido a diferentes oficios con tal de subsistir y pagar la renta de un cuartucho. Siempre estaba ocupado y, sin embargo, no podía olvidar a la distinguida señorita Fernández.

—Prietita, siéntate un rato –señaló un espacio junto a él–. Te voy a contar qué nos escribió Rafael.

—Espero que sean buenas noticias –Celia se aplanó la falda con las manos. Sintió tristeza al verse tan desañilada y sucia. De la poca ropa que empacó sólo esa falda y dos blusas seguían siendo útiles, lo demás estaba hecho garras. Observó a Leandro y confirmó que su compañero lucía igual que ella. Sin duda, representaban con fidelidad el papel de necesitados.

—Rafael dice que la inconformidad ante el fraude ha levantado al norte del país. Hay manifestaciones en Monterrey, Hermosillo, Chihuahua y, por supuesto, en Saltillo y la región del Nazas. En Puebla los hermanos Serdán han organizado la resistencia entre los trabajadores de las fábricas textiles. Hace días hubo una manifestación silenciosa y participaron cientos de estudiantes. Y lo que menos nos esperábamos, Oaxaca al fin reaccionó: el bastión porfirista se desmorona ante la protesta y el Círculo católico, en el diario *El País*, expresó continuamente su inconformidad. No estamos solos, Prieta. No debemos perder la esperanza: don Panchito va a triunfar.

—Ojalá tengas razón –Celia se sentó abrazando sus piernas y recargando la espalda sobre el tronco del árbol.

—Y me falta darte una noticia que te sacará de quicio. El desgraciado traidor de Emilio Vázquez Gómez le escribió a Porfirio Díaz para informarle que se retira de la política y del antirreeleccionismo. Y su carnal, Francisco Vázquez Gómez, apoyó la reelección de Díaz aunque insiste en la necesidad de reemplazar, en la vicepresidencia, a Ramón Corral por Teodoro Dehesa.

—Ya ni me enojo, mejor me río. Siempre lo supe, los hermanitos son unos desgraciados. Emilio como rata traidora abandona el barco y el maldito de Francisco Vázquez, fiel a sus intereses, en realidad trabajaba para el gobernador de Veracruz. No vale la pena encorajinarme. Lo siento por doña Sarita y don Pancho. Debe ser horrible que te den la espalda quienes supones son tus aliados.

—Por lo menos Dehesa es popular entre los obreros veracruzanos. Acuérdate que los defendió ante la injusticia de Río Blanco; mientras que Corral es otro déspota.

—La misma mierda, Leandro. A veces pienso que la única manera de sacar a los pinches vejetes del poder son las armas.

—Yo tengo fe. En los ferrocarriles, los trabajadores apoyan a don Panchito; muchos viajeros, cuando llegan a San Luis, me preguntan si pueden visitarlo en la cárcel.

—Si se pudiera ya hubiéramos entrado.

—Por cierto, Prieta, esta noche, entre la gente que acostumbra deambular por la estación, tenemos que buscar al doctor Rafael Cepeda.

—¿Para qué?

—No lo sé. Sarita me pidió que lo localizara.

En el mercado del Volador, a unos cuantos metros del Zócalo, la gente se arremolinaba en busca de artículos usados y baratos. No importaba que esa mañana hubiera amanecido lloviendo. Sobre el suelo lodoso, bajo los toldos confeccionados con pedazos de costales, los vendedores ofrecían baratijas, prendas de vestir, porcelanas rotas, plata y alhajas, la mayoría botín de rateros.

—Matías, no te quedes bobeando. Aquí no hay nada interesante y los carteristas andan listos pa' fregar a cualquier tonto.

El indio, molesto, apuró el paso para continuar al lado de Chona, quien se movía envuelta en un rebozo gris

—Maldito calor –exclamó la empleada que cuidaba de no meter el pie en un charco–. Y yo escondiendo las mugres de doña Adela –agregó disgustada–. No entiendo la necedad de la doña. Deshacerse de unos candelabros pa' comprarse unos sombreros ingleses cuando en La Merced venden unos rebonitos. De cualquier modo, los pobres pájaros que desplumanpara adornarlos son los mismos aquí que en Europa.

Unos niños con la cara sucia y vistiendo harapos, jalaron del vestido de Chona en busca de unas monedas. La mujer apretó con fuerza los objetos que cargaba bajo los brazos. No obstante, al igual que Matías, no podía dejar de sentirse atraída por la mercancía que los rodeaba. Una mujer remataba abanicos a los que les faltaban piezas, viejos carnets de baile, guantes sin par y bolsas de pedrería incompleta. Otra vendía ropa usada, zapatillas, corsés con lazos rotos, antiguos polisones, levitas descosidas, chalecos y sombreros masculinos lastimados por el uso. Más allá, frente a un espejo colocado en el tronco de un árbol, un peluquero ofrecía servicios de corte de cabello, barba, bigote, tintes y sangrías.

—No te atrases –Matías se quedó parado observando una serie de relojes inservibles que un joven le mostraba. Chona lo miró con ternura. Conocía la fascinación que el indio sentía por esos objetos. Desde jovencito se colgaba cordones en la cintura que simulaban los relojes de los grandes señores. Imitándolos, se sentía importante cuando consultaba la hora. ¡Ay, qué indio tan tonto! Ellos seguían un horario de acuerdo al movimiento del sol y a las campanas de las iglesias–. Vamos, Matías –le dijo jalándolo del brazo–. Te prometo que cuando junte suficiente dinero, le digo al niño Olegario que nos compre un reloj nuevecito y lueguito le pedimos a la niña María que nos enseñe cómo funciona.

—¡Ah! –gritó el indio con brillo en los ojos. Sacó un paliacate con monedas y se las enseñó a Chona.

—No, Matías, no alcanza. De cualquier modo, ésos están descompuestos –la desilusión volvió al rostro del indio que continuó caminando con desgano.

Un olor conocido asaltó el olfato de Chona quien siguió el aroma hasta descubrir a una joven que asaba elotes en un comal. ¡Cómo le gustaban embarrados con limón y chile! Cuando terminara con el encargo de doña Adela, se dijo, compraría dos. Los desposeídos nacían y morían comiendo maíz. Sólo Matías no disfrutaba del festín. En ocasiones se atragantaba con varias piezas como si el hambre lo atacara. Otras, las despreciaba. Chona entendía la razón de aquel extraño comportamiento. Matías había vivido en un pueblo cerca de la Hacienda del Hospital. Fue el mayor de cinco hijos. La madre murió junto con la última criatura que parió y el padre se dedicó a emborracharse sin atender la parcela. Harto de cuidar a chamacos hambrientos, antes de huir los olvidó en las puertas de la hacienda. El capataz mandó a los pequeños con el cura y a Matías, que contaba con siete años, lo retuvo para trabajos ligeros a cambio de comida y un jergón para dormir. Conforme pasó el tiempo, las obligaciones se hicieron más pesadas con castigos severos. Una vez, junto con otros niños, intentó huir. Entraron en la casa grande, donde robaron comida y unas monedas. No llegaron lejos: las huellas infantiles delataron a los culpables. De penitencia, el capataz le propinó a cada niño una docena de latigazos y los encerró en las mazmorras de la hacienda. Por único alimento, les dio tortillas y agua. Así pasó cerca de un mes hasta que un hombre conocido del Tata Cenobio, les dejó la celda abierta para que huyeran.

Matías y sus compañeros vivieron en las copas de los árboles, sobreviviendo de elotes crudos que robaban por las noches y del agua de los ríos. Sólo Matías logró su objetivo. Confiando en su orientación, llegó caminando a Cuautla. Ahí lo rescató el Tata y se lo dio en custodia a ella, cuando el indio tenía doce años. Bueno, eso creía porque en verdad nadie sabía su edad, ni su apellido. El niño Olegario y las pequeñas lo aceptaron de inmediato, pero doña Adela lo trataba con recelo.

—Voy con el señor Hilario, en aquel cuartucho. No entres, ya sabes que es bastante desconfiado –la gruesa figura de Chona se perdió tras una cortina sucia que hacía las veces de puerta.

—Don Hilario, buenas tardes. Aquí le manda doña Adela unos candelabros pa' que usté los vea –dijo con una sonrisa amable, aunque cierto temor crecía en su interior.

Un hombre moreno, delgado, de baja estatura y con el rostro deformado por la viruela, la escudriñó.

—Muéstreme lo que trae –Chona abrió el rebozo y sobre una mesa apolillada depositó dos pequeños candelabros de cobre, recién lustrados y sin parafina. El prestamista tomó uno y lo observó estudiando cada detalle y pasando el índice sobre la superficie; luego, tomó el otro y repitió la tarea.

—Es poco lo que le voy a dar. No son finos como los que me ha traído antes; además están manchados.

—No puede ser, yo mismita los limpié.

—Aquí, mire –le señaló una pequeña mota oscura.

—Pero ni se nota –replicó Chona mortificada–. Se puede quitar si lo limpio de nuevo –tomó el filo del rebozo y frotó inútilmente.

—Le tengo que descontar la pulida y el abrillantado. Mis clientes son muy exigentes.

—Pero mi patrona sabe que usté paga bien.

—Pues dígale a su patrona que si le parece el precio, hacemos negocio; si no, que busque otra persona.

—No se enoje, don Hilario; déme lo que usté considere.

Satisfecho sacó unos billetes y los contó. ¿Por qué tenía que soportar el trato del viejo, se preguntó Chona, si podía ir al Monte de Piedad? Pero Adela decía que ahí la podían reconocer y comenzarían las habladurías. Y así, varios santitos, porcelana, floreros, platones y los cubiertos de plata de la difunta doña Florita, habían terminado en manos del usurero. Hilario, sin mediar palabra, arrojó el dinero. Chona lo enrolló en un pañuelo y lo metió entre los senos. De nuevo se enredó en el rebozo y con un murmullo se despidió.

—Vámonos, Matías, de prisa que traigo el dinero de la doña –el indio tomó a la mujer de un brazo para ayudarla a caminar entre el lodazal. El chapoteo de sus pisadas era seguido por los pasos de ciertos jóvenes que observaron a Chona salir del cuarto de Hilario–. Odio este lugar, odio al maldito ratero. Estos desgraciados no son como Chucho el Roto, él si era un ladrón bueno que protegía a los necesitados. Al pobre lo mataron hace unos años, a puros latigazos, en San Juan de Ulúa –dijo sofocada–. O como un tal Negrete, que vive por el pueblo de Santa Julia. Ese también roba a los ricos pa' ayudar a los jodidos –al sentir que los extraños se acercaban Matías comenzó a correr arrastrando a la empleada–. ¡Para! Me vas a matar –una mano ajena se apoyó en la espalda de Chona quien comenzó a sudar frío.

—¿A dónde van con tanta prisa? –dijo una voz conocida.

—¡Ciriaco! Casi nos matas de un susto –Chona lo miró con alivio.

—Miliano y yo vinimos a comprar unos machetes y vimos como unos pelados los perseguían –sonrió divertido y agregó–. Los cobardes huyeron cuando Miliano sacó el machete y los amenazó.

—¡Bendita la Virgen de Guadalupe que los puso en nuestro camino! –Chona se persignó alzando los ojos al cielo.

—Esos malditos están peor que los riquillos. En vez de robar a los catrines chingan a los pobres –comentó Ciriaco abrazando a Chona.

—¡Bendita Virgen de los Remedios que los encontramos! –aún temblorosa, Chona volvió a persignarse.

—¿Qué hacen por aquí?

—Un asunto de mi patrona –contestó Chona limpiando con el rebozo el sudor que caía por sus mejillas y su cuello–. ¡Me siento mal! Necesito sentarme.

—Siéntese en aquella banca mientras busco a un aguador –Emiliano le hizo una seña a Ciriaco, quien ayudó a la mujer a encontrar descanso.

—No deberías de estar aquí. Es peligroso, no sólo para los rotos sino pa' cualquiera.

—No me queda de otra, Ciriaco. Los mandados de la patrona son órdenes.

—Pues sí, aunque Matías debería cargar una navaja. A veces es necesario asustar a los maleantes.

—¡Cállate! No le des ideas a Matías. Es muy tonto y se cree todo –repuesta de la impresión, Chona observó los paquetes que sus conocidos habían colocado junto a las patas de la banca–. Y ustedes, ¿para que llevan tantos machetes y cuchillos?

—Para la gente del pueblo. Mañana, los vamos a llevar a Anenecuilco.

—Ésos no son para cortar caña, Chonita, sino para defendernos –dijo Emiliano al tiempo que le tendía un jarro con agua.

—Tú no eres revoltoso.

—No soy un buscapleitos, sólo que ya estamos hartos de los abusos. Debemos protegernos.

—Habla en voz baja, muchacho, si no los cuicos te van a escuchar y otra vez te mandan a la leva –Ciriaco se sentó al lado de Chona mientras que los demás se acomodaron a los pies de la mujer.

—¿A poco estuviste en el ejército, Miliano?

—Nada más un año. Un señor muy importante me trajo aquí para que le cuidara sus caballos. Ahora ya estoy dado de baja.

—¡Uy! No provoques a la justicia. Uno siempre sale perdiendo. Mejor ponte a trabajar.

—Yo trabajo y muy duro –declaró Emiliano con una sonrisa amable–. Pero también ayudo a mi gente. Desde hace unos meses me eligieron presidente de la Junta de Defensa de las Tierras de Anenecuilco.

—Y ¿es necesario usar los machetes?

—Hay que estar preparados –contestó pensativo y acariciando su enorme bigote.

—Los catrines son demasiado ambiciosos –replicó Ciriaco vigilando que nadie escuchara la conversación–. Han abusado de nosotros, nos han arrebatado la tierra que nos corresponde, la que nos heredaron nuestros padres.

—Sí, no lo olvido, pero eso ya pasó. ¿Pa' qué meterte en líos? –preguntó Chona mortificada.

—Hay que defender el derecho del pueblo a una buena tierra de cultivo. Ya basta con que los ricos se queden con los mejores terrenos, desvíen los cauces de los ríos dejando a la gente con sed y, lo más cruel, que utilicen a los campesinos como esclavos para que cultiven la tierra que les arrebataron. En Anenecuilco, todos los días, la Hacienda del Hospital crece unos centímetros mientras que nuestras cosechas se achican. La justa autoridad nos manda a sembrar en las laderas de los montes, donde el calor quema la milpa sin misericordia.

—Miliano, tú no estás tan fregado –insistió Chona–. Tienes tierritas, una casa humilde, pero propia, caballos y, sobre todo, una mujer que te quiere bien. Mejor cuida lo tuyo y deja de tentar a la muerte.

—Valoro lo que tengo, pero no voy a fallarle a mi gente. Estoy resuelto a luchar contra todo y contra todos. Estuve estudiando los documentos, por cierto, muy antiguos, que nos acreditan como dueños de la propiedad. Hace unos días fuimos con el gobernador, se los mostramos y se burló de nosotros. Al final nos quitó más metros de terreno y se los regaló a los hacendados: un arreglo entre amigos, pues ellos lo eligieron como gobernante. Por eso, a la fuerza debemos recuperar las tierras de Villa de Ayala.

—Es una lucha inútil. Vas a acabar mal. Ya ves, al tal Madero lo metieron a la cárcel y eso que es catrín.

—Tal vez me fusilen, mas no voy a ceder. Anenecuilcáyotl era un paraíso de tierra fértil que alimentó a nuestra gente desde épocas remotas. Hoy la caña de azúcar cubre todo y Cocoyoc, Chinameca, Tenextepango, Ixtoluca, San Antonio Coahuixtla y San José de Vista Hermosa se convirtieron en fuentes de sufrimiento y dolor –pensativo guardó silencio; luego de unos segundos y con un nuevo brillo en los ojos comentó–: Chona, recuérdalo siempre: la tierra le pertenece a los campesinos que la trabajamos, no a los hacendados que ni idea tienen de lo que es ganarse la vida en una jornada bajo el sol.

—Cipriano, amarra bien la tela para que no se caiga. Por lo menos debe durar tres meses –Fidel se esmeraba en acomodar el paño de color verde, rematado con galón dorado, que caía como cortina al lado de un lienzo blanco y otro rojo, dentro de una vitrina de La Española que daba hacia la calle–. ¿Qué le parece, don Olegario? –preguntó Fidel satisfecho.

—Bien, bien. Ahora pondremos, sobre los sopladores de palma, los prendedores, las pulseras y las mantas que elaboraron las muchachas del Morelos –comentó Olegario depositando una caja con la mercancía–. En aquella vidriera colgaremos unas canastillas con los dulces de leche que nos enviaron del Bajío, platos con chiles, una botella de rompope, otra de tequila y una pequeña de mezcal con gusano.

—Los dulces no van aguantar ni una semana. Se van a poner duros.

—Los cambiaremos por los que nos van a enviar de Puebla. Necesitamos que se antojen al mirarlos.

—¿Usted cree qué dé resultado decorar los aparadores con tanta anticipación? –preguntó Fidel escéptico.

—Estoy seguro. La gente anda alborotada. Además, no tarda en comenzar la fiebre por las fiestas del Centenario. Con la exhibición de esta mercancía vamos a anticipar las ventas –aseveró Olegario sin dejar de cortar papelillos de diferentes colores que luego pondría en el fondo de las canastitas.

—Faltan tres meses –replicó Fidel.

—Pero dentro de dos días comenzará la temporada patriótica. Y, aunque para nosotros no tiene importancia, a las mujeres les encanta andar de festejo en festejo y de baile en baile. Da igual quién los organice: ante todo, la diversión.

—Don Olegario, las fiestas patrias son en septiembre y apenas comenzó julio.

—No piense que estoy loco –Olegario dejó que Cipriano y Chucho terminaran de acomodar los artículos y se dirigió hacia los mostradores seguido por el contador–. En dos días empezaremos con las ventas del 4 de julio. La memoria colectiva olvida la pérdida de Texas y las Californias mientras se ondean banderas americanas. Después sigue el 14 de julio; entonces el festejo toma carácter nacional. Nadie recuerda los manipuleos de Bazaine, el segundo Imperio Mexicano, Maximiliano, ni los intentos expansionistas de Napoleón III. No, lo importante es divertirse en el Tívoli del Eliseo, cantar *La Marsellesa* y gritar *Vive la France* –Olegario sacó del armario varios sombreros de charro. Luego le entregó a Fidel un cepillo y ambos se pusieron a sacudirlos–. Posteriormente nos volvemos devotos gracias a los festejos de los santos, para seguir el 8 de septiembre, con el día de La Covadonga. ¡Y qué decir del 14 y 15 de septiembre! Le consta que los mejores días de ventas son los de la víspera. ¡Imagine cómo será el próximo septiembre con la celebración del Centenario!

—Y ¿cómo vamos a adornar la vitrina principal?

—María, con sus pupilas del Morelos, elaboró un diseño muy original. Bordaron el escudo nacional en medio de círculos verdes, blancos y rojos y, a los lados, los nombres de los héroes de la Independencia. Le sugerí que pusiera una muestra de aquellos platos conmemorativos que me enviaron de Inglaterra.

—¿Los que guardamos en la bodega hace tres años porque no se vendieron?

—Sí, aquéllos de porcelana azul con blanco donde está la efigie de don Porfirio, rodeado por imágenes de la Ciudad de México, Monterrey, Guadalajara, Chapultepec y los volcanes.

—¿Cree que salgan?

—Por supuesto. La fórmula comercial se llama nacionalismo. Por cierto, ¿dónde guardaron los rebozos de Santa María y los sarapes de Saltillo que vamos a exhibir?

—Están allá. ¿Onde los vamos a poner, patroncito? –preguntó Cipriano.

—Vamos a colgar un lazo que atraviese la tienda y ahí vamos a extender, a manera de tendederos, sombreros de charro, rebozos y sarapes. ¿Entendieron? –los empleados asintieron con cierta duda.

—¿Qué vamos a poner en los recipientes de vidrio? –Preguntó Fidel.

—Ésos los vamos a acomodar en los estantes de la entrada rellenos de frijol, café, granos de elote para pozole, arroz, aceitunas, chiles molidos, tablillas de chocolate, manteca.

—Dicen los periódicos que van a venir muchos extranjeros.

—No sólo extranjeros, también gente que vive en las cercanías, aunque en los estados habrá grandes festejos. Por ejemplo, mi hermana y su familia que viven en Puebla, nos visitarán. Quieren estar presentes en los grandes eventos. Como usted sabe, mi sobrino es militar de alto rango y estará invitado a varias ceremonias.

—¿Usted cree que quedaremos bien?

—El gobierno hace su mejor esfuerzo. El drenaje está listo; las calles empedradas, limpias; hay edificios nuevos, jardines floreados, grandes parques, transporte público de primera, muchos hogares con iluminación eléctrica; además de ferrocarriles que unen los puntos más lejanos del país.

Y las obras no sólo se limitan a la capital. Dicen que Morelia, Guanajuato, Guadalajara, Monterrey, Mérida, Veracruz y Pachuca también tendrán un nuevo aspecto.

—Han invertido bastante dinero –Fidel cerró el frasco que contenía frijol negro y comenzó a llenar otro con maíz.

—Lo van a recobrar y con intereses –Olegario tomó un plumero y comenzó a sacudir los estantes–. Nunca antes México estuvo tan acreditado. Después de ser un país en guerra continua, invadido por otras naciones debido a los adeudos, en manos de presidentes incapaces y sin desarrollo industrial ni comercial, hoy somos una potencia gracias al buen manejo de las finanzas y a la inversión. No existen deudas; al contrario, hay dinero circulando y podemos adquirir artículos para hacer más cómoda la vida: un fonógrafo, un teléfono o una bombilla de luz. Abrimos la llave y el agua circula en nuestros hogares, lo mismo si se jala la palanca del retrete.

—No todos gozamos de esas comodidades. Existe mucha desigualdad.

—Últimamente los antirreeleccionistas lo gritan en cada esquina. ¿Qué esperan? ¿Milagros? Dios, siendo Dios, tardó seis días en crear el mundo. Lo mismo sucede con la modernización: tardará años en llegar a todos los rincones de la república. ¿Se imagina el esfuerzo titánico que significa cambiar la infraestructura, la idiosincrasia y las costumbres que han imperado en los últimos cien años? ¿La educación? Dicen que las escuelas son sólo para los ricos y que en los pueblos existen miles de analfabetas. Es cierto, pero también es verdad que antes, cuando las escuelas estaban en manos de las municipalidades, dejaban mucho que desear. En estos veinticinco años de paz, niños que antes estaban condenados a morir durante la infancia debido a la guerra y la escasez de alimentos, se hicieron adultos y a su vez, ya tuvieron hijos multiplicando la población que demanda escuelas y trabajos. El cambio ha sido lento en comparación al crecimiento del país. Por desgracia la reforma escolar que implantó don Justo Sierra todavía no se afianza. Todo es cuestión de tiempo –hizo una pausa y en silencio lamentó la ancianidad de Díaz. ¿Podría don Porfirio culminar su obra?

—¿Onde vamos a poner los barriles, patroncito? –preguntó Chucho.

—Atrás, al lado de la oficina. Debemos dejar espacio para facilitar la entrada a la tienda.

—¿Y qué me dice de la injusticia hacia los jornaleros y de la nula libertad de expresión que tanto reprochan los maderistas? –insistió Fidel mientras llenaba un frasco con arroz.

—Nada es perfecto. Antes, empleados como Cipriano y Chucho debían mendigar pues el trabajo no abundaba. Ahora existen comercios y fábricas donde ofrecer sus servicios. Sí, ya sé qué me va a decir –replicó Olegario moviendo una mano–. Los campesinos de las haciendas y los obreros. Tiene razón, son una herida abierta. Cuando se fue Lerdo de

Tejada, el país estaba en bancarrota. Pocos mexicanos se atrevían a arriesgar sus capitales en empresas dudosas. Por eso, don Porfirio tuvo que crear las condiciones para que empresarios extranjeros vinieran a invertir. La única manera fue darles ventaja en todo. Lo mismo sucedió con el campo. El mismo Juárez lo entendió así y les quitó las tierras a quienes no las trabajaban para entregarlas a las personas deseosas de cultivarlas. Si no, ¿cómo alimentar a la creciente población? Eso trajo como consecuencia grandes extensiones de terrenos en pocas manos, pero no ha sido tan malo. Según los periódicos, ya no importamos cultivos básicos y estamos en los primeros lugares como exportadores de café, azúcar, algodón, y, por supuesto, plata.

—Por cierto, se está acabando el café. Nos quedan pocos costales.

—Al rato me recuerda que escriba unos telegramas a mis proveedores. Quiero disponer de los mejores granos de Chiapas y Veracruz. No hay que olvidar el nacionalismo.

—Don Olegario, anda muy animado.

—Tenemos que aprovechar la temporada que se avecina. ¿En qué estábamos?

—En la falta de libertad de expresión.

—¡Ah! Otro cuestionamiento de los inconformes. Créame, existe la libertad de decir o hacer lo que a cada uno le plazca siempre y cuando no afecte a terceros. Antes existían unos cuantos diarios que muy pocos leían porque, volvemos a lo mismo, no sabían leer. Ahora existen periódicos de todas clases: *El Imparcial*, *El Diario del Hogar*, *El Tiempo*, *El País*, entre otros de menor importancia, además de los extranjeros: *L'Echo Français* o *Le Courrier du Mexique*. También subsisten los que no vale la pena comprar: los subversivos. La policía ha perseguido y encarcelado a varios agitadores por expresarse mal del gobierno, como le sucedió a los Flores Magón. A veces lo justifico. No es correcto que se burlen y ridiculicen a un presidente que nos ha proporcionado paz y progreso durante más de veinte años. Tampoco acepto que satiricen al tal Madero y a su esposa, como lo hace José Juan Tablada con la farsa *Madero Chantecler*. ¿Usted cree que no hay tolerancia? Entonces, ¿cómo se explica las interminables manifestaciones en apoyo de Madero que desquician el tráfico de la ciudad? O las actividades de aquel licenciadito maderista que venía a cortejar a María. ¿Se acuerda? Según me informaron asistía a todas las reuniones y mítines de Madero, y que yo sepa, nadie se lo impidió.

—Por cierto, ¿qué se habrá hecho ese joven? No lo he vuelto a ver rondando la tienda.

—Ni yo. Desde que tuve una plática muy seria con mi hija y la mandé a trabajar con el doctor Pascal, el licenciado no regresó.

—Seguramente anda envuelto en la causa maderista.

—No sé; pero, por el bien de mi familia, ojalá y tarde mucho tiempo en regresar.

—¡Señorita Fernández, qué bueno que llegó! Amalita anda preguntado por usted. Venga, vamos de prisa.

María acababa de cruzar el portal de entrada del hospital donde Jovita, una joven enfermera, la estaba esperando.

—¿Qué sucede? ¿Por qué tanta prisa? –preguntó María agitada.

—Ayer, justo se acababa de ir cuando Juanita comenzó con las contracciones.

—¿Cómo está? ¿Ya nació la criatura?

—No. La pobre niña lleva más de quince horas con el dolor trepado, caminando por los pasillos del hospital. El doctor Pascal no quiso operarla y parece que tuvo razón.

—¿Operarla?

—Si, una cesárea; ya sabe, abrirle el vientre –María sintió un vuelco en el estómago. Caminó por el pasillo que descansaba en un silencio tenso. A lo lejos observó a sus alumnas que bordaban junto a la ventana con gesto de preocupación. No se trataba de un parto cualquiera. En un hospital de mujeres a diario nacían niños. Sin embargo, entre ellas se había establecido una fuerte hermandad y Juanita era parte del grupo.

—Al fin llegas, muchacha. Ponte ese delantal limpio –le dijo Amalita–, y sígueme.

—¿Qué vamos a hacer? –preguntó temerosa de la respuesta.

—Juanita no tarda en alumbrar y desea que tú estés junto a ella.

—Yo… yo nunca he presenciado un parto, no puedo entrar.

—Claro que puedes –aseveró Amalita con autoridad–. No le vas a fallar a una niña que te necesita.

María se puso la bata y, poco convencida, acompañó a la jefa de enfermeras. Ella nunca había visto nacer un niño. Eso de los partos correspondía a mujeres mayores, comadronas y doctores.

—Quita esa cara de susto. El doctor Pascal, por tratarse de ti, permitió que nos acompañaras.

María encontró a Juanita sobre una camilla quejándose con las piernas abiertas. Junto a la interna estaba Pablo.

—Señito… –exclamó Juanita esbozando una sonrisa.

—Aquí estoy –María le acarició la cara. Luego dirigió su atención a Pablo, quien, con gesto serio, le señaló en donde colocarse.

—Juanita —dijo Pablo que colocaba los pies de la interna a los lados de la camilla—, tienes que pujar unos segundos más y luego te dejaré descansar. Jovita y la señorita María te van a sostener los brazos y la espalda. Anda, puja como te enseñé, puja, respira, puja...

—Vamos, Juanita, vamos —le susurró—. Tú puedes. Hazlo como te dijo el doctor.

La jovencita comenzó a pujar con fuerza, entre gritos de dolor y lágrimas. Pablo miraba atento, en espera de una dilatación mayor. ¿Cuántos nacimientos había asistido? Muchos, pensó. Desde que regresó a México se dedicó a atender mujeres, tanto en el Morelos como en el Hospital Francés, pues estaba de moda que los infantes ya no nacieran en casa. Al final, ricas o pobres, las mujeres sufrían igual; pero la criatura de Juanita le preocupaba. Si nacía infectada podría vivir con una enfermedad incurable o, en el mejor de los casos, morir a las pocas horas.

—Un poco más, Juanita, ya veo la cabecita. Puja fuerte otra vez y acabamos.

Al escuchar las palabras de Pablo, María fijó la mirada en el vientre desnudo de la interna, quien, en un último esfuerzo, lanzó un grito profundo que llenó la habitación. Un pequeño cuerpo cubierto de sangre se deslizó entre las manos de Pablo. Amalita tomó al crío y comenzó a limpiarlo.

—¡Es una niña! —la enfermera exclamó jubilosa—. Tuviste una hermosa niña.

—¿Cómo está? Véala, señito, y dígame.

—Descansa que aún tenemos trabajo —ordenó Pablo terminando de limpiar a Juanita. Después de quitarse los guantes, revisó a la recién nacida. Por lo que pudo apreciar, la criatura estaba sana aunque baja de peso. Pasados unos minutos, agregó satisfecho—: Todo salió bien. Eres muy valiente, Juanita. Ven, María, y cuéntanos qué te parece nuestra chiquilla.

María se acercó a donde Amalita vestía a la niña que chillaba a todo pulmón. La observó y sin poder evitarlo comenzó a sollozar. Por primera vez había presenciado el milagro de la vida. Una emoción extraña se apoderó de ella: alegría, admiración, ternura, querer proteger a la pequeña y a la madre. También deseaba besar a Pablo. Nunca pensó que en un hombre frío y déspota pudiera existir tanta delicadeza. Esas manos masculinas que con cuidado habían revisado la carita infantil, ¿serían suaves al acariciar? Seguro, se contestó. Ella lo había visto curar, inyectar, operar y nadie se quejaba de mal trato. ¡Qué ganas de sentir las manos de Pablo en su espalda! Se dijo con largo suspiro.

—¿Qué pasó, señito?

—María, no has contestado. ¿Te quedaste sin palabras? —preguntó Pablo sonriente.

—Juanita, es maravillosa, chiquita.

La enfermera colocó a la niña junto a su madre quien la tomó entre sus brazos.

—¿Qué voy a hacer? –preguntó Juanita.

—Por lo pronto, le darás de comer. Amalita te va a enseñar y luego las llevaremos, a ti y a la niña, al pabellón de maternidad. Ahí se quedarán unos días –le indicó Pablo antes de salir del cuarto de curación–. Jovita, por favor, dígale al doctor Arriaga que revise a esta criatura.

—¿Algún problema? –murmuró María.

—Ninguno. Sólo que él es el encargado de atender a los niños.

Pablo se quitó la bata sucia y antes de entrar al pabellón Armijo regresó al pasillo en busca de María.

—Por cierto, ¿qué haces aquí? Tienes permiso de ir al festejo en el Tívoli del Eliseo y al baile. Ninguna señorita se perdería el día nacional de Francia. Ya ves, las Fortuño ni se presentaron a trabajar.

—No pienso ir, doctor Pascal. Prefiero ayudar a Juanita. En el baile nadie me echará de menos.

—Te equivocas... yo sí te echaría de menos.

* * *

La noche era clara. En el cielo iluminado por la luna titilaban las estrellas. Si uno se fijaba, tal vez podría observar al Halley con su larga cola de luces, pensó María. Muchos afirmaban que lo habían visto, pero ella creía que eran exageraciones. Si pudiera encontrar una estrella fugaz le pediría un deseo: no asistir al baile. ¿Cómo enfrentarse a la gente después de lo sucedido en la kermés de beneficencia? Sin embargo, por orden de su padre debía acompañar a Blanca, ya que su madre se sentía indispuesta. Y en verdad debía estar mal, ya que por ningún motivo se perdería un festejo de la colonia francesa. Lucila no podía ser chaperona. Su edad no le permitía los bailes hasta la madrugada. Sin ningún deseo de acudir, se encontraba en el patio, cubierta con una elegante capa de paño negro, esperando que don Agustín llegara a recogerlas.

El salón de fiestas del Casino Francés estaba decorado con lujo. Los candiles daban un brillo especial al lugar donde cabían cerca de quinientas personas. En las paredes colgaban medallones de flores blancas sosteniendo banderas de Francia y México y leyendas que decían "Vive la France". Las mesas, con manteles deshilados, lucían vajillas de porcelana, cubiertos de plata y copas de de Baccarat. Unos violinistas, que circulaban entre la concurrencia, interpretaban a Mozart, mientras la orquesta preparaba sus instrumentos.

María se asombró al ser recibida con amabilidad. Tere Pascal la llenó de besos y abrazos, y la presentó a sus amistades, aunque ella ya conocía a la mayoría. Después saludó a Louis Pascal y se sorprendió al verlo tan avejentado. Sabía que le llevaba varios años a Tere, pero con el tiempo la diferencia se hizo notable. Tal vez se debía a la delgadez y al cabello totalmente cano, al igual que el enorme bigote que se enroscaba en las patillas.

El primer joven que se apuntó en su carnet fue el hijo mayor de don Agustín, seguido por otros desconocidos y Lorenzo Ricaud, quién apartó varias piezas. Respiró con alivio cuando vio llegar a Antonio, acompañado de Dolores Escalante. Según las reglas sociales, no podría abandonar a su pareja y eso evitaría que se acercara a ella, aunque en una noche de copas todo se podía esperar.

Toñeta Arce estaba con Anselmo Charpenel y Milagros Landa con Pablo. Él ni la advirtió, pero ella sintió que le hervían las mejillas y su corazón comenzó a latir con tal fuerza que temió que los de su alrededor se dieran cuenta. "Yo sí te echaría de menos" continuaba revoloteando en su cabeza. ¿Cómo interpretarlo? Se sentía tonta, sin poder comentarlo con nadie. Si acaso Blanca... No. Su hermana no tenía capacidad de pensar. Los problemas entre el amor secreto y su prometido, la aturdían y la convertían en una egoísta que monopolizaba la conversación. Trató de concentrarse en el menú: *consommé a la Gravierre, hors d'oeuvre, rissoles â la Montglas, poisson, truites meunières...*

—Ya que estamos entre amigos, propongo un brindis por Francia y México –Agustín alzó la copa invitando a los que compartían la mesa–. Salud, cuñada– agregó sacando a María de sus pensamientos.

María bebió un trago de jerez seco. Parecía que el joyero trataba de ganarse su simpatía, aunque sospechaba que la repentina amabilidad se debía a que intentaba un compromiso entre ella y su primogénito: un joven de baja estatura, cuello corto y gran abdomen, como él.

El bullicio bajó de tono y entre aplausos entraron al salón el embajador de Francia, Paul Lafaivre, José Yves Limantour, Porfirio Díaz Ortega, Federico Gamboa y algunos representantes de la comunidad francesa, entre ellos Louis Pascal, padre de Pablo y Antonio. La orquesta comenzó a tocar el *Himno Nacional*, al tiempo que una escolta integrada por cadetes de la marina entraba por un costado transportando la bandera mexicana y la bandera de Francia. Una vez concluido el *Himno* interpretaron *La Marsellesa*.

Todos cantaban menos Pablo, que descubrió a María entre la concurrencia. Por unos segundos sus ojos se encontraron. Ella, emocionada, sintió una ligera agitación que le recorrió el cuerpo. ¿Pensaría que estaba ahí por él? No, se dijo. Ella no le interesaba y el comentario que le hizo en el hospital fue sólo por cortesía. Sin embargo, nadie escapaba al destino y si ella estaba ahí, sería por algo, pensó. Sus labios esbozaron una sonrisa que Pablo le devolvió.

Pablo no quería dejar de mirarla, tampoco deseaba que sus compañeros se dieran cuenta de su distracción, ni mucho menos Milagros, ya que sería mala educación. Pero no pudo dejar de contemplarla. Esa mañana se portó valiente. Vio a una mujer comprometida, amorosa, sin miedo, entregando su cariño a una joven desamparada; luego, cuando nació la pequeña, reconoció auténticas lágrimas de emoción. Y a él se le quedaron grabados esos ojos, limpios, húmedos, bellos. Se sintió tranquilo al comprobar que no venía acompañada. Ya tendría oportunidad de estar junto a ella esa noche. Se lo juró a sí mismo.

María se retiró a un extremo del salón donde había poca gente. Se recargó en una columna, sacó el abanico y lo agitó ligeramente. Desde el término de la cena no había dejado de bailar. Reía y no sabía la causa de su agitación: simplemente estaba contenta. En dos ocasiones Antonio trató de acercarse, pero el gesto iracundo de Dolores, no lo permitió.

—Has estado muy ocupada, tus admiradores te acaparan. ¿Te quedan unos minutos para charlar conmigo?

—¡Doctor Pascal! No lo esperaba.

—Me llamo Pablo.

—Pero usted me dijo...

—Calla, María –pidió con voz profunda y sin apartar la vista de su rostro–. Pensé que no vendrías. Me enteré que te quedaste con Juanita hasta tarde.

—Quise cuidar a la niña mientras ella dormía.

—Gracias.

—¿Por qué el agradecimiento?

—Por tu ayuda, por querer a mis pacientes.

—Tal vez te equivocas y sea yo quién deba darte las gracias. Me diste la oportunidad de conocerlas.

Guardaron unos minutos de silencio. La orquesta también calló, por lo que varias parejas aprovecharon para regresar a sus asientos, salir a tomar el aire fresco o acudir a las salas de descanso.

—Estás hermosa –le dijo Pablo mientras le retiraba un rizo rebelde de la frente. El vestido de gasa verde olivo con grandes franjas plateadas en el talle y en el remate, realzaba su delgada figura. El cabello lo llevaba recogido en la nuca, con unos broches con brillantes, de donde salían unas pequeñas plumas plateadas.

—Tú también estás distinto –le respondió sintiendo que el rubor, de nuevo, teñía sus mejillas. Era tan extraño que Pablo se fijara en ella que estaba desconcertada–. Luces diferente en esmoquin. Si te viera Ramona, se alocaría.

—Ni me hables de ella, por favor –comentó al recordar la bochornosa escena–. Te ofrezco una disculpa. Nunca fue mi intención mortificarte.

—Olvídalo. Ya me acostumbré a ciertas pacientes. Por cierto, ¿qué va a suceder con Juanita? Me comentó Pepín... Perdón, el doctor Arriaga, que habría cambios.

—Lo estuve pensando toda la mañana. No quiero que permanezca encerrada en el hospital. Un amigo, el doctor Mendoza, tiene una finca en Mixcoac que atienden unas religiosas. La enviaré ahí.

—Ella está acostumbrada a nosotros. Somos su hogar. No creo que quiera marcharse.

—¿Qué dijiste?

—Somos su hogar, ¿entiendes? Hogar, donde están tus seres queridos, tus pertenencias, donde viven tus sueños, alegrías, tristezas... ¿Por qué te ríes?

—Sin querer escuché una respuesta que esperaba hace tiempo.

—No entiendo.

—Pronto lo entenderás, te lo prometo –le aseguró rozándole la mejilla–. En cuanto a Juanita, con el doctor Mendoza va a estar atendida y bien alimentada para que críe a su niña.

—Aún así dudo que acepte.

—Probablemente. Va a ser la tarea más difícil a la que se enfrenten Amalita y tú en los próximos días. Ella confía en ti. Ahora, si es por el trabajo, puede continuar siendo parte del grupo.

—¿A pesar de la distancia?

—Enviaremos a una enfermera con el material y a recoger la mercancía. Además... la distancia es una barrera que nos imponemos como pretexto, pero cuando existe cariño se acorta... y mi distancia se está acortando –murmuró más para él que para ser escuchado.

Los miembros de la orquesta volvieron a tomar sus lugares. Al toque de un acorde las parejas acudieron a la pista de baile. María revisó su carnet.

—¿Se puede saber a quién le otorgaste la siguiente melodía?

—A Lorenzo Ricaud –contestó buscando a su amigo entre la gente.

—¿Algún interés en particular? –preguntó cauteloso.

—Ninguno.

—Entonces dejemos que el buen Lorenzo espere. ¿Me concedes la pieza?

María asintió con una sonrisa y se dejó conducir hacia el centro de la pista. La orquesta tocaba *Alejandra*, un antiguo vals de Enrique Mora que gustaba a los jóvenes. El espacio se llenó de conocidos y extraños, pero María se sintió trasladada a otro mundo. Sólo existían ella y Pablo girando en un abrazo. Un estremecimiento le recorrió la espalda al percibir el brazo que la rodeaba. A su olfato llegó el olor a lavanda de la loción, el aliento con olor a vino, su presencia con olor a pasión. Quiso dirigir su atención hacia los músicos o por lo menos al adorno de la camisa de lino blanco con botones de perla que quedaba a la altura de sus ojos, pero su atención fue hacia el rostro del hombre que la mantenía hipnotizada.

Pablo deseó acariciar la mano que sostenía; los guantes grises, que cubrían casi todo el brazo, se lo impidieron. Tuvo que conformarse con adorar el pecho, el cuello, la sonrisa y los ojos oliváceos que se habían convertido en su perdición. Hasta ese momento, nunca imaginó que la malcriada que los perseguía en los juegos infantiles pudiera excitar todos sus sentidos. Lo llenaba de deseo, pero no sólo carnal, sino el de compartir todo con ella.

El momento en el que parecieron vivir una eternidad fue corto. La música terminó y Lorenzo se dirigió hacia ellos para bailar con María la siguiente tanda. Pablo no quería soltarla, ni entregarla a otro hombre, por muy amigo que fuera. Por unos segundos lo invadió la frustración. Unos gritos lastimeros lo sacaron de la ensoñación.

—¡Pablo! ¡Pablo! Ven rápido –gritó Toñeta jalándolo del brazo–. Se trata de una emergencia.

—Sí, es urgente. Milagros se desmayó –gruñó Dolores.

—Gracias –murmuró Pablo e inmediatamente se dirigió a la mesa de sus amigos.

Encontró a Milagros recostada en unas sillas. La revisó sin sentir la frente fría o sudorosa, ni el pulso débil, pero con la respiración entrecortada.

—¿Bebió mientras estuve ausente?

—El vino tinto de la cena, la champaña con la que brindamos y una copita de coñac.

—Nos dijo que estaba mareada y se desvaneció.

—¿En el suelo? No la veo golpeada –dijo revisando la cara empolvada de Milagros.

—Sobre la silla. Se fue cayendo poco a poco.

—Si necesitan sales, yo traigo –ofreció una señora envuelta en una piel de zorro.

—Hay que ponerle un paño con alcohol en la nariz –opinó otra.

—Yo traigo unas gotas que me recetó el doctor Raymond. Ya lo conocen. El famosísimo de la *Rue Fourcand*, en París –comentó Elodia Fortuño.

—¡Está borracha! –exclamó Antonio desde su silla, seguido por las carcajadas de Anselmo Charpenel, Ernest Boyer y José Barrón.

—No es cierto –se apresuró a comentar Toñeta.

—Se trata del corsé –aseguró Pablo, no sin antes agradecer las sugerencias de las señoras–. Esos malditos instrumentos de tortura les impiden una buena respiración –dijo mientras acostaba a Milagros con la cabeza colgando, lo que provocó que el postizo se le desprendiera–. Ayúdenme –se dirigió a las amigas que miraban atónitas como caían las horquillas y las peinetas–. Vamos a quitarle el vestido.

Milagros quiso detener a Pablo. Ya bastante tenía con parecer loca y despeinada. ¿Cómo hacerlo de manera natural? ¿Elegante? No podía quedar en ropa interior delante de los invitados. Su madre la regañaría, aunque de ella había aprendido a simular los desmayos. ¿Por qué la estúpida de Toñeta no le daba a oler los polvos? Así fingiría un pronto despertar. Sin embargo, Pablo merecía un buen susto, la había abandonado, ridiculizado. ¿Cómo se atrevió a bailar con la Fernández estando ella ahí? La puso en evidencia ante sus amistades. Ella era la prometida, la receptora de las atenciones, la única. No obstante, no podía mentirse: Pablo jamás la había mirado como lo hizo con María. Los celos y la rabia le carcomían las entrañas. Malditos, se dijo, mil veces malditos.

Pablo, después de desabrocharle el vestido, comenzó a bajarle las mangas. Milagros estuvo a punto de darle una cachetada. Por ningún motivo debía quedar sin corsé y mostrar el verdadero volumen de su cintura y los senos flácidos.

—Pablo, antes de desvestirla, ¿por qué no le damos sales? Hacen maravillas –Dolores trataba de volver a vestir a su amiga.

—El amoniaco no sirve, a menos que sea una crisis histérica.

—Hombre de poca fe. Mi madre las usa. Toñeta, pídele a la señora las sales, rápido.

Milagros las olió y el amoniaco se le metió con tal fuerza en las vías respiratorias que empezó a toser derramando lágrimas que marcaron su rostro.

—¿Qué pasó? –preguntó fingiendo no recordar nada.

—Te desmayaste, *chérie* –dijo Dolores esbozando una sonrisa de complicidad.

—¡Ay! ¿Qué mal me aqueja? –interrogó a Pablo colocándose la mano en la frente.

—Uno muy grave, Milagros –le contestó con voz fría e indiferente–. Se llama histeria.

La tarde era soleada, aunque unos nubarrones anticipaban una noche lluviosa. Por una de las avenidas de San Luis Potosí, damas y caballeros paseaban en carruajes tirados por caballos. Cuando se cruzaban, se saludaban con una pequeña inclinación e intercambiaban algunas palabras. Celia pensó que los modales de los riquillos eran estúpidos y cursis, tan cursis como ella se sentía con el traje sastre y el gran sombrero con un velo que le cubría parte del rostro. Al principio se negó a usar la vestimenta, pero Leandro insistió en que se la pusiera diciéndole que así lo ordenaba doña Sarita. Con el dinero que le entregó, Leandro fue a un botadero a comprar la ropa vieja que esa tarde usaban.

—¿Qué querrá don Pancho? –preguntó Celia cojeando por los botines del tacón que le rozaban los talones.

—Platicar con nosotros, sus compañeros de confianza.

—¿Por eso vinieron a San Luis? –Rafael asintió con la cabeza.

—Sí y mañana mismo nos regresamos. No puedo dejar sola la parroquia –se apresuró a contestar Jacinto–. Aunque ya le sugerí a Rafael que se quede unos días más y ayude a Roque. Francisco no nos necesita, tiene a su familia y muchas amistades con poder económico y político. En cambio Roque...

—Y nosotros, Leandro, ¿qué vamos a hacer? –interrogó Celia sin dejar de observar a unos niños que jugaban.

—Regresarnos a México, al menos que don Panchito ordene otra cosa.

—Tienes razón, primero debemos saber qué va a suceder con los Madero y con Roque.

—Aquí es –Rafael señaló el número exterior de una casa. Los cuatro se pararon frente a un portón de hierro. Rafael tocó la campana en espera de que alguien saliera a abrirles–. El señor Federico Meade debe ser una persona importante para habitar esta mansión –agregó el licenciado impresionado.

—El señor Meade es un amigo de la familia y, por lo visto, también hospitalario –comentó Jacinto–. Insistió en hospedar a Francisco y a su esposa durante el tiempo que fuera necesario.

Un hombre de rasgos finos, cabello entrecano, luciendo pantalón rayado, saco negro y guantes blancos, abrió la puerta.

—Tenemos una cita con el señor Madero.

—¿A quién anuncio? –preguntó el empleado en espera de que le entregaran una tarjeta de presentación.

—Al licenciado Rafael Lozano, la señorita Celia Ramírez, el licenciado Leandro Ortiz y el padre Jacinto Gálvez.

—Y ¿quién es este indio con ínfulas de catrín? –dijo Celia a punto de quitarse los botines y arrojárselos a la cabeza.

—¡Celia, por Dios! ¿Podrías comportarte? Es el mayordomo de la casa.

—Pues ya se jodió el asunto. Demasiado catrines para ser verdaderos amigos de don Pancho.

—La condición social nada tiene que ver con la sinceridad y el compromiso con la causa maderista –aseveró Jacinto–. Así que no pongas a Sara y a Francisco en un predicamento con tus comentarios.

El empleado regresó y les pidió que lo siguieran. Cruzaron un enorme patio adornado con macetones y esculturas. Bajo cubierta estaban estacionados dos coches, un landó y una calesa. Más allá observaron las caballerizas.

Entraron al vestíbulo. El mayordomo les pidió que esperaran en una sala cuyas ventanas daban hacia un parque.

—En un momento viene el señor Madero –anunció al tiempo que hacía una pequeña reverencia.

—No me gusta el lugar. Me huele a traición –murmuró Celia, inspeccionando una pintura con los miembros de la familia.

—Cálmate, Prietita, no seas tan desconfiada –Leandro la tomó de la mano y la sentó junto a él–. También entre los ricos hay partidarios de don Panchito.

—Dinos, Rafael –preguntó Leandro–. ¿Cómo se logró la liberación de don Panchito y de Roque? A nosotros no nos contaron nada. Desde lejos vimos que don Gustavo llegó a la prisión en un coche a recogerlos.

—Todo se debió a las negociaciones que la familia Madero llevó con el gobierno –respondió Rafael buscando la cajetilla de cigarros–. Ante el secretario de Hacienda, don José Yves Limantour –que en días pasados visitó San Luis– se quejaron de los malos tratos que Madero y Roque recibían en la cárcel; además de la intercesión del señor obispo de la ciudad, don Ignacio Montes de Oca. Los comentarios y recomendaciones llegaron a oídos del presidente Díaz quien dio instrucciones de que les otorgaran la libertad condicional mediante una fianza de diez mil pesos para Pancho y cinco mil para Roque; dinero que proporcionó don Pedro Berrenchea. Después de todos los trámites, el pasado 19 de julio, los soltaron.

—Entonces, ¿ya son libres? –preguntó Celia.

—No, la libertad condicional tiene sus limitaciones. No pueden salir de San Luis y estarán vigilados día y noche.

—O sea, siguen jodidos.

—No, Prietita –dijo Leandro dándole unas palmaditas en el brazo–. Pueden llevar una vida casi normal. Lo importante es que ya no están encerrados.

—Sí. Aunque estén vigilados sabemos que no van a matarlos.

—Buenas tardes. ¡Qué gusto! –Francisco Madero entró al salón acompañado de su esposa. Ambos estrecharon la mano de sus amigos entre sonrisas de alegría y abrazos de agradecimiento–. Con todo mi corazón deseaba verlos. Sé que ustedes –su atención se dirigió a Celia y Leandro–, vigilaron mi seguridad sin quejarse de tal sacrificio y eso no tengo con qué pagárselos.

—Ni lo piense –contestó Celia abrazando a Sara, sin poder contener las lágrimas–. Pero, díganos, ¿cómo está, don Pancho?

—Un poco delgado, ojeroso y cansado, pero bien. Roque es el que se encuentra enfermo. La comida de la penitenciaría dejaba mucho que desear. Ya el doctor lo está atendiendo y dice que en unos días podrá rehacer su vida.

—Y tú, Sara, ¿cómo estás?

—¡Ay, Jacinto! Bien, a pesar de las preocupaciones. Fueron muchas noches sin dormir en espera de que la presidencia les otorgara la libertad. Pero, gracias a Dios, ya tengo a mi Pancho conmigo. ¿Gustan café, té o una copa de coñac? –preguntó mientras se dirigía hacia una mesa con una tetera, una cafetera, tazas, platos y pastelillos.

—¿Qué sigue, Francisco? –interrogó el sacerdote.

—Durante los días que pasamos en la cárcel, Roque y yo tuvimos mucho tiempo para reflexionar. Muchos planes que pensamos hacer realidad. Espero contar con ustedes.

—¿Se puede saber de qué se trata?

—Todo a su tiempo. Comprendimos que las palabras y las manifestaciones del pueblo de nada sirvieron. Cada día me convenzo más de que urge un cambio, nuevas formas de gobierno para vivir mejor. No me doy por vencido. Así me pudra en la cárcel voy a continuar luchando, pero no sólo con una guerra de ideas.

—¿Qué estás insinuando? –preguntó Jacinto alarmado.

—Díaz no entendió. Se burló de nosotros con otro fraude –guardó unos segundos de silencio, luego continuó en voz baja–. No nos queda otro camino que la lucha armada.

—¿Estás consciente de lo que significa? –volvió a preguntar el sacerdote.

—Sí, y me preocupa.

—Significa sangre, muerte, hambre. Romper con la paz establecida e ir contra la voluntad de Dios –argumentó Jacinto molesto con la noticia.

—Me duele llegar a esa conclusión. Sin embargo, ¿qué otro camino podemos tomar? A Díaz no le importa la sangre de los miles que han muerto.

—Piénsalo bien, Francisco. Y tú, mujer –se dirigió Jacinto a una Sara silenciosa–, reza para que el Señor ilumine a tu esposo.

—Roque y yo debemos encontrar la manera de salir de esta trampa.

—¿Hablas de huir? –preguntó Rafael

—Así es. Mientras continuemos en México nuestras vidas peligran. Ahora, necesito saber si ustedes quieren seguir adelante. Si no, pueden abandonar la lucha. De nuestra parte no habrá resentimiento.

—Yo sigo con usted, don Pancho –aseguró Celia–. Aunque estoy cansada y un poco harta, nada ni nadie me separará de ustedes. Estoy feliz de verlo libre –agregó con sinceridad.

—Yo también continúo. Hasta la muerte, don Panchito –afirmó Leandro–. No podemos dejar lo que comenzamos con tanta ilusión. Es una causa justa.

—Cuenta conmigo en lo que se refiere a la huida, Pancho. Pero no me pidas que te apoye en tu idea de guerra –dijo el sacerdote–. No pongas en duda mi lealtad, sólo que no puedo ir contra lo que predico.

—Les agradezco su entrega y confianza. Son más que compañeros y amigos, podría decir que pertenecen a nuestra familia. ¿No es así, Sarita? –Madero se volvió hacia su esposa, quien, sentada sobre un brazo del sillón que ocupaba el líder, lo miraba embelesada.

—Ustedes han sido mi sostén en las horas difíciles –respondió Sara con voz suave, posando su mano sobre la de su esposo.

—¿Qué quieres que hagamos? –preguntó Rafael dispuesto a apuntar las tareas en unas hojas de papel.

—Jacinto, además de tus oraciones, necesito que te reúnas con estos señores –Madero le entregó una lista–. Ellos se encargarán de darte dinero que harás llegar a mi hermano Gustavo. Te elijo porque nadie sospechará de un sacerdote. Rafael, te encargarás de reunir a la gente, de hacer el recuento de nuestros adeptos más cercanos e informarles de nuestra lucha. Ponte en contacto con Toribio Esquivel y Federico González Garza, quien está al frente del Partido Antirreeleccionista. Celia, Leandro, su ayuda es invaluable –les dijo visiblemente emocionado–. Han sacrificado tiempo, comodidades y hasta dinero por mí, pero les prometo que algún día serán recompensados. Por el momento, necesito que continúen aquí, en San Luis. Servirán de enlace entre nosotros y los compañeros que están en la Ciudad de México. A los Madero nos tienen vigilados, pero nadie dudará de unos vendedores de tacos, que ahora tendrán un lugar en la estación del ferrocarril. Leandro, voy a necesitar que viajes en algunas ocasiones a la capital y me traigas dinero y documentos que me enviará Gustavo. Sé que contigo estarán seguros. He platicado con mi familia y les vamos a dar una pequeña contribución para sus gastos –una amplia sonrisa apareció en el rostro barbado del líder. Sabía que la noticia agradaría a sus amigos. Luego, sin perder el buen humor, continuó–. No es mucho, aunque les ayudará a pagar el alquiler. En cuanto a nosotros, Roque y yo, demostraremos sumisión ante el gobierno mientras estudiamos la manera de escapar. No sé cuándo lo lograremos. El doctor Rafael Cepeda, a quien ya conocen, nos ayudará. Él los buscará en la estación.

—Y la lucha armada, ¿cuándo comenzará?

—En el plan expondremos los pasos a seguir y la fecha en la que iniciaremos las movilizaciones.

Los estrechos callejones, apenas iluminados con unos cuantos faroles, se hacían más sombríos al oscurecer. Antonio detestaba encontrarse a esa hora recorriéndolos en su auto, en vez de estar en una agradable tertulia junto a hermosas mujeres. No obstante, los hombres que contrató para buscar a Refugio, le informaron que unos indigentes se reunían al anochecer cerca de los basureros. Se estacionó junto a una casa cuyas ventanas alumbradas le dieron confianza. Podían atacarlo con el fin de arrancarle la cadena del reloj. Dio un trago a la botella que ocultaba en la guantera. Envalentonado por el *whisky* guardó en el bolsillo la cadena, los anillos, el fistol, una esclava con su nombre y decidió voltear el saco al revés de manera que el forro quedara visible y no mostrara el fino casimir; con fuerza, deformó el sombrero para que pareciera viejo.

Caminó por el callejón temeroso de pisar excrementos o que una rata se le atravesara. A lo lejos, divisó un grupo de personas acostadas en el suelo calentando sus miserias alrededor de una fogata. El clima era húmedo y frío. Un hombre en harapos le pidió unas monedas. Él se negó y el limosnero se fue lanzando insultos. Al llegar a la hoguera los pepenadores lo inspeccionaron, unos con asombro, la mayoría indiferentes. Antonio escudriñó los rostros en espera de encontrar a Refugio. No la vio. Pensó en regresar a la seguridad que su coche ofrecía. De repente, bajo unos cartones, descubrió a una joven envuelta en una cobija roja que, temerosa, deseaba pasar inadvertida.

—Al fin te encontré –dijo Antonio al tiempo que movía el cartón que cubría las piernas de la mujer. Con la ayuda de un encendedor pudo distinguir el rostro pálido, con grandes ojeras, la piel sucia y el cabello sin brillo, enredado en lo que podía llamarse un chongo.

—Vete y déjame en paz.

—Por favor, Refugio. Tenemos que hablar. Quiero ayudarte –rogó conmovido.

—No mientas. No creo en tus palabras.

—Vamos, Refugio, no seas desconfiada. Tú y yo hemos pasado muy buenos ratos. Además, me interesa ayudarte con tu chamaco.

—Dirás nuestro –rectificó echando a un lado la cobija, y mostrando su enorme vientre que apenas cabía en la raída y manchada túnica.

—¡Vaya! Nunca me dijiste nada –sorprendido la examinó y le calculó cerca de ocho meses de embarazo.

—Y ¿cómo iba a decírtelo si nunca tuviste tiempo para mí? Un día te fuiste y no regresaste. Y cuando te encontré me arrollaste.

—Fue un error, preciosa. Andaba muy distraído –el rostro de Antonio mostraba consternación–. Estoy arrepentido. Necesito que vuelvas a mi lado –agregó sincero.

—Mentiras.

—Para probarte mis buenas intenciones –Antonio le ofreció la mano para ayudarla a incorporarse–, te llevaré a un lugar cómodo y nada te va a faltar. No quiero que vivas en la calle.

Refugio sintió un rayo de esperanza en el alma. ¿Podría su ex amante ofrecerle un hogar? ¿Una relación estable? ¿Sería la respuesta a sus oraciones? Vio a su alrededor a sus compañeros sucios, revueltos en un olor nauseabundo. Eso no quería para su hijo. Seguiría a Antonio. Se levantó con dificultad, dobló la cobija y recogió un costal que contenía sus pertenencias.

—¿Qué traes ahí?

—Mi ropa y unos pañales que compré para mi niño.

—Mejor déjalos. No vayan a traer cucarachas.

—No, Antonio –Refugio abrazó con todas sus fuerzas el bulto. No iba a renunciar a lo poco que le quedaba–. Es lo único que tengo y te aseguro que no tiene animales.

—Ven, vamos, pero no te me acerques demasiado. Hueles a sudor. Y tu cabello y tu boca... huelen a podredumbre.

—Sí, huelo a miseria. No apesto a perfume francés como el que usan las catrinas con las que andas. Y, por cierto, a ti también te hiede la boca. Andas borracho.

—Otra vez lo mismo. No vine a discutir –Antonio abrió la portezuela del coche y la invitó a subir. Refugio se sentó y colocó el bulto sobre las piernas ante la mirada desconfiada del que fue su amante.

Antonio echó a andar el auto. Una vez que se aseguró de que nadie lo veía, se estacionó.

—Bájate, Refugio. Antes de continuar debemos hablar.

—¿Tan pronto te arrepentiste? –comentó en busca de gente.

—Bájate o te saco a patadas, greñuda piojosa. Salte de mi coche antes de que lo infectes con tu presencia. ¿No entiendes, india estúpida? No, no me veas con cara de asombro, ni de súplica –Refugio, desconcertada, salió del vehículo y se recargó en el muro de una construcción abandonada.

—Dame mis cosas y lárgate. No quiero nada de ti.

—Además de asquerosa, me resultaste levantada. Fíjate bien a quién le hablas, que no somos iguales –Antonio se abalanzó sobre ella y le dio una bofetada.

—Tus insultos ya no me duelen –dijo con los ojos anegados de lágrimas.

—Pues deberían, maldita perra. Te odio, hija de la chingada –la zarandeó con fuerza–. Debiste entender que ya no quería nada contigo. Eres bastante estúpida. Tenías que aparecer y ridiculizarme delante de mis amistades. No respetas a nadie –dos bofetadas cruzaron el rostro de la mujer que no dejaba de llorar.

—Por favor, Antoñito, perdóname. Te lo suplico, déjame, no quise molestarte. ¡Ay! –gritó al sentir un golpe en el pecho.

—Contigo no hay piedad, maldita puta. ¿Cómo te atreves a decir que es mi hijo? Si te estuviste revolcando con varios.

—Tú sabes que no es cierto. Sólo te amé a ti.

—Mientes. Las putas no tienen derecho a amar. La palabra "amor" suena a basura cuando sale de tu boca.

—¡Es tu hijo! –exclamó angustiada. Unos perros ladraron alertados por el escándalo.

—Pues resulta, putita, que yo no tengo bastardos, porque ahora mismo voy a matar al mocoso que traes en la panza –una serie de puñetazos golpearon el cuerpo de Refugio. Ella, tratando de proteger su vientre, se encorvó y cayó al suelo dejando al descubierto la espalda y las nalgas.

—No me pegues, te lo suplico, por tu madrecita santa no me pegues –rogó con chillidos ahogados.

—Deja de blasfemar, desgraciada. Con mi madre no te metas –Refugio ya no pudo responder. Una patada sobre la frente la dejó casi inconsciente sangrando por la nariz y la boca.

—¡Cállate, pinche borracho! –gritó un hombre desde el interior de la construcción, al tiempo que se escucharon unos balazos.

—¡Maldita piojosa! Cuidado y digas que yo fui porque mato a tu familia. Además, tengo suficiente dinero e influencias para refundirte en la cárcel –temeroso de que lo descubrieran subió al auto y se retiró del lugar, no sin antes arrojar la cobija y el costal al suelo.

Una fuerte contracción sacudió a Refugio. La angustia se apoderó de su alma al pensar en las condiciones en que nacería su hijo. Con un esfuerzo inaudito jaló la cobija y se arrastró hacia un hueco entre la barda y los matorrales. El dolor le atravesaba los costados. Buscó ayuda, pero alrededor no había nadie, sólo la oscuridad y los perros que continuaban ladrando en algún lugar. Con el filo del vestido se limpió la nariz. Necesitaba respirar y la sangre seca no se lo permitía.

—¡Por favor! ¡Ayúdenme...! –calló al sentir otra contracción. Al saberse completamente sola, colocó la cobija bajo su cuerpo y dobló las piernas. Lloró hasta que el dolor le hizo perder la conciencia, para después recuperarla con las contracciones que parecían puñaladas. Nunca pensó que el amor fuera tan amargo. Ella había dejado a sus padres por seguir a Antonio;

luego, su familia no quiso recibirla embarazada. Tampoco la aceptaron en ningún trabajo. Lo único que pudo hacer fue revisar la basura en busca de objetos que cambiaba por unas monedas con las que compraba alimentos. Si al menos sus compañeros pepenadores la encontraran... No, se lamentó. Ellos evitaban los peligros de la oscuridad.

De pronto, sintió que le perforaban las entrañas y un niño salió de su cuerpo. Lo acercó a su pecho y lo envolvió con la cobija húmeda. Los perros volvieron a ladrar. Ya nada tenía importancia. Debía descansar. Si alguien no los encontraba, al amanecer estarían muertos y eso era lo mejor que podía pasarles, se dijo antes de cerrar los ojos.

* * *

En el Hospital Morelos el día continuaba dentro de la rutina normal. Sin embargo, desde la noche en que bailó con Pablo, María vivía en la ensoñación. Poco tiempo habían tenido para conversar o encontrar un momento a solas; es más, ni lo habían buscado. Sólo quedaban las miradas a hurtadillas que significaban más que las palabras.

—Usté anda enamorada, señito –dijo Agustina.

Observó a sus alumnas que bordaban un mantel sentadas en círculo.

—No se haga tonta, si se le nota rete bien –confirmó Sebastiana mientras ensartaba una aguja con hilo gris–. Ríe por nada y los ojos los trae bien iluminados.

—Ande, cuéntenos de su novio –insistió Agustina–. ¿Es un catrín?

—No tengo novio.

—¿Por qué nos miente? Si usté está bonita. Debe tener hartos enamorados.

—De verdad, no tengo novio.

—¿No será que anda encandilada con el doctorcito? –preguntó Agustina.

María sintió que las mejillas le ardían y nerviosa jaló la tela. Nadie debía saber la emoción que le causaba encontrarse con un hombre comprometido. O acaso ¿las visitas de Milagros al hospital, regalando toda clase de artículos para las internas, no tenían como fin encontrarse con Pablo? Claro, la honorable señorita Landa no subía a los pabellones. Dejaba los obsequios en la oficina y mandaba llamar al doctor Pascal.

—¡Uy, hasta se puso coloradita!

—No digas tonterías. Yo respeto a los doctores.

—Una cosa es respetarlos y otra lo que se siente aquí adentrito –opinó Concha señalando el corazón–. ¿A poco no siente cariñito por el doctorcito Arriaga?

—El doctor Arriaga sólo es un buen amigo.

—Pos a mí me gusta rete harto.

—Olvídalo –ordenó Sebastiana–. Esas pulgas no brincan en tu petate.

—Señorita Fernández –la llamó una enfermera desde el umbral de la puerta–, la busca el doctor Pascal. Dice que la espera en el cuarto de enfermeras.

—En un momento regreso –dijo a sus pupilas–. Continúen trabajando en los extremos. Al terminar, vamos a bordar el centro.

Cruzó el pasillo amarrándose el delantal azul que llevaba sobre una falda negra y blusa blanca. Al entrar halló a Pablo y Amalita discutiendo.

—Necesito tu opinión. Como sabes, voy a participar en el próximo Congreso Médico Nacional, con motivo de las fiestas del Centenario. Me pidieron que expusiera acerca de la sífilis en México y pienso demostrar la importancia de la terapia ocupacional en el tratamiento. Quiero que ustedes describan la obra realizada en el Morelos.

—Me niego a hablar en público –se quejó Amalita.

—Opino lo mismo, doctor. Mejor presente un reporte y enseñe algunas fotografías. O... ¿podría ser una película?

—Sin duda, dos cabezas piensan mejor que una –declaró Pablo animado–. No se me había ocurrido. Sería algo nuevo, moderno. Presentaría el hospital, las medidas higiénicas que tomamos en los pabellones, las curaciones y, por supuesto, a nuestras jóvenes en sus labores. Comenzaría con el discurso y luego les pasaría el filme. También podría incluir algunas mercancías para su venta –continuó emocionado con las ideas que fluían de su cabeza–. Hoy en la noche les preguntaré a mis padres si conocen a alguien en el cinematógrafo.

—Antonio tiene relación con Enrique Echániz, de la Empresa Cinematográfica Mexicana. Tal vez pueda ayudarlo.

—Eres mi ángel de la buena suerte, María –feliz, le dio un beso en la frente–. De cualquier modo, ya está decidido: vas a participar informando a los espectadores lo que sucede durante la película.

—No creo que sea la persona indicada –respondió a la defensiva. Luego, agregó con un dejo de malicia–. Probablemente, la señorita Landa quiera ayudarlo.

—¿Milagros? Para qué la quiero. No tiene idea del tema; es más, ni siquiera estoy seguro de que le interese –un gesto de satisfacción apareció en el rostro de María que pasó inadvertido para Pablo, pero no para Amalita.

* * *

Hacia el mediodía el alboroto llenó los pabellones. María dejó el bordado y se dirigió hacia la escalinata que llevaba al patio.

—Es una emergencia –les informó Jovita a las pacientes que se encontraban asomadas por el barandal del primer piso–. Recogieron a una indigente que dio a luz en la calle. Ella y el niño están muy graves. ¡Imagínense! El bebé todavía trae colgando el cordón umbilical y la placenta. Así que despejen el camino y no salgan de las habitaciones. Puede estar infectada.

Una camilla sostenida por dos practicantes pasó dejando ver a una mujer de rostro cadavérico, ojos hundidos, bañada por el sudor e hirviendo por la fiebre. Entre las piernas, estaba acomodada una criatura, cubierta con una sábana.

Cuando la camilla pasó junto a ella, María observó a la mujer, quien en un momento de lucidez descubrió a la voluntaria. Sus miradas se encontraron. La joven quiso reconocer esos ojos angustiados, ahora impregnados de agonía. La mujer musitó unas palabras que nadie entendió.

María se quedó inmovilizada. En algún lugar y en algún momento la había conocido. ¿Dónde?, se preguntó varias veces.

—¿Quién es? ¿Qué tiene? –le preguntó a Amalita que esperaba fuera del cuarto de curaciones.

—No sabemos. Aquí llegan muchas desconocidas. Unas con abortos mal hechos, otras a punto de parir y otras, al borde de la muerte. Varias se reponen, aunque creo que ésta… no va a resistir –la tristeza apareció en el rostro de la enfermera–. Tiene fiebre puerperal, además de unas costillas rotas y muchos golpes. Seguramente, el hombre con quien vive se encargó de dañarla de ese modo.

—¿Puedo verla?

—Olvídalo. El doctor Pascal nunca lo permitiría. La infección es grave y contagiosa.

—Necesito verla, Amalita, ayúdeme.

—Imposible, muchacha.

—¿Qué es la infección puerperal?

—Cuando la mujer alumbra en un lugar sucio, los gérmenes la atacan por el útero. Luego, la infección se propaga por el torrente sanguíneo y no hay manera de curarla. Las pacientes mueren a los pocos días. A esta la recogieron en un basurero.

María comenzó a recordar.

—Amalita, yo la conozco. No sé cómo se llama, pero sé dónde pueden obtener informes sobre ella. Era empleada de la Pastelería Francesa.

—¿No estarás equivocada?

—Ojalá y lo estuviera –dijo con amargura–. Necesito hablar con ella y con Pablo. Créeme, es urgente.

***

María esperó en el cuarto de enfermeras. El reloj de la pared anunciaba las cuatro de la tarde. No había comido y su estómago comenzaba a protestar, pero no importaba.

—¿Todavía estás aquí? –preguntó Pablo visiblemente molesto–. Le dije a Amalita que te mandara a casa.

—Doctor Pascal, ¿me podría conceder unos minutos? –María se paró de inmediato mientras él colgaba el batón de trabajo en el perchero y cogía el saco *beige* y el sombrero de fieltro café.

—No puedo, María. Tengo pacientes en mi consultorio.

—Yo conozco a la mujer que llegó con el niño –aseguró en voz baja para que no escucharan las enfermeras del turno de la tarde.

—No ando de humor para fantasías. Vete a tu casa y déjame en paz.

—¡Por Dios! No bromeo. La he visto.

—Mañana me cuentas. Tengo prisa, hambre y me duele la cabeza.

—¡Pablo, escúchame!

—Soy el doctor Pascal –aseveró cortante.

—No me importan los títulos y las formas –el tono de su voz subió lo suficiente para que las enfermeras bajaran la cabeza–. Si llamándote por tu nombre es la única manera en la que me hagas caso, lo haré –añadió cerrándole el paso–. Esa mujer trabajaba en la Pastelería Francesa.

—No metas a mi familia en estos enredos. La pastelería tiene muchos empleados y dudo que los conozcas a todos.

—Créeme, ella era mesera.

—No me quites el tiempo con tonterías.

—Pablo, por favor. Varias veces me atendió y de repente ya no la vi –de ninguna manera traicionaría la confianza de Antonio, se dijo. Él les había confiado, a ella y a sus hermanas, que se trataba de una empleada que había sido despedida y por eso lo perseguía. No le gustaba mentir, pero por el momento no le quedaba otra opción–. Si traes al gerente, quizá pueda reconocerla.

—De nuevo te digo que soy el doctor Pascal –repitió enojado–. ¿Es posible que no entiendas?

—Está bien, doctor. Sólo le recuerdo que no puede olvidar a una paciente porque está en agonía –María se acercó con los ojos encendidos por la rabia–. Tal vez sea una tarea humanitaria saber quién es, dónde vive y si tiene familiares. Es muy cómodo permitir que una criatura se vaya al orfanato en vez de entregarla a sus abuelos o tíos. No lo volveré a molestar con mis comentarios. Cada quien tiene sus principios. Váyase a trabajar, que yo cumpliré con lo que me dicta mi conciencia.

—¿Cómo te atreves a hablarme así? –gruñó Pablo echando el saco y el sombrero sobre la silla–. Eres una descarada. Si piensas que no cumplí con mi deber te equivocas. Hace cerca de cinco horas llegó a mi sala de curaciones una mujer en muy mal estado. Le hice un legrado para contrarrestar la infección. Además de curar a las internas, explicar a los estudiantes los infortunios de la sífilis y operar a una infeliz que traía un aborto mal tratado, vigilé a la desconocida en espera de una mejoría, misma que, por cierto, no llegó. No obstante, en este momento, en los cuneros, hay un niño limpio, alimentado, ligeramente enfermo, pero vivo. No tienes derecho a reclamarme.

—Todo lo que menciona es su obligación como médico. Y ¿dónde quedó el extra? Yo no puedo confirmar la identidad de la mujer. Usted sí, pero no le interesa.

—No me vuelvas a decir lo que tengo que hacer –enfurecido la acercó hacia él.

—Siempre huye cuando se le necesita. Es cómodo ser el héroe, sin dar un poco más. ¡Suélteme! –le ordenó. Pero él la apretó con más fuerza y la arrinconó cerca del perchero.

—¿De qué hablas? Jamás he huido de mis obligaciones.

—Tiene una memoria frágil. Para usted fue fácil dejarnos solas en la kermés de beneficencia. En vez de ayudar, anduvo paseando con su prometida. Sólo el doctor Arriaga nos brindó apoyo –dijo retorciéndose con el fin de alejarse.

—Mientes, pequeña arpía –la zarandeó sin soltarle las manos–. No tienes la menor idea de quién soy, ni lo que pienso –agregó con el rostro encendido por la ira–. Eres odiosa y desagradecida. Si no me acerqué, fue para no quitarte mérito. Tú eras la heroína de la tarde, no yo –dijo con voz fría, pero con el rostro encendido. Harto, apartó las manos de María–. Es mejor que me vaya –sin mirarla se retiró con grandes zancadas.

* * *

María se dirigió al cunero y le sorprendió que el doctor Arriaga aún estuviera revisando los expedientes.

—¿Se puede saber qué hace una bella damisela por mis territorios? –preguntó Pepín.

—Vengo a pedirle un gran favor –dijo. A pesar de la seriedad con la que trabajaba, Pepín era más razonable y educado que Pablo.

—Si está en mis manos concedérselo, María, encantado.

—Quiero que me permita ver al niño de la mujer que llegó de urgencia.

—Con gusto. El pobre no tuvo un buen recibimiento en este mundo. Además del frío que sufrió durante la madrugada y la falta de alimento, tiene una infección en el ombligo.

—¿Puede haber repercusiones?

—No creo. Por el momento está tranquilo. Es necesario alimentarlo constantemente. Lástima que su madre no esté en condiciones de cuidarlo. Un poco de cariño obraría milagros –Pepín la invitó a que lo siguiera. Junto a la pared, había varias cunas alineadas, algunas ocupadas y, cerca del escritorio de las enfermeras, estaba la única incubadora. El doctor le señaló la cuna de madera con el número cinco inscrito en la parte superior. María se acercó y descubrió a un recién nacido, ajeno a su trágica realidad. Vestía una camiseta blanca, una chambra amarilla y estaba envuelto en una cobija azul cielo, prendas donadas por las voluntarias. Las facciones delicadas eran opuestas a las de su madre, por lo que María dedujo que debía parecerse al padre, un hombre de buena presencia. De repente, un pensamiento cruzó por su cabeza: ¿Sería posible que Antonio...? No, no, se contestó tratando de apartar esos pensamientos. Su amigo jamás abandonaría a un hijo; es más, conociendo sus pretensiones, nunca embarazaría a una humilde empleada. Sin embargo, en aquel desfile de autos la mujer se echó contra el vehículo. Y luego, la reacción de Antonio. Dio demasiadas explicaciones.

—Un niño muy bonito.

—Para mí todos son iguales. Hermosos. Aunque este chamaco tiene ganas de vivir –dijo Pepín sonriente.

—Me contaron que la madre presentaba muchos golpes. ¿Eso no lo afectó?

—El doctor Pascal y yo lo revisamos bien. Por los moretones y fracturas que trae la madre parece que lo protegió con su cuerpo.

—Doctor Arriaga –dijo después de unos segundos de reflexión–, ¿podría cuidar al niño? Usted dijo que un poco de cariño le haría bien. Deje que yo se lo brinde.

—No tengo ningún inconveniente. Nada más le advierto que es una tarea delicada y usted ya tiene muchas actividades dentro del hospital.

—Puedo dejarles trabajo a las muchachas y venir a arrullarlo.

—Permítame preguntarle ¿por qué tanto interés? Aquí tenemos otras criaturas y usted nunca nos había visitado.

—Me duele saber que hay una mujer que está muriéndose, tal vez consciente de que va a dejar un huérfano, y de que existe un niñito que está solo en el mundo, sin nadie que lo quiera.

—María. Por hoy no hay más que hacer Pepín la encaminó hacia la puerta–. Vaya a su casa y descanse. Mañana comenzará a cuidar a nuestro pequeñín.

* * *

Oscurecía y Pablo continuaba molesto. No obstante, debió poner una sonrisa y contestar con amabilidad a todas las imprudencias de sus pacientes.

¿Cómo se atrevió María a acusarlo de esa manera? Él, que trataba de darle a la pequeña traidora la oportunidad de colaborar en una obra digna. Ni siquiera mostró respeto por las internas que escuchaban detrás de las paredes. Pero más coraje sentía contra él mismo. ¿Cómo se podía encontrar, en ese momento, bebiendo un café en la Pastelería Francesa, propiedad de su familia? Estaba seguro de que María mentía a pesar del rostro inocente con el que declaraba conocer a la moribunda.

—¿Se le ofrece algo más, señor Pascal? –el gerente se acercó a preguntarle.

—Sólo que me diga ¿qué averiguó?

—Me es difícil darle el informe, doctor. En los diez años que llevo administrando el local han pasado muchas empleadas. De hecho, aquí, en este libro, guardo los datos generales y algunas fotografías. Revíselo y dígame si sospecha de alguna persona. ¿Le pido más café?

—Por favor, y un pedazo de aquella tarta.

—Ah, le va a encantar. Es una de las especialidades de Anatole.

Pablo revisó con cuidado cada hoja del libro. Había pocas fotografías y ninguna se parecía a la enferma. Unas risas lo distrajeron de la lectura. En una mesa estaban Dolores y Toñeta acompañadas por unos desconocidos. Hizo una seña con la mano a modo de saludo y continuó estudiando los documentos. Lo último que deseaba era que las cacatúas fueran a hacerle compañía. Aunque estaba seguro de que esa misma noche Milagros se iba a enterar de su visita nocturna a la cafetería y que al otro día, amanecería en el Morelos con algún pretexto absurdo.

—¿Encontró algo?

—No, Miguelito.

—No se preocupe, doctor. Mañana estoy con usted en el hospital. Le aseguro que si la paciente trabajó aquí, la voy a reconocer.

—Entonces, lo espero antes de las nueve.

* * *

Amaneció lloviendo, el cielo nublado no permitía que el ambiente se calentara. y, en los pabellones del hospital, la humedad se colaba por las paredes. Las ventanas se mantenían cerradas y unas cuantas lámparas iluminaban el aburrimiento de las internas.

—¿Dónde está la señorita Fernández? –preguntó Pablo a un grupo que bordaba alrededor de unos quinqués.

—En los cuneros –contestó una enferma sin mirarlo.

—¿Qué hace ahí? –preguntó asombrado.

—Creo que ayudándole al doctorcito.

—Se supone que el lugar de la señorita Fernández es aquí con ustedes, no con el doctor Arriaga –declaró molesto.

—No se enmuine, doctor Pablo. Ella nos dejó tarea y viene a supervisarnos. Además, ya sabemos hacerlo solitas. Mire –le mostró un pedazo de tela sin que él le pusiera atención.

—Bien... bien. En cuanto la vean, díganle que me busque en la sala de curaciones, necesito hablar con ella.

Pablo intentó concentrarse en sus labores y no pensar más en María. La noche anterior, el insomnio le recordó cada palabra y gesto de la joven. Pero ¿por qué tardaba tanto en los cuneros? ¿Qué tipo de ayuda le estaba prestando a Pepín? ¿Acaso habría algo entre ellos? Imposible. Sólo existía una amable amistad, se dijo con incertidumbre. Observó el reloj de uno de los estudiantes y en silencio contó cada minuto que pasaba sin que ella apareciera por la puerta.

—¡Cuidado, doctor! Está escurriendo la tintura de yodo –lo previno un estudiante al tiempo que tomaba una toalla y se la entregaba.

—¡Demonios! –exclamó Pablo mientras limpiaba el líquido que había ensuciado la manga del batón–. Por favor, García, guarde ese reloj. Aquí, en el cuarto de curaciones, no podemos entrar con objetos que distraigan nuestra atención.

—Disculpe, doctor, pero como usted nos sugirió...

—No repita lo que dije. Lo recuerdo perfectamente. Una cosa es que consulte la hora con discreción y, otra, tener colgado el reloj como anuncio del Buen Tono.

Amalita sonrió con disimulo al salir en busca de una bata y sábanas limpias.

—Buenas tardes. ¿Me podría informar en dónde se encuentra el doctor Pablo Pascal? –Milagros, cubierta con una capa gris, interceptó a la jefa de enfermeras.

—¿Quién le permitió pasar? Nadie ajeno al personal puede subir a los pabellones.

—Yo no necesito autorización. ¿Acaso no me conoce?

—No, señorita, pero así sea usted la reina de España, está prohibido visitar a las enfermas fuera del horario establecido. Por lo tanto, le pido que regrese al vestíbulo y espere al doctor Pascal en su oficina –con un ademán la invitó a bajar por la escalinata.

—Sus palabras me tienen sin cuidado. Si usted no me dice en dónde está mi prometido, lo buscaré sola –Amalita le cedió el paso imaginando el encuentro que la intrusa tendría, con el humor que aquejaba al médico esa mañana.

Desde el pasillo, Milagros divisó a Pablo rodeado por sus alumnos. Caminó de puntillas, evitando las baldosas sueltas que pudieran delatarla y, cuando llegó a espaldas del médico, le tapó los ojos.

—¿Quéeee? –gritó Pablo al sentir unos guantes satinados sobre su rostro.

—Adivina, ¿quién soy? –preguntó Milagros con voz melosa.

—¡Por Dios, no ando para bromas! –gruñó apartando las manos que lo cegaban–. Estoy a punto de inyectar a mi paciente.

—Sabía que te iba a sorprender, *chéri* –Pablo no podía entender lo que sucedía. Frente a él se encontraba una Milagros risueña haciendo bromas estúpidas.

—¡Sal inmediatamente! –le ordenó enojado–. Éste no es el lugar ni el momento.

—Imposible, *darling*. Llevo cerca de una hora esperándote y nadie me daba noticias tuyas, así que decidí buscarte.

—¿Cómo te permitieron entrar? ¿Dónde están los encargados de seguridad?

—Muy fácil –aseveró feliz–. Amenacé a quienes trataron de detenerme –confesó dirigiendo su atención a los estudiantes que la observaban asombrados–. Les aseguré que los iba a acusar, ya que mi familia es benefactora de la institución y mi tía Carmelita... ¡Ave María Purísima! –Milagros se santiguó al descubrir a la mujer semidesnuda que esperaba a que el doctor terminara de curarla–. ¡Es una impúdica, desvergonzada! ¿Cómo se atreve esta mujerzuela a enseñar sus partes privadas a tantos hombres? Querido, ¿cómo lo permites?

—¡Amalia! ¡Amalia! –Pablo gritó varias veces para que la jefa de enfermeras lo escuchara.

—Aquí estoy, doctor –Amalita apareció cargando ropa limpia.

—Saque de inmediato a esta demente y que no le permitan, nunca más, la entrada.

—No te enojes, *sweety*. Yo sólo vine a entregarte unos donativos –dijo sacando del bolso unos billetes enrollados.

—Lárgate con todo y tu dinero. Deja de molestar a mi paciente y a mis alumnos.

—Yo se lo advertí, doctor Pascal, pero me dijo que era su prometida –la enfermera intentó tomarla del brazo para sacarla.

—No me toque. No sea que me vaya a contagiar con sus manos sucias.

—¡Lárgate ahora mismo si no quieres que yo mismo te saque! Vete, Milagros, y no vuelvas.

—Déjame explicarte –le contestó tratando de abrazarlo. Pablo, furioso, le dio a uno de los estudiantes la jeringa, tomó a Milagros del brazo y la condujo hasta la escalinata–. Pablo, por favor, permíteme quedarme a tu lado. Mis amigas me dijeron que anoche te vieron cenando muy solo en la pastelería. ¿Por qué no me invitaste? Sabes que siempre estoy disponible.

—Milagros, te lo suplico: cállate. No quiero volverte a ver en el hospital. No me obligues a contarle a doña Carmelita la escena que hizo su sobrina. Y agradece –añadió burlón–, que las Fortuño no vinieron a trabajar.

—Por favor, Pablito, fui una tonta –le suplicó, tomándolo del batón–. No le digas a nadie lo que sucedió. Se burlarían de mí.

—¡Jovita! Acompaña a la señorita a la puerta y dile a los guardias que, por ningún motivo, pueden permitir la entrada a las personas que no están autorizadas.

Pablo regresó al cuarto de curaciones con la frustración en el rostro. ¡Qué mañana! Estaba harto de solucionar los problemas del hospital, además de lidiar con la histeria de algunas desquiciadas. Cada día estaba más convencido de que las neuronas de Milagros no funcionaban bien. Llevaba semanas persiguiéndolo. Tal parecía que tenía a su disposición una red de espías. Si iba a la botica, ella se aparecía por la calle; si acudía a una reunión, ella también estaba invitada; si atendía en su consultorio particular, Milagros inventaba un malestar para acudir a consulta. Se había convertido en una sombra, densa, difícil de soportar.

—¿Qué otros pendientes hay? –le preguntó a Amalita con voz cansada.

—Hay algunos, pero no son importantes. Vaya a su casa, duerma un rato y regrese mañana. Yo me encargo de las curaciones que faltan.

—¡Ay, Amalita, es un ángel! ¿Por qué las mujeres no pueden ser sensatas como usted?

—Por cierto, la señorita Fernández sigue en los cuneros –Amalita se retiró dando unas palmadas–. Jóvenes, hoy van a aprender a vendar correctamente a una recién operada. Síganme.

Antes de irse a la consulta particular se dirigió a los cuneros. ¡Mujeres! Se dijo con pesar. Estaba rodeado de mujeres que, por el momento, detestaba.

—¿Se puede pasar?

—Claro, doctor Pascal. ¿A qué se debe su visita a los cuneros? –contestó Pepín estrechándole la mano–. Venga a ver a nuestro pequeñín, que gracias a la señorita Fernández está recuperándose muy bien.

Pablo esperaba todo, menos encontrar a María sentada en un sillón, arrullando al recién nacido.

—¿De qué se trata, doctor Arriaga?

—Nada en especial, doctor. Estamos haciendo un experimento. María me ayuda con el pequeño. Lo acaricia, lo abraza, le canta y hasta le cambia los pañales. Y, sorpresa, nuestro niño está superando los diagnósticos adversos.

—Va contra las reglas. Nadie se puede encariñar con estas criaturas y menos cuando tienen familia.

—¿De qué está hablando, doctor Pascal?

—Quería decirte, María, que tuviste razón y vengo a disculparme. Miguel Romero, gerente de la Pastelería Francesa, reconoció a Refugio Pérez. De hecho, envió a un empleado a avisar a su familia que vive en Azcapotzalco. Así que esperamos que de un momento a otro vengan a reclamarlos.

—Gracias, doctor Pascal.

—No, María, gracias a ti por insistir.

—Y ¿cómo está la señora Refugio? –preguntó Pepín.

—Mal, muy mal. No creo que sobreviva. La infección continúa. La temperatura no baja de los cuarenta grados; además, no podemos moverla por el dolor que le producen las costillas rotas.

—La maldita fiebre puerperal –exclamó Pepín–. ¿Cómo erradicarla?

—Con medidas higiénicas. Pero nada lograremos si las infelices siguen pariendo en lugares insalubres.

—Doctor Pascal –dijo María incorporándose del asiento–, permítame llevarle su hijo a esa pobre mujer. Tal vez si lo ve...

—Ni lo pienses. No los voy a exponer al contagio.

—Tal vez no sea mala idea, doctor –dijo Pepín–. Si los cubrimos bien y nos mantenenos a una distancia considerable no creo que haya problema.

—Déjeme intentarlo, doctor Pascal. Sólo unos minutos. Imagínese lo feliz que se va a sentir al saber que su niño está bien. A lo mejor le dan ganas de seguir luchando.

—No se niegue, colega. Es una probabilidad.

* * *

La lucidez iba y venía en intervalos que Refugio no podía cuantificar. Deseaba llorar, pero no tenía lágrimas; sólo una sed intensa que le quemaba la garganta, le rajaba la piel y la hacía temblar. No sabía en dónde estaba. El único alivio eran las gotas de agua que chorreaban por su boca y por la frente cuando alguien exprimía una esponja. No podía moverse, ni lo deseaba. El dolor le revolvía las entrañas. Estaba muerta. Aunque decían que con la muerte no se sentía nada. Sí, estaba muerta, pero entonces ¿a qué se debía la zozobra que la invadía?

—Refugio, Refugio, le traigo a su hijo –María con voz baja le hablaba desde unos metros de distancia. Cubierta con una bata larga, guantes de caucho y una escafandra sobre la boca, esperaba a que la enferma girara la cabeza. Pablo, Pepín y Amalita esperaban expectantes–. Refugio, su niño está bien, mírelo.

La moribunda poco a poco abrió los ojos y su mirada borrosa no pudo distinguir los objetos.

—¿Qué...? –el instinto permitió que la imagen fuera aclarándose. Refugio encontró una cara conocida y estiró la mano como si quisiera tocar al bulto envuelto en una cobija.

—Aquí está su hijo. No puedo acercarme más –María retiró la manta que cubría el rostro del niño y se lo enseñó a la madre–. Es hermoso, ¿verdad?, y está sano.

—Anto... ño... to... ño cuí...dalo –sus cansados ojos se cerraron y sus labios enmudecieron para siempre. María la volvió a llamar, pero no hubo respuesta.

—Vamos, María, no hay nada que hacer –Pablo la estrechó–. Ha sido un acto noble de tu parte; sin embargo, todo está en manos de Dios.

—No es justo, Pablo. Ella debe vivir y cuidar a su hijo.

—Ha muerto. Serán sus abuelos o tíos o, tal vez, el padre.

—Y ¿si no lo reclaman?

—No hay que ser pesimistas. Debemos darles tiempo.

—¿Cuánto?

—El que sea necesario. Te lo prometo.

—Tal parece que el mundo se va a acabar. ¡Mira nada más la fila que hay para comprar la masa! Ándale, Matías, dame las canastas y fórmate atrás del chamaco –el indio corrió hacia el expendio de nixtamal cerca de la escalinata del mercado.

—¿Cuán...? –preguntó el indio.

—Dos kilos –gritó Chona–. Déjame encontrar el trapo pa' que la masa se mantenga fresca y salgan buenas las tortillas –escudriñó la canasta en busca de los lienzos que ella misma había doblado antes de salir–. Toma, envuélvela bien y me encuentras en el tendejón de doña Cata.

Chona caminó hacia la sección donde se encontraban los vendedores de ropa. Cata, al descubrirla, la saludó.

—Buenas, doña Chonita, ¿qué la trae por aquí?

—Me manda el señor Olegario. Quiere que me de un par de pantalones y dos camisas pal' niño Matías.

—Ahora sí se va a poner catrín. Aunque conociéndolo, los va a perder por ahí.

—Sí, le disgusta la ropa apretada. Prefiere los calzones de manta y los huaraches. Pero el patrón dice que durante las fiestas del Centenario no van a permitir que los calzonudos anden por la calle.

—Las autoridades ya no saben qué inventar. Tal parece que las fiestas van a ser pa' los riquillos. ¡Imagínese! Los jodidos que no tengan pa' comprarse ropa ¿onde los van a esconder?

—Lejos de los catrines que vienen de Europa. Dizque así no van a ver pobreza. Como si fuera fácil desaparecernos.

—Pos a mí me conviene, doña Chonita, voy a vender rete harto. ¿De qué color quiere los pantalones? –la vendedora extrajo de un costal prendas de diferentes estilos y colores.

—Uno negro y otro café, como aquéllos que tiene ahí. Y también déme una camisa blanca, una gris, dos pares de calcetines y tres cambios de ropa interior. Por favorcito, envuélvamelos con periódico pa' que Matías no se dé cuenta. Luego, que el patrón o la niña María se los entreguen. A ellos sí les hace caso.

—Y dígame, Chonita, ¿van a recibir visitas?

—Sí, tendremos visitas y problemas. Ya sabe que mi patrona es muy especial –añadió observándose las manos–. El jueves llegan la niña Amparo y la niña Remedios de Xochimilco. Y la niña Lola, con su familia, vendrá desde Puebla el domingo. Vamos a tener casa llena.

—También habrá mucho trabajo, supongo.

—Eso no importa, pues las hermanas del patrón aún tienen sus habitaciones en la casa y traen a sus sirvientas. Yo nada más debo organizarlas, supervisar la preparación de las comidas y venir al mercado. Además, el patrón ya surtió las despensas. Lo que en verdad me preocupa es doña Adela. Con sólo ver a sus cuñadas, se enoja y luego se desquita con nosotros. ¡Bueno! Pa' que le cuento si usté tiene hartos años de conocernos.

—Lo que no entiendo es por qué el señor Olegario no manda a la fregada a la vieja endemoniada y se busca otra con mejor carácter.

—¿Cómo cree? Mi niño es un hombre decente que adora a sus hijas.

—A sus hijas. No a su esposa.

—Sí –contestó mortificada–. Pa' qué mentir si tienen muchos problemas, se pelean a cada rato. Pero mi niño jamás engañaría a la doña, lo sé porque yo lo crié. Me dijo que le lleve la cuenta a La Española la próxima vez que vaya por mercancía.

—Ni se mortifique. Yo me entiendo con don Olegario. ¡Ah! Por cierto, también incluí unos listones pa' usted.

—¿Cuánto le debo?

—Nada, es un regalo de mi parte.

La vereda se prolongaba junto a la carretera empedrada que conducía los carruajes desde la estación del ferrocarril hasta los límites de San Luis Potosí. Varias edificaciones se alzaban entre los sembradíos de maíz, creando un nuevo paisaje; más allá, junto a la ribera, un claro albergaba a las familias que disfrutaban del domingo.

—Siempre es lo mismo –aseveró Celia sin detenerse. Con cada paso levantaba un fino polvo que iba a parar en sus botines cafés y el cabello trenzado.

—Vamos, Prieta, pronto terminaremos –Leandro se desabrochó unos botones de la camisa en busca de alivio.

—Antes, por lo menos te tenía junto a mí por las tardes. Ahora, me quedo las horas en la estación del ferrocarril. Cuando don Pancho dijo que íbamos a tener un local me imaginé una fonda, no un tenderete a la entrada, sin ninguna comodidad.

—Estamos mejor, Prietita, no andamos tan ahogados con los gastos; además, te ayuda una empleada.

—Sí, pero te extraño –Celia lo abrazó sin dejar de caminar–. Ya no estamos juntos. Por la noche llegas tarde, sin ánimos para nada, y te marchas de madrugada.

—Trabajo todo el día –Leandro le dio un beso en la frente y se separó de ella.

—Más bien paseas.

—¡Ay! Prieta. No es placer sino obligación. Por cierto, ¿por qué no abres tu sombrilla?

—A mí se me hace que don Pancho cambió de opinión –Celia abrió la sombrilla e invitó a Leandro a colocarse junto a ella–. Se la pasa en comidas, fiestas, convivios, rodeado de gente adinerada. Ya no es el mismo ¿Dónde quedaron aquellos días de gloria? ¿En paseos con los catrines?

—Don Panchito no se ha rajado. Todo plan lleva un proceso.

—Por eso no entiendo qué falta. Ya entablamos amistad con los policías que cuidan los andenes, ya conoces a los maquinistas y el doctor Céspedes ha elaborado varios planes de huida.

—El momento todavía no llega. Si levantamos sospechas son capaces de matarnos junto con don Panchito. Mejor vamos a sentarnos allá, junto al arroyo. Se me antoja un chapuzón –señaló a un grupo que se mojaban en el agua–. Como todos los domingos, no hay cambios. Ahí está el cuico barrigón, en la misma esquina y a la misma hora, pretendiendo leer el periódico. Y allá, enfrente, el albañil que finge construir una barda que nunca termina.

—Están chingados los del gobierno. Siempre ponen a sus pendejos soplones en los lugares por donde pasará don Pancho.

—Y don Panchito continúa instalado en la rutina para que los policías se confíen. Recuerda, las repeticiones se hacen costumbres.

—Ya me cansé. Nosotros también hacemos todos los domingos esta maldita caminata.

—Parecemos unos novios que vienen a pasear. Cumplimos con un patrón definido. Además, las cabalgatas de don Panchito cada semana se prolongan unos metros hacia las vías del tren.

—¿Cuándo llegará al final?

—No lo sé. Los Madero andan dispersos, pero escuché que se reunirán en algún lugar –Leandro le dio la última mordida a una manzana y lanzó el resto hacia el lecho del arroyo–. Así como está la situación dudo que celebren las mentadas fiestas del Centenario.

—Y nosotros, ¿qué vamos a hacer? –Celia lo miró con tristeza en busca de una respuesta que le diera esperanza.

—No pensarás que nos van a invitar al baile en Palacio Nacional.

—No necesito ir a la cena del pinche vejete para sentirme feliz. Sólo me gustaría regresar a casa, ir la noche del 15 de septiembre al Zócalo, a escuchar las bandas, disfrutar a los amigos, comer pozole en una fonda y luego, hacer el amor hasta rendirnos. Extraño esos días, Leandro. Entiendo que es importante nuestra presencia en San Luis, se lo prometimos a don Pancho, pero creo que ambos necesitamos una tregua.

—¡Ay, Prietita, parece que me lees el pensamiento! No quiero que te ilusiones –le rogó tomándola de las manos–. Don Panchito me comentó que debo viajar a la Ciudad de México y quedarme allá por lo menos hasta fines de septiembre. Quiere que nos manifestemos en las calles, que los extranjeros se den cuenta del descontento que existe en el país. El próximo martes visitaré a don Panchito. Le voy a pedir que te deje acompañarme.

—Dile que cerraremos la venta de tacos por una temporada, no importa que nos quiten el apartado. Cuando regrese me puedo colocar como criada. No le temo al trabajo.

—De acuerdo. Hemos tenido unos meses difíciles. Estoy seguro de que don Panchito entenderá.

—Ahí vienen los jinetes y, como de costumbre, la pandilla de perros sale ladrando a perseguir a los caballos. ¿Ves a don Pancho?

—Sí, está montado en el alazán –Leandro observó la escena por unos segundos y volvió a fijar su atención en el rostro de Celia–. No quiero levantar sospechas. Dime qué está pasando.

—Lo mismo –respondió Celia mientras partía una sandía–. Allá atrás viene la caravana del comandante Juan Macías. Parecen zopilotes en busca de presa.

—Prietita, ése va a ser nuestro reto –exclamó lanzando un gran suspiro–. ¿Cómo alejar la maldita vigilancia de don Panchito? ¿Cómo lograr que se haga mayor la distancia entre un grupo y otro?

Pablo salió a respirar aire fresco. Tal vez serían las dos o tres de la mañana; al final daba lo mismo: el cansancio podía esperar. Había tenido una noche pesada pues debió permanecer en el Hospital Francés. Después de operar, a la señora Moreau de un tumor que ocupaba la matriz, fue necesario mantenerla en observación. Odiaba los tumores. En la mayoría de los casos, las pacientes se desangraban durante la operación; en las que lograban salvarse la recuperación era lenta.

Después de comprobar que la paciente dormía, se sentó en un escalón y se recargó sobre la base de una columna. A diferencia del Morelos, el Hospital Francés –perteneciente a la beneficencia franco-suiza-belga– gozaba de la tecnología de los hospitales de lujo de Europa y Estados Unidos. Tenía espaciosas habitaciones privadas, con cuarto de baño y grandes ventanas; largos pasillos rodeados de cuidados jardines y los mejores quirófanos del país; además de tarifas que pocos podían pagar.

Su mente necesitaba organizar las responsabilidades que le esperaban en las próximas semanas con las festividades del Centenario. Su comparecencia en el IV Congreso Médico estaba lista. Aunque no consiguió el cinematógrafo, sí pudo sacar muchas fotografías e imprimir el artículo sobre el futuro de la sífilis en México y la terapia ocupacional.

Por supuesto, no podría faltar a los eventos y bailes a los que don Porfirio y doña Carmelita lo habían invitado. Afortunadamente contaba con el apoyo del doctor Ramón Macías, director del Hospital Morelos, la supervisión de Amalita, la disposición de los estudiantes y la ayuda de María... ése era otro tema. Lo último que deseaba era que ella estuviera encerrada en los pabellones. La quería a su lado, como su compañera; más bien, como su prometida, se corrigió. Había demorado mucho poniendo en orden sus sentimientos; ahora ya no quería esperar: la necesitaba como nunca antes necesitó a una mujer. Amaba el modo en el que se entregaba a sus tareas, adoraba su rostro, sus manos, su boca, ansiaba besarla y sentirla; en pocas palabras, hacerla suya para siempre.

María, María. ¿Cómo se le había metido esa chiquilla tan adentro? Al principio la detestó, pero poco a poco la fue conociendo. Era diferente a las pretenciosas señoritas de sociedad. Una sonrisa apareció en sus labios al recordar cómo arrullaba a Toñito y le cantaba al oído hasta que el recién nacido dejaba de llorar, luego lo depositaba en la cuna y lo miraba extasiada como si fuera la verdadera madre.

Una ráfaga de aire lo despeinó. Sintió frío. Se le antojó un café, pero dudaba que a esas horas encontrara algo en la recepción. Recordó el aroma del café que se tostaba en la Hacienda La Trinidad y lo invadió la nostalgia de regresar a Xalapa, donde había vivido momentos felices. De nuevo la memoria de María vino a su mente. Desde pequeño ya la amaba. Siempre estuvo celoso de Antonio. Aún entonces lo corroía la rabia al pensar que su hermano tuviera algún interés en ella. Y ¿si así fuera? ¿Qué haría? Antonio no amaba a nadie: el egoísmo y la lujuria lo tenían atrapado. Aunque no podía descartar que su propio hermano fuera su rival de amores. Entonces ¿qué sucedería? Por lo menos debía intentarlo.

—¿Se le ofrece algo, doctor? –le preguntó la enfermera que atendía el escritorio de la recepción.

—¿Le sobrará alguna taza de café?

La enfermera se retiró hacia un cuarto que parecía bodega, mientras Pablo hojeaba el periódico. Las fiestas del Centenario habían comenzado. El próximo 30 de agosto, o sea dentro de tres días, la calle de San José del Real cambiaría su nombre por Isabel La Católica y se invitaba a todos los ciudadanos a la develación de la placa a las diez de la mañana. También se informaba sobre la inauguración del nuevo manicomio general en los terrenos de la antigua Hacienda de la Castañeda, obra del teniente coronel Porfirio Díaz Ortega.

—Tome, doctor, la infusión está calientita –la enfermera le entregó una taza que desprendía un rico olor.

—Gracias –le dio un sorbo y satisfecho añadió–: al rato le devuelvo la taza.

Regresó sobre sus pasos y al llegar frente a la habitación de su paciente, volvió a encontrar refugio junto a la columna. Las nubes ocultaron el resplandor de la luna. No le quedaba tiempo. Si deseaba actuar con caballerosidad, debía hablar con Milagros. Su franqueza la lastimaría, pero era la única manera de planear un futuro con María.

* * *

—¡Qué desgraciada soy! –Milagros, a medio vestir, se echó sobre el sofá que ocupaba una esquina de su habitación. Encima de la enorme cama con el dosel cubierto de tul rosado, su madre observaba los vestidos, sombreros y zapatos que estaban listos para ser empacados. Una sirvienta, en silencio y sin mirar a sus patronas, doblaba las prendas y las colocaba dentro de un baúl.

—¡Cállate! Llevas horas quejándote. Yo ya no soporto tus lamentos
–Concha, enfundada en un camisón negro, reacomodó la horquilla que
sujetaba uno de los rizos que cubrían su cabeza.

—¡Mamá, no quiero marcharme! ¿Cómo no voy a estar en las fiestas
del Centenario? ¿Qué dirán mis amigas?

—Son las consecuencias de tus tonterías. Mejor la ausencia a causar
lástima. ¿Quién va a creer que tú terminaste con Pablo?

—No me quiero ir. ¡Por favor! Déjame quedarme –suplicó Milagros
con los ojos hinchados y la nariz roja por el llanto.

—Me estás hartando. ¿Quieres ser el hazmerreír de la gente? A mí
me daría vergüenza que te señalaran. ¡La hija de un Landa en boca de
nuestras amistades! Mereces el destierro. Te portaste como una estúpida y
provocaste escenitas bastante absurdas hasta colmar la paciencia de Pablo.
Párate y termina de vestirte.

—Hice lo que me dijiste –Milagros, de mala gana, se puso la falda de viaje.

—No, queridita. Nunca te dije que fueras ridícula. No supiste aprovechar los encuentros ni ser oportuna –Concha vio el reloj. Faltaban quince
minutos para las cinco de la mañana. No tardaría en llegar el cochero con
la señora Aguirre.

—¡No merezco este castigo! Mi único pecado es amar a Pablo –Milagros colocó su mano sobre la frente y buscó un espacio en la cama para
desvanecerse.

—¡Uff! Basta de cursilerías, a mí no me afectan tus fingidos desmayos.
Termina de meter la ropa en el baúl y olvida tus escenitas, que el simple
hecho de mirar tu cara hinchada es suficiente para causar agruras; además,
sería muy desagradable que perdieras el tren.

—Yo siempre fui dulce y comprensiva con él. Tal vez me equivoqué
aquel día en el hospital, pero no pude evitarlo.

—Te lo advertí mil veces: no entres. Deja las donaciones en la administración y márchate. Pero ahí vas a buscar al doctor, exponiéndote a la
mirada de la gente.

—¡Me quiero morir!

—Deja de decir estupideces y apúrate. El tren sale a las siete de la
mañana.

—¡No quiero ir a Monterrey! Hace mucho calor y está polvoso –Milagros, suplicante, se volvió a ver a su madre, quien se mostró indiferente–.
Detesto a la tía Damiana, odio a mis primas. Son unas provincianas que
sólo piensan en casarse.

—Ni modo. Aquí, en la ciudad, no te puedes quedar. Ya veo a Pablo
cortejando a otra mujer y tú sentadota en espera de que alguien te haga
caso. Últimamente, querida, no conozco a nadie interesado en ti.

—¿Cómo voy a tener pretendientes si sólo me he dedicado a Pablo?

—No olvides los polvos de arroz ni los postizos –Concha revisó el contenido de una pequeña maleta donde Milagros había colocado cosméticos y lociones

—Mamá, ven conmigo. Así me sentiré menos triste.

—¿Crees que estoy loca? Por nada, y menos por ti, me perdería las fiestas. Ya tengo invitaciones para el baile en Palacio Nacional. Imagínate: voy a estar junto a Carmelita y Porfirio en las recepciones. Mis amigas me van a envidiar –iba a ser la sensación de los festejos. Tenía alhajas finas, pieles de armiño y marta; la modista le había confeccionado ropa con diseños que disimulaban su gordura. Comería como reina y nadie lo notaría. Ni los malditos corsés apretados le echarían a perder los banquetes.

—¡No es justo! Tú te diviertes y a mí me envías a un pueblo.

—Monterrey es una ciudad importante. Mi prima Damiana te llevará al baile del gobernador y estoy segura de que en alguna fiesta te coronarán como reina. Será una buena justificación de tu ausencia –Concha se incorporó feliz con la idea que cruzó por su mente–. Diré que te fuiste porque conociste al hijo de un industrial regiomontano y que te harán reina de las fiestas patrias. Parecerá como que tú fuiste la que abandonó a Pablo por otro y que él se está consolando con una cualquiera.

—¿Habrá una cualquiera en la vida de Pablo? –preguntó Milagros angustiada.

—Supongo. Los hombres son machos en celo.

—Tengo ganas de llorar. Me duele recordar lo que sucedió anoche. Cuando me dijo que quería platicar conmigo, los dos solos, y me invitó al jardín, pensé que pediría mi mano –Milagros se asomó por la ventana en busca del escenario de su tristeza–. ¡No! No lo soporto. ¡Cuánta desgracia! Estaba tan emocionada. Me dijo que me estimaba como amiga, que mis cartas habían sido su aliento en el extranjero, que mi compañía era importante, pero teníamos diferentes modos de ver la vida y eso nos distanciaba. ¡Que lo perdonara! Separarnos sería lo mejor para los dos. ¡Cínico! –gritó histérica–. ¿Cómo lo puedo perdonar si me ha ofendido donde más le duele a una mujer?

—No grites, tengo jaqueca y un hambre desesperada –Concha masajeó sus sienes–. A pesar de ser un excelente partido, el doctorcito resultó mal educado. Un caballero nunca termina a una dama. Bueno –declaró más para ella que para ser escuchada–. Tal vez lo de dama no vaya contigo.

—No debe salirse con la suya, mamá. ¡Pablo tiene que ser mío! Lo quiero, lo quiero, lo quiero sólo para mí –exclamó pateando el suelo–. Por favor, suplícale a Carmelita que me ayude. Ella puede ordenarle que se case conmigo.

—No seas estúpida. La decepción te estropeó el cerebro. A Carmen no le vuelvo a pedir un favor relacionado con el doctor Pascal –el ruido del portón al abrirse y el motor del coche hicieron que se levantara de la cama–. Los criados ya vienen a recoger el equipaje y el auto espera en la puerta.

—¿Sabe la tía Damiana a qué hora llegaré a Monterrey?

—Tu padre le envió un telegrama. Además, la señora Aguirre, tu acompañante, tiene la obligación de no dejarte sola ni un minuto. Es una gobernanta con mucha experiencia, confía en ella. Van en un salón dormitorio y llevan suficiente dinero.

—¡No quiero irme! –exclamó con lágrimas en los ojos–. *Oh my God, I'can't believe it!*

—Vete y déjanos a tu padre y a mí tranquilos, ¡ah! y no olvides mandar telegramas a tus amigas contándoles de tu nuevo pretendiente. Cuando regreses debes parecer feliz, indiferente a lo que haga Pablo y enamorada de otro.

—¿Cuál otro?

—No tienes remedio, Milagros –aseguró con fastidio–. Desaparece antes de que termines con mi paciencia. Te escribiré una carta explicándote lo que debes hacer. Esfúmate, que está a punto de estallarme la cabeza.

Antonio llegó temprano a la cita. Estacionó su auto antes de llegar a Plateros y prefirió caminar ante la cantidad de personas que abarrotaban las banquetas: el ambiente festivo atrapaba a los paseantes. Unas jóvenes le sonrieron coquetas. Él les devolvió la sonrisa, hubiera querido seguirlas y comenzar alguna aventurilla, pero María lo esperaba en el antiguo Café Royal. Al principio le sorprendió el mensaje que le envió con Matías, aunque andaba bastante cambiada, todo era posible. Tal vez necesitaba que la invitara al baile de Palacio, ya que desde que laboraba en el Hospital Morelos, nadie pensaba relacionarse con ella. La que se juntaba con putas, terminaba en lo mismo.

En la otra acera divisó a dos muchachas altas, de piel blanca, cabello rubio, grandes sombreros y vestidas con sedas de colores. Parecían norteñas, pensó. Una lo miró desafiante con un gesto sensual. Él se quitó el sombrero y la saludó. De repente, una idea cruzó por su mente: sería interesante tocar otros muslos y montarse en otras putas, se dijo sin poder evitar la respuesta de su miembro. Platicaría con sus amigos y organizaría una buena parranda; la ocasión lo ameritaba.

Entró a la cafetería. No le gustaban ni la decoración ni los platillos. El restaurante tuvo tiempos mejores de los que sólo quedaban una buena ubicación y precios económicos. Prefería el negocio familiar, la Pastelería Francesa, mas entendió que si María lo citaba ahí era para evitar habladurías.

—Buenas tardes, preciosa. ¿Para que soy bueno?

—Gracias por venir, Antonio –María le ofreció la silla que estaba a su lado.

—¿Por qué estás en una mesa apartada? ¿Acaso te atrae un amorío conmigo?

—No eres mi tipo. Se trata de algo más importante.

—¿Me vas a pedir en matrimonio? Te prometo que no diré nada, será nuestro secreto –declaró, de buen humor, mientras la tomaba de la mano–. ¿Qué estás bebiendo?

—Un café rociado de crema chantillí y un poco de licor.

—¿Tú, tomando alcohol? –acercó la nariz para olfatearlo–. ¿Qué diría tu adorable madre si se enterara de que tiene una hija pervertida?

—Nada, porque ni tú ni yo vamos a contárselo.

—Mi silencio te va a salir caro. Dame un beso.

—Déjate de tonterías –contestó seria.

—Me trae lo mismo que a la señorita –le dijo Antonio al mesero que se acercó a entregarle el menú–. Sácame de la duda. ¿Por qué me citaste aquí? El lugar es horrendo; el café, de mala calidad; los pasteles, incomibles; y está lleno de gente vulgar.

—Se me olvidó que eres muy fino –comentó después de darle un sorbo al café–. Preferí venir aquí, donde no andan tus amigos.

—Y bien, preciosa, ¿qué se te ofrece?

—¡Ay, Antonio, no sé cómo decírtelo!

—¿Estás embarazada? Yo no fui, lo juro –hizo la señal de la cruz y se la llevó a los labios.

—Cállate. Me ofendes con esa pregunta. No se trata de mí, sino de otra mujer.

—¿Una amiga? ¿Está bonita?

—No bromeo.

—Me tienes intrigado. Habla claro.

—Ya sé que me dijiste que no me metiera en lo que no me importa y que te dejara en paz, pero…

—No me vengas con estupideces, María –contestó furioso al tiempo que se separaba de ella.

—Escúchame. Sólo unos minutos ¿Te acuerdas de la mujer que se lanzó contra tu coche durante el desfile de las flores? ¿La que trabajaba en la cafetería?

—Sí, ya te dije que nada tengo que ver con ella.

—Lo sé, no te enojes. Hace unas semanas llegó al hospital, muy golpeada, enferma y con un recién nacido en mal estado.

—No dudo que estuviera infectada. Era una callejera.

—No se trata de eso. La infección fue por la suciedad en donde ocurrió el parto. El niño se salvó, pero ella falleció anteayer.

—Y ¿qué tengo que ver con eso?

—Sus últimas palabras fueron "Antonio, cuídalo". En realidad no entendimos qué quiso decir: si debemos cuidar al niño llamado Antonio o cuidar al niño de un Antonio. Lo que decidimos fue llamar a la criatura Toñito –le dio otro sorbo al café y continuó con el relato–. Por medio del gerente de la Pastelería Francesa, nos enteramos de su nombre y dirección. Se le notificó a su familia y contestaron que no les interesaba. Al no tener familiares, el niño será entregado al hospicio.

—No comprendo. ¿Qué demonios quieres? –gruñó.

—Saber si por casualidad conoces algo más de ella o al papá del bebé.

—¿Qué chingados insinúas? –se volvió furioso y de una patada empujó una silla que cayó llamando la atención de las personas.

—¡Cálmate! No seas grosero. No estoy insinuando nada.

—Me estás acusando. ¿Cuántas re chingadas veces te tengo que decir que no tuve nada que ver con ella? ¿Eres estúpida? ¿Crees qué vas a sacarme una confesión?

—Antonio, estás muy agresivo.

—¡Estoy harto de tus suspicacias! –la zarandeó con fuerza y le gritó a la cara–. Existen miles de Antonios en el mundo. El que esa puta haya mencionado mi nombre no quiere decir que el bastardo sea mi hijo.

—No dudo de tus palabras, pero hay muchas coincidencias y, si ves la carita de Toñito, te asombrarías del parecido.

—Eres una mentirosa –Antonio se puso de pie–. ¿Te crees muy digna? Pues yo también conozco tus secretos, eres una maldita ramera que se besa con cualquiera en la calle.

—¿De qué hablas? –preguntó indignada, con el rostro encendido por la calumnia.

—Yo te vi, mujerzuela. Andabas entre el populacho, en casa del maldito Madero. Ahí estabas, en un zaguán, besando a un muerto de hambre.

—¡Mientes!

—Aquí ni tú ni yo mentimos. Y si no quieres que la gente se entere de tus correrías, calla tu lindo hociquito –antes de retirarse, lanzó sobre el mantel un billete. Se iba a arrepentir, juró al salir de la cafetería, la muy puta se iba a arrepentir.

Los doce comensales disfrutaban de unos minutos de tranquilidad después de una agitada mañana. Leocadia entró cargando una charola sobre la cual había un panqué todavía tibio, un tazón con natillas y un platón con naranjas. La empleada esperaba una señal de Chona para depositar los postres en el centro de la mesa y recoger los platos sucios. Adela, sentada en una de las cabeceras, escuchaba con fingida amabilidad la conversación de sus cuñadas, hijas y sobrino. Por ningún motivo demostraría la envidia que la corroía por dentro. Mientras que ella debía esperar a que don Agustín las convidara a diferentes eventos, sus cuñadas gozaban de múltiples invitaciones gracias al militar de la familia: el teniente coronel Fernando Herrera Fernández, hijo de Lola, la hermana mayor de Olegario.

—Cuéntanos, tía Lola, ¿cómo te fue antier? –preguntó Lorena emocionada.

—¿Había mucha gente? ¿El presidente participó? ¿Cómo iba vestida Carmelita?

—Mis niñas –contestó la mujer de cabello entrecano y finas arrugas en las comisuras de la boca y alrededor de los ojos castaños–. Fue una gran jornada. El viaje hasta Mixcoac se sintió largo y pesado, a pesar de que los asientos del tranvía estaban cómodos –lanzó un largo suspiro y continuó–. Para comenzar nos citaron a las siete de la mañana en el Zócalo. De ahí partieron más o menos treinta tranvías. Sólo permitieron abordar a los que traíamos invitación. Después de casi dos horas de viaje, nos acercamos a la zona. ¡Uff! Había mucho polvo, suciedad, mal olor, ya que el nuevo manicomio se encuentra rodeado por casuchas y jacales. La construcción es impresionante. Íbamos por el camino y de repente, sobre una loma, apareció un palacio europeo. Lástima que sea una residencia para locos –comentó dirigiéndose a sus sobrinas y hermanas–. Escuché que tiene veinticuatro edificios y dos pabellones. El comedor, que es una estancia enorme, se convirtió en el salón de actos donde el diputado Ignacio León de la Barra dio un discurso sobre las enfermedades mentales y sus tratamientos; luego, Porfirio Díaz hizo la declaratoria de inauguración, amenizada por la música de la banda de policía. Yo sólo recorrí el pabellón para enfermeras y doctores y el área de electroterapia, ya que me quedé platicando con Esperanza Alcocer y Margarita Carbajal, en donde se supone será el pabellón de enfermos distinguidos. Hacía mucho que no las veía.

—¿Cómo iba vestido el presidente?

—Don Porfirio, Carmelita y Luisa Raigosa llegaron después de las diez de la mañana. Él, muy elegante con una levita negra y sombrero alto. Hizo el recorrido oficial acompañado de Amparito Escalante de Corral, mientras que Carmelita se dedicó a atender a *mister* Lane Wilson, el embajador de Estados Unidos.

—Pues nosotras estamos encantadas paseando por la ciudad –comentó Amparo con voz suave–. El Centro está muy cambiado, se ve limpio con el nuevo adoquín grisáceo; además de las modernas construcciones. Cuando acaben el Teatro Nacional y la Secretaría de Comunicaciones van a lucir señoriales. Si Von Humboldt los viera, reafirmaría que México es la ciudad de los palacios. Por la mañana, los balcones se desbordan de flores y, por las noches, las fachadas se iluminan con cientos de foquitos. Algo nunca visto en este país. Es una maravilla el invento de la electricidad.

—También asistimos ayer a la inauguración de la exposición japonesa, en el Palacio de Cristal de la calle del Chopo –añadió Remedios mientras partía una rebana de panqué y la colocaba sobre un plato–. Está preciosa, ¿verdad, Amparo? –buscó en el rostro de su hermana menor la aprobación a sus palabras–. A mí siempre me ha gustado la estructura del museo. Desde que la trajeron de Alemania me pareció fastuosa. Fue un acierto que lo dedicaran a la historia natural. En cuanto a la muestra japonesa no se imaginan las piezas de porcelana, las pinturas y los arreglos florales que elaboraron en el lejano oriente. Son exquisitos. Dicen que el gobierno japonés le regaló al mexicano dos tibones de porcelana negra con incrustaciones de oro, perlas y concha nácar. No los vimos. Tal vez están en Palacio Nacional. Sí, ya sé que me van a preguntar por el presidente. Como acostumbra, vestía elegantísimo. Traía levita gris, igual que el señor Horiguchi. En cambio, Carmelita me pareció demasiado simple, aunque el vestido era de satín de seda –hizo una pequeña pausa y continuó–. Después del Chopo, el chofer nos llevó a pasear por Santa María la Ribera. En el centro del parque instalaron el pabellón morisco. A mí me gustaba más en La Alameda, ahí se apreciaba con mayor facilidad.

—En su lugar construyeron un monumento dedicado a Benito Juárez –comentó Blanca–. Díaz lo inaugurará el próximo 18 de septiembre.

—Ya iremos a conocerlo –afirmó Remedios–. También vimos por fuera el nuevo Museo de Geología. Quisimos entrar, pero nada más nos permitieron asomarnos. Había demasiada gente.

—Terminamos el paseo en la iglesia de la Sagrada Familia de la Orden de san José –agregó Amparo–. ¡Qué bonita está!

—Nosotras vamos al Colegio Francés, cerca de ahí –comentó Lorena.

—Una locura, hijita, habiendo buenas escuelas cerca. Claro que tu madre no está de acuerdo con nosotras –opinó Remedios sin mirar a Adela, quien no pudo hablar debido a que mordía un pedazo de panqué.

—Y, cuéntanos, Fernando, ¿qué tal el desfile de la pila bautismal? –preguntó María antes de que Adela comenzara una discusión. Las tías consideraban que la mejor escuela era la que estaba a poca distancia de la casa, pero su madre prefería una educación exclusiva donde dieran importancia al francés.

—Muy asoleado –contestó Fernando dirigiendo la atención a sus primas–. Afortunadamente a mí me tocó montar a caballo en la comitiva que acompañó al carruaje donde iba doña Guadalupe, nieta de don Miguel Hidalgo.

—¿Cómo tiene nieta si era un sacerdote?

—Es algo difícil de entender, Anita. Luego te explico –intervino María, ante el silencio de las tías y Adela–. Ahora dejemos que Fernando nos siga contando su aventura.

—Al principio estuvo mal organizado. El tren, con la pila procedente de Cuitzeo de Abasolo, llegó temprano a la estación de Buenavista, pero los niños y niñas de las escuelas participantes que la escoltarían no estaban listos y todo se retrasó más de una hora. Para colmo, en el trayecto se fue uniendo la gente, lo que provocó que la procesión se detuviera. Todos querían ver el carro alegórico.

—¿Estaba bonito? ¿Cómo era? –preguntaron Ana y Rosa.

—La reliquia iba sobre una plataforma rodeada por guirnaldas y festones. A un lado estaba la bandera y atrás un sol metálico resplandeciente adornado con hojas de palma. Arriba del sol había un gorro frigio que, según decían los entendidos, simboliza la libertad.

—¿Era grande la pila? ¿Como la que está en Catedral?

—Al contrario, bastante pequeña, pero lo importante es que ahí fue bautizado don Miguel.

—Y luego ¿qué pasó? –insistió Lorena.

—Llegamos bien acalorados y con sed al Museo Nacional. Tuvimos que cantar el himno, aceptar el brindis y felicitar a todo el que se atravesara en el camino. Y, por supuesto, después acompañamos al general Mendoza, a su esposa y a su hija a comer.

—Por cierto, qué bien se come en el Mesón Doré –aseguró Lola.

—Delicioso. Es el lugar preferido de don Agustín –asintió Adela con presunción–. Cada semana cenamos ahí, antes de la función de teatro.

—¿Eres el consentido del general? –le preguntó María a Fernando–. ¿Es cierto que te quiere para yerno?

—¡Ay, primita, ni lo menciones! Parece que ahora sí voy a dejar la soltería. La verdad es que Lupita Mendoza me trae de un ala.

—¡Qué emoción! Pronto vamos a tener dos bodas –exclamó con un suspiro Amparo.

—Y tú, Adela, ¿qué hiciste? –interrogó Remedios a su cuñada–. Nos dijiste que ibas a andar muy ocupada.

—Mis actividades son menos frívolas; tienen un fin benéfico.

—Sí, ya conocemos tu buena conciencia.

—Me molesta el tono de tu voz, Remedios. Yo siempre he sido una mujer devota que vela por los intereses de los demás. Anteayer Blanca, Lucila y yo fuimos a casa de Sofía Osio de Landa y, junto con las Damas de la Santa Caridad, repartimos ropa, zapatos, dulces y cereales, que el gobernador de la ciudad donó a los niños pobres. Después los acompañamos al circo, en el Frontón Nacional. Estaban felices. ¡Pobrecitos, tienen tantas necesidades y los ricos desperdiciando el dinero en fiestas! Además, estaremos participando en una tertulia literaria musical en la Escuela Nacional de Sordomudos y en un concierto en el hospicio. También los desposeídos tienen derecho a divertirse.

—Supongo que llevarás a las pequeñas a los eventos.

—Ellas no tienen necesidad de salir, Remedios.

—Tía Adela –intervino Fernando divertido–, los niños y los jóvenes son los que más disfrutarán las fiestas.

—¿A dónde te llevará don Agustín, hijita? –preguntó Remedios a Blanca.

—Mi yerno nos ha invitado a bailes, al teatro y a los desfiles –aseguró Adela.

—Y tú, María, ¿cuántas invitaciones tienes? –indagó Remedios.

—Ninguna, tía. Leí en el periódico que habrá varios desfiles. Me gustaría llevar a mis hermanas; pero antes de hacer planes debo pedir permiso en el hospital.

—Hijita, te aconsejo que por unas semanas dejes el trabajo y goces la vida. Estas fiestas no se repetirán hasta dentro de cien años y te aseguro que ninguna de nosotras vivirá para contarlo. Fernando consiguió varios lugares en las tribunas que van a colocar en La Alameda, para ver mañana el desfile de la Banca e Industria; el próximo 15, el Desfile Histórico; y el 16, la parada militar. Además, decidimos alquilar un coche para ir a las exposiciones de figuras de cera, la muestra española y a la de pintores mexicanos en la Academia de San Carlos. Espero que no te opongas, Adela.

Las niñas gritaron alegres al tiempo que suplicaban a su madre el permiso para acudir a los festejos.

—Pueden ir siempre y cuando obedezcan y se comporten.

—María, tú vendrás con nosotras, sin disicusión. Y, ustedes –dijo Remedios dirigiendo su atención a Blanca y Lucila–, también pueden acompañarnos.

—Blanca, Lucila y yo acompañaremos a don Agustín. Nos convidó a ver los desfiles desde el balcón de la joyería La Esmeralda.

—¿Tu prometido las va a llevar al baile en Palacio Nacional? –preguntó Remedios a Blanca.

—Sí. Y a ustedes ¿alguien las invitó? –preguntó Adela con cierto sarcasmo.

—Fernando y yo iremos con el general Mendoza y su familia.

—A nosotras nos invitó don Julián de la Borbolla –aseguró Remedios satisfecha y dirigiéndose a María agregó–. Aunque te niegues, hijita, tú también nos acompañarás.

* * *

¿Cómo discutir con las tías? Se preguntó María al entrar a su habitación. Las hermanas de su padre eran tan queridas que de ninguna manera podía negarse a acompañarlas. Sin embargo, no tenía ganas. Estaba triste, le dolían la muerte de Refugio y la orfandad de Toñito, pero lo que más le mortificaba era la acusación de Antonio: ella nunca había besado a Leandro. Él fue quién la sorprendió.

Lo que menos esperó fue que Antonio la hubiera visto. Le indignaba su cinismo. Al final le dijo que ninguno de los dos mentía; por consiguiente, Toñito era su bastardo. No obstante, debía guardar silencio, tanto por la seguridad del niño como por su propia reputación.

A lo lejos escuchó las voces de sus tías que no paraban de platicar. Hablaban sobre los vestidos, sombreros y guantes que usarían; lo cual le recordó que ella no tenía ningún vestido nuevo para estrenar en el baile. Luego se preocuparía, por el momento los ojos se le cerraban.

De pronto, oyó cuando el portón de la casa se abría. Por la algarabía de sus hermanas menores dedujo que se trataba de su padre que regresaba temprano. Quería ir a recibirlo, pero la venció el cansancio. En los últimos días tuvo demasiado trabajo con la entrega de manteles y recuerdos del Centenario que se venderían en La Española, además de cuidar a Toñito. Esa tarde no regresaría al hospital.

Dormitó unos minutos. Cuando escuchó la campana del portón, no hizo caso. Algún mensaje o la entrega de una invitación. Después de la siesta buscaría en el ropero un vestido para baile y, si no encontraba algo digno, inventaría un pretexto para no acudir.

—Niña María, despierte. El niño Olegario quiere hablar con usté en la sala –le susurró Chona.

—¿En la sala?

—Sí, niña, y yo creo que debe arreglarse tantito porque hay visitas.

—¿Quiénes?

—Dice que se apure. Hace ratito vine a llamarla, pero estaba bien dormida. Entonces mi niño Olegario decidió dejarla descansar unos diez minutos más.

María se levantó. Revisó su vestido de muselina rosada. Peinó sus cabellos. Se puso un poco de colorete en las mejillas, en los labios y unas gotas de perfume en el cuello. No tenía idea de quiénes pudieran visitarlos a la hora de la siesta, pero debía de ser importante para que su padre requiriera su presencia. Salió de la habitación y encontró el pasillo en silencio. Sus tías debían estar descansando para volver a la actividad al oscurecer. Sabía que su madre y Lucila acompañarían a Blanca y a don Agustín a un banquete en el Alcázar de Chapultepec; mientras que las tías acudirían a un brindis literario musical en la delegación española. Entró en la sala y, para su sorpresa, Adela le salió al encuentro.

—María, hijita, qué bueno que llegas –le dijo abrazándola, y con una gran sonrisa en los labios–. Tienes visita, pero a petición de Pablo dejamos que durmieras un poco más. Nos comentó que tuviste unas semanas muy agitadas. Ya me imagino...

Al verla, Pablo se levantó del sillón.

—María, Pablo vino a platicar contigo –comentó Olegario.

—¿Sucede algo? ¿Toñito? ¿Las muchachas?

—No vine como doctor, ni mucho menos como tu jefe –comentó Pablo risueño.

—Hija –dijo Olegario en tono cordial–. Pablo vino a pedir nuestra autorización para visitarte como pretendiente, lo cual nos halaga mucho, ya que lo conocemos desde pequeño. Sabemos que es un hombre bueno, amable, con principios sólidos y trabajador. No, no nos contestes –agregó ante el gesto de María–. Hablen en privado, que lo que tú elijas será respetado por nosotros. ¿Verdad, Adela?

—Yo diría que debemos...

—Nada. Esto les pertenece únicamente a ellos –Olegario tomó del brazo a su esposa y la invitó a retirarse.

Sus padres se marcharon dejando en la estancia un silencio tenso, aunque la fuerza de los latidos de su corazón amenazaba con delatar sus emociones. Por un lado, le alegraba la osadía de Pablo. No cualquiera se presentaba a pedir una autorización sin el consentimiento de la involucrada. No obstante, le enojaba la soberbia del doctor. ¿Qué demonios se creía? Pero la verdad era que estaba feliz de verlo.

—¿Acaso es una broma? –la irritación comenzó a brillar en sus ojos.

—Existen decisiones que no son broma –Pablo abandonó su lugar para sentarse junto a ella. Luego intentó tomarla de las manos.

—Pues me parece de mal gusto que se presente en mi casa y hable con mis padres, cuando nunca hemos tenido un entendimiento que presuponga un interés especial –cruzó los brazos impidiendo cualquier roce.

—Tienes razón. Nunca he expresado mis sentimientos y sé que durante meses me comporté como un estúpido –aseveró con voz suave–. Sólo que en una noche solitaria te enfrentas a la verdad. Por primera vez en la vida sabes lo que quieres, lo que deseas hacer y a quién tener a tu lado. Al final de todas las preguntas y respuestas, lo único cierto eres tú.

—No entiendo, doctor Pascal. ¿Cómo intenta pretenderme si usted está comprometido con otra? Además, me detesta y no ha perdido oportunidad de demostrarlo.

—Primero, nunca me vuelvas a llamar doctor Pascal. Para ti siempre seré Pablo. Estoy libre de cualquier compromiso. Sí, me has sacado de quicio muchas veces y mientras más te detestaba, más te deseaba. Suena estúpido, lo sé. A mí también me costó comprenderlo. Y así, entre paradojas, cada día, cada hora, un fuerte sentimiento creció en mi interior –se puso en cuclillas frente a ella en busca de los ojos oliváceos–. No soy romántico, ni sé decir frases bonitas; sólo que llega un momento en la vida de un hombre en el que debe decidir y aceptar las consecuencias de sus actos. Basta de engaños. Siempre te he amado, María, desde que eras una pequeña impertinente, con la cara y las manitas sucias, que jugaba a perseguirnos. Traté de evitarlo y en mi inseguridad, caí en el mal humor, en un comportamiento desagradable y en celos.

—¿Celos?

—Y no te imaginas de qué manera. Llegué a odiar a Antonio porque siempre obtenía tu atención. Todavía detesto que mi hermano se acerque a ti y con todo descaro te abrace y te lleve a bailar. No soporto que los doctores o los estudiantes te miren y suspiren en espera de una respuesta. Te quiero únicamente para mí. Por favor, María, acepta mi propuesta y déjame demostrarte mi amor.

—¡Por Dios, Pablo! Estoy sorprendida. ¿Amor?

—Es la única manera de llamar a este sentimiento que me ahoga cuando no estás y que me sublima cuando te encuentro.

—No sé qué decir.

—La verdad, lo que siente tu alma. Nada más no me digas que lo vas a pensar unas semanas, porque no lo soportaría. Sería imposible estar junto a ti, simulando indiferencia.

—No nos conocemos, tenemos diferentes intereses y creencias.

—A mí me parece lo contrario. Nos vemos a diario, y nuestros intereses coinciden.

—Y ¿si no nos entendemos?

—María, no pongas tantos pretextos. Me gustas como eres y aunque sé que he sido desagradable, te prometo mostrarte mi mejor lado. Hay que darnos una oportunidad. Podría ser maravilloso.

—¡Pablo...! –lo atrajo hacia ella y lo abrazó. Tampoco podía continuar mintiendo. En sus sueños esperaba el momento de saberse querida por él, disfrutar sus caricias, acompañarlo al salir del trabajo, dejar atrás la tonta relación que llevaban para convertirse en algo más. Debía confiar en sus palabras–. Todo es tan sorpresivo. Yo... yo también te quiero.

Pablo le tomó las manos y comenzó a besarlas con desesperación. Ella guardó silencio unos segundos, luego añadió risueña:

—Vamos a intentarlo. Sí, sí acepto que me pretendas, aceptaría ser tu novia.

—Amada, yo te enseñaré el término correcto: se llama amor.

Pablo la abrazó con toda la ternura que fue capaz. No la soltaría nunca más, se lo prometió a sí mismo. Era su María. La mujer que lo había conquistado con dulzura, bondad y entrega. Le besó la frente, las mejillas y sintió cómo se estremeció entre sus brazos cuando sus labios rozaron los de ella. Quería besarla hasta satisfacer su deseo. No, no la presionaría. Todo llevaba un tiempo y él lo respetaría; aunque al volver a contemplar esos ojos que lo observaban con pasión, dudó si podría aguardar tanto.

* * *

Momentos después María subió las escaleras. En la estancia familiar Adela, las tías, Blanca y Lucila esperaban la noticia.

—¿Qué sucedió? Nos tienes en suspenso –dijo Remedios, al tiempo que todas clavaban la mirada en el rostro sonrojado de la recién llegada.

—¡Estoy feliz! –estalló, entre sonrisas y llanto–. El doctor Pablo Pascal es mi pretendiente oficial –Remedios, Amparo, Lola y Lucila corrieron a felicitarla. Las cinco mujeres se abrazaban ante la envidia de Blanca y el gozo de Adela.

Esa noche, María no pudo dormir, la ilusión rondaba por su mente.

La mañana del domingo cuatro de septiembre amaneció soleada, con un viento fresco que obligaba a cubrirse. En el laberinto que ocasionaban la gran cantidad de carruajes, la gente peleaba por llegar a las tribunas colocadas a lo largo del Paseo de la Reforma, La Alameda o por encontrar un sitio, delante de las gradas, en las banquetas, balcones, ventanas y hasta azoteas de las casas que se ubicaban en Patoni, avenida Juárez, San Francisco y Plateros. Nadie quería perderse el primer desfile de las celebraciones.

Pablo no asistiría. Debía atender asuntos pendientes en el hospital. María, junto con las tías y sus hermanas pequeñas, caminaba de prisa entre la multitud. Todavía era temprano y los comercios estaban cerrados. Las campanas de las iglesias sonaban en franca rivalidad con las fiestas. Algunas fachadas tenían grandes cartelones que anunciaban las festividades. Aparecía la Patria representada por una mujer descalza, vestida de blanco. Lucía una corona de laurel y sostenía la bandera nacional. Junto, el calendario azteca con dos fechas: 1810-1910. Al fondo se apreciaban los volcanes, la columna de la Independencia, el monumento a Cuauhtémoc, el Palacio Nacional, luces y las banderas de los países que enviaron representantes. En la parte superior, con letras rojas decía: "La Comisión Nacional del Centenario de la Independencia de México". Abajo, con letras azules, continuaba el mensaje: "Solemnidades, fiestas y actos oficiales que se verificarán en la capital de la república durante el mes de septiembre de 1910, en conmemoración del primer centenario de la proclamación de la independencia de México."

Conforme se acercaban a La Alameda, varios vendedores les salieron al encuentro. Ofrecían sombreros de palma, abanicos, atole, tamales o rentaban huacales de madera para que las personas ganaran altura y apreciaran mejor el desfile. Unos hombres pasaron vendiendo banderitas mexicanas y rehiletes tricolores de varios tamaños. En la parte baja de la tribuna unas estudiantes vestidas de chinas poblanas repartían programas: fiesta de la Banca, Comercio e Industria.

Las gradas de madera, incómodas, eran preferibles a aguantarse el desfile de pie. Las Fernández ocuparon sus lugares, contentas de haber llegado temprano. Al lado, unos desconocidos comentaban que, a pesar de la distancia, mucha gente había acudido a ver cómo el vicepresidente Ramón Corral colocaba la primera piedra de la nueva cárcel general de San

Jerónimo Atlixco, en la calzada de la Cayuca. Opinaban que aligeraría el exceso de presos de la cárcel de Belén.

—Hay muchos extranjeros. La pareja que está allá habla inglés y la familia de aquella fila platica en un español diferente –señaló Ana sin ninguna discreción.

—Deben ser centroamericanos. Me dijeron que vendrían porque también ellos festejan el centenario de la independencia de sus países –aseveró Rosa confirmando lo que le enseñaron en la escuela.

—¿Saben que de los cincuenta y un países invitados treinta y dos mandaron representación? –comentó Lorena.

—Sí, los más mencionados son España, Francia, Alemania, Japón y Estados Unidos –agregó Lola, incómoda con el asiento.

—Inglaterra no participó. Está de luto por la muerte del rey Eduardo VII –dijo Remedios mientras se persignaba.

—Me imagino que los hoteles deben estar saturados –Lola sacó del bolso unos binoculares plateados y se puso a ajustarlos.

—Igual que las posadas y las casas de huéspedes. Varias amigas rentaron habitaciones en sus hogares –comentó Amparo risueña.

—Mi mamá quería hacerlo, ya que las Damas de la Santa Caridad alojarían a nobles europeos y a empresarios. Papá se opuso. No tenía necesidad de sentirse incómodo en su propia casa –confesó Lorena con cierta decepción.

—Así es –respondió Remedios–. Amadita Díaz y su esposo, Nacho de la Torre, prestaron su residencia a la embajada de Italia; la señora Braniff, a la legación japonesa, y el señor Scherer, a la representación alemana.

—Y don Guillermo Landa y Escandón acogió al enviado de España, el marqués don Camilo García de Polavieja –Amparo se quitó la capa, la dobló y se sentó sobre ella.

—La entrega va a ser emocionante –con un gesto, Remedios reprobó la acción de su hermana.

—¿Cuál entrega? –preguntaron las niñas con curiosidad.

—La que España, por medio del marqués, va a hacer a México. Nos devolverán el uniforme de don José María Morelos –las instruyó Remedios–. Cuando el gobierno virreinal lo fusiló, se quedó con sus pertenencias, las cuales se enviaron a España al concluir la Guerra de Independencia.

—¿Serán las originales? –preguntó Ana.

—Por supuesto. Fernandito va a asistir a la ceremonia. Él nos contará –Lola acarició la cabeza de su sobrina menor.

—También el gobierno francés nos va a entregar las llaves de la ciudad –dijo Lorena dirigiéndose a sus tías.

—¿Las llaves de la ciudad? ¿La ciudad tiene puerta? –volvió a preguntar Ana.

—No, mi niña, es simbólico –replicó Remedios–. Cuando los franceses invadieron México, el mariscal Forey tomó como trofeo un par de llaves doradas, con el escudo nacional en el centro, que se otorgaban a personajes distinguidos. Ahora el embajador Lafaivre las devolverá. Además de regalar, al pueblo mexicano, un monumento con el busto de Louis Pasteur.

—El emperador de Alemania, Guillermo II, también obsequió una estatua del barón Alexander Von Humboldt y la colonia otomana residente en México construyó un reloj. Escuché que lo van a colocar en la esquina de Capuchinas y Bolivar –comentó Lorena.

—La colonia italiana donó una escultura de Garibaldi y una copia del *San Jorge* de Donatello. La colonia americana no se queda atrás, obsequió un monumento dedicado a Washington –declaró Lola, quien siguió el ejemplo de Amparo. Se quitó la capa y se sentó sobre la prenda.

—Cuánto trabajo va a tener don Porfirio. ¿Resistirá? Ya está muy viejito –dijo Rosa.

—Nuestro presidente es un gran hombre, hijita –respondió Amparo emocionada–. A pesar de sus canas y arrugas tiene la energía de un león. Siempre lo ha demostrado. Y hay que reconocer que Carmelita lo ayuda en todo.

—Además de asistir a las inauguraciones y colocaciones de placas conmemorativas, está invitado a muchos banquetes, recepciones, obras de teatro, tertulias musicales y varios encuentros con los diplomáticos extranjeros –completó Remedios sin dejar de mover el abanico.

—Por cierto, hoy se abre al público la exposición de figuras de cera que representan actos históricos, en el Asilo Colón –dijo Lorena.

—Tías, ¿podemos ir? –preguntaron las pequeñas.

—Claro, mis niñas –contestó Amparo mirando de reojo a María–. Ya nos daremos un tiempo. Es más, se me ocurre que debemos invitar al doctor Pascal.

—¿Qué? ¿Dónde está?

—¡Ay, María! Al fin regresas a la tierra. Con esos ojos soñadores y la sonrisa permanente, sabemos dónde te encontrabas –dijo Remedios conteniendo la risa–. No, no te ruborices, el enamoramiento hace bellas a las mujeres.

—Pensaba en el desfile –María sintió que las personas que las rodeaban conocían sus pensamientos.

—Ni mentir puedes –comentó Amparo–. Yo también me pondría así, si mi pretendiente me hubiera mandado varios ramos de flores a mi casa.

—Son las azucenas, rosas y claveles más bellos que he visto. ¿No crees?

—Sí, hijita –respondió Remedios con cierta ironía–. Tan bellos y comunes como los que cultivamos en Xochimilco.

La algarabía y el sonido de una melodía las hicieron callar. Un grupo de obreros, ondeando banderas y portando estandartes que identificaban sus centros de labor, abrieron el desfile. Pasaban gritando consignas a favor del presidente, *vivas* a los héroes de la Independencia y porras al buen gobierno. Algunos llevaban pancartas con las caras de Hidalgo, Morelos, la Corregidora, la Patria y Porfirio Díaz. Una banda los seguía de cerca tocando marchas militares.

Unos metros atrás, apareció el carro alegórico que representaba la agricultura. En el centro se mostraban escenas de la vida campestre y, a los lados, diferentes productos agrícolas del país. El carro del Centro Mercantil iba precedido por heraldos. Sobre una plataforma decorada con banderas mexicanas y francesas estaba el busto de don Miguel Hidalgo coronado por la Patria. A ambos lados había dos más: el de Benito Juárez y el de Porfirio Díaz, coronados respectivamente por La Justicia y La Paz. El carro del coñac Gautier simulaba una taberna donde campesinas francesas y mosqueteros degustaban la bebida que los patrocinaba, entre galones, flores y racimos de uvas. En la parte trasera los integrantes interpretaban una escena cortesana del reinado de Luis XV de Francia.

Continuaron el desfile un grupo de ciclistas, con pantalón blanco y chaquetas verdes, haciendo toda clase de piruetas, lo que emocionó a Rosa y Ana.

—Yo quiero aprender a manejar una bicicleta –exclamó Rosa aplaudiendo.

—Mamá nunca lo permitiría. Las usan únicamente los hombres –contestó Lorena imitando el tono de voz de su madre.

El carro del Buen Tono, la mayor cigarrera del país, pasó secundado por el del Palacio de Hierro, que estaba decorado con fuerte influencia francesa. Siguieron, a paso lento, el de la compañía cervecera de Toluca, el del Sombrero de palma, el de la fábrica San Rafael, los de algunos estados de la república –patrocinados por bancos e industrias– que hacían referencia a temas como la minería, la banca y el progreso industrial. Al final, aparecieron varios automóviles y carruajes decorados con festones y flores, y un camión que arrastraba algunos furgones donde iban sentadas obreras vestidas de blanco.

Cerraron el desfile los charros, montados a caballo, que con sus suertes exaltaron el entusiasmo de las Fernández.

* * *

Al oscurecer María vio partir a su madre, Lucila y Blanca que acompañarían a don Agustín a una *garden party* que las agrupaciones mercantiles de la Ciudad de México ofrecerían, en el restaurante Chapultepec, al presidente Díaz y a los invitados extranjeros. Las tías, junto con don Julián de la Borbolla, Fernando y la familia del general Mendoza, acudirían a una velada en la residencia de don Ramón Corral. Olegario llegaría tarde.

Y las pequeñas cenaban en la cocina y les narraban a Chona y a los demás sirvientes lo sucedido en el desfile.

Después de darse un baño, María salió al balcón. A lo lejos se veía el desacostumbrado resplandor del Zócalo iluminado. En algunas partes, fuegos artificiales rompían la oscuridad del cielo: la alegría era general.

Se recargó sobre el barandal y suspiró. También ella estaba feliz. Del bolsillo de la bata extrajo la misiva que esa tarde le había enviado Pablo:

> Te amo. En estos momentos
> mi corazón está contigo.
>
> Tuyo,
>
> Pablo

Lo leyó nuevamente. Jamás se cansaría de ver esa letra, alargada y fina, en tinta negra. ¿Cómo se habían encariñado? Ni idea, simplemente sucedió. Del aborrecimiento surgió la atracción y del odio, el deseo. Cuánta ironía. Y ¿el amor? Pablo aseguraba que la amaba, pero ella aún no entendía ese sentimiento. ¿Podría ser amor querer verlo cada día? ¿Estremecerse con el roce de sus cuerpos? ¿Ansiar un beso? ¿Pensar en él? Nunca antes sintió eso, ni cuando Leandro la besó. Aquello fue un error, se dijo, tocando sus labios. No debió acompañarlo a casa de Madero. Pensar en el licenciado le causó un gran malestar y no por lo que el hombre significaba, sino por Antonio. ¿Cómo tomaría que su hermano mayor la pretendiera? No quería imaginarlo; no obstante, todo el grupo de allegados se enteraría. Y ¿Milagros? ¿Qué habría sucedido con ella? Por las internas del Morelos se enteró del escándalo que hizo y de cómo Pablo la corrió ¿Sería el hecho que motivó el rompimiento entre ellos? También, pronto se enteraría, pues la señorita Landa y sus amigas estarían presentes en las festividades. Y ¿Tere Pascal? ¿Tomaría mal la noticia? No, ella la aceptaría, siempre le demostró cariño. Tal vez a quien no le agradaría sería a Carmelita. Sin embargo, de ella no se preocuparía. La esposa del presidente andaba demasiado ocupada para importarle las relaciones de su sobrina Milagros.

Durante unos días no se verían. Pablo se impuso una nueva rutina. Trabajaba un par de horas en el Hospital Morelos. Posteriormente, se encontraba con el doctor Eduardo Liceaga para afinar los últimos detalles del Congreso Médico donde asistirían más de cien médicos del país. Luego, atendía a los galenos que venían del extranjero. La consulta particular había pasado a un segundo término.

Cerró la puerta del balcón. En septiembre las noches comenzaban a ser frías. Volvió a pensar en Pablo. La tarde de la petición, quedaron que volverían a verse el 15 de septiembre, un lapso demasiado largo. Desde entonces él le envió flores, el mensaje y una sorpresa para cada día que pasaran alejados. También acordaron que dentro del Morelos, Pablo continuaría siendo el doctor Pascal y ella, la señorita Fernández. Ninguna de las internas debía descubrir su compromiso, aunque estaba segura de que jamás engañarían a Amalita.

El horario de La Española se había extendido hasta las ocho de la noche.

—Tuvo voz de profeta. Al anticipar las ventas obtuvimos un buen resultado –Fidel apuntaba en una libreta las ventas del día–. Hay un incremento del treinta por ciento.

—Así es, mi estimado Fidel –respondió Olegario quien, sobre periódicos esparcidos en el escritorio, comparaba las entradas y las salidas de mercancía–. Septiembre es un buen mes para el comercio, igual que diciembre.

—Es muy cierto. En casa, la familia anda alocada. Todas las noches nos caen los parientes a merendar.

—El que la familia esté unida es una bendición.

—Y ¿qué tal las actividades de sus hijas? ¿Muchas invitaciones?

—Ya casi ni las veo. Blanca, desde que se comprometió con don Agustín, nunca está en casa. Tampoco Lucila, ya que es su chaperona.

—Por su voz, entiendo que sigue sin aceptar a su futuro yerno.

—Tiene razón, Fidel, nunca me gustó. Es un hombre de mi edad, con mucho dinero, pero sin un buen futuro que ofrecerle a mi hija. ¿Qué puedo hacer? Si ella así lo quiere.

—Y la señorita María, ¿cómo está? No ha venido a hacer cuentas. Le va a dar mucho gusto cuando se entere de la demanda que han tenido los artículos que elaboraron las muchachas del Morelos. De hecho, doña Nachita preguntó si le pueden hacer un mantel como el que estaba en la vitrina.

—Recuérdeme cuál y yo le informaré a mi hija, que dudo tenga tiempo para venir.

—¿Ya se dio cuenta quién anda rondando la tienda de nuevo?

—No me diga que el licenciadillo.

—Sí. Van varias tardes que se para en la esquina en espera de ver salir a la señorita María.

—Le falló la apuesta. Apoyó a Madero y perdió –Olegario se frotó los ojos.

—Dicen que Madero anda muy calmado. Es más, ya ni los periódicos hablan de él. Debe estar perdido en San Luis.

—Espero que ahí se quede junto con el licenciado. Lo que menos deseo es que distraiga a María. ¿Se acuerda del doctor Pascal? ¿Un joven que vino a visitarme hace meses?

—Más o menos lo recuerdo.

—Bueno, pues pretende a mi hija.

—La señorita María merece un buen marido. Y hablando de otro tema, ¿leyó los periódicos? ¡Cuántas actividades!

—Las páginas están ocupadas por las celebraciones y unas cuantas noticias internacionales. *El Imparcial, El Tiempo* o *El País*, hasta *El Diario del hogar*, de tendencia liberal, llenan de elogios al presidente, al gobierno y las grandes obras que se construyeron con pretexto del Centenario. Mire –señaló una sección del periódico–. La Cervecería Cuauhtémoc anuncia, en la nueva presentación de su botella, la efigie de la escultura del emperador mexica, la que está en la glorieta del Paseo de la Reforma, con las fechas 1810-1910. El tequila Centenario muestra una etiqueta con la Patria, como una amazona, montada a caballo. Vea éste –le mostró otra página–. El Abastecedor Eléctrico regala a sus clientes un cenicero de vidrio en cuyo fondo aparecen las efigies de Hidalgo, Juárez y Porfirio Díaz, con la leyenda "Recuerdo del Centenario, México 1810-1910". ¡Y qué me dice de este anuncio! –le enseñó otra sección–. "Aquí se venden las Píldoras Nacionales contra la calentura". Vea como pusieron al fondo la bandera nacional. Hay un anuncio del Palacio de Hierro que obsequia a sus selectos clientes una libreta en cuya portada de estaño dice "Recuerdo del Centenario". Por casualidad ¿ha examinado las cajetillas de cigarros del Buen Tono y de la cerillera La Central?

—La verdad, no he tenido tiempo. Con tanta gente me limito a despachar.

—¡Cipriano! –Olegario le gritó al empleado–. Trae un paquete de cigarros, uno de cerillos y una caja de puros, por favor. Las cajetillas del mes pasado mostraban a Porfirio Díaz con la leyenda "Homenaje al héroe de la paz". ¿Se acuerda? Este mes –dijo tomando una del paquete que recién acababa de abrir–. "Cajetilla de cigarrillos independientes 1910" y la figura de Hidalgo al centro. No obstante, debo reconocer que el diseño más bello es el de la etiqueta de los puros elaborados por la familia Alvarado. Observe la delicadeza en los dibujos, los colores, las figuras. Pero el colmo de la locura es algo que me regaló un cliente –de un cajón extrajo una pequeña charola plateada oval con una protuberancia en cada lado: una con la efigie de Hidalgo, y la otra la del presidente. Al centro se leía: "The Manhattan Shaving Parlor. El salón más confortable de aseo en la capital. Av. San Francisco, #30, México, D.F."–. ¿Qué le parece? Hasta lo extranjero ha tomado tintes nacionalistas.

—El correo no es la excepción. El otro día fui a enviar unas cartas y me ofrecieron timbres con los dibujos de la Corregidora, Leona Vicario y la Patria.

—En fin, nosotros debemos aprovechar la ocasión y vender; aunque créame, los fabricantes que no pusieron en sus envolturas mensajes alusivos a los festejos llevan las de perder. La gente elige los que puede guardar como recuerdo.

—No lo dudo. ¿Me puede prestar los periódicos? En los últimos días ni los he hojeado. Dígame, don Olegario, ¿de qué me perdí?

—De mucho y de nada. Al igual que anteayer, ayer y hoy, las noticias siguen los pasos de Díaz. El martes, el gobierno colocó una bandera de grandes dimensiones frente a Palacio Nacional y cerca de seis mil niños hicieron la jura de bandera en presencia de don Porfirio. Al final, los coros entonaron el *Himno Nacional*. Hoy miércoles, Díaz recibió al enviado de España, el marqués don Camilo García de Polavieja y a las misiones de Cuba, Portugal, Bélgica, Suiza, Venezuela y Colombia. Por otro lado, don Justo Sierra, secretario de Instrucción Pública, inauguró la Escuela Nacional Primaria Industrial para niñas "Josefa Ortiz de Domínguez" en la antigua plaza de Villamil. Mañana comenzarán las sesiones del Congreso Americanista en la Escuela Nacional de Minería; se inaugurará el anfiteatro de la Escuela Nacional Preparatoria; y en el bosque de Chapultepec, don Porfirio, frente al monumento de Los Niños Héroes, rendirá un homenaje. También se festejará la romería de la Covadonga en el Parque Español. Mis hermanas y mi sobrino asistirán con mis hijas pequeñas y María.

—Y a usted, ¿no lo invitaron?

—Sí, como todos los años. Tal vez, si no hay tanto trabajo, me escape a la hora de la comida.

—Vaya, don Olegario, yo me encargo de la tienda. Por unas horas de ausencia no va a pasar nada. Por cierto, ¿vamos a trabajar el 15 de septiembre?

—Cerraremos temprano, a las doce. No quiero problemas –aseveró guardando sus apuntes dentro del cajón central del escritorio–. Es algo que todavía no logro entender. Nací en Xochimilco, y si mi padre nació y se educó en España fue por casualidad. Mi abuela paterna, junto con mi madre y mis abuelos maternos eran mexicanos. He trabajado en esta ciudad toda mi vida, mi esposa, a pesar de su origen francés, y mis hijas son mexicanas. He explicado mi origen hasta el cansancio y todavía me siguen llamando pinche gachupín –guardó unos segundos de silencio negando, luego agregó con amargura–. Por desgracia, cada 15 y 16 de septiembre los pelados desquitan su odio contra los muros y vidrios de La Española. Cuántos letreros de "Malditos españoles", "Fuera de México", "Explotadores", "Mueran los españoles" hemos tenido que lavar. Así que no olvide poner los avisos de cierre para que la gente anticipe sus compras.

—No, don Olegario, no lo olvidaré.

María caminaba seguida de Matías, quien cargaba varias cajas de diferentes tamaños. Muy temprano salieron rumbo al almacén de don Fidencio a recoger los vestidos que adquirió por recomendación de sus tías. Fue una suerte que quedaran modelos exclusivos, los cuales ajustaría con unas cuantas costuras. Las tías, junto con las niñas, irían a visitar la exposición de pintores mexicanos en la Academia de San Carlos, donde se exhibían las obras de José Salomé Pina, Félix Parra, Saturnino Herrán y Joaquín Clausell, entre otros. Luego, al atardecer, acudirían a la plazuela de la Candelarita, cerca de la calle de Pescaditos, donde una banda de música ofrecería una serenata.

Hacia el mediodía, Blanca y Lucila asistirían con don Agustín a la procesión cívica que miembros de la sociedad, la industria, el comercio, además de empleados gubernamentales, oficiales y militares efectuarían por las calles del Centro, con el fin de rendir honores a los restos de los héroes de Independencia que estarían expuestos en el Altar del Perdón, dentro de la Catedral Metropolitana.

Estaba cansada. Había participado en demasiados eventos. Tal parecía que la vida de la ciudad marchaba a otro ritmo: rápido, lleno de escenas, colores, música y ruidos. Una noche asistieron a la función de gala en el teatro Arbéu en honor de las misiones especiales que visitaban el país. El local estaba lleno y ricamente decorado. Por suerte, don Julián de la Borbolla consiguió cuatro lugares en el *mezzanine*. ¡Ah! Cómo disfrutó la interpretación que la Compañía de Ópera hizo de *Cavalleria Rusticana* y aunque Pablo no estuvo presente, ella lo recordó en cada momento. Deseaba, con toda su alma, que él la besara como sucedía en las viejas novelas de amor. ¿Cómo pedírselo? Si se lo insinuaba él pensaría que era una descarada. Y si se mostraba indiferente, la consideraría mojigata. Lástima, tendría que esperar a que él se decidiera. Al salir de la función se topó con Antonio que escoltaba a Dolores Escalante. Apenas se saludaron. También estaban Toñeta Arce colgada del brazo de Pedro de Osio, Lorenzo Ricaud acompañando a Elenita Mariscal, las hermanas Fortuño y las amigas de Adela; pero le sorprendió no encontrar a Milagros Landa, con su eterno gesto burlón. Sólo vio a Concha en franca pelea con la concurrencia por ocupar un sitio junto a Carmelita. ¿Qué sucedería cuando se enteraran? Estallarían en cólera. Más tarde, cuando aguardaban la llegada del carruaje,

Tere Pascal se le acercó, la abrazó con cariño y le susurró al oído: "Gracias por hacer feliz a mi hijo". Una sensación de bienestar le recorría el cuerpo cada vez que evocaba esas palabras. Si Tere la aceptaba, entonces no debía preocuparse.

Cruzaron la calle. María ayudó a Matías con dos cajas redondas que contenían sombreros. Había poca gente y las que pasaban se dirigían hacia la avenida Juárez. Deseaban ser testigos de la exaltación del nacionalismo.

Al día siguiente de la ópera, su padre alquiló unos coches para que las llevaran hasta la ex Hacienda El Rosario, cercana al pueblo de Tacuba, donde Díaz inauguró la Escuela Normal de Maestros. Otra construcción monumental, que según la tía Lola, parecía un palacio europeo, muy parecido al nuevo manicomio. Estaba en lo cierto. Los dos edificios se debían a Porfirito, el hijo de don Porfirio. En esa ocasión el presidente estuvo acompañado por doña Ángela Terrazas de Creel.

Al llegar a la calle de Pescaditos, María descubrió un auto afuera de su casa. Al acercarse, la emoción comenzó a apoderarse de ella. Sí, era el coche de Pablo. Corrió los últimos metros con el entusiasmo en el rostro. Nerviosa metió la llave en la cerradura, mas la puerta se abrió antes. Pablo salió a su encuentro.

—¿Qué haces aquí? –ella le rodeó el cuello en un abrazo.

—En tu espera –él, feliz, le dio un beso en la mejilla–. Llevo cerca de una hora sentado en el patio conversando con tu madre. Estaba ansioso por verte. No soportaba más –le dijo sin soltarla. Por ningún motivo se separaría de ella–. El hospital me ahoga si no estás tú.

—Exageras.

—De ninguna manera. He trabajado como un demente. Al fin puedo decir que casi acabé y lo primero que se me ocurrió fue buscarte. Te necesito, María –tomados de la mano entraron al vestíbulo de la casa.

—Yo también te extrañé –confesó María ruborizada.

—Lo sé. Y no tienes idea de cómo he pensado en ti. Pasé algunas noches en restaurantes rodeado de extranjeros, hablando de investigaciones, negocios, traduciendo entre francés, inglés y español. Hice un esfuerzo titánico para hacer mi trabajo sin perderme en tu recuerdo.

—No sabes cuánto me alegra –repuso sonriente–. Ya estamos juntos, podemos disponer de la tarde.

—Sí y no. Te dije que casi acabé. Hoy debo asistir a la famosa procesión cívica y acompañar al doctor Liceaga, pero quiero que vengas conmigo.

—¿No será impropio?

—No me importa. Quiero tenerte a mi lado –aseguró acariciándole la mejilla con el índice.

—Está bien. Déjame cambiarme de ropa.

—No hay tiempo. Debemos llegar cuanto antes, para integrarnos al grupo de médicos y enfermeras.

—Entonces permíteme cambiarme los zapatos.

María subió a su habitación mientras solicitaba la ayuda de Chona. En minutos cambió su atuendo por un sastre color menta, una blusa blanca con delicados encajes y repeinó su cabello para luego ponerse un sombrero de fieltro. Antes de salir Chona le alcanzó un par de guantes y un bolso.

—Pensé que se trataba de los zapatos –la miró divertido–. La espera valió la pena.

* * *

Atravesaron La Alameda rumbo al monumento a Colón. Al punto de las doce, la procesión comenzó. Abría la marcha el gobernador de la Ciudad de México, don Guillermo Landa y Escandón, con miembros del Ayuntamiento; lo seguían empleados federales, delegados de Dolores Hidalgo, miembros del poder judicial, sociedades científicas y literarias, comerciantes, banqueros, industriales, maestros, médicos, enfermeras, ferrocarrileros, militares de alto rango, abogados, arquitectos, músicos, artistas y, por último, los marinos alemanes, franceses, brasileños, argentinos, los cadetes del Colegio Militar, la Escuela Militar de Aspirantes y alumnos de la Escuela Naval de Veracruz. Todos marchaban recibiendo el aplauso de los espectadores quienes al paso de la comitiva lanzaban flores y confeti.

Pablo sostenía con la mano izquierda un estandarte que decía: "Enfermeras y doctores del Hospital Morelos, presentes" y con la derecha tomaba a María. Por momentos la acercaba hacia él y la mantenía muy junto. Necesitaba sentirla, tocarla, acariciarla. Atrás, cinco estudiantes de enfermería cargaban más estandartes y ramilletes de rosas.

—No puedo creer que esté participando en un desfile –dijo María–. Apenas hace una hora no tenía intención de salir de casa. Tampoco esperé esta respuesta de la gente. Nos dan un trato especial.

—Tal vez representamos lo que el Porfiriato ha generado: servicios e instituciones sólidas y toda una generación de hombres y mujeres, profesionistas libres, que trabajamos por un México mejor. A final, María, los inconformes se podrán quejar de don Porfirio, pero ha sido el único gobernante que nos ha dado prosperidad, paz y un respiro en la agitada vida del país.

—No todos piensan igual.

—Lo sé –contestó abrazándola por los hombros–. Y es lo paradójico. Muchos de los que repudian a don Porfirio están aquí, unos participando en el desfile y otros, aplaudiendo.

—No lo dudo. Las personas somos contradictorias. ¿Por qué nos detenemos?

—De seguro, los que van al principio ya llegaron al Zócalo y las puertas de Catedral son estrechas. Esto me da la oportunidad de besarte.

—Señor Pascal, ¿qué van a pensar de sus modales?

—Al demonio con eso. Yo te beso porque llevo días deseándolo –con delicadeza le dio un beso en la punta de la nariz–. No, por favor, no me mires de esa manera que no voy a contenerme –añadió al tiempo que se separaba de ella para volver a tomarla de la mano–. Y no pienso montar un espectáculo en plena calle y con público incluido.

Lentamente avanzaron hasta llegar a Catedral. En la entrada, frente al altar del Perdón, se encontraban varias urnas que contenían los restos de los héroes de la Independencia. El recinto estaba lleno de flores, estandartes, mantas y ofrendas, además de enormes cirios y veladoras perfumadas, lo que exaltaba el acto cívico y le daba un aspecto místico. Al salir, la multitud se dispersó para regresar a sus labores.

—Amor, te invito a comer. ¿A dónde te gustaría ir? ¿Chez Sylvain? ¿Mesón Doré?, o ¿Chez Montaudon?

—A ninguno –contestó tajante mientras regresaban por la avenida Cinco de Mayo–. Ahí, tendré que compartirte con tus amistades y no me interesa. Mejor vamos cerca de mi casa.

—No recuerdo ningún restaurante en la zona.

—No lo hay. En el parque habrá una tertulia y doña Enriqueta hace las mejores tostadas y pambazos del rumbo. Podemos comer, escuchar música y conversar sin ser interrumpidos. Bueno, no estaremos tan solos. Mis tías y mis hermanitas también andarán dando la vuelta.

—¿Con tu mamá?

—No te preocupes –sonrió divertida ante el comentario de Pablo–. Ella, Blanca y don Agustín van al *tea party* que Carmelita ofrece en el Castillo de Chapultepec, en honor de las representaciones diplomáticas.

—Entonces no hay problema. Contigo a mi lado, hasta el fin del mundo.

* * *

El enojo y la decepción caían como piedras en el ánimo de Leandro. Desde que él y la Prieta llegaron a la ciudad se habían topado contra un muro. Los amigos continuaban juntándose en reuniones clandestinas y cada día era menor la concurrencia. Todos los que se decían seguidores de Madero festejaban orgullosos el triunfo de la dictadura con esa fantochada que llamaban celebración del Centenario. De aquellas masas que juntaba Madero en sus giras, sólo unos miles continuaban fieles a la causa y un centenar comprometidos verdaderamente con el antirreeleccionismo. Pero la manifestación que acababa de ver esa tarde iba contra toda lógica. El pueblo se entregaba sin reservas al dictador que los había sometido por más de treinta años. Le aplaudía a sus funcionarios y vitoreaban a los catrines adinerados. Don Panchito había sacrificado su libertad por nada, dijo con tristeza, el líder no merecía la traición ni estar encerrado en San Luis.

Sin embargo, lo que destrozó su alma fue haber visto a María del brazo de otro. Pensó que con la distancia y la falta de noticias sus sentimientos hacia ella se enfriarían. Fue un verdadero idiota. No pudo evitar la tentación y rondó la esquina de La Española con el fin de encontrarla. Ahora, al ver cómo el hombre que la acompañaba le había besado la nariz, comprendió lo obvio: ella lo echó al olvido. Y de momento se sintió traicionado. No, no tenía ningún derecho. Él prefirió a Celia, su fiel compañera. ¿En realidad amaba a la Prieta? ¿O la relación se había convertido en costumbre? De lo que sí estaba seguro era de que no renunciaría a María. Una vez se juró que ella sería su mujer y aunque un maldito catrín la abrazara, él tendría la última palabra.

No le comentaría nada a Celia, de seguro que ella también andaría furiosa. Esa mañana antes de salir del cuarto que rentaban, quedaron que ella iría con Rafael Lozano a recoger unos donativos y que se encontrarían, cerca de la una de la tarde, en la esquina de San Juan de Letrán e Independencia. Fue ahí cuando vio a María y decidió participar en la procesión para seguirla. A esa hora, la Prieta estaría en el cuarto. No tenía ganas de enfrentarse a ella porque le desnudaría el alma con sólo mirarlo; así que buscó una pulquería. Encontró La casa de los deseos. Entró y el olor a pulque junto con restos de comida, vómito y orines le hizo retroceder. Pero qué más daba. En su ánimo la suciedad tenía cabida.

Pidió una catrina con pulque y buscó acomodo en un rincón. A su lado, unos teporochos reían a carcajadas cada vez que bebían y cuando vaciaban la catrina, pedían que la volvieran a llenar. Era común que en el fondo de los vasos se encontrara la imagen de Cristo. Los infelices brindaban y decían: "Hasta verte, Dios mío". Se acercó hacia ellos para escucharlos mejor. Uno gritó: "Hasta verte, don Porfirio" y todos rieron antes de beber. Leandro no lo podía creer cuando observó el fondo de su propia catrina. En vez de encontrar el rostro de Cristo descubrió, muy a su pesar, la cara del dictador.

El 15 de septiembre llegó como uno de los días más esperados por la sociedad mexicana. Como cada año, Porfirio Díaz presidiría la ceremonia del grito desde Palacio Nacional. La fiesta comenzaría en la mañana, para finalizar con la tertulia en la Plaza Mayor de la ciudad. Los establecimientos permanecerían cerrados. Desde muy temprano las calles principales se llenaron. Nadie quería perderse el desfile histórico que comenzaría a las diez de la mañana. Los carros alegóricos partirían del Paseo de la Reforma hacia Patoni, avenida Juárez, San Francisco y Plateros; luego darían vuelta a la Plaza de Armas para salir por la avenida Cinco de Mayo.

Pablo recogió a María temprano. Debían llegar a Palacio Nacional antes de que las calles fueran cerradas. Dejaron el automóvil afuera del Casino Francés y caminaron entre la multitud. Los soldados que permitían el acceso al Palacio de Gobierno les pidieron que hicieran fila. Los que no mostraban la invitación eran devueltos a las inmediaciones del Zócalo, ya que la plaza estaba repleta. Al detenerse la fila, María pudo observar las fachadas de los edificios y quedó maravillada. Por todos lados había flores, banderas y letreros que alababan a los héroes. Los ventanales del primer piso de Palacio Nacional estaban abiertos y, entre cada uno, había seis banderas tricolores sujetas por un escudo dorado en forma de sol. Los barandales de los balcones del piso superior estaban cubiertos por lienzos, con rayas horizontales verdes, blancas y rojas, cuyos filos remataban con galón blanco. En el balcón principal, el que ocuparían el presidente y los embajadores extranjeros, colocaron un gran escudo nacional sobre el lienzo. A cada lado colgaban seis banderas de mayor tamaño, lo que le daba un toque de majestuosidad.

—¿Ya viste la azotea? –dijo María señalando los torreones. Pablo divisó a cientos de personas asomadas, igual que en los otros edificios que rodeaban la plaza, incluyendo los campanarios de Catedral.

—Supongo que lo mismo pasa en Plateros.

—Sí. Blanca, Lucila y mi madre se encuentran en el edificio de La Esmeralda.

—Mis padres, junto con Antonio y las amistades de la familia, estarán en la Pastelería Francesa. Si Carmelita no nos hubiera invitado, también estaríamos ahí.

—Bueno, yo no fui invitada –comentó en voz baja.

—Al enviarme dos invitaciones, una es para mí y la otra para mi acompañante.

—Y ¿si ella pensaba en otra acompañante?

—Nunca ha existido otra, entiéndelo –le murmuró al oído–. Desde que regresé a México tú has sido la única y no quiero que exista desconfianza. ¿De acuerdo?

—Es un tema que tenemos pendiente, Pablo. No dudo de tu palabra, pero ¿qué va a suceder cuando nos enfrentemos con la que se decía tu prometida?

—Nada, porque sólo hubo una buena amistad. Y cualquier recelo o comentario que te ponga incómoda, dímelo. No quiero que entre nosotros haya intrigas, malos entendidos o rumores.

—Está bien –contestó, aunque en el fondo la continuaba inquietando la reacción de Milagros y sus amigas.

Al entrar, empleados del gobierno conducían a los invitados al balcón que les correspondía. María, tomada del brazo de Pablo, caminó despacio para ver a las personas que pasaban. Lucían una elegancia inusual a esa hora de la mañana. No se había equivocado al escoger su ajuar: un vestido de satín de seda *beige* oscuro ceñido en la cintura y bordado con motivos florales. El largo escote estaba cubierto por encaje claro, que aderezó con un collar y aretes de perlas. Llevaba el peinado abombado, un sombrero pequeño, guantes y bolso de tela. Miró a Pablo: él también vestía elegantemente. Llevaba pantalón y levita de casimir inglés negro, camisa blanca, corbata gris y chistera negra.

El balcón que correspondía a los médicos y sus acompañantes estaba situado casi en la esquina con la calle de Moneda. Entraron al salón donde varias parejas disfrutaban de café y pastelillos, dispuestos sobre una cómoda, junto con folletos del desfile. Decían: "1810-1910, Comisión Nacional del Centenario de la Independencia. Programa del Desfile Histórico. México, 15 de septiembre de 1910."

—Buenos días –dijo Pablo con voz amable. El doctor Liceaga los recibió con afecto–. Quiero presentarle a mi prometida, la señorita María Fernández –agregó orgulloso.

—Encantado de conocerla –el doctor le besó la mano con delicadeza–. He oído mucho de usted y en verdad estoy sorprendido de su labor dentro del Hospital Morelos. Venga –la condujo hacia un sillón donde platicaban tres mujeres–. Permítame presentarle a mi esposa, a la del doctor Jiménez y a la del doctor Vértiz.

—Buenos días –saludó María al tiempo que les ofrecía la mano.

—La señorita Fernández es la encargada de la obra social del Morelos –continuó el doctor Liceaga–. ¿Se acuerdan de la venta de artículos en la kermés de beneficencia? Bueno, ella fue la responsable.

—Con razón me pareció conocida –comentó la señora Vértiz–. Las internas hicieron maravillas con el bordado y la costura.

—Gracias, pero el mérito no es sólo mío. Mucho les debo a Pablo y a la jefa de enfermeras.

—Formaron un buen equipo –prosiguió el doctor Liceaga–. En verdad, no me equivoqué cuando le encomendé la tarea al doctor Pascal. Esa es nuestra misión: curar a los enfermos que depositan su confianza en nosotros, además de darles alternativas de vida, enseñarles higiene, buenas costumbres y un oficio que los saque de la miseria.

—Interesante, doctor Liceaga –dijo Vértiz–. No quiero interrumpirlo; pero sería conveniente ocupar nuestros lugares en el balcón. Por lo que sé, vamos a compartir el espacio con varias personas y como llegamos temprano, merecemos la mejor vista. ¿No creen?

—Si no me equivoco, faltan José Terrés, Fernando López y algunos directores de hospitales.

Aceptaron la propuesta de buena gana. Por caballerosidad, las mujeres estarían en la primera hilera. Al salir al balcón María se sorprendió al contemplar la explanada desde arriba. Miles de sombreros, sombrillas y cabezas formaban una inmensa masa que cubría la Plaza Mayor y las calles aledañas. Hasta en los árboles había personas. No cabía un alma más. Con el fin de evitar disturbios, una valla formada por soldados cercaba el camino que tomaría el desfile al entrar al Zócalo.

María se quitó el sombrero para permitirle a Pablo una mejor visibilidad, pero él lo único que deseaba era tenerla ahí, a su lado. Se recargó en el marco de la puerta y la tomó por los hombros. Ella, sin que nadie lo notara, depositó un beso en los dedos de su pretendiente. ¡Qué bien se sentía estar rodeada por los brazos de Pablo! Parecía un sueño, el lugar, el instante, la emoción. No, no era un sueño: los dos estaban ahí, en un momento especial.

Conforme fueron llegando los demás, tomaron sus lugares en el balcón. Pablo acercó a María contra su cuerpo para que ella descansara la espalda. Ahí la percibió como jamás lo esperó. La abrazó por los hombros y pudo ver el movimiento de su pecho al respirar; oler el perfume que emanaba de su cuello; juguetear con el cabello rebelde. Qué difícil iba a ser poner atención al desfile cuando su cuerpo comenzaba a reaccionar: la deseaba y, por segundos, agradeció que una banda comenzara a tocar el *Himno Nacional*. Al terminar la pieza, en el balcón principal apareció el presidente Porfirio Díaz rodeado por el cuerpo diplomático. En el balcón vecino, Carmelita, acompañada por algunas damas, recibía la ovación del pueblo. Desde la plaza se escuchaban las aclamaciones a los héroes de la Independencia, a Díaz, al buen gobierno, a la libertad y la paz.

Dieron las diez. La banda de la policía amenizó la espera. Cerca de las diez y media, en la esquina de Plateros, hizo su entrada el primer contingente que representaba al México prehispánico. Abría el desfile un grupo de guerreros aztecas con arcos, flechas, lanzas y escudos decorados con grecas y bellos plumajes. Una treintena de sacerdotes y unos cuantos nobles pasaron ataviados con ricas vestimentas. Atrás, marchaban los caballeros del sol, identificados por sus escudos y estandartes. Seguían, con paso marcial, los caballeros águila y los caballeros tigre, que en nada coincidían con las descripciones históricas. Una rechifla se escuchó cuando entraron los guerreros tlaxcaltecas, ya que la gente los reconocía como los traidores que se aliaron a los españoles. Al final, sentado en su palanquín, apareció Moctezuma rodeado por la corte y secundado por los señores de Iztapalapa, Texcoco y los servidores de la nobleza.

El segundo contingente se denominaba La conquista. Al frente venía Hernán Cortés montando un corcel blanco, acompañado de los capitanes Alvarado, Ávila, Velázquez de León y Díaz del Castillo. Unos metros atrás entró doña Marina seguida de las indias nobles. Vestían huipiles bordados y lucían coronas de flores. Continuaban, a paso lento, los primeros frailes, con diferentes hábitos, de acuerdo a la orden religiosa a la que pertenecían. Cerraban los ballesteros y los escopeteros montados a caballo. Frente al balcón presidencial, Hernán Cortés se adelantó para quedar junto a Moctezuma, representando el instante en que los dos mundos se encontraron. Una ovación se escuchó a través de la plaza, seguida por miles de aplausos y cientos de banderitas que se agitaban al aire.

En el periodo llamado La dominación española, caminaron unos frailes que mostraban un estandarte negro con una cruz roja al centro y la leyenda: "Con la cruz y esta enseña venceremos". Siguieron los tamborileros del Virreinato. A su paso, la gente aplaudía y les lanzaban confeti. Atrás, a caballo, apareció el virrey con su corte de honor, los oidores de la Audiencia, el alférez real, los consejeros, religiosos y civiles; todos con ropajes de terciopelo, capas, botas y barbas y bigotes postizos. Finalizaba la caravana la escolta del virrey. Los hombres marchaban con vistosos uniformes y cascos de metal sosteniendo una lanza en la mano derecha.

El último periodo, dedicado a la Independencia, fue el que más aplausos obtuvo. Cuando aparecieron en la plaza, montados a caballo, Agustín de Iturbide, Vicente Guerrero, Guadalupe Victoria y Anastasio Bustamante, seguidos por el Ejército Trigarante, la gente vitoreó a los libertadores y lanzó flores, confeti y serpentinas.

De la euforia se pasó a la tranquilidad. Una vez terminada la primera fase del desfile, hubo unos minutos en que la plaza quedó casi en silencio.

—¿Estás cansada? ¿Quieres sentarte unos minutos? –Pablo la convidó al interior del salón.

—La verdad es que me duelen los pies –le mostró las zapatillas de tacón alto–. Llevamos parados cerca de dos horas, pero por nada perdería nuestros lugares, son magníficos.

—Y pensar que pronto vamos a estar de vuelta –comentó Pablo, resignado.

—¿A qué hora debemos llegar? –María comenzó a abanicarse. El sol del mediodía amenazaba con alcanzar a las personas que ocupaban la parte frontal del Palacio Nacional.

—A las nueve, cariño –Pablo abandonó por unos minutos su lugar junto a la puerta y se recargó sobre el barandal–. Tendremos unas cuantas horas para descansar o, si prefieres, continuar con el festejo. Habrá funciones en algunos teatros, una corrida de toros, ferias en diferentes parques y el concierto de bandas en el quiosco que está allá –dijo señalando el corazón de la Plaza Mayor.

—Prefiero ir a casa. ¿Te quedas a comer con nosotros?

—Hoy no –le acarició la mejilla–. Si puedo disponer de algún tiempo, quiero pasar al hospital. Amalita es una excelente organizadora, mas no debo abandonar mis tareas.

La algarabía del público anunció la llegada de los carros alegóricos que los estados de la república patrocinaban. Encima de cada plataforma, jalada por caballos, había escenas históricas como "Hidalgo arengando al pueblo a la lucha", "El sitio de Cuautla", "La glorificación de Morelos", "La firma del Plan de Iguala" entre otros momentos importantes en la vida de México.

* * *

La tarde pasó con rapidez. Después de la comida, María pudo descansar. Sobre la cómoda estaba el ramillete de pequeñas rosas blancas que Pablo le acababa de enviar y que luciría esa noche. Las tías y sus hermanas le habían encomendado que se fijara en cada detalle para que luego les hablara sobre la ceremonia del Grito. La familia no saldría. Olegario consideraba que podía ser peligroso. Habría demasiada gente y los pelados gustaban de emborracharse y faltarle al respeto a las damas. A cambio, las tías le habían encargado a doña Enriqueta, pozole, tostadas de pata, enchiladas y, para endulzar la velada, buñuelos enmielados, que acompañarían con chocolate bien caliente.

Cuando Pablo tocó la campana del portón, María, escoltada por las tías y las pequeñas, esperaba en el vestíbulo. Amparo la había peinado con un trenzado sobre la nuca y adornado con pequeñas plumillas en diferentes tonos azules. El vestido con pedrería plateada en el cuello, la cintura y en el filo de la sobrefalda, era de satín de seda grisáceo sobre una falda gris oscuro. En la capa colocó el ramillete de rosas. Al entrar Pablo, las tías lo llenaron de elogios. Como en el baile del Casino Francés, traía el esmoquin negro, camisa blanca de seda, corbata de moño, además de capa y sombrero de copa.

María y Pablo volvieron a ocupar el mismo balcón con los mismos acompañantes de la mañana. Si durante el desfile la vista sobre la plaza fue esplendida, por la noche impresionaba. La Catedral con sus campanarios, los portales, el quiosco y el propio Palacio Nacional estaban completamente iluminados. En la calle, miles de personas se divertían lanzando confeti, serpentinas, tocando trompetas, silbatos o cenando en algunos puestos. Una banda tocaba melodías con ritmo marcial y varias parejas bailaban alrededor del quiosco. Por las calles aledañas al Zócalo la gente se arremolinaba en busca de un sitio para apreciar la ceremonia. Bajo el palco presidencial unos jóvenes interpretaban *Las Mañanitas* en honor del presidente. María recordó que ese día, 15 de septiembre, era el cumpleaños de Porfirio Díaz y desde que gobernaba el país, la ceremonia del Grito se festejaba el 15 y no el 16, como se hacía antes. Era común que don Porfirio recibiera felicitaciones, regalos y serenatas. ¿Cómo podía haber personas que lo odiaran tanto y otras que lo admiraran? En el presidente se juntaban los extremos sin dejar cabida al término medio. Hacía unos meses, el pueblo lo juzgaba como el maldito dictador, ahora lo vitoreaban como el adalid de la paz y la prosperidad.

—¿En qué piensas? Andas muy callada –le preguntó Pablo mientras le rodeaba la cintura.

—En don Porfirio.

—Yo también lo admiro –le dijo atrayendo el rostro femenino hacia él–. En realidad mucho de lo que soy y lo que tengo se lo debo a él. Mi padre vino a México gracias a las facilidades que este hombre le dio a los extranjeros. Aquí encontró un oficio, una esposa, hizo un hogar, fundó una empresa y, como agradecimiento a tan buena acogida, trabajó sin descanso hasta lograr un emporio que emplea a muchos trabajadores. Sin la tranquilidad que Díaz nos ha dado, miles de nosotros no hubiéramos podido tener una profesión, ni mucho menos certificarnos en Europa –hizo una pausa y continuó–. Hasta el mismo Madero, que tanto lo aborrece, lo aprovechó. Su familia es rica por los negocios que han hecho dentro del sistema que el presidente ha propiciado y él estudió como rico heredero en las mejores escuelas de Europa y Estados Unidos. ¿Contradictorio?

—Me inquieta su vejez. Hoy cumple ochenta y un años. ¿Qué sucederá cuando ya no pueda gobernar el país?

—No pienses en cosas tristes –le dijo depositando un beso en su frente–. Cuando él falte, uno de sus allegados ocupará su lugar, aunque dudo que alguien pueda reemplazarlo. Don Porfirio siempre será don Porfirio.

—Ojalá tengas voz de profeta.

El reloj de Catedral anunció las once de la noche. Del interior del salón surgió el presidente Díaz con esmoquin negro y la banda presidencial atravesada en el pecho. Sobre el lado izquierdo mostraba las condecoraciones ganadas a lo largo de su vida. Junto a él, Carmelita, vestida en tonos dorados, llevaba en su delgado cuello un collar de perlas de varios hilos y una pequeña coronilla de brillantes en el cabello abombado. Atrás de la pareja, diplomáticos e invitados se asomaban sin perder detalle de la ceremonia. El presidente dio un paso adelante con la bandera tricolor, quedando junto al barandal del balcón. Un silencio se hizo en la plaza ante la expectativa de estar presenciando el momento más importante de la celebración del Centenario.

—Viva la libertad –gritó Díaz con voz fuerte y pausada–. Viva la Independencia. Vivan los héroes de la patria. Viva la República. Viva el pueblo mexicano.

A cada arenga el pueblo respondía con un *viva* emocionado, que retumbaba por cada rincón de la plaza.

Díaz, con la mano derecha, agitó la gran bandera y con la mano izquierda jaló el lazo del badajo de la campana. La misma de la iglesia de Dolores, que don Porfirio hizo colocar en la fachada del Palacio Nacional unos años antes. La banda del ejército comenzó a tocar el *Himno Nacional Mexicano* y miles de voces se unieron, sin importar diferencias, con el único fin de rememorar la gesta heroica de don Miguel Hidalgo, el 16 de septiembre de 1810.

Al finalizar, la multitud aplaudió y vitoreó a la Independencia y al presidente. El cielo se iluminó de luces y colores con los muchos fuegos artificiales que salían de las azoteas, mientras que las campanas de Catedral repiqueteaban. La gente no dejaba de gritar y la algarabía se mezclaba con la música del quiosco de la Plaza Mayor. Varios minutos después, los dignatarios desaparecieron de los balcones entre el olor a pólvora y el humo que cubrió el ambiente. En las calles cercanas y en los parques, las verbenas continuarían hasta el amanecer.

En el Palacio de Gobierno, los invitados formaron una inmensa fila para felicitar a Porfirio Díaz; luego, pasaron al salón de recepciones a probar el ambigú preparado por los mejores chefs de la ciudad. Carmelita, siempre risueña, agradeció la presencia de Pablo con un abrazo; no obstante, se sorprendió al saludar a María.

Al entrar al salón observaron las mesas decoradas con exquisitez y magnificencia: pequeñas luces se repartían entre los arreglos florales, festones, banderas tricolores, fruteros y figuras mitológicas. En los extremos, los comensales podían coger los platos de porcelana –con filos verdes, rojos y las letras P. D. escritas en doradas formas que simulaban motivos vegetales–, las servilletas de lino, los cubiertos de plata y las copas. Las primeras mesas mostraban comida mexicana de las diferentes regiones del país; las siguientes, contenían una gran variedad de pescados, mariscos, carnes, aves, ensaladas, verduras, además de platillos de los países que enviaron representación. Las mesas intermedias ofrecían vinos, bebidas ligeras, digestivos e infusiones calientes. Las últimas, al fondo del salón, las destinaron a los platones con frutas, pasteles, dulces regionales y postres de influencia europea. Un grupo de chefs aguardaba a que el *maître* diera la orden para servir. En el centro, un cuarteto amenizaba la reunión interpretando valses.

—Vamos a buscar a mis padres –Pablo la tomó de la mano y ambos caminaron hacia los pasillos.

—¿Podremos encontrarlos? –cuestionó María observando a los cientos de personas que no se movían en espera de su turno ante las mesas de comida–. ¿Cuántos crees que somos?

—Más de mil. Pero dejemos que la mayoría cene. Mi mamá me informó que habrá otra ronda. Primero hay que pasar esta barrera humana y cuando lleguemos al pasillo podremos observar mejor. No te separes de mí.

Cerca de la escalinata encontraron a Tere Pascal con sus amigas. Al divisarlas a María se le hizo un nudo en el estómago. Comprendió que todavía no estaba preparada para tener un enfrentamiento.

—Buenas noches –dijo Pablo al tiempo que le daba un beso en la mejilla a su madre. Ella, cariñosa, le devolvió el saludo y luego tomó a María del brazo.

—Les quiero presentar a la señorita María Fernández, la novia de mi hijo –María extendió la mano y las saludó amable, sabiendo que se trataba de una formalidad: esas damas podían fingir dulzura y clavar la puñalada una vez que se retirara–. Muchas de ustedes ya la conocen –agregó Tere, afectuosa–. María es hija de Adela Ollivier Fernández, hermana de Blanquita y de Lucila. Tal vez no se acuerden de ella, pues no acostumbra asistir a las reuniones de la Santa Caridad; no obstante, ella es el hada madrina de la obra social del Morelos.

—Vaya, Pablo, tú sí que das sorpresas –dijo Concha visiblemente molesta–. Apenas hace unos días visitabas mi casa.

—Buenas noches, señora Landa –le contestó Pablo sin soltar a María.

—Pensamos que ibas a venir acompañado por otra persona –comentó Luisa Murillo, nerviosa.

—Señora, la única persona con la que uno debe asistir a las fiestas es con la novia. ¿No lo cree?

—Claro, Pablo, sólo que todas suponíamos que tú...

—Sí, señora, conozco los rumores –aseguró Pablo sintiendo la mirada furiosa de Concha sobre él–. Pero eso fueron: rumores.

—No nos malinterpretes, Pablito, alguien nos comentó que eras pretendiente de otra persona –dijo una señora de cabello cano, apoyada sobre un bastón.

—Me imagino, señora. Pero ya está aclarada la situación y pienso que no vale la pena hablar más del asunto.

—Por favor, señoras, no hagan caso de suposiciones –aseveró Tere con voz firme–. María es la novia de mi hijo. Considérenlo como una presentación oficial.

—Lástima que mi prima haya invitado a gente corriente. Lo que uno debe aguantar –Concha desvió la mirada hacia la escalinata y comenzó a abanicarse con fuerza.

—¿A qué te refieres, Concha? –preguntó Tere molesta.

—Muchos de los que están aquí no tienen clase. Por lo visto, mandaron invitaciones a gente sin educación –iracunda trataba de mantener las apariencias, aunque el odio le carcomía las entrañas. No se equivocó cuando juzgó al doctorcillo, el maldito infeliz que había despreciado a su hija por una cualquiera.

—No entiendo a qué viene su comentario, señora Landa –replicó Pablo con un destello de furia en la mirada.

—Ya veo que no entiendes nada ni tu madre tampoco. Los dejo –Concha se dirigió a sus amigas con el rostro deformado por el berrinche–. Voy a buscar a mis primas. A ver si en las próximas recepciones eligen mejor a los invitados.

Pablo abrazó a María como si quisiera protegerla de los comentarios de las envidiosas. La sintió tensa, molesta, tal vez hasta triste. Por suerte, su madre desvió el tema hacia los postres que la presidencia había adquirido en la Pastelería Francesa. Él no entendía las razones por las que las damas de alta alcurnia rechazaban a María y a su familia. De lo que sí estaba seguro, y cada minuto confirmaba, era de que había sido un acierto terminar con Milagros. Imaginó lo que sería tenerla como esposa y a Concha como suegra. Nunca, se dijo, él sólo podía entender el futuro al lado de María.

Después de cenar buscaron unos minutos en la soledad de un balcón. Salieron deseosos de tomar el aire fresco de la noche. En la plaza, la fiesta continuaba aunque con menos gente. Los relámpagos tronaban anunciando la lluvia.

—Parece que vamos a tener una noche húmeda. Ya huele a tierra mojada. Lo siento por la ceremonia de mañana –declaró María recargada contra el barandal.

—¿Qué sucede, querida? Toda la velada te he sentido distante.

—Nada, Pablo –contestó con la mirada perdida en el horizonte.

—No digas que nada. Te conozco lo suficiente para saber que cuando algo no funciona, callas. Inclusive con tu primo y sus amistades apenas abriste la boca.

—Nunca debí venir –aseveró interrumpiendo sus pensamientos.

—¿Por qué lo dices? Hemos disfrutado el día juntos y eso es lo importante –pasaron unos segundos y al ver que no respondía, insistió–. María, ¿qué pasa?

—¿Acaso no te das cuenta de que no fui bien recibida? –contestó con voz temblorosa–. ¿Qué todos esperaban a Milagros? Me sentí como una idiota escuchando los comentarios de la señora Landa sin poderle contestar lo que se merecía. A nosotros, los que no presumimos de apellido ilustre y fortuna, también nos deben respeto. En la mañana te advertí que yo no estaba invitada y tú afirmaste que no importaba. Estás equivocado –se volvió hacia él con los ojos arrasados por las lágrimas–. Pablo, los privilegiados no aceptan cambios. Tu madre es una persona adorable, no es justo que sufra los desplantes de sus amistades por mí.

—¡Por Dios, María! No pensarás que nos importa mucho lo que esa gentuza habla –respondió tratando de mantener la calma–. Son unas viejas chismosas. En cuanto a Concha Castillo es una estúpida presumida que no tiene la más mínima educación. No te pueden afectar sus idioteces.

—Hasta doña Carmelita se incomodó –comentó desilusionada–. ¿No viste su sorpresa al descubrirme? Se quedó muda, aunque es tan discreta que sonrió y me saludó. A pesar de lo que pienses, Milagros es su sobrina y la familia está primero.

—Querida –la atrajo hacia él a pesar de la resistencia de la joven–, pensarán lo que quieran. No lo podemos evitar. Hablarán y para mañana el mundo sabrá que eres mi novia y que te amo. Ojalá lo hagan.

—Y ¿qué va a pasar con Milagros? Quiero saber la verdad, Pablo. ¿Qué fue ella para ti? ¿Hubo un compromiso entre ustedes?

—Ya te lo dije en la mañana.

—Quiero escucharlo de nuevo –le repitió apartándose de él–. No me ocultes nada.

—María, ¿hasta dónde quieres llegar? –le preguntó molesto.

—Necesito saberlo.

—Nunca pretendí un compromiso con Milagros, simplemente nos comunicábamos por cartas –declaró sin emoción–. Cuando me fui a estudiar a París, aproximadamente hace cinco años, yo era novio de Isabelita Domínguez, una relación que llevaba tiempo. ¿Tal vez la conociste? –ella asintió con la cabeza–. La quise mucho –agregó con añoranza–. Fue mi primera novia formal y no te imaginas que separación tan difícil. Pensamos que nuestras vidas se acababan, que nunca más volveríamos a enamorarnos. Duramos unos meses de noviazgo a distancia hasta que la lejanía nos apartó. Ella se casó con un pariente de Milagros y tal parece que le pasó la estafeta –hizo una pausa y prosiguió–. Comencé a recibir cartas de Milagros, una por semana; a veces hasta telegramas. Insistía en mantenerme al tanto de lo que sucedía con las amistades. No te miento, dentro de mi soledad, me divertía su charla hueca e intrascendente. Es más, llegué a esperar con ansia la correspondencia, pero al poco tiempo de estudiar en el hospital, conocí a Anne, una hermosa enfermera que llenó mi vida con alegría, compañerismo y amor. Ella fue mi verdadera pareja, la mujer más importante de mi pasado; sin embargo, nunca la consideré como candidata para casarme.

—¿Dónde está? ¿Por qué la dejaste?

—Anne era diferente, odiaba las ataduras. Vive en Berlín donde estudia medicina. Aún nos escribimos y sé que la está pasando bien.

—¿Todavía la amas? –preguntó con incertidumbre.

—No como a ti. Aquello pasó, María. Siempre guardaré su recuerdo y le estaré agradecido por todo lo que me dio –en su voz y en su mirada había nostalgia–. Algún día la volveré a encontrar y me gustaría verla hecha una cirujana o dirigiendo un hospital, con la gran vitalidad que acostumbra. Me gustaría presentarle a mi esposa, a mis hijos y decirle que yo también logré mis sueños. En fin, volviendo a Milagros, continuamos nuestra amistad por carta queriendo encontrar nuestras coincidencias y dejando a un lado ciertas diferencias que en verdad me molestaban. Estuvo al pendiente de mi regreso, inclusive fue a recibirme a Veracruz y ya aquí, en la ciudad, me introdujo de nuevo a la vida social. Siempre la consideré una amiga, aunque en una ocasión tuve la intención de pretenderla –su voz calló al recordar sus comentarios erróneos en el Casino Español. Nunca debió darle una esperanza a Milagros.

—Y ¿qué sucedió?

—Entraste en mi vida y comenzaste a llenar cada espacio de mis pensamientos –la tomó de las manos y de nuevo la atrajo hacia él–. Empecé a entenderte, a seguirte, a desearte. No tienes idea de lo que desesperé durante esos meses en el hospital. Estabas cerca y a la vez distante. Trataba de apartarte y mi mente volvía a ti. Quise odiarte y si no te veía, moría por dentro. Llegué al extremo de espiarte mientras les enseñabas a las muchachas a coser y me sentí feliz al encontrarte. Traté de que Milagros me agradara y al contrario, conocerla me decepcionó.

—¿Hablaste con sus padres?

—Jamás. Al señor, lo vi pocas veces. En cuanto a la señora, al ser amiga de mi madre, tuve la oportunidad de tratarla. Una noche fui a aclarar la situación con Milagros. Le dolió y en verdad me apena; sin embargo, era necesario que no se hiciera falsas ilusiones.

—Y, ¿qué opina tu familia?

—Desde que me fui a Francia, mi familia nunca se ha metido en mis asuntos. A mi madre jamás le simpatizó Milagros y sé que a ti y a tus hermanas, las aprecia. Tal vez busca en ustedes las hijas que no tuvo. Cuando decidí presentarme en tu casa para hablar contigo y con tus padres, platiqué primero con ella y me dijo que había hecho una buena elección. ¿Sabes? Tenía la duda de si en verdad éramos parientes. Pero gracias al destino, lo único que une a nuestras familias es una vieja amistad.

—¿De lo contrario, hubiera cambiado la situación?

—No, también estaríamos aquí.

—Pablo, lo que me dices es cierto; no obstante, hace rato sentí como si tú y yo nos hubiéramos saltado algo en esta historia. ¿Qué saben las amigas de tu madre que tú ignoras?

—No lo sé, pero lo que sea no debe afectarnos. Te amo y creo que sientes lo mismo por mí. Estamos comenzando una historia que espero culmine en algo muy bello. Es lo que verdaderamente debe importarnos. Ven, María –le dijo con voz suave–. Déjame demostrarte que hablo con la verdad –con delicadeza tomó el rostro de la joven entre sus manos y la besó con ternura. Solamente un beso, se dijo, aunque al sentir sus labios frescos y rosados pensó que no podría detenerse. ¿Cuándo tendrían un momento para ellos solos? No en esa ocasión. No podía exponerla, como tampoco debía besarla ante un público que criticaba las demostraciones amorosas y las consideraban impropias en una joven decente. Obligado, soltó su boca y la estrechó con todas sus fuerzas.

Iban a entrar cuando escucharon un alboroto en la calle. En la esquina de Plateros una manifestación chocó con la gente que festejaba. Se oyeron golpes, lamentos, insultos y consignas: "¡Viva Madero!", "¡Abajo el mal gobierno!" Los estandartes con la imagen del líder sobresalían entre los sombreros. Del Portal de Mercaderes cruzaron un centenar de hombres hasta instalarse cerca de la entrada de Palacio Nacional. Los guardias alistaron las armas para intimidarlos. Ante esa amenaza, uno de los integrantes de la manifestación alzó el brazo, disparó al aire dos veces y en desbandada huyeron hasta la plaza. Los militares salieron de Palacio Nacional y se apostaron en la entrada, sin hacer el menor escándalo. En los salones la fiesta continuaba y la música sonaba acompañando el chocar de las copas con champaña. Los invitados brindaban por México y su independencia.

—Vámonos, María, lo mejor es retirarnos cuanto antes. ¿Qué te sucede, querida? Estás temblando.

Ella no contestó. Una cara conocida había apuntado la pistola, primero hacia ellos, luego la desvió al cielo y con la rabia reflejada en el rostro jaló el gatillo dos veces. La mujer que estaba a su lado le rogó que corrieran. Él se quedó paralizado mirando hacia el balcón. Otros hombres lo empujaron y huyeron. El peligro había pasado, pero en su mente quedaron unos ojos oscuros que no dejaban de verla con rencor.

La ciudad amaneció mojada. Durante la madrugada un aguacero cubrió el valle de México amenazando con arruinar el festejo. Hacia las nueve de la mañana unos cuantos rayos de sol se filtraban entre las nubes, lo que hizo que muchos se alegraran: la inauguración del monumento a la independencia y el desfile militar no se suspenderían. Como el día anterior, la gente llenaba los transportes públicos y corría a apartar un sitio en las banquetas del Paseo de la Reforma, Plateros y el Zócalo. Trataban de llegar a la cuarta glorieta de la avenida con la esperanza de observar, de lejos, la celebración que desde hacía ocho años se venía preparando. Algunos, burlando la vigilancia, se internaban en los llanos circundantes, a pesar de que en cualquier momento podría llegar la policía y llevárselos. Pablo jalaba de la mano a María, quien caminaba sin dejar de admirar la columna, pues sobresalía entre los árboles y los edificios de la ciudad.

—Andas muy silenciosa, ¿cansada?

—Más bien, desvelada. En los últimos tres días apenas hemos tenido tiempo para reposar.

—Debes guardar tu energía. Mañana debo entrevistarme con el doctor Liceaga. Acuérdate que el lunes comienza el Congreso.

—Entonces, ¿no nos vamos a ver? –preguntó con desilusión.

—Querida, va a ser imposible que te deshagas de mí –risueño depositó un beso en el dorso de la mano que tenía sujeta–. Ya encontraré el momento.

—Es bellísima –comentó observando la figura alada–. La última vez que la vi fue durante el combate de flores y no la pude apreciar, tenían cercado el basamento. ¿Cuánto tendrá de altura? Le calculo treinta metros.

—Sí, estás bellísima y en aquel combate de flores fue la primera vez que te vi –musitó anhelante.

—Pablo, no bromees, estoy hablando de la columna, no de mí.

—Pues yo prefiero hablar de nosotros y no de la columna.

—¿Qué quieres saber?

—¿Qué sucedió contigo los cinco años que estuve ausente?

—Crecí.

—La evidencia la tengo ante mis ojos –le dijo posando la mirada sobre sus senos.

—¡Qué atrevido! –exclamó ruborizada.

—¡Ay, María! En verdad quisiera ser atrevido y demostrarte todo lo que tengo para darte. Pero no me has contestado.

—Mi vida transcurrió entre el estudio y mi casa. Blanca y yo estuvimos una temporada en la Escuela Normal, queríamos ser maestras.

—¿Qué sucedió?

—Mi mamá y sus ideas –declaró con un largo suspiro–. Decidió que las señoritas decentes no asistían a escuelas públicas, así que nos sacó.

—Discúlpame. Tu mamá está equivocada.

—Lo sé, pero tú conoces como es aquí la situación. No soporté las rutinas en casa, por eso me escapaba a trabajar con mi papá. Don Fidel me ha enseñado contabilidad, a llevar el archivo de proveedores y a registrar las entradas y salidas de la mercancía.

—Con razón te encontré aquella mañana en La Española. Y ¿el amor? ¿Cuántos enamorados has tenido?

—Nada importante.

—Anoche me sinceré contigo. ¿No crees que merezca la misma oportunidad?

—Soy sincera –hizo una pausa y continuó con desánimo–. Siempre que salíamos a pasear, Blanca y yo íbamos con Antonio y Lorenzo o con un grupo de amistades. Últimamente, don Agustín insistió en que tratara a su hijo.

—¿Te interesa?

—¿Bromeas? Lo siento por Lucila. Ahora ella es la elegida –ambos rieron al recordar al joven de ancha figura y gran parecido con el padre.

—¿Algo más que deba saber?

—No, bueno, sí –titubeó cuando pensó en la mirada rencorosa de Leandro. Aunque entre ellos no hubo ningún compromiso, estuvo saliendo con él. ¿Cómo tomaría Pablo que ella hubiese acudido a un Centro Antirreeleccionista?–. Hubo una persona con quien paseé algunas tardes, pero ya quedó en el pasado.

—¿De quién se trata? –preguntó ansioso–. ¿Lo conozco?

—No lo creo; él no pertenece al grupo de tus amistades.

—Dime la verdad. ¿Te enamoraste?

—Sólo me agradaba su compañía. Es un buen hombre que deseaba hacerme feliz, aunque tenía ideas equivocadas.

—¿A qué te refieres? ¿Te faltó al respeto?

—Siempre fue un caballero. Al decir equivocado, me refiero a que es un maderista.

—A veces pienso que no están tan equivocados. En ciertos aspectos tienen razón. ¿Lo sigues viendo?

—No. Desde hace tiempo tú eres el único que ocupas mis pensamientos.

Cruzaron la avenida y entraron a la cuarta glorieta del Paseo de la Reforma. En la explanada cientos de invitados buscaban sus lugares en las tribunas, cubiertas con toldos. Las mujeres vestían colores claros y María se alegró de que las tías terminaran a tiempo el vestido blanco de seda que llevaba puesto. Amparo, con gran maestría, había elaborado figuras de hojas y flores de lis en *soutache*, que cubrían el pecho, el talle y la sobrefalda. El sombrero forrado de paño llevaba rosas de organza que caían graciosas hacia el lado derecho. Los hombres, al igual que Pablo, llevaban levitas grises, pantalones negros y chisteras claras.

Dieron una vuelta a la glorieta para apreciar la decoración del lugar. El centro lo ocupaba la tribuna presidencial: una construcción de madera que simulaba la fachada de un templo griego, con columnas corintias; en el frontón estaba el escudo nacional y la bandera de México remataba el conjunto. Al frente del estrado, los integrantes de la banda de policía afinaban sus instrumentos. En algunos espacios había macetones de cantera llenos de flores y en los postes de las luminarias, escudos enmarcados por estandartes blancos.

En las esquinas, varios carritos decorados con flores y banderas mostraban recuerdos del Centenario. María no pudo ocultar su curiosidad y se acercó. Sobre bases de terciopelo había cucharitas de plata con la imagen del Castillo de Chapultepec, prendedores, fistoles, botones y medallas de estaño, latón o plomo policromado con la bandera de México, las efigies de Miguel Hidalgo y Porfirio Díaz en diferentes tamaños, formas y diseños; además, una gran variedad de portapapeles, cortaplumas y pisapapeles con motivos patrios. Lo que más le gustó fue una pequeña caja de metal dorado con la cara de Porfirio Díaz en la parte superior, le pareció muy diferente a los demás artículos. Otro carrito contenía algunas monedas conmemorativas: pertenecían a una edición limitada que había sacado la casa Tiffany's.

—Nuestros lugares están allá, en lo alto. Sin duda, son excelentes.

—En verdad estoy sorprendida. Mira –comentó María. A lo largo del Paseo de la Reforma miles de personas formaban una valla que se prolongaba hacia el monumento de Cuauhtémoc en espera del desfile.

—Sin duda, ayer y hoy se ha desbordado el entusiasmo –afirmó Pablo de buen humor–. Es una fecha esperada desde hace años. En el caso de esta columna, desde 1902 se comenzó a construir. Vayamos a nuestros lugares que la ceremonia comenzará en quince minutos.

—¿Dónde habrán quedado Fernando y mi tía Lola?

—En el área designada para los militares. Ya los buscaremos después. Supongo que tus tías, tus hermanas y tu papá ocuparán sus sitios en La Alameda.

—Sí, me da gusto que mi papá haya accedido a compartir un rato con las pequeñas.

—¡Doctor Pascal! ¡Doctor Pascal! –un señor corrió en busca de Pablo–. Soy el doctor Marín, no sé si me recuerde, trabajamos juntos en el Hospital Francés. ¿Puedo quitarle unos minutos de su tiempo?

—Por supuesto –contestó Pablo con amabilidad–. María, ve a sentarte, en un momento estoy contigo –agregó en voz baja y sin dejar de mirarla mientras se alejaba.

María ocupó una silla tejida de bejuco con respaldo redondeado. Volteó a su alrededor y no reconoció a nadie. Luego fijó su mirada en el monumento que tenía enfrente. La composición y la mezcla de materiales lo hacían extraño y bello a la vez. Era elegante, diferente a los arcos de triunfo que muchas veces adornaron la ciudad y que fueron efímeros. La columna alta, delgada, estaba construida en cantera de Chiluca. En el cuerpo aparecían varios anillos con letras grabadas que no se llegaban a distinguir. Remataba con un capitel formado por cuatro águilas con alas desplegadas y culminaba con una victoria alada, semidesnuda, que llevaba en una mano una corona de laurel y en la otra, los eslabones rotos de una cadena.

—¿En qué piensas? –dijo Pablo al tiempo que se sentaba junto a ella–. Te estoy llamando y tú ni caso me haces.

—Discúlpame, no te vi. Mira –señaló la parte alta de la columna–: la victoria alada.

—Es la más bonita que existe. En Europa hay similares, una en París y la otra en Berlín; pero definitivamente no existe comparación. Observa cómo se posa sobre un pie.

—Sí, parece que acaba de llegar a tomar su sitio en la celebración. Sabe que es la invitada de honor.

—Me dijeron que la escultura fue elaborada en bronce, recubierto con oro de veinticuatro quilates y pesa de seis a siete toneladas.

—Tan chiquita y a la vez tan grande. Parece un ángel femenino.

—Te voy a poner una prueba de conocimientos –aseveró risueño–. ¿Reconoces a los personajes en mármol de Carrara?

—El principal, al centro, es don Miguel Hidalgo y el de allá, don José María Morelos. Los otros no los identifico.

—Me acaba de explicar el hermano del doctor Marín, miembro de la comisión organizadora de los festejos, que las otras esculturas pertenecen a Vicente Guerrero, Francisco Xavier Mina y Nicolás Bravo. Las mujeres que están junto a Hidalgo representan varias cosas: la que trae el libro, la historia y la que le da una rama de laurel, la patria. Las otras, las que están en las cuatro esquinas del basamento, son la ley, la justicia, la guerra y la paz.

—¿Qué significado tienen el niño y el león?

—Fuerte en la guerra, dócil en la paz. Atrás se encuentra una placa que dice: "La Nación a los Héroes de la Independencia". El arquitecto Rivas Mercado tiene colmillo para saber lo que le agrada al público. Cuando vivía en París, me enteré de que tuvo algunos problemas con la cimentación.

—Sí, escuche que conforme crecía la columna, se iba hundiendo. Por lo tanto, tuvieron que desmontaron piedra por piedra sin romperlas, hicieron una nueva cimentación y otra vez la construyeron. Mientras tanto, Rivas Mercado viajó a Italia a cuidar la fundición de las esculturas que diseñó Enrique Alciati.

—Veo que estás muy informada, pero no sabes de quién es el rostro que está en la puerta que conduce al interior de la columna.

—¿De alguna actriz?

—No.

—¿Carmelita? ¿Amadita Díaz?

—No. Se trata de la hija mayor del arquitecto, Alicia Rivas Mercado. Cuando termine la ceremonia, te invito a observarla de cerca.

Una serie de aplausos anunció la llegada del carruaje del presidente, quién escoltado por jinetes del Colegio Militar dio la vuelta a la rotonda. Porfirio Díaz bajó del vehículo ataviado con el uniforme de general del ejército mexicano, luciendo medallas, condecoraciones y un bicornio adornado con galón dorado y plumón blanco. Recibió la felicitación de su gabinete, invitados especiales, militares del Estado Mayor Presidencial y varias amistades. Después tomó su lugar en la tribuna, rodeado, a la derecha, del vicepresidente Ramón Corral y, a la izquierda, por el recién nombrado secretario de Relaciones Exteriores, Enrique Creel Cuilty. La banda de policía comenzó a tocar el *Himno Nacional Mexicano*. La gente se levantó e hizo los honores a la bandera mexicana que portaban los cadetes del Colegio Militar.

El primer orador fue el arquitecto Antonio Rivas Mercado, quien en un breve discurso explicó cómo nació el proyecto de la columna, los problemas con los que tuvo que lidiar y las decisiones que tomó para poder llegar a ese día con la obra terminada. Elogió los trabajos de cimentación que realizaron los ingenieros Gonzalo Garita y Miguel Gorozpe. Siguieron las palabras del licenciado Juan Bribiesca, secretario del Ayuntamiento, quien con emoción leyó el *Acta de Independencia* escrita en Chilpancingo, en 1821. Pocos conocían el contenido, pues se trataba de un documento resguardado bajo llave y ajeno al pueblo. A continuación, entre aplausos y vítores, el licenciado Miguel Macedo, subsecretario de Gobernación, pronunció el discurso oficial donde alabó a los héroes que forjaron la patria. Al final, el diputado y poeta, Salvador Díaz Mirón recitó una poesía llamada *Al buen cura*, que levantó comentarios entre los presentes por el vocabulario utilizado; además, muchos recordaban todavía, la agresividad del diputado veracruzano, quien había purgado varios años en la cárcel por asesinar a un hombre.

Después de los aplausos, el presidente Díaz, seguido por una comitiva, subió la escalinata y declaró inaugurada la Columna de la Independencia.

Muchos, incluyendo María y Pablo, lamentaron no poder apreciar la declaratoria debido a la gran cantidad de fotógrafos y reporteros. Entre todos crearon un amontonamiento donde se perdieron don Porfirio y su discurso. Para finalizar la ceremonia un coro de niñas, vestidas de blanco, cantó el *Himno Nacional Mexicano* mientras los cadetes del Colegio Militar se retiraban con la bandera.

Porfirio Díaz, los invitados y miembros del gabinete abordaron los carruajes. Cuanto antes debían llegar a Palacio Nacional para que comenzara el desfile militar.

Abrían la marcha el divisionario Francisco Vélez y los alumnos de la Escuela Militar de Aspirantes. Seguían, precedidos por sus respectivas bandas, los marinos alemanes del Freya, los franceses del Montcalm, los brasileños del Benjamin Constant y los argentinos de la Fragata Sarmiento, todos luciendo sus vistosos uniformes y portando las banderas de los países a los que pertenecían. El toque de trompetas y tambores anticipó el paso de los alumnos de la Escuela Naval de Veracruz y de los cadetes del Colegio Militar con la infantería, la artillería y la caballería. Al último apareció el odioso, y al mismo tiempo aclamado, Cuerpo de Rurales.

Empezó a lloviznar cuando se dirigían al auto. Pablo se quitó la levita y con la prenda se cubrieron.

—Camina de prisa, querida. Lo último que quiero es que te resfríes.

—¿Aceptas comer con nosotros en casa?

—¿Cuál es el menú? –preguntó mientras abría la portezuela.

—Te va a encantar –María desdobló unas mantas para cubrirlos del agua que se pudiera colar por las ventanillas–. Mis tías –agregó arropando las piernas de Pablo– prepararon chiles en nogada y todos vamos a compartir la mesa.

—¿Quiénes son todos?

—Mis papás, mis hermanas, las tías, don Agustín, mi primo Fernando, el general Mendoza y su familia.

—Va a estar toda la familia; por lo tanto, no puedo faltar –dijo sonriente, al tiempo que le acariciaba la mejilla.

* * *

La alegría de la gente no cesaba, como tampoco las actividades oficiales y sociales. Quince días habían pasado desde que comenzaron las fiestas y las sorpresas continuarían hasta el 6 de octubre cuando los festejos culminaran con el homenaje a los héroes. Esa mañana María amaneció con sueño. Deseaba dormir hasta el mediodía, lejos de los ajetreos de la casa. Como le dijo Pablo, no lo vería hasta en la noche, ya que él acompañaría al doctor Liceaga a la inauguración de la Exposición Médica Mexicana en la Escuela Nacional de Medicina, además de la inauguración del parque para obreros en los llanos de Balbuena; así que cambió de posición y dormitó unos minutos.

—Levántate, hijita, necesito que nos acompañes –Lola la movió con delicadeza.

—¡Ay, tía! Hoy no –contestó tapándose la cara con las sábanas.

—¿Cómo de que no? El general Mendoza nos invitó a la procesión con motivo de la devolución de las prendas de Morelos y no podemos faltar.

—Estoy fatigada, me duelen los pies y no deseo levantarme hasta la comida. ¿Qué hora es? –preguntó somnolienta.

—Las ocho y tienes exactamente media hora para arreglarte. Tu madre, Blanca y Lucila se fueron con don Agustín; Amparo está indispuesta y Remedios decidió quedarse a coser el vestido que llevarás al baile. Yo no puedo cuidar a tus hermanas y atender a la familia Mendoza.

—Está bien, tía. Por favor, dile a Chona que venga.

De mala gana y bostezando, María se levantó de la cama. Se asomó por la ventana y vio el cielo nublado. Supuso que con un traje sastre estaría presentable.

Los lugares que les fueron asignados se encontraban en las tribunas colocadas en el Portal de Mercaderes. Aunque gozaban de sombra continua, tenían visión limitada, además de una fuerte corriente que congelaba las espaldas. Ahí las esperaban Fernando con Lupita Mendoza y varios militares en compañía de sus familias. María y Lola se sentaron en los extremos, a modo de proteger a las pequeñas del aire. Fernando compró unas banderitas para las niñas y a todas les repartió un pañuelo blanco que agitarían al paso de la comitiva.

—Cuéntanos, Fernando, ¿por qué es importante que nos devuelvan el uniforme de Morelos? –preguntó Lorena.

—Es un acto simbólico –contestó sin dejar de mirar lo que sucedía en la calle–. El uniforme se perdió durante la batalla de las Ánimas, en febrero de 1814, y el gobierno virreinal lo tomó como trofeo de guerra y lo envió a España. Allá ocupaba una vitrina en el Real Museo de Artillería de Madrid. Residentes de la colonia española en México le sugirieron al rey Alfonso XIII que sería un acto de amistad y reconocimiento a la soberanía del pueblo mexicano que lo devolviera.

—¿Lo va a devolver el rey? –interrogó Rosa sorprendida–. Porque no he escuchado que esté aquí.

—No, hijita –contestó Lola risueña–. El gobierno español envió a don Camilo García de Polavieja para que lo entregue. Eligieron a este marqués porque su madre era mexicana; además, él estuvo a las órdenes del general Prim, quien en vez de atacar a nuestro país por el pago de una antigua deuda, prefirió buscar la reconciliación entre México y España.

—¿A qué hora comenzará el desfile? –preguntó Ana sin dejar de mover la banderita.

—Es una procesión cívica –la corrigió Lorena molesta–. Mejor cállate. No te escuchamos bien, primo –añadió en voz alta–. ¿A dónde iras al finalizar el evento?

—Lupita y yo vamos a acompañar al general Mendoza a un convivio. Hoy, la Secretaría de Guerra ofrecerá fiestas en la mayoría de los cuarteles. Los soldados también tienen derecho a bailar, comer y divertirse.

Metida en sus reflexiones, María, con la mirada perdida en los árboles de la plaza, recordaba las últimas horas vividas al lado de Pablo. Cómo le hubiera gustado que él estuviera ahí y la protegiera del aire helado. En los pocos días que llevaban juntos, él se había ganado su cariño. La llenaba de atenciones, detalles, caricias. Cada vez que le decía alguna palabra cariñosa, ella se derretía y deseaba perder la decencia y llenarlo de besos. Nunca antes su piel había reaccionado como cuando él la rozaba con los labios su boca, el cuello, los párpados o la frente. Sus manos todavía percibían el calor de los fuertes dedos masculinos que lentamente se deslizaban hasta acariciarle los codos, la espalda, la nuca. Su cuerpo y su alma reclamaban todo lo que él le podía dar, pero que ella, por timidez, no se atrevía a pedir. ¿Sería eso amor? ¿Sería lo que él le iba a enseñar? ¿Cuándo y cómo? No sabía y lo único que deseaba era que las horas pasaran de prisa para volver a verlo. La tarde anterior, durante la comida, se deleitaron con los chiles en nogada y luego pasaron a la sala. Estuvieron jugando cartas, sombras, adivínelo con mímica. Pablo se limitó a observarla y, pocas veces, se atrevió a tomarla de la mano. Por ningún motivo le faltaría al respeto a ella o a sus mayores. Solamente cuando se despidió le dio un ligero beso en la frente; luego extrajo del bolsillo un pequeño envoltorio que le entregó.

—No tuve tiempo de ponerle un moño –le susurró al oído al tiempo que le besaba la mejilla–. Sé que te gustará. Quiero que lo guardes para que siempre recuerdes el comienzo de nuestra relación.

Rompió el papel y encontró aquella cajita de metal dorado con la efigie de Porfirio Díaz, que tanto le había gustado. ¿Cómo podría olvidar esos días? No sólo se trataba del Centenario de la Independencia, sino que era algo más profundo en su vida: esos días de fiesta significarían en su existencia el descubrimiento del amor.

Las exclamaciones que se escuchaban en las tribunas vecinas anunciaba la llegada de la comitiva que venía caminando desde la Secretaría de Relaciones Exteriores. Una enorme valla formada por soldados detenía el entusiasmo de la gente, que en ocasiones amenazaba con interrumpir el paso de los participantes. En la esquina de la calle de San Francisco pudieron divisar la procesión que marchaba con lentitud, atrapada por los cientos de flores que caían desde las tribunas, balcones y azoteas. A caballo, varios gendarmes con traje de gala iban al principio del contingente, seguidos de cadetes de la Escuela Militar de Aspirantes. Atrás, tirado por caballos y flanqueado por dos sargentos del Colegio Militar, dos de infantería, dos de caballería y dos de artillería, venía un armón sobre el cual había un retrato de don José María Morelos y Pavón y, en una vitrina, el uniforme azul de teniente general, con gaiones e insignias, el sombrero, un bastón y una espada. Al paso del carruaje la gente emocionada agitaba los pañuelos blancos, lanzaba flores, gritaba, al tiempo que las bandas tocaban marchas de honor y las campanas de Catedral repicaban.

Unos metros atrás desfilaban los miembros de la embajada española, el marqués García de Polavieja escoltado por el subsecretario de Relaciones Exteriores, Federico Gamboa y el subsecretario de Guerra, el general Ignacio Salamanca. El ministro Bernardo Cólogan y Cólogan, representante de España en México, estaba entre el introductor de embajadores y el director del Colegio Militar.

Atrás de los personajes hicieron su aparición las llamadas banderas de la Independencia. La gente comenzó a corear "Viva la Guadalupana" cuando militares de alto rango pasaron portando el estandarte con la Virgen de Guadalupe, que usó don Miguel Hidalgo en la arenga del 16 de septiembre de 1810. Unas personas rompieron la valla y corrieron a tocar el estandarte. Poco duró su osadía ya que la policía los contuvo. Siguieron la bandera de Morelos, la del batallón de Tepic, la del cuerpo de caballería de Valladolid y, por último, la bandera desgarrada conocida como el Hidalgo Doliente.

La exaltación de los sentimientos nacionalistas fue tan grande que María pudo ver muchos ojos anegados por lágrimas, incluyendo los de Fernando, quien utilizó el pañuelo blanco para secar la humedad de su cara. Lorena, Rosa y Ana impedían, a duras penas, que el llanto las dominara.

Al final y ya sin tanta emoción, pasaron los representantes de las cámaras federales, de los estados y dos compañías del Colegio Militar. Cuando el armón y los participantes se enfilaron hacia la entrada de Palacio Nacional, un coro de niñas vestidas de blanco y cargando unas canastillas con azucenas rodeó la reliquia. Porfirio Díaz, quien observaba la escena desde el balcón presidencial, desapareció de la vista de los espectadores para recibir a la honorable comitiva.

El IV Congreso Médico Nacional se inauguró el lunes 19 de septiembre. Ese día, desde muy temprano, médicos, dentistas, farmacéuticos y veterinarios llenaron la Escuela Nacional de Artes y Oficios con el fin de registrarse y apartar sitio en las conferencias elegidas. Grandes cartelones anunciaban lo último en cirugía, higiene, obstetricia, medicina legal, arte dental y la cura de animales. Asimismo, en las aulas conjuntas se llevaría a cabo la IV Reunión Anual de la Sociedad Oftalmológica de México. A partir de las diez de la mañana, los conferencistas comenzaron a impartir los temas e investigaciones a los oyentes. En el ramo de obstetricia, a Pablo le tocó iniciar con el tema: "La gestación en la mujer sifilítica y el buen alumbramiento", donde haría hincapié en el éxito de la terapia ocupacional. María llegó unos minutos antes de la exposición y se sentó junto a Amalita, quien llevaba su cofia y uniforme blancos con la capa azul. Pablo la vio entrar y en su alma quedó encerrado el deseo de abrazarla y acomodarla en la primera fila, donde él la sintiera cerca. Las dos noches anteriores, sus visitas a la casa de la calle de Pescaditos se redujeron a menos de una hora bajo la vigilancia de las tías, quienes no dejaron de hablar. No obstante, a partir del 24 –que finalizaba el Congreso– regresaría al hospital para disfrutar los momentos al lado de su amada.

Después de la presentación oficial, Pablo se paró en el estrado y comenzó a hablar sobre la práctica en el Hospital Morelos. El futuro de las gestantes y sus criaturas era incierto, debido al contagio de la enfermedad de madre a hijo y a la intoxicación que producía el mercurio en los órganos reproductivos. Presentó varias gráficas y luego repartió unos folletos con información y fotografías. Comentó acerca del Salvarsán como opción terapéutica en la cura de la sífilis y de los resultados que estaba teniendo en Europa. Por último, mencionó la experiencia del Morelos al mantener ocupadas a las gestantes y los excelentes resultados en el ánimo de las enfermas.

María no dejaba de mirarlo. Se sentía orgullosa del profesionista que hablaba con voz clara y fuerte. Estaba feliz, agradecida con su destino por haber entrado a la obra social. Lo que al principio creyó una tragedia se convirtió en la emoción más profunda que su corazón podía sentir. Sí, ahí estaba su pretendiente y por primera vez comprendió que lo amaba. Pablo tuvo razón, se dijo suspirando, esa sensación que los envolvía tenía un nombre y se llamaba amor.

—Y les pido un aplauso para las dos mujeres que hicieron posible el cambio en el Hospital Morelos: la señorita María Fernández Ollivier y la señora Amalia Fierro López –María ruborizada, junto a una Amalita demasiado seria, se levantó de su asiento para recibir el reconocimiento de los médicos, ante la satisfacción de Pablo que sonreía al ver la turbación de las dos mujeres.

Al terminar, les hizo una señal para que lo esperaran en el vestíbulo donde varios congresistas degustaban café, té y pastelillos.

—¡Amalita, qué gusto me da verla! –dijo María mientras la abrazaba–. De verdad que extraño el Morelos y a las muchachas. Dígame ¿cómo está mi Toñito? ¿Mis alumnas?

—Nosotros también te extrañamos –la enfermera respondió afectuosa–. Hay muchas novedades. Agustina tuvo una niña y Sebastiana, un chamaco. Ambas ya abandonaron el hospital, pero dejaron su dirección para que no perdamos el contacto. Ahora el taller de costura lo lleva Concepción. Ella se está encargando de reclutar a las recién llegadas. En pocos días juntó un grupo de diecisiete, así que tendrás mucho trabajo.

—Tengo muchas ganas de regresar. Y ¿mi niño?

—El doctor Arriaga y las enfermeras lo cuidan bien. Como ya pasa más tiempo despierto, lo sientan entre las almohadas y los sigue con la mirada. Es más, reconoce muy bien la voz del doctor Arriaga.

—Cómo deseo abrazarlo. ¿Quiere beber algo? –se encaminaron hacia las mesas.

—Ven a vernos. No abandones lo que inspiraste.

—Nunca, Amalita. Iré en cuanto tenga un tiempo libre. Hemos andado muy ocupados. Probablemente le comenté que mis tías estarían aquí una temporada –María pidió dos tazas de té y le dio una a la enfermera.

—Pues te han sentado muy bien las vacaciones, muchacha, te notó tranquila, sonriente y con cierto brillo en los ojos.

—Tiene razón, estoy tranquila –le dio una probada al té de manzanilla y lo encontró insípido.

—¡Señorita María, qué bueno encontrarla! –exclamó Pepín mientras la estrechaba– Cuando el doctor Pascal me comentó que iba a estar aquí, decidí no faltar a la comparecencia de mi colega. No quiero decir que la conferencia no fuera interesante, sólo que es más agradable la compañía de una joven bonita. ¿No lo cree? –se dirigió a Pablo quien mostraba un gesto sombrío.

—Así es, doctor Arriaga –contestó con voz fría.

—Felicidades, doctor Pascal, su conferencia fue excelente –admitió María amable–. Sólo que se excedió al presentarnos.

—¿En verdad hice mal, señorita Fernández? –preguntó agresivo.

—Lo importante es que salió bien –agregó Pepín conciliador–. Señorita María –continuó dirigiendo su atención hacia dos hombres que los veían desde la entrada del salón de conferencias–, unos colegas que trabajan en Morelia desean conocerla. ¿Los puedo llamar? Claro, si no tiene inconveniente.

—Discúlpeme, doctor Arriaga, tengo prisa –contestó ruborizada al sentir la dura mirada de Pablo sobre ella.

—Solamente le pido unos minutos, ahí vienen –los jóvenes se acercaron observándola con descaro–. Les presento al doctor Rivero y al doctor Hernández. Usted ya los conoce, doctor Pascal, hace unos meses nos visitaron.

—No nos podíamos marchar sin saludarla, señorita –le dijo el doctor Rivero. María turbada se echó hacia atrás tratando de tomar mayor distancia entre ella y los recién llegados.

—Con permiso, me retiro –dijo Pablo molesto–. Está por comenzar la intervención del doctor López sobre los riesgos de la operación cesárea. Amalita, ¿me acompaña? Estoy seguro de que le interesarán los temas que tratará –se adelantó unos pasos seguido por la enfermera, pero de pronto se paró y regresó hacia donde había dejado a María desolada –Por cierto, señorita Fernández, ¿va a asistir a la inauguración del Congreso? Es a las cinco de la tarde.

—¿Es importante mi asistencia?

—Lo dejo a su criterio. Probablemente sea más divertido pasear con sus nuevos amigos.

—Muy buena idea –exclamó el doctor Rivero–. ¿Gusta comer con nosotros? Me dijeron que por la calle de Independencia hay una gran variedad de restaurantes.

Pablo dio la media vuelta sin decir más. Amalita lo observaba silenciosa. Por el gesto agresivo y la mandíbula trabada podía concluir que el doctor Pascal ardía en furia. ¿Celoso?, se preguntó la enfermera. Ella lucía radiante y él se la comía con los ojos; había tensión en el ambiente, la cual creció cuando llegaron los intrusos. Luego sintió pena al percibir cómo, ante la reacción agresiva de él, ella se perdía en la incertidumbre. Algo sucedía y si su instinto no se equivocaba, era lo más maravilloso que les podía pasar a sus queridos muchachos.

A las cinco de la tarde, en el salón de actos, el doctor Porfirio Parra, presidente del Congreso, dio la bienvenida a los participantes, en especial, a los que venían del extranjero. Pablo apenas entendía el mensaje. La rabia al no encontrar a María en la inauguración le hizo concebir toda clase de historias donde ella andaba disfrutando con aquellos tipos. Recorrió el lugar con la mirada. Tampoco localizó a los mediquillos de pueblo. El orador recordó a los grandes médicos mexicanos: el doctor Lucio, el doctor Carmona y Valle, el doctor Lavista.

En un rincón advirtió a Pepín conversando con una enfermera. Le daban ganas de romperle el hocico por entrometido. ¿Cómo se atrevió a coquetear con María y después presentarle a un par de libidinosos? ¿Era su amigo o su enemigo? Ya aclararía las cosas con él.

El doctor Antonio Alonso, delegado de San Luis Potosí, en nombre de sus compañeros, contestó el discurso de bienvenida. Tampoco le puso atención. Dejó su lugar y se dirigió a donde se encontraba Pepín. Aunque le tuviera que sacar la verdad a golpes, se enteraría en dónde estaba María.

—¿Qué le pareció la jornada, doctor Arriaga?

—Excelente, aunque hay temas que se repiten. Mañana me interesa la conferencia que habla de los cuidados de los niños prematuros. Y usted, ¿a cuál sesión va a entrar?

—A las de cirugía –hizo una larga pausa y preguntó–. ¿Y sus amigos? No los veo por aquí.

—No podían venir. Los infelices agarraron una borrachera durante la comida. Han de estar dormidotes en el hotel.

—¿La señorita María anda con ellos?

—Por supuesto que no. Después de que usted se marchó, la señorita Fernández se fue. Con seguridad debía atender algo delicado, ya que se notaba muy afligida. Yo la acompañé a la parada del tranvía.

—Parecía contenta cuando los dejé.

—Aparentemente, pero en vez de esperar al tranvía, prefirió pagar un taxi. Traía prisa. Tal vez quería sollozar sin que me diera cuenta, pero le fue imposible. La última vez que la vi, traía los ojos rojos.

* * *

María llegó deprimida a su casa. Afortunadamente la familia no estaba, lo que le permitió encerrarse en su cuarto a llorar. ¿Qué había sucedido? No entendía la reacción de Pablo. ¿Cómo podía decir que la amaba y luego abandonarla en manos de unos desconocidos? La trató como si fuera una callejera. Su intención, cuando llegó al congreso, era quedarse hasta finalizar la jornada y después acompañar a Pablo al baile en honor de los congresistas en el Casino Español. Estaba desilusionada. Lloró hasta que se quedó dormida y se despertó una hora después con el alboroto que armaron sus hermanas menores y las tías cuando llegaron a comer.

—Suponíamos que no vendrías hasta el anochecer, hijita –comentó Amparo al entrar a la habitación de María.

—Escuché la conferencia de Pablo y me di cuenta de que las demás no eran para mí, no las entendería.

—Sí, a veces los temas médicos son bastante áridos –Remedios siguió a su hermana y las dos se sentaron en la cama, a los pies de María.

—Mejor, así tendrás oportunidad de descansar para que te veas bella en la noche. Tu vestido está listo.

—No sé si vaya al baile –contestó triste.

—A ti te sucede algo, mi niña. Cuéntanos ¿qué pasó? –preguntó Remedios con gesto preocupado.

—Pablo debe acompañar a unos invitados.

—Así como he visto al hombre, dudo que te deje por unos invitados. Si el infeliz no puede dejar de tocarte, lo vemos desesperado por no poder tomarte de la mano delante de nosotras –dijo Remedios convencida y haciendo un gesto de complicidad a su hermana.

—Dinos la verdad. No es bueno para la salud quedarte con el sentimiento –María no pudo más y les contó lo sucedido a sus tías.

—Las discusiones son parte del amor, mi niña –dijo Amparo acariciándole el cabello–. Pasará, hijita, y mañana volverá la alegría a tu vida.

—No lo tomes tan a pecho, estoy segura de que vendrá a reconciliarse –aseguró Remedios.

—¿Creen que vendrá?

—Por supuesto. Ese muchacho te ama y si es inteligente, te buscará –dijo Remedios.

—Ahora, vamos a comer que tus hermanas quieren contarte lo sucedido ayer –Amparo le palmeó la espalda.

—Ya sé que fueron a la inauguración del monumento a Benito Juárez en La Alameda.

—Sí, pero como fueron ellas solas con Fernandito y Lupita, quieren seguir presumiendo y a ti no te han platicado los detalles –Remedios y Amparo caminaron hacia la puerta de la habitación.

—En un momento bajo. Voy a lavarme la cara –dijo María al tiempo que vaciaba el agua de la jarra en el aguamanil.

Antes de ir al baile, Pablo pasó a casa de los Fernández. Cargaba un enorme ramo de rosas rojas lo que no sorprendió a las tías, quienes lo recibieron en la sala. En su alma llevaba el peso de haber tratado mal a su amada.

—¿Podrían llamar a María? Necesito hablar con ella.

—Imposible, hijito, está indispuesta –respondió Remedios tajante.

—Tenemos un compromiso. Además, nunca me comentó que se sintiera mal.

—Qué raro que no te hayas dado cuenta –comentó Amparo con ironía–. Le duele el estómago.

—Por favor, debo verla –suplicó angustiado.

—Está dormida –prosiguió Remedios.

—Por favor, Chonita. Despiértela y dígale que estoy aquí. Si está enferma la puedo revisar.

—No te molestes, Pablo, ya le dimos unos glóbulos –agregó Remedios impidiendo que Chona se moviera de su lugar.

—No me la nieguen, estoy desesperado, necesito hablarle.

—Está bien. Chona –dijo Remedios con el asentimiento de Amparo– dile a María que el doctor va a pasar a revisarla en la estancia de arriba.

Pablo subió cabizbajo. Un nudo le apretaba la boca del estómago. Se había portado como un verdadero imbécil y se merecía el desprecio de María y que no quisiera recibirlo. El vestíbulo oscuro se iluminaba por el reflejo que salía de las habitaciones.

—María –la llamó en voz baja.

—En un momento salgo –contestó con voz apenas audible.

Pablo se sentó en un sillón del salón familiar, al lado del piano. María salió al encuentro vistiendo una bata azulada, con el cabello recogido en una trenza y la cara limpia.

—¿Qué quieres, Pablo? –preguntó indiferente.

—Te estuve esperando.

—Si no mal recuerdo, me dijiste que lo dejara a mi criterio y preferí pasar la tarde en mi casa. ¿Algún problema?

—Perdóname. Soy un tonto que no sabe manejar sus celos. No debí comportarme de ese modo. Tú no eres responsable si otro hombre se te acerca.

—No di ningún motivo –contestó distante.

—Lo sé. El problema soy yo, no tú. Discúlpame, desquité mi coraje en ti, en vez de entender.

—Tal vez cometimos un error. Empezamos demasiado rápido y no nos conocemos.

—No digas eso –trató de sentarse junto a ella–. En nuestro amor no hay errores. Fue una tontería. Mi falta de confianza, no en ti, sino en mí mismo, me enfureció. No pude aguantar la manera en la que Pepín te elogiaba ni mucho menos cómo te miraban los malditos doctores.

—¿Y por eso me voy a ir con ellos? Qué imagen tan pobre tienes de mí.

—Lo siento, sé que te lastimé –se paró atrás de ella y comenzó a besarle la oreja, el cuello–. Te quiero tanto que no soporto la idea de que otro pueda tenerte.

—Me ofendiste.

—María, mi María, estoy apenado, arrepentido –la abrazó y continuó besándola–. Lo que pasó no lo puedo borrar, como tampoco te prometo que no vuelva a suceder, pero estoy consciente de que debo aprender a controlar mis celos. María, te amo y no quiero perderte.

—Pablo –volteó a verlo–. Si quieres que continúe en el Morelos, debes confiar plenamente en mí. Si no, tendré que renunciar a algo que siento muy mío.

—No, María, no nos dejes, ni al hospital ni a mí.

—Entonces debemos ayudarnos a tenernos confianza.

—Voy a lograrlo, estoy seguro. Ahora anda a cambiarte que tenemos poco tiempo para llegar al Casino Español.

—No quiero ir al baile, en verdad, me siento indispuesta. Tengo cólicos.

—Está bien. Le diré a Chona que te ponga unas bolsas con agua caliente en el abdomen y en la cintura. Tu tía me comentó que te dieron glóbulos de cocculus. Tómate otros dos antes de dormir con un té de manzanilla, y mañana amanecerás bien.

—¿Vas a ir al baile?

—Sí, imagino que habrá algunas viudas que deseen bailar –contestó con seriedad.

—¡Pablo!

—No podría ir sin ti, María. No se me antoja bailar con ninguna mujer que no seas tú. Me presentaré a la cena y me retiraré temprano. También debo descansar. ¡Ah, se me olvidaba! Te traje estas rosas –tomó el ramo que colocó sobre el piano.

—Gracias, están hermosas –le dio un beso en la mejilla–. Las pondré en mi mesa de noche –se levantó con la intención de llamar a la empleada, pero Pablo le cerró el paso y aprovechando el silencio de la casa, la tomó entre sus brazos y la besó con ternura.

La noche estaba fresca, pero el ambiente era cálido en el extremo de La Alameda donde un enorme grupo de obreros, con antorchas encendidas, esperaban las señales de los líderes para comenzar la procesión. El contingente salió con lentitud del parque y se congregó al inicio de la avenida Juárez con el fin de que todos caminaran rumbo a la Plaza Mayor. Una banda musical y muchos vendedores ambulantes se unieron creando el ambiente festivo que gustaba a la gente. Familias enteras marchaban: era el desfile que el pueblo ofrecía a los héroes de la Independencia y al gobierno del general Porfirio Díaz.

Leandro no podía concebir la entrega que la gente le hacía a don Porfirio. Desde que regresó a la ciudad encontró muy cambiados los ánimos y eso lo tenía de mal humor. Él y Celia observaban el entusiasmo de muchos conocidos que antes les habían ofrecido apoyo o dinero para la causa maderista.

—Me asquean estas demostraciones, Prieta. Mejor vámonos al cuarto –dijo con voz áspera.

—¿Para qué? Nuestro encierro no cambiaría la situación. De seguro don Pancho ya sabe la verdad. En San Luis sucede lo mismo. Todos son unos pinches arrastrados, hasta los más cercanos a los Madero –Celia se recargó contra un poste de luz e intentó tomar de la mano a Leandro. Él movió la cabeza y las metió en los bolsillos del saco viejo y arrugado.

—¿De qué ha servido nuestro sacrificio cuidando a don Panchito? Y él ¿qué pensará del querido pueblo mexicano? –comenzó a caminar por la banqueta en el mismo sentido que la procesión, seguido de Celia–. Andamos desperdigados. Unos como Roque, escondidos; otros, temerosos como Aquiles Serdán. Y la mayoría, desilusionados. Nada va a cambiar en este país –se quejaba con el entrecejo fruncido–. Debemos resignarnos a que don Perpetuo se muera, para luego soportar a su heredero por otros treinta años.

—Estás muy pesimista –habló Celia en voz alta para que él la escuchara a pesar del escándalo que provocaba la manifestación–. Siempre andas enojado, la comida no te agrada, no podemos conversar; es más, ni sexo tenemos.

—No me presiones –Leandro se volteó para enfrentarla–. ¿Cómo vamos a tener relaciones sexuales si te la pasas reclamándome?

—¿Yo? Si apenas tenemos tiempo para compartir la merienda. Cada mañana nos despedimos al salir el sol. Tú te vas con don Gustavo Madero y yo acompaño a Rafael y a Jacinto a buscar donativos con los pocos seguidores que quedan.

—Ahora me reprochas porque me voy a trabajar en lo que me encomendó don Panchito –la jaló del brazo y la arrinconó en la puerta de un edificio.

—Cálmate, Leandro, no te enojes. Mejor disfruta del paseo.

—El problema es que ver a esa bola de desgraciados me encorajina. Prefiero leer un buen libro, aunque en el estado en que me encuentro no hay concentración.

—Ya nos dimos cuenta. La pendejada que hiciste la otra noche no tiene perdón. Imagínate el problema si hubieras baleado a alguien; nunca debiste arrebatarle la pistola al Cananas. Sabemos que es un buscapleitos, pero tú no eres de armas.

—Estoy arrepentido, sólo que no me pude aguantar. Observar a los catrines divirtiéndose me encabronó –admitió tratando de calmarse.

—A mí no me engañas –le dijo dolida–. No fueron los catrines, sino la catrina que andaba besuqueándose con el doctorcito.

—¿Cómo sabes que es doctor? ¿Lo conoces?

—Es muy conocido entre las putas del callejón. No es mala persona. Cura a las mujeres sin importar que sean pobres. Me atendió una vez que fui al Morelos. Pero lo que me duele es que la pinche catrina aún te trae enculado –se quejó Celia con voz quebrada.

—No es verdad. Eso murió.

—Ni siquiera lo puedes disimular. Entiéndelo, Leandro, la pinche mosquita muerta no es para ti. Lo único que en verdad tienes soy yo, aunque me consideres poca cosa.

—No, Prietita, tú vales mucho –mortificado trató de acariciarle el rostro, pero ella se alejó.

—Sí, como un peón que mueves a tu antojo o como una tonta que dice ser liberal y sirve de gata a los Madero. Tú no me quieres, Leandro, me utilizas.

—No es cierto, Prieta, te quiero mucho, nada más que no ando de humor.

—Si en verdad me quieres, casémonos antes de regresar a San Luis –varias personas que paseaban por la banqueta los obligaron a dejar la protección de la entrada del edificio y continuaron caminando uno junto al otro.

—No es el momento apropiado, Prieta. Todavía nos encontramos en campaña –le contestó acercando la cara para que lo escuchara.

—Pretextos. Si no anduvieras atontado con la catrina, aceptarías. Nunca te ha interesado el matrimonio, ni tener hijos, al menos conmigo.

—Hace meses antepusimos cualquier interés personal por la causa. Así que no me salgas con que quieres casarte –por unos segundos guardó silencio. Celia tenía razón. Su coraje venía desde lo más profundo de su ser, se llamaba María y como apellido llevaba un doctorcillo que la besaba con el consentimiento de ella.

—Olvídalo, Leandro –declaró Celia con tristeza–. Sólo fue un decir. Pensé que después de todo lo vivido, nos convertiríamos en algo más que compañeros de cama. Me equivoqué.

—No podemos hacer planes hasta que don Panchito esté a salvo –se justificó al tiempo que la jalaba al centro de la procesión que estaba por llegar al Zócalo.

—Así es, Leandro. Tal vez la causa que nos unió en un principio sea la misma que nos separe.

—¿Qué insinúas?

—Que nuestra relación depende de los ideales, no del cariño.

La cita fue a las nueve de la mañana y Pablo no entendía la razón por la cual los médicos que impartían alguna cátedra debían desfilar y menos, en sábado. Parecía que a las autoridades les interesaba entretener a la gente por medio de marchas y eventos llenos de colorido y discursos, donde se exaltara la grandeza de México y se provocaran sentimientos patrióticos. Los días anteriores habían inaugurado el nuevo edificio municipal del Distrito Federal y las obras de aprovisionamiento de agua potable de la Ciudad de México. Ahora tocó el turno a la Universidad Nacional. La ceremonia se efectuó en la Escuela Nacional Preparatoria con la presencia del presidente, el secretario de Instrucción Pública y Bellas Artes, don Justo Sierra, representantes de universidades extranjeras, el gabinete presidencial, catedráticos, estudiantes y médicos, ya que durante la inauguración se les otorgó el grado de doctores *ex officio* a reconocidos galenos como Eduardo Liceaga, Porfirio Parra, José Terrés, Manuel Toussaint, entre muchos más. Posteriormente, todos los profesores se pusieron togas negras y siguieron la comitiva que encabezaba Porfirio Díaz con su gabinete hacia el recinto que albergaría la nueva casa de estudios. Al paso de los médicos, la gente les lanzaba flores y los llenaba de elogios recordando que ellos eran los otros héroes, los que curaban las enfermedades físicas de las personas. Pablo caminaba atrás del doctor Liceaga y ambos voltearon cuando en una esquina unas voces femeninas corearon el nombre de Pablo. Ahí estaba, según palabras de Liceaga, el club de admiradoras del doctor Pascal. María, junto con Chona, las tías y las pequeñas agitaron los pañuelos y aplaudieron logrando que todos sonrieran. Al finalizar la comitiva, al igual que muchas personas, las Fernández se integraron a la procesión.

El grupo llegó al edificio que ocuparía la nueva universidad, ubicado en el callejón de Santa Teresa, junto al templo del mismo nombre, esquina con Primo de Verdad. Antiguamente ahí se encontraba la Escuela Normal, pero, para que el edificio luciera como nuevo, se había remozado la cantera rosada y repintado las pilastras. En el interior, antes del brindis, las autoridades tomaron la protesta del doctor Joaquín Eguía como rector de la institución.

Apenas terminó el acto, Pablo salió de prisa. Sabía que las Fernández lo estaban esperando en la calle. Al verlas las saludó y juntos se dirigieron hacia Catedral, donde otra procesión le rendiría honores a los restos de Hidalgo.

—Vamos a comer tacos a la fonda de Nicolasa. ¿Vienes? –le preguntó Remedios.

—Me gustaría, pero debo pasar a mi consultorio a recoger unos documentos. ¿Me acompañas, María? –ella buscó la aprobación de sus tías y asintió con la cabeza feliz de poder compartir unos momentos a solas con él.

—Hijito, te la encargamos mucho y regrésala temprano a casa. Debemos arreglarnos para llegar a tiempo a Chapultepec –dijo Amparo con una sonrisa.

—Descuiden, después de comer se las entrego –contestó Pablo guiñando un ojo.

Pasaron al mercado de flores, al lado de Catedral, donde Pablo le compró unas violetas; luego atravesaron la Plaza Mayor que a esa hora de la mañana se encontraba repleta de gente y vendedores que pregonaban las mercancías que ofrecían.

—Hablando del hospital. ¿Hay nuevas internas?

—Sí, ayer las conocí.

—¿Y Toñito?

—Ha crecido mucho. Te vas a sorprender al verlo.

—¿Alguien lo ha reclamado?

—Nadie, querida, pero no te pongas triste, todavía tenemos tiempo –la abrazó con ternura sopesando la situación. María se había encariñado y los directores del hospital comenzaban a inquietarse con un huérfano en el cunero. En unos días lo tendrían que enviar al hospicio y él debía buscar la manera de informárselo–. ¿Ves aquel edificio de cantera? Ahí está mi consultorio –le dijo al dar la vuelta en el callejón de Santa Clara.

—¿En qué piso está?

—En el primero.

Subieron la escalinata de mármol y se pararon frente a una puerta. Al lado, sobre la pared decorada con motivos vegetales había un letrero que decía: "Cerrado por fiestas. En caso de emergencia dirigirse al Hospital Francés, calle 3ra de Industria, núm. 73, teléfono 338, Compañía Telefónica Mexicana". Pablo sacó las llaves y abrió. El olor a encierro los recibió. María entró y observó un pequeño salón con bancas y dos mesas laterales, con carpetas bordadas, sobre las que había macetas con helechos. Al lado de un perchero, la ventana cubierta con una delicada cortina sostenida por una base de latón. Hacia el fondo, un escritorio con una máquina de escribir. Atrás, unos estantes con libros de medicina y sobre la pared, un moderno teléfono. En uno de los muros laterales había una serie de retratos en gis que mostraban rostros de hombres de razas asiáticas y africanas.

—Qué pinturas tan extrañas –dijo María analizando uno de los cuadros donde aparecía un nativo con turbante blanco y túnica azul.

—Las compré en París, un día que paseaba por Montmartre. En cuanto las vi, supe que si alguna vez tenía un consultorio, debía que colocar los ahí. Ven –la tomó de la mano–. Voy a enseñarte mi oficina –entraron al cuatro contiguo, de mayor tamaño, donde estaba el escritorio de Pablo, con dos sillas para los pacientes. En la pared, junto al diploma profesional otorgado por L'École de Médecine de París, estaba la constancia del Hospital de la Salpêtrière y otros reconocimientos enmarcados. Una mampara ocultaba la cama de exploración y un gabinete que contanía frascos e instrumentos que utilizaba en la práctica.

—¿Qué te parece? Aquí paso las tardes, después de trabajar en el Morelos.

—Es precioso, Pablo, un lugar acogedor. En realidad, me imaginaba un consultorio modesto como el que tienes en el hospital.

—Bueno, la oficina del hospital no es mía; bien sabes que la comparto con otros doctores y que no puedo dejar nada personal.

—¿Quién planeó la decoración?

—Mi mamá. No sé de dónde sacó la tonta idea de que yo quería irme a trabajar a Rochester, así que me dio la sorpresa cuando regresé a México.

—No sé si de veras te querías ir al extranjero, pero qué bueno que te quedaste aquí. Les has hecho mucho bien a las enfermas del Morelos.

—¿Te alegras solamente por ellas? ¿No piensas en ti? María, dime qué sientes por mí. ¿Por qué te limitas cuando hablamos de nosotros?

—¿A qué te refieres?

—Te noto indecisa o tal vez tímida. Te beso, me respondes, pero no te entregas, no me dices qué quieres, qué esperas de mí –caminó hacia ella empujándola lentamente hacia el escritorio. Te quedas callada. ¿Acaso no me tienes confianza? ¿No me amas?

—Por favor, Pablo, yo... yo te quiero muchísimo, de verdad; sólo que no sé cómo demostrarlo –María se recargó sobre el escritorio en espera de algo que deseaba, pero que no podía expresar. Desde el principio había esperado ese momento en el cual se encontraran a solas. Vio la puerta y penso en huir, pero permaneció clavada en el suelo. Estaban juntos y era una oportunidad que no se repetiría.

—Ven, amor mío –la atrajo hacia él y la besó con ternura.

Con delicadeza, Pablo le quitó el sombrero que colocó sobre la silla. Sus labios hambrientos le besaron la frente, las mejillas, el cuello para volverse a posar sobre la boca de María. Ella sintió el sabor de su lengua entre la suya y en un acto de rendición lo abrazó por el cuello. Por primera vez, una dulce sensación de hormigueo le recorrió el vientre. Sí, así imaginaba el sabor de su boca, así quería sentir sus manos que jalaban las horquillas del peinado para jugar con su cabello, que cayó como una cascada de rizos sobre la espalda.

—Acaríciame, María –le pidió. Ella palpó los ángulos del rostro de Pablo para hacerlos suyos, grabar en su mente la textura de su piel, las mejillas ásperas, los labios suaves y los ojos castaños que la miraban con deseo. Su sentido común le aconsejaba que se marcharan, pero su cuerpo la traicionaba con una deseperada necesidad por las caricias de su pretendiente. Sin dejar de besarla, Pablo se quitó el saco, abrió el chaleco y tomó las manos de María para posarlas sobre su torso. Ella desabrochó lento cada uno de los botones de la camisa, prolongando la expectación, hasta que descubrió el pecho cubierto por un delicado vello. Su mano tocó la piel en una suave caricia y comenzó a recorrerle el abdomen, el cuello, los hombros hasta llegar a las tetillas. Pablo jadeó y la estrechó contra él.

—Déjame tocarte –le dijo Pablo con aliento cálido.

María hizo a un lado su cabello y empezó a desabrocharse el vestido. Pablo observó fascinado como descubría su piel apiñonada. Se acercó y no resistió besarle las orejas, el cuello, los hombros, la espalda. Su lengua siguió la trayectoria de la columna desde la nuca hasta donde le permitía la ropa interior.

—Date vuelta –le pidió con un suspiro. Ella obedeció ruborizada, aún sosteniendo el vestido como un escudo que protegía su intimidad. Pablo le apartó las manos y el vestido escurrió por las piernas de María. Desesperado comenzó a besarle el pecho, mientras sus manos le recorrían la cintura aprisionada por el corsé, las caderas y las nalgas. Ella gimió, pero no lo detuvo. Una sensación desconocida pero agradable la invadía. Pablo volvió a recorrerle el cuerpo y dejó las manos en la parte superior de la camisola. Cogió un seno y adivirtió cómo ella se estremecía, así que cogió el otro, y volvió a hacerlo sin dejar de acariciarla. Así los había imaginado, firmes, llenos del olor que ella emanaba. Poco a poco, su mano bajó hasta la parte más íntima del cuerpo de María. Ella sintió una hoguera en el vientre que la abrasaba humedeciéndole la entrepierna. Oleadas de placer la invadieron una y otra vez con el suave toque de su amante. La pena y los cientos de advertencias sobre la decencia los echó a la basura. Sólo quería que Pablo la tuviera entre sus brazos siempre.

—Te amo, Pablo –él alzó la cabeza y la miró anhelante.

—Yo te adoro –volvió a estrecharla–. ¿Sientes como mi cuerpo te reclama?

Frotó su cadera contra la de ella en una voluptusa caricia. María asintió con el rostro encendido. Con fuerza, la estrechó contra él como si sus cuerpos quisieran fundirse. Por ningún motivo la dejaría separarse de él. Ella era lo que en sus pensamientos había anhelado. Ni Anne ni las otras mujeres que habían pasado por su vida le ofrecieron el placer que con su simple compañía le daba María.

—¿Sabes cuánto tiempo llevo esperando este momento, amada mía? –La volvió a besar y después de un largo suspiro se apartó sin dejar de mirarla–. ¿Cómo voy a sobrevivir sin tu cuerpo? No puedo seguir –dijo con desilusión–. No puedo, porque si vuelvo a acariciarte no podré contenerme, te deseo muchísimo.

—No te alejes –le reclamó mientras su respiración luchaba por normalizarse. No sabía bien qué necesitaba que sucediera. Había escuchado lo que pasaba entre una mujer y un hombre en la intimidad y ella quería sentirlo en ese momento: que Pablo explorara su denudez y le descubriera los secretos de su masculinidad.

—Nuestro deseo y tu inocencia no merecen un burdo escritorio de madera –la tomó de las manos y le besó los dedos. Comprendía muy bien las dudas que asaltaban a María, porque él también quería continuar, pero ese momento tendría que esperar–. Quiero guardar lo mejor para nuestra noche de bodas –agregó con ternura.

—¡Pablo! –exclamó emocionada.

—Sí –le tomó el rostro aún sonrojado–. ¿Aceptas compartir tu vida conmigo? Quiero amarte todos los días, no sólo con mi cuerpo, sino con mi corazón y mi mente.

—Sí, sí quiero –María se lanzó a sus brazos y lo besó con la pasión que todavía hervía en su interior–. ¡Te amo, te amo!

—Pequeña, ¿cómo voy soportar tu ausencia después de haberte probado? Un año de noviazgo es mucho.

—Casémonos antes –le propuso emocionada.

—Si lo hacemos, tu reputación no saldría bien librada y eso no lo puedo permitir.

—No me importan los comentarios.

—Lo sé, pero también debemos pensar en nuestras familias.

—Entonces, ¿qué vamos a hacer? –preguntó con tristeza.

—Por lo pronto, vestirnos. Ya pensaré de qué manera hacerlo sin que se levanten suspicacias.

—Pablo, ¿volveremos a estar juntos? Digo, como hoy.

—Es jugar con fuego; sin embargo, dudo mucho que podamos evitarlo.

* * *

—La ausencia de Milagros me parece extraña –Toñeta hablaba mientras recogía el filo de la elegante falda que llevaba puesta–. Andaba muy emocionada eligiendo las prendas que luciría durante las fiestas; inclusive, adquirió un modelo de Worth para el baile en Palacio Nacional.

—A mí me parecen mentiras –comentó Dolores. El carruaje las había dejado lejos del Auto Club en el Lago de Chapultepec, por lo que debían caminar por la avenida principal, que en ese momento se encontraba atestada de gente y vehículos.

—Milagros nunca nos mentiría, es nuestra amiga –opinó Toñeta moviendo la cabeza–. Las tres conocemos nuestros secretos.

—Entonces, ¿por qué no nos contó antes de su pretendiente regiomontano? ¿Por qué nos enteramos por carta? Tuvo suficiente tiempo para confiar en nosotras y, en cambio, desapareció de la noche a la mañana.

—Nos quería dar una sorpresa.

—¿Eres tonta o ingenua? ¿Cuál sorpresa? –Dolores miró a su amiga y luego observó alrededor. Cientos de personas caminaban junto a ellas hacia el interior del parque. Pocas se dirigían al *garden party*. La mayoría buscaba acomodo en las orillas del lago o sobre los prados que circundaban el lugar–. Si se la pasaba hablando de Pablo –agregó poniendo atención en el camino.

—Probablemente le aburrió que Pablo no dejara el trabajo en el Hospital Morelos y prefirió hacerle caso al tal Eulalio Garza. En la carta escribió que lo conocía desde hace mucho, que mantenían una relación por correspondencia y que es un rico industrial, guapísimo.

—Imposible, Toñeta. Si así fuera, el señor Garza hubiera venido a visitarla. Pero nadie sabe algo sobre ese tipo. Para mí que nos andan engañando.

—¿Qué piensas que sucedió? –preguntó Toñeta resoplando.

—Lo que todos murmuran: Milagros y Pablo se pelearon, rompieron el compromiso y a ella la mandaron lejos para que lo olvidara; aunque para las pretensiones de la señora Concha de Landa, mandarla a Monterrey es bastante inusual. Nueva York o París hubiera sido lo correcto.

—Tal vez tengas razón, pero ¿por qué no nos buscó? Somos amigas desde chicas. Bueno, tú no eres muy discreta que digamos.

—¿Qué tratas de decir? –protestó Dolores molesta.

—Lo sabes, te encanta chismear con las Fortuño –declaró Toñeta a la ligera–. Y ellas parecen *El Imparcial*: divulgan las noticias con rapidez.

—Deja de hablar tonterías. Si he platicado algo con esas solteronas es porque me interesa sacarles algún comentario acerca de alguien.

—¿Cuánto falta para llegar? –preguntó Toñeta al tiempo que se acercaba a la balaustrada del puente que dividía el lago–. Ya me hartaron los zapatos.

—Pues aguántate. A mí no me dejas sola en la reunión –protestó Dolores impaciente–. No entiendo por qué el chofer no quiso bajarnos en la entrada del Auto Club. No teníamos que caminar entre la gentuza.

—Los empleados siempre encuentran pretextos. Dijo que sólo permitían el paso a los socios.

—¡Ay, chinita, quisiera ser florecita para enredarme en tus caireles! –un joven de tez morena se quitó el sombrero y las saludó con gesto burlón.

—¡Pelado! ¡Grosero! –le gritó Toñeta provocando las carcajadas de los acompañantes del muchacho.

—Caminemos de prisa –opinó Dolores furiosa–. Es inaudito permitir que la chusma se mezcle con la gente decente. ¿Cómo se atreven siquiera a dirigirnos la palabra? ¿No se dan cuenta de que no somos iguales? –las dos apuraron el paso temerosas de que las siguieran. Una sensación de alivio les invadió cuando encontraron la vereda que las llevaba a la entrada del recinto.

—¿Por qué Antonio no te invitó?

—Si supiera –contestó Dolores desilusionada–. Por más que le insinué que no tenía pareja, se hizo el disimulado. Probablemente esta noche traiga a otra, pero ya me invitó para acompañarlo mañana al baile de Palacio.

—Tampoco a mí quisieron traerme –confesó Toñeta con voz apagada–. Ni Pedro de Osio ni José Barrón. Fue una suerte que mi tío Alberto no pudiera venir y me regalara las entradas.

—Ni modo, tendremos que juntarnos con Lorenzo Ricaud. Él es muy educado.

—¿Vendrá Pablo?

—Por supuesto, y va a traer con él a la ramera de María Fernández –comentó Dolores con desprecio–. Andan juntos en todos los festejos.

—Es una oportunista. De seguro vio a Pablo solo y lo atrapó. Lo bueno es que dejó libre a Antonio.

—Sí, ahora es cuestión de tiempo –en la cara de Dolores apareció un gesto de triunfo. Sin la presencia de las Fernández tenía el camino libre y estaba dispuesta a todo con tal de conquistar a Antonio–. Debo aprovechar mis encantos y en unas semanas será mío –añadió convencida–. Lo siento por Milagros. No ha de ser agradable que te sustituyan por una cualquiera.

—No la compadezcas, Milagros la está pasando bien. En la carta dice que fue reina de las fiestas patrias del Casino Leonés y que Eulalio le regaló una tiara con diamantes para la coronación.

—Tampoco lo creo. ¿Cómo van a elegir una reina recién llegada de la capital en vez de una de Monterrey?

—Doña Concha de Landa no mentiría. Es una mujer respetable y ella lo confirmó durante la reunión en casa de los Rincón Gallardo.

—Se me hace raro. Dime ¿voy bien peinada? –preguntó Dolores a unos cuantos metros de la puerta.

—Como siempre, *darling*, traes el copete encrespado.

—Odio la humedad que provocan las mugrosas lluvias.

—Lástima que tengas el cabello tan delgado –aseveró Toñeta comprobando que su abombado estuviera en su lugar.

Una fila de autos esperaba. Dos mayordomos con librea y peluca blanca ayudaban a bajar de los coches a elegantes damas y caballeros. En la puerta, tres señoritas sonrientes revisaban las listas de invitados. En el momento en que subían la escalinata, don Agustín Rosas tomaba la mano de Blanca que acababa de salir del auto, seguida de Adela, Lucila y el hijo mayor del joyero. Toñeta y Dolores los saludaron con un ligero movimiento de cabeza.

—Antes compadecía a Blanca –murmuró Dolores a Toñeta en el oído–. Ahora me apiado del pobre hombre. Tiene que cargar con la odiosa de la suegra que le cuida las manos y el bolsillo; además de soportar a la mocosa de Lucila.

—Necesita congraciarse con la familia política y al mismo tiempo buscarle una novia a su hijo. Y como María ya voló...

—Pobre muchacho. Es feo con ganas, igualito a su papá.

—Ojalá y nosotras tengamos más suerte.

En el vestíbulo, muchos invitados conversaban acerca de las fiestas o escuchaban las impresiones de los embajadores especiales, de los miembros del gabinete presidencial o del propio Porfirio Díaz que estaba acompañado por Carmelita, sus hijos y nietos. Más que una celebración en Chapultepec parecía una reunión en alguna mansión europea.

La mayoría de los convocados prefería hablar en francés o inglés, pues les daba una imagen elegante ante los extranjeros. Toñeta y Dolores dejaron el salón y salieron a la escalinata que conducía a la terraza. Cientos de jóvenes se divertían escuchando los valses de Strauss que un cuarteto de cuerdas interpretaba. Los meseros pasaban ofreciendo canapés, pastelillos y copas de vino tinto y blanco. Los anfitriones habían dispuesto sillas que se alineaban, en tres hileras, a lo largo de la balaustrada que separaba la terraza del embarcadero. Los convidados esperaban a que el sol se perdiera en el horizonte para que los organizadores anunciaran el comienzo del espectáculo.

—¿Alcanzas a ver a alguien conocido? –preguntó Dolores antes de bajar la escalinata.

—Hay mucha gente.

—¡Qué horror! No vamos a encontrar silla y tendremos que quedarnos de pie.

—No te mortifiques. Antonio, José y Anselmo nos cederán sus lugarares.

—¿Tú crees? Ni siquiera saben que vinimos. Mira, me parece que están allá –dijo Dolores señalando un grupo que acaparaba varias sillas.

—¡Antonio! –gritaron mientras se dirigían a donde se encontraban sus amigos.

—¡Dios mío, está acompañado! –comentó en voz baja Dolores.

—No importa, nos quedamos aquí –aseveró Toñeta.

—¡Qué casualidad! –exclamó Antonio con burla–. No pensé que fueran requeridas.

—¿Cómo podríamos perdernos la inauguración del lago? –respondió Dolores sin dejar de mirar a tres desconocidas que los observaban.

—Lástima que no lo supimos antes. Les hubiéramos apartado un lugar ¿verdad, José? –Antonio se dirigió a su amigo quien acababa de llegar con dos copas, las cuales ofreció a las mujeres que sonrieron agradecidas.

—No hay problema. Esperaremos aquí, junto a ustedes –contestó Toñeta fulminando a José con los ojos.

—Si así lo quieren. Aunque, tal vez prefieran buscar a Lorenzo –insistió Antonio.

—Sabemos esperar –dijo Dolores–. Estoy segura de que tu caballerosidad no tiene límites y nos podrás conseguir unas sillas–. De mala gana Antonio les cedió su lugar. Luego se dirigió a un mesero a quien le ofreció una generosa propina.

—¿No se les hace absurdo que digan que van a inaugurar el bosque y el lago cuando ya paseamos por aquí? –comentó Dolores a las desconocidas. Ellas negaron con la cabeza y sonrieron.

—No te van a responder –aseveró José enfadado–. Sólo hablan alemán y dudo que ustedes entiendan alguna palabra.

—¿Ustedes lo hablan? –preguntó Toñeta a la defensiva.

—Nosotros, los hombres, tenemos otro tipo de idioma: con las manos, la lengua –el mesero se acercó a ellos cargando dos sillas.

—¡Qué vulgar! Por cierto, Antonio, no nos has presumido a tu nueva cuñada –dijo Dolores con sarcasmo.

—¿Cuál? Que yo sepa, la única que tengo anda de viaje en Monterrey o en la frontera –aseguró Antonio lanzando un beso a su nueva conquista.

—Eso ya es viejo, *chéri*, ahora todos comentan que tu hermano anda estrenando romance –aseguró Toñeta que de reojo seguía las atenciones que José le prodigaba a las alemanas.

—No me había enterado. ¿La conozco?

—¡Por favor! No nos quieras engañar, la conoces demasiado bien. Probablemente, esa mujerzuela pasó de tus brazos a los de tu hermano –insistió Dolores.

—¿De qué demonios hablan? –preguntó fastidiado.

—Pues de tu consentida, María Fernández –confirmó Toñeta burlona.

—¿María? –interrogó confundido–. ¿Mi hermano?

—Por tu cara puedo interpretar que te desagradó la noticia. ¿Celoso?

—No me interesa. Desde hace dos semanas, Pablo y yo apenas hemos cruzado palabra –en su interior la furia comenzaba a bullir y no era por celos: lo que menos quería era tener al enemigo dentro de la familia. La muy puta, se dijo, no podía enrolar a su hermano, él nunca lo permitiría.

—Supongo que Pablo va a asistir al espectáculo. Verás que viene acompañado.

* * *

En una de las tribunas, a falta de lugares, Pablo cargaba en sus piernas a Ana y Olegario abrazaba a Rosa. María, Lorena, Amparo y Remedios se apretaban entre los dos hombres.

—Todavía hay tiempo, María, podemos entrar al Auto Club –le repitió Pablo que veía cómo se apretaban en el incómodo asiento de madera.

—No, estamos mejor aquí, juntos. Hoy no deseo compartirte con tus amistades. –murmuró en voz baja. Ana los miró y puso su índice en los labios señalando la complicidad de su silencio–. Fue un día increíble y deseo que continúe así –un rubor apareció en su rostro. Recordar las horas pasadas junto a él provocó que de repente sintiera las mejillas calientes.

—Sé perfectamente en qué estás pensando –afirmó Pablo con una sonrisa–. Tranquila, no querrás que tus tías pregunten a qué se debe tu turbación.

—¿De qué hablan? –preguntó Ana sin entender.

—Tu hermana se siente acalorada. Hay demasiada gente alrededor del lago.

—¿Cuánto falta? –se quejó Lorena aburrida.

—Poco –respondió Pablo–. Sólo esperan a que comience a oscurecer.

—¡Miren! –gritó Ana. Una decena de canoas cubiertas de flores desfiló para luego perderse detrás de los islotes.

—¿Eso es todo? –preguntó Lorena.

—No, según el programa todavía hay más –contestó Pablo quien con disimulo agarró la mano de María. No se conformaba con tenerla cerca, tenía la necesidad de tocarla, de sentirla, de saber que su amor le pertenecía; sin embargo, su audacia no duró mucho. Ana descubrió las manos unidas.

Al acorde de la música que salía del edificio, desde el lago mayor, un largo y ancho chorro de agua explotó hacia el cielo causando asombro. Unos minutos después, varios chorros laterales se unieron y, conforme seguían las notas de *El lago de los cisnes,* comenzaron a moverse como si bailaran. La fachada del Auto Club se iluminó con miles de focos blancos al igual que la orilla del lago, los árboles y el Castillo de Chapultepec; pero lo que causó la exclamación de los espectadores fue que las luces que salían del lago empezaron a jugar con los chorros de agua y la música creando una ilusión. El evento duró más de media hora, pero a los espectadores les pareció muy breve.

—Es fantástico, sin duda, el bosque tomará un segundo aire –comentó Olegario en voz alta para que los miembros de la familia lo escucharan–. Después de ver el espectáculo felicitó al señor Limantour por emplear nuestros impuestos en componer el paseo más concurrido del pueblo. Tenía razón *El Imparcial* cuando publicó que: "Chapultepec será el primer lugar de recreo del mundo... El público gozará gratuitamente con uno de los sitios de recreo más originales y podrá pasar allí un día entero sin hastiarse..."

Al finalizar el espectáculo, los aplausos recorrieron los contornos del lago y cuando el público estaba a punto de abandonar las tribunas, las riberas y los prados, el cielo vibró ante el colorido y el estruendo de los fuegos artificiales.

La *garden party* se prolongó hasta la medianoche. María y Pablo, junto con la familia, se retiraron temprano. Caminaban separados, conteniendo el deseo que los invadía, pero sus pensamientos iban más unidos que nunca. El día había sido perfecto y las promesas de amor aún latían con fuerza.

La casa de los Fernández amaneció en un profundo letargo. Solamente Olegario se levantó temprano, pues la euforia por las compras continuaba y no debía desaprovechar la oportunidad. Chona llamó al almuerzo varias veces sin que nadie contestara. Cerca de las diez, Fernando se presentó a comer los chilaquiles verdes con huevos fritos, frijoles y tortillas recién echadas; y cuando finalizó, partió lo más rápido que pudo, ya que debía acompañar al general Mendoza a la colocación de la primera piedra del edificio donde estaría El Palacio del Poder Legislativo, en la Calzada del Ejido.

El silencio en la casa duró más allá del mediodía cuando los estómagos de las pequeñas reclamaron alimento; sin embargo, la actividad continuó, pues, por la noche, los adultos asistirían al baile que el presidente Díaz ofrecería en Palacio Nacional. Chona y las otras sirvientas apenas se daban tiempo para preparar tinas con agua caliente, planchar ropa, coser los últimos detalles, lustrar calzados, enchinar cabellos con las tenazas calientes; además de preparar el refrigerio de la tarde. A pesar de su negativa, María terminó igual que sus hermanas: con una mezcla de leche agria con manzanilla sobre la cara y reposando las piernas en alto.

La cita en Palacio Nacional era a las ocho treinta de la noche, pues no era fácil ordenar la entrada de cinco mil personas. Junto con la invitación, los organizadores adjuntaron tarjetas que daban instrucciones de la llegada y salida de carruajes, el lugar donde se debían estacionar, la recepción de los asistentes y la circulación dentro del salón. Los invitados serían recibidos por diferentes puertas. Los que tenían tarjeta blanca entrarían por la puerta Mariana, los de tarjeta verde por la Central, los de tarjeta rosa por la de Honor y los de tarjeta azul por la calle de Acequia. También anexaron un plano que detallaba la ubicación de tocadores, guardarropas, salones fumadores, comedores y salón de baile.

Luciendo los mejores atuendos, los Fernández salieron de la calle de Pescaditos. Como de costumbre, Adela y Lucila acompañaron a Blanca, a don Agustín y al hijo de éste. Olegario se fue con María y Pablo, mientras que Remedios y Amparo partieron en el carruaje de don Julián de la Borbolla. El general Mendoza y su familia pasaron a recoger, unos minutos antes, a Lola y Fernando. Al final, todos se reunirían afuera de un salón fumador.

Viajaron por calles vacías, pero conforme se fueron acercando al Zócalo, la multitud acaparaba las banquetas y los jardines de la Plaza Mayor.

Nadie quería perderse el lujo y la elegancia de las damas y los caballeros de sociedad ni de los diplomáticos extranjeros. Muchos vendrían enfundados en sus uniformes de gala.

Cada vez que algún personaje bajaba de un vehículo, la gente aplaudía contagiada por el ambiente festivo. La Catedral, los edificios que rodeaban la plaza y el propio Palacio Nacional estaban completamente iluminados. Como distintivo de las celebraciones, en la puerta central del Palacio –abajo del palco de honor– había una marquesina con la bandera mexicana y las de los países con los que México tenía relaciones.

Al llegar, dos mozos con casacas oscuras les abrieron las portezuelas y un chofer llevó el auto al estacionamiento en la calle de Portaceli. Los porteros abrieron la puerta de acceso al Palacio. María entró seguida de su padre y de su pretendiente, y en vez de encontrar el patio central del recinto, se toparon con un vestíbulo de muros revestidos por palmas, flores y focos. El empleado, que les indicó el corredor que los conduciría al gran salón, le obsequió a María un carnet de baile. Ella observó la libreta blanca con el escudo nacional en el centro. En letras rojas se leía "Baile en el Palacio Nacional, 23 de septiembre de 1910". En el carnet debía apuntar con quién bailaría *two step*, cuadrillas, lanceros y los valses que se interpretarían en el festejo. Unas señoritas les recomendaron dejar abrigos y sombreros en el guardarropa. María se quitó la capa y para asombro de Pablo y de quienes los rodeaban, descubrió un vestido bordado con chaquira, pedrería de cristal y perlas de canutillo, sobre una malla de tul color plata. Debajo del bordado, el forro –de raso de seda color crema– daba firmeza al atuendo. Enfrente, al nivel de la cintura, bajaban dos bandas de seda azul grisácea que se amarraban atrás en un moño, cuyos extremos caían hasta el filo del vestido. Los guantes y el bolso de filigrana plateada completaban el atuendo. En el cabello, recogido en un abombado, llevaba un par de peinetas brillantes que combinaban con los aretes y el collar; alhajas que habían pertenecido a su abuela Flora.

—Creí conocer todos los aspectos de tu hija, pero me doy cuenta de que esta noche me quedé corto. Es hermosa –Pablo se dirigió a Olegario sin dejar de mirar a María. Un ligero rubor apareció en el rostro de la joven, quien le devolvió el cumplido con una sonrisa.

—Todas mis niñas son bellas, pero mi María es la más parecida a mi madre –comentó Olegario orgulloso al notar el impacto que causó su hija entre la concurrencia.

—Sugiero que recorramos el lugar antes de que llegue más gente –dijo Pablo ofreciendo el brazo a María y cediendo el paso a Olegario.

—Quedamos de encontrarnos con las tías afuera del salón fumador.

Al entrar al gran salón, como todos los invitados, se quedaron boquiabiertos. El patio interior se había transformado en una enorme pista de baile techada. Sobre las baldosas colocaron tarimas que no sólo abarcaban el patio, sino también los pasillos bajo los arcos. El enorme *plafond* abovedado que cubría el patio estaba coronado por un rosetón de luces de cinco metros de diámetro. Alrededor de la enorme lámpara se observaban pinturas de grandes soles y los escudos de la república. Para sostener el techo, en cada esquina colocaron una columna con capitel corintio dorado sobre bases con plantas, rodeadas por divanes color guinda oscuro. En las cornisas pusieron adornos de luces y guirnaldas que permitían la iluminación de los rincones del salón. En las arquerías, tanto en planta baja como en el piso superior, colgaban espejos sostenidos por marcos de flores y focos que delineaban la curvatura de los arcos.

Frente a la entrada se levantó una plataforma para la orquesta de 150 integrantes, dirigida por el maestro Rafael Gascón, director del Teatro Principal. Al lado opuesto construyeron el estrado de honor donde colocaron sillas estilo imperio dispuestas en semicírculo, bajo cortinajes rojos con flecos. Y para completar la escenografía, tapices, lunas venecianas, esculturas de bronce y mármol sobre trípodes de alabastro incrustados de oro, tibores orientales y plantas decoraban el lugar.

—¿Qué sucedió aquí? –preguntó María–. La semana pasada no existían huellas de esta construcción.

—Don Porfirio quiso impresionarnos y lo logró –aseguró Olegario–. Este baile va a pasar a la posteridad como el más grande y lujoso en la historia del país –hizo una larga pausa. Sus ojos se posaron en la escalinata donde pequeños islotes de plantas exóticas la dividían por la mitad, protegidos por un barandal completamente forrado de flores–. Los extranjeros podrán hablar de la magnificencia de México y de la importancia de tener buenas relaciones políticas y comerciales con nosotros –agregó satisfecho.

Caminaron entre cientos de invitados. Vestidos lujosos, joyas brillantes, perfumes exquisitos, luces, música suave y sonrisas se mezclaban para formar un espectáculo que todos querían disfrutar. María los dejó unos minutos, deseaba conocer la galería donde se localizaban los tocadores y gabinetes para damas. Varias mujeres utilizaban los servicios; no obstante, se coló por una esquina y por unos segundos pudo apreciar seis tocadores estilo Luis XV, divididos por biombos elaborados con hiedras, flores, pequeños focos y espejos.

Al regresar, los tres subieron al segundo piso. En el primer descanso de la escalera encontraron una gran luna veneciana con marco de flores. En la parte superior del espejo estaba la leyenda "Libertad. Independencia. Constitución", junto a un sol que tenía las iniciales R.M. En el segundo descanso, una serie de banderas de los países invitados rodeaban el escudo nacional con las fechas 1810-1910.

Los corredores de la planta alta estaban cubiertos con lienzos de seda rosa, lo que a los tres les pareció demasiado recargado. En el trayecto se asomaron a los salones que daban al pasillo. Señoras de edad ocupaban la totalidad de los sillones mientras una decena de meseros las atendía. Más allá divisaron el salón fumador, y afuera, esperándolos, a don Julián de la Borbolla.

—Anda, niña –dijo el anciano señalando el pasillo–. Tus tías están apartando lugar junto al barandal. Desde ahí tendremos una excelente vista de la ceremonia–. Amparo y Remedios les hicieron señas.

—¿Han visto a mi mamá y a Blanca? –preguntó María a sus tías que sonrientes saludaban a sus conocidos.

—Prefirieron irse abajo con las amigas de tu madre. Lola y Fernandito están con los Mendoza –aseveró Remedios.

—¡Mira! –Pablo le tocó el hombro a María–. Acaban de llegar mis papás–. Tere y Louis Pascal hicieron su entrada al salón acompañados de otras parejas.

—Y Antonio, ¿viene?

—Sí. Debe andar por ahí con sus amigos. Pero ninguno de ellos me interesa –le susurró al oído–. Me muero por besarte, querida. Estás tan hermosa que quisiera llenarme de ti –María sonrió y desvió su rostro sonrojado. Lo último que deseaba era que su padre o sus tías los descubrieran.

El presidente Porfirio Díaz y su esposa, Carmen Romero Rubio de Díaz, llegaron seguidos por sus familiares y tomaron su lugar en el estrado de honor, donde cientos de personas acudieron a felicitarlos por el Centenario de la Independencia. Al dar las diez, la orquesta comenzó a tocar la obertura de *Der Freiztchütz* de Weber con lo que daba comienzo la ceremonia. El presidente invitó a la marquesa de Bugano, esposa del embajador de Italia, y Carmelita aceptó la mano de *mister* Curtis, embajador especial de Estados Unidos; juntos iniciaron el desfile por el salón, acompañados por los miembros del gabinete. Cuando los embajadores y enviados especiales se integraron a la procesión, la orquesta tocó *La marcha del Centenario*, en la que se escuchaban partes de los himnos de los países presentes en el festejo, comenzando con el *Himno Nacional Mexicano*.

—¡Qué pareja tan bonita! –exclamó Amparo tras un largo suspiro.

—Exageras, hermana. Él es demasiado viejo para ella.

—No importa, don Porfirio siempre será don Porfirio –aseguró Amparo de buen humor–. Me gusta con uniforme, traje de calle y como está ahora, con frac, la banda presidencial y las condecoraciones.

—No tienes compostura. A tu edad, pareces una jovencita.

—Hay que reconocer que Carmelita luce espléndida –María observó el vestido de seda dorada que cambiaba de tonos según le diera la luz. La sobrefalda era del mismo color y todo el conjunto estaba bordado con perlas y canutillo de oro. En el centro del corpiño llevaba un gran broche, una diadema de brillantes en el tocado y un collar de perlas, de los llamados *collier de chien*.

—Insisto, eres la más bella de la fiesta –Pablo le volvió a murmurar al oído–. Por cierto –agregó en voz alta–. ¿Alguien tiene una estilográfica? –don Julián sacó una de su bolsillo y se la entregó–. María, ¿podrías mostrarme tu carnet de baile? –Ella se lo entregó y él comenzó a apuntar su nombre–. Todas las piezas me corresponden, así que nadie más puede bailar contigo. Bueno, excepto tu padre.

El baile comenzó y, como se acostumbraba en actos oficiales, abrió con el vals *Carmen* de Juventino Rosas. Pablo tomó a María de la mano y la condujo hasta la pista. ¡Al fin podría estrecharla!

—¡Míralos! ¿Qué te dije? Andan muy acaramelados –Dolores jaló de la manga a Antonio–. Y para ser sinceros, con Milagros nunca vi a tu hermano así.

—Sí –agregó Toñeta, que iba del brazo de Pedro de Osio–. Lo tiene atolondrado. Ella es una oportunista. Nada más supo que Pablo andaba libre y se aprovechó. Ustedes no nos creían.

Antonio se acercó hacia donde estaban María y Pablo, y no le gustó nada lo que pudo apreciar: esos dos bailaban sin dejar de mirarse, parecían transportados, ajenos al mundo. ¿Estaban enamorados? No, no lo creía, aunque de su hermano se podía esperar todo. Además, no andaba tan perdido, se dijo, de la putita de Milagros a la putita de María, esta última era superior. Sin embargo, nunca aceptaría esa relación. Para empezar no pertenecían a la misma clase social; las Fernández no tenían alcurnia, dinero, ni mucho menos roce social. A él le convenía que Milagros enredara a su hermano y que María se revolcara en el infierno junto con la maldita de Refugio. Si la estúpida lograba quedarse con Pablo, se sabría la verdad, le endilgarían un bastardo y sería señalado.

—¡Qué sorpresa! –les dijo Antonio burlón–. Nunca esperé que mi hermanito se interesara por mi amiguita–. Dolores barrió con los ojos a María, no obstante, ambas sonrieron.

—Ya ves, Antonio, nos encanta sorprenderlos. Tal vez, ustedes no estén enterados –Pablo se dirigió a las dos parejas–: María y yo vamos a comprometernos; estamos felices.

—Felicidades –respondió Antonio conteniendo el berrinche–. Nunca pensé que lograras formar parte de mi familia –se dirigió a María sarcástico.

—Así es, hermano –aclaró Pablo cortante–. Y te voy a pedir que si no estás de acuerdo con mi elección, me lo hagas saber. De ti me interesa tu opinión; de los demás me vienen sobrando sus comentarios –Pablo volvió a tomar a María entre sus brazos y se alejaron en busca de un mejor sitio para bailar.

—Lo tiene embrujado. Le dio a beber toloache.

—¡Cállate, Dolores! –gritó Antonio de mal humor–. No hagas que me arrepienta de haberte invitado –nadie se iba a burlar de él. Ya encontraría la manera de vengarse de María. Cuando se proponía algo, lo lograba.

Blanca ansiaba bailar, deslizarse en la pista como una princesa soñadora y que su príncipe azul la tomara entre sus brazos; pero lo único que le quedaba era acompañar a don Agustín en sus largos y aburridos diálogos con los clientes de la joyería. La orquesta interpretaba *Las ondas del Danubio* de Strauss y ella miraba con envidia a María. ¿Cómo había logrado que Pablo se fijara en ella y la quisiera tanto? Desde que el doctor Pascal se presentó en casa a hablar con sus padres, su hermana se convirtió en el centro de atención de la familia. Las tías le consiguieron las mejores prendas, le prestaron las alhajas de la abuela y la aconsejaban. En cambio, ella debía usar el vestido que su madre le compró, demasiado rosa, simple; llevar las joyas que su pretendiente le había obsequiado y, lo peor, debía casarse con un hombre al que no amaba, con tal de que Antonio le hiciera caso. Le prometió que serían amantes; sin embargo, ahí estaba su príncipe azul bailando con una estúpida y sin dirigirle una mirada.

—Señora, por favor, no se puede quedar aquí. Los lugares están reservados para las invitadas de la señora Carmen Romero Rubio de Díaz –uno de los organizadores le solicitó a Concha que desocupara una silla del estrado de honor.

—Pues lo siento, a mí no me mueve. Soy una Castillo y soy invitada distinguida –recalcó cada una de sus palabras con prepotencia.

—Entiendo, señora, sólo que las sillas están destinadas a las esposas de los enviados especiales.

—Para que lo sepa, joven, soy prima de Carmelita y ella está de acuerdo en que me quede aquí.

—Señora, es una orden del general Díaz. Debemos despejar el lugar.

—Y ¿por qué a mí? Si Chofa y Guicha se quedan, yo también –el hombre se retiró resignado, aunque Concha estaba segura de que volvería con refuerzos. A ella no la iba a intimidar ningún empleadillo. Sólo abandonaría la silla si se movían Ángela Terrazas de Creel, Amparo Escalante de Corral y Catalina Altamirano de Casasús. Cruzó la pierna y observó los vestidos de las asistentes. Ninguno como el que ella traía puesto. Según la modista, la seda verde y las múltiples costuras harían que pareciera más delgada. El collar era similar a los que usaba Carmelita, de varios hilos ajustados en el cuello, pero en su caso con esmeraldas. Como suponía, los empleados regresaron y rodearon el estrado con un listón rojo para restringir el acceso. No les hizo caso, sus ojos catalogaron a las mujeres que daban vueltas en la pista de baile al son de *La gracia de Dios*, un pasodoble de Ramón Roig. En ese momento, su hija debía estar en algún baile en Monterrey. Dudaba que se estuviera divirtiendo. La muy tonta continuaba llorando por Pablo, quejándose de su mala suerte y despotricando contra sus anfitriones. La estupidez tenía un precio, se dijo, y Milagros lo estaba pagando. Si le hubiera hecho caso estaría anunciando su compromiso con Pablo y la vulgar de María no bailaría con él. ¡Cómo los odiaba! Pero ellos no tendrían la última palabra. Comenzó a abanicarse el rostro sudoroso. ¿A qué hora servirían la cena?

La orquesta interpretó *Alejandra* y Pablo no pudo más. Estrechó a María por unos segundos y le dio varios besos en la oreja y el cuello.

—¿Recuerdas este vals?

—Nunca lo olvidaré: la primera vez que bailamos en el Casino Francés.

—Deberían cambiarle el nombre a María.

—No. Pensemos que Enrique Mora se lo dedicó a su amada.

—Entonces él debió estar tan enamorado como yo para componer algo así.

—¿Cuándo me vas a componer algo?

—¡Ay, amor mío, qué difícil me lo pones! –la tomó de nuevo entre sus brazos y comenzaron a girar como las otras parejas.

Adela encontró acomodo entre Elena Rincón Gallardo y la Kikis Escandón. Estaba feliz. Era su noche. ¿Qué más le podía pedir a la vida? Se codeaba con la mejor sociedad del país, en el baile más importante de la temporada, estrenando un vestido importado de Francia y sus hijas estaban acompañadas por excelentes pretendientes. Lástima que sus joyas desentonaran. De no ser por los rubíes que le obsequió su yerno, seguiría usando las mismas alhajas que siempre llevaba a las fiestas. Alzó la mirada hacia el segundo piso y observó a sus cuñadas y a Olegario. Tal vez ellos sobraban en su noche perfecta, pero no serían impedimento para gozar de su triunfo. Hasta la estúpida de Concha le tendría envidia.

—¿Quieres descansar, María?

—No, no quiero dejar de sentir tu mano sobre la mía, ni tu brazo rodeando mi cintura.

—Tienes razón, sería desperdiciar el tiempo.

—Además, me encanta *Sobre las olas*. Escucharlo me trae recuerdos de cuando éramos niños y bailábamos imitando a los mayores.

—Desde entonces ya te amaba.

—Mentiroso. Siempre me andabas corriendo de la habitación.

—Me daban celos que buscaras a mi hermano. A mí me ignorabas.

—Eras muy serio.

—No, era un niño precoz que deseaba que una niñita le hiciera caso.

—Al fin lo lograste.

—Tú lo has dicho: al fin.

Como espectador de circo, Olegario observaba los diferentes actos en la misma pista. Le dio un sorbo a la copa de vino blanco. Nunca fue afecto a las fiestas. Cuando conoció a Adela vivió al ritmo que ella impuso: iban a bailes, al teatro, a tertulias, parecían hechos el uno para el otro. Se casaron, dio todo y no supo cuándo comenzaron a distanciarse. Y ahora, en vez de compartir con él y disfrutar juntos a sus hijas, su esposa andaba abajo presumiendo lo que no era, lo que no tenía; en vez de apreciar lo mucho o poco que él le daba. Vio a Blanca con tristeza. Su hija insistía en una engañosa felicidad. Don Agustín no le dedicaba atenciones, sólo la exhibía como una presa. Y Lucila, su dulce niña, iba por el mismo camino. Bailaba indiferente con un muchacho sin carácter, un títere de su padre, heredero del negocio familiar. En cambio, contemplar a María y Pablo era una delicia. Los unía un sentimiento profundo. No dudaba que pronto hablaran de matrimonio. Ella apenas tenía dieciocho años, mas no se opondría; al contrario, su hija estaría mejor unida a Pablo que bajo la castrante tutela de su madre. De un solo trago terminó la bebida, lo acababa de decidir: mandaría a Lucila a España. La convencería de viajar, conocer gente; incluso les pediría a Amparo y Remedios que la acompañaran. Cuanto antes debía apartarla de los nefastos planes de Adela.

A medianoche el maestro de ceremonias anunció la cena. Había dos comedores en la planta alta. Uno para los invitados especiales y el *buffet* para el público.

María y Pablo pasaron al comedor oficial. Lo dispusieron en el corredor más lejano a la escalera. Las dos entradas estaban adornadas con arcos decorados con hojas de parra, luces y flores. El recinto parecía un invernadero. La mesa ocupaba el largo del pasillo y contenía 150 cubiertos sobre mantelería fina. Varios floreros con rosas y orquídeas estaban dispuestos entre copas de cristal cortado, vajilla de porcelana de Sèvres y servicio de plata, alumbrados por doce grandes candelabros de plata con bujías veladas por pantallas de seda rosada.

A María le asignaron un lugar al lado de la señora Liceaga y la señora Vértiz. Pablo, junto con los doctores, quedó frente a ella. La cena, una muestra de la gastronomía francesa –elaborada por Sylvain Daumont– le agradó a Pablo. En cambio, María picoteó el *filet de drinde en chaud froid* y los *paupiettes de veau a l'ambassadrice*.

Al terminar la cena, el presidente, Carmelita, parte de su gabinete y muchos de los embajadores se retiraron. La música continuó hasta el amanecer. La gente se negaba a abandonar la fiesta, a terminar el sueño cortesano que trajeron las celebraciones. En unas semanas, nada más quedarían los recuerdos.

* * *

Los primeros rayos de sol alcanzaron a Leandro en una banca de la Plaza Mayor. La noche anterior, Celia y él compartieron lo que llamaron la máxima burla que el gobierno porfirista le hacía al pueblo. ¿Cómo fue posible que la gente se parara en la calle para observar a los catrines a su llegada a Palacio Nacional? ¿Acaso habían perdido la dignidad y se conformaban con las sobras del gran baile? ¿Cuánto dinero habían gastado en esa pantomima? Y lo peor, ¿por qué María había asistido con el mediquillo alcahueteada por su padre? Odio, sí, sentía un odio profundo que no le permitía pensar con claridad. Quiso mandar su esfuerzo y sus ideales a la fregada y buscarse una nueva vida en el extranjero. Celia se burló de sus planes. Sensata como siempre, le propuso regresar a la tranquilidad de San Luis, donde ambos vivirían unidos. Acompañó a Celia al cuarto, empacaron sus pertenencias, escribieron cartas a don Gustavo Madero y a Rafael Lozano explicando su partida, y luego, cuando su amiga se fue a dormir, él salió en busca de una cantina. Bebió hasta embriagarse y regresó al Zócalo para despedirse de María. La vio de lejos. Se retiró con el porte de una reina resguardada por sus lacayos. Trató de acercarse al coche, pero las piernas no le respondieron. Hizo señas con las manos, pero ella ni siquiera volteó. Era frívola, despótica, engreída, como todas las de su clase. En cambio, Celia, su Prietita, sí lo quería. Entonces ¿por qué insistía en buscar a María?

El frío le caló los huesos. Buscó el calor del sol, mas no le calentó, aún estaba débil. Sintiendo que la cabeza se le partía en pedazos se encaminó hacia el cuarto que compartía con Celia. Necesitaba un buen baño y tomar el tren de las diez a San Luis. Ya dormiría en el camino. Estaba seguro de que con la distancia sus heridas sanarían, aunque la cicatriz que dejaba la desilusión lo marcaría para siempre.

Poco a poco las actividades volvieron a la normalidad. Los extranjeros y la gente que vino del interior del país retornaron a sus lugares de origen. Los periódicos alababan los festejos y con grandes elogios anunciaban en sus primeras planas que el Congreso de la Unión declaraba reelectos al presidente Porfirio Díaz y al vicepresidente Ramón Corral para el sexenio 1910-1916, cargos que aceptarían el 4 de octubre. Los eventos continuaban, pero María decidió regresar a su trabajo en el hospital. Fernando todavía participó en el simulacro de guerra que se efectuó en las Lomas del Molino del Rey, la Hacienda de los Morales y el molino de Sotelo. Por supuesto que las tías acudieron en compañía de la familia del general Mendoza. A las demás inauguraciones ya no asistieron debido a que las instalaciones quedaban lejos. Todo llegaba a su fin. Lola y Fernando volverían a Puebla. Remedios y Amparo, a Xochimilco.

Esa mañana, María entró al Morelos con el bolsillo lleno de dinero, producto de las ventas en La Española. Como lo habían decidido Pablo y ella, una parte la donarían al hospital para beneficio de todas las internas y otra la repartirían entre las muchachas que participaron. Pasó por la oficina y recogió varias telas que la señora Escandón había regalado. Subió la escalera y se encontró con Amalita quien le ayudó a cargar el equipo de costura.

—Hacías falta, María. Las muchachas preguntaban por ti.

—Yo también las extrañaba. ¿Cuántas internas nuevas hay?

—Bastantes. Les hemos hablado acerca de ti y ansían comenzar a trabajar.

—Mire qué hermosas telas nos dieron. Vamos a hacer maravillas.

—¿Continúan las Fortuño con el tejido?

—Ésas abandonaron el trabajo. Bajo pretexto de las fiestas desaparecieron junto con el material, las cintas métricas, las tijeras y varios pares de agujas para tejer. La señorita Manzano se quedó a cargo.

Al pasar por el pabellón Armijo, María escuchó la voz de Pablo. Sin poder evitarlo se sonrojó. Sólo pensar en él le provocó una emoción que luchó por disimular. Lo imaginó moviendo sus grandes manos, enseñando a los estudiantes la forma de curar un cuerpo; manos que también sabían acariciar, enamorar.

—Sí, el doctor Pascal comenzó temprano –aseveró la enfermera estudiando la actitud de la voluntaria–. Tiene mucho trabajo atrasado.

Entraron al pabellón. El olor a encierro le atrapó la nariz. Varias enfermas se acercaron a María y la recibieron con muestras de cariño. Entre todas decidieron comenzar con el bramante blanco. Confeccionarían dos manteles deshilados con diez servilletas cada uno.

La inquietud de Pablo crecía conforme pasaban las horas. Sabía que María estaba a unos cuantos metros y no podía verla. Desde muy temprano realizó curaciones y supervisó la evolución de las pacientes del Armijo; además de atender una emergencia que terminó en cirugía. Al salir del quirófano se asomó por la ventana del pabellón de maternidad y contempló a María enfrascada en su labor. ¡Cómo la amaba! Si por lo menos pudiera acercarse y abrazarla. Se resignó. Tendría que esperar hasta la noche, cuando fuera a cenar a casa de los Fernández.

—Doctor Pascal –Amalita, preocupada, se dirigió a él cuando llegó al cuarto de curaciones–, el doctor Ramón Macías lo espera en su oficina, quiere hablar con usted. Se trata de Toñito.

—Ya me lo había comentado antes. Sabíamos que el momento llegaría.

—¿Lo sabe la señorita Fernández?

—No, Amalita, no sé cómo decírselo.

—Con la verdad, doctor. Siempre es la mejor manera de afrontar los problemas.

Antes de que María terminara su turno de trabajo, Pablo la buscó.

—Señorita Fernández –le dijo Pablo con serenidad–, ¿podrías pasar unos minutos a los cuneros? El doctor Arriaga y yo queremos platicar contigo.

—Sí, doctor –respondió risueña–. Recojo mis pertenencias y estoy con ustedes.

—Te espero –aseguró Pablo sin perderla de vista.

Ambos se dirigieron al cunero donde aguardaban Pepín y Amalita. María apresuró el paso y se paró junto a la cuna que ocupaba el niño que dormía por el momento.

—¡Cómo ha crecido! –exclamó emocionada. En un mes había ganado peso y sus facciones se habían afinado.

—Nuestro muchachito es un campeón, María –dijo Pepín orgulloso–. Decidió sobrevivir y lo logró.

—¿Puedo cargarlo?

—En un momento, María. Necesitamos hablar contigo. Cuando nació Toñito –rememoró Pablo con voz pausada–, yo te prometí que haríamos lo imposible por encontrar a su familia. Sin embargo, las cosas no sucedieron como nosotros queríamos. El director del hospital me acaba de informar que debemos entregar al niño a las autoridades correspondientes.

—María, créame, no queremos que nuestro niño se vaya, pero ni el doctor Pascal ni yo podemos hacer nada –Pepín se acercó a ella y le palmeó la mano–. Buscamos a los abuelos y se negaron a reconocerlo. Los tíos no quisieron problemas. No, por favor, no llore –apresurado sacó su pañuelo y se lo ofreció.

—Sé que es difícil, María. Todos nos encariñamos con él... –Pablo no pudo hablar más. Vio como su amada se iba derrumbando y quiso abrazarla, consolarla, decirle que no estaba sola, que contaba con su amor–. Ven –le dijo tomándola de las manos. Ella se levantó y buscó refugio entre sus brazos–. Esto iba a suceder, lo sabías.

—Tenía la esperanza de que sus abuelos recapacitaran –Marías contestó sollozando–. Si lo vieran, no lo abandonarían a su suerte. Es tan pequeño.

—Esperábamos un milagro –comentó Amalita–. La vida es injusta, muchacha. He visto como muchos niños son abandonados en este hospital y debemos entregarlos a las autoridades. Sé que la situación de Toñito es diferente porque su madre murió.

—Ella me pidió que lo cuidara –respondió secando sus mejillas con el pañuelo de Pepín–. ¿Lo puedo adoptar?

—No, María, no puedes –Pablo le levantó el rostro para verla a los ojos–. No estás casada.

—Si hablo con mi papá, tal vez...

—Tu mamá nunca lo aceptaría. Piensa que algún día te casarás, tendrás tus propios hijos y Toñito saldrá sobrando.

—Se equivoca, doctor Pascal –contestó desafiante–. El hombre con el cual pienso casarme tiene un gran corazón y sería capaz de adoptar a Toñito. Venga –le dijo a Pablo llevándolo hacia la cuna–. Acérquese y observe bien las facciones del niño. Fíjese en la nariz, la forma de las cejas, en la barbilla y cuando esté despierto, descubra su mirada. A veces nos llevamos sorpresas.

—¿Qué me quieres decir, María? –preguntó alarmado.

—Que es un niño que tiene mucho de usted –hizo una pausa; arrepentida de su comentario, agregó–. ¿Sabe? Tengo un novio que dice que me ama, que quiere casarse conmigo. Hoy en la noche, cuando lo vea, le voy a proponer que nos quedemos con él.

—Estoy seguro de que aceptará, María. Te quiere tanto que haría todo con tal de que seas feliz; pero mientras eso sucede, Toñito se debe ir.

—¿Cómo lo recuperaremos? Digo, mi novio y yo.

—Las criaturas se registran, existe un número que los identifica por la procedencia, la fecha de nacimiento, el nombre de la madre y el lugar a donde lo llevaran –aclaró Amalita con los muchos años de experiencia en la materia–. Tengo varias conocidas en el hospicio. Ellas se encargarán de reportarnos el crecimiento del niño mientras se casan.

—¿Qué dijo? –preguntó Pepín confundido–. ¿Se casan? ¿Quiénes?

—Perdón –Amalita se disculpó observando a la voluntaria y a Pablo–. Quise decir mientras contrae matrimonio la señorita Fernández.

—Lo dejo ir con la promesa de que lo voy a recuperar –afirmó María.

—Platíquelo con su novio. Lo conozco muy bien y sé que la ayudará –aseguró Pablo.

—¿Lo puedo cargar?

—Por supuesto, señorita María –Pepín le entregó a la criatura. Ella la estrechó contra su pecho, le besó la frente y en silencio, como una oración íntima, le prometió que nunca lo abandonaría.

* * *

Un cuarteto amenizaba la velada que la Academia de Medicina ofrecía a los médicos participantes en el Congreso, con motivo de la clausura de las fiestas del Centenario. Pablo, junto a otros doctores, discutía sobre la importación de medicinas y su distribución en los hospitales públicos para que la gente de pocos recursos tuviera acceso a curaciones y tratamientos de calidad, a bajo precio. En tanto, María compartía la mesa con las esposas de los doctores. De vez en cuando, ella y Pablo se buscaban con la mirada y sonreían.

—Y dígame, María, ¿sigue en el Hospital Morelos? –preguntó la señora Liceaga.

—Hoy platiqué con las muchachas y desean que nos dediquemos a elaborar objetos para Navidad. Quieren bordar carpetas, coser manteles en tonos alegres y diseñar colgantes para el árbol.

—Con esa moda de colocar un pino iluminado dentro de la casa, las tradiciones están cambiando –aseveró la esposa del doctor Castro–. Lo bueno es que se trata de algo pasajero, una gringada que en unos años desaparecerá.

—Ellas no desechan la idea de confeccionar algún artículo para las posadas; pero desde que el general Miguel Negrete colocó en 1878 el primer árbol de Navidad, se ha convertido en un negocio creciente que, a diferencia de usted, dudo que desaparezca.

—Lo importante es que se sientan satisfechas –declaró la señora Liceaga buscando la aprobación de sus compañeras–. Hágame una lista de los materiales que necesitan para enviárselos.

—Gracias. Se van a poner felices.

—¿Me la podrían permitir un momento? –Pablo se acercó a la mesa y tomó a María de la mano.

—Doctor Pascal, es un egoísta. Siga en su discusión y déjenosla más tiempo –reclamó la señora Vértiz.

—En unos minutos regresamos. María, acompáñame.

Ésta se levantó del asiento permitiendo que las señoras apreciaran el vestido que llevaba: un modelo de raso de seda color crema, cuya parte superior lo formaba un tul bordado con chaquira, con un amarrado de dos lienzos en la parte trasera que caían hasta el largo de la media cauda—¿A dónde vamos?

—Afuera, necesito tomar aire fresco –Pablo la condujo hacia un patio interior alejado del ruido y las luces. La noche era clara, fresca, y la luna iluminaba una parte del jardín, la banca y lo que parecía un antiguo pozo.

—Qué extraño lugar en una construcción tan sobria –María contempló el espacio encerrado entre muros de tezontle.

—No olvides que la mayoría de los edificios del centro de la ciudad, alguna vez fueron conventos o monasterios. Vamos a sentarnos. Estoy cansado. Fue un día pesado en el hospital y en el consultorio.

—Si quieres nos vamos.

—Y ¿perder la oportunidad de unos momentos a solas? Nunca. Desde que te vi por la mañana, he tenido la loca necesidad de besarte –comenzó a jugar con sus dedos contemplando el rostro entre claroscuros.

—Te extraño, Pablo –murmuró con suavidad–. Extraño los días a tu lado, tus manos, tus labios, tus caricias.

—No sigas, María, no me atormentes –la atrajo hacia él y la abrazó. Al principio, sus labios se unieron tímidos, como una tierna caricia. Pasados unos segundos se convirtieron en besos exigentes que buscaban alivio. María le acarició la espalda y le permitió que él explorara su rostro, el cuello, el pecho–. Fueron muchos días sin tenerte, sin poder tocarte. Todas estas noches, de visita en tu casa, parecía un perro hambriento, famélico, en espera de unos segundos de intimidad.

—Pablo, por favor –le dijo con desesperación al tiempo que se apartaba–. Tenemos que buscar una solución. No podemos fingir que nada existe entre nosotros. Cada vez que te veo partir del hospital me duele no poder abrazarte y sentir tu ternura, sin que sea mal visto.

—Querida, ¿y no piensas que yo también sufro? –la atrajo y ella recargó la cabeza sobre su hombro–. La otra tarde que llorabas no supe cómo actuar. Deseaba consolarte, estrecharte hasta que tu llanto se agotara, secar tus lágrimas con mis besos. Perdóname, no pude hacer más.

—No, no tienes de qué disculparte, Pablo. Entendí nuestra situación.

—Cada vez que te veo en la clase de costura, rodeada por las internas, me da envidia. Ellas pueden tenerte toda la mañana y yo debo conformarme con una o dos horas por la noche, bajo la vigilancia de tu madre o tus tías. Parezco un adolescente enamorado. En las madrugadas me despierto añorando tu cuerpo, quisiera tocarte y que tú me acaricies. Deseo hacerte mía para siempre –la abrazó y ella le rodeó el cuello con los brazos.

—¿Qué vamos a hacer?

—Apresurar nuestro compromiso –respondió convencido–. ¿Cuándo se casa Blanca?

—Adelantaron la boda para el 12 de noviembre. Don Agustín quiere pasar la Navidad con sus parientes que viven en La Habana y presentar a su nueva esposa.

—¿Te parece que hable con tus padres unos días antes del matrimonio de tu hermana? Si no tienes inconveniente, fijaremos la boda para marzo.

—Y ¿qué hay con eso de que debemos esperar un año y los sermones sobre la buena reputación?

—Al diablo con las costumbres absurdas –exclamó–. Si a ti no te importa, a mí tampoco. En cuanto a la adopción de Toñito quiero que esperemos unos meses.

—Tú dijiste que… –él la interrumpió con un beso.

—Sé muy bien lo que prometí, amor mío. Sólo que me gustaría disfrutar nuestra vida de recién casados sin niños. Después, tendremos tiempo suficiente para Toñito y los muchos hijos que Dios nos quiera dar.

Se iba a arrepentir. Él, Antonio Pascal, le iba a enseñar que ninguna piruja se burlaba de sus superiores. Dio el último trago, echó la botella de coñac al asiento trasero del coche y continuó manejando. Además, tomaría lo que por derecho le pertenecía. ¿O acaso Lucila no se le insinuaba con esos pechitos que apenas sobresalían de las sedas? Lo miraba con ojitos de becerro a medio morir y pasaba frente a él lanzando sonrisitas estúpidas. Y qué decir de esa cadera que se antojaba estrecha, dura, lista para ser descubierta. De un solo golpe acabaría con las Fernández, se repetía. A Blanca la tenía dominada. En cuanto se casara con el barrigón, la llevaría a su cama y una vez satisfechos sus instintos, la expondría ante el marido y sus distinguidas amistades. Acabaría divorciada, en el encierro de la casa paterna. Se lo merecía por rogona y puta. Lucila era presa fácil. A María debía tratarla de otra manera. Tendría que encontrar estrategias y buscar aliados. Se iba a arrepentir, lo juró. Le advirtió muchas veces que no se metiera en su vida y de seguro esparció el veneno poniendo a Pablo en su contra. Si no fuera así ¿por qué durante una conversación en familia, Pablo sacó el tema del niño abandonado? Comentó que la madre murió por una infección y por los golpes recibidos. Estaban equivocados, él sólo impartió justicia y Dios se encargó de lo demás.

Llegó a casa de los Fernández y antes de bajar del coche le dio otro sorbo a la botella. Todavía era buena hora para concretar su plan y el pretexto se le presentó en bandeja de oro. De sólo pensar lo que le esperaba sintió placer entre las ingles. Tendría que comportarse, ya que si la pendeja de Adela sospechaba algo, lo planeado se iría a la chingada. Tocó la campana y Chona apareció en el portón.

—¡Niño Antonio! Pase, hace mucho que no nos visita –la sirvienta, demostrando la alegría que le causaba el recién llegado, lo escoltó hasta la sala–. La niña María no está, fue al trabajo. Las niñas Amparo, Remedios y Lola visitan a unas amigas en el pueblo de Tacubaya y mis pequeñas están en la escuela.

—No vengo a buscarlas, Chonita, vine a platicar con la señora Adela.

—Ella está en su habitación, ahoritita le aviso que usté la espera. Siéntese, ya sabe que está en su casa –Chona se alejó contenta, aligerando el paso de su ancha figura.

—¿Se trata de un milagro? ¿Qué haces por aquí y a esta hora? –Adela, como siempre, bajó la escalera seguida de Blanca y Lucila quienes no ocultaban su emoción ante la visita.

—Nada en especial, tía. Pasaba por aquí y decidí saludarlas –les dijo sonriente.

—Qué amable de tu parte. Toma asiento. Y Lorenzo, ¿dónde lo dejaste?

—No vino, ni tampoco sé de él. La verdad es que debo entregar en la Beneficencia unos juguetes que mi madre recolectó. Y como son muchos, pensé que tal vez Lucila me podría acompañar.

—No estaba enterada –contestó Adela suspicaz–. Tere nunca dijo nada. Tú sabes que esas entregas las hacemos en grupo.

—Lo que sucede es que me pidió el favor durante las fiestas, pero debido a las invitaciones falté a mi compromiso.

—Vamos a salir –respondió observando a sus hijas que no se atrevían a intervenir–. No creo que sea posible.

—Si quieres yo lo acompaño, mamá –se adelantó Blanca convincente.

—Querida. Por si no recuerdas, tu prometido, don Agustín, nos va a recoger afuera del Centro Mercantil, así que no puedes ir. En cuanto a Lucila, puedes llevártela, Antonio. Sólo te voy a pedir que la regreses a más tardar en dos horas.

—Apenas nos va a dar tiempo –Antonio miró el reloj que colgaba de la cadena.

—Lo sé, pero no es correcto que ande en la calle contigo, cuando ya tiene un pretendiente.

—¿De quién se trata? –preguntó, aunque sabía de quién hablaba: lo vio en el baile. Quiso soltar la carcajada al acordarse del horrible joven, en su lugar, puso cara de curiosidad.

—Del hijo de don Agustín, Carlitos Rosas –respondió Adela como si se tratara de un rey.

—No te preocupes, tía. Aquí tendrá a su hija a la hora que diga.

—Dos horas nada más. Porque después de las compras iremos a comer al Prendes.

—Entonces no hay problema. Yo se la entrego en la puerta del restaurante a las dos de la tarde.

Ambos salieron risueños. A Lucila le parecía un sueño hecho realidad: no se trataba únicamente de Antonio; al fin se libraba de la vigilancia de su madre. Antonio estacionó el coche y amoroso se acercó a la jovencita.

—La verdad, Lucila, no tengo que llevar ningunos juguetes; deseaba tener la oportunidad de platicar contigo. Eres muy bonita y me gustas mucho –la chica no pudo ocultar su nerviosismo cuando él le tomó la mano–. Ve qué hermosa carita, pareces un ángel.

—Y ¿si se entera mi mamá?

—No chiquita, todo lo planeé, pero tienes que prometerme que no le dirás nada a nadie. Va a ser nuestro secretito ¿De acuerdo? –ella asintió. Antonio arrancó el coche y se dirigieron hacia una casa de apartamentos en el centro.

Entraron por un pasillo oscuro, con olor a humo, comida y ropa recién lavada. De algún apartamento salía el llanto de un niño y, de otro, ladridos de perros. Subieron al segundo piso y caminaron hacia el final del pasillo.

—No tengas miedo. Está un poco desordenado –Antonio se adelantó y prendió la lámpara.

—¿Quién vive aquí? –preguntó Lucila insegura. No obstante, la cercanía de Antonio la animaba a continuar.

—Es mi departamento. A veces vengo a reflexionar. Me encanta escribir poesía y en la soledad de este cuarto y tu recuerdo, me viene la inspiración. Siéntate, voy a prepararte algo de beber –Lucila obedeció. El departamento era pequeño, más bien parecía un enorme cuarto con pocos muebles. A un lado de la puerta se hallaba la cocina donde Antonio sacaba dos copas y una botella–. Para una niña tan bonita, una bebida especial. Toma –Lucila se le quedó mirando–. No me digas que no tomas vino.

—A veces, en la comida –contestó apenada.

—Pues conmigo lo puedes hacer con libertad. Bébelo. Al principio dos sorbos y luego la copa completa –la acercó a su boca y ella siguió las indicaciones. Antonio se bebió la suya de un solo trago. Luego se sentó al lado de Lucila–. Me fascinas, mujercita –la tomó entre sus brazos y comenzó a besarla con ternura. Ella aceptó el primer beso, después intentó separarse. Antonio se lo impidió–. No tengas miedo, chiquita, yo te quiero amar como te mereces, te va a gustar.

—Nos tenemos que ir. Me están esperando.

—No eches a perder el momento. Si ahora nos marchamos, te juro que nunca más volveré a buscarte. Te estoy ofreciendo mi amor y tú lo desprecias.

—Es que...

Antonio la volvió a atrapar y la besó apasionado como ella nunca había sentido ni imaginado. Poco a poco la fue recostando en el largo sillón y cuando aceptó que le invadiera la boca con la lengua, se encimó sobre el delicado cuerpo frotando su miembro erecto contra el vientre de Lucila.

—Eres un encanto. Te juro que ninguna mujer me ha hecho sentir como tú lo haces. He conocido muchas, pero ninguna con tu inocencia –miró los ojos enamorados y temerosos, el rostro sonrojado, el cabello suelto–. Sólo tú puedes aliviar esta soledad que me aqueja. Ninguna de esas viejas con las que me has visto han sido capaces de comprenderme, de amarme como soy y eso me tiene hundido en la melancolía. Tú eres mi salvación, Lucila, sólo tú con tu gran amor y entrega.

—Y ¿qué puedo hacer yo?

—No, no me atrevo a pedírtelo, es demasiado. No, no creo que seas capaz... –dijo con rostro afligido–. Dame tu amor.

—Yo te amo –respondió con voz dulce–. Puedes contar con mi cariño. Es mentira que Carlitos sea mi pretendiente. No lo quiero, yo te amo únicamente a ti.

—Gracias, Lucila, son muy lindas tus palabras, pero necesito más.

—¿Más?

—Quiero que me des una prueba de tu amor.

—¿Qué es eso?

—Que me permitas tocarte, que me toques. Tú y yo desnudos, aliviando mis penas con tu cuerpecito.

—Eso es pecado.

—¿Quién te lo dijo?

—Las monjas de la escuela.

—Son tontas, hablan mal del sexo porque nadie las quiso. Por eso acabaron encerradas en el convento. No hagas caso, hermosa, yo te necesito, ayúdame a aliviarme.

—¿Qué debo hacer?

—Separa las piernas, ándale, sé lo que te digo

Ella no quería ceder. Pero las palabras amorosas y el vino le cegaban la razón. El calor le invadía los senos, el abdomen, las piernas; en especial, su pubis que Antonio acariciaba con fuerza. Como un reflejo abrió las piernas permitiendo que él frotara su clítoris.

—Así me gusta, que entiendas, la vamos a pasar muy bien. Gracias a ti voy a sentirme mejor. ¿Qué te parece si jugamos un ratito? ¿Te gustaría? –Lucila asintió excitada–. Recuerda que es nuestro secreto. Por ningún motivo lo vayas a comentar con nadie. Si traicionas nuestro pacto podría ser muy peligroso para mí y tú no querrás que me suceda algo. ¿Verdad?

—Te juro que no voy a decir nada.

—Ni a María ni a Pablo. Mi hermano, aunque es doctor, no puede curarme.

—Nadie lo va a saber.

—Entonces ve atrás del biombo. Sobre la cama vas a encontrar una ropa, póntela y regresas conmigo –Lucila obedeció mientras Antonio comenzaba a quitarse la ropa. Bebió otra copa de vino y sonrió satisfecho.

—¡Antonio! ¿En serio quieres que me vista con prendas de hombre?

—Sí, es un juego –Lucila salió vestida con pantalón, camisa, chaqueta, sin zapatos–. Recoge tu cabello –ella se hizo una trenza y la metió bajo una cachucha café–. Mira, preciosa –agregó Antonio atrayéndola con dulzura–, hay cosas que suceden entre hombres y mujeres, y no tienes que estar casada para disfrutarlas. Eso de que debes llegar virgen al matrimonio es anticuado. En Europa, las mujeres practican el sexo con varios hombres, sin boda de por medio. Eso es modernismo, lo que iguala a hombres y mujeres. Siéntate en mis piernas, vamos a divertirnos, mi mujercita moderna.

Le metió la mano bajó el pantalón y comenzó a acariciarla. Cuando sintió que la joven jadeaba, le bajó la prenda y el calzón y la sentó sobre su miembro erecto.

Siempre quiso saber lo que sería fornicar con otro hombre, la idea lo excitaba, mas nunca lo confundirían con un pinche maricón. Jamás haría un escándalo como los del Club de los cuarenta y uno, aquellos trasvesti de la calle de la Paz donde la policía atrapó, en pleno baile, a hombres importantes vestidos de mujer. Ahí estaban Antonio Adalid, Alejandro Redo de la Vega y el más conocido por toda la sociedad mexicana, Ignacio de la Torre y Mier, yerno de don Porfirio. *Aquí están los maricones, muy chulos y coquetones.*

Lucila llegó al restaurante a las dos de la tarde. No podía sonreír. En el departamento limpió sus lágrimas y su ano mancillado. El dolor había pasado dejando un ligero desgarro; la vergüenza también pasaría. Su virginidad estaba intacta, pero su alma quedó destrozada. Antes de bajar del coche Antonio le advirtió: "No te atrevas a buscarme, olvida que esto sucedió porque yo tampoco te volveré a buscar. Y si te atreves a denunciarme, te juro que lo voy a negar y convenceré a tu madre de que tienes una mente torcida y que debes pasar el resto de tu vida encerrada en un convento".

Celia y Leandro compartían con sus invitados la comida en un improvisado día de campo. El claro era amplio entre una zona arbolada y las nopaleras cargadas de tunas. Siguiendo las órdenes del doctor Cepeda, colocaron un mantel sobre la hierba y encima una canasta con carnitas, barbacoa, tortillas, salsas, quesos, limones y cilantro. Atrás de los arbustos, protegido por algunas piedras, ocultaban un bulto. Otra pareja, junto con sus cuatro hijos, pateaban una pelota. En el carruaje, parado a unos metros, un matrimonio de ancianos esperaba, paciente, que comenzara la representación. Por ser miércoles poca gente paseaba por el campo. Unas cuantas personas gozaban de un día de esparcimiento, en los llanos que circundaban la parada del ferrocarril denominada El Pinto.

—¿Estás seguro de que son de confianza? –preguntó Celia a Leandro en voz baja para que los integrantes de la familia no escucharan.

—Prieta, no debemos dudar. Son conocidos del doctor Cepeda y él planeó que aquí nos mantuviéramos hasta que aparezca don Panchito.

—Me dan nervios. ¿Qué sucederá si la tropa lo viene vigilando? Seguro nos joden a todos.

—No, Prietita, para eso hemos preparado el terreno. Desde hace semanas don Panchito anda tanteando a los vigilantes. A veces salía a pasear a caballo cinco días, luego descansaba tres. En algunas ocasiones tardaba en regresar a casa, otras retornaba de inmediato. Quería que los gendarmes confiaran en que siempre volvería a la casa de don Federico Meade. Sin importar el día o la hora.

—¿Los creen tan mensos que no se den cuenta?

—No son tontos, pero sí flojos y, con tal de no moverse, son capaces de mentir alegando que lo vigilan constantemente.

—Voy a desenvolver parte de la comida. La otra nos la llevamos para que don Pancho tenga qué comer en el tren.

—Si los gendarmes que persiguen a don Panchito aparecen, diremos que lo invitamos a un convivio por su onomástico. Antier les hizo lo mismo. Como fue 4 de octubre, día de san Francisco, salió muy temprano acompañado por don Julio Peña pretextando que iba de cacería. Se despidió de doña Sarita gritando para que el comandante Macías escuchara a dónde se dirigía. Volvieron al anochecer y nadie los siguió.

—Pues continúo con miedo, Leandro –Celia se sentó y preparó unos tacos–. Me da la impresión de que si don Pancho logra huir, a quienes lo ayudamos nos va a llevar la fregada.

—Por eso también nos vamos, Prietita, no podemos quedarnos en San Luis. Muchos nos encontraremos pasando la frontera –aceptó el taco que su compañera le pasaba y le dio varias mordidas–. Sé que no he sido buen hombre contigo y me arrepiento. No te puedo pedir que me quieras como antes, pues reconozco que te desilusioné. Pero de hoy en adelante debemos estar más unidos que nunca, será la única manera de sobrevivir.

—Lo sé, Leandro, entiendo que lo que vivimos nos alteró. La causa es la causa y aunque nos lleve la chingada, debemos seguir. Y ¿don Pancho? Supongo que también está triste.

—Mas bien desengañado. Tampoco podía dar crédito a lo que sucedió durante las fiestas. Por los periódicos o por conocidos se enteró de la entrega del pueblo, que paradójicamente, meses antes lo había aclamado. Ayer lo vi callado, tal vez con temor.

—Se supone que la huida estaba planeada para cuando don Pancho corriera peligro.

—El momento de peligro llegó. El doctor Rafael Cepeda se enteró de que el jefe militar de San Luis Potosí recibió un telegrama donde se le ordenaba que volviera a apresar a don Panchito. El telegrafista, un maderista comprometido, le advirtió a un amigo y éste le avisó al doctor.

—Ojalá y todo salga bien. Apenas nos dio tiempo de llenar nuestras valijas y dejar el cuarto de hotel.

—Lo bueno es que no dejamos ningún rastro. Nadie de los conocidos se enteró de que volvimos –Leandro abrió dos cervezas y le ofreció una a Celia–. Los padres de don Panchito y la mayoría de sus hermanos se encuentran en Texas. Doña Sarita partirá en el tren de la tarde rumbo a Monterrey, donde se reunirá con don Gustavo y Roque Estrada. Una señora, pariente del doctor Cepeda, se quedará en su lugar para no levantar sospechas. Y el señor que ves ahí, jugando con sus niños, al rato se vestirá con la ropa de don Panchito y regresará al oscurecer a la casa de don Federico.

—¿Y qué pasará con la señora y los niños?

—Nada. Recogerán la comida y se irán en el carruaje junto con los ancianos.

—La inquietud me traiciona. Dijiste que el tren pasa por aquí entre las doce y la una.

—No te apures. Acuérdate que siempre sale con retraso de San Luis. Aunque rara vez la máquina hace paradas en estaciones rurales, el doctor Cepeda le pidió al agente del carro *express* del ferrocarril nacional, que hiciera parada en El pinto, ya que en este lugar subirá el señor Madero.

—Afortunadamente logramos ahorrar unos cuantos pesos. Aquí siempre encontrábamos en que trabajar, pero ¿de qué vamos a vivir en San Antonio, sin hablar inglés?

—Don Panchito no nos va a dejar desamparados. Tiene dinero, créemelo. Don Gustavo recolectó cerca de 200 mil dólares para la causa, además de lo que la familia Madero va a poner de sus bolsillos. Si eso falla, no olvides que miles de nuestros paisanos trabajan allá. No nos faltará un sitio para dormir.

Los ancianos, el matrimonio y los niños se unieron a la comida. A lo lejos, unos jinetes venían a galope por el sendero. El hombre, de figura menuda y barba, parecido a Madero, corrió a sacar de los arbustos el bulto con ropa. Nadie los seguía, por lo que continuaron con el plan. Celia cogió las dos valijas del carruaje, el sombrero y el bolso, y se encaminó rumbo a la parada del tren.

De prisa, mojado por el sudor y sin poder hablar, Madero bajó del caballo, saludó y comenzó a desvestirse. Del bulto, Leandro extrajo un overol de mezclilla, un paliacate rojo y un sombrero de palma. Madero se disfrazó de mecánico ferroviario mientras que el hombre se ponía la ropa de montar del líder. Con un ademán, Madero agradeció a Julio Peña y a su familia la ayuda y, sin perder tiempo, corrió acompañado de Leandro hacia donde estaba Celia.

Quince minutos después, el tren de pasajeros que se dirigía a Laredo paró en el cobertizo El pinto. Celia y Leandro abordaron la sección de primera clase, causando el suficiente alboroto para llamar la atención de la gente. Mientras, en el vagón de carga, un empleado le hacía espacio entre las cajas a un sucio mecánico cuya cara tapaba con un paliacate rojo y un sombrero de palma de ala muy baja.

Las fiestas llegaron a su fin. En el vestíbulo de la casa de los Fernández los equipajes esperaban a que Matías terminara de colocarlos en los dos carruajes: uno marcharía a Xochimilco, el otro dejaría a Lola y a Fernando en el expreso que partiría hacia Puebla. A petición de Olegario se reunieron en la sala para despedirse.

—La ceremonia de clausura fue agradable –comentó Fernando vestido de civil–. En el patio central de Palacio Nacional, aprovechando el techado y la iluminación del baile, se colocó una escultura monumental diseñada por Federico Mariscal y elaborada con piedra y madera. Me explicaron que el catafalco simboliza el altar a la patria. Una escalinata de diez peldaños conducía a la placa que decía "Patria 1810-1910", rematada por una enorme águila con las alas desplegadas y devorando una serpiente. De la gran lámpara que adornaba el techo, salían unos lazos que adornaban todo el conjunto. Después de los discursos, bastante emotivos, de don Enrique C. Creel, de historiador Agustín Rivera y de don Justo Sierra, Porfirio Díaz depositó una ofrenda floral en el monumento. Lástima –agregó con pesar–, que van a desinstalarlo y quién sabe dónde lo vayan a arrumbar.

—En algún museo –argumentó Remedios–, donde la gente lo pueda apreciar.

—¿Hubo muchos invitados? –preguntó Lorena.

—Más que en el baile –contestó Fernando dirigiendo su atención a sus tías y primas–. Éramos diez mil personas. Con la gran cantidad de focos y la muchedumbre, el calor se encerró horriblemente. Sudamos, muertos de sed. Pero la salida fue una verdadera locura. Hubo que hacer filas para llegar a las puertas.

—Qué bueno que no fuimos –admitió Amparo.

—En fin, pienso que las fiestas fueron una excelente demostración de que México es un gran país, moderno y sin problemas de gobernabilidad. Las revueltas son cosa del pasado –Olegario levantó unas cajas de sombreros y se las pasó a Matías.

—Esperemos que así sea, tío. En efecto, hay tranquilidad aunque el ejército vigila algunas revueltas en el norte del país. No hemos podido callar a los seguidores de Madero. De hecho, en Puebla hay un lidercillo, Aquiles Serdán, que solapado por sus hermanos, agita a los obreros.

—Unos cuantos entre miles. Por lo menos, durante las fiestas, el presidente mantuvo quieto a Madero.

—Sí, tío. Nada más que en cualquier momento puede volver a brincar la liebre. Esto no ha acabado. Si Díaz quiere que el país continúe estable, debe cortar cabezas.

—Es difícil la mano dura –aseveró Olegario con voz áspera–. Si la aplicas te conviertes en un tirano; si no, se burlan de tu cobardía. Por desgracia, temo que don Porfirio está muy viejo para sobrellevar la carga. Ahora que lo vi en las fiestas, se notaba fuerte, alegre y en todos los eventos cumplió como un caballero. Sin embargo, es un anciano.

—Olvidemos temas desagradables y cuéntanos –dijo Amparo alegre–, ¿pediste en matrimonio a la señorita Mendoza? Un pajarito me contó que tienen planes para dentro de un año.

—Sólo rumores, tía –dijo Fernando apenado–. Cuando estemos en Puebla, la pediré formalmente. Ella quiere que estén presentes sus hermanas, las mías y algunos parientes que el general Mendoza tiene en Tehuacán.

—Felicidades, hijito, no dejes de avisarnos –rogó Remedios guiñando el ojo.

—Por supuesto, serán las primeras. Ustedes, mis primitas adorables, van a ser mis damas de honor; aunque estoy seguro de que pronto tendremos otra boda y no se trata de Blanca. ¿O me equivoco, María? –Fernando soltó la carcajada cuando vio a su prima sonrojarse.

—Todo es posible –María sonrió con timidez. Por ningún motivo haría un comentario que alertara a Adela. Lo último que deseaba era que su madre interviniera.

—Entonces, Olegario, ¿cuándo quieres que viajemos a España? –preguntó Remedios–. Amparo y yo necesitamos dejar nuestros asuntos arreglados.

—Sugiero que en febrero o marzo, cuando allá los días, no estén tan fríos. Mi Lucila lo necesita –Olegario miró a su hija y sintió un nudo en la garganta. No entendía a qué se debía ese cambio de ánimo. Su niña, distante, con la mirada triste, apenas probaba bocado. Se preguntaba si Adela la había obligado a aceptar al hijo del joyero como pretendiente.

Chona, que los escuchaba desde la puerta donde Matías acarreaba los últimos bultos, se asomó. Tampoco ella comprendía la melancolía que aquejaba a su chiquilla. La tristeza de Lucila, tan de repente, le causaba preocupación. Una corazonada le cortó el aliento. Como un relámpago los recuerdos de lejanos tiempos azotaron su mente. Se tapó la boca con la mano para no gritar. A su chiquilla no le pudo suceder lo mismo que a ella; siempre estuvo bien cuidada. Sería una india tonta, ignorante, como siempre la llamaba doña Adela, pero conocía los sufrimientos de las mujeres y por desgracia, sus corazonadas nunca se equivocaban.

—*Thank God!* Al fin estoy en casa –Milagros subió junto con su madre al landó que las esperaba afuera de la estación Colonia. En la parte trasera, el chofer colocó el baúl y varias maletas; luego tomó las riendas de los caballos.

—Debiste arreglarte antes de llegar. Mira qué cara traes –le dijo Concha ofreciéndole el espejo de la polvera–. Ni siquiera te peinaste –agregó al ver los cabellos que caían sin gracia bajo el sombrero.

—Mamá, llevo más de quince horas de viaje –protestó bostezando–. Por más que traté de dormir fue imposible. Los ronquidos de la vieja que me contrataste como chaperona son insoportables. Además, hacía mucho calor.

—Ojalá y no nos encontremos a nadie. Me daría mucha vergüenza que te vieran en esa facha –abrió dos sombrillas. Una se la pasó a su hija y con la otra se cubrió ella–. Por lo menos, tápate. ¿Conociste a alguien interesante en Monterrey?

—Todos son unos rancheros. No digo que no tengan dinero, lo que sucede es que no existe roce, tú entiendes. Y, la verdad, tu familia no conoce los buenos modales.

—No te expreses así de mis parientes. Deberías estar agradecida de que te recibieron –hizo una pausa y añadió con un suspiro–. Si por lo menos existiera un Eulalio Garza.

—¿Se lo creyeron? –preguntó Milagros animada.

—Por supuesto. Al principio les extrañó, luego lo aceptaron; inclusive tus estúpidas amigas constantemente preguntaban por él. En la caja fuerte tengo la tiara con brillantes que compré en Nueva York. Nadie se acuerda de ella. Ya se las mostrarás.

—Yo se los pinté como lo máximo. De seguro me envidian. Por cierto, ¿qué sucedió con Pablo? ¿Me extrañó? ¿Preguntó por mí?

—¡Ay, Milagros! En verdad me das lástima, vives en las nubes –le contestó con un gesto de desprecio–. El distinguido doctor Pascal asistió a las fiestas acompañado de María Fernández; de hecho, la presentó como su prometida. ¡Imagínate! Presumiendo a la ramera por todos los eventos sin importarle la decencia. Y, para colmo, mi estúpida prima lo permitió. Hubieras visto cómo se pavoneaba Adela.

—¡Cállate! ¡No lo soporto! –berreaba sin poder contenerse–. Si es su prometida, ¿dónde voy a quedar yo? ¿Qué voy a hacer? –después de unos segundos y más calmada continuó–. Pensé que cuando regresara, Pablo me iba a buscar.

—¡Por Dios, Milagros! No hagas estas escenitas en la calle. Compórtate. No todo está perdido.

—Pablo no me quiere –gimoteaba mientras limpiaba su cara con un pañuelo. Si él prefiere a la otra no hay nada que hacer.

—No seas tonta –respondió molesta–. Si prefiere a esa cualquiera es porque son amantes. Las hijas de Adela otorgan sus favores a los hombres. Conozco a esa clase de mujeres. Cuando un hombre desea formar un hogar busca a muchachas decentes, de buena clase; sin embargo, tú, mi querida Milagros, vas a jugar con las mismas reglas que ellas.

—¿Qué insinúas?

—Me encontré un excelente aliado –el gesto burlón que la caracterizaba apareció en su rostro.

—¿De qué hablas? No te entiendo.

—El otro día, por casualidad, me topé con Antonio –habló en voz baja para que el chofer no escuchara–. Platiqué un rato con él y cuando comentamos el romance de Pablo, demostró su disgusto. Sin perder la oportunidad lo invité a comer. Ya traía unas copas encima y durante la comida bebió jerez, se tomó la botella de vino y terminó con un coñac. La mayoría de las veces anda alcoholizado.

—A mí qué me importa Antonio, es un borracho sin escrúpulos.

—Tienes razón: sin escrúpulos, porque me dijo que él también quería deshacerse de la prostituta y que aceptaba cualquier pago.

—¿Pago? Si él tiene mucho dinero.

—La ambición no tiene límites. Le ofrecí una buena cantidad y aceptó. Claro, el depósito hay que hacerlo en francos en una cuenta que tiene en París. Él va a preparar el escenario y tú harás lo que él te diga.

—Y suponiendo que logremos quitar a la Fernández del camino. Si Pablo no me quiere, no hay solución.

—Déjate de romanticismos, Milagros.

* * *

Pablo salió de su consultorio particular. Antonio lo había citado en el bar del Jockey Club y él quedó con María que, por ser noche de jueves, asistirían al teatro. Al principio le extrañó la invitación de su hermano; luego, ante la buena disposición de Antonio, aceptó conversar con él como en los viejos tiempos.

Aunque unas cuantas calles separaban el consultorio del Jockey Club, prefirió conducir su auto. Se estacionó a un lado de la barda contigua al futuro Teatro Nacional.

El restaurante era oscuro, sólo las mesas que estaban junto al pasillo recibían la luz que se filtraba por el patio central. Encontró a su hermano, quien lo invitó a sentarse en el sillón de al lado.

—Pensé que me dejarías plantado –comentó dando un sorbo a su tequila.

—¿Qué sucede, Antonio? ¿A qué se debe la invitación?

—Relájate. ¿Acaso no es agradable que nos reunamos? Sin prisas, dejando pasar las horas, con un ajedrez o unas cartas de por medio.

—No dispongo de mucho tiempo. Tengo un compromiso. ¿Qué estás tomando?

—Tequila, ¿quieres? –le ofreció el vaso

—¿Dónde quedaron los gustos refinados de mi hermano? –Pablo cogió la bebida de Antonio, la olió y la volvió a dejar sobre la mesa.

—A veces es bueno probar el sabor del pueblo. ¿Me acompañas?

—Un poco fuerte para el momento.

—Vamos, no seas quisquilloso. ¡Mesero! –Antonio llamó la atención del empleado alzando el vaso–. Dos tequilas más, pero ya sabe, preparados.

—Llevaba tiempo sin entrar al Jockey –Pablo recorrió el sitio con los ojos–. Parece diferente. Tal vez cambiaron los tapices.

—Todo continúa igual –comentó Antonio quien apuró el contenido del vaso–. Los mismos socios, las mismas mujeres, todos más viejos.

—Hablando de envejecimiento. Desde que regresé he notado a papá cansado –dijo Pablo con cierta preocupación.

—¿Cómo no va a estarlo? Va a cumplir sesenta años; además, viaja continuamente a Xalapa. Tal vez debería quedarse a vivir una temporada en la hacienda.

—Nunca abandonaría a mamá y ella prefiere la ciudad.

—Deberíamos convencerla de que lo acompañe.

—Por cierto, Antonio, la última vez que platicamos dejamos inconclusa una discusión. ¿Cuándo vas a comenzar a trabajar?

—Pablo, te invité a conversar, no a sermonearme –Antonio alzó el vaso a manera de brindis–. Está bien que seas el mayor, pero por primera vez soy yo quien necesita aconsejarte.

—A ¿qué te refieres?

—Antes de comenzar vamos a tomar otro tequila.

—No quiero, gracias –le dijo Pablo cortante.

—¡Mesero! –gritó–. Tráigame otra ronda de tequila.

—¿Qué tienes que aconsejarme?

—Dijiste que mi opinión acerca de María te importaba. Lo que te voy a decir no te agradará; pero…

—Antonio, las intrigas no me interesan.

—Por lo menos escúchame. Estuviste cinco años fuera e ignoras todo lo que ha sucedido.

—Te doy diez minutos.

—Como te habrás dado cuenta llevo meses alejado de esa familia —comenzó Antonio con voz amable—. Antes era incondicional de María; sin embargo, he sido testigo de situaciones que son molestas: las Fernández se volvieron incontrolables. No las culpo, probablemente los cambios se deben a las presiones de Adela. Le urge casar a las hijas para después explotar con sus exigencias a los pobres yernos.

—No me agradan las intrigas —bebió el tequila con la intención de terminar el encuentro y retirarse.

—Déjame continuar —Antonio lo detuvo—. Por si no lo sabes, Blanca está enamoradísima de mí. Constantemente se me insinúa, en reuniones, en bailes, me persigue cuando estoy solo y se me ofrece. He tenido que hacer malabares para que don Agustín no se entere.

—No te creo —dijo Pablo molesto.

—¿Acaso no la has visto aburrida? De ninguna manera parece una mujer enamorada de su futuro esposo —sonrió con cinismo y luego añadió en voz baja—. En un salón fumador me enteré de que el joyero ya le robó la virginidad. Es la razón por la cual van a adelantar la boda. Adela tiene miedo de que pueda estar embarazada e inventaron un viaje a Cuba para que nadie sospeche.

—¡Mesero! —gritó Pablo ante la satisfacción de Antonio—. Dos tequilas —minutos antes pensó en marcharse, ahora escucharía que se hablaba de María para protegerla.

—Lucila, con cara de angelito, es una perversa —aseveró Antonio con la boca torcida.

—¡Mientes! Es una niña sin pizca de maldad.

—No seas ingenuo. Me contó mi amigo Javier —volvió a bajar el tono de voz—, que la semana pasada la vio entrar a un departamento con un hombre mucho mayor y sin chaperona. Estuvo encerrada con el tipo cerca de dos horas y al salir, iba feliz contando varios billetes. No me digas que a eso se le llama decencia.

—Javier se equivocó de persona. Lucila siempre anda con Blanca y doña Adela.

—Parece increíble, pero es cierto. Javier jamás mancharía la honra de una dama. En cuanto a María... —Pablo alzó la mano para callarlo.

—Te prohíbo que hables mal de ella —afirmó disgustado—. Me voy, ya escuché tus infamias.

—Pablo, por favor, no te pases de tonto. Nuestra querida María, en quien yo confiaba totalmente; es más, metía las manos al fuego por ella, también nos falló.

—No es cierto —Pablo se levantó del sillón y aventó un billete sobre la mesa—. Tu falta de escrúpulos te lleva a ensuciar la reputación de las personas.

—¿Nunca te platicó de su novio maderista? –prosiguió burlón–. Yo lo conozco. Un tipejo bastante corriente con quien paseaba por toda la ciudad. ¡Pobre tonta! No entiendo qué ganó metiéndose con un indio como ése –Pablo se quedó inmóvil. En efecto, María le había contado de un hombre con el cual salía a pasear, un maderista. Si no lo hubiera escuchado de los labios de su prometida, hubiera pensado que Antonio mentía–. Muchas veces la vi besándolo en la calle, delante de la gente decente. Lo acompañaba a los mítines y regresaba tarde a su casa, muy abrazaditos por los callejones oscuros. Sé que Olegario le llamó la atención; por eso la castigó y la envió a trabajar contigo. ¡Qué casualidad! A un hospital para mujeres públicas.

—¡Mientes, Antonio! ¡Mientes! –Pablo, furioso, se acercó a su hermano y lo agarró por las solapas–. Eres un maldito.

—Suéltame y vuelve a sentarte. Sabes que es verdad y por eso te enojas –tomó un trago de tequila, necesitaba aclararse la garganta–. De entre las amistades que hizo en sus correrías con el maderista, se encuentra la tal Refugio, esa puta que murió dejando un huérfano. Ella la conocía, sabía dónde encontrarla, ya que, por coincidencias del destino, fue empleada de la Pastelería Francesa. ¿Por qué crees que protege tanto a ese niño? Pues porque es el bastardo de su gran amiga. Ella nunca confesará la verdad, Pablo, nunca. También a María le urge un matrimonio ventajoso que esconda sus culpas; un patrimonio que su amante no puede darle.

—No es cierto –le dijo sin contener su rabia–. Soy el único hombre en su vida, ella me lo juró.

—Juramentos huecos. Si piensas que miento, te invito a que te des una vuelta por La Española o por la casa de Pescaditos. En las noches, un hombre ronda las esquinas en espera de que salga María.

—¡Mentiras! No existe el hombre al que te refieres, no puede existir –abatido Pablo recargó las manos contra sus sienes. Él había visto al tipo espiando afuera de la tienda. No recordaba sus facciones, pero ahí estaba.

—Confía en mí. Soy tu hermano y lo que menos deseo es que te engañen. Las Fernández están podridas. Lo siento por las chiquitas: tarde o temprano van a seguir el ejemplo de las mayores. Pablo, tómate otro tequila, lo necesitas para quitarte el mal sabor de boca. No, mejor un ajenjo, ése sí cura las penas –Antonio le hizo una seña al mesero y pidió un *Pernod Fils*.

—¡Qué casualidad que los encuentre aquí! –Milagros, estrenando un vestido de satín de seda rojo con adornos en terciopelo negro, se acercó risueña.

—¡Milagros! ¿Cuándo regresaste? –preguntó Antonio ofreciéndole un sillón para que se sentara.

—El miércoles, *chéri*. Por mí, me hubiera quedado más tiempo en Monterrey, pero mis papás insistieron en que volviera.

—Te noto cambiada. Muy guapa.

—Estoy feliz, fueron unas fiestas maravillosas y por cierto, ando muy enamorada.

—¿Enamorada? –preguntó Antonio que de reojo observaba a su hermano que continuaba hundido en el silencio de sus reflexiones.

—Sí, de Eulalio Garza, un industrial. ¿No lo sabías? Hay que conocer a otros hombres para poder comparar. Entonces te das cuenta de que viviste en el error. Pronto va a venir a la ciudad, quiere hablar con mi papá y formalizar nuestra relación. Pablo, ¿qué te sucede? Parece como si estuvieras en un velorio.

—Nada –respondió con voz átona. Antonio y Milagros siguieron conversando. Él no tenía ánimos para escucharlos. Por experiencia conocía cómo su hermano manipulaba las situaciones. No obstante, dijo muchas verdades. La sangre le hervía: coraje, celos, desilusión se mezclaban sin piedad. Él le pidió a María sinceridad y ella sólo le confesó una parte. Otro hombre la había besado, le hizo sentir la pasión y todavía, a sus espaldas, le otorgaba sus favores. Con razón le urgía adoptar a Toñito, pensó enojado, era el resultado de las andadas de su amiga. ¡Cuánta mentira! Bebió el ajenjo de un trago. Le supo amargo, igual que la realidad. Sin embargo, ¿qué iba a hacer sin ella? La odiaba, en ese momento la odiaba. Pero ¿no se merecía el beneficio de la duda? Sería benevolente y permitiría que ella se defendiera... No, no tendría piedad.

—¿Te vuelvo a llenar la copa? –Antonio cogió la botella y rellenó las copas.

—Sí –sintió el mareo que la bebida le provocaba–. ¿Qué más daba? Que la infeliz esperara toda la noche. No pensaba volver a casa de las Fernández. Malditas rameras. ¿Quién las viera, tan arregladitas, bonitas, de finos modales? Eran unas prostitutas. Y tan idiota que respetó a María en vez de haberla seducido en su consultorio. Miró a Antonio. Se equivocó al juzgarlo. Era un buen hermano, lo previno para que no cayera en la inmundicia. ¿Milagros? A qué hora llegó. No se acordaba. También con ella se equivocó. Sólo era tonta y un poquito fea. ¡Por Dios! ¿Qué le sucedía? Había bebido poco; sin embargo, no podía hablar, arrastraba la lengua y las piernas apenas le respondían. ¡Antonio!, gritó. Su hermano no lo escuchaba. No había sido ni el tequila ni el ajenjo, estaba totalmente drogado. De la chaqueta sacó su cartera y la soltó. Todavía alcanzó a ver cuando Antonio la recogió del suelo.

* * *

El mar era inmenso, los colores verdes se mezclaban con la espuma blanca y en el cielo las gaviotas anunciaban un puerto cercano. Él debía dirigir el barco a tierra firme. Una mujer esperaba en la costa. Le hacía señas con lienzos de colores. Quiso alcanzarla y no pudo, un abismo se abrió tragándoselo. Vio su cama, sí, estaba en su recámara. Sintió frío, estaba desnudo con la piel erizada y el fuego crepitaba en la lejanía. Una amazona lo tapó con su cuerpo. Era Anne, desnuda, bajo la torre Eiffel. Podía contemplar la estructura de hierro que se alzaba hasta el cielo. Un ángel dorado se posó en la punta; no, no era un ángel sino una victoria alada que acompañaba a don Porfirio en la travesía. Abrió los ojos y las imágenes se distorsionaron. Una mujer se acostó a su lado, el rostro moreno le era familiar. Le acarició el pecho con fuerza como si quisiera destrozarlo. Le besó los cachetes, le mordió los labios, le lamió las orejas. Sus besos le supieron agrios. No se parecían a los besos de María que sabían a miel. Un pezón le entró en la boca, grande, prieto, no redondo y rosado. Lo chupó. La imagen de Anne cubierta de flores blancas regresó. Le acarició las nalgas, el vientre, las piernas. Su cabellera rojiza cayó sobre sus hombros y le sonrió. Una voz masculina se escuchó al lado de la cama y algo murmuró con la desconocida. Ella le tocó el miembro y sintió cómo crecía en las manos de la mujer. Estaba excitado, quería hacer el amor con María. La deseó más que nunca y ahí estaba montada sobre él, introduciendo la erección en su vagina. Ella gimió, y la voz masculina la animó a seguir. ¿Antonio? ¿Era la voz de Antonio? No lo encontró, la oscuridad envolvía el cuarto. María se movió, entraba y salía, al principio lento, después rápido, prolongando el éxtasis. Deseaba que ella disfrutara tanto como él. Intentó alzar el brazo para acariciarla. No pudo, le pesó demasiado. ¡María, te amo! No hubo respuesta sólo el placer que crecía. Eyaculó y espasmos cimbraron su cuerpo. La mujer se hizo a un lado. Oyó un llanto que no pudo identificar. No se trataba de María, ella estaba en su casa, lo esperaba para ir al teatro. El hombre que daba órdenes se metió en la cama. Apenas cabían los tres. Entre sombras y susurros descubrió cómo el hombre se trepaba encima de la desconocida. No le importó. María se encontraba a salvo y pronto volverían a estar juntos. Cerró los ojos y, todavía drogado, se perdió en un sueño inquieto.

* * *

El timbre sonaba con urgencia en la casa de la familia Pascal. Tere se despertó asustada. Vio el reloj: eran apenas las seis de la mañana. Cogió su bata y se asomó por la ventana. No distinguió a la pareja, pero debía ser algo grave, ya que dos uniformados los acompañaban. El mayordomo salió a abrir la puerta. Unos gritos desgarradores alertaron a Louis quien se asomó por la escalinata.

—¿Dónde está mi hija? ¡Devuélvanme a mi hija! –Concha Castillo, envuelta en una capa negra, entró como un torbellino, seguida por su marido y unos gendarmes –¡Maldito Pablo! ¿Dónde dejaste a mi hija?

—¿Qué sucede, Concha? –Tere bajó de prisa la escalinata y se dirigió al vestíbulo donde se encontraban los recién llegados.

—Quiero ver al desgraciado de tu hijo. Me dijeron que Milagros se fue con él –Concha movía las manos con violencia. Mortificado, Pedro Landa y Villafuerte trataba de calmar a su esposa.

—¿Milagros? ¿Con Pablo? Estás equivocada.

—La equivocada eres tú –respondió Concha agresiva–. En el Jockey Club me informaron que anoche vieron a mi hija salir con Pablo.

—Debe ser un error –comentó Tere tratando de recuperar la calma–. Pablo tenía otro compromiso.

—En vez de disculpar a tu hijo, ve a buscarlo para que me diga donde dejó a mi hija –Concha la miró con desafío, luego dirigió su atención a los uniformados–. Si tú no vas, los gendarmes revisarán cada una de las habitaciones de esta casa.

Tere dio la media vuelta y caminó hacia la escalinata ante la mirada solidaria de los empleados de la casa.

—Te acompañamos. No confío en ti –Concha hizo una seña a su marido y a los gendarmes para que las siguieran–. Una madre es capaz de todo por ayudar a sus hijos.

—Me insultas, Concha –Tere se volvió y con el índice le advirtió–. Te prohíbo que me sigas.

—Veremos si los gendarmes están de acuerdo –Concha buscó la aprobación de esos individuos, quienes asintieron–. La autoridad tiene la última palabra. Mi hija está perdida y Pablo es el principal sospechoso –subieron la escalinata. Al pasar por el cuarto de Antonio, éste salió somnoliento.

—¿Por qué tanto escándalo?

Al llegar frente a la habitación de Pablo, Tere tocó la puerta varias veces. Nadie respondió, eso era raro, ya que su hijo mayor acostumbraba levantarse temprano. Giró la perilla y la puerta se abrió.

—Pablo, querido, despierta –dijo en voz baja–. Tenemos un problema –nadie respondió, sólo se escuchaba una respiración profunda.

—¡Por Dios, entra! –Concha la empujó con el fin de pasar–. No entiendes la desesperación de una madre –Tere se encaminó hacia la ventana y corrió los pesados cortinajes.

—Levántate, hijo –se acercó a la cama para descubrir a Pablo, desnudo, en compañía de una mujer. Con cuidado levantó el cobertor para observar a Milagros recargada en el pecho masculino.

—¡Lo sabía! Mi hija está aquí. El maldito infeliz de Pablo se aprovechó de su virtud. Miren –les dijo a los gendarmes–, ustedes son testigos de esta infamia.

—¡Dios mío! ¿Qué hiciste, Pablo? –se quejó Tere mortificada–. ¿Sabes algo, Antonio?

—Anoche estuve con ellos en el Jockey Club, pero me retiré a las diez.

Afligida palmeó el rostro de su hijo. Él abrió los ojos sorprendido de encontrarse con la cara de su madre. Quiso moverse, pero no pudo, algo se lo impedía, fue entonces cuando reconoció a Milagros recostada sobre su abdomen.

—¿Qué sucedió? ¿Qué hace ella aquí? –preguntó al darse cuenta de la situación–. ¡Milagros! –gritó mientras la zarandeaba–. ¿Se puede saber qué haces en mi cama?

—¿Cómo te atreves a preguntarlo, infeliz? ¡Abusaste de ella! De seguro la emborrachaste porque mi hija es incapaz de semejante atrocidad –Concha trató de abalanzarse sobre Pablo cuando Milagros despertó.

—¡Mamá! ¿Dónde estoy? –gritó al notar su desnudez. Concha le pasó el cobertor para que se tapara.

—Este desgraciado te trajo a su habitación y abusó de tu inocencia.

—Señora, yo ni toqué a su hija. No entiendo qué sucedió, pero debe haber una explicación.

—Pues más vale que sea lógica. ¿Te forzó, Milagros?

—No sé, mamá –contestó a punto de llorar.

—Dime, te ordeno que hables. ¿Qué le hiciste a mi hija? –Pablo trató de recordar sin éxito. Parecía que una nube espesa le bloqueaba las ideas, las imágenes.

—Quedé de ver a Antonio en el bar, platicamos y bebimos tequila, luego llegó Milagros y no recuerdo más.

—Sí, muy conveniente, "no me acuerdo" y friéguense los demás. No, Pablo, no es tan sencillo.

—Déjalo, Concha –intervino Tere–. Mejor pregúntale a tu hija por qué aceptó venir aquí.

—Mi hija no tiene por qué ser cuestionada, es la víctima. Responde, Milagros, ¿te forzó?

—¡Mamá! ¡Qué desgraciada soy! –aulló limpiando unas lágrimas inexistentes–. Prometió llevarme a casa, pero me trajo aquí. Me invitó a entrar, luego subimos con pretexto de enseñarme unas fotografías. ¡Por Dios, fue horrible! Le pedí que no me tocara. Me defendí, pero todos dormían y no me ayudaron. ¿Qué voy a hacer? –un sollozo profundo la hizo toser. Cogió una esquina de la sábana y se sonó con fuerza–. ¡Ahora que había encontrado un hombre que quería casarse conmigo! Quedé marcada. ¿Quién va a quererme?

—Milagros, no sé qué sucedió ni cómo –intervino Pablo–. No pude aprovecharme de ti, sería incapaz.

—¡No mientas, cobarde! –le reclamó histérica–. Bebiste demasiado, actuabas como macho hambriento. Me arrastraste a la cama y me obligaste a que me entregara.

—Imposible. Pablo jamás se emborracha –afirmó Tere mientras le daba una bata a su hijo–. Antonio, por favor, di algo.

—La verdad, mamá, anoche Pablo bebió de más. Cuando me fui se había acabado una botella de tequila que luego mezcló con ajenjo.

—¿Qué? ¿Yo hice eso?

—Creo que ya vimos y escuchamos suficiente –declaró Louis Pascal–. Los invito a que pasemos a la sala para discutir esta situación. Dejemos que los muchachos se vistan y nos acompañen. Señor Landa –agregó amable–, supongo que los gendarmes ya no son necesarios. Podemos arreglarnos como caballeros. ¿No lo cree?

Pedro aceptó despedir a los hombres, no sin antes darles una generosa gratificación para que mantuvieran cerrada la boca.

—Yo me quedo con mi hija. Este infeliz es capaz de todo –Concha la ayudó a ponerse el vestido.

—Yo también me quedo con mi hijo porque tú, Concha, eres capaz de inventar lo que sea con tal de salirte con la tuya.

—Eres una estúpida, Teresa Pascal. Te voy demostrar la infamia de tu hijo –Concha jaló la colcha y señaló unas cuantas manchas de sangre sobre la sábana–. Milagros era señorita. ¡Exijo la reparación del daño!

—Hijo, ¿cómo pudiste? –Tere, impotente, comenzó a sollozar.

—Mamá, te juro que no sé qué pasó –Pablo la tomó de las manos y trató de consolarla–. Tú sabes que por mi cabeza nunca cruzó involucrarme con Milagros.

—Basta de pendejadas –vociferó Concha–. Ya les demostré que mi hija es víctima de los bajos instintos de Pablo, que de decente nada más tiene la facha.

—Diga lo que quiera, señora –Pablo la enfrentó, furioso–, pero yo no tengo que reparar ningún daño.

—No seas cínico. Violaste a mi hija y tengo testigos. No querrás verte envuelto en un escándalo. Imagínate lo que la gente diría del distinguido doctor Pascal y de sus honorables padres. Y si mi hija quedara embarazada, Tere, ¿te gustaría tener un nieto bastardo? –se volvió hacia Pablo amenazándolo con su corpulencia–. Tú no cumples con mi hija y yo me encargo de fastidiarles la existencia. No me tocaré el corazón y saben que tengo influencias. Termina de vestirte, Milagros –le ordenó guardando el corsé y las medias de su hija bajo la capa negra–. Vamos a la sala. Estoy segura de que el señor Pascal tiene más sentido común que su hijo –Milagros y Concha salieron de la habitación dejando a Tere y a Pablo sumidos en la angustia.

—En verdad, no entiendo cómo sucedió esta pesadilla. Acepto que bebí con Antonio –Pablo abatido se sentó sobre la cama–. Milagros llegó y no sé más. No recuerdo cómo llegué a casa, ni a mi habitación. Me perdí en un sueño pesado hasta que me despertaste.

—Pablo, las casualidades no existen –Tere se sentó junto a él–. Si no te acuerdas, fue porque te emborrachaste, igual que la tonta de Milagros. Es mentira que la hayas obligado y que pidiera ayuda. Nos hubiéramos dado cuenta, pues no estamos sordos. Hijo –lo tomó de la mano–, no sé quién abusó de quién, pero lo cierto es que compartieron la cama. Lástima, en verdad me duele porque sé que estás perdidamente enamorado de María y ella de ti. Vístete. Tu padre nos espera y no es bueno que lo dejemos entre arpías.

Pablo se quedó solo con su desesperación. Nada venía a su mente, ningún recuerdo que le diera una pista de lo que había pasado. Debía revisar el coche, hablar con los empleados de la casa, regresar al Jockey Club e interrogar a los porteros. Debía mover el mundo para defender su gran amor. No acostumbraba llorar; sin embargo, no pudo evitarlo.

—Amalita, ¿ha visto al doctor Pascal? –preguntó María preocupada–. Lo busqué por todo el hospital y no lo encuentro.

No podía contarle que pasó la noche en vela en espera de noticias suyas. Al no acudir a la cita dedujo que una emergencia lo detuvo y que no le dio tiempo de avisarle; luego, su mente la traicionó y comenzó a imaginar escenas donde Pablo se encontraba en peligro. Para evitar más conjeturas decidió llegar temprano al Morelos y preguntarle el motivo de su ausencia.

—No, muchacha. A mí también me extraña, ya que acostumbra comenzar a trabajar a las ocho. Desde hace rato, los estudiantes lo esperan en la sala de curaciones. Vete con tus alumnas y en cuanto llegue te aviso.

María quiso poner atención en sus labores, pero la preocupación no la dejaba concentrarse. Atenta a cualquier ruido, sus ojos se fijaban en el avance del sol por el pasillo.

—María, ven –la llamó Amalita pensativa–. Hace unos minutos un empleado trajo una nota del doctor Pascal. Dice que se siente indispuesto y que no viene a trabajar. También me da indicaciones para los estudiantes y pide que me dedique a efectuar las curaciones pendientes –la enfermera le extendió el papel y María de inmediato reconoció la letra.

—¿Envió algo para mí? –preguntó ansiosa.

—Es lo único.

—Me extraña –dijo inquieta–. Ayer, cuando salió de aquí, se veía en perfectas condiciones.

—Uno nunca sabe –aseveró la enfermera–. Algún alimento echado a perder o un enfriamiento.

María, desilusionada, se retiró al pabellón donde las internas la esperaban. ¿Por qué no le envió un mensaje? ¿De verdad estaba enfermo? No podía continuar disimulando que no le importaba el silencio de Pablo, tenía que ir a buscarlo. Llamó a Marcela López, la nueva voluntaria, y la puso al frente de las actividades; luego, sin despedirse de la enfermera, recogió su bolso y salió.

El tranvía la dejó cerca del monumento a Cuauhtémoc, en el Paseo de la Reforma. Conocía la residencia de la familia Pascal porque en una ocasión Pablo la señaló desde lejos. Pasó ante algunas mansiones hasta encontrar la reja de hierro forjado que guardaba el jardín y la enorme casa de cantera con mansardas. Tocó el timbre y el mayordomo salió a atenderla.

—¿Dígame?

—Soy la señorita María Fernández. Busco al doctor Pablo Pascal.

—Lo siento, el doctor está indispuesto y no la puede recibir.

—Por favor, dígale que estoy aquí.

Los minutos que tardó el mayordomo le parecieron siglos. Debía tratarse de algo grave para que Pablo no saliera.

—María, hija, entra –Tere Pascal, visiblemente demacrada, salió a abrirle el portón–. Sabía que te preocuparía la ausencia de mi hijo. ¡Qué descuido! Debí enviarte una nota.

—¿Qué tiene Pablo? –preguntó preocupada. Tere la tomó del brazo y ambas se encaminaron al interior de la casa–. Lo esperé anoche, íbamos a ir al teatro y nunca llegó.

—Lo sé, él me lo comentó y se encuentra muy apenado. Por el momento, está en su habitación, con náuseas, vómito y un fuerte dolor de cabeza. Hace rato vino el doctor Blanchet y lo recetó.

—¿Puedo verlo?

—Sí, querida. Le avisamos que estás aquí.

Tere y Pablo sabían que María se presentaría y quedaron que hablarían con la verdad. Más valía que ella se enterara de los hechos por boca de él que esperar a que las intrigas de Concha llegaran a sus oídos. Entraron a la habitación de Pablo y se alegró de haber cambiado las sábanas y aireado el lugar. No quedaban huellas de la noche tormentosa. El doctor Pascal, recién bañado y en bata, la esperaba sentado en el sillón.

—María, ven, siéntate junto a mí –le dijo con voz cansada y extendió el brazo para tomarla de la mano–. Discúlpame, tuve un problema y no pude acudir a la cita –ella lo observó y también lo notó demacrado, ojeroso y pálido.

—Gracias a Dios estás bien. Al no tener noticias tuyas me asusté.

—Debí enviarte un mensaje al hospital junto con el que le mandé a Amalita. Por la mañana me sentí muy mal y apenas garabateé una nota.

—¿De qué estás enfermo?

—Del alma, María, me duele el alma –respondió con sinceridad.

—Los dejo para que conversen –comentó Tere–. María, ¿quieres tomar algo? Tengo té o café.

—Un vaso con agua, por favor –contestó sorprendida por la lejana actitud de Pablo. La mirada del doctor se perdía en la chimenea, donde quedaban cenizas y pedazos de leños que ardieron la noche anterior.

—En seguida te lo mando. Y tú, Pablo, ¿apeteces algo?

—Agua. Necesito tomar mis medicinas –Tere salió de la habitación con el sufrimiento a cuestas. Sabía el dolor por el que tendría que pasar su hijo.

—Cuéntame, ¿por qué te duele el alma? –María se acercó risueña. Él la detuvo.

—Antes de comenzar necesito decirte que te amo y que siempre te amaré. Ésa es la única verdad. A pesar de la distancia o el tiempo, siempre estarás en mi corazón –le dijo sin tocarla ni abrazarla.

—¿Por qué me hablas así? Estás tan solemne que hasta me inquietas.

—María, te voy a decir la verdad, aunque nos duela a ambos –hizo una pausa y continuó con resignación–. Ayer por la tarde, Antonio me invitó a tomar unas copas en el Jockey Club. Conociendo a mi hermano no debí asistir, pues destiló todo el veneno que pudo en contra de nuestra relación. Al principio le creí y pensé en mandar lo nuestro al infierno. Sin embargo, después de analizar los acontecimientos, sé que me tendió una trampa.

—Imagino lo que habrá inventado.

—No tienes idea de la suciedad que salió por su boca.

El mayordomo tocó a la puerta y entró cargando una charola con dos vasos de agua. Después de depositarlos en la pequeña mesa junto al sillón se retiró en silencio.

—Bebimos mucho –agregó Pablo sin ánimo–. En algún momento llegó Milagros Landa y se unió a nosotros. No sé de qué platicaron. Me sentí embriagado, no podía moverme ni hablar. Lo último que recuerdo es que se me cayó la cartera al suelo.

—Pablo, se trata de Milagros, ¿verdad? –al mencionar ese nombre una punzada le atravesó el estómago.

—Sí, María. No entiendo cómo acabé en mi cama, desnudo, en compañía de ella.

—¡No! ¡No es posible! –sus ojos se anegaron en lágrimas–. Tú me dijiste que habían terminado –añadió desesperada.

—María, sé todo lo que te dije y, créeme, te hablé con la verdad. Quiero que entiendas que no me acosté con ella por placer ni mucho menos por amor –afirmó angustiado–. El doctor Blanchet me explicó que por los síntomas que presenté, le pusieron a mi bebida algún extracto de flores que potencializan el efecto del alcohol. Estoy seguro, porque el maldito ajenjo me supo agrio. Y lo peor es que sospecho de mi propio hermano.

—¿Tuviste relaciones con Milagros? –preguntó temiendo la respuesta.

—Aparentemente. Sus padres estuvieron aquí al amanecer y nos encontraron en la cama. Y, aunque lo dudes, el primer sorprendido fui yo.

—Entiendo –María volteó la cara para que no la viera llorar–. Todo fue un dulce engaño que hoy se me convierte en una horrible verdad. No te preocupes, Pablo, conmigo no tienes ningún compromiso. Te devuelvo todas tus promesas y tus juramentos.

Se levantó con la intención de irse lo más rápido posible. No deseaba que la escucharan sollozar. Tampoco quería que él continuara burlándose de sus sentimientos, de sus ilusiones. Al final, nunca había roto el lazo con

Milagros; una relación tan íntima que se consolidó en la misma cama que en ese momento observaba.

—Por favor, María, no es lo que piensas –él se levantó y trató de abrazarla, pero ella se alejó–. Te juro, por lo más sagrado, que nada me une a ella. Por favor, entiende, solamente te amo a ti. María, mírame –le tomó la cara y pudo contemplar el dolor en sus ojos–. Me estoy muriendo por abrazarte, consolarte; pero sé que si te vuelvo a tocar no podré dejarte. Nunca quise hacerte daño porque sabía que si te lastimaba, yo saldría herido de muerte. ¿No te das cuenta de que estoy agonizando?

—Pablo, no te acerques –le pidió con voz entrecortada–. Sigue tu camino y déjame en paz.

—Te puedo dejar ir, pero jamás volveré a encontrar la calma. Sin ti, mi vida no tiene sentido. Perdóname, amor.

—¿Por qué lo hiciste, Pablo? ¿Por qué? –su cuerpo se cimbró con los espasmos del llanto.

—No tengo la respuesta. ¡Me quiebro la cabeza tratando de entender! Hoy mi destino se selló en la desgracia. Mi padre acordó la boda con los padres de Milagros: nos casaremos en un mes –bajó la cabeza, devastado. No deseaba encontrarse con los ojos acusadores de María.

—¡No quiero escucharlo! –lloró histérica, temblando–. Me voy. Quédate con tu Milagros y que sean muy felices o muy infelices, que al final es lo que se merecen –salió de la habitación corriendo.

—¡Te amo! –gritó para que ella lo escuchara, pero sus palabras quedaron encerradas en las paredes de su habitación–. Sí, lo has dicho, lo muy infeliz que voy a ser en un matrimonio forzado y sin amor–. Desconsolado, se tiró sobre el sillón. Ya nada valía la pena. Prefería estar muerto que vivir sin ella.

—¡María! ¡María! Espera –Tere corrió atrás de ella hasta que la alcanzó en la banqueta–. Hija, no te puedes ir así, necesitas calmarte. Ven –la abrazó sintiendo el temblor del llanto.

—No, Tere, por favor, no me lleve de regreso a su casa.

—Entonces nos quedaremos aquí hasta que te calmes –por unos minutos la mantuvo entre sus brazos–. Mi hijo te dijo la verdad: te adora. Sin embargo, cometió un error y, por desgracia, los errores se pagan.

—Tere, se lo suplico, no quiero escuchar más –sacó el pañuelo del bolso y limpió sus ojos–. No comprendo cómo puede adorarme y casarse con otra. Eso es una burla. Me voy, mi historia con Pablo Pascal terminó.

* * *

¿A dónde ir?, se preguntó María mientras caminaba sin dirección. No regresaría al hospital ni a trabajar a La Española. Deseaba desaparecer y que el tiempo pasara volando para que el sentimiento que la invadía no la ahogara. Deambuló por las calles hasta que encontró una banca. Ahí pasó la tarde dejando fluir su llanto, la desilusión, la tristeza. ¡Antonio! ¡Maldito Antonio! Murmuró. Sabía que tomaría venganza, lo conocía demasiado bien, pero aún así no se arrepentía de su silencio al no delatarlo. Ahora más que nunca, estaba segura de que había golpeado a Refugio y que ella, antes de morir, le pidió que alejara a la criatura de la maldad del hombre. Tampoco dudaba que la próxima víctima sería Toñito. Pablo le había prometido que lo adoptarían. Ahora, no sería posible. De nuevo comenzó a lloriquear. ¿Cómo pudo ser tan tonta? Nada más fue el instrumento que Pablo necesitó para coronarse como paladín de la obra social del Morelos. La enamoró, la ilusionó con un futuro hermoso y al final prefirió regresar a los brazos de Milagros. Los pájaros cantaron al refugiarse en los árboles. Miró cómo el atardecer se perdía con el resplandor de las primeras estrellas. Las farolas del parque se encendieron y el frío se coló por la ligera muselina de su vestido. Con el alma vacía decidió regresar a su hogar y enfrentar su nueva realidad.

Entró a su casa cuando la cena se servía. Por suerte, don Agustín no se encontraba.

—¿Dónde andabas, María? –le preguntó Adela molesta–. No viniste a comer, ni tampoco avisaste si Pablo nos acompañaría –con la mirada recorrió el atuendo de su hija–. ¡Por Dios! Qué facha traes, pareces pordiosera.

—Disculpen –tiritaba de frío y no deseaba discutir. Su imagen no era la mejor pues ella misma ensució el vestido con las huellas de sus manos y en algún momento perdió las horquillas que le sostenían el cabello.

—¿Qué te pasa, hija? –preguntó Olegario mortificado al ver el rostro desencajado de María–. Lloraste, estás pálida.

—Qué bueno que los encuentro reunidos –nerviosa comenzó a frotarse los dedos–. Necesito hablar con ustedes. Me es difícil explicarles las razones por las que Pablo y yo terminamos nuestra relación –dijo con voz quebrada–. Él decidió contraer matrimonio con Milagros Landa –se volvió hacia su padre y con tristeza añadió–. Perdóname, papá, no voy volver al Hospital Morelos. Espero que me entiendas.

—¡Tonta! –exclamó Adela–. Seguramente cometiste alguna idiotez y Pablo decidió casarse con otra –furiosa se acercó a su hija–. Juraría que le permitiste alguna confianza y comprendió que no valías la pena.

—¡Cállate, Adela! –ordenó Olegario–. No puedes hablar así de tu hija.

—No quiero callarme –insistió Adela a punto de abofetearla–. Echó a perder todos nuestros planes. ¿Qué van a decir mis amistades? Se van a burlar de nosotros. ¡Vete! –le gritó con desprecio–. No sea que tu mala reputación afecte el prestigio de tus hermanas.

—María no va a ningún lado –Olegario, enojado, golpeó la mesa con el puño–. Ésta es la casa de mis hijas y yo las apoyo en sus problemas. Eres una egoísta y no piensas ni por uno minuto en cómo se siente ella –pasó el brazo por los hombros de su hija que no dejaba de tiritar.

—Papá –le dijo apenada–. No hice nada de lo que pueda avergonzarme; sólo que Pablo cambió de opinión. No te preocupes por mí, mamá –se dirigió a Adela con resentimiento–. En cuanto encuentre un sitio a dónde ir, me marcharé. Mis hermanas no saldrán afectadas por mí. Con permiso, voy a acostarme–. María abandonó el comedor y con paso lento se dirigió a su habitación. Estaba cansada y deseaba meterse en la cama bajo el edredón.

—Adela, a veces dudo de tu cordura. ¿No tienes sentimientos? Antes de juzgar a María, debemos escucharla. Ella no se irá de la casa. Mis hijas están muy por arriba de tus estúpidas pretensiones. Y tú, Blanca, por última vez te lo propongo: si no deseas casarte con don Agustín, mañana mismo cancelo el estúpido compromiso. No le tengo miedo a las habladurías –Olegario las dejó en el silencio de sus reflexiones y salió en busca de María–. ¿Puedo pasar? –preguntó afuera del cuarto de sus hijas mayores.

—Sí, papá –contestó mientras enjuagaba su rostro en el aguamanil.

—Ven, mi niña –le ofreció los brazos a María quien se acurrucó en ellos–. Cuéntame, ¿qué pasó?

Entre sollozos María le narró los sucesos a su padre, quien no dejaba de acariciarle la cabeza.

—¿Qué quieres hacer? –le preguntó tratando encontrar la respuesta en su mirada.

—Lo he pensado bien: vivir una temporada en Xochimilco con las tías –Olegario iba a protestar, pero María lo impidió–. No se trata de mamá, sino de mí. No deseo estar aquí, ni enterarme de nada. Necesito una nueva vida.

—¿Te gustaría viajar con Lucila a España?

—Si es posible, sí. De cualquier manera, mañana mismo me voy. Estoy segura de que mis tías no se opondrán.

—Jamás. Mis hermanas las aprecian mucho.

—Papá –Lucila entró a la habitación–, discúlpenme por escuchar atrás de la puerta–. Yo también me quiero ir con María a Xochimilco.

—¿Y, la boda de Blanca? Ustedes deben estar presentes –Olegario las observó preocupado.

—Lo sabemos –contestó María tomando de la mano a Lucila–. Volveremos para la boda y luego nos iremos a España.

—Mi mamá se va a oponer –aseguró Lucila–. Aunque tal vez, sin nosotras, se pueda dedicar totalmente a Blanca.

—No se preocupen, de su madre me encargo yo. Preparen su equipaje, que mañana a primera hora nos vamos a Xochimilco.

* * *

La estación del tranvía estaba en los límites de la villa de Xochimilco. Desde ahí, carruajes jalados por caballos llevaban a los paseantes hasta los embarcaderos para que disfrutaran de un paseo en trajinera a través de los canales, seguidos por los vendedores de artesanías y de antojitos. Sin embargo, el secreto encanto del lugar se encontraba en el mercado donde los campesinos acudían a ofrecer legumbres recién cortadas y algunos frutos, cosechados en las chinampas.

Matías, muy atento, vigilaba cómo los cargadores acomodaban el equipaje dentro de la carreta que alquiló Olegario para que los transportara a la plaza central. Conforme avanzaban, un aroma diferente les llegó a la nariz: olía a campo, a tierra fresca y hierba, aunque en algunos tramos les llegaba el fétido hedor de aguas estancadas. Por ser octubre, los terrenos baldíos se llenaban de delicadas florecillas rosas y amarillas. A lo lejos aparecieron algunos predios divididos por ahuejotes, casas rústicas y grandes mansiones de las familias que tenían sus villas de descanso cerca de los canales.

Pasaron el acueducto que desde 1900 proveía de agua a la ciudad y los embarcaderos. Algunos paseantes pactaban la tarifa para subirse a las trajineras, decoradas con flores de diferentes colores y en cuyo frente llevaban un nombre femenino. Dieron la vuelta a la plaza arbolada y frente a la parroquia y convento de San Bernardino de Siena, en la esquina, se encontraba la casa de la familia Fernández.

María recordaba la finca con la nostalgia de los buenos tiempos. Antes, el predio ocupaba varias hectáreas, pero el abuelo Francisco fue vendiendo pedazos de terreno a sus amistades. La sobria casa se mantenía igual, con dos pisos y la fachada con elementos neoclásicos. En la planta baja dos accesorias se abrían a cada lado de las calles. En la parte alta, donde estaban las habitaciones, una serie de balcones completaban la fachada.

Amorosas, Amparo y Remedios los recibieron junto al viejo portón de madera que estaba abierto. Adentro, un gran vestíbulo conducía al patio con una pileta, cercada por muchas plantas. Entraron al salón principal. Un juego de cuatro sillones, una cómoda y el piano lo ocupaban en su totalidad. En una pared colgaba una vista de la ciudad, pintada por José María Velasco; y en la otra, una antigua pintura de familia llamaba la atención: la abuela Flora cargaba a una niña de cabellos dorados. Recargada en la rodilla de la madre estaba una chiquilla morena, de dos años, y del lado izquierdo, otra, más grande. Atrás, junto a unos cortinajes, un niño con atuendo de terciopelo azul posaba con gallardía al lado de su padre. A María le encantaba ver ese cuadro, pues reconocía a los adultos que algún día fueron niños.

Al otro lado de la sala, una estrecha escalera conducía a las tres habitaciones de la planta alta. Desde el pasillo, bajo las arcadas, pudieron divisar el enorme huerto que se unía con el patio interior. Estaba sembrado con cerca de 200 rosales y rodeado por árboles frutales regados por un pequeño ojo de agua.

—A ustedes, hijitas –dijo Remedios al tiempo que abría la puerta–, les vamos a dar la habitación del fondo. Pensamos que es la más silenciosa; aunque de todos modos, se escuchan las campanadas de la parroquia.

—No importa, tía –contestó María agradecida.

—Acomódense y cuelguen la ropa –dijo Amparo mostrando los ganchos dentro del ropero–. Y tú, Olegario, ¿vas a supervisar el terreno?

—Sí, siempre es bueno que los campesinos vean al jefe de la familia.

María abrió la cortina de la puerta del balcón. Necesitaba que el aire fresco del campo la purificara. Vieron que su padre se marchaba con Matías y un empleado de las tías. Visitaría el terreno donde las tías cultivaban claveles, dalias, belenes, azaleas y, bajo un techo, palmas, helechos y piñanonas.

—Mis niñas –Remedios agregó cariñosa–, no sabemos bien las causas por las que se encuentran aquí, pero nosotras estamos felices de que buscaran refugio en nuestro hogar. Están en su casa, siéntanse con la confianza y si la tristeza les gana, no duden en decirnos.

—Tía, el simple hecho de verlas nos alegra –María la abrazó con cariño–. ¿No es así, Lucila?

* * *

María se enfrascaba en las tareas y de una actividad pasaba a otra sin quedarse quieta. Ayudaba a cocinar, a limpiar la casa, iba al mercado y se interesaba por los sembradíos. Por las tardes, Amparo le enseñaba a hacer compotas con los frutos del huerto y pasteles de nata que luego vendían en la puerta de la casa. Por las noches, caía agotada en un sueño profundo que no le permitía recordar.

En el huerto, los rosales se alineaban a lo largo en hileras. Había rosas de varios colores; algunas más aromáticas que otras. María y Lucila, tal y como les había enseñado Remedios, elegían los botones que podían cortar.

—Ahora sí me vas a contar por qué decidiste venir conmigo –le preguntó María en voz baja a su hermana–. No te pregunté antes, porque creí que de ti saldría decirme.

—Ya lo sabes, no quiero al hijo de don Agustín –respondió con voz cansada–. Mamá me presiona demasiado.

—Lucila, te conozco muy bien y sé que estás sufriendo. Por lo menos, yo hablé, grité, lloré; pero tú te mantienes callada y eso no es bueno.

—No insistas –contestó. Unas lágrimas escurrieron por las mejillas de la joven hasta perderse en la tierra..

—Estamos aquí porque huimos, necesitamos recuperarnos. ¡Por Dios, Lucila, confía en mí! En estos momentos nada más nos tenemos la una a la otra.

—No sé... No puedo –Lucila se tapó la cara con las manos.

—Llora, hermana, llora hasta que vacíes eso que te está lastimando.

—Quisiera morirme. Soy indigna, no valgo nada –se enderezó y con la manga de la blusa se limpió los ojos.

—No digas tonterías. A pesar de lo que te haya sucedido, tú siempre serás valiosa.

—Por favor, María, no sigas –hizo una larga pausa y agregó–. Tal vez algún día te cuente. Por el momento estoy demasiado herida.

—Mi pequeña –María la abrazó con cariño–, pronto nos iremos a España. Tratemos de dejar aquí todo lo que nos dañó.

¿Realmente podrían olvidar? No, no lo creía. Sólo eran palabras para convencer a su hermana y a ella misma. Al final, volverían y cada una enfrentaría su realidad.

¿Cómo despertar de un mal sueño? Todo plazo se cumplía y la pesadilla que atormentaba su vida se consolidaba conforme pasaban las horas. Minutos antes, frente al altar de san Felipe, se había unido con la mujer que más detestaba. Todavía en su mente rondaban las palabras que su padre le había dicho cuando él era un adolescente: "Un hombre debe ser responsable de sus actos y responder por ellos con honorabilidad". Y él tuvo que cumplir como caballero con una dama que no lo merecía, porque cada vez estaba más convencido de la trampa que había urdido su *adorable esposa*.

Pablo estaba escondido en el baño. Por paradójico que pareciera, era el único lugar donde se sentía libre. Afuera, en el salón del American Club, el banquete continuaba. Los padres de la novia –los distinguidos señores Concepción Castillo y Pedro Landa– brindaban con sus cien invitados, sin importarles las murmuraciones por lo precipitado de la boda. Lo más seguro era que Milagros estuviera embarazada. Parecía una maldición: una noche y quedó preñada.

Desde su escondite Pablo escuchaba la música. La orquesta interpretaba valses europeos porque su nueva familia política detestaba lo hecho en México. De seguro lo andaban buscando para que bailara con la novia. Sin embargo, era tanto su enojo que desde aquel trágico día apenas dirigía la palabra a Milagros y a Antonio.

Regresó al Jockey Club en varias ocasiones con el fin de averiguar lo sucedido. El mesero aseguró que les había servido las bebidas limpias y que vio como él se quedó inerte sobre el sillón después de probar el ajenjo. Los dos porteros lo bajaron cargando y lo metieron en un coche. Cuando quiso entrevistarlos, éstos, casualmente, abandonaron el trabajo. Revisó su coche y lo único que encontró fue el bolso de Milagros. Reflexionó que si él estaba perdido, no pudo conducir y que como Milagros no sabía manejar, alguien los había llevado a la casa.

Salió del gabinete y se vio al espejo. Ni con toda su buena intención podría quitarse el gesto de amargura que lo aquejaba. Usaba un frac nuevo. Ni por equivocación volvería a usar el que vistió cuando asistió al baile en Palacio Nacional con María. Ése guardaba el olor del perfume de su amada y los mejores recuerdos de su vida. En verdad la extrañaba. Si pudiera abrazarla, el dolor desaparecería; mas ella se había esfumado. No regresó al hospital y las jornadas, dentro del Morelos, se convirtieron en largas y aburridas sesiones. La señorita López quedó a cargo de las clases. Tampoco Amalita fue la misma. Cuando él le comentó que se casaría con Milagros, la enfermera le dijo.

—¿Cambiar a María por un costal lleno de ignorancia y vanidad? Lo he apoyado, doctor, pero no cuente conmigo para ayudarlo a suicidarse.

Lo peor fue cuando acudió a disculparse con Olegario. El hombre, siempre correcto y amable, lo recibió en su oficina y lo escuchó sin interrumpirlo.

—Te entiendo, Pablo –le dijo Olegario con sinceridad–, pero no te justifico. Por lo tanto, te suplico que no vuelvas a mi casa, ni busques a mi hija. Sigue tu vida, trata de ser feliz y que Dios te bendiga.

No pudo cumplir con la petición de Olegario. Irracionalmente vigilaba los lugares donde ella se podría encontrar. Necesitaba verla. No le hablaría. Se conformaba con observarla de lejos.

Unos conocidos entraron al *toilette* y lo felicitaron. Sonrió. No le quedaba más que seguir fingiendo. Aceptó casarse con Milagros bajo dos condiciones. La primera se trataba de lo inmediato: tomarían el tren a Xalapa, disfrutarían una semana en la hacienda y volverían lo antes posible. La segunda: tendrían habitaciones separadas y ella debía respetar su intimidad.

Deverdun sirvió lo más selecto de la cocina francesa incluyendo *potage chantilly*, *vol-au-vent de lamproío* y el *filet truité aux champignons*. Los invitados esperaban que el novio apareciera para comenzar el baile, mientras sacaban conclusiones sobre la rapidez de la boda, la prolongada ausencia del novio y la poca alegría que mostraba Tere Pascal.

—Estamos sorprendidas, Milagros. Hace mes y medio nos escribiste que estabas feliz en Monterrey y enamoradísima de Eulalio y hoy te casaste con Pablo –comentó Toñeta al tiempo que ella y Dolores se sentaban al lado de la novia, en la mesa principal.

—*Jesus Christ!* Todo ha sido tan repentino –les respondió emocionada–. En cuanto regresé, Pablo se presentó en mi casa y no sé imaginan cómo me rogó. Me suplicó que volviera con él. Al principio me negué, pero andaba tan desesperado que acepté.

—Me cuesta trabajo creerte –afirmó Dolores–. Nosotras lo vimos muy acaramelado con María Fernández. En el baile del Centenario destilaban melcocha.

—No era cierto –los celos la asaltaron y en su rostro apareció el gesto burlón que la caracterizaba–. Cuando lo pensó bien, la mandó al demonio y me pidió perdón.

—Tampoco entiendo cómo lo perdonaste con tanta facilidad –prosiguió Dolores–. Si hasta la presentó como su prometida.

—Ustedes saben que Pablo siempre ha sido mi debilidad. Su arrepentimiento fue tan sincero que no pude rechazarlo –Milagros extendió la mano derecha para que sus amigas vieran el anillo con brillantes y la argolla matrimonial. Podían dudar lo que quisieran, al final, ella lucía en su dedo lo que las otras ansiaban.

—Y ¿va a seguir viendo a María en el hospital? –insistió Dolores.

—No, ya la corrió –respondió con una sonrisa de triunfo en los labios–. De hoy en adelante yo voy a elegir quién trabajará con mi marido.

—Te admiro, Milagros, lograste lo que querías –la mirada de Toñeta se posó en el vientre de su amiga–. ¡Uy! Te espera una noche de bodas de envidia.

—¿Se iran a París de luna de miel? –preguntó Dolores incrédula.

—Por el momento, no vamos. Pablo tiene compromisos con el doctor Liceo, Lireaga, Leceaga. La verdad, no me acuerdo de su apellido.

—Cuéntanos, ¿dónde van a vivir? ¿Ya compraste los muebles? –Toñeta no podía ocultar su emoción, mientras que Dolores escuchaba con reservas.

—¡Ay, amigas! He trabajado muchísimo. Lo bueno es que mi mamá me ha ayudado en todo. Mis suegros nos regalaron un departamento en la colonia Roma, y los muebles ya los mandamos pedir a París. Mientras usaremos unos que compramos en El Palacio de Hierro. Por desgracia, todo es tan corriente aquí.

—Exageras, Milagros –dijo Dolores molesta–. Mi casa tiene muebles que mis padres compraron ahí.

—Disculpa, no quise ofenderte. Sabes, te siento un poco hostil.

—Tu vestido está hermoso. ¿Quién te lo hizo? –preguntó Toñeta tratando de aligerar la conversación.

—Era de mi mamá. Lo propio era que yo, como su única hija, utilizara su vestido. Para modernizarlo, la modista le cambió los encajes y al entallarlo le hizo unas pinzas en la espalda. Por cierto, la tiara que traigo puesta fue la que usé en mi coronación en Monterrey. Miren, ahí viene mi maridito, seguramente me está buscando.

—Toñeta, seré mal pensada, pero cada vez que escucho a Milagros le creo menos –abandonaron la mesa principal y se dirigieron a la que compartían con desconocidos–. El noviazgo, la boda y hasta su felicidad me suenan a mentiras.

—Tonterías, Dolores. Son felices. Míralos, es una pareja de ensueño.

—No te ciegues. Odiaré a María Fernández, pero para ser sincera Pablo se enamoró de ella; se le notaba. En cambio, no veo que le demuestre la menor atención a Milagros. Ella sonríe para la concurrencia, como si anunciara un dentrífico y él parece que trae una grave indigestión. Aquí hay gato encerrado.

—Dolores, basta de chismes. Mejor vayamos a sentarnos con Antonio y José. Así se sentirán obligados a bailar con nosotras.

—La verdad, Toñeta, prefiero bailar con otro. Antonio me tiene harta: siempre anda borracho. Se ha vuelto tan desagradable. En cada fiesta termina haciendo escándalos.

El vals terminó. Pablo dejó a su esposa en manos de sus invitados, quienes, por cortesía, bailarían con ella. Se suponía que él debía hacer lo mismo con las damas, pero se retiró al refugio que representaba la mesa de sus padres.

—¡Al fin, cuñadita! Me debes una bastante cara –Antonio, cínico, tomó entre sus brazos a Milagros al compás del *Danubio azul*.

—No te debo nada, mi mamá pagó muy bien tus servicios –le contestó con desprecio.

—Estás equivocada, Milagros. Si hoy te casaste con mi hermano me lo debes exclusivamente a mí –le apretó la mano con el fin de lastimarla.

—Llegamos a un acuerdo y las dos partes cumplimos. Tienes tu dinero depositado en Francia.

—No te hagas la ingenua. Tú y yo siempre estaremos unidos, cuñadita –la atrajo hacia él enojado–. Si no quieres que mi hermanito se entere del extracto que mezclaste en su bebida, necesitarás hacerme más favores. No ahora, sino en el futuro.

—Eres un maldito desgraciado. Suéltame, me haces daño.

—Ustedes tampoco tienen ética. Y como soy un maldito desgraciado, te lo advierto, Milagros: jamás te pongas en mi contra o mi venganza no tendrá límites.

—Estás enfermo de odio –le recriminó al tiempo que el doctor José Arriaga se acercaba para bailar con ella.

—Sí, señora Pascal, a sus órdenes –Antonio se retiró riendo a carcajadas. Era poderoso, manejaba la vida de la gente que lo rodeaba y había encontrado una mina de oro por su silencio. ¿Qué más podía pedir?

En la casa 520 de West Macon Street, en San Antonio, Texas, varios hombres se encontraban discutiendo en el comedor. Llevaban días redactando una serie de documentos que, al no coincidir con lo que expresaban, terminaban en el cesto de basura. Leandro escribía lo que Francisco Madero le dictaba. Sentados a la mesa, entre tazas de café y ceniceros con colillas, el líder, junto con sus hermanos Julio, Raúl y Alonso, Roque Estrada, el doctor Rafael Cepeda, Federico González Garza, Aquiles Serdán, Enrique Bordes Mangel y el dueño de la casa, Ernesto Fernández Arteaga, ponían en orden y redactaban de manera entendible, las ideas que Madero había concebido durante su estancia en la cárcel de San Luis Potosí.

Celia, desde la cocina, escuchaba con atención al tiempo que preparaba los alimentos que consumiría el grupo. Por fin se sentía tranquila. La camaradería volvía a renacer; aunque el gobierno americano vigilaba las actividades de la familia Madero. Sara descansaba en la habitación del Hutchins House, mientras los demás miembros buscaban la manera de recaudar fondos para la causa.

—Prietita, ¿está listo el estofado? –Leandro entró a la cocina cargando varias tazas vacías.

—Ya merito –Celia atizó el fuego de la estufa y tapó la olla donde se cocía la carne–. Fui a la tienda y todavía no logro entender lo que *mister* Smith me quiere decir.

—Unos cuantos días y regresaremos a México –aseveró Leandro con nostalgia.

—Sería la mejor noticia. Lo importante es que continúe la lucha –Celia reflexionó en la buena temporada que llevaban viviendo en San Antonio. Leandro había cambiado su actitud y se mostraba cordial, amoroso. No les molestaba acurrucarse por las noches, en una colchoneta que extendían en la sala del señor Fernández y trabajar por las mañanas atendiendo a los compañeros.

—Con el dinero que está recolectando don Gustavo van a comprar armas. De hecho, el tío de don Panchito, don Catarino Benavides, anda juntando gente dispuesta a jugarse la vida.

—¿En verdad nos vamos a la lucha armada?

—Es parte del plan que están fraguando –Leandro se asomó a la olla del cocido y lo olfateó. Luego tomó una hogaza de pan, la partió y la colocó

en una canastilla–. Don Panchito piensa en una rebelión popular genera-
lizada con poco derramamiento de sangre. Debemos establecer acuerdos
con algunos jefes policíacos y militares, convencerlos y posteriormente
tomar poblaciones pequeñas, mal resguardadas por el ejército. Verás que
todo va a salir bien. De hecho, los Madero quieren que aprendamos a usar
pistolas. Cinco ex oficiales del ejército de don Porfirio nos van a enseñar
tácticas de guerra. Debemos estar preparados.

—No estoy muy segura de que yo quiera matar gente.

—No vamos a asesinar inocentes –aseguró pensativo–. Vamos a defendernos de los que nos ataquen.

—¡Celia! ¡Leandro! –Madero les gritó desde el comedor–. Vengan. Necesito que todos estemos reunidos.

—¿Sucede algo, don Panchito? –Leandro salió alarmado seguido por Celia.

—¡Estoy feliz! Al fin terminamos de redactar el documento –Madero
observó excitado a sus compañeros–. Y, si la Providencia no dispone otra
cosa, mañana mismo lo mandamos imprimir. Aunque por seguridad, no lo
vamos a publicar. No le daremos armas al enemigo. Repartiremos los panfletos a los allegados del movimiento, y que ellos lo transmitan a sus conocidos –hizo una pausa y continuó animado–. Al texto, que tengo aquí
en mis manos, lo hemos titulado *Plan de San Luis Potosí* porque las principales ideas nacieron cuando Roque y yo nos encontrábamos presos en esa
cuidad. Lo feché el 5 de octubre, pues fue el último día que estuvimos en
México –Madero se colocó los anteojos para ver de cerca y con entusiasmo
comenzó a leer:

Los pueblos, en su esfuerzo constante porque triunfen los ideales de libertad
y justicia, se ven precisados en determinados momentos históricos a realizar
los mayores sacrificios.

Nuestra querida patria ha llegado a uno de esos momentos: una tiranía
que los mexicanos no estábamos acostumbrados a sufrir, desde que conquis-
tamos nuestra independencia, nos oprime de tal manera, que ha llegado a
hacerse intolerable.

1. Se declaran nulas las elecciones para presidente y vicepresidente de la
   República, Magistrados a la Suprema Corte de Justicia de la Nación y
   Diputados y Senadores, celebradas en junio y julio del corriente año.
2. Se desconoce al actual gobierno del general Díaz, así como a todas las
   autoridades cuyo poder debe dimanar del voto popular.
3. Para evitar hasta donde sea posible los trastornos inherentes a todo
   movimiento revolucionario, se declaran vigentes todas las leyes pro-
   mulgadas por la actual administración.
4. Además de la Constitución y leyes vigentes, se declara ley suprema de la
   República el principio de No reelección del presidente y vicepresidente

de la República, de los gobernadores de los estados y de los presidentes municipales.

5. Asumo el carácter de presidente provisional de los Estados Unidos Mexicanos, con las facultades necesarias para hacer la guerra al gobierno usurpador del general Díaz. Tan pronto como la capital de la República y más de la mitad de los estados de la Federación estén en poder de las fuerzas del pueblo, el presidente provisional convocará a elecciones generales extraordinarias para un mes después y entregará el poder al presidente que resulte electo, tan luego como sea conocido el resultado de la elección.

6. El presidente provisional, antes de entregar el poder, dará cuenta al Congreso de la Unión del uso que haya hecho de las facultades que le confiere el presente plan.

7. El día 20 de noviembre, desde las seis de la tarde en adelante, todos los ciudadanos de la República tomarán las armas para arrojar del poder a las autoridades que actualmente gobiernan.

Celia, emocionada y con las mejillas húmedas, se acercó a Leandro y lo tomó de la mano. Los meses de sacrificio que habían vivido, valieron todas las penalidades, pensó. Leandro podría estar ilusionado con otra, pero al final ella era su verdadera pareja. Habían compartido demasiados momentos, sin importar el hambre, las incomodidades o el peligro. Sus vidas irían por buen camino, lo presentía; como también el triunfo de don Pancho.

Leandro la abrazó. Sin duda, don Panchito era un iluminado que contaba con el favor de los espíritus, pensó. ¿Sería Juárez quien lo había inspirado? El documento incitaba hasta al más escéptico y muy pronto, la rebelión pondría contra la pared al dictador.

En la iglesia de la Sagrada Familia –el templo de los Josefinos ubicado en Santa María la Ribera– Blanca se convirtió en la esposa de don Agustín Rosas y Alcántara. En las primeras bancas se encontraban los familiares de los novios. María y Lucila observaban la ceremonia. Les daba lástima la situación de su hermana. El día anterior habían regresado de su exilio voluntario, junto con las tías, para ayudar con los últimos detalles, probarse vestidos y volver a sentirse incómodas con los recuerdos que les traían los cuatro muros de su habitación.

Lorena, Rosa y Ana debutaron como damas de honor, mientras que los cinco hijos de don Agustín, al otro lado del pasillo, miraban recelosos a la familia política de su padre.

El sacerdote llamó a la comunión. Una larga fila se formó permitiendo que los invitados se saludaran con una sonrisa y una inclinación. La fuerza de una mirada hizo que María se volviera hacia la entrada. Unas bancas atrás se encontraba Antonio acompañado por Toñeta Arce. Lucila, al notar la presencia de su verdugo, bajó la vista temerosa, lo que atrajo la atención de María.

—¿Qué te sucede, Lucila? –le preguntó con voz apenas audible.

—No es nada.

—¿Se trata de Antonio?

—No –Lucila continuó con la mirada fija en el suelo como si quisiera desaparecer bajo su sombrero.

—Por tu actitud, yo pienso que sí.

—No tiene importancia, María –se dirigió nerviosa a su hermana–. Pertenece al pasado igual que Pablo.

—También te lastimó, por eso huyes.

—María, te lo suplico, no insistas –Lucila se aferró al enorme rosario que había servido de lazo de unión entre los novios–. Afortunadamente en dos semanas zarparemos para España.

—Pobre papá, lo siento por él. Será la primera Navidad sin nosotras ni sus hermanas.

—Deseo que Blanca regrese pronto y se ocupe de ellos.

—Lo dudo –le murmuró a Lucila–. Sospecho que nuestra hermana se convertirá en esclava, dependiente totalmente de su marido.

Hincada, dando la espalda a los invitados, Blanca vivía su sueño. Extasiada, contemplaba el altar lleno de flores, los santos, la argolla matrimonial, el anillo con brillante y el ramo de azahares que sostenía en las manos enguantadas. Tan solo unos meses, se dijo, y su cuerpo, su alma, pertenecerían a Antonio. Sabía que su gran amor se encontraba en algún lugar de la iglesia. Él le prometió que una vez casada se convertirían en amantes. Una oleada de placer la recorrió. ¡Antonio!, suspiró. Qué gran razón tenían los poetas al exaltar el amor prohibido.

Afuera, atrás de un árbol, Pablo entretenía su inquietud estudiando la fachada de la iglesia. Era demasiado revolucionaria para el gusto afrancesado de la época. Se sentía como un verdadero estúpido, un hombre casado que no debía estar ahí, espiando a la mujer de su vida. Nunca se le ocurrió que María podía estar viviendo en Xochimilco, pero tampoco la hubiera buscado. Aquella tarde, cuando Blanca entró en su consultorio, en una tonta ilusión pensó que le traía noticias de María. No. Se trataba de una consulta, pero no tardó en sacarle la verdad. Con tristeza se enteró que su amada partiría a España donde se quedaría una larga temporada. ¿Qué pasaría si allá conocía a algún hombre? El solo pensarlo le dejaba una horrible sensación en la boca. Pero ¿qué podía ofrecerle? Por el momento, nada. Tal vez... No, se contestó. Ella tenía derecho a rehacer su vida, casarse y tener hijos. ¿Encontraría el valor para sobrellevarlo?

Al finalizar la ceremonia, los invitados salieron de la iglesia. Pudo distinguir a su hermano con Toñeta Arce. ¡Maldito Antonio! ¿Cómo se atrevía a presentarse después de lo que había dicho de esa familia? Porque poco a poco iba recordando lo que sucedió antes de perder el conocimiento. Por desgracia fue demasiado tarde.

Blanca apareció en la puerta del brazo de don Agustín, radiante, feliz, igual que Adela quien mostraba una amplia sonrisa. Atrás, acompañadas por Carlitos Rosas, el hijo mayor de don Agustín, salieron María y Lucila. Por unos minutos pudo disfrutar de la visión de su amada enfundada en un vestido de seda lavanda con el sombrero cubierto con flores de organza en diferentes tonos de rosa. La vio delgada, con la piel morena por el sol y la mirada triste.

Un hombre mayor se acercó a María y le murmuró algo al oído. Ella sonrió y aceptó el brazo del desconocido quien la condujo hacia un automóvil. Derrotado, caminó hacia su coche. En casa lo esperaban su querida esposa y su agradable suegra, quienes conversarían sobre los aparadores de los grandes almacenes de la ciudad.

Agotado, sucio, hambriento, deshidratado y con el miedo y la desilusión a cuestas, Leandro alcanzó los últimos escalones de la casa de West Macon Street. Minutos antes, Madero había entrado en la misma situación y por el momento se encontraba reposando en una habitación; mientras, en la sala, sus padres, don Francisco y doña Mercedes, su esposa Sara, sus hermanos Raúl, Mercedes y Ángela, el tío Alfonso, Roque Estrada y unos cuantos seguidores, todos cabizbajos, esperaban con preocupación la reseña de la derrota.

Celia abrazó a Leandro y lo condujo hacia la cocina. Le sirvió un plato con frijoles y café; luego lo cubrió con una cobija.

—Agua, necesito un vaso de agua –pidió Leandro tembloroso y con la barba crecida después de varios días de permanecer escondido, junto a Madero, en la frontera con México.

Sentía que nada podría saciar la sed que sufrió en la aridez del desierto. Recordó cómo desde el escondite podían ver el río Bravo a lo lejos, sin poder abandonar la guarida por miedo a que Madero fuera descubierto. Una noche se arriesgó y corrió entre la penumbra hacia el río, protegido por los míseros mezquites. El agua le supo amarga y la escupió.

Celia y Rafael lo miraban con alivio.

—¿Te sientes mejor? –le preguntó Rafael.

—Sí –partió un pedazo de pan y lo remojó en el caldillo–. Necesito un buen baño y dormir.

—Primero come, relájate; después te preparo el baño.

—¿Cuándo llegaste? –Leandro se dirigió a Rafael.

—Antenoche.

—Qué bueno, don Panchito necesita el apoyo de sus amigos –se quedó pensativo unos segundos y agregó con desesperanza–. Se siente derrotado, culpable de haber planeado una lucha sin tener el respaldo necesario y apenado con su familia. Invirtieron demasiado dinero en un plan fallido.

—Lo sé –Rafael cogió el pocillo del café y llenó su taza–. Pancho acabó con sus ahorros, gastó el dinero de sus padres, expuso a su familia y, como siempre, él anda con un pie en la cárcel –dio un trago e hizo una pausa–. Me duele reconocerlo: el movimiento fracasó. Es hora de olvidarnos de la ilusión de un México libre.

—No entiendo qué sucedió, Rafael. Según don Panchito, los líderes de diferentes ciudades le escribieron afirmando que el pueblo estaba listo para tomar las armas. Inclusive, antes de irnos envió un manifiesto dirigido al ejército mexicano y nos comentó que varios generales acordaron participar en la revuelta. Lo traicionaron.

—La traición comenzó en casa –aseguró Celia enfadada–. No entiendo la necedad de don Pancho de incluir al pinche doctorcito Vázquez Gómez. Es falso, tramposo. Varias veces lo ha defraudado con su cobardía. Cuando nos instalamos aquí, lo invitó a unirse al grupo y le propuso el cargo de vicepresidente provisional. Pero el desgraciado traidor no quiso jalar con nosotros y le advirtió a don Pancho que por ningún motivo lo mencionara en sus proclamas, ya que si lo hacía, él publicaría en la prensa que había dejado de ser su amigo.

—Tienes razón –asintió Rafael–. Es una idiotez de Pancho. Cada vez que él se expone, el doctor Vázquez Gómez le da la espalda. No dudo que si en algún momento nuestra lucha llegase a triunfar, el doctorcito reclamaría su parte del botín. Cuéntanos, Leandro, ¿qué fue lo que sucedió?

—Sigo sin entender –dejó a un lado el plato con los restos de comida–. Se supone que don Gustavo compró un cargamento de armas, que enviaría a la frontera el 19 de noviembre. Don Catarino Benavides, su tío, se presentaría, en el mismo lugar, con un ejército de cuatrocientos hombres. El día 20, tomaríamos por asalto Ciudad Porfirio Díaz. Íbamos a viajar en tren, pero antes de salir, nos avisaron que existía una orden de aprehensión en contra de don Panchito y que el gobierno americano, como quería congraciarse con el presidente Díaz, la iba a ejecutar. Por lo tanto, debimos huir hacia la frontera disfrazados de arrieros. En el Rancho El Indio, más o menos a treinta kilómetros del río Bravo, los allegados de los Madero nos alojaron.

—Tengo entendido que los dueños del rancho son mexicanos comprometidos con la causa.

—Por lo visto, bastante jodidos –dijo Celia–. Los mantuvieron escondidos sin darles comida.

—No. Pertenece a un señor de apellido Allen. El día 19, al anochecer –prosiguió con voz cansada–, en una carreta tirada por mulas y vadeando el río, don Panchito, los muchachos y yo cruzamos la frontera y nos escondimos en las ruinas de un viejo molino. Cerca de ahí, bajo la escasa sombra de los árboles y entre los matorrales, esperamos el día 20 a que llegaran las armas y el ejército de rebeldes. ¡Y cuál va siendo nuestra sorpresa! –exclamó con pesar–. Hacia el mediodía apareció don Catarino con sólo ¡diez hombres para lanzarnos a la lucha! Cuatro traían carabina y dos, pistolas; pero ninguno cargaba municiones. ¿Cómo podíamos atacar con eso? En total éramos veinte personas.

—¿Qué explicación dio don Catarino? –preguntó Celia quien se acomodó entre los dos–. Él se comprometió a juntar a la gente.

—Nadie quiso enrolarse –respondió desilusionado–. Los muy pendejos siguen atolondrados con las fiestas o tienen pavor de integrarse a los sublevados. Muertos de sed, hambre, hartos del calor y del polvo, esperamos dos días escondidos en las ruinas del molino a que aparecieran las malditas armas. Nunca llegaron. Alguien se robó el dinero que pagó don Gustavo o en el camino se fregaron el armamento.

—Seguramente don Porfirio mandó a confiscarlas –opinó Rafael–. Deben estar retenidas en Eagle Pass.

—Perdimos la guerra antes de la primera batalla. La proclama de levantarnos en armas el 20 de noviembre de 1910, a las seis de la tarde, fue un fiasco. Y no por falta de valor, sino por cobardía de los que no se presentaron a la lucha.

—¡Ay, Leandro! Con lo que nos dices creo que faltó organización e información –Rafael movió la cabeza.

—Temiendo ser descubiertos nos regresamos al Rancho El Indio donde volvimos a escondernos. Para no ser reconocido, don Panchito cambió su atuendo, se rasuró la barba, el bigote y nos regresamos simulando ser campesinos que viajan a la gran ciudad.

—Pobre don Pancho –afirmó Celia apenada–. El mismo 20 de noviembre, en la recepción del hotel Hutchins House, don Francisco y doña Mercedes ofrecieron una entrevista al *San Antonio Light and Gazette*. Aseguraron que su hijo, Francisco Madero, iba a cambiar al gobierno de México. Admitieron que contaba con el apoyo de los políticos y de los ciudadanos más ricos e importantes del país. También afirmaron que veintiséis senadores lo esperaban en el cruce de la frontera para acompañarlo moralmente en la batalla.

—¡Cuánta desilusión! –suspiró Leandro.

—Pues más dolor le vamos a causar a Pancho –dijo Rafael con pesar–. No vine a traerle buenas noticias.

—¿Qué pasó?

—Es muy doloroso, pero de cualquier manera se van a enterar: asesinaron a Aquiles Serdán en Puebla.

—¿Qué? ¡Estás equivocado! –Leandro lo miró en espera de que se tratara de una broma de mal gusto.

—No, Leandro, lo mataron.

—Hace unas semanas estuvo aquí, con nosotros. Lo recuerdo parado ahí, junto a la ventana.

—El asesinato fue resultado de la traición. Alguien nos delató ante el gobierno –confesó, triste, Rafael–. No dudo que las autoridades hayan conseguido una copia del *Plan de San Luis Potosí*.

—Don Gustavo le envió a Carmen Sedán 20 mil pesos para que comprara armas. Yo lo acompañé al telégrafo –dijo Leandro.

—Las compró, las guardaron en el sótano de la casa. El pasado 13 de noviembre, Aquiles se reunió con sus hombres de confianza y les entregó copias del *Plan*. Todos juraron sublevarse y convencer a sus seguidores de que el mejor camino para el cambio era la revuelta. Pensaban reunir de 2 mil 500 a 6 mil sublevados entre obreros y campesinos, quienes tomarían por asalto los cuarteles militares de Puebla la mañana del 20 de noviembre. Sin embargo, el día 18, el coronel Miguel Cabrera, acompañado por treinta elementos, se presentó en casa de la familia Serdán. Alertados, los recibieron a balazos desde la azotea, mientras arengaban al pueblo a unirse a la lucha. En la refriega murieron Máximo Serdán y Jesús Nieto, y apresaron a Carmen. Dicen que Aquiles se escondió bajo las duelas del piso.

—¿Estaba herido?

—No, anduvo escondido dos días y pensando que había pasado el peligro, salió de su escondite sin saber que la casa estaba vigilada. Un teniente lo sorprendió y ahí mismo lo mató.

—¡Qué pesar! Otro golpe duro para don Panchito.

—Así es, Leandro; el movimiento está herido de muerte.

La voz del líder les llamó la atención. Madero, recién bañado y en bata se acercó a su esposa y la abrazó. Luego se dirigió a sus padres.

—En verdad estoy apenado por haberlos metido en una lucha inútil, por haber malgastado el dinero de la familia en un sueño estúpido: la revolución fracasó. El pueblo no quiere el cambio a la democracia.

—Hijo –contestó don Francisco con voz pausada–, tu abuelo tuvo razón: te metiste en una empresa gigante, sin precedente. Te hemos apoyado en todo momento, pero no podemos continuar dilapidando el patrimonio que nos queda, ni seguir manchando nuestra reputación. Lo mejor que podrían hacer, Sarita y tú, es marcharse una buena temporada a Europa y permitir que regrese la calma a nuestros espíritus, que cierren las heridas. Considero que ustedes –dijo señalando a Celia, Leandro, Rafael, Roque y algunos seguidores presentes– deben volver a sus labores y olvidar, en lo posible, la idea revolucionaria. Mañana mismo pediré una entrevista con Yves Limantour para limar las asperezas entre esta familia y el gobierno.

—Padre, no quiero irme a Europa –Madero lo miró con ojos suplicantes.

—Pancho, no puedes regresar a San Pedro de las Colonias –declaró don Francisco–. Busca un lugar donde vivir.

—Me quedaré aquí, en Estados Unidos.

—Recuerda que Díaz pidió tu captura. No dudo que las autoridades tengan cercado este lugar y el hotel –don Francisco se dirigió a Ernesto

Fernández Arteaga, el dueño de la casa–. No puedes continuar exponiendo a tu anfitrión. Ha sido muy amable al recibirnos, no abuses.

—Mañana mismo me iré. He pensado dirigirme a Nuevo Orleans, es un puerto que atrae a muchos aventureros; ahí pasaré inadvertido –vio a su esposa–. Claro, primero debo consultarlo con Sarita.

—Hazlo y no dejes de escribirme.

Cuando la familia Madero se retiró, Celia y Leandro se refugiaron en el baño de la casa. Leandro, cabizbajo, se desnudó y se metió en la tina con agua caliente. Celia recogió la ropa sucia, la dobló y se acercó a él dispuesta a tallarle la espalda con el zacate.

—Leandro, ¿qué vamos a hacer nosotros?

—Largarnos a México. Don Francisco fue muy claro y don Panchito ya no tiene ganas de luchar.

Celia llenó un recipiente con agua tibia y lo echó sobre la cabeza de Leandro.

—¿En verdad te interesa regresar a México? ¿Qué tenemos allá?

—¿Qué insinúas, Prieta?

—Quedarnos por acá. Buscaremos trabajo en la frontera y con los dólares que juntemos, compraremos un ranchito.

—No lo sé, Prieta, en este momento no puedo pensar con claridad.

—Medítalo. En la capital nada nos espera.

Como todos los días doce, el vapor de la Compagnie Générale Transatlantique zarpaba de Veracruz –vía la Habana–, hacia la Coruña, Santander y Saint-Nazaire. Desde la cubierta, María, Lucila, Amparo y Remedios veían cómo la gente del muelle despedía a sus seres queridos. Diciembre no era buena época para viajar. Los fríos vientos del norte lograban que las olas quebraran en la costa sin piedad. Por lo general, las noches eran lluviosas, heladas y el ambiente festivo del puerto se encerraba dentro de la cálida cortesía de los hostales donde el fuego ardía en las chimeneas.

María buscó con la mirada a su familia. Olegario y las pequeñas se encontraban entre la multitud agitando un pañuelo blanco. Adela prefirió quedarse en casa, tenía demasiados compromisos con las Damas de la Santa Caridad.

La sirena del barco sonó anunciando la partida. El barco comenzó a despegarse del muelle. La emoción y la tristeza dominaban a María. Le dolía dejar a sus hermanas y a su padre por unos meses. Si todo salía según lo esperado, en diez días desembarcarían en La Coruña y de ahí continuarían el viaje por tren hasta Madrid.

En el muelle, Pablo, desconsolado, observaba cómo la figura de María se perdía en el horizonte. Con pretexto de recoger en la aduana unos artículos médicos importados de Alemania, se ausentó de la ciudad. Necesitaba despedirse de María. Sin palabras, sin acercarse, contemplarla a distancia, como lo venía haciendo desde la última semana. ¿Cuándo la volvería a ver? No tenía la respuesta. La gente del muelle desapareció, pero Pablo continuó con la mirada perdida en el mar hasta que la tormenta lo obligó a marcharse.

Segunda parte

segundaparte

Ciudad de México, abril de 1911

La intranquilidad se apoderó de los habitantes de la Ciudad de México. En *El Imparcial*, las noticias manipuladas por el gobierno apenas mencionaban los conflictos en el norte como levantamientos de inconformes o guerrillas de bandoleros, mientras que los rumores corrían de voz en voz alarmando a la población con una posible guerra civil.

En las vitrinas de La Española se exhibían productos para la Cuaresma: figuras de santos, velas, veladoras, carbón, ramos de manzanilla, habas secas, frijoles, camarón seco, chiles, piloncillo y chocolate.

—Buenas tardes, don Olegario, ¿cómo la está pasando? –una mujer menuda se paró frente a él.

—Doña Nachita, ¡qué gusto verla! Nos tenía muy abandonados.

—Estaba de viaje. Mis hijos me llevaron a pagar una manda a San Juan de los Lagos.

—¿Y cómo andan por aquellos rumbos?

—De por sí que nunca faltan las peregrinaciones, pero ahora las personas le piden a la Sanjuanita por la paz. Todos tenemos miedo de que esos pelados se apoderen del país. Dicen que son unos brutos que entran a los pueblos, matan gente y se llevan a las jovencitas. Dios nos ampare –se santiguó preocupada.

—Son chismes, doña Nachita. Hay que tener confianza en nuestras autoridades. Dígame, ¿qué se le ofrece?

—Quiero preparar romeritos para el Jueves Santo. ¿Me da medio kilo de camarón seco y medio de chiles?

—¡Chucho! –le gritó al empleado– enséñale a doña Nachita los chiles que tenemos para que elija. Le atiendes medio kilo y le das el pilón.

Fidel terminó de cobrarle a un cliente y se acercó a Olegario.

—Ya sabemos cómo es la situación antes de la Semana Santa; las señoras compran con anticipación porque después del Domingo de Ramos hasta el de Resurrección, se la pasan encerradas en la iglesia y en sus casas.

—Sí, de cualquier modo, don Olegario, debemos llenar las bodegas, no sea que en verdad los rebeldes se levanten en armas.

—Me gustaría confirmar lo que le dije a doña Nachita: son chismes; pero a mí también me inquietan las noticias. Ya no es sólo en un estado. La prensa habla de enfrentamientos en Sonora, Coahuila, Chihuahua, Sinaloa, Durango, Zacatecas y hasta en Morelos, con el tal Emiliano Zapata.

—Madero supo meter la discordia –opinó Fidel–. Con su burdo *Plan de San Luis* alborotó el gallinero.

—Por desgracia, el ejército no ha podido derrotarlo a pesar de los 6 mil elementos que enviaron. Don Porfirio está cansado y ya no tiene la capacidad de antes. Por eso mandó traer del exilio a don Bernardo Reyes, el antiguo ministro de Guerra –Olegario cogió el dinero que le entregó Chucho y se despidió de la cliente.

—Pues dicen que el presidente le dio amplios poderes a don José Limantour para reorganizar el gobierno.

—Espero que no sea demasiado tarde y todavía encuentre solución al conflicto –comentó Olegario con pesar.

—A mí me parece que las tropas han sido insuficientes. Y para colmo de males, el gobierno americano no interviene. Según los reporteros del *Diario del hogar*, se ha permitido el paso de armamento y de mercenarios por Arizona.

—Si la rebelión persiste después de la Semana Mayor, llenaremos la bodega. No sea que vengan las compras de pánico y nos agarren desprevenidos.

—Hablando de temas más agradables, ¿cómo se encuentra la señorita María? –preguntó amable el empleado–. Se le extraña.

—Mis hijas y mis hermanas están contentas. Llevan casi cuatro meses de viaje. Mi primo Prudencio las ha atendido muy bien. Él y su esposa las llevaron a recorrer España; luego viajaron por Francia e Italia. Visitaron el Vaticano y recibieron la bendición del Papa Pío X.

—¿Cuándo regresan?

—No lo saben. Tal vez, antes de Navidad. Lucila me pidió permiso para quedarse a estudiar en Madrid. Asegura que quiere ser modista.

—¿Le va a dar permiso? ¿Doña Adela aceptará?

—Si mi hija desea superarse, yo la apoyaré.

—¿La señorita María no quiere estudiar?

—Tiene la intención de unirse con mis hermanas y dedicarse al negocio de las flores. En el último mes ha visitado plantíos, invernaderos y vergeles en busca de semillas que se adapten al suelo de Xochimilco. La noto muy entusiasmada.

—Los hijos. ¡Al final cada uno toma su camino!

—Así sucedió con mi Blanca –su ánimo cambió al hablar de su hija mayor–. Desde que se casó apenas nos visita y cuando la llego a ver, anda de prisa. Me da la impresión de que oculta algo.

—Bueno, hay que entender que su esposo es una persona de muchos compromisos.

—Compromisos a los que no participa con su esposa. Eso me han dicho.

—A lo mejor va a ser abuelo.

—No. Si de eso se tratara, mi esposa ya se hubiera enterado. Ahí existe algo oculto y pronto lo descubriré.

—¡Mire! Ahí viene la señora Amalia Fierro y trae mercancía –la enfermera, cargada de bultos, se preparaba para cruzar la calle.

—Sólo la acepto porque fue una buena mujer con mi hija. Pero créame, Fidel, me cuesta trabajo ayudar a la obra social del Morelos.

—Le recuerdo sus palabras: haz el bien sin mirar a quien.

—No me queda de otra –respondió impotente–. Es una obligación que me endosó María.

La vida de Blanca transcurría dentro de la gran mansión de don Agustín Rosas y Alcántara en la calle de Liverpool. Todas las mañanas, al salir el joyero a su trabajo, cerraba con candados el gran portón gris. El mayordomo era el único encargado de abrirlos.

En Cuba empezó a portarse distinto con ella. Todas las noches, durante la estancia en la isla, su marido utilizó su cuerpo, la poseyó sin importarle sus sentimientos ni su placer. Por las mañanas se ausentaba y la dejaba al escrutinio de las parientes que no hacían más que alabar a la difunta primera esposa de su sobrino.

Al regresar, comenzaron los problemas, ya que sus hijastros la miraban con desconfianza. La vieja ama de llaves, los había predispuesto contra la madrastra que venía a usurpar la memoria de la santa madre, quien murió al parir al último de los niños.

La mayor parte del tiempo la pasaba en una habitación que no le pertenecía. Trataba de matar el aburrimiento con libros de poesía, la costura o viendo pasar a la gente por la ventana que daba a la calle. La recámara había pertenecido a la difunta y guardaba la misma decoración que dejó al morir. Una puerta conectaba el cuarto con un salón de té y la habitación de don Agustín. Pero, desde que regresaron a la ciudad, él no volvió a tocarla. Llegaba en la madrugada con la camisa manchada de maquillaje y apestando a almizcle, alcohol y sexo.

—Por favor, Agustín, déjame decorar la habitación a mí gusto –le dijo cierta tarde que tomaban el té–. Me gustaría tapizar los muebles con telas floreadas y cambiar el tapiz de las paredes a uno más claro.

—No es necesario, Blanquita –contestó el joyero–. Quiero que todo siga igual.

—Necesito un espacio propio, donde pueda sentirme en casa.

—Tienes el armario, ahí puedes guardar todo lo que quieras.

—No entiendes. Ésta es la casa de tus hijos y de tu anterior esposa. No existe algo que la identifique como mía; es más, ni siquiera puedo entrar a la cocina porque las sirvientas comienzan a cuchichear, ni pasear por el jardín sin que el mayordomo me vigile.

—Lo siento, querida. La rutina no va a cambiar. Tú eres la que debe adaptarse.

—Por lo menos, déjame ir con mis hermanas, con mi madre.

—Mira, Blanquita, vamos a poner las cosas en claro –se volvió hacia ella y la tomó con fuerza de la mano–. El que paga manda, y como yo te mantengo, te aguantas. Si crees que vas a andar por ahí manchando mi apellido, te equivocas. Si deseas visitar a tus padres, mis hijos te acompañarán y el chofer te esperará en la puerta.

—No soy tu esclava –respondió enojada.

—Ni yo tu pendejo al que le quieres poner los cuernos –le dijo, sin dejar de mirarla.

—¿De qué hablas? –contestó indignada–. No tienes derecho a insultarme.

—¡Ah, que mi Blanquita tan tonta! Por desgracia para ti estoy enterado de tu juego –le dijo en tono sarcástico y sin dejar de apretarle la mano–. Unos días antes de la boda, me enviaron un anónimo donde me decían que tenías la intención de engañarme con el cabroncito de Antonio Pascal. ¡No voy permitirlo! –arrojó la taza vacía y se levantó del sillón–. Yo puedo tener todas las amantes que se me ofrezca, para eso soy hombre, pero tú, querida, te quedas encerradita en tu casa. ¿Entiendes? –abrió la puerta de su habitación dejando a Blanca muda, con las mejillas teñidas de rojo–. Se me olvidaba –su ancha figura apareció de nuevo en el privado–. Tampoco quiero aquí a la alcahueta de tu madre. Ya bastante tuve que aguantarla durante el noviazgo.

Desesperada, buscó y rebuscó en su memoria quién pudo mandar el anónimo. La única que sabía de sus planes era María. Imposible. Su hermana jamas hubiera cometido esa indiscreción. O ¿acaso fue Lorenzo Ricaud? Tal vez Antonio le comentó algo. Tampoco, Lorenzo evitaba los chismes. ¡No! Gritó para sus adentros, Antonio nunca la traicionaría. La deseaba tanto como ella a él. Prefería mil veces pensar que alguien se había entrometido, una estúpida como Dolores Escalante o Toñeta Arce.

Desde aquella tarde obedecía como una autómata a su marido. Visitaba a sus padres cuando don Agustín lo consideraba apropiado y prefería huir a los pocos minutos para evitar que Adela la comprometiera con alguna invitación a comer o para no enfrentar la mirada escrutadora de Olegario.

La rutina no podía ser más espantosa. Al terminar la consulta, Pablo llegaba a su casa cansado de la jornada. La cocinera le servía la cena en la soledad del enorme comedor, porque Milagros regresaba tarde de las reuniones con sus amigas.

Los fines de semana prefería ocuparse en los hospitales y regresar cuando Concha Castillo se hubiera marchado. No soportaba a su suegra que se había adueñado de la voluntad de Milagros, quien llevaba cinco meses de embarazo. Al terminar la cena, se quedaba un rato leyendo el periódico en la estancia hasta que llegaba su esposa, platicaban unos minutos y luego cada quien se retiraba a su habitación.

En el Hospital Morelos la situación no era mejor. La obra social continuaba, aunque no con tanto éxito como cuando la dirigía María. ¡Por Dios! La extrañaba. Pensó que con el tiempo y la distancia la olvidaría. ¡Qué tonto fue! ¡Qué diferente hubiera sido su vida matrimonial con ella!

Meses atrás, un hombre llegó al hospital y preguntó por ella. La recepcionista le informó que María ya no trabajaba ahí. Ante le negativa del individuo de marcharse, él dejó la consulta y salió a enfrentarlo.

—Dígame, ¿en qué puedo ayudarlo? –le preguntó con cierta agresividad.

—Necesito ver a la señorita María Fernández.

—¿Quién la busca?

—Leandro Ortiz –respondió desafiándolo con la mirada–. Necesito verla.

—¿Sobre qué asunto?

—Perdóneme, doctor –le contestó cortante–. El asunto es entre ella y yo.

Pablo agarró por las solapas a Leandro con la intención de romperle la cara. Nadie tenía derecho a perseguir a su amada, ni mucho menos el maldito maderista que se atrevió a besarla. Amalita se interpuso y le pidió a Leandro que se marchara insistiendo que María se encontraba de viaje por Europa.

—Cálmese, doctor Pascal –le dijo la enfermera palmeándole la espalda–. Usted es un hombre casado que pronto será papá. Deje en paz a la muchacha, también ella tiene derecho a rehacer su vida, enamorarse y formar una familia. ¿Qué le puede ofrecer usted a María?

—Nada –respondió impotente–. Pero los celos me están matando, Amalita.

—Olvídela, ella no le pertenece. Usted eligió a otra mujer, acostúmbrese y trate de ser feliz con su esposa.

Y trató. No de ser feliz, pero sí de llevar un matrimonio tranquilo. Se dio unos días libres y viajó con Milagros a Puebla. La buena relación duró el fin de semana porque ella empezó a sentirse incómoda sin su círculo de amistades, sin su mamá y sin los lujos que, con su nueva posición como señora Pascal, había adquirido.

—Al fin llegas –le dijo Pablo a Milagros cuando entró al vestíbulo–. ¿No crees que es un poco tarde?

—¡Petra! –le gritó a la sirvienta ignorando el comentario de su marido–. ¡Petra! Toma los paquetes y llévalos a mi dormitorio –luego se dirigió a Pablo con su acostumbrado gesto burlón–. No me digas que estás molesto.

—Simplemente preocupado –acomodó el periódico en la mesa–. Es tarde para que una mujer ande sola por la calle.

—Si en verdad te preocuparas, no me dejarías sola –Milagros rascó su vientre y se sentó frente a su marido–. Estuve en la pastelería con mis amigas. ¡Por cierto, qué odiosa está Dolores! Creo que me tiene envidia. Se la pasa haciéndome preguntas impertinentes: "¿Por qué tu esposo no te cuida?" "¿Por qué ya no asistes a los bailes?" "¿Qué te ha regalado tu marido?" ¡Qué le importa a la estúpida! –exclamó molesta–. En cambio, Toñeta, de lo más simpática, me acompañó a un nuevo almacén y compré unos trajecitos preciosos.

—Gastas demasiado en tonterías.

—Es ropa para tu hijo –recalcó las últimas palabras.

—Milagros, no somos ricos –le dijo Pablo con voz pausada–. Vivimos de mi trabajo.

—Pero tus padres sí lo son y están felices por la llegada de su primer nieto –acomodó las manos sobre su vientre como si se tratara de un tesoro.

—No pienso abusar de ellos. No puedes ir todas las tardes a la pastelería, invitar a tus amigas y firmar las notas.

—Eres un exagerado. Te aseguro que a tu padre no le molesta. A tu madre tal vez, pero sabemos que nunca me ha querido.

—Te lo vuelvo a repetir, no puedes continuar comiendo sin control. Has engordado y no es bueno para tu salud ni la del niño –Pablo la miró con detenimiento. Su figura amenazaba con parecerse a la de Concha Castillo y su cara, antes afilada, se redondeaba en las mejillas.

—El doctor Blanchet me dijo que debía alimentarme, por el bien de tu hijo –volvió a recalcar las últimas palabras.

—Te equivocas, el niño no se alimenta de pasteles.

—¿Y qué quieres que haga? –le reclamó con rabia–. La única distracción que tengo es comer. Si cumplieras con tus deberes maritales, podríamos entendernos. Sólo hemos compartido el lecho en cinco ocasiones.

—Milagros. Bien sabes que lo nuestro fue un error.

—Tú me violaste –reclamó con voz chillona. El error fue tuyo

—No quiero hablar del asunto –le contestó indiferente–. No deseo insultarte con lo que pienso –en su mente las imágenes continuaban rondando y últimamente una duda lo perseguía. ¿Podría Milagros haber regresado embarazada de Monterrey?

—Mi mamá tiene razón –le dijo con resentimiento–. Eres un cobarde.

—Si eso piensas de mí, separémonos en cuando nazca el niño. Te prometo que nada les faltará –la miró fijamente a los ojos.

—¿Cómo te atreves? *Oh my God!* –puso la mano en la frente como si se fuera a desmayar–. Viviríamos en pecado. Eres un poco hombre, un desgraciado.

—Estoy tan acostumbrado a tus insultos, que ya no me hieren –hizo una pausa y agregó con recelo–. Me dijeron que ayer te encontraste con Antonio en el Restaurante Chapultepec.

—Él sí me hace caso. ¿Celoso?

—No. Desconfiado. Los encuentros de ustedes me dan horror. Se la pasan conspirando en mi contra.

—Yo nunca haría eso. Pero a ti no te importa ridiculizarme –se reacomodó en el lugar.

—¿Ridiculizarte? –le preguntó sorprendido

—Sí, trabajando con prostitutas, como lo haces. De seguro las putas te ofrecen sus servicios gratis, solapadas por la idiota de Amalia. Por eso no cumples con tus obligaciones conmigo.

—Milagros, cada día estoy más convencido de que lo nuestro es una aberración.

El automóvil circulaba, bajo una nube de polvo, por el camino de terracería que comunicaba Samalayuca con Ciudad Juárez.

—¿Cuándo aprendiste a manejar, Leandro? –preguntó Jacinto desde el asiento trasero, temeroso de perder su sombrero.

—Don Panchito insistió en que debía saber manejar el coche, disparar la carabina y montar a caballo –respondió Leandro con la atención puesta en el camino. Al saber que el párroco Jacinto Gálvez y Rafael Lozano llegarían a Ciudad Juárez, él y Celia los fueron a recibir a la estación de ferrocarril más cercana y que no estuviera destruida.

—Y tú, Celia, ¿por qué vistes como macho? –preguntó molesto con la vestimenta de la muchacha–. No es correcto que las mujeres usen pantalones y botas.

—Don Pancho insistió en que me pusiera uniforme militar y que me mochara las trenzas. No quería que los soldados me faltaran al respeto.

—No me agrada lo que sucedió –aseveró Jacinto señalando las rancherías por las que pasaban–. ¡Cuánta destrucción! Pobre gente, ¿qué culpa tenía? Y esos inocentes chinos, ¿cuál fue su pecado? Eran trabajadores ajenos a la política. No debieron acribillarlos.

—Ha sido duro para todos –dijo Leandro con sinceridad–. Don Panchito no quería tomar Ciudad Juárez, pero Pascual Orozco, Pancho Villa y Peppino Garibaldi desobedecieron sus órdenes y se lanzaron contra el ejército del general Navarro. En unos minutos dinamitaron casas, cortaron la electricidad, el agua e incendiaron algunos edificios. Por desgracia también saquearon los comercios. En cuanto a los chinos, tienes razón. Los habitantes de Torreón con pretexto de apoyar a Madero, sacaron sus odios raciales. Créeme, don Panchito está consternado y lamenta los asesinatos.

—Se lo advertí muchas veces. Iniciar una guerra trae consecuencias.

—Don Pancho tiene a Díaz y sus pinches ministros apretados por el cogote –Celia sonrió y cruzó la pierna con modales masculinos.

—No sólo vistes como hombre, Celia, tu vocabulario es igual. Te has convertido en una marimacha.

—Hay que reconocer que la Prieta habla con la verdad, Jacinto –dijo Rafael divertido con la reacción del sacerdote–. En seis meses nos cambió el panorama. Si Pancho nos mandó llamar es para atestiguar el convenio de paz que firmará con el enviado del gobierno, Francisco Carbajal.

—Parece que estoy soñando –exclamó Leandro maniobrando el volante para evitar las piedras–. Cuando nos despedimos de don Panchito en San Antonio, en noviembre, todo parecía perdido. Quién iba a imaginar que el mismo 20 de noviembre se iba a levantar en armas Abraham González, enemigo de la familia Terrazas, aquí en la sierra de Chihuahua. Él reclutó campesinos, vaqueros, mineros y aventureros; y dentro de este improvisado ejército se encontraban Pascual Orozco y Pancho Villa.

—Los van a ver en el campamento –comentó Celia con admiración–. Pascual parece un toro fuerte. Pancho Villa es más bajo. En medio de ellos, don Pancho se ve más bajito.

—Sí, al enterarse Pancho de las batallas que se estaban librando en la sierra de Chihuahua –afirmó Rafael–, envió algo de dinero y decidió regresar de Nueva Orleans al Paso, Texas. En febrero llegó a una ranchería cerca de aquí.

—Nosotros lo estábamos esperando –continuó Leandro–. Por eso la Prieta y yo decidimos quedarnos a vivir en la frontera.

—Y don Pancho no llegó solo –Celia estiró las piernas y se reacomodó el sombrero de palma–. Además de su hermano Raúl, lo acompañaban cerca de 130 hombres: la mitad mercenarios a los que les importa un comino la revolución. Entre ellos está el tal Garibaldi, dizque pariente de otro Garibaldi que fue muy importante en Italia.

—En marzo –prosiguió Leandro–, don Panchito ordenó atacar Casas Grandes. Fue terrible, ni él, ni Celia ni yo, estuvimos antes en una batalla. Al principio don Panchito lideró la escaramuza, mientras yo me mantuve oculto detrás de un pozo. El ruido de las Winchester y los Mauser aturdían, y no nos dejaban ni respirar –se dirigió al sacerdote quien entendía los sentimientos encontrados de su amigo–. La muerte estuvo presente. Junto a mí cayeron varios conocidos y algunos civiles. Te juro que yo no mate a nadie. Tenía tanto miedo que me limité a abrazar la carabina –calló unos segundos al recordar la escena que todavía le causaba escalofríos–. La batalla parecía ganada, pero llegaron refuerzos del ejército y los federales nos fregaron. Apenas pudimos huir a la Hacienda de Bustillos. Al reorganizarnos nos percatamos de que don Panchito sangraba.

—Sara me escribió y me dijo que fue un rasguño de bala en el brazo. Nada de gravedad. Y tú, Celia, ¿dónde te encontrabas? –el sacerdote continuaba examinando a la muchacha con desaprobación.

—En el campamento, Jacinto. Lástima, me hubiera gustado reventarles las tripas a los federales.

—El campo de guerra no es para mujeres. Debería encerrarte en un convento. Ahí te enseñarían a comportarte con decencia.

—¡Ay, Jacinto, pobres madres! Yo no tengo remedio.

—Nos quedamos unos días en Bustillos hasta que don Panchito se recuperó –insistió Leandro en el tema–. Ahí se nos unieron Orozco y Villa con cerca de mil hombres y todos los presentes reconocimos a Madero como presidente provisional. A fin de mes, volvimos a atacar Casas Grandes y, como un milagro, tomamos la plaza sin encontrar resistencia.

—Hubieran visto la alegría con la que la gente nos recibió –comentó Celia emocionada–. Estaban felices, le arrojaban flores a don Pancho.

—No fue un milagro. Díaz demostró que es un anciano inepto –aseguró Rafael.

—Llámalo como quieras, el triunfo motivó a don Panchito y a la tropa a continuar hacia Ciudad Juárez –dijo Leandro–. Los campesinos y los peones de las haciendas se nos fueron uniendo. En abril don Panchito, Orozco, Garibaldi y Villa decidieron sitiar la población, la rodeamos excepto por el río Bravo, y destruimos las vías del ferrocarril para que los federales no pudieran recibir provisiones.

—Roque Estrada me envió un telegrama explicándome que Pancho exigió a los federales que entregaran la plaza, además de solicitar la renuncia de Porfirio Díaz y de Ramón Corral, lo cual me pareció descabellado –afirmó Rafael.

—Sí, y don Pancho volvió a cometer la misma tarugada –Celia se volvió a observar a sus amigos–. No entiendo la maldita obsesión que lo une con el pinche traidor del doctor Vázquez Gómez. El gobierno envió al catrín de Francisco Carbajal a negociar la paz y don Pancho eligió como negociadores a su padre, su hermano y al méndigo doctorcito, quien insistió que no habría ningún acuerdo sin la renuncia del vejete de Díaz.

—El gobierno aceptó que don Panchito nombrara algunos gobernadores y secretarios de Estado; decretar para las próximas elecciones la no reelección, además de retirar el ejército de Chihuahua y Coahuila –aseveró Rafael. De pronto oyeron los aullidos de los coyotes.

—Este lugar está olvidado de la mano de Dios. Da miedo tanta aridez –Jacinto tocó la medalla que le colgaba del pecho y se persignó.

—No seas miedoso. Leandro y yo ya nos acostumbramos –Celia rió con ganas al notar el temor del sacerdote.

—El problema fue que don Panchito no impuso orden entre las tropas –repitió Leandro–. Y como les dije al principio, en plenas negociaciones, Pascual Orozco, Pancho Villa, Garibaldi y José Luis Blanco decidieron, sin avisarle a Madero, atacar Ciudad Juárez –hizo una pausa al sentir una piedra bajo la llanta del coche, una vez que la brincaron continuó–. La Prieta y yo nos quedamos en el campamento afuera del pueblo escuchando el tiroteo. La guerra no se hizo para mí, soy pésimo tirador y no me interesa ajusticiar a nadie; así que jamas volveré a coger una pistola –dio un trago de agua a la cantimplora que llevaba a un lado y continuó–. Fueron horas de confusión. Escuchábamos los lamentos de los heridos, veíamos los incendios, las casas destruidas... Dos días de una guerra continua hasta que el general Juan Navarro se rindió y entregó la plaza.

—Nos enteramos que Pancho actuó como un caballero –repuso Rafael.

—Sí, las tropas querían ajusticiar al enemigo, en especial Orozco y Villa quienes exigían el fusilamiento de Navarro, no por esta guerra sino para vengar antiguas rencillas, pero don Pancho se opuso, mencionando algunas cláusulas del *Plan de San Luis*. Desgraciadamente no pudo evitar los saqueos –Celia se limpió el polvo y el sudor de la frente con el puño de la casaca.

—Eso habla de la bondad y la buena formación cristiana de Pancho –afirmó el sacerdote, satisfecho.

El sol se perdía en el horizonte cuando entraron en las solitarias calles de Ciudad Juárez. El automóvil evitó unos cuantos agujeros y cayó en otros, causados por las balas de los cañones. Jacinto horrorizado vio, bajo la luz de las fogatas, la destrucción y el abandono. Las personas temerosas de un nuevo enfrentamiento, buscaban un refugio dentro de las pocas iglesias que continuaban de pie.

—Don Pancho estableció su gobierno provisional en La Casa Gris.

—¿La Casa Gris? –preguntó Jacinto.

—Sí, así se le llama al cuartel general de la revolución que en realidad es el edificio de la aduana –le respondió Leandro–. No me alegra la guerra ni los muchos muertos que dejó. Sin embargo, quedó comprobado que era el único camino para que Díaz entregara el poder. Mañana, cuando se firmen los tratados de paz, estaremos presentes junto a nuestro líder.

—¿Qué sabes, Rafael, de esos tratados? –preguntó Jacinto al licenciado.

—Dicen que si el gobierno quiere que finalice la guerra, deben renunciar a sus cargos el presidente Porfirio Díaz y el vicepresidente Ramón Corral antes de que termine mayo. Don Francisco León de la Barra, ministro de Relaciones Exteriores, quedaría como presidente interino y convocará a elecciones según la Constitución.

—Si don Evaristo Madero viera lo que su nieto logró, de seguro se revuelca en la tumba –dijo Celia con sarcasmo.

—Yo creo que el espíritu de don Evaristo, que en la gloria esté, iluminó el camino de Pancho –aseguró Jacinto–. Todavía me cuesta trabajo entender cómo el despreciado microbio logró vencer al gigante.

—Así es, Jacinto. Hemos triunfado –Leandro metió el pie en el acelerador. Deseaba llegar a la posada donde se hospedarían y darse un buen baño. Al otro día serían testigos del momento más esperado.

La noticia corrió como reguero de pólvora. Todos murmuraban y hasta apostaban que se trataba de un engaño. En los periódicos, los encabezados juzgaban el hecho como histórico e inusual. Esa húmeda tarde, la gente se arremolinaba donde los merolicos repetían lo que minutos antes sucedió en la Cámara de diputados: el general Porfirio Díaz acababa de renunciar a la presidencia.

México, mayo 25 de 1911

El Pueblo mexicano, ese pueblo que tan generosamente me ha colmado de honores, que me proclamó su caudillo durante la guerra de Intervención, que me secundó patrióticamente en todas las obras emprendidas para impulsar la industria y el comercio de la República, ese pueblo, señores diputados, se ha insurreccionado en bandas milenarias armadas, manifestando que mi presencia en el ejercicio del Supremo Poder Ejecutivo, es la causa de la insurrección.

En tal concepto, respetando como siempre he respetado la voluntad del pueblo, y de conformidad con el artículo 82 de la Constitución Federal, vengo ante la Suprema Representación de la Nación a dimitir sin reserva el cargo de Presidente Constitucional de la República, con que me honró el voto nacional; y lo hago con tanta más razón, cuanto que para retenerlo sería necesario seguir derramando sangre mexicana, abatiendo el crédito de la Nación, derrochando sus riquezas, segando sus fuentes y exponiendo su política a conflictos internacionales.

Espero, señores diputados, que calmadas las pasiones que acompañan a toda revolución, un estudio más concienzudo y comprobado haga surgir en la conciencia nacional, un juicio correcto que me permita morir llevando en el fondo de mi alma una justa correspondencia de la estimación que en toda mi vida he consagrado y consagraré a mis compatriotas.

Con todo respeto,

Porfirio Díaz

Los simpatizantes del antiguo orden lamentaban la supuesta pérdida de la estabilidad económica y social del país. Muchos festejaban el triunfo de la Revolución maderista que tenía como lema "Sufragio efectivo, no reelección"; otros, indiferentes, continuaban con sus actividades; y el populacho, alentado por los líderes radicales, corrió hacia la casa del expresidente a abuchearlo. Un grupo de policías y miembros del ejército cerraron la calle para proteger al general que, al salir del recinto parlamentario, parecía un anciano de ochenta y un años.

Durante horas la gente comentó en las calles el cambio de gobierno. Al otro día, como lo establecían los *Tratados de Ciudad Juárez*, Francisco León de la Barra juraría como presidente interino.

Blanca dormía plácidamente. Parecía sábado cuando apenas era martes. Agustín, junto con sus hijos, había salido de viaje a Morelia y le había advertido que si tardaba unos días más no se preocupara. No obstante, los candados y la vigilancia del mayordomo continuaban sin permitirle visitar a su familia.

El timbre tocó con insistencia. Nadie respondió. Molesta por la intromisión, se asomó por la ventana que daba a la calle. Un hombre le hacía señas con un sobre en la mano. Al ver que nadie atendía, salió al encuentro del desconocido.

—Si, ¿dígame? –preguntó intrigada al notar la ausencia de los empleados de la casa.

—¿La señora Blanca Fernández de Rosas?

—Soy yo, ¿qué se le ofrece?

—Le traigo una carta.

—¿Una carta? –Blanca sintió que el corazón se le salía del pecho.

—Firme aquí –le entregó un recibo y un lápiz. Ella garabateó su nombre y tomó el sobre.

Entró a la casa y llamó a los sirvientes, pero nadie contestó. Recorrió las estancias, todo estaba en su lugar. En el comedor encontró el desayuno frío. Sorprendida y temerosa abrió el sobre. En el papel reconoció la fina letra de su esposo.

Estimada Blanquita:

Te extrañará la presente, pero es la manera más digna que encontré para despedirme de ti. Como comprenderás, la situación en el país es incierta para mis negocios y de ninguna manera aceptaré quedarme a vivir donde un grupo de rufianes va a gobernar. Decidí dejarte, ya que en realidad tú jamás formaste parte de mi familia y auque nos hallamos casado, nunca nos unió un amor verdadero.

No me busques. Cuando recibas la presente, mis hijos y yo ya habremos cruzado la frontera. Hoy, martes 30 de mayo, se te permitirá abandonar la casa con tus pertenencias y si quieres recuperar el ajuar que te regaló tu padre, tienes hasta el mediodía para llevártelo. La casa, junto con el mobiliario, la vendí a un conocido que tomará posesión de la propiedad; por lo que te sugiero que no tomes nada extra, ya que existe un inventario muy detallado. No me busques en la joyería. Desde hace unas semanas traspasé el local y la mercancía al señor Rosemberg. Por los sirvientes no te preocupes, los liquidé muy bien, ya que trabajaron para nosotros durante muchos años.

Si necesitas dinero, te recomiendo que vendas las alhajitas que te regalé. Te darán un buen dinerito por ellas, aunque algunas no son tan finas como parecen.

Lástima. Pudimos haber sido felices.

Agustín Rosas y Alcántara

Blanca se recargó en el respaldo de la silla como si hubiera recibido un golpe en la boca del estómago. Le costó poner sus pensamientos en orden y asimilar los hechos: su marido la había abandonado. ¿Desde cuándo lo planeó? Nunca sospechó nada. Aunque, pensándolo bien, se le hizo exagerada la cantidad de maletas y baúles que llevaban para unos días en Morelia. Quiso llorar su desventura, pero no debía perder tiempo. Caminó hacia el vestíbulo y vio el reloj que marcaba las ocho cincuenta de la mañana. Debía empacar y rescatar lo que su padre le había obsequiado. Subió a la habitación y se vistió lo más sencillo y rápido que pudo.

Cogió papel y lápiz, y salió en busca de un carro de alquiler. Escribió un mensaje y se lo entregó al chofer. Encontraría a Olegario en La Española. Nerviosa, regresó a la habitación y comenzó a echar vestidos, sombreros, zapatos, bolsos y sombrillas, en los baules de viaje. No podía sentirse triste, no debía: necesitaba lucidez para organizar el rescate de sus pertenencias. Al fin su encierro había terminado; aunque su reputación sufriría por ser una mujer abandonada. ¡Cuánta razón tuvo su padre! Si hubiera recapacitado a tiempo. Tal vez ahora que era libre, Antonio... No, no debía pensar en él, no en ese momento.

El timbre sonó. En la puerta estaba su padre con los empleados de la tienda y varias carretas.

—¡Hija! Me asustas, ¿qué pasa? –Olegario entró al vestíbulo con gesto de preocupación.

—Toma, papá –le entregó la carta de don Agustín–. ¡Cipriano! ¡Chucho! Bajen mi equipaje.

—¡Desgraciado, mal nacido! –exclamó Olegario después de leer la carta–. Sabía que no era de confiar. ¿Cómo te sientes, hija?

—Por el momento eso no importa, papá. No quiero perder lo que tú con tanto cariño me regalaste y nada más nos quedan un par de horas para sacarlo de esta maldita casa. Ya tendré tiempo para llorar –Olegario la abrazó con ternura. Ella le dio un beso en la mejilla.

Veinte minutos después de las doce, las carretas partieron hacia la calle de Pescaditos. Blanca salió de la mansión que había pertenecido a su marido sin volverse a mirarla. Como nunca, deseó borrar los meses vividos en la amargura. Acompañada de su padre abordó un carro de alquiler.

—Dime, Blanca, ¿qué quieres hacer? ¿Deseas que busque al desgraciado y lo haga cumplir con sus juramentos matrimoniales?

—No, papá –le contestó con las lágrimas escurriendo por sus mejillas–. No vale la pena.

—¿Podríamos buscar la anulación del matrimonio? No hubo descendencia.

—Por el momento, no lo sé, papá. Ahora lo que temo es la reacción de mamá.

—Ni lo menciones –le dijo al tiempo que le ofrecía un pañuelo–. Te repito lo que les dije a María y Lucila. La casa es de ustedes y siempre estará abierta para cuando decidan volver.

—Papá, qué bueno eres. Te quiero mucho –Blanca le dio un beso y permitió que la abrazara como cuando era pequeña.

A bordó del Ferrocarril Interoceánico, Porfirio Díaz y su familia llegaron a Veracruz donde fueron recibidos por una multitud. En el puerto le brindaron las últimas muestras de cariño y gratitud. El 31 de mayo de 1911, ante miles de seguidores que se encontraban en el muelle T, el viejo caudillo se despidió de México. Bajo una lluvia de flores y pañuelos blancos al aire, abordó el trasatlántico alemán Ypiranga que lo llevaría al exilio en Francia.

—No pienso quedarme en México. Me voy a Europa con mis papás –exclamó Milagros al entrar a su casa, como siempre, cargada de cajas. Pablo la miró desde el comedor donde desayunaba. Por ser domingo descansaba. Petra, al ver a su patrona, corrió a ayudarla.

—Buenos días, Milagros. Por lo visto amaneciste muy activa –le dijo con sarcasmo al contar las cajas que su esposa echó sobre un sillón.

—¿Buenos? –respondió furiosa al tiempo que se quitaba los guantes–. La ciudad está vacía. No te imaginas lo angustiada que vengo. Todo mundo se va.

—Qué raro –comentó Pablo burlón–. Conozco a muchas personas y te juro que no tienen intenciones de dejar el país.

—Me refiero a la gente decente, no a los pelados.

—Aun, dentro de los que consideras decentes, solamente los alarmistas se van.

—Pues yo me voy con mis papás. No me esperaré a que los pelados nos sometan –se sentó al lado de su esposo–. ¡Petra! Dame un vaso de agua.

—No seas absurda, Milagros –afirmó observando el vientre dentro de una falda que apenas cerraba–. En tu estado no puedes viajar.

—Mi mamá opina que es peligroso quedarnos y que lo mejor será irnos a París. ¿Qué estás comiendo? –preguntó observando el plato.

—Sopes. A ti no te gusta la comida mexicana. Además, ya desayunaste.

—Me quedé con hambre. Nada más comí cinco crepas de jamón, un *café au lait* y un *croissant*.

—Milagros, dudo que haya problemas –insistió Pablo al tiempo que le cedía el plato y la salsera–. León de la Barra y Madero van a procurar que la tranquilidad reine en el próximo gobierno.

—Digas lo que digas, no me convences. La mayoría de nuestras amistades ya se fueron; inclusive, tus padres y Antonio tienen pasaje para el próximo día doce.

—A diferencia de tus amistades –agregó después de probar un pan –mi padre es francés y va a visitar a su familia. No piensa huir, y yo me quedaré, junto con el administrador, al frente de sus negocios.

—Pues eres un desconsiderado. Deberías venir conmigo y con tu hijo –dijo recalcando las últimas palabras–. Mi papá te consiguió trabajo en un hospital. Pondrías tu consultorio particular en Champs Elysees, viviríamos cerca de L'Etoile y seríamos muy felices paseando por las riberas del Sena.

—No me gusta que mi suegro organice mi vida –respondió molesto.

—Ni yo ni tu hijo te importamos. Prefieres a tus putas.

—Te equivocas –le aclaró con seriedad–. Tan me importan, que deseo que te quedes aquí hasta que nazca el niño y luego, si quieres, alcanzarás a tus padres.

—¿Cómo se te ocurre semejante idiotez? –repuso con la boca llena–. No puedo guardar la cuarentena sin mi mamá. ¿Quién atendería a las amistades cuando vengan a conocer a tu hijo?

—Tus argumentos son incoherentes: definitivamente no puedes viajar. Imagínate si se te adelanta el parto. Meterías a tus padres y a los míos en apuros.

—Si me acompañaras, no molestaría a nadie.

—Que varias personas se vayan por miedo no quiere decir que nosotros, el niño, tú y yo, debamos irnos.

—En verdad eres un estúpido –Milagros se paró de la silla y comenzó a hablar con rapidez dando manotazos al aire–. No piensas a futuro. Puede haber saqueos, toque de queda, levantamientos. Egoísta, nada más piensas en ti. Pero no, no te voy a hacer caso. Me voy a Europa con mis papás.

—No creo que el doctor Blanchet lo permita –aseveró Pablo.

—El doctor Blanchet viaja en el mismo barco.

—Entiende, Milagros –dijo tajante–. Nos quedaremos aquí unos meses. Si la situación empeora, te prometo que lo pensaré.

—No me interesa esperar. Me marcho y tú nos alcanzas para el nacimiento de tu hijo.

—No insistas –le dio un trago al café sin mirar a su esposa.

—Qué perdedor eres. Y pensar que cuando llegaste de Europa te catalogué como el hombre más atractivo del mundo. Te gustaba mi compañía. *Oh my God!* Ahora entiendo: las putas te atrofiaron el buen humor, te hicieron aburrido, necio y feo –se retiró en silencio, luego añadió con su gesto burlón–. O probablemente la amargura te la contagió la otra puta, la que anda prostituyéndose en los salones de baile de Madrid.

—¡Cállate, Milagros! No te permito que hables mal de ella. Por muy indecente que la consideres, ella jamás se metió en la cama conmigo. En cambio... –se calló antes de arrepentirse.

—¡Me insultas! –gritó con voz chillona–. Sólo falta que también me golpees y todo por defender a una callejera.

—Tienes razón, Milagros, lárgate a París y déjame en paz –se levantó con la intención de alejarse a la tranquilidad de su alcoba–. Si puedo, te visitaré para cuando nazca mi hijo –recalcó las últimas palabras–. Pero sólo te permito marchar con ciertas condiciones. Como mi esposa, viajarás bajo la tutela de mi padre. Te alojarás con mi familia, respetarás a mi madre y acatarás sus órdenes. No voy a permitir que la joven señora Pascal ande en boca de la gente.

—¿Enloqueciste? ¿Cómo te atreves a ponerme condiciones? ¿Olvidas que soy una Landa?

—No, no estoy loco, querida, te estoy dando gusto. Piénsalo y me informas en la noche.

—Si no hay remedio tendré que aguantar a tu familia. Va a ser difícil vivir con tu madre, pero cualquier oferta es mejor que quedarme en este país donde la indiada va a gobernar.

—Mañana hablaré con mi padre para que te integren al grupo –Pablo abrió la puerta de su alcoba, se metió y en voz alta prosiguió–. Si Dios no dispone otra cosa, yo viajaré para el nacimiento de mi hijo.

La madrugada del 7 de junio de 1911 un gran temblor sacudió la Ciudad de México. ¿Sería un presagió?, se preguntó Olegario mientras reunía a su familia en el patio.

—Adela –le dijo a su esposa cuando regresaban al interior de la casa–. Te lo vuelvo a repetir. Por ningún motivo, ni tú, ni Blanca ni las pequeñas vayan a salir a la calle. No sabemos qué puede suceder. Si necesitas algo del mercado, mandas a Chona con Matías, lo más temprano posible y luego se encierran.

—¿Quién desea pasear cuando el populacho anda enardecido? No entiendo como piensas abrir la tienda.

—Aunque lo dudes, las compras de pánico han dejado buenos dividendos.

—No me interesa. Me voy a la cama antes de que me ataque la jaqueca –se quejó bostezando–. No me despertaré hasta el mediodía y, por favor, avísale a Blanca; sabes muy bien que no le hablo.

Cerca de las ocho, Olegario salió de su casa junto con Chona y Matías, quienes se dirigían al mercado. Como había sucedido durante las fiestas del Centenario, los tranvías y los carruajes pasaban abarrotados de personas que se dirigían al centro de la ciudad. La gente que no conseguía sitio en los carruajes caminaba por las calles, ondeando las mismas banderitas que utilizaron en los desfiles anteriores.

Curiosos caminaron hacia donde la multitud se dirigía y cuando llegaron a la avenida Juárez se quedaron sorprendidos. Miles de personas ocupaban las banquetas, las ventanas de los edificios, azoteas, copas de los árboles y hasta las farolas, en espera de ver pasar a los héroes de la revolución en su trayecto hacia el Zócalo.

* * *

El Hospital Morelos amaneció en una calma tensa. Después del temblor que desprendió la mampostería de los muros, las internas continuaban con sus rutinas.

Pablo terminó sus labores temprano. No tuvo consulta externa, ni se presentaron emergencias. Aburrido y sin deseos de encerrarse en su casa, se asomó hacia la avenida de los Hombres Ilustres. Pensativo miró hacia

La Alameda donde decenas de personas bajaban de los tranvías rumbo a la avenida Juárez. Parecía una romería.

—¿Qué le parece, colega? –preguntó Pepín quien se acercó a compartir la vista–. Es increíble. La gente tiene el cerebro lleno de basura. Hace unos meses aclamaban a don Porfirio. Hoy, reciben a un hombre a quien considero una buena persona, pero que es un perfecto desconocido para la mayoría –sonrió y se recargó sobre el marco de la ventana–. Lo que les importa es saber cuántos privilegios van a obtener de lo nuevos dueños del país.

—Lo sé, doctor Arriaga y me preocupa –dijo Pablo con pesar–. El futuro es tan incierto que muchos conocidos prefirieron poner tierra de por medio. Aunque se supone que todo va a continuar igual: ¿quién nos lo asegura?

—Nadie. Por desgracia, existen demasiados rumores: que Madero le va a quitar privilegios a los ricos, que va a repartir las tierras, que es comunista, que los consejeros van a ser los espíritus... Ojalá y no nos estemos enfrentando a una guerra civil.

—Sin mano dura, es fácil que revivan las ambiciones. El poder es un jugoso botín.

—No hay que ser pesimistas.

—Lo invito a ver de cerca. Vamos, dejemos encargado el trabajo y seamos observadores del cambio.

* * *

El tren llegó a la estación Colonia con unos minutos de retraso. Emiliano Zapata, acompañado de algunos miembros de su tropa, esperaba ansioso la salida del líder al igual que muchos seguidores, cuyos caballos, carruajes y coches entorpecían la circulación. Francisco I. Madero, vestido con traje negro y sombrero de bola, apareció en la puerta del vagón y decenas de partidarios comenzaron a aclamarlo al grito de "Viva la Revolución", opacando a la banda de policía que interpretaba el *two-step Viva Madero*. Caminó por el andén al lado de su esposa Sara, seguido por sus hermanos, sus padres y unos cuantos compañeros de lucha.

Celia y Leandro, después de despachar el equipaje y de observar la locomotora 3504, adornada con los lienzos tricolores, se unieron al festejo. Madero y sus familiares ocuparon un carruaje, rodeados por un grupo de jinetes que infructuosamente trataban de apartar a la multitud que deseaba felicitar al líder. La comitiva se dirigió a la avenida entre una lluvia de flores, confeti, banderas tricolores y estandartes con leyendas de triunfo.

—Parece un cuento con final feliz –comentó entusiasmada Celia, quien caminaba junto a Leandro, atrás del carruaje–. ¿Cuándo íbamos a pensar que esto sucedería?

—Es una hermosa realidad, Prietita. Valieron la pena las semanas perdidas en San Luis y en el desierto. Hace unos meses –agregó recordando su amargura–, durante las fiestas del Centenario, me pareció imposible lograr un cambio. El panorama todavía no es seguro, ya que el general Bernardo Reyes está de vuelta. Desde la Habana, le pidió permiso a don Panchito para regresar al país y por el momento se encuentra en Veracruz. No olvides que el antiguo secretario de Guerra todavía tiene mucha influencia entre la gente del norte y se puede convertir en un rival fuerte.

—Don Pancho no va a tener problemas –dijo Celia señalando a las personas que se empujaban para acercarse–. Seis meses pasan pronto y el catrín León de la Barra se largará dejando libre el camino. ¿Viste al tal Zapata? ¿Qué te pareció?

—Don Panchito le tiene aprecio. Él fue uno de los pocos que se levantó en armas el pasado noviembre. Leí varias cartas que envió a Casas Grandes y demuestra gran compromiso por la causa. Pretende que una vez que Madero sea presidente les quite la tierra a los hacendados y la devuelva a los campesinos.

—Pobre don Pancho, cuánta tarea tiene. Se debe rodear de gente muy capaz y que lo asesore. Claro, él insiste en poner como secretarios a los traidores hermanos Vázquez Gómez. De cualquier manera, don Pancho va a terminar con lo privilegios de ciertas personas. ¿Qué es eso? –preguntó Celia, sorprendida, cuando entraron a la calle de Patoni.

—Un carro alegórico –dijo Leandro tratando de leer los letreros–. "Carro de la Paz". Supongo que uno de los personajes es un revolucionario estrechando la mano de un soldado y, en medio, esa mujer debe simbolizar la Patria.

—Estoy cansada y los zapatos ya me hartaron; eran mejor las botas militares. ¿Dónde quedaste de vernos con Rafael?

—En el Hemiciclo a Juárez. Pero va a ser imposible acercarnos, hay demasiada gente. Mira –señaló varios tranvías estacionados–. ¡Hasta en los techos hay chamacos sentados! Ven, por aquí podemos cruzar hacia La Alameda.

—¡Ay! Me pisaron –gritó Celia enojada con un grupo de jóvenes que corrió empujando a las personas.

—¿Puedes caminar?

—Cojeando –Leandro la rodeó de la cintura para ayudarla a llegar a la banqueta.

—Pasemos frente al Hemiciclo. Si no encontramos a Rafael, buscamos alguna calle lateral que nos lleve al Zócalo.

Pablo, Pepín y otros doctores observaban, frente a la escultura de Juárez, a los manifestantes alzando decenas de estandartes y mantas. Una mujer con el pie lastimado abrazada a un hombre subió a la banqueta. En unos segundos los ojos de Pablo y Leandro se encontraron en un duelo silencioso. Ambos recordaban el primer y único encuentro que tuvieron cuando Leandro se presentó al hospital a buscar a María. Celia percibió la hostilidad entre los dos hombres.

—Vámonos, Leandro, Rafael no está aquí y don Pancho ya debió llegar a la plaza –ansiosa jaló a su compañero del brazo, pero Leandro continuaba retando al médico. El rostro tenso de Pablo y la furia contenida en sus ojos desafiaban al antiguo enamorado de la mujer que amaba.

—Sólo porque tú me lo pides, Prietita –contestó sin dejar de mirar a Pablo al tiempo que continuaban con la marcha–. Si por mí fuera, le rompo la madre a ese maldito catrín.

—No vale la pena –lo encaminó hacia el otro extremo de la calle–. Es el día de nuestro triunfo. De aquí en adelante se acabaron los catrines y nosotros, los revolucionarios, vamos a tener poder para joderlos.

—Esto nada tiene que ver con revoluciones. Lo que existe entre ese mediquillo y yo es personal. Algún día ajustaremos cuentas.

—¿Pues qué te hizo el doctor?

—Es asunto mío, Prieta; no preguntes más.

Olegario, Chona y Matías estaban en la esquina de San Juan de Letrán y la avenida Juárez. Un vendedor llegó a ofrecer su mercancía. Olegario sonrió. En las banderitas que contenían la leyenda "Viva México" la efigie de Porfirio Díaz había sido eliminada con pintura blanca y sustituida por un burdo dibujo de Madero. "Muera el rey, viva el rey" se dijo con pesar. Un nuevo orden se imponía. No quedaba más que trabajar y esperar a que la situación se estabilizara. El que León de la Barra fuera el intermediario en el cambio le daba cierta tranquilidad.

—¿Cómo han estado, Chonita, Matías? –un hombre moreno de grandes bigotes, vestido con traje negro de gamuza, bordado con adornos de plata, gran sombrero de fieltro y montado a caballo, se les acercó ante el asombro de Olegario.

—Buenas las tengas, Miliano. Él es mi niño Olegario –Chona, ruborizada, los presentó–. Él es Emiliano Zapata, hijo de mi amiga Cleofas.

—Así es, señor, Concepción Chimalpahim tiene parientes que la quieren y la cuidan –dijo Zapata con voz fuerte. Luego azuzó al caballo y se retiró a tomar su puesto en la marcha.

—¿De dónde lo sacaste? –Olegario, desconcertado, le preguntó a Chona.

—Miliano es buena persona, pero algo bronco.

—Ya vimos suficiente –dijo Olegario girando sobre sus talones. En el momento en que emprendían la retirada una voz los hizo voltear.

—Buenos días, don Olegario. ¿Se acuerda de mí? ¿Chona? –Leandro se detuvo a saludar al grupo.

—Buenos días –respondió Olegario con frialdad.

—Estoy de regreso en la ciudad y pienso quedarme a trabajar con el señor Madero –aseveró ignorando a Celia quien trataba de tomarlo de la mano–. La familia ¿cómo se encuentra?

—Bien, muchas gracias –respondió Olegario tajante–. Con su permiso, tenemos prisa.

Olegario y sus empleados se alejaron en silencio. No había remedio, los nuevos tiempos pertenecían a Francisco I. Madero. Esa noche, cuando regresara a su casa, sacaría el libro que le había confiscado a María y comenzaría a leerlo. Tal vez encontraría algo que él ignoraba, pero que había movilizado a cientos de personas en todo el país.

—Leandro, ¿en verdad quieres que nos quedemos en la ciudad? –preguntó Celia con incertidumbre.

—Por supuesto, don Panchito nos necesita. Él nos ofreció a Roque Estrada y a mí un empleo.

—Y yo, ¿qué voy a hacer?

—Estoy seguro de que doña Sarita te dará trabajo. ¿Qué quieres hacer?

—Quiero ser tu esposa. Quiero tener una casa lejos de aquí donde podamos criar a nuestros hijos. Ya logramos que don Panchito sea presidente, ahora nos toca disfrutar.

—Lo siento, Prieta –le dijo con sinceridad–. Cuando nos fuimos a la gira yo estudiaba jurisprudencia y trabajaba en la oficina de unos reconocidos abogados. Ansío retomar mis estudios, tener un sueldo seguro con el que pueda pagar una casa, vestir con decencia y sentarme a una buena mesa a comer.

—¿Vamos a casarnos? –le preguntó con la mirada clavada en su rostro. Necesitaba saberlo, aunque la respuesta podía hundirla en la más terrible de las decepciones.

—Vivimos juntos, nos queremos –contestó Leandro evitando sus ojos inquisitivos–. Entiende, no creo en el matrimonio ni me interesa tener hijos.

—¿Alguna vez me has amado? –lo detuvo y lo enfrentó.

—¡Otra vez la misma cantaleta! –Leandro intentó continuar la marcha, pero Celia lo agarró de la manga.

—Nada más contesta, sí o no.

—No eches a perder lo nuestro, Prieta.

—En verdad, Leandro, eres un cabrón hijo de la chingada –Celia le cruzó el rostro con la mano–. Mañana mismo me largo al norte –con lágrimas de rabia, comenzó a caminar a contraflujo–. Te dejo en libertad para que hagas de tu maldita vida una chingadera.

—¡Prieta, recapacita! –le gritó Leandro, sin moverse–. Don Panchito nos necesita.

—Ya cumplí con mis convicciones: ahora tengo derecho a ser feliz –Celia desapareció entre una multitud que insistía en festejar el triunfo de la Revolución.

Adela subió a la parte alta de la casa con el rostro descompuesto, arrastrando los pies y ensimismada en sus pensamientos. Durante la mañana había recorrido las diversas joyerías de la ciudad, sin poder evitar las largas filas del Monte de Piedad. Necesitaba una respuesta inmediata que la sacara de la duda, pero tal parecía que los joyeros se habían puesto de acuerdo para rebajarla.

—Mamá, ¿te sientes mal? –le preguntó Blanca mortificada al verla parada. No hubo respuesta. Desde que ella había retornado al hogar paterno, su madre apenas la tomaba en cuenta. Según Adela, el desprestigio de su familia comenzó cuando María le había permitido a Pablo ciertas libertades y culminó con el abandono de Blanca, seguramente por no haberle puesto suficiente atención a su marido.

—¿Qué pasa, Adela? Parece que viste un fantasma –Olegario cerró el libro *La sucesión presidencial* e inspeccionó la cara de su esposa.

—El maldito nos engañó. Se burló de nosotros –se quejó llorando–. Necesitamos irnos, Olegario, y no tenemos dinero.

—Adela, explícate, ¿quién nos engañó?

—El maldito de don Agustín –contestó casi sin aliento–. Traté de vender las joyas que él me regaló y nadie las quiere. Son cuentas de vidrio muy bien montadas; incluso, en el empeño apenas me dieron unos cuantos billetes.

—¿Empeñaste tus alhajas?

—Necesitamos irnos de la ciudad –dijo angustiada–. No podemos quedarnos con tres niñas en peligro.

—¿Cuál peligro? –Olegario se acercó a ella. La tomó del brazo para guiarla hacia el sillón, pero ella lo rechazó.

—Los malditos maderistas –contestó con el rostro descompuesto por el temor–. La Kikis Escandón me aseguró que Madero tiene la intención de quitarnos las propiedades. Pondrá a sus matones profesionales a gobernarnos. En Ciudad Juárez se dedicaron a saquear las casas y a violar jovencitas.

—En este libro se encuentra la doctrina de Madero y no existe ninguna referencia sobre la expropiación de predios. Te puedo asegurar que no hay noticias sobre los desmanes que asegura la Kikis –informó Olegario tratando de calmar la ansiedad de su esposa, quien comenzó a caminar en círculos.

—Nos están engañando –respondió alarmada–. Si nos quedamos no vamos a sobrevivir. Ayer se fueron a Veracruz la Kikis, la Nena Rincón Gallardo y Tere Pascal con su familia –hizo una pausa para tragar el llanto–. Me abandonaron.

—¿Todos los miembros de la familia Pascal? –preguntó Blanca temerosa de la respuesta.

—Se fueron y no piensan regresar: Tere, Louis, la esposa de Pablo, Antonio y su prometida, la viuda de Cabrales.

—¿Sofía Negrete, viuda de Cabrales? ¡No lo puedo creer! –exclamó Blanca desilusionada–. Si todavía no cumple dos años de muerto su marido.

—¡Por favor, Olegario, vámonos! No importa que no sea a Francia, viajemos a España con tus parientes.

—Siéntate y discutamos el asunto –Olegario la tomó del brazo.

—¡No me toques! –le gritó con odio–. Eres un necio que no quiere escuchar. ¡Necesito dinero! –sacó del bolso unos billetes y los tiró al suelo–. ¿A dónde puedo ir con esta miseria? –se sentó en cuclillas llorando con amargura–. Necesito ver qué más puedo vender. Así te opongas remataré las porcelanas, los cubiertos, la plata, todo lo de valor –dijo atropellando las palabras.

Adela se levantó confundida, con la vista nublada por las lágrimas y, sin querer escuchar las razones de Olegario, empezó a bajar las escaleras. Con la prisa, olvidó recogerse la falda cuyo dobladillo se enrolló en el tacón del botín haciéndola perder el equilibrio. Al estirar el brazo para sostenerse del barandal su cuerpo giró con violencia y rodó por la escalera golpeándose la cabeza contra los escalones. La mujer paró su rápida carrera cuando su pie se atoró en un hueco de la balaustrada. Olegario y Blanca corrieron tras ella intentando detenerla.

—¡Mamá! –Blanca se acercó a su madre que no respondía. Hilillos de sangre salían por su boca y nariz. Olegario tomó la cabeza de su esposa entre sus manos y trató inútilmente de reanimarla.

—¡Matías! –gritó Olegario–. Ve a buscar al doctor Pérez. Ten este dinero y te regresas en un carro de alquiler.

Chona, al ver a su patrona tirada en el suelo, se persignó. No se explicaba qué había sucedido; sin embargo, en los días anteriores la notó distraída, obsesionada con el cofre donde guardaba sus joyas.

—¡Mamá! ¡Mamacita! –Ana, Rosa y Lorena, que jugaban en el huerto, entraron a la casa alertadas por los gritos de su padre. Al ver a su madre sangrando comenzaron a llorar asustadas–. ¡Mamita! Despierta, por favor, dinos algo.

—Ayúdenme –les ordenó Olegario–. Rosa, Ana, traigan una cobija –con cuidado colocaron el cuerpo de Adela sobre la cobija que extendieron en la sala–. Ojalá y no tarde el doctor.

—Papá, sería mejor llevarla al hospital –opinó Blanca acomodándole la cabeza sobre la almohada.

—Tal vez tengas razón. Niñas –se dirigió a las pequeñas que lo miraban mudas– traigan unos paños mojados y limpien a su madre.

—Aquí tengo mis remedios para los desmayos –Chona se acercó con unos frascos y un manojo de hierbas–. Ahoritita mismo le pongo un emplasto.

—Pobre mamá –comentó Blanca a sus hermanas–, estaba desesperada. Sus amigas la alarmaron.

—Su madre se va a recuperar –aseguró Olegario con el mayor optimismo. Por ningún motivo quería preocuparlas, aunque él no estaba tan seguro de sus palabras.

—¿Por qué no contesta, papá? –las niñas rodeaban a su madre en espera de que reaccionara.

—Está inconsciente –contestó Chona que volvió a mojar el trapo y de nuevo lo colocó en la cara de su patrona. A los pocos minutos Adela se quejó.

—No te muevas; pronto llegará el doctor –Olegario se sentó sobre el tapete y tomó la mano de su esposa.

—¿Dónde estoy? –Adela abrió los ojos sin entender por qué se encontraba en el suelo. Un fuerte dolor le atravesó el pie derecho; sin embargo, el dolor se convirtió en martirio cuándo intentó mover la pierna izquierda–. ¿Qué tengo? –chilló–. ¡Dios mío! Ayúdenme, estoy sangrando.

—Rodaste por la escalera. Te golpeaste la nariz y la boca.

—¡Mis piernas! ¡Chona! Dame algo para el dolor. No lo soporto.

—Tienes una fractura en el pie.

El portón de la casa se abrió permitiendo la entrada de Matías y su acompañante.

—Buenas tardes –dijo el doctor al tiempo que dejaba a un lado el maletín.

—¿Qué haces aquí, Pablo? –preguntó Olegario entre sorpresa y disgusto–. Matías, te dije que fueras por el doctor Pérez, no por el doctor Pascal.

—No te enojes, tío. Si Matías me buscó fue porque no encontró al doctor Pérez en su casa. Ahora lo importante es atender a la tía Adela. ¿Me podrían informar qué sucedió?

Blanca le narró los hechos mientras Pablo examinaba las piernas de la enferma.

—Tía, es importante que me permitas revisarte la cadera. Entiendo que te dé pena, pero en este momento no soy el sobrino sino el doctor.

—¡No puedo! No puedo moverme –gimió temblorosa.

—Blanca, ve por unas tijeras y unas vendas o una sábana limpia –ordenó Pablo. Luego se dirigió a los criados–. Matías, consígueme dos tablas –con las manos indicó el tamaño–. Chona, prepara la cama de la señora.

403

—¿Qué me van a hacer? –preguntó Adela en un aullido.

—Necesito revisar tu cadera y entablillarte el pie. Ustedes, niñas, corten tiras largas de diez centímetros de ancho y las enredan como vendas.

Con movimientos delicados fueron cortando la vestimenta hasta dejar a Adela en camisola. Pablo palpó su cadera y tal y como lo sospechaba, la deformación del muslo y la pérdida de los ejes, le dieron la razón.

—Tía, en unos minutos te pondremos cómoda. Ahora vamos a enderezar tu pie. Te va a doler muchísimo –con un movimiento rápido jaló el pie y lo reacomodó en su lugar. Los gritos de Adela provocaron que las niñas lloraran. Sin escucharlas, Pablo colocó las tablas a los lados y con las vendas lo inmovilizó.

—Muy bien, tía, fuiste muy valiente. Te voy a cargar para llevarte a tu habitación. Cuando te sostenga necesito que me abraces y que no pongas resistencia.

—Muchacho, permíteme ayudarte –pidió Olegario.

A pesar de los lamentos de la enferma, la llevaron su cama. Posteriormente, Pablo le inyectó un poco de morfina para contrarrestar el dolor.

—Y bien, ¿cuál es el diagnóstico? –preguntó Olegario.

—Vamos a tu despacho. No me gustaría que se malinterpretaran mis palabras –Pablo, Blanca y Olegario entraron al cuarto de estudio y cerraron la puerta.

—¿Es grave lo que le sucede a mamá? –preguntó Blanca

—No les voy a mentir ni a decirles que tiene una solución inmediata –se dirigió a Olegario quien tenía el rostro desencajado–. Mi tía se fracturó la cadera, a la altura del fémur, y eso no tiene remedio. Cada vez que ella quiera caminar le va a doler hasta el alma, por lo cual deberá permanecer acostada o sentada; sin embargo, no tengo la suficiente experiencia para tratar estos casos. Yo recomiendo que el doctor Curiel, un excelente ortopedista del Hospital Francés, la revise. En cuanto al pie, sanará en unas cinco semanas.

—¿Mamá no volverá a caminar? –Blanca comenzó a gimotear al pensar en la vida que le esperaba a su madre. Todavía era demasiado joven para consumirse en una silla de ruedas. Pablo se acercó a ella y la estrechó como si fuera una niña pequeña.

—Me temo que no. Mañana, cuando la revise el doctor Curiel, les dará el diagnóstico definitivo. Por lo pronto, que se quede en cama. Con la inyección que le puse va a dormir por varias horas.

Olegario se cubrió la cara con las manos ocultando las lágrimas. De repente el mundo sólido donde vivía se desmoronaba entre sus dedos. La intranquilidad de un gobierno extraño, María y Lucila sin querer regresar a casa, Blanca en el abandono y ahora, su esposa condenada a no volver a caminar. Era demasiado.

Pablo apoyó su mano en el hombro de Olegario. Entendía la pena que los embargaba porque para él continuaban siendo su familia.

—Gracias, Pablo, gracias –dijo Olegario limpiándose la cara–. No queda más que seguir adelante. Blanca, hija, debemos resignarnos. Tu madre y tus hermanas necesitan de nosotros. Mañana, después de la visita del doctor, les enviaré un telegrama a María y Lucila. Ya es tiempo de que regresen.

—Tío, me retiro. Necesito ir a buscar al doctor Curiel. Descansen. Los próximos días tendrán mucho ajetreo.

—Te acompaño a la puerta. Bendito Dios que Matías pensó en ti –añadió mientras abría el portón–. ¿Cuánto te debo?

—Sabes bien, tío, que a ustedes nunca podré cobrarles. Son mi familia.

—En realidad no somos tu familia, así que acepta este dinero –Olegario trató de darle unos billetes que Pablo se negó a aceptar.

—De ninguna manera. Créeme, lamentaré toda mi vida que no seamos parientes de verdad.

—Pablo, siento mucho lo que dije hace meses. Siempre serás bienvenido a esta casa. Nada más te suplico que no lastimes a María. No la busques, permítele rehacer su vida.

—No puedo prometer nada –aseveró Pablo con tristeza–. María es mi gran amor y no quiero borrarla de mi mente. Entiéndeme. Cometí un error al confiar en las personas que destrozaron mi vida, entre ellas, la mujer con quien tuve que casarme. No sé qué voy a hacer, pero necesito hablar con María.

—Pablo, por ese cariño que le tienes, renuncia a ella.

—Llevo meses intentándolo.

Pablo condujo el coche hacia la soledad de su casa. Era de noche y las nubes ocultaban las estrellas; sin embargo, dentro de la tragedia se prendía una chispa de esperanza: ella volvería. El futuro era incierto. En tres días el barco zarparía llevando en su interior a la que decía ser su esposa y un pequeño que merecía ser amado al nacer. Nunca podría marcharse, su lugar estaba ahí, en el hospital, en la calle de Pescaditos, frente a La Española, en Xochimilco o en el sitio donde se volviera a encontrar con María.

* * *

Deprimida, en silencio, Adela pasaba las horas sentada frente a la ventana que daba al huerto. Todas las mañanas, Olegario la cargaba de la cama a la silla de ruedas y por las tardes, entre Chona y Leocadia, la devolvían al lecho. Ahí tomaba sus alimentos en compañía de Blanca, quien hacía lo imposible por complacerla.

La sentencia del doctor Curiel había sido definitiva: no volvería a caminar. En un momento, la poca juventud que le quedaba había desaparecido para dejar tras de sí un gesto desconsolado y los ojos perdidos en algún punto. Apenas tenía cuarenta años. Chona la aseaba, le lavaba el cabello, la vestía con elegantes camisones que Olegario le había comprado, le cambiaba los pañales y, a cada llamada, como perrito fiel, acudía a recibir las órdenes de su patrona. Cuando las pequeñas regresaban de la escuela la visitaban hasta que ella las echaba: no tenía humor para escuchar sus tonterías.

Debía marcharse, se repetía una y otra vez, sin soltar un cofre vacío. En Francia la esperaba su familia. De repente, los recuerdos se agolparon en su mente.

A bordo de un barco, con apenas unas cuantas monedas y con la esperanza a cuestas, Pierre Ollivier emprendió su aventura a las lejanas tierras de México. Llegó por 1840, cuando la Compañía franco-mexicana organizó el desplazamiento de habitantes de la Haute-Saône a Jicaltepec, Veracruz.

Sin hablar ni entender bien el idioma, se adentró en Querétaro donde Adolphe Arnaud lo contrató para vender en El gran cajón de ropa. Con el paso de los años, se convirtió en el dueño de un mesón, cerca de la casa de diligencias. Jamás regresó al terruño, pero al morir sus padres, mandó dinero para que su hermana menor, Lucille, viniera a vivir con él.

La pequeña y temerosa Lucille llegó cargando un saco donde guardaba sus únicas pertenencias. Desde el primer día tuvo que ganarse la comida aseando los ocho cuartos del mesón, ocupados por viajeros malolientes.

Lucille creció. Fue un amigo de su hermano, de apellido Martínez, quien la sedujo y abandonó destrozando sus ilusiones.

Ella, Adela, nació un día de primavera trayendo alegría a su madre y un gran disgusto al tío que no asimilaba ese nacimiento. Su infancia transcurrió entre la bodega que ocupaban como dormitorio y el patio del mesón, entre el español que aprendió de la gente y las dulces palabras en francés de su madre. Los momentos felices duraron poco. Cuando cumplió seis años, su madre murió de disentería.

¿Qué podía hacer el tío Pierre con una niñita asustada? Cada noche lloraba en la soledad de la bodega oscura, hasta que se quedaba dormida envuelta en el chal de su madre. Al no saber cómo educarla, su tío la mandó a un internado de Querétaro.

A pesar del tiempo transcurrido, todavía odiaba a las monjas que la obligaron a trabajar por considerarla una interna de escasos recursos, y también continuaba detestando a sus compañeras que presumían ser hijas de familias acomodadas, que pasaban las temporadas navideñas en las haciendas, mientras ella debía regresar al mesón a limpiar cuartos.

Nunca olvidaría aquella ocasión en la que el tío Pierre la castigó por encontrarla platicando con un desconocido. Por más que le explicó que sólo le daba información sobre el hospedaje, la encerró en el cuarto de letrinas, llenas de orines y excrementos, y no le permitió salir hasta que las dejó limpias. No volvería a suceder, se lo juró a ella misma. Buscaría algún hombre rico que la sacara de aquella inmundicia.

Una noche, llegó al mesón el joven Louis Pascal y decidió rescatarla. Convenció al tío para que le permitiera vivir en la Ciudad de México al cuidado de la viuda de Gassier, una anciana que se dedicaba a las obras de caridad. Ella la introdujo en el círculo de los franceses para que encontrase un buen marido a pesar de no contar con una dote. ¿Por qué no esperó un poco más antes de aceptar a Olegario? Era la pregunta que siempre se hacía y de las múltiples respuestas no encontraba una que la dejara satisfecha. ¿Se enamoró o fue una salida desesperada?

Al sentir las primeras gotas de lluvia sobre su rostro, rememoró el día que Olegario le pidió que se casaran. Le prometió que la haría feliz y le entregó un anillo con brillantes. ¿Qué clase de felicidad fue llenarse de hijas? ¿Vivir en esa pocilga? Los primeros años de matrimonio fueron buenos, pero al nacer María todo cambió. Al ser tan parecida a la familia Fernández, las atenciones se volcaron en la recién nacida. Luego, vinieron las demás niñas y nunca los esperados varones.

Jamás visitó al tío Pierre, quién murió en la más triste soledad. ¡Tonta!, se dijo otra vez. Pensó que sería la única heredera, pero su sorpresa fue grande al comprobar que mucho del dinero que ganaba el tío, lo enviaba a sus hermanos que aún vivían en Barcelonnette. Y como una idiota, se dejó convencer por Olegario para que repartiera el dinero de la venta del mesón con esos parientes lejanos.

¿Podría regresar a sus orígenes? Tal vez si les escribiera a sus tíos enviarían por ella. Su otra familia no la abandonaría a su suerte.

* * *

Desde que recibió las malas noticias, María decidió regresar a México. Cuando se enteró del triunfo de la Revolución maderista, pensó en Leandro, quien había renunciado a una vida tranquila por seguir sus ideales. Después de aquel breve encuentro en el Zócalo, no volvió a verlo. Luego recibió la carta de Blanca donde le anunció el abandono de don Agustín. Sintió pena por su hermana. El accidente de Adela la consternó. Nunca fue la hija predilecta, pero era su madre y debía estar a su lado.

Los carruajes se detuvieron. Al escuchar los chirridos de las ruedas, Matías, Chona y las pequeñas salieron al encuentro de las viajeras. María fue la primera en bajar seguida de Amparo, Remedios y Olegario.

—¡Mis muchachitas! –gritó María al tiempo que abría los brazos para recibir a Lorena, Ana y Rosa.

—¿Qué nos trajiste? –cuando iba a responder la dejaron con las palabras en la boca. Las niñas, felices, besaron a las tías.

—Niña María, qué bueno que ya está de regreso –Chona, emocionada, la tomó de las manos–. Lástima que mi niña Lucila haya decidido quedarse.

—Prefirió quedarse a estudiar. ¡Cómo los extrañaba! Fueron demasiados meses lejos de mis seres queridos. Matías –contenta saludó al indio quien no dejaba de sonreír–. ¡Blanca! Cuánto lamento que no viajaras a Madrid, lo hubieras disfrutado.

—Será en otra ocasión –le respondió con afecto–. Lo importante es que volveremos a estar juntas.

—¿Cómo te sientes? ¿Triste?

—Antonio se fue a París con la viuda de Cabrales. Allá se casarán –le murmuró Blanca al oído. Debía contárselo a su hermana, sólo ella podría entender que su decepción no se debía al estúpido de Agustín, sino a las falsas promesas de Antonio.

—No lo tomes a mal, pero me alegro –le respondió en voz baja–. Y mamá, ¿cómo se encuentra?

—Mal. Cada día está más deprimida y obsesiva.

María entró a la casa y se sintió contenta, aunque los recuerdos luchaban por salir. En la distancia comprendió que iba a ser imposible borrar a Pablo de su vida, simplemente debía aprender a estar sin él.

—Pablo se encargó de atender a mamá la tarde del accidente –le dijo Lorena como si adivinara sus pensamientos–. Después trajo al doctor Curiel y desde entonces nos visita. Algunas noches se quedó a merendar.

—Papá nunca me lo comentó en sus cartas –suspiró pensativa–. Gracias por avisarme. ¿A qué hora suele venir?

—Cuando termina de atender en su consultorio.

—¿Sabe que regresaríamos hoy?

—No lo creo. Ayer dijo cuando se despidió: nos vemos mañana.

—Cuando llegue me quedaré en mi cuarto. Ahora buscaré el regalo que le traje a mamá –María extrajo de una maleta un bulto envuelto en papel café; luego, subieron a la planta alta.

Adela, sentada en su silla de ruedas, acariciaba el cofre con la mirada perdida en el huerto. María sintió un golpe en el estómago cuando la vio. De aquella mujer altiva y elegante, quedaba una inválida demacrada, ojerosa, con el cabello recogido en una trenza y sin pizca de colorete.

—Mamá, ya regresé. Ve lo que te compré –María rompió el papel y desenvolvió un mantón de Manila negro con flores bordadas, y se lo mostró–. Mamá, ¿me escuchas?

—Lleva un par de semanas así. De momento reacciona, nos reconoce y habla –comentó Blanca al entrar a la habitación acompañada de sus tías.

—Adela –le llamó Remedios con suavidad–. No estás sola, vamos a cuidarte –la mujer las observó indiferente y volvió a posar los ojos en el huerto.

—Mamá, te hablan –Blanca movió la silla a modo que quedara frente a las recién llegadas–, son las tías y María.

—¿Vienen por mí? –preguntó emocionada–. ¿Me van a llevar a París? Miren –les mostró el cofre vacío–. Aquí están mis joyas y el dinero. ¿Cuándo nos vamos?

—No vienen por ti –le dijo Olegario con firmeza–. Es tu hija María y mis hermanas.

Adela sonrió y comenzó a mover las manos, luego fijó los ojos en sus cuñadas.

—¿Qué hacen estas horribles brujas en mi casa? –preguntó sin dejar de observarlas.

—¡Mamá! Acabamos de llegar. Te compré este mantón –María se acercó a su madre e intentó ponerle la prenda. Adela le dio un fuerte golpe en el brazo y el mantón cayó al suelo.

—¡Desgraciada! ¡Lárgate! No te quiero volver a ver –le reclamó furiosa–. Por tu maldita culpa, Tere Pascal se fue y no me llevó con ella. Tú, y únicamente tú, tienes la culpa.

—Adela, cálmate –la reprendió Olegario al tiempo que le detenía las manos–. No es la manera de recibir a tu hija.

—No me digas lo que tengo que hacer. También tú tienes culpa y aquélla –señaló a Blanca–. ¿Creen que no me acuerdo? Ustedes me empujaron por la escalera, querían matarme.

—Niñas, pídanle a Chona un té de azahares para su madre –ordenó a sus hijas menores, quienes comenzaron a llorar ante las acusaciones de Adela.

—Y ustedes, ¿qué me ven, arpías? –se dirigió a sus cuñadas con la ira reflejada en el rostro–. Si mi marido no las mantuviera, tendríamos el dinero para largarnos. Salgan inmediatamente de mi casa y no regresen jamás; no necesito su compasión.

—No vinimos a pelear, Adela. Estás un poco alterada. Ya platicaremos cuando se calmen los ánimos.

—¿Piensan que porque estoy en esta silla de ruedas no puedo defenderme?

—Por favor, tías, María –Blanca les suplicó a las tres–. No le hagan caso a mamá, si enloquece por momentos se debe a los golpes que recibió.

—A mí nadie me considera loca sólo porque digo la verdad. ¡Parásitos! –les gritó antes de caer en el mutismo.

—Hija, no hagas caso –Olegario tomó a María entre sus brazos–. Tu madre tiene muchos cambios de humor.

—Papá, mi presencia siempre la ha alterado. Lo mejor será irme con mis tías.

—No insistas, Olegario –aseveró Remedios tratando de guardar la compostura–. Entendemos la grave situación por la que estás pasando, pero mañana nos vamos para Xochimilco.

—María, ¿qué quieres hacer?

—No te preocupes por mí, papá. Así como Lucila decidió quedarse a estudiar en Madrid, yo también voy a continuar con mis planes. Abriremos un invernadero muy grande, traemos nuevas técnicas y muchas semillas. Estaré bien, te lo prometo –le contestó con una triste sonrisa–. Ahora, me gustaría descansar. Llevamos muchas horas de viaje. ¡Ah! Pero antes, quiero entregarles los regalos que les trajimos.

Esa noche, María no pudo conciliar el sueño. Afortunadamente, el doctor Pascal no hizo su aparición en la cena, no hubiera sabido cómo tratarlo. Por Blanca se enteró de que Milagros también se había embarcado a Europa. Agradeció la suerte de poder marcharse a Xochimilco. Allá estaría a salvo de cualquier tentación.

Pablo tampoco pudo dormir. Esa mañana se perdió entre las muchas personas que deambulaban por la estación del ferrocarril. Protegido por la multitud, observó a María cuando caminaba por el andén del brazo de Olegario. Lucía hermosa. ¡Por todos los santos! Cómo deseó besarla y sentir la calidez de sus ojos. Todavía no era el momento para buscarla. En unos días, viajaría a París como se lo prometió a Milagros. Iría a conocer al pequeño Luis, su hijo, que acababa de nacer.

—En verdad no entiendo qué sucede –comentó Rafael a Leandro mientras esperaban a que les sirvieran las botanas dentro de la cantina–. El triunfo que nos embargaba cuando Pancho llegó a la ciudad, se está yendo a la basura.

—Todo va a salir bien, Rafael. Ya verás que don Panchito ganará las elecciones de octubre e irá solucionando cada uno de los problemas de este país. Aunque coincido contigo, la pugna entre Emiliano Zapata y el gobierno interino se está convirtiendo en una pesadilla –Leandro le dio un buen sorbo a su cerveza.

—Pancho se equivocó de nuevo –insistió Rafael–. ¿Cómo se le ocurrió imponer a los hermanos Vázquez Gómez en el gabinete? ¡Es tener al enemigo en casa! Afortunadamente, León de la Barra destituyó a Emilio Vázquez como secretario de Gobernación. Claro, Francisco, su hermano, y secretario de Instrucción Pública, anda entorpeciendo cualquier acuerdo –Rafael alzó el tarro vacío para llamar la atención del mesero.

—En efecto, don Panchito se equivocó, por eso desdeñó al Partido Antirreeleccionista, con el pretexto de que, al haber elecciones libres, concluía su misión y se lo entregó a los hermanitos traidores, para que se postulen a su antojo. No olvidemos que el partido político que lanzó a Madero como candidato a la presidencia es el Progresista; sólo así logramos colocar en la vicepresidencia a José María Pino Suárez.

—La influencia de la familia Madero es intolerable. Los hermanos andan tras los puestos claves, el padre dirige y Gustavo se pavonea como si fuera el candidato. La familia ordena y dispone de la gente como dueña del país –Rafael compartió con Leandro otra ronda de cervezas mientras les servían tacos, sopecitos, quesadillas y verduras en salmuera.

—Lo sé por experiencia: don Panchito nada más confía en sus hermanos. En cuanto a Zapata, conozco bien el problema. Emiliano quiere que se cumpla la cláusula del *Plan de San Luis* que habla sobre reintegrar las tierras a sus dueños originales, pero de momento es imposible lograrlo. Nada puede hacer Madero hasta que sea presidente. Don Panchito negoció con Zapata, para que sus tropas no asalten las haciendas ni se subleven. León de la Barra, desconociendo esos acuerdos, mandó perseguir a los zapatistas como si fueran unos asesinos. Madero reanudó las negociaciones de paz. Al final, la relación con los rebeldes se ha convertido en un juego sucio por parte del gobierno interino –se quedó pensativo unos segundos y prosiguió–. Para complicar el asunto, el presidente León de la Barra envió al general Victoriano Huerta y sus tropas a Morelos, además de suspender las elecciones e imponer un gobierno provisional.

—Ése, Leandro, va a ser un problema sin solución –Rafael limpió sus manos con la servilleta y comentó en voz baja–. Los Madero son terratenientes en Coahuila y de ninguna manera le van a permitir a Pancho que promulgue leyes que atenten contra sus intereses.

—Juzgas mal a don Panchito. Ve –dijo señalando a los oficinistas que los rodeaban–, estamos mucho mejor que antes.

—Sí, pero no se trata únicamente del bienestar de los maderistas –prosiguió Rafael inquieto–. El país debe funcionar con justicia y oportunidades para todos. Por desgracia, no siento en Pancho el liderazgo necesario para imponer orden. Me asusta que Bernardo Reyes gane las elecciones y volvamos a la dictadura de otro aristócrata o peor, que se inicie una guerra de guerrillas entre los diferentes bandos: Orozco, Villa, Zapata, el propio León de la Barra, los Vázquez Gómez, la vieja guardia porfiriana y hasta el mismo Gustavo.

—Te repito las palabras que don Panchito le dijo a Zapata: "Conserven la fe en mí".

—Después de esa promesa, Victoriano Huerta exterminó a los zapatistas. Desde entonces, sabe Dios dónde se encuentre Zapata escondido.

—Victoriano Huerta es otro problema. Cuando veo ese rostro inexpresivo, la sonrisa falsa y los ojos que se ocultan bajo gafas oscuras, me da horror.

—Así son muchas de las personas que rodean a Madero: veletas. Pero cuéntame, ¿cómo te sientes en tu nuevo empleo? –el mesero trajo un platón con cueritos a la vinagreta.

—Bien, hacía mucho que no tenía un trabajo formal –contestó Leandro animado–. Gano lo suficiente para pagar el alquiler, comer en buenos lugares, vestir con propiedad –sonriente le mostró el traje gris con la camisa blanca que llevaba puesto–. Y además, me alcanza para ahorrar.

—No te nos vayas a convertir en catrín.

—Ni de broma. Por el momento tengo muchos planes –respondió cuidando que la salsa no le manchara la ropa–. Es más, felicítame, me voy a casar.

—¡Felicidades! Ya era hora de que formalizaras tu relación con Celia.

—¿Quién habló de Celia?

—Pensé que ella era la afortunada –aseveró Rafael sorprendido.

—Me voy a casar con María Fernández. ¿Te acuerdas de ella?

—Claro, pero creí que ese asunto había muerto.

—Una mujer como María nunca se olvida.

—¿Y la Prieta? Ella siempre estuvo enamorada de ti.

—La Prieta fue la mejor compañera de lucha, siempre dispuesta, optimista. No tengo idea dónde se encuentra –respondió indiferente.

—Si tú no sabes, nosotros menos. Leandro, ¿no te estás precipitando?

—María todavía no lo sabe, llevo más de un año sin hablar con ella.

—Eres un demente –Rafael bebió el último trago de cerveza e hizo a un lado el tarro y los platos sucios.

—Cierto, pero voy por buen camino. Antier me presenté en el almacén de su padre y conversé con él. Le hablé de mis intenciones, de mis sentimientos y, por supuesto, de mi nueva posición económica. Estuvo de acuerdo y me confió el lugar donde vive su hija –Leandro sacó de la cartera un billete y lo dejó sobre la mesa.

—Andas apendejado. ¿Crees qué aceptará casarse contigo nada más porque te paras frente a ella y le dices "ya llegué"?

—Sabré convencerla.

—¿No sientes remordimiento? ¿Cómo puedes casarte con una desconocida cuando Celia te entregó todo? –le preguntó indignado–. No seas desgraciado, busca a la Prieta.

—Rafael, como me dijo Celia al despedirse, soy un cabrón hijo de la chingada; pero no puedo casarme con ella; te lo juro, no puedo.

María, con las manos llenas de tierra y el delantal manchado de lodo, dirigía la construcción del invernadero. Los herreros colocaban las viguetas que sostendrían un techo de vidrio; los peones aplanaban el camino, mientras que Amparo y Remedios mezclaban abono y tierra dentro de un centenar de macetas. Ilusionadas, cada día revisaban cómo germinaban las semillas que trajeron de España.

—Señorita María –llamó un peón–, un señor la busca –dijo señalando el camino de terracería que comunicaba los predios con el pueblo de Xochimilco.

—¿Quién es? –odiaba que la interrumpieran durante su labor–. ¿No te dijo qué quería?

—Nomás dijo que quería hablar con la señito.

—Tal vez sea algún cliente –Amparo cogió un trapo limpio, lo humedeció y se lo pasó a su sobrina.

—Dile que entre, en unos segundos lo recibo –María, molesta, echó el delantal sobre la mesa de trabajo y se limpió las manos, la cara, la falda; los viejos botines no tenían remedio, pensó. Con el cabello hecho un desastre, salió al encuentro del desconocido.

—¿Me buscaba? –le preguntó tapando con sus manos el resplandor del sol.

—Buenos días, María. Soy yo, Leandro Ortiz –le dijo al tiempo que se quitaba el sombrero.

—¡Leandro! ¡Qué gusto verlo! ¿Cómo supo que me encontraba aquí?

—Hablé con don Olegario –contestó sonriente.

—¡Qué sorpresa! Pase –le señaló la vereda que llevaba al cobertizo–. Licenciado Leandro Ortiz, le presento a mis tías.

—Al fin lo conocemos, joven –Remedios se limpió las manos y lo saludó–. Hace días, mi sobrina nos platicó su encuentro con el señor Madero.

—Yo se lo presenté.

—¿Cómo están Sarita y don Francisco? –preguntó María animada–. Supongo que felices.

—Sí, con mucho trabajo. Aunque todavía no son las elecciones, seguro don Panchito será elegido presidente.

—¿Y usted, Leandro? ¿A qué se dedica ahora? –María le indicó que se sentara.

—Estoy viviendo en la ciudad y coordino la oficina de asuntos agrarios.

—¡Trabajamos en la misma área! –comentó Amparo–. Usted en la oficina y nosotras en la tierra –sonrió mostrando las manos con lodo.

—Su actividad es más divertida que la mía y tiene menos conflictos. Y usted, María, ¿qué ha sido de su vida?

—En un año han sucedido tantas cosas. Estuve en España casi siete meses. Allá me inscribí en un curso de floricultura y véame aquí, iniciando un negocio.

—Nos vamos a casa, hijita –le dijo Remedios poniendo el delantal y los trapos sucios dentro de un canasto–. Licenciado, nos va a hacer el honor de acompañarnos a comer.

—Señoras, mil gracias.

—No hay prisa. Puedes llevar al señor Ortiz a conocer los alrededores.

María le mostró el invernadero y le explicó los cuidados que requieren las plantas.

—¿Por qué, María? –le preguntó interrumpiendo la explicación sobre los alcatraces–. ¿Por qué dejó su casa y se vino a refugiar aquí? Por favor, dígame la verdad.

—Vine a Xochimilco a encontrar una nueva vida.

—¿Qué le sucedió a la que tenía? ¿No le gustaba?

—Al contrario, fui muy feliz. Por varios meses trabajé como voluntaria en el Hospital Morelos. Conocí mujeres maravillosas. Fui a enseñarles a coser, pero ellas me enseñaron mucho más de lo que yo les di.

—¿Por qué lo dejó?

—Perdí el camino y tuve que marcharme –sonrió con ironía.

—No me queda claro, ¿perder el camino? –preguntó extrañado.

—Digamos que vi la oportunidad de irme a España. ¿Y usted? ¿Qué hizo en estos meses?

—Me fui de gira con don Panchito y le escribí varias cartas, pero usted nunca me contestó.

—¿Cartas? ¿Cuáles? Jamás las recibí.

—Le envié una diaria a nombre de Chona.

—Chonita nunca me comentó nada. A menos que mi madre... Créame, no recibí mensaje alguno.

—En fin, eso pertenece al pasado –prosiguió Leandro–. Acompañé a Madero en su larga lucha. Me convertí en cómplice, espía, guerrillero y hasta participé en la toma de Casas Grandes.

—Debió ser duro para don Francisco y, por supuesto, para usted.

—Sí, María –contestó con resentimiento–. Pasé muchas noches pensando en lo increíble que iba a ser encontrarla de nuevo. Regresé con esa esperanza y me tuve que conformar con observarla de lejos. Usted siempre se pavoneaba en compañía de un hombre, que la abandonó para casarse con otra.

—¡Cállese, Leandro! –le exigió volteando la cara para que él no viera el dolor que sus palabras le causaban–. No repita eso.

—Le duele, pues así me dolió que me haya echado al olvido, que no pensara un maldito día en mí, cuando yo moría por usted –susurró con rabia.

—Si vino a lastimarme, se puede marchar. No necesito que me ofenda.

—Tiene razón. Discúlpeme.

—¿A qué vino?

—Vine por usted –la tomó de la barbilla y la obligó a mirarlo–. Sabe bien que me enamoré de usted desde hace dos años, cuando la descubrí caminando por el Portal de Mercaderes. Si iba a La Española era para poder hablarle. Usted es la mujer de mis sueños –la soltó y rió con ironía–. Por desgracia tuve que ausentarme, pero estoy aquí para recuperar el tiempo perdido.

—Leandro... Yo... No puedo amar a nadie –sus labios se curvaron en una sonrisa triste.

—No diga eso. Si alguien la hirió, no significa que no pueda volver a amar –la abrazó con ternura–. Inténtelo. Abra su corazón y busque. Ahí dentro todavía existe un pedacito intacto capaz de sentir, desear, recibir y entregarse.

—Es demasiado pronto. Ambos hemos cambiado.

—Por lo menos, déme permiso de pretenderla. Somos solteros y deseamos encontrar el amor. ¿Qué podemos perder?

—Usted vive en la ciudad y yo aquí.

—La distancia no será un obstáculo –le aseguró con un ligero beso sobre la frente–. Le juro, María, yo sabré hacerla feliz.

Su madre le suplicó a Pablo que se quedara a festejar las fiestas navideñas en París. Tal vez habría aceptado si Milagros hubiera estado en otro lugar del mundo. La semana que compartió con ella la habitación podía compararse con el infierno sobre la tierra. Pasó horas escuchando lamentos, recriminaciones y gritos. No obstante, esos malos momentos, se alegró al visitar a los viejos amigos y revivir con ellos los divertidos tiempos de estudiante.

Conoció a su hijo. Pensó que el instinto paternal iba a surgir cuando lo cargara; se equivocó. La criatura era la viva imagen de Milagros sólo que con la piel más clara. Su padre, Louis Pascal, al comprender las dudas que lo aquejaban le aconsejó que aceptara al niño como si fuese suyo, ya que había nacido dentro del matrimonio y de cualquier modo llevaría su apellido. No le quedó más que callar. Cuando el rechazo lo invadía, se repetía a sí mismo que Luisito no tenía la culpa.

El primer pleito con su adorable esposa fue porque Milagros abandonaba al niño constantemente .

—Contraté una niñera calificada que se encarga del cuidado de tu hijo –le dijo recalcando las últimas palabras–. ¿Qué más puedo hacer?

—Milagros, ¿quieres al niño o sólo fue un accidente en tu vida?

—Por supuesto que lo quiero, lo abrazo y lo beso –extendió los brazos con la intención de cargar al niño. Pablo se negó a entregarlo–. Sin embargo, debes entender que soy una mujer moderna con muchas actividades sociales –acomodó los almohadones y se recargó sobre ellos.

—La maternidad es cuestión de amor, de entrega, de principios.

—No seas amargado, *chéri*, estamos en París, la ciudad de la diversión, y no pienso encerrarme entre estas paredes. A propósito –acarició su vientre todavía abultado–. Mi mamá quiere que vayamos a Bath. Las aguas termales ayudan a las mujeres que acaban de parir a recuperar su figura.

—Ni lo pienses. Tú te quedas en casa al cuidado del niño. Tal vez, dentro de tres meses sea posible.

—¿Cómo crees que voy a esperar tanto tiempo? Me urge recuperar mi cuerpo, volver a ser yo. Dediqué nueve meses en formar a tu hijo, ahora es mi turno.

En otra ocasión discutieron por la exageración con que Milagros explotaba su condición de recién parida. Guardaba cama en espera de que la atendieran. Había que llevarle los alimentos, asearla y acercarle el cómodo, ya que se negaba a usar el retrete.

—Milagros, debes caminar, bañarte. Te vas a sentir mejor –le recomendó al percibir el mal olor que se respiraba en la habitación–. Cuando hablamos de cuarentena, nos referimos a no hacer esfuerzos innecesarios. Te haría bien comer con nosotros, tejer; no sé, entretenerte en algo.

—Claro, como a ti no te duele. Por ti, habría sido mejor que hubiera muerto.

—Otra vez con las mismas tonterías. Si te digo que te levantes es por tu bien.

—El doctor Blanchet me ordenó reposar, porque atender a un niño quita mucha energía.

—Me haces reír, en verdad que eres ocurrente –le respondió burlón–. ¿Cuánto te puede agotar cargar al niño diez minutos al día?

—Nada te parece bien. Tú y tu familia se quejan constantemente de mí. Quiero irme con mi mamá, ella sí me comprende.

Tere le suplicó que la dejara ir. En la temporada que llevaban viviendo juntas, los pleitos entre nuera, suegra y consuegra eran constantes. No le pesaba disfrutar a su nieto, pero estaba harta de Milagros.

Después del bautizo del pequeño Luis Pedro Pascal Landa, y en el que estuvo presente el general Porfirio Díaz y su familia, y del apresurado matrimonio de Antonio con Sofía Negrete, Pablo se dirigió a Berlín en busca de Anne. La enfermera continuaba estudiando medicina y ocupaba una buhardilla cerca de la universidad.

Pasó dos semanas con ella, quince días de libertad para disfrutar de sus caricias y de su cuerpo. Quién mejor que su amante para entenderlo. Era una incoherencia estar desnudo, abrazando a la mujer con la que acababa de tener relaciones sexuales y confesarle el gran amor que sentía por María. Anne rió a carcajadas al comprender que su amigo estaba irremediablemente enamorado y fue ella quien le aconsejó que luchara por ser feliz.

Antes de decidir la fecha de su viaje a Veracruz, su madre le pidió que reconsiderara la situación.

—Entiendo que tu deseo es continuar en México. Entiendo que no quieras compartir la vida con tu esposa, pero tu hijo va a necesitar a su padre para crecer.

—Estoy consciente de la situación, pero le pedí a Milagros que regrese conmigo y no quiso. Anda enloquecida con marcharse la próxima semana al balneario de San Juan de la Luz con su familia y los Díaz.

—¿Por qué esa necedad de trabajar en el Hospital Morelos? Quédate y aprende a vivir con tu esposa. Con suerte y te enamoras.

—No puedo, ya estoy enamorado de otra –respondió convencido.

—Tu esposa y tu hijo son tu única realidad.

—Una realidad que yo no elegí. ¿Sabes lo que es aborrecer a alguien? No soporto su olor, su voz, ni el maldito gesto de burla que siempre trae en la cara.

—Está bien, Pablo –aceptó resignada–. Haz lo que quieras, yo cumplí con mi deber de madre. Pero antes de que te vayas saca a Milagros de nuestra casa. Por más atenciones que tenemos con ella, es grosera y prepotente. No puedo permitir que nos siga faltando al respeto.

—Ahora me entiendes.

—Lo mejor será que Milagros se vaya a vivir bajo la tutela de sus padres. Sé que continuarás enviándole dinero. También de nuestra parte recibirá una pensión. No permitiré que a mi nieto le falte nada.

—Gracias, mamá.

Llegó a la Ciudad de México antes de lo planeado. Lo recibió un lluvioso 15 de septiembre. Sería la primera vez que otro gobernante presidiera la ceremonia. Aquello le era indiferente. En su alma guardaba los recuerdos del año anterior. Caminó por la calle entre vendedores de banderas con la consigna "Viva Francisco León de la Barra". Al pasar por una tienda, la portada de un libro llamó su atención: *Crónica oficial de las fiestas del primer Centenario de la Independencia de México*. Lo hojeó y no pudo evitar sentir un nudo en la garganta. Todos los momentos que compartió con María estaban impresos. De algún modo debía reconstruir su vida y si fuera al lado de ella, mejor.

Las campanas de la parroquia de san Bernardino de Siena anunciaban la misa. Por ser domingo, el recinto estaba lleno de feligreses, pero lo que más atrajo a la gente a la boda que en pocos minutos se celebraría, era la asistencia del recién electo presidente de la república Francisco I. Madero y su esposa, la señora Sara Pérez de Madero.

Enfrente, en la casa de las Fernández, la actividad no permitía pausa alguna. En la sala, don Pancho, Sarita, Olegario, Blanca, Lola, Fernando y su esposa conversaban disfrutando unas copas de jerez. En las habitaciones superiores, Amparo, Remedios y Chona terminaban de arreglar a la novia.

María se vio en el espejo sin creer que fuera ella la que vestía de blanco. Ese día, 3 de diciembre de 1911, se iba a casar con Leandro Ortiz. Nunca pensó que él fuera el elegido, el hombre que Dios le había enviado para compartir su destino. No, no lo amaba como alguna vez amó a Pablo. Estaba convencida de que nunca volvería a entregarse como lo hizo esa primera vez y si aceptó casarse con Leandro, fue por el gran cariño que le demostró.

Chona le colocó la peineta que sostenía el velo sobre el cabello abombado; luego, con delicadeza, le acomodaron una diadema cubierta con pequeños azahares blancos. Satisfecha con el arreglo, la ayudó a levantarse de la silla. El vestido, que las tías confeccionaron, era de satín de seda blanco, con aplicaciones de *soutache* y delicadas flores elaboradas con chaquira. Completaban el arreglo los aretes y el collar de perlas que había usado la abuela Flora en su casamiento.

Antes de salir de la habitación, María le dio un beso en la mejilla a Chona que la había criado como si fuera una hija.

—Niña, me va hacer llorar –dijo con los ojos anegados.

—Chonita, tías, ¡les debo tanto!

—Nada, hijita –respondió Amparo–. Lo único que queremos es tu felicidad.

Lorena, Rosa y Ana, vestidas de azul, esperaban en el pasillo. Ellas se encargarían de llevar la cauda hasta la iglesia.

Olegario esperó a su hija. Al verla vestida de novia la abrazó emocionado.

—¿Lista? –le preguntó tratando de descifrar su mirada.

—No lo sé, papá. A veces me entran las dudas. Este compromiso fue demasiado rápido, apenas cuatro meses.

—Hija, Leandro te quiere –sonrió con ternura–. Bastante trabajo me costó aceptarlo.

—Estoy segura de su cariño. Las dudas son acerca de mis sentimientos.

—María, confía en tu decisión –la tomó de la barbilla y la miró a los ojos–. Sé la razón por la cual aceptaste casarte y no es la más romántica. Es el medio que utilizas para huir de Pablo. Yo confío que con cariño y paciencia ese muchacho va a ganar tu corazón.

—Y ¿si eso no sucede?

—No te des por vencida antes de empezar.

—¿Envió mamá algún mensaje?

—Tu pobre madre sigue confundida. Un día se enteró de que te casabas y al otro despertó con la mente perdida. Era imposible traerla.

—Me hubiera gustado que ella y Lucila me acompañaran en este día.

—El cariño de Lucila está contigo, te lo escribió. Vamos, hija, nuestros invitados esperan.

—¡Señorita María! –una empleada entró corriendo al vestíbulo con un paquete entre las manos–. Un señor vino y dejó un regalo de bodas.

—Debe tratarse de algún invitado que no quiere cargarlo hasta la iglesia –opinó Remedios–. Déjalo en esa habitación.

María salió de la casa del brazo de su padre. Atravesaron la calle y entraron en el atrio, en medio del aplauso de los curiosos.

Un coro de religiosas comenzó a entonar el *Ave María,* lo que hizo callar a la concurrencia. Una vez que recibieron el agua bendita, el cortejo avanzó lentamente. Junto al altar, la esperaba Leandro, vestido con un traje negro y sombrero de copa.

¿Estaría haciendo lo correcto? ¿Podría vivir un matrimonio sin amor? ¿Existiría la pasión sin entregar los sentimientos? ¿Qué sucedería si daba marcha atrás? No, ni Leandro, ni su familia merecían eso. Al final del pasillo aguardaba el hombre que en verdad la apreciaba, se lo había demostrado al aceptar, como regalo de bodas, la adopción de Toñito.

Al principio, María alegó que no deseaba tener hijos, ni mucho menos de recién casados. Después, le contó del pequeño y acordaron que pedirían ayuda a Madero para obtener la custodia del niño.

Olegario entregó la mano de María a su futuro esposo. Leandro, sonriente y sin dejar de contemplarla, levantó el velo descubriendo el rostro de su novia. ¿Qué más le podía pedir a la vida? Con paciencia y mucha suerte, sus deseos se fueron convirtiendo en realidad: el triunfo de la Revolución, un buen empleo, un sueldo seguro y, sobretodo, casarse con María, tal y como una vez se lo prometió.

Tomados de la mano se hincaron en los reclinatorios.

Entre los feligreses, Pablo observaba cómo perdía para siempre al amor de su vida. Esa boda debió de ser la suya. Cuando regresó de Europa visitó a los Fernández con el pretexto de informarse sobre la salud de Adela. Fue en esa ocasión cuando se enteró de que María tenía una relación formal con su rival. Pasó varias semanas bebiendo brandy en su habitación para soportar la pena y los malditos celos que le devoraban las entrañas; sólo Amalita fue capaz de hacerlo entrar en razón.

Pablo observó por última vez a la novia. No le quedaba más que volver a perderse en las largas rutinas del hospital. No quería precipitarse, pero por su cabeza volvía a rondar la idea de hacer aquel viaje por la India.

El banquete que ofrecieron las tías gozó de magnificencia, a pesar de la sencillez. Alquilaron el jardín de una vieja hacienda, que decoraron con canastos llenos de nubecillas blancas. Dos violines y un salterio amenizaban la reunión. María bailó con su padre, con Madero –quien resultó un excelente bailarín–, con algunos invitados, menos con el novio que prefirió platicar con sus amigos.

Al atardecer, los novios abandonaron el festejo. De nuevo, en la casa de las tías, María subió a su habitación a cambiarse. Leandro había alquilado un cuarto en una posada cerca de los manantiales de San Ángel. Entre su bolso y el sombrero descubrió un regalo envuelto en fino papel blanco. No tenía tarjeta de remitente. Decidió que lo abriría después y lo colocó sobre su mesa de noche. En la sala la esperaban Leandro, su padre y Matías.

—¿No olvidas nada? –le preguntó su esposo–. Recuerda que volveremos en cinco días.

—Matías, deja de reírte y sube el equipaje al carro –ordenó Olegario. El indio, mareado por la bebida, obedeció.

—Don Olegario, no tema por María. Yo la cuidaré.

—Papá, gracias por todo –María se despidió con un fuerte abrazo, luego miró a su esposo y juntos se dirigieron hacia el portón donde esperaba el carruaje que los llevaría hasta San Ángel–. ¡Un momento! –gritó María agitada.

—¿Qué sucede, querida? –le preguntó Leandro sorprendido.

—Olvidé algo en el cuarto.

Una corazonada la hizo correr hacia la planta alta. Encendió la lámpara y tomó el regalo. Rasgó el papel. Temblorosa abrió la caja y en el interior encontró un libro: *Crónica oficial de las fiestas del primer Centenario de la Independencia de México*. Unas lágrimas escurrieron por sus mejillas al estrechar el ejemplar contra su pecho. Lo sabía: Pablo había estado ahí y por desgracia para ambos, aún se amaban.

* * *

En la chimenea, el fuego crepitaba luchando por mantener caliente la estancia. En el juego de luces y sombras se podía reconocer la cama cubierta donde dormía Leandro. María, envuelta en una cobija, observaba el paisaje nocturno del frío bosque de San Ángel.

No pudo entregarse a su marido como debía. Compartieron el lecho, pero no los placeres. Ella se disculpó pretextando cansancio; pero cuando Leandro dormía profundamente, lloró su dolor. ¡Pablo estuvo presente en su boda! ¿Por qué? Si tenía la intención de suspender la ceremonia, ¿qué lo detuvo? O ¿serían sus fantasías? No. Era el único que podía enviarle un libro tan significativo. Sin embargo, la situación no tenía remedio: era una mujer casada y de ahora en adelante le debía fidelidad a su marido.

Al otro día fueron a recorrer los manantiales, los huertos, el pueblo de San Ángel, la iglesia y el convento del Carmen. Posteriormente caminaron por los senderos de la zona boscosa donde contemplaron la ciudad de México, el Ajusco y los volcanes totalmente nevados.

Al anochecer se encerraron en el cuarto, fue entonces cuando Leandro demostró su urgencia por poseerla. La besó con desesperación, sus manos le acariciaron el cuerpo, al principio con lentitud, luego le arrancaba la ropa al tiempo que la tiraba sobre la cama.

—Perdóname, María. Te he necesito mucho –murmuró mientras terminaba de quitarle el corsé–. Déjame tocarte, tenerte.

Por primera vez María conoció la intimidad. No sintió aquel placer que muchas mujeres comentaban entre murmullos. Sólo un dolor profundo que poco a poco desapareció. Su esposo le aseguró que conforme pasaran los días iba a disfrutar esa entrega. Acurrucada contra el cuerpo de Leandro su mente la traicionó. ¿Cómo habría sido esa noche junto a Pablo? Él la hizo temblar, con él conoció la pasión. Unas cuantas lágrimas la delataron. Leandro la atrajo hacia su pecho y con besos le limpió el rostro húmedo.

—¿Te lastimé? –preguntó mortificado. Ella negó con la cabeza–. Es natural –añadió acariciándole el cabello–. Acabas de perder la inocencia para convertirte en mujer.

Tenía que hacer lo imposible por amar a su marido. Era un buen hombre. No merecía que ella lo traicionara en su corazón.

Blanca había olvidado lo agradable que era elegir las verduras y frutas que se consumirían en la casa. Vestía con sencillez: una falda floreada con blusa azul, lo que realzaba el color de sus ojos, y un sombrero de paja con listones. Atrás había dejado el recuerdo de Agustín. Unas conocidas le comentaron que encontraron al joyero en Nueva York, paseando con una jovencita a la que presentaba como su prometida. Ni siquiera pudo sentir celos, más bien sintió lástima por la pobre chica. De Antonio sabía poco. En cierta ocasión Pablo le informó que su hermano vivía una eterna luna de miel con su esposa y ella se sintió engañada, burlada con sus falsas promesas.

—Ya compramos lo que está apuntado en la lista, Chona. ¿Nos vamos? –le preguntó Blanca cargando las dos canastas que le correspondían.

—Faltan los limones, voy por ellos. Si quiere, espéreme aquí, afuera del mercado –Blanca se quedó parada observando a la gente que pasaba. Ahora, todo lo que sucedía a su alrededor le llamaba la atención. Tenía ganas de vivir. Era imposible que volviera a casarse, pues ante las leyes y la religión ella continuaba siendo la señora Rosas; no obstante, la ilusión renacía en su alma.

—Vámonos, niña, es tarde.

Las dos caminaron rumbo a la parada del tranvía sin darse cuenta de que con el movimiento de la canasta, los limones caían de golpe sobre la banqueta.

—¿Me permiten? –un desconocido se agachó a recoger la fruta que fue guardando dentro de sus bolsillos.

—Gracias –suspiró Blanca mortificada–. Me apena que se haya molestado.

—De ninguna manera, señorita –dijo risueño–. Para mí es un placer ayudarla. Esas canastas pesan mucho. Por favor, permítame llevarlas a su casa en mi auto.

—No, no se moleste, estamos cerca del tranvía.

—Señorita, no tema. Si me indica por dónde llegar, me sentiré honrado de entregarla sana y salva en su hogar. A no ser que a su marido le moleste.

—No, no hay problema –afirmó turbada.

—Fantástico –dijo a pesar del gesto indeciso de Blanca–. Mi nombre es Pascual Olvera y vivo en Toluca –el joven agarró las canastas que cargaba

Blanca y las colocó en el asiento trasero. Luego hizo lo mismo con las canastas de Chona.

Esta última se quedó paralizada. ¿Habría escuchado bien? ¿Pascual Olvera? Debía ser una casualidad, pensó. Entre tanta gente que vivía en la ciudad muchos nombres se repetían. ¿Por qué no el de su progenitor y padre de su hijo? Observó al joven. No tendría más de veinticinco años y su piel morena clara, los ojos oscuros y el cabello negro no le decían nada.

—Chonita, ¿qué te sucede? Si no estás de acuerdo nos vamos en el tranvía.

—No me haga caso, niña –la empleada subió a la parte trasera del coche, resignada por tener que montarse en semejante máquina. Cuando Pascual arrancó, Chona se persignó. Nunca en su vida pensó estar arriba de un invento del chamuco.

—¿Se puede saber qué hace una señorita tan chula como usted en el mercado? –Pascual miraba de reojo a Blanca.

—Comprar verduras –respondió con voz áspera.

—Me refiero a que usted no es del tipo de mujeres que se dedican a la cocina.

—Entonces, ¿de qué tengo tipo?

—De princesa –declaró con una gran sonrisa.

—¿Se está burlando?

—De ninguna manera. Usted es una mujer hermosa, con manos bien cuidadas.

—Digamos que estoy aprendiendo a llevar un hogar.

—¿Está comprometida?

—No, señor Olvera –contestó seca.

—Muy interesante. Como le dije, no vivo aquí, aunque vengo a cobrarles a mis clientes. Mi padre y yo nos dedicamos a cultivar haba, trigo y cebada. Tenemos un rancho cerca de Toluca.

—¿Por casualidad, no es su cliente Olegario Fernández de La Española?

—No lo creo. Nosotros nos dedicamos a vender en los mercados. ¿Quién es el señor Fernández?

—Un conocido –dijo sin darle importancia. El que Pascual las llevara no quería decir que iban a ser amigos. Entre menos supiera de ella, mejor.

—Usted me dice por donde.

—Tres calles más y da vuelta a la derecha –respondió sorprendida. Parecía como si conociera la ruta.

—Así que el señor Fernández es su padre –aseveró divertido–. No me ha dicho su nombre. En cambio, yo ya le dije el mío.

—Disculpe mi falta de educación, me llamo Blanca y ella es Chonita.

—Buenas tardes –miró a la empleada por el espejo retrovisor–. ¿Verdad que me va a permitir que visite a su niña?

—Yo... –Chona se aferraba al asiento.

—Gracias, no las defraudaré.

—¿No le parece que es bastante impertinente? –se quejó Blanca molesta ante el atrevimiento del desconocido. En ese momento se arrepintió por aceptar que el joven las llevara.

—Blanca Fernández, cuando me propongo algo lo logro, así que no podrá deshacerse de mí.

—Por favor, déjenos en esa esquina –le suplicó angustiada. Aunque caminaran era mejor a que él conociera su domicilio.

—Falta poco para llegar a la calle de Pescaditos.

—¿Cómo sabe que vivo ahí?

—Parece que el destino me puso frente a usted –continuó–. Conozco a don Olegario, es uno de nuestros mejores clientes y en algunas ocasiones, lo he traído a su casa –estacionó el coche–. Dígale a su papacito que Pascual Olvera Hernández, hijo de Pascual Olvera Martínez, va a venir mañana por la tarde a visitarla. Estoy seguro de que no se opondrá.

—Es un impertinente –replicó Blanca enojada–. Vámonos, Chonita, voy a llamar a Matías para que nos ayude.

—No es necesario que llame a nadie –dijo al tiempo que se bajaba del auto–. Tengo brazos muy fuertes para cargarle las canastas, a usted y hasta a la misma Chonita.

Y por supuesto que iba a necesitar que la cargaran, se dijo Chona, pálida. La casualidad era demasiada. Sólo existía un Pascual Olvera Martínez y ese era el hijo que le fue arrebatado para que la esposa del déspota Pascual Olvera, lo criara.

La carreta con mercancías importadas paró frente a La Española. Después de que Cipriano y Chucho transportaron las cajas hacia el interior de la tienda y las colocaron afuera de la oficina, Olegario y Fidel se encargaron de clasificarlas.

—Dígame, don Olegario, ¿cómo se encuentra su señora esposa? –preguntó Fidel apuntando los objetos que su patrón le mostraba.

—Igual, no hay mejoría. No sé que sea peor, consciente o con la mente perdida, porque cuando está en sus cinco sentidos se pone muy nerviosa –rasgó el paquete que traía en las manos con una navaja–. Ha sido demasiado duro para ella no volver a caminar.

—Imagino que ya consultaron a varios médicos.

—Sí y todos opinan lo mismo, aunque nunca faltan los charlatanes que nos quieren vender pomadas, ungüentos y masajes.

—Sus niñas deben andar tristes.

—Ellas están acostumbradas a pasar el tiempo con Chona. Quien se afana en atenderla es Blanca.

—Pobre señorita Blanca. Otro golpe fuerte.

—No se crea, Fidel, mi niña tiene una nueva ilusión. ¿Se acuerda del hijo de don Pascualito, el de Toluca, un joven muy platicador que a veces se ha ofrecido a llevarme a casa?

—Sí, el que nos trae los sacos con trigo y haba.

—Por casualidad conoció a Blanca y todos los fines de semana viene a saludarla.

—¿Sabe que estuvo casada?

—Sí, desde el primer día mi hija le explicó su situación. Pascual, se llama igual que su padre, dijo que a él eso no le importa, que la quiere y que si ella acepta, la llevaría a vivir con él como si fuera su legítima esposa.

—Es adulterio. ¿Usted lo permitiría?

—El desgraciado de Agustín abandonó a mi hija y se anda divirtiendo en Nueva York. ¿Merece que Blanca le guarde fidelidad? Nunca. Si ella se vuelve a enamorar, no me importaría que viviera en unión libre.

—¿La señorita Lucila le ha escrito? –Fidel dejó a un lado sus apuntes y ayudó a su patrón a acomodar las mercancías.

—Mi pequeña continúa estudiando. No la noto muy animada por volver.

—Quizá tenga un enamorado.

—Algo hay de eso. Un sobrino lejano, José Fernández, la anda visitando. El lagartijo le sugirió abrir un taller de costura en Madrid.

—Igual y se queda allá.

—Espero que no. La extraño.

—¿Ya vio lo que nos enviaron desde Alemania? –Fidel abrió una caja con un letrero que decía: "Recuerdos del Centenario".

—¿Será burla o ingenuidad? –Olegario sacó un pequeño plato de metal con la imagen de Porfirio Díaz grabada en la superficie, rodeada de las fechas 1810-1910–. No los contabilice. Se los regalaremos a Cipriano para que los lleve a su vivienda. Le servirán para comer.

—¿Y cómo están la señorita María y su esposo? –continuó Fidel.

—Bien. Ella feliz con el niño que adoptó –dijo al tiempo que desdoblaba una tela para medirla–. Al principio me pareció un absurdo capricho de María. Pero reconozco que Toñito es muy simpático, me ha ganado el corazón. Y mis pequeñas adoran a su nuevo sobrino. En cuanto a mi yerno, trabaja mucho y no ve resultados. Gana bien, sólo que este gobierno anda bien desorientado.

—Sí, pensábamos que al entrar Madero iba a mejorar la situación, pero todo continúa igual, sólo que con más conflictos. ¿Se acuerda de qué manera lo recibió el pueblo cuando rindió protesta como presidente? Teníamos la esperanza de un cambio.

—Por desgracia, resultó un presidente demasiado bien intencionado que cae en la debilidad.

—Todos sabemos quién está detrás del poder: el odioso de Gustavo Madero.

—El problema es el descontento general. Francisco I. Madero no ha podido convencer a los diputados para que promulguen leyes. Tampoco logra entenderse con Zapata, y ahora menos, pues desde que el caudillo promulgó *El Plan de Ayala*, desconoció al gobierno. Para colmo, el presidente también tiene conflictos con el gobernador de Coahuila, Venustiano Carranza.

—Usted me dijo que su yerno anda repartiendo tierras en nombre de Madero –Fidel dobló la tela clasificada y le pasó otro lienzo a Olegario.

—El propósito era devolver a los campesinos las parcelas usurpadas. Han logrado recuperar cerca de veinte millones de hectáreas, pero son terrenos áridos o difíciles de cultivar. Sin embargo, no estoy de acuerdo con esa política, ya que si le quitan la tierra a los hacendados se van a caer las cosechas y la cría de animales. Ellos tienen el capital para producir, importar buenas semillas y equipos de riego. En cambio, los campesinos apenas sacan para comer. Si les van a devolver las tierras, también deben educarlos y ayudarlos con mucho dinero.

—Va a estar difícil. Tal vez algún día lo logren.

—No quiero ser ave de mal agüero, Fidel. Madero debe ponerse listo y tomar su papel de presidente siguiendo el ejemplo de Porfirio Díaz. Los periódicos hablan más de sus desatinos que de sus aciertos, y los intelectuales lo critican, lo ridiculizan. Una mano demasiado débil nunca es buena, puede provocar conflictos mucho peores.

—Esperemos que con el tiempo Madero agarre la fuerza necesaria para hacer los cambios que necesita el país.

—Tengamos fe en Dios y en Madero. No en balde logró movilizar al pueblo.

María salió del apartamento donde vivía con su esposo y su hijo en la avenida Nuevo México, con el fin de llevar a Toñito a correr al parque y a disfrutar del desfile que los miembros del circo harían por la avenida Juárez. Todavía recordaba cuando acudían con su padre al Circo Orrín, en la plaza de Villamil, a ver al payaso Ricardo Bell. Ahora le tocaba acompañar a su hijo, porque Toñito se había convertido en el ser más importante de su vida. El niño de cabello rizado y ojos color miel, guardaba mucha semejanza con Antonio; no obstante, su mirada y la expresión le recordaban a Refugio. A sus casi dos años de edad ya balbuceaba con gracia algunas palabras.

A siete meses de haberse casado, su vida había adquirido una rutina diferente. Leandro se marchaba temprano al trabajo mientras que ella se dedicaba a cuidar al niño y a las labores domésticas. Luego de compartir la comida, Leandro regresaba unas horas a la oficina y se perdía entre el papeleo, en juntas o en discusiones que se prolongaban hasta entrada la noche. Por las tardes, ella procuraba llevar de paseo a Toñito, visitar a su padre en la tienda o encontrarse con sus hermanas y Chona en el parque.

Odiaba acercarse a La Alameda. Evitaba la zona que lindaba con el Hospital Morelos y aunque veía seguido a Amalita, prefería mantenerse alejada de los rumbos de Pablo.

Cargaba a Toñito porque éste se negaba a caminar tramos largos. Aunque le pidió a Leandro que los acompañara, él se negó. En las dos últimas semanas se mostraba enojado, nervioso y, por lo tanto, distante.

Encontró un espacio cerca de las obras inconclusas del Teatro Nacional. Se sentó en la banqueta y acomodó al niño sobre sus piernas.

El desfile comenzó con una banda de música a cuyos acordes trapecistas y acróbatas, vestidos con vistosas prendas, hacían todo tipo de suertes sobre bicicletas. Luego aparecieron changuitos bailadores, perros amaestrados, leones y osos en vagones tirados por caballos. Una fila de elefantes causó expectación entre el público.

Se acercó a Toñito un payaso con el rostro pintado de blanco, una grotesca sonrisa roja y un enorme sombrero de pico. Al verlo, el niño comenzó a llorar y se aferró al cuello de su madre.

—¡Miren, un chamaco chillón! –gritó el payaso. Toñito escondía la cara asustado–. Todos digan ¡buuu! –agregó dirigiéndose a la concurrencia.

—¡Déjenos en paz! –María enojada golpeó la mano del hombre que buscaba la cara del niño.

—Otro ¡buuu! para la mamá del chillón.

—¡Lárguese! –Pablo, con los ojos cargados de furia y los dientes apretados, empujó al payaso contra los espectadores–. ¡Estúpido! –algunas personas le aplaudieron, otras lo abuchearon. El payaso se reincorporó al desfile sin hacer caso del percance.

—¿Estás bien? –le preguntó Pablo al tiempo que la ayudaba a levantarse–. Dame al niño, yo lo cargo –le dijo intentando tomar a Toñito que continuaba llorando.

—Mejor ayúdame con las bolsas y mi sombrero –Pablo los condujo hacia una banca en el interior de La Alameda.

—Mi chiquito, ya pasó –María le acarició el cabello–. Mira el agua –Toñito se volvió hacia la fuente. Vio a Pablo sentado junto a ellos y se escondió bajo los brazos de su madre.

—Qué manera tan extraña de encontrarnos. ¿Cómo has estado? –le dijo sin dejar de mirarla. Al fin la tenía a su lado y no debía ocultarse para poder gozar de su presencia. Porque a pesar de que ella se había convertido en la mujer de otro, él aún la seguía, la espiaba, la incluía en sus sueños y, en las noches, colocaba su recuerdo en la almohada para amarla.

—Bien –contestó con aparente frialdad, aunque su corazón latía desbocado–. De paseo con mi hijo.

—Supe que te casaste.

—Gracias por el regalo.

—¿Te gustó?

—Un buen recuerdo.

—Fueron excelentes tiempos. ¿No lo crees?

—Afortunadamente ya están lejanos.

—Para mí siguen presentes y no voy a olvidarlos.

—Gracias por tu ayuda –trató de levantarse de la banca–. Nos vamos.

—No te vayas –la agarró del brazo y la sentó de nuevo–. María, por lo menos déjame conocer a Toñito.

—¿Cómo sabes que mi hijo es Toñito?

—Porque Amalita me contó que lo adoptaste. Merezco conocer al niño que salvé.

María abrió los brazos para que Pablo pudiera admirar al niño que se chupaba el dedo. Tomó su bolso y extrajo unos caballitos de plomo.

—¿Qué son, Toñito? ¿Caballos? –Pablo cogió una pieza de la mano de María y no pudo evitar acariciarla. ¡Cómo extrañaba esas manos! Deseaba abrazarla, pedirle una y mil veces perdón, proponerle una vida juntos–. María, yo...

—Olvídalo, Pablo –contestó como si adivinara sus pensamientos–. Es mejor que me vaya.

—Discúlpame. A ver, Toñito, ¿qué juguetes traes? –abrió la bolsa donde María guardaba las pertenencias de su hijo y sacó una pelota–. ¿Jugamos?

El niño abandonó a su madre para tomar la mano de Pablo. Juntos
patearon la pelota alrededor de la fuente; luego Pablo lo cargó y lo aventó
varias veces por el aire. Las risas de los dos llenaron de placer los oídos de
María. Un vendedor pasó ofreciendo juguetes de madera y, sin preguntar,
Pablo compró un tren. Le amarró un cordón y entre los dos lo arrastraron
unos metros.

—Debemos irnos –gritó María para que le hicieran caso–. Pronto será
la hora de la siesta.

—Unos minutos más.

—En verdad, Pablo, necesitamos regresar a casa –dijo mientras guardaba los juguetes.

—¿Eres feliz, María? –le preguntó escudriñando la verdad en los ojos
que tanto le gustaban.

—¿Qué es la felicidad, Pablo? ¿Tú la conoces? –bajó la cara y se concentró en el arreglo de los bolsos.

—Sí, una vez la conocí –aseguró rozándole con sus dedos la mejilla–.
La felicidad es sentirte a gusto con lo que haces, estar con las personas que
quieres, disfrutar cada momento y compartirlo.

—Toñito me hace feliz –respondió. No quería que él desnudara su
alma.

—¿Te trata bien tu marido?

—Sí –contestó al tiempo que se incorporaba de la banca. Dio unos
pasos y volvió a sentir el malestar que últimamente la aquejaba. Puso las
manos sobre el estómago en espera de que se le pasara el mareo; no obstante, en lugar de mejorar, la náusea aumentó.

—¿Te sientes mal? –preguntó, preocupado por la palidez de María.

—Tal vez algo me hizo daño.

—¿Qué comiste? ¿Has tenido fiebre? ¿Dolor?

—Llevo varios días con un ardor de estómago que me produce asco,
mucha saliva y vómito.

—María, mi amor –respondió sin saber cómo reaccionar. Al ver su gesto preocupado, se acercó y la estrechó entre sus brazos sin soltar al niño–.
Lástima que no soy el padre –agregó besándole la frente.

—¿Qué me quieres decir?

—Lo más probable es que estés embarazada.

* * *

Pablo la acompañó unas cuantas calles en silencio. Después de los conti-
nuos ascos, decidió que ella se esforzaría en cargar a Toñito y los bolsos.
Se despidieron en una esquina y sin atreverse a retenerla, vio como se

marchaba la mujer que adoraba a recibir los besos de su marido. ¿Qué podía hacer? Los celos resurgieron con fuerza mientras asimilaba su descubrimiento. Le mataba la idea de que el maldito bastardo hubiera disfrutado del cuerpo de María y que ahora ella esperara un hijo. ¡Por Dios! No la volvería a buscar, se dijo con un nudo en la garganta. Él podía tener otras mujeres y las iba a buscar.

María abrió la puerta del apartamento. El encuentro con Pablo le hizo preguntarse si en verdad había encontrado la felicidad al lado de su esposo. Leandro era excelente compañero; sin embargo, la chispa que ella esperaba que ardiera en su interior no terminaba de prender. Cuántas veces se quedaba despierta en espera de que la pasión llegara a su vida y la invadiera logrando una entrega total. No obstante, tenía muchos motivos para sentirse dichosa: estaba embarazada. Acudiría al médico para que confirmara la noticia antes de informárselo a su esposo, ya que de ningún modo podía contarle su encuentro con Pablo. Entró y escudriño el pequeño hogar que ocupaba tres grandes habitaciones, una cocina y un baño.

—¿Dónde andaban, María? Me tenían preocupado –Leandro, con la camisa desabrochada, les salió al encuentro.

—Te dije que iríamos a ver el desfile. Luego, Toñito se quedó jugando con otros chiquillos.

—Qué raro. Nunca lo he visto jugar con desconocidos.

—Te hubieras asombrado. Toma, ¿podrías llevarlo a la cuna? –María le entregó al niño adormilado. Aunque no era afecto a los pequeños y había aceptado a Toñito por agradar a su esposa, se estaba encariñando con él.

—Tengo hambre, debo regresar a la oficina cuanto antes.

—En unos minutos caliento y comemos. ¿Cómo te fue?

—Como siempre: problemas, problemas y más problemas –Leandro ordenó los platos, los cubiertos y se sentó a la mesa–. De hecho, hoy regresaré tarde. No me esperes despierta.

—No me gusta la idea.

—Lo siento, querida, tengo una reunión con Rafael, Roque y Jacinto –Leandro partió la hogaza y comió un pedazo–. No entendemos a don Panchito. El país se está desmoronando y no quiere darse cuenta. Las conspiraciones, las amenazas y las burlas son constantes, hay enemigos por todos lados y don Panchito lo toma a la ligera. Los periódicos se encargan de distorsionar la realidad y lo presentan como un ridículo debilucho. A Gustavo Madero lo llaman *ojo parado* por usar uno de vidrio –Leandro probó el caldo humeante y prosiguió–. Los malditos aliados de la Revolución son los mismos que la traicionan. El desgraciado de Zapata nada más consiguió destruir el estado de Morelos y ahora está prófugo en algún rincón de la sierra de Guerrero. El marica de Ignacio de la Torre, yerno de Porfirio Díaz, lo debe estar protegiendo. Estamos seguros de que él le financió las armas a los zapatistas. Y aunque el general Felipe Ángeles logró acabar con la rebelión, no terminó con el movimiento –cogió el chile, la cebolla y el cilantro picados, y los sirvió en su plato–. Por otro lado –agregó–, el traidor de Pascual Orozco salió con la estúpida idea de que él debió ser el presidente y ayudado por los terratenientes, adquirió armas para levantarse contra el gobierno. Por suerte, Victoriano Huerta lo puso en fuga, aunque quedaron unos cuantos alzados.

—Toma un tequila, te ayudará a sentirte mejor –María le pasó un vaso pequeño en espera de que el licor lo calmara.

—Eres un ángel –le besó la mano con agradecimiento. Dio un trago y continuó con el relato–. Tuvimos suerte de que Bernardo Reyes se entregara preso. ¡Pobre tonto! Después de abandonar la candidatura a la presidencia, unos días antes de las elecciones, y querer derrocar a don Panchito, fue a parar en la cárcel de Santiago Tlatelolco. Nadie quiso apoyarlo y prófugo, vagó por el desierto hasta que se entregó. Ahora, su hijo Rodolfo sigue liderando a los reyistas. El complot organizado por Emilio Vázquez Gómez no me causa sorpresa. Él siempre ha sido enemigo de don Panchito y más desde que se encuentra en Texas –terminó la bebida y volvió a dirigir su atención al caldo–. La rebelión del día le pertenece a Félix Díaz, sobrino de don Porfirio. Desde que perdió la elección para gobernador de Oaxaca, anda en Veracruz reclutando gente que le ayude a usurpar el poder.

—No te mortifiques, Leandro –María colocó su mano sobre la de él a manera de consuelo–. Don Francisco es querido por el pueblo. Todo ese grupo de conspiradores han fracasado porque no tienen seguidores.

—Te equivocas. Esos desgraciados quieren la presidencia. No dudarían en matar a don Panchito y a Pino Suárez con tal de obtenerla.

—Estás muy alterado. El presidente tendrá muchos enemigos, pero no creo que lo lleguen a matar.

—Hay rumores sobre un posible golpe de Estado. No podemos fiarnos de nadie. Don Panchito ha hecho cosas buenas y nadie las toma en cuenta. La prensa se encarga de difamarlo y el maldito embajador de los Estados Unidos, Henry Lane Wilson, lo está desprestigiando ante sus colegas.

—¿Y él qué opina? –preguntó María mordiendo una manzana.

—Nos acusa de alarmistas y la mayoría de las veces no quiere escucharnos. ¡Hasta cancela las audiencias! María, estamos perdiendo la batalla. Aquellos ideales que un día nos unieron se hunden en la mierda. Don Panchito se encierra en el mutismo y permite que sus jodidos parientes manejen el país a su antojo, en especial Gustavo.

—Dicen que es el poder detrás del poder.

—Rafael, Jacinto, Roque y yo quedamos de juntarnos una noche a la semana para analizar la manera de ayudarlo. Debemos abrirle los ojos antes de que sea demasiado tarde. Hoy será la primera junta.

María se paró atrás de la silla que ocupaba su marido y comenzó a darle un masaje en los hombros.

—Descansa un rato. Aprovecha que Toñito duerme. Ya verás que después de una siesta aclararás tus ideas.

—¿Me acompañas a la cama?

—Sí, Leandro, yo también tengo sueño. Tal vez no todo sean malas noticias –le dijo con una sonrisa.

—Dudo que pueda haber algo bueno.

—Pronto, Leandro, pronto sabrás que todavía existen cosas buenas.

Con el paso de los meses, Milagros comprendió su amarga victoria. Ser la esposa de Pablo Pascal no le había traído la alegría y la posición social que ella esperaba. Se encontraba sola a pesar de la compañía de sus padres. Por primera vez, ansió tener un hogar donde sentirse a gusto y no bajo las exigencias de su madre. Pero Pablo no la amaba; es más, nunca la había amado. El dinero no le faltaba. Su marido le enviaba una buena cantidad cada mes, además de lo que recibía de sus suegros y sus padres. Gracias a esas aportaciones pagó los mejores modistos de París, visitó los exclusivos salones de baile, comió en los más finos restaurantes y disfrutó de los paseos a lo largo del Sena.

Esa noche se preparaba para asistir al teatro. Terminó de ponerse los pendientes de esmeraldas y frente al espejo, revisó que el vestido verde de terciopelo entallara correctamente el ancho vientre que el embarazo le había dejado. Se perfumó y agarró la capa gris. Antes de marcharse se despidió de Luisito que jugaba en el salón familiar. La niñera distraía al niño que amenazaba con dormirse antes de la hora.

—Señora, el señor Pascal la busca –le dijo una empleada.

El corazón de Milagros latió desbocado. ¿Pablo estaba en París? Seguro la extrañaba y volvía a sus brazos. De prisa, bajó la escalinata para encontrarse con la cínica sonrisa de Antonio.

—¡Ah! Eres tú –dijo con evidente desilusión.

—¿A quién esperabas, cuñadita? –preguntó con burla–. ¿No pensarías que mi hermano iba a venir a refugiarse en tu regazo?

—Voy de salida, así que dime qué quieres.

—Tenía ganas de verte.

—No me hagas reír.

—Hablo en serio. Cuando se trata de negocios, no puedo hacer bromas –Antonio se acercó a ella y trató de abrazarla.

—Mi madre terminó de pagarte –Milagros se hizo a un lado ampliando el espacio entre ambos.

—Cuñadita, siempre habrá una cuenta pendiente.

—Te equivocas y, por favor, vete. Llevo prisa –aseveró insegura–. Mis padres no tardan en bajar.

—Tengo un negocio entre las manos, muy bien pagado –le dijo en voz baja–. Un conocido, un noble, quiere tu compañía... Tú me entiendes –Antonio logró tomarla de las manos y con violencia la atrajo hacia él.

—Púdrete en el infierno.

—Es dueño de una buena fortuna y un palacete cerca de Versalles –le murmuró al oído.

—No me interesan las propuestas de un borracho.

—Claro que te interesan. O ¿quieres que mi hermanito se entere de que tal vez ese bastardito no sea su hijo? –con fuerza y sin soltarla, la arrinconó en la pared junto a una pesada cortina y recargó su cuerpo contra el de ella.

—Luisito es hijo de Pablo –declaró nerviosa.

—No querrás que conozca tu aventurilla en Monterrey o lo bien que la pasamos tú y yo cierta noche...

—No te atreverás, desgraciado maldito. Luis es hijo de Pablo y nadie, escucha, nadie puede decir lo contrario.

—Entonces debemos entendernos, ¿verdad? –Antonio, con la mirada cargada de lujuria, le cogió un seno y lo apretó provocando que Milagros lanzara un quejido de dolor–. Esta noche, en el vestíbulo del teatro –prosiguió buscando el otro seno–, te voy a presentar a mi amigo Maurice y tú sabrás comportarte a la altura.

—¿Estás loco? ¿Qué van a decir mis padres? –furiosa trataba de liberarse de las caricias de su cuñado.

—Tu hipócrita madrecita se va a poner feliz. ¡Imagínate! Que su hija sea la amante de un noble adinerado en lugar de la esposa de un mediquillo de hospital público.

—¿Y si me niego?

—Me veré obligado a contarle a Pablo algunos secretos para que se divorcie de ti –la empujó atrás del cortinaje y la besó con fuerza. Luego, sus manos le subieron el vestido, le acariciaron la entrepierna, la cadera, hasta que logró soltar los lazos que sostenían sus pantaletas.

—¿Y por qué no le ofreces al noble a tu respetable mujercita? –lo retó.

—Esa estúpida, además de ser estéril es frígida. En cambio, si no mal recuerdo, tú eres más ardiente –contestó, al tiempo que se bajaba los pantalones.

—¡Suéltame! Las sirvientas nos pueden escuchar –le exigió al tiempo que abría las piernas para recibirlo en su interior.

—No grites. Es muy excitante fornicar con la esposa de mi hermano.

—Maldito Antonio. Eres el mismísimo Satanás.

—Pues entonces, bienvenida a mi reino, cuñadita.

El motivo de la reunión en la casa de los Fernández era despedir a Blanca, quien había aceptado irse a vivir con Pascual Olvera a Toluca. No podían casarse; no obstante, Olegario ofreció un banquete en honor de su hija, que no podía ocultar el amor que le tenía a su pretendiente. También festejaban el primer aniversario de matrimonio de María y Leandro.

Adela se negó a bajar. Acostada en la cama con la mente lúcida, despotricaba en contra de sus malvadas hijas y de su alcahuete marido, que les permitía hacer idioteces. ¿Cómo se le ocurrió a María casarse con un empleado de oficina? ¿Y Blanca? ¿Cómo podía convertirse en la querida de un campesino? Ella las había educado para que fueran mujeres decentes, esposas de reyes. ¡Y qué decir de Lucila! La inconsciente andaba gastando el dinero que ella necesitaba para largarse a Europa.

Después de la comida, Blanca y María tuvieron la oportunidad de conversar.

—No sabes lo contenta que me pone verte enamorada –María abrazó a su hermana mayor, que sonreía feliz–. Así es el amor: inesperado. Llega e invade todo tu ser.

—María, el problema es que no lo dices por tu marido.

—Quiero a Leandro –aseguró con una sonrisa amorosa–. Lo quiero mucho y voy a tener a su hijo –sus manos acariciaron el vientre de siete meses de embarazo–. Es amable, cariñoso, comprensivo y también me quiere.

—Sí, me acabas de describir al amigo perfecto –le dijo a una María silenciosa–. Es increíble –agregó Blanca risueña–. En dos años nos cambió la vida a Lucila, a ti y a mí, y me alegro de que así sucediera. Mi matrimonio con Agustín sería un infierno y si le hubiera hecho caso a Antonio, estaría al borde del suicidio. Tenías razón cuando me advertías sobre él.

—Gracias a Dios, Antonio salió de nuestras vidas y ya no podrá hacernos daño. Espero que Lucila lo entienda.

—¿Sigues sospechando que Antonio la hirió?

—No puedo asegurarlo, pero ya no importa. Ella está tranquila y pronto la tendremos en casa.

—Su atención, por favor, su atención –Olegario dejó su lugar y llamó a los invitados golpeando la copa con un cuchillo–. Quiero proponer un brindis por Blanca y Pascual, para que sean muy felices en la nueva etapa que están por comenzar. Asimismo, quiero brindar por el primer aniversario de casados de mis hijos, quienes me volverán a hacer abuelo en unos meses –Olegario alzó su copa y la concurrencia lo imitó.

Leandro atrajo a María rodeándola con sus brazos. Aquella tarde cuando ella le reveló que esperaban un hijo, se bloqueó, se quedó callado, pensativo, sin saber qué decir. Pasados unos segundos, le dio un beso y le agradeció la noticia.

—Gracias, María –le susurró al oído–. Discúlpame si muchas veces no respondo como tú esperas. Aunque no lo demuestre, adoro a esta criatura que va a nacer, al igual que a Toñito.

—Lo sé, Leandro.

En la esquina de la mesa, Chona, emocionada, retuvo la mirada del suegro de Blanca. Todos pensaron que sus lágrimas se debían a que su niña se marchaba. ¡Qué equivocados estaban! Si supieran la verdad probablemente no le permitirían a la niña Blanca casarse con el nieto de una sirvienta. Ahí, parado frente a ella, con la copa en la mano, estaba el hijo que le arrebató el capataz de la hacienda hacía más de cincuenta años. En su alma guardaría la imagen de aquel hombre canoso, de tez morena, tupido bigote, y en silencio, desde el lugar que ocupaba, le agradeció a todos los santos haberle dado vida para ver a sus seres queridos reunidos en ese festejo.

Con tristeza, Pablo observó los muebles de la casa de sus padres en el Paseo de la Reforma. Junto con el administrador, hacía el inventario de las piezas y de las cajas que contenían los objetos de valor. El personal sería liquidado y sólo se quedaría un velador al cuidado de la mansión. Había decidido alejarse del país por una gran temporada y después de visitar a la familia en París, tomaría el expreso que lo llevaría a Estambul, y de ahí continuaría el viaje hacia Bagdad y Nueva Delhi. Tal vez viajaría durante un año entero; sin embargo, ya nada lo detenía en México. Se había cansado de vivir solo y de esperar ese algo que le devolviera las ganas de continuar. Antes de partir, pensaba alquilar su consultorio. El administrador le enviaría a Milagros ese dinero para la manutención de Luisito.

La pastelería continuaría funcionando, aunque Louis Pascal estudiaba la conveniencia de venderla. No obstante, lo que más le preocupaba a Pablo era la Hacienda La Trinidad. ¡Se escuchaban tantos rumores acerca de la restitución de tierras a los campesinos!

Los licenciados que atendían los asuntos de la familia le aconsejaron que se marchara tranquilo. Afirmaban que en un año la situación no iba a cambiar, ya que las reformas que el presidente Madero proponía se efectuaban con lentitud.

Una vez que despidió al administrador, se dirigió a las oficinas de la compañía naviera. Compraría el boleto para zarpar en marzo, sin fecha de retorno. Había perdido la esperanza de recuperar a María.

Unos golpes en la puerta del departamento alertaron a los vecinos que, furiosos, maldecían la intromisión en la madrugada. Leandro despertó alarmado, María, asustada y Toñito, llorando. Las manecillas del reloj marcaban las cuatro veinte del domingo 9 de febrero de 1913. Al abrir, Leandro se topó con el rostro angustiado de Rafael Lozano.

—Sucedió lo que temíamos: los militares se están movilizando y quieren deponer a Madero –comentó en voz baja.

—¿Cómo lo sabes?

—Mi compadre Filemón me dio el pitazo hace una hora. Vino cabalgando desde Tacubaya para pedirme que informara al presidente.

—¿Ya lo sabe?

—No, lo primero que hice fue venir a avisarte. Vamos, Leandro, aunque no creo que nos permitan entrar al Castillo de Chapultepec.

—Lo mejor será buscar a Roque Estrada. Él podrá comunicarse con don Panchito por teléfono. Espérame unos minutos, voy a vestirme.

—¿Quién es? –preguntó María mientras arrullaba a Toñito.

—Rafael –respondió Leandro–. Necesitamos hablar con don Panchito. Las tropas se están movilizando –se vistió de prisa.

—No vayas, puede ser peligroso –le suplicó María. Acostó al niño en la cuna y lo cubrió con las cobijas.

—No te mortifiques. Al rato regreso –tomó su abrigo y le dio un beso en la frente.

—Por favor, Leandro, no me siento muy bien –lo miró con reproche.

—Te lo prometo, estaré aquí para la comida. Por favor, María, no salgas si no es indispensable. Ignoramos lo que sucede. Enciérrate y no le abras a nadie que no sea conocido.

—Leandro... –lo llamó en voz baja, pero el hombre no escuchó.

—Vamos, Rafael, espero que estés equivocado –salieron de la vivienda y caminaron hacia la Avenida Juárez.

—No, Leandro. Madero conocía la inconformidad de los militares. Nunca quiso escucharnos. Mi compadre me dijo que cerca de quinientos soldados del cuartel de Tacubaya salieron rumbo a la ciudad.

—¿No se tratará de una maniobra militar?

—Roque nos sacará de la duda.

Cuando llegaron a casa de Roque Estrada, las luces encendidas y las personas que aguardaban en el zaguán, les preocuparon. Algo sucedía y debía ser grave. Roque velaba junto al teléfono en un intercambio de llamadas entre la residencia de Madero en el Castillo de Chapultepec, el Palacio Nacional y los allegados al presidente.

—¿Es verdad lo que me dijeron? –preguntó Rafael.

—Por desgracia sí, amigos –Roque los miró con desilusión–. Los generales traidores enfilan sus tropas hacia el Zócalo. También se dirigen a la ciudad cerca de trescientos jóvenes de la Escuela Militar de Aspirantes de San Fernando.

—¿Quién está defendiendo Palacio Nacional? –preguntó Leandro alarmado.

—Sospechamos que adentro hay traidores. Afortunadamente, Pancho y Sara se encuentran en Chapultepec.

—¿Por qué don Panchito no quiso recibirnos? Si tan sólo hubiera escuchado –se lamentó Leandro.

—Es demasiado ingenuo –aseveró Roque–. No puede concebir la maldad. Inclusive, Gustavo se lo advirtió.

—¿Qué vamos a hacer? –preguntó Rafael impotente.

—Todo queda en manos de Pancho, el gabinete y los militares. A nosotros nos resta esperar sus órdenes –el teléfono sonó. Roque contestó en el murmullo tenso que se hizo en el salón. Luego de unos minutos, dijo en voz alta–. Me acaban de informar que el general Manuel Mondragón y sus tropas se dirigen a la prisión militar de Santiago Tlatelolco, y por desgracia, los cadetes de la Escuela Militar de Aspirantes entraron a Palacio Nacional sin encontrar ninguna resistencia –hizo una pausa y agregó–. No cabe duda: es un golpe de Estado.

—¿Qué dice Pancho? –Rafael recargó su mano en la espalda de su compañero.

—Mi pobre amigo está preocupado, no lo puede creer. Hace unos días, recibió el apoyo incondicional de los mandos del ejército y a ustedes les consta que nos llamaba alarmistas intrigantes cuando le advertíamos sobre la hipocresía de algunos militares de alto rango.

—¿De qué manera podemos ayudar a Madero? –se preguntaron los asistentes.

—Lo único que se me ocurre es que nos dividamos para vigilar a los traidores e informar a los que coordinan la defensa de la ciudad –opinó Roque–. Unos vayan para el Zócalo, otros, a Tlatelolco; los demás nos quedaremos aquí, dispuestos a llevar mensajes a donde se necesite. Formen grupos y apúntense en esta lista para mantener cierto orden.

El teléfono volvió a sonar. Roque escuchó con atención. Una sonrisa de alivió apareció en su cara cuando colgó el aparato.

—Amigos, en un ataque sorpresivo, el general Lauro Villar, al mando de sesenta hombres, entró por la puerta trasera a Palacio Nacional y sometió a los aspirantes que estaban dentro.

—¿Qué sucedió con los que marcharon a Tlatelolco? –preguntó Rafael.

—Piensan liberar a Bernardo Reyes.

—Nosotros nos vamos al Zócalo –dijo Leandro–. Parece que ahí se solucionó el problema –después de recibir las últimas indicaciones, él y Rafael salieron de la casa de Roque Estrada acompañados por siete personas.

Las calles aún se encontraban vacías en la fría oscuridad de la madrugada del domingo. Al llegar al Zócalo, los integrantes del grupo decidieron separarse para no llamar la atención. Acordaron que en caso de peligro buscarían refugio dentro de Catedral que pronto llamaría a la primera misa del día. Grande fue su sorpresa cuando cruzaron la plaza y vieron a lo largo del Palacio Nacional dos hileras de tiradores dispuestos a disparar contra quienes se acercaran. Dos ametralladoras custodiaban la puerta Mariana.

Leandro decidió que se ocultarían atrás de los árboles. Protegido por su abrigo oscuro, procuraba pensar en otra cosa para calmar los nervios. Se sintió culpable. Sabía que su esposa pasaba por un momento difícil. Le había prometido regresar. Debía ayudarla con Toñito para que ella descansara. También pensó en Celia y en las noches que pasaron escondidos en algún sitio durante la Revolución. ¿Qué habría sido de la Prieta?

Fue con los reflejos del amanecer cuando comenzaron los primeros movimientos. Por la calle de Moneda, las tropas que venían de Tlatelolco y de la cárcel de Lecumberri, donde rescataron a Félix Díaz, entraron al Zócalo causando un gran estruendo. Al frente, un tal general Ruiz, comandando un grupo pequeño, se acercó hacia la puerta del recinto exigiendo la rendición al general Lauro Villar. Éste logró desarmar y hacer prisionero al traidor, cuyos soldados huyeron en desbandada.

En segundos, las acciones siguieron con una mortal rapidez. Atrás, a varios metros de distancia, dirigiendo un ejército de casi ochocientos elementos, Bernardo Reyes, montado a caballo y con la espada en la mano, avanzó a galope apenas secundado por unos cuantos. Villar le pidió en voz alta que se rindiera. Al no responder, los soldados abrieron fuego en contra del viejo general, comenzando el tiroteo entre los dos bandos.

Leandro jaló a Rafael y ambos se arrastraron por el suelo en busca de un arbusto, un tronco o una banca que los defendiera del fuego cruzado y de los francotiradores de la Escuela Militar de Aspirantes, apostados en los techos. Las balas pasaron sobre sus cabezas derrumbando a muchos curiosos, vendedores, personas que salían de misa y otras que pretendían llegar a Catedral. El tiroteo, que duró cerca de veinte minutos, terminó con la huida de los rebeldes que gritaban: "A La Ciudadela".

—¿Estás bien, Rafael? –preguntó Leandro aún en el suelo.

—Tengo el pie torcido y varios raspones, ¿y tú?

—Con miedo, mucho miedo y ganas de vomitar –dijo con voz quebrada–. Estoy convencido, Rafael, de que estos desgraciados no van a descansar hasta asesinar a don Panchito.

Todavía temblorosos se incorporaron y lo que vieron los dejó sin aliento: hombres, mujeres y niños yacían sin vida en el pavimento. Algunos pedían auxilio y más allá, al lado de los cuerpos de los militares, quedaron los cadáveres de varios caballos.

—Las cosas no tenían por qué ser así. Nunca debieron... –el llanto nubló los ojos de Leandro al ver a una mujer que yacía con su hijo en los brazos. Una bala había atravesado la frente del niño.

—Cálmate, Leandro. No podemos hacer nada.

—Debo regresar a casa, María me necesita.

—Lo sé, amigo. Vámonos de aquí, debemos encontrarnos con Roque.

Unos disparos se escucharon en lo alto. Los dos corrieron hacia el Portal de Mercaderes en busca de refugio.

—No puedo más, Rafael, tengo náuseas. Si trajera algo en el estómago...

—¡El presidente Madero viene en camino! –les grito un sobreviviente del grupo.

—¿Qué dijiste? –insistió Leandro, ansioso.

—El presidente Madero, al enterarse de que Palacio Nacional está en manos de las tropas leales, decidió tomar el mando. Viene por San Francisco escoltado por los cadetes del Colegio Militar y rodeado por cientos de personas que lo apoyan.

Leandro, Rafael y el desconocido corrieron para encontrarse con la caravana. A caballo, Madero sonriente recibía la aclamación de la gente que, ignorando el horrible enfrentamiento en el Zócalo, salió a saludarlo. Al verlo confiado se tranquilizaron; aunque sabían que por una calle paralela las tropas rebeldes caminaban hacia La Ciudadela. Se unieron al grupo que entró a la Plaza Mayor. Madero se detuvo unos minutos y desconsolado contempló la macabra escena. Voluntarios y miembros de la Cruz Blanca y la Cruz Roja atendían a los heridos y recogían los cadáveres.

Una vez que entraron a Palacio Nacional, como parte de la comitiva del presidente, Leandro y Rafael comprobaron que el general Lauro Villar estaba herido: una bala le alcanzó la clavícula y el cuello, y como de momento no había un militar de alto rango leal al presidente, que se ocupara de la defensa de la cuidad, vieron cómo Francisco I. Madero entregaba el cargo al borracho, mustio e impredecible general Victoriano Huerta.

Esa noche Leandro no llegó a casa. María, angustiada por la ausencia de su esposo, se negaba a dormir. Acurrucada en la cama, abrazando a Toñito, se sentía abandonada. Por la tarde recibió de mano de Rafael una nota escrita por Leandro. En ella le explicaba que había acompañado al presidente Madero a buscar al general Felipe Ángeles, quien dirigía la guarnición de Cuernavaca. Regresaría al otro día. Así mismo, le recomendaba mantenerse encerrada, lejos de las ventanas.

* * *

Al otro día, con la ciudad en estado de sitio, las calles permanecieron desiertas. Algunas personas buscaban entre los muertos a sus familiares desaparecidos. El miedo, la angustia y la desesperación se apoderaron de la gente. Tiendas, mercados, almacenes, restaurantes y la mayoría de las oficinas permanecieron cerrados.

Olegario, acompañado de Matías, entró a La Española. Atendió a unos cuantos clientes y repartió varias canastas con alimentos entre los empleados de la tienda. No sabían cuánto tiempo estarían confinados en sus hogares. También llevó cajas con provisiones para su familia y para María. Por desgracia ambas casas quedaban cerca de La Ciudadela, el viejo edificio que servía de bodega donde guardaban rifles, municiones, cañones, ametralladoras y que ahora, se había convertido en el baluarte de los traidores.

—Sería conveniente que se vinieran a quedar con nosotros, Leandro –les dijo Olegario al entregarles la despensa–. Tú pasas todo el día fuera y no es bueno que María y Toñito estén solos.

—Le agradezco la invitación, pero no creo que sea necesario –respondió Leandro con firmeza–. Este alzamiento sólo va a durar unos días. Pronto la ciudad estará bajo control.

—No me gusta meterme en las decisiones de mis yernos, pero deberías permitir que María vuelva a casa. Ella y el niño estarán mejor en el refugio que hay en nuestra casa.

—Confíe en mi palabra, don Olegario –aseguró Leandro un tanto molesto, ya que le disgustaba la insistencia de su suegro–. Victoriano Huerta, con la ayuda del general Felipe Ángeles, pondrá en fuga a los traidores. Además, María y Toñito inquietarían a doña Adela con su presencia.

—Hija, tú también puedes opinar.

—No hay problema, papá –afirmó resignada–. Leandro no nos expondría a ningún peligro. De cualquier modo, agradezco tu preocupación y los alimentos que nos trajiste.

Cuando Olegario se marchó, María se encerró en la habitación sin permitirle a Leandro la entrada.

—Sé que te enojaste, María, pero debes entender que desde que nos casamos y formamos nuestra familia, somos independientes a lo que tu padre decida. No habrá problemas mientras se queden encerrados en casa –Leandro, enojado, intentaba abrir la puerta que los dividía–. Ya no eres una niñita consentida, actúa como una mujer adulta.

—En verdad ¿no comprendes? ¿No te das cuenta que muy pronto nacerá el niño? Tú te vas a cumplir con Madero y te importa muy poco lo que nos pueda pasar. ¿Cuál es la verdadera razón por la que no nos permites ir a un lugar seguro?

—Nada malo te sucederá. Si se adelanta el alumbramiento, abajo vive doña Matilde que es partera, ella podrá atenderte. Abre, María –insistió–. Si necesito salir es porque ahora, más que nunca, don Panchito me necesita y no puedo fallarle. Una vez que se normalice la situación, prometo quedarme junto a ti.

—Olvídalo. Tienes razón, Madero te necesita más que yo.

* * *

María no sólo se encerró en la habitación sino en el silencio. Por las mañanas, Leandro salía del hogar al trabajo y las horas libres las pasaba en casa de Roque Estrada elaborando estrategias para que Madero recuperara el poder. Los ataques entre los dos bandos continuaron. Los alzados, con francotiradores apostados en las azoteas de las casas, atacaban a los rurales y tropas que acudían a rescatar La Ciudadela. Algunos de los proyectiles que lanzaban las tropas de Huerta daban en el blanco, pero la mayoría destruyeron las construcciones aledañas. El olor a pólvora y muerte invadía el ambiente.

Cuando los tiroteos comenzaban, María tomaba a Toñito entre sus brazos y se encerraba en el baño, que ella consideraba la zona más segura. Muchas balas se incrustaron en las paredes del edificio donde vivían. En cierta ocasión, un proyectil destruyó los vidrios de la sala e incendió la casa vecina; luego la zona quedó en la oscuridad pues los cables de corriente y las farolas fueron destruidos. Lloró estrechando a Toñito. No debía estar sola. En cuanto pudiera salir se iría con su familia, se dijo al sentir una contracción.

Cuando pasó el peligro, con tristeza vio parte de su habitación cubierta de polvo, los pedazos de cristal regados por el piso, cortinas rotas y muebles inservibles. No los recogería, no tenía ánimos. Sentía a su pequeño encajado en el pubis. Al asomarse, la invadió el horror. De los escombros salía fuego, humo, gemidos y llanto; decenas de muertos ocupaban la calle. Voluntarios, soldados y ambulancias recogían a los heridos o apilaban los cadáveres para incinerarlos. Con el terror reflejado en sus ojos, se prometió no volver a mirar por la ventana.

Leandro no regresaría. Por la hora no se arriesgaría a cruzar la ciudad envuelta en tinieblas. Llevaba tres noches sin él. Como acostumbraba en los últimos días, María metió un colchón al baño, jaló unas cobijas, sirvió unos platos con comida y de nuevo se encerró en espera de poder abandonar el lugar.

* * *

La casa de Roque se había transformado en un cuartel de civiles donde los telegramas llegaban constantemente. Los seguidores de Francisco I. Madero veían como el líder hacía a un lado a los amigos y aceptaba los consejos de Victoriano Huerta. El centro de la ciudad se había convertido en un campo de batalla donde las tropas leales eran acribilladas.

—Tiene razón Gustavo –aseveró Rafael indignado–. Victoriano Huerta nos traiciona. ¿Cómo es posible que en ocho días, el ejército no haya podido bombardear La Ciudadela? Tal parece que los cañones desean acabar con la población y no con los sublevados. El colmo fue cuando las tropas de Félix Díaz atacaron la cárcel de Belén, permitiendo la huida de los reos.

—Don Panchito quiso poner a Felipe Ángeles al frente de la defensa de la ciudad, pero los militares no lo permitieron, pues no tiene el grado necesario, mientras que Huerta es general de división –aseguró Leandro cansado. Su cara mostraba las huellas de la prolongada vigilia.

—Según Huerta, no ha querido terminar con La Ciudadela por no causar más daño a la población –argumentó Jacinto, que en ciertas ocasiones se juntaba con los amigos.

—Y para colmo, los desgraciados embajadores de Estados Unidos, Alemania, Inglaterra y Francia, ya solicitaron la renuncia de don Panchito; de hecho, existe el peligro de una posible invasión americana –comentó Leandro.

—Ese infeliz de Lane Wilson es el mayor enemigo de México. Dicen que él aconseja a los traidores.

—Wilson y los porfiristas. El otro día vieron en El Globo a Félix Díaz en compañía de Victoriano Huerta –aseguró Rafael.

—Por supuesto, si son cómplices.

—Ahora comprendo a Gustavo Madero. Él veía la realidad del país y en muchas ocasiones se desesperó ante la ceguera de Pancho. Gustavo es un cabrón, pero Pancho se pasó de idiota –dijo Rafael golpeando la pared.

—En realidad es el único pariente que ha estado con don Panchito en las buenas y en las malas. En cambio, los que ocuparon puestos como ministros huyen cada vez que acecha el peligro –Leandro bebió unos sorbos de café. Necesitaba despejar su mente.

—Miren quién está allá. Si no me equivoco, es Celia –dijo Jacinto a sus compañeros.

—¿La Prieta? –preguntó Leandro al tiempo que la buscaba con la mirada.

—No tiembles –bromeó Rafael sonriendo–. Ella ya te olvidó.

—¿Qué haces aquí? Cuánto tiempo sin verte –dijo Jacinto a la muchacha que sonriente se acercó a ellos–. Un día desapareciste y no volvimos a saber de ti.

—Andaba por el norte, pero comprendí que mi lugar estaba junto a doña Sarita –Celia se dirigió al grupo ignorando a su ex amante.

Leandro la observó y la encontró cambiada, vestía como una señorita de la capital; sin embargo, continuaba siendo la misma compañera de batallas, presente cuando se le necesitaba y, por supuesto, era lo que él requería en ese momento. No a la catrina que tenía como esposa. ¿Cómo podía pedirle María que él estuviera a su lado cuando Madero estaba en peligro? Ellos habían luchado por el cambio que estaba a punto de derrumbarse. ¿Acaso las mujeres del pueblo no parían solas? En cambio, su inútil esposa quería refugiarse en brazos de su niñera.

—¿Cuándo llegaste? –la interrogó Rafael.

—La semana pasada. Estoy en un hotel en el Centro. Por cierto, las calles son una ruina. ¡Hasta los árboles tienen balas incrustadas! Por Balderas, Morelos, Nuevo México ni se puede caminar. Del reloj chino nada más quedan las varillas.

—¿Dijiste la calle de Nuevo México? –preguntó Leandro con la angustia reflejada en los ojos.

—Sí. Muy temprano incendiaron el edificio del periódico *Nueva Era* que está en la esquina de Balderas.

—¿Hace cuánto que no ves a tu esposa? –Jacinto lo cuestionó molesto.

—Llevas cuatro días encerrado aquí. Con suerte y ya eres papá –comentó Rafael, burlón.

—Tú si que das sorpresas, Leandro. ¿Papá? –Celia lo miró con reproche.

—Me voy, regreso por la noche –Leandro cogió su abrigo y salió de prisa.

El Hospital Morelos trabajaba a toda su capacidad. Su nuevo director, el doctor Carlos Zavala, ordenó que los pasillos de la planta baja se adaptaran para dar espacio a decenas de camas que ocupaban los heridos. Además de poner a disposición de los hospitales que lo solicitaran, unidades de sangre para transfusiones.

Pablo, igual que los demás médicos de la institución, trabajaba horas extras. No sólo atendía a las mujeres con sífilis o embarazadas, sino que aplicaba sus conocimientos en cirugía para salvar vidas. Cuando los bombardeos cesaban, salía en su auto a conseguir material quirúrgico y alimentos. En lugares lejanos al centro, en las municipalidades, los tianguis continuaban sofocando el hambre de la ciudad.

Afortunadamente su familia se encontraba a salvo; pero le preocupaba que María y los Fernández vivieran en la zona de conflicto. Al no tener noticias suyas, decidió buscar a Olegario con el pretexto de comprarle un costal de lentejas para el hospital.

—Estamos bien, Pablo –respondió Olegario, quien abría la tienda unas horas al día–. Apenas comenzaron los tiros nos mudamos al sótano. El problema fue transportar a Adela; se negaba a dejar la cama. Por lo menos, me queda la tranquilidad de que Blanca y mis hermanas están seguras en la provincia.

—¿Qué sabes de María?

—¡Mi pobre niña! La última vez que la vi, hace cinco días, le llevé alimentos y Leandro lo malinterpretó –hizo una pausa y añadió preocupado–. Me aseguró que no necesitaban de mi caridad, que él podía alimentar a su mujer y a su hijo. De hecho, a María la saludé a lo lejos.

—Y ¿cómo lleva el embarazo?

—No lo sé. Aún le faltan unas semanas. En casa, Chona tiene todo listo para recibir al niño.

—Podrían traerla al hospital. Amalita se encargaría de cuidarla.

—No creo que Leandro lo permita. ¡Ay, Pablo! A veces pienso que me equivoqué al permitir ese matrimonio. Sin embargo, Leandro se veía tan decente, tan accesible…

—No te mortifiques, tío. En estos días todos andamos nerviosos y supongo que él, por su relación con Madero, debe estar pasándola mal.

—Ojalá tengas razón. Y tú, ¿cuándo te vas?

—Dentro de un mes –Pablo sacó dinero de la billetera y se lo entregó a Olegario–. En ciertos momentos ansío largarme y dejar este infierno; sin embargo, me preocupa mucho lo que pueda suceder con nosotros, nuestra libertad, nuestras propiedades. Jamás pensé que estaríamos en esta situación.

—Sí, nunca debió irse don Porfirio. Sería un dictador, pero mantenía la paz con su mano de hierro.

—Tío –le dijo antes de marcharse–, no hagas caso a las estupideces de tu yerno. María los necesita. Si no quieres discutir con él, por lo menos manda a Matías.

—Sería muy peligroso para el indio. No me gustaría exponerlo.

—Lo sé, por desgracia ya nadie está seguro en la Ciudad de México.

Al atardecer, Leandro llegó al departamento. Cuando logró cruzar la última trinchera, unos disparos se escucharon a lo lejos. Desesperado confirmó lo que le dijeron: muchas de las casas colindantes habían desaparecido y las que se mantenían de pie, tenían boquetes en las fachadas. Las farolas y los cables de luz permanecían en el suelo; mientras que de los drenajes emanaban olores nauseabundos que se combinaban con los cadáveres en descomposición, o con el humo del petróleo con el que incineraban a los muertos. Quiso encontrar a los vecinos, pero descubrió que los departamentos estaban vacíos con restos de sangre en las losetas. En el patio, bajo algunos escombros, quedaron las ropas que colgaban de los tendederos, las piletas de agua y unas cuantas vigas de madera. Subió las escaleras y abrió la puerta de su casa. Se le formó un nudo en el estómago al ver el caos que imperaba en el interior. Llamó a su esposa y sólo escuchó una débil respuesta que salía del baño.

El espectáculo que encontró lo lleno de vergüenza con él mismo. María yacía sobre un colchón mientras Toñito se entretenía con unos juguetes. Los dos estaban sucios, flacos, deshidratados.

—Perdóname, cariño, sal de ahí, no hay peligro –la tomó de la mano para ayudarla a levantarse–. ¿Qué tienes?

—Me siento mal –María caminó con el dolor reflejado en la cara.

—Ven, acuéstate en la cama –con rapidez acomodó cobijas y almohadas y ayudó a su esposa que se quejaba de espaciadas contracciones, dolor de espalda y de ingles. Luego, arregló la cuna de Toñito y lo acostó.

—¿Desde cuándo andas metida en el baño? –le preguntó evitando que sus miradas se encontraran.

—Cuando comenzaron los ataques.

—¿Ya comieron?

—Yo no tengo hambre, pero Toñito necesita comer.

—Ahora le sirvo –Leandro fue a buscar algo que estuviera en buen estado.

Al verlo, María dejó correr su llanto. Fueron demasiadas horas con miedo, en la oscuridad y sin poder pedirle ayuda a nadie. Desde que bombardearon la calle, se quedó sin agua y sólo pudo retener un poco del líquido de la pileta. Toñito y ella bebían sin desperdiciar. No quería hablar con Leandro. Le dolía su indiferencia, su falta de comprensión, de amor. Si su marido se quejaba de los traidores. ¿Qué había hecho con ella? Sí, traicionarla. En las noches de angustia, su mente se tranquilizaba recordando los buenos tiempos. ¿Quién se los robó? ¿Dónde quedaron los bailes? ¿Los valses? ¿Los paseos por Chapultepec? ¿Su vestido de cristal? ¿Las sonrisas? ¿La seguridad? Cuando los vecinos decidieron abandonar el edificio, la invitaron a acompañarlos. Temerosa aceptó y corrió a su casa a recoger ropa y algunos objetos de valor. Al llegar al pasillo, unas ráfagas alcanzaron a la familia que vivía en la planta baja y la dejó tendida en el umbral. Aterrorizada, volvió a su refugio a esperar que Dios escuchara sus plegarias.

Leandro acarreó varias cubetas con agua, que después calentó en la estufa. A la luz de las velas, bañó a Toñito y ayudó a que María se aseara. Después de cenar leche con pan, que consiguió en La Alameda, los tres se durmieron.

Al otro día, muy temprano, Rafael se presentó en el departamento.

—Leandro, te estuvimos esperando anoche. Gustavo Madero preguntó por ti –le murmuró al oído–. Necesita que lo acompañemos a un encuentro que va a tener con unos amigos en el restaurante Gambrinus y donde va a estar Victoriano Huerta. Quiere que nos sentemos en una mesa cercana, así que usa tu mejor traje.

—¿A qué se debe el encuentro?

—Anoche, Gustavo acusó a Huerta de traición, lo desarmó y lo encerró en una oficina. Al enterarse Pancho, mandó traer a Huerta y el maldito arrastrado prometió que hoy, por la tarde, atacaría La Ciudadela; además de asegurar que colgaría a Félix Díaz y a Mondragón. Aseguró que en veinticuatro horas la rebelión terminaría. Pancho le creyó y quitándole la autoridad a Gustavo, los instó a que hicieran las paces.

—¿A qué hora nos espera?

—A las once.

—Ahí estaré.

—No te vayas, Leandro, no nos dejes solos –suplicó María al tiempo que se ponía la bata–. Por lo menos, llévanos a casa de mis padres.

—No voy a tardarme, te lo juro. En cuanto regrese los dejaré con tu familia –Leandro terminó de amarrarse la corbata.

—Te lo imploro, me siento muy mal. Tengo contracciones –dijo sosteniendo su vientre con los brazos.

—Seguramente se debe a la tensión que sufriste.

—Leandro, nuestro niño va a nacer y no quiero estar sola.

—No vas a estarlo, querida –Leandro la condujo de nuevo a la cama y le dio un beso en la frente–. Voy a acompañar a Gustavo, es cuestión de una hora y regreso. Hoy amaneció tranquila la ciudad, descansa.

—Por favor, no te vayas –María lo tomó de la mano–. Si te marchas, no te volveré a ver.

—¿Me estás amenazando?

Enojado, Leandro salió del departamento, bajó las escaleras semidestruidas y al llegar a la banqueta regresó sobre sus pasos. María podía hacer una idiotez, se dijo, así que, de nuevo en el apartamento, se dirigió a la cómoda, cogió las llaves, cerró la puerta por afuera y se las guardó en el bolsillo.

Caminó hacia el lugar de la cita. A su regreso, pensó, llevaría a María y a Toñito con Olegario, así no estaría molestando y él podría dedicarse, sin preocupación alguna, a ayudar a don Panchito. Una vez que terminaran los problemas, hablaría con María y dejaría muy claro las reglas que reinarían en el hogar. No permitiría que la familia Fernández interviniera en su matrimonio, ni mucho menos en la educación de sus hijos. Una mujer tan atenida a su padre era insoportable. ¿Por qué María no podía ser como Celia?

Adentro del Gambrinus, Gustavo A. Madero departía con sus amistades, comía, bebía y conversaba sonriente, mientras que Leandro y Rafael hacían lo mismo sin dejar de vigilar a los demás comensales. De repente, Victoriano Huerta se levantó de la silla porque un mesero le informó que lo llamaban por teléfono. Como no llevaba pistola, se la pidió prestada a Gustavo quien, amable, se la entregó. Cuando el general regresó de atender sus asuntos, apuntó con la pistola a Gustavo y ante la expectación de los comensales, le dijo: "Está usted preso", mientras un par de oficiales acompañados por el pelotón de guardabosques, se lo llevaban.

—¡Ya se jodió el asunto! –gritó Rafael atrayendo la atención de los soldados.

—A esos también nos los cargamos –vociferó uno de los oficiales y, sin mediar palabras, los apresaron.

Los subieron a un coche y les ordenaron que bajaran la cabeza durante el trayecto. Por la conversación de los militares, se enteraron de que Francisco I. Madero, José María Pino Suárez y el general Felipe Ángeles estaban presos en Palacio Nacional, y que en breve se les pediría su renuncia a los dos primeros.

La desesperación de Leandro creció conforme pasaban las horas. Después de golpearlos para que confesaran la verdad, a él y a Rafael, los encerraron en la bodega de una comisaría. Su ojo derecho estaba casi cerrado por la hinchazón, la nariz le sangraba y le punzaban los testículos. Rafael traía deforme la cara y apretaba las rodillas contra el pecho para calmar el dolor de abdomen. ¿Por qué no le hizo caso a María y se quedó en casa? ¿Estarían Roque, Celia y Jacinto enterados de su aprehensión? ¿Qué habría sucedido con Gustavo?

Al anochecer, unos policías los sacaron de la bodega y acostados en la parte trasera de un coche los llevaron hacia La Ciudadela. Estaba tan cerca de su casa, pensó Leandro, tal vez pudiera esconderse entre las ruinas de las viviendas. Un puñetazo en la cara le quitó esa intención. Con golpes e injurias los metieron en un cuarto, oscuro, frío, apestando a orines y lleno de orificios de proyectiles en la pared que les permitieron divisar el patio interior del recinto. Leandro espió por un agujero de mayor tamaño y pudo distinguir a cientos de soldados bebiendo, festejando el triunfo del golpe de Estado. Escuchó como vitoreaban a Félix Díaz, el próximo presidente del país y a Victoriano Huerta, el artífice de la obra.

La excitación de la tropa creció. Gritos, burlas, insultos y maldiciones recibieron a las dos personas que entraron al patio casi a rastras.

—¡Rafael! Es Gustavo –le dijo a su amigo, quien, sosteniendo su abdomen, se acercó a la pared.

Entre espaldas y cabezas, que apenas les permitían cierta visibilidad, observaron cómo los borrachos golpeaban a Gustavo a culatazos, causándole, heridas profundas. En un burdo juicio de ebrios, lo condenaron a muerte. Gustavo suplicó que no lo mataran, les ofreció dinero, lo que provocó más burlas: "cobarde", "llorón", "ojo parado", le gritaban mientras lo empujaban de un lugar a otro, hasta que cayó al suelo bajo una patiza. Aprovechando la situación, un soldado le pinchó el ojo bueno con la bayoneta causando la ovación de la multitud. Otros, le sacaron el ojo de vidrio y lo convirtieron en pelota que estuvieron pateando por los rincones. Gustavo, ensangrentado, aullando, trató de levantarse. Varias descargas de balas cayeron sobre el cuerpo del hermano del expresidente Madero. Posteriormente, le bajaron el pantalón y con la mayor saña, de un cuchillazo le cortaron los genitales y los pisotearon contra el estiércol.

Leandro no soportó más. Recargando la espalda contra la pared, tembloroso, lloró desconsolado. Hubiera querido desmayarse como Rafael, pero la angustia de saber que no saldría vivo no se lo permitía. No podía morir se repetía sin cesar, no podía morir porque le prometió a María regresar, porque su hijo iba a nacer, porque le debía una disculpa a Celia, porque necesitaba visitar la tumba de su madre.

A los pocos minutos, varios oficiales vinieron por ellos. A cachetadas despertaron a Rafael y los arrojaron a la calle. Ahí, junto al monumento a Morelos, estaban los cadáveres de Gustavo y del intendente de Palacio, Adolfo Bassó.

—Ahora, lárguense, hijos de la chingada, si no, aquí mismo los tronamos –vociferó un soldado apuntando con el rifle. Conscientes de que les iban a aplicar la ley fuga, comenzaron a correr.

—Pa' qué queremos testigos –gritó otro uniformado al tiempo que disparaba el arma.

Leandro vio a Rafael tendido en un charco de sangre. La bala le atravesó la nuca y salió por su frente. Apuró el paso. Debía llegar hasta un objeto que lo protegiera, pero la explanada se encontraba vacía. Escuchó otros disparos y ya no pudo respirar. Oía burbujas que se formaban en un líquido. Sus piernas se doblaron al sonar otros tiros. Un vómito de sangre escurrió por su pecho al tiempo que su cuerpo se convulsionaba. Trató de arrastrarse y en el intento, unas llaves escaparon del bolsillo de su chaqueta. María lo estaba esperando... No hubo más detonaciones en el rumbo, el silencio envolvió la noche de la traición.

A las pocas horas de que Leandro se fuera, las contracciones aumentaron en frecuencia e intensidad. A cada espasmo, María se doblaba de dolor. Por la experiencia que había adquirido en el hospital, aprendió que una vez que comenzaban las contracciones no había retorno. Se vistió y se dirigió a la puerta con Toñito. Trató de abrirla y no pudo. Buscó el llavero y no lo encontró en la cómoda donde siempre lo guardaban. Se asomó a la ventana con la esperanza de que alguien pasara. La zona permanecía desierta, a excepción de unos trabajadores que recogían piedras en la esquina opuesta. Los llamó, no la escucharon, ni siquiera vieron el movimiento de sus brazos.

Se recostó en la cama, sabía que muchos niños nacían sin la ayuda de nadie. Toñito lloraba, tenía hambre. Trató de caminar hacia la cocina, el dolor limitaba sus movimientos y en el esfuerzo sintió el pubis, las nalgas y las piernas mojadas. Lloró asustada. ¿Cómo iba a parir ella sola con un niño al lado? Los espasmos, cada vez más dolorosos, se repetían en intervalos cortos y en un momento sintió que la columna y el coxis se le partían por la mitad. Su respiración se hizo pesada, profunda; sudaba y entre quejidos pujó sin expulsar a la criatura.

Alguien golpeaba a la puerta. Delirio, pensó; sin embargo, gritó con fuerza. El golpeteo prosiguió hasta que la madera cedió. Una sensación de alivio se apoderó de ella al ver el rostro de Matías. Cerró los ojos y cuando los volvió a abrir, reapareció seguido de otro hombre. El indio la cargó mientras el extraño abrazaba a Toñito. En la calle los esperaba una carreta, llena de escombros, jalada por un asno. Después de que Matías la acomodó sobre el cascajo, se sentó junto a ella sin soltar al niño y en su lenguaje incompleto, le pidió al hombre que los llevara por el rumbo de La Alameda.

Amalita se sorprendió cuando le pidieron que se presentara en la recepción del hospital. Le dijeron que un hombre insistía en verla. Cansada por las exigencias del trabajo, acudió a la entrada del Morelos.

—¡Matías! ¿Qué sucede? ¿Te sientes mal?

La cogió de la mano y corriendo la llevó hacia el exterior y le señaló una carreta.

—¡Santa Madre de Dios! –exclamó la enfermera al asomarse y ver la situación en la que se encontraba María–. Pronto, llamen a unos camilleros y al doctor Pascal –le ordenó a las enfermeras que atendían heridos en la entrada.

Jovita corrió a buscar a Pablo en el cuarto de curaciones.

—¿De qué se trata? –preguntó Pablo sosteniendo una jeringa.

—No sé, Amalita lo solicita con urgencia.

Pablo se quitó los guantes y se dirigió al corredor donde dos camilleros transportaban a una embarazada. Atrás venían Amalita y Matías cargando a un niño.

—¿María? –preguntó temeroso al notar la seriedad del muchacho.

—Por las ropas mojadas y las contracciones, hace horas que comenzó el trabajo de parto –dijo la enfermera preocupada–. Algo va mal.

—¡Rápido! Al cuarto de curaciones –le indicó Pablo a los camilleros–. ¿Dónde la encontraste, Matías? ¿Y su marido? –el indio alzo los hombros en señal de ignorancia–. ¿Lo sabe don Olegario? –Matías negó con la cabeza–. Está bien, deja a Toñito y corre a avisarle a tu patrón. Ten –le dio unas monedas–. Toma el tranvía.

Después de entregar a Toñito en el cunero, Pablo corrió hacia el cuarto de curaciones donde atendían a María. Amalita le palpaba el vientre mientras una enfermera le quitaba la ropa sucia.

—La dilatación es completa, pero el niño viene de nalgas –dijo Amalita–. Tal vez podamos girarlo un poco.

Pablo se colocó unos guantes limpios y comenzó a maniobrar dentro del cuerpo de María que gritaba de dolor. Con delicadeza y precisión, sacó una pierna del niño, luego agarró la otra y lo acomodó en el canal de parto. Tanto Amalita como él comprendían el peligro por el que pasaba María. Un movimiento equivocado y el niño moriría estrangulado por el propio cordón umbilical, además de provocar una hemorragia que desangraría a la madre. Y no podía fallarle a María, se dijo. Al verla sola, en ese estado, se sintió responsable de su situación. Jamás debió echarla al olvido.

Cuando sacó al niño del vientre, Pablo pudo relajarse. Una vez que cortaron el cordón, sostuvo al recién nacido y la criatura lanzó un gran alarido. Todos los presentes respiraron de alivio aunque lo vigilarían pues le faltaba vitalidad y su color no era muy convincente.

—Es un varón –dijo Pablo mirando el rostro demacrado de María–. En unos minutos te llevarán a que descanses. Necesitas dormir.

—¿Puedo ver a mi hijo? –preguntó ansiosa. Amalita le acercó al niño que acababa de limpiar envuelto en una sábana. Le dio un beso en la mejilla y dejó que la enfermera se lo entregara al doctor Arriaga.

—Lo voy a llevar al cunero –dijo Pepín con gesto amable–. Usted está agotada y, por esta noche, no lo puede atender.

—¿Dónde quedó Toñito? –preguntó todavía angustiada.

—Duerme –respondió Pablo–. No te preocupes, ya envié por tu padre. En unos minutos bajaré a buscarlo.

Le dieron a beber un calmante y la condujeron a una cama, en un privado, junto al cuarto de enfermeras. Ahí tendría la atención continua de Amalita.

Pablo encontró a Olegario y a Chona en el vestíbulo del hospital. Los dos, nerviosos, caminaban por el salón.

—Matías me avisó. ¿Dime, cómo está María? –preguntó Olegario preocupado.

—Bien, tío. Eres abuelo de otro varoncito –Pablo abrazó a Olegario y a Chona–. El niño venía en mala posición, pero logramos sacarlo a tiempo.

—¡Bendito Dios! –exclamó Chona persignándose.

—No sé –dijo Olegario acercándose a un rincón–. Amanecí con la corazonada de que algo andaba mal y envié a Matías. Por lo que le entendí, María y Toñito estaban solos, encerrados con llave. Gracias a que escuchó los gritos de mi hija, rompió la puerta y los rescató.

—Lo que me intriga –comentó Pablo con recelo–, es la situación en la que llegaron los dos. Están delgados, deshidratados, ¿sabes? Matías los trajo en una carreta con cascajo. Me pregunto ¿dónde se encuentra el estúpido marido? ¿Por qué no estaba con ellos?

—No tengo idea de donde anda, pero el asunto no huele bien –dijo Olegario con resentimiento–. Cuando veníamos en camino, unos chamacos andaban repartiendo panfletos en donde se informa que Victoriano Huerta asumió el cargo de presidente interino del país. Muchos pasajeros en el tranvía murmuraban sobre la aprehensión de Madero y Pino Suárez. Unos opinaban que se encuentran presos en Palacio Nacional, otros, que en Lecumberri. Por supuesto, el populacho ya festeja al nuevo presidente.

—Parece juego de locos –respondió Pablo con desilusión–. Por lo que me cuentas, supongo que tu yerno debe estar escondido en casa de sus amigos. Probablemente María pueda informarnos algo.

—¿Puedo ver a mi niña? –preguntó Chona.

—Mañana. Necesito que descanse. Fueron muchas horas en trabajo de parto, sufrió dolor y angustia. Pero, por favor, llévense a Toñito. No puede quedarse en el hospital.

Esa noche, Pablo colocó un sillón junto a la cama de María. Antes de retirarse a descansar, conversó con el doctor Arriaga. Aunque el bebé nació bajo de peso se veía sano. En cuanto a María, habría que cuidarla. Sin despertarla le acarició la cabeza. Estaba débil e iba a necesitar de mucho cariño. Le dio un beso en la mejilla, apagó la luz, se quitó los zapatos y buscó acomodo en el destartalado sillón.

* * *

Al otro día, María amamantó a su hijo. Todo el sufrimiento pasado valió la pena. No sabía dónde se encontraba Leandro, ni qué iba a ser de ella, pero por ningún motivo regresaría al departamento. Cuando le agradeció a Amalita el privilegio que tenía sobre las demás internas, la jefa de enfermeras le informó que el doctor Pascal lo había ordenado así y que fue tanta su preocupación, que pasó la noche ahí mismo.

—Hija, ¿cómo te encuentras? –Olegario llegó con un ramito de flores y una canastilla–. Me dijeron que mi nieto andaba por aquí.

—Míralo, papá, es muy chiquito –María le enseñó la carita que sobresalía de una cobija azul.

—A simple vista creo que se parece a ti –comentó Olegario mientras cargaba a su nieto.

—Entonces es todo un Fernández –dijo María risueña al notar el orgullo de su padre.

—Chona y tus tías te mandan la ropa y chambritas que confeccionaron para mi nieto. Para ti traje unas batas de tus hermanas.

—Gracias, papá. En casa tengo guardados el ajuar y un moisés –María abrazó al niño y lo colocó a su lado.

—Hija –declaró Olegario con seriedad–. ¿Tienes idea dónde puede estar tu esposo?

—¿Para qué, papá? –bajó la mirada–. A él no le interesamos. Sabía que tenía contracciones y no regresó.

—No lo juzgues mal –Olegario le palmeó el brazo y agregó con cautela–. La situación ha cambiado. Ayer apresaron a Francisco I. Madero y Victoriano Huerta se declaró presidente provisional.

—¡No! No puedo ser –exclamó pesarosa–. Leandro tuvo razón. Él siempre aseguró que Huerta era un traidor.

—¿Ahora comprendes por qué me urge encontrar a Leandro?

—Ayer se fue a almorzar al restaurante Gambrinus con Gustavo Madero.

—Si no es en tu casa, ¿dónde crees que pueda estar?

—Quizá se escondió en casa de Roque Estrada o con el padre Jacinto Gálvez en la parroquia de San Juan.

—Me encargaré de buscarlo. No te mortifiques, Toñito está bien cuidado. Tus hermanas se esmeran en mimarlo.

Un mal presentimiento la dejó intranquila el resto de la tarde.

* * *

Sin el peligro de los bombardeos, que habían cesado con la culminación del golpe de Estado y dentro de una ciudad destruida, Olegario y Matías se dieron a la tarea de localizar a Leandro. Primero acudieron al departamento, por si había regresado o dejado alguna pista. Encontraron las habitaciones saqueadas. La casa de Roque estaba abandonada. Un hombre les informó que los propietarios desaparecieron sin dejar razón de su paradero.

De ahí partieron a la mansión de la familia Madero, en la calle Berlín. Olegario se estremeció al ver las ruinas tras el incendio que unos fanáticos provocaron. Por último, se entrevistaron con el sacerdote. Les dijo que no sabía nada de Leandro ni de Rafael, que la mayoría de los maderistas huyeron aterrorizados y que él también, mientras no lo apresaran, los buscaría. También preguntó en las comisarías, por si lo tenían detenido.

Los sucesos recientes tampoco ayudaban a encontrarlo. Tanto Madero como Pino Suárez habían renunciado a sus cargos, legitimando la presidencia provisional de Huerta. Ambos continuaban presos en Palacio Nacional. Pero una nota del periódico fue lo que alarmó a Olegario. Unos soldados afirmaban que Gustavo A. Madero estaba muerto. Lo habían asesinado el día 18 de febrero por La Ciudadela; sin embargo, como el cuerpo no aparecía nadie podía confirmar la noticia. Para aumentar su desaliento la fecha coincidía con la desaparición de Leandro y el nacimiento del niño.

Al no localizar a su yerno, recurrió a Pablo quien conocía a los directores de otros hospitales. Tal vez estuviera herido de gravedad, inconsciente, en una situación que le impidiera comunicarse con su esposa.

La tarea no le agradó a Pablo. Le pareció irónico que él tuviera que buscar a su rival de amores; no obstante, visitó sin éxito los hospitales de la ciudad tratando de reconocer el rostro de Leandro. Por las noches enfrentaba las preguntas de María: "¿Tienen noticias?" Él contestaba con una negativa y después de consolarla pasaba la noche junto a ella.

Esa madrugada María se despertó sobresaltada.

—Leandro está muerto –le dijo a Pablo que, adormilado, trataba de entender qué sucedía.

—Tuviste una pesadilla, –Pablo encendió la luz y se acercó a ella.

—Leandro está muerto, lo siento muy adentro. Cuando lo despedí supe que no lo volvería a ver.

—Estás preocupada, querida, y eso te hace daño. Descansa, necesitas reponerte –la abrazó y le ayudó a acostarse.

—Por favor, busca a Leandro entre los muertos, ahí lo encontrarás –insistió agarrándole la mano. Después de unos minutos se quedó dormida sin permitir que él se retirara.

Si buscar a Leandro en los hospitales le pareció imposible, la nueva tarea que María le encomendó era titánica. Por esos días incineraban los cadáveres donde los encontraban. Algunos eran transportados a los llanos de Balbuena donde la gente acudía a localizar a los desaparecidos.

La escena era dantesca y el olor asqueroso. Los policías amontonaban los muertos, los rociaban con petróleo y luego los encendían. Las llamas torcían piernas, brazos, desencajaban caras, al tiempo que una columna de humo se elevaba al cielo dispersando las cenizas que caían como una lluvia oscura sobre la gente. Pablo, cubriéndose la boca y nariz con un pañuelo, se acercó al encargado, quien le señaló a unas personas que revisaban a los muertos.

—Probablemente buscamos a la misma persona –le dijo una mujer vestida de negro–. No se canse, allá lo tendimos –aseveró con el rostro distorsionado por el llanto–. Le dieron varios plomazos en la espalda –Celia lo condujo hacia donde estaban los cuerpos de Leandro y de Rafael tapados con unas mantas.

—¿Cómo puedo rescatar el cuerpo? –preguntó Pablo.

—No se apure. El padre Jacinto Gálvez fue a pagar una carreta para que los lleven a una funeraria. El otro cuerpo es de un amigo muy querido, el licenciado Rafael Lozano.

—Está bien, pero sólo que la esposa del señor Ortiz tiene derecho a decidir dónde enterrarlo.

—Debí suponerlo. Viene en nombre de la catrina –respondió malhumorada–. ¿Por qué no vino ella a buscar a su marido?

—Está en el hospital. Acaba de tener un niño.

—El hijo de Leandro… –varias lágrimas surcaron el rostro de Celia–. Sabe, él fue el gran amor de mi vida, mi compañero, mi amante, mi razón; pero nunca fui lo suficientemente buena para él. No quiso tener hijos conmigo.

—Créame que en verdad la entiendo –Pablo abrazó a la mujer que no dejaba de llorar.

—Tenga, doctor –dijo mientras sacaba del interior de su blusa unas estampitas–. Esto pertenece al hijo de Leandro. Siempre las cargaba junto con la foto de su madre. Fue lo único que encontré en el bolsillo de su pantalón.

—Yo se los entregaré a su viuda.

—Se equivoca –afirmó mirándolo a los ojos–. Su catrina será la viuda legal. Pero la verdadera viuda de Leandro Ortiz soy yo.

Esa tarde, fría y nublada, enterraron los cuerpos de Leandro y de Rafael en el lote que la familia Fernández tenía en el Panteón Francés junto al río de la Piedad. Únicamente los acompañaron Olegario, Matías, Pablo, Celia y el sacerdote Jacinto Gálvez, quien dijo unas palabras de despedida.

* * *

—¡Lo sabía! –María, ahogada en llanto, se refugió en la almohada–. Alguna vez le dije que él y Madero iban a terminar asesinados. Nunca me hizo caso. Yo lo presentí cuando lo vi por última vez. ¿Por qué no se lo advertí? Yo tengo la culpa, yo lo mandé a la muerte…

—No, hija, tú no tienes la culpa. Él eligió su destino –Olegario la estrechó en sus brazos–. Estaba demasiado comprometido con la familia Madero. De hecho, te abandonó para ayudar a sus compañeros. El padre

Jacinto me lo confirmó. Leandro era un amigo excepcional. Ante todo estaba su devoción por Madero. Y cuando los traidores ganaron la partida, acabaron con los fieles al régimen.

—¿Qué voy a hacer? –se preguntó con pesar–. ¿A dónde voy a ir con mis dos hijos? No tengo dinero, ni hogar.

—Estás muy alterada, hija –Olegario la acarició sin dejar de abrazarla–. Sabes bien que nunca te voy a desamparar. Tu cuarto te espera en casa, tus hermanas te recibirán con mucho cariño. O si quieres regresar con Amparo y Remedios a Xochimilco, felices te acogerán. Ayer les envié un telegrama anunciándoles el nacimiento de mi nieto.

—Quisiera desaparecer, morirme...

—No digas tonterías –aseveró Pablo con afectación–. Tienes dos grandes motivos para vivir: tus hijos. Recuerda que tú misma decidiste ofrecerle suficiente amor a Toñito para que sobreviviera. Imagínate ¿qué sería de él si lo dejaras huérfano otra vez? Peor, porque ahora dejarías en la orfandad a dos criaturas. No, María –la tomó de la barbilla y la obligó a mirarlo–. No estás sola, tienes a tu alrededor mucha gente que te quiere: tu padre, las tías, Chonita, tus hermanas, el buen Matías y a mí; sí, María, a mí, bien sabes que te sigo amando.

—No sé qué hacer –respondió derrotada.

—De momento nada, estás muy sensible y no tomarías la mejor decisión –opinó Olegario desde el umbral.

—Te prometo, amor, que no volverás a estar sola –le murmuró Pablo al oído mientras le limpiaba las lágrimas con su pañuelo.

* * *

Cuando María salió del hospital abrazando a su pequeño, Olegario se encargó de informarle las últimas noticias. No iba a ser muy grato, pero era preferible que se enterara por él que por informaciones amarillistas. En la última semana muchas mujeres quedaron viudas como ella. El sábado 22 de febrero de 1913, afuera de la penitenciaría de Lecumberri, Francisco I. Madero y José María Pino Suárez fueron asesinados. La prensa oficial escribió que un grupo de maderistas, al querer rescatar de la prisión a sus líderes, en un fuego cruzado contra las tropas leales a Huerta, los alcanzaron con unos proyectiles. Madero recibió un balazo en la cabeza y Pino Suárez, en la espalda.

Nadie creyó la noticia. La familia Madero, al no encontrar misericordia por parte del gobierno, se refugió en la embajada de Japón. Antes de partir al exilio, Sarita sepultó a su marido en una ceremonia íntima en el Panteón Francés, muy cerca de Leandro y Rafael. El cadáver de Gustavo apareció seis días después de su muerte, ya que los soldados lo habían enterrado en el patio de La Ciudadela. Un año y tres meses duró el gobierno democrático de Madero y un año dos meses, el matrimonio de María.

En un golpe maestro, Victoriano Huerta renunció a la presidencia provisional. Después de un interinato de cincuenta y seis minutos, el secretario de Relaciones Exteriores, Pedro Lascuráin –en quien recaía la presidencia según la Constitución– nombró a Huerta secretario de Gobernación. Al renunciar Lascuráin, la presidencia pasó al secretario de Gobernación; es decir, a Victoriano Huerta, quien debía convocar a nuevas elecciones. Unas horas después, los legisladores aprobaron el nombramiento. Y el pueblo se volcó en manifestaciones de apoyo al alcohólico presidente de México que había librado al país del mal gobierno.

* * *

María regresó a casa de sus padres a reposar la cuarentena. Chona tomó el control y se dedicó a atender a la madre y al recién nacido como si fueran su única tarea. A María le daba a beber infusión de hojas de zoapatle para aumentar la secreción de leche, le preparaba baños con el mismo zoapatle y manzanilla, y al final, con la piel aún húmeda, le untaba una loción a base de romero, alcanfor, éter y alcohol. Según Chona, era la mejor manera de volver a tener el vientre firme.

Las tías, al enterarse de las buenas y malas noticias, decidieron pasar una temporada junto a sus sobrinas. Actuaban como las verdaderas abuelas de Toñito y del pequeño Leandro que fue bautizado por el padre Jacinto. Lorena, que acababa de cumplir quince años, fue la madrina.

Adela, harta del ruido que provocaban los niños y de la presencia de sus cuñadas, se evadía de la realidad. Ella no tenía nietos, le gritó a Olegario cuando le anunció el nacimiento del niño.

Como si tres años no hubieran pasado, Pablo acudía todas las noches a cenar a casa de los Fernández, con algún regalo para Toñito, una flor para María y tamales, pan dulce, churros o pasteles de la Pastelería Francesa; no la vendió, tampoco rentó su consultorio, ni mucho menos hizo el viaje que tenía planeado. Siguió con la rutina que acostumbraba, pero con una nueva expectativa.

* * *

Habían pasado ocho meses desde el fallecimiento de Leandro y María vestía riguroso luto como exigía la costumbre. Al año se le permitiría el uso discreto de adornos blancos. Evitaba las diversiones, la música, los paseos dominicales, los bailes. Poco a poco el rencor que le dejó el abandono de su esposo iba cediendo para convertirse en un recuerdo. Por las tardes buscaba distracción en el bordado o en la costura; sin embargo, su mente la llevaba a soñar despierta. Era joven, tenía veintidós años y no podía negar sus sentimientos aunque los considerara pecaminosos: el amor y la pasión que una vez tuvo por Pablo, volvieron a aflorar en su corazón y en su cuerpo. Él se había convertido en su apoyo, en su confidente, en el amoroso pretendiente que la iba conquistando con su presencia y en el padre de sus hijos. Porque apenas llegaba, Toñito corría a sus brazos y el pequeño Leandro lo seguía con la mirada en espera de que lo cargara. Pero no debía ilusionarse, se regañaba enojada con ella misma. Pablo estaba casado.

En el trato cotidiano, él se limitaba a darle un beso en la mejilla al saludarla o al despedirse, a tomarla de la mano de vez en cuando y a observarla con discreción.

Un domingo, Pablo la invitó a pasear con los niños a Chapultepec. Al principio se negó, pero Olegario la convenció argumentando que necesitaba distraerse. Pablo pasó por ellos después del desayuno y para sorpresa de María, en la parte trasera del coche traía una carriola de mimbre y una canasta con alimentos.

—¿Y eso? –preguntó sorprendida mientras subía al auto.

—La compré para poder salir con el pequeño sin cansarnos.

—No debiste.

—Es un placer darles regalos a mis hijos –terminó de sujetar a los niños y puso el coche en marcha.

—¿Tus hijos?

—María, Toñito y Leandro son más mis hijos que Luis.

—Me da pena que les des la atención que debería recibir el tuyo –comentó sonrojada.

—Sólo fui a concerlo –prosiguió con un dejo de tristeza–. Varias veces le he propuesto a Milagros que me lo envíe. Aquí yo lo cuidaría. Me enfurece saber que lo tiene bajo la vigilancia de una institutriz, porque ella no quiere atenderlo.

—¿Cuándo piensan regresar?

—No le interesa. Entre más separados, mejor.

—¿Qué va a pasar cuando vuelva tu esposa?

—Me sorprende tú interés. Tal vez ya llegó el tiempo –respondió risueño.

—¿El tiempo de qué?

—Si te portas bien y nos permites jugar sin regañarnos, te lo diré –con el índice le rozó la nariz.

—Estoy hablando en serio. ¿Qué va a pasar?

—¿Celosa? –preguntó divertido.

—¡Pablo! –exclamó sintiendo que le hervían las mejillas.

—Tendré que dividirme entre dos mujeres –dijo con tono tierno y juguetón.

Por ser día de descanso, Chapultepec estaba lleno de gente y vendedores. Estacionaron el coche afuera del Auto Club. Pablo bajó la carriola, la armó y dentro colocó al pequeño. Luego, como cualquier familia, caminaron por la vereda que los conduciría hacia los lagos

—Ven, vamos a recordar viejos tiempos –dijo con nostalgia–. Todavía tengo en mi mente a aquella jovencita alocada que se lastimó el pie por correr detrás de mi hermano. ¡Quién me iba a decir que se convertiría en la madre de mis hijos!

—Insistes en que son tus hijos –protestó María–. Por favor, no me recuerdes a Antonio. No quiero saber nada de él.

—Tienes razón, pero gracias a él te conocí. Si no mal recuerdo, yo me tumbé por allá –señaló otra vereda.

—Ya me conocías. Corrí de la avenida hacia esas bancas. Tú estabas atrás, leyendo con cara de aburrido.

—Fue la primera vez que te vi como la hermosa mujer que eres.

—Te portaste grosero.

—Tenía razón, siempre andabas detrás de mi hermano y a mí me ignorabas.

—¿Dónde vamos a sentarnos?

—Me gustaría bajo la sombra de aquel árbol –se dirigieron hacia la rivera donde un fresno luchaba por dar un poco de frescura–. Parece que fue ayer cuando acudimos a la inauguración del lago. No ha cambiado mucho.

—Nosotros somos los que cambiamos –comentó María con la mirada perdida–. Apenas tres años y parece como si hubieran sido veinte. Te casaste, me casé, tuvimos hijos, enviudé y ahora, de nuevo, estamos juntos. ¿Qué seguirá?

—Jugar –divertido le dio un beso en la nariz–. Mientras tú acomodas el mantel y preparas un refrigerio, Toñito, Leandro y yo vamos a explorar el mundo.

María, con una triste sonrisa en los labios, los vio correr rumbo al lago con un barco de hojalata. ¿Cuánto tiempo permanecería Pablo a su lado? Sus hijos lo adoraban y ella no sólo necesitaba su compañía, sino que añoraba sus brazos, sus manos acariciando su cuerpo; deseaba besarlo, saborearlo; quería todo lo que él pudiera darle. Pero intuía que Milagros regresaría pronto y exigiría la atención de su marido. En ocasiones, cuando se contemplaba al espejo, veía una mujer ojerosa, avejentada con esos vestidos negros y los senos hinchados, repletos de leche.

Se sentó y de la canasta sacó botellas de agua, vino tinto con dos copas y, por último, *baguettes*, quesos, jamón serrano, arenques en salmuera, mostaza de Dijon, hojas de lechuga, jitomates en rodajas y unas manzanas. Abrió la sombrilla y se quitó el sombrero de fieltro negro que tanto detestaba.

Las risas de los tres llenaban sus oídos de alegría. Deseaba que esos minutos no terminaran nunca, aunque por experiencia sabía que no existía la felicidad completa. Milagros no iba a permitir la relación de su marido con los hijos de otra.

Pablo, sin soltar al chiquito, lanzaba el barco. El agua penetraba por los orificios y la nave se hundía. Entonces la rescataba y otra vez comenzaban el juego. Después patearon la pelota, jugaron a las escondidas y regresaron hambrientos. María les dio de comer y después acostó a los niños sobre el mantel. Toñito apoyó la cabeza sobre las piernas de su madre y se fue quedando dormido.

—Pablo, ¿por qué haces todo esto?

—¿A qué te refieres?

—Convivir con mi familia, querer a mis hijos, comprarles juguetes.

—Porque en tu familia he encontrado aceptación y los niños son mis hijos. Una vez hice una promesa y tengo la intención de cumplirla –se sirvió una copa de vino y prosiguió–. Le prometí a mi gran amor que adoptaríamos a Toñito cuando nos casáramos. Otro hombre me ganó la partida; sin embargo, de nuevo tengo la oportunidad y, en esta ocasión, no pienso perderlos ni a ti ni a los niños.

—Entiendo lo de Toñito. Pero ¿el pequeño Leandro?

—Es tu hijo y yo quiero el paquete completo.

—¡Por Dios! Es una locura.

—Tienes razón. Es una locura seguir enamorado. María, llegó el tiempo en que debemos hablar sobre nosotros –volvió a llenar su copa y se recargó en el tronco del árbol junto a ella–. No lo hice antes porque no quise presionarte. Estabas triste, decepcionada y lo último que deseo es que te refugies en mí por dolor. ¿Todavía extrañas a tu esposo? ¿Te enamoraste de él? ¿Qué esperas?

—No sé –su mirada se tornó sombría.

—Seamos sinceros y hablemos con la verdad. El pasado no lo podemos cambiar y debemos vivir con las consecuencias. Pero no me has contestado. ¿Te enamoraste de Leandro? ¿Lo extrañas?

—Siempre fue amable. Nos casamos sin comprendernos y creo que nunca llegamos a hacerlo. Sin embargo, conocía su gran debilidad por Madero y ante sus ideales, llevé las de perder –hizo una pausa y bebió un poco de agua–. No, no lo amé, pero tampoco él me amó lo suficiente. En su corazón existía algo o alguien que se lo impedía. Considero que fuimos buenos compañeros, los dos necesitábamos que la relación perdurara. Sí, lo extraño –prosiguió con una sonrisa velada–. No como el hombre que me haga falta para vivir ni como el amante, sino como el amigo con el que pasé buenos momentos; sobre todo, de recién casados. Nunca podré olvidarlo. Su memoria la estoy guardando en un lugar muy especial dentro de mi corazón.

—Por lo visto aún te duele –Pablo arqueó las cejas frustrado.

—Te equivocas, ya no. Me lastimó mucho su frialdad, su indiferencia hacia mi embarazo. Sin embargo, el perdón sana las heridas.

—¿Te sientes lista para volver a amar? –preguntó con un dejo de esperanza.

—Sí –rió con sarcasmo–. Aunque no veo por aquí al ejército de pretendientes que quieran enredarse con una viuda.

—Lorenzo Ricaud está dispuesto –aseveró divertido–. Cuando se enteró de que enviudaste dijo que regresaría a México a rendirse a tus pies.

—Siempre tan agradable. Le puedes decir que lo voy a esperar.

—Le contesté que gracias por el ofrecimiento, pero que aquí estaba yo –la tomó de la barbilla y agregó–: Tú siempre estarás hermosa, deseable. María, ¿sabes por qué nunca me fui de México?

—Tengo mis sospechas.

—Pues acertaste –Pablo la tomó de la mano–. Nunca pude dejarte. Al contrario, mi amor por ti creció cuando te perdí. Comencé a espiarte porque deseaba ser testigo de cada momento de tu vida. Supliqué que no me olvidaras y cientos de veces me sentí culpable, egoísta, celoso, bastante idiota.

—Por favor, no mientas.

—Jamás te mentiría. Amalita fue testigo de mi angustia. Cuando te marchaste a España, estuve en Veracruz para despedirte. Desde el muelle percibí tu tristeza y me sentí un monstruo por haber provocado esa desdicha. Créeme, poco faltó para embarcarme contigo y mandar al demonio todo lo que me ataba. Entiende –le dijo mirándola de frente–, nunca quise casarme con Milagros; me obligaron las circunstancias.

—Tú las provocaste.

—Ella se metió en mi cama después de que mi hermanito me drogó. Tardé meses en armar el rompecabezas de aquella noche. Nunca podré probarlo. Lo único que sí puedo asegurar es que fue una pesadilla el poco tiempo que Milagros y yo vivimos juntos. Cuando te marchaste intenté una reconciliación. ¡Gran error! La aborrecí tanto que nunca, escucha bien, nunca más volvimos a compartir el lecho.

—Es tu esposa.

—Hace poco –sonrió con ironía al recordar–, una conocida me dio a entender que existen títulos inscritos en documentos; pero que son más importantes los papeles que desempeñamos en la realidad. Milagros es mi esposa y en tres años y medio de casados, llevamos tres años separados. De hecho, no le interesa regresar.

—¿Cómo lo sabes?

—Nuestro amigo Lorenzo me escribió. Un noble francés la invita a pasar temporadas en su villa.

—Y tú, ¿qué sientes al respecto?

—Alivio –respondió sincero–. Porque ha dejado de molestarme. Si se quiere quedar con su aristócrata, tiene mi autorización y complacencia. En cuanto ella regrese, nos separaremos.

—No desampares a tu hijo, Pablo.

—Nunca. Él no tiene la culpa de las estupideces de su madre. Es un niño que nació dentro del matrimonio y lo acepté como mío, aunque no estoy seguro de que lo sea.

—¿Cómo?

—Te dije que armé el rompecabezas y vaya sorpresas que encontré.

—Pablo, ¿qué quieres de mí? –preguntó turbada.

—¿Por qué insistes en no querer darte cuenta? –la atrajo hacia él y la abrazó–. Amarte y que me ames, compartir mi vida contigo, dormir abrazado a tu cuerpo y ver tu sonrisa al amanecer, envejecer a tu lado y contarle a nuestros nietos lo maravillosos que han sido nuestros años juntos y, lo más importante, que los niños y tú vengan a vivir conmigo.

—¿Cómo tu amante?

—Como mi esposa. Por el momento no podremos casarnos, pero nos amamos. Si tú aceptas, hablaré con tu padre.

—Apenas tengo ocho meses de viuda.

—¿A quién demonios le importa eso? ¿A la sociedad? ¿A las amistades? ¿A la Iglesia? Son convencionalismos y lo sabes bien. ¿Dónde quedó la María valiente que desafiaba al mundo? No me gustaría presionarte. Piénsalo y, cuando te sientas lista, sólo dime "sí quiero".

Al atardecer regresaron a casa de los Fernández. Pablo y Olegario se quedaron platicando en la sala mientras María y Chona bañaban a los niños. Les dieron de merendar y los acostaron. Cuando María los llamó al comedor, Pablo dormía en el sillón.

—Por lo que me contó, la pasaron bien –Olegario le hizo una seña de que no lo despertara y siguió a su hija al comedor.

—Los tres jugaron toda la mañana.

—Lo que más me agrada es el brillo que traes en los ojos. Llevaba años sin verlo –Olegario la rodeó por la cintura–. A veces nos empeñamos en distorsionar la verdad. Pablo te adora. En varias ocasiones lo vi sufrir por ti. Pasó muchas noches en el hospital cuidándote y por el gran amor que te tiene, dejó a un lado su orgullo y buscó a Leandro para devolvértelo. No permitas que la felicidad se te escape de nuevo.

—Es casado.

—No lo he olvidado. Los años me han enseñado que uno debe tomar decisiones afrontando las consecuencias.

María acompañó a Pablo a su coche. Él se inclinó para darle el acostumbrado beso de buenas noches en la mejilla, pero ella le rodeo el cuello con los brazos, lo atrajo y con todo el amor que llevaba guardado, lo besó con avidez. Al sentir sus labios tibios, la angustia contenida en su pecho desapareció. Él, sorprendido, la estrechó sin permitir que terminara ese beso. No, no era un sueño, entre sus brazos estaba la mujer que devolvía el alma a su vida.

—¡Cómo te he extrañado!

—Sí quiero –le murmuró al oído.

—No te escuché bien.

—Sí quiero –repitió ella un poco más fuerte.

—Grita, María –le dijo al tiempo que la abrazaba–. Necesito escucharlo bien fuerte y que el mundo se entere.

—¡Sí quiero! –gritó María sonriendo.

Juntos giraron felices; luego volvió a besarla una y otra vez.

El luto de María terminó treinta días después, cuando Pablo la invitó al baile que la Sociedad Médica ofrecía en el Casino Español a los doctores que habían participado en el Congreso Médico Nacional.

Pablo, vistiendo esmoquin negro, recibió a María al pie de la escalera. Unos segundos el tiempo se detuvo y ahí estaba ella, luciendo el vestido bordado con cuentas de cristal que usó en el baile del Centenario en Palacio Nacional. Él le colocó la capa de terciopelo negro y le ofreció el brazo ante el beneplácito de Olegario, que sabía que su hija abría un nuevo capítulo en su vida.

Pablo estacionó el coche frente a la residencia de la familia Pascal en el Paseo de la Reforma.

—¿Qué hacemos aquí? –preguntó María.

—Olvidé la invitación. ¿Me acompañas? –ella asintió. Éste le abrió la portezuela y la condujo hacia la entrada. Al meter la llave en el picaporte, la mansión se iluminó con cientos de focos que los sirvientes encendieron.

—Bienvenida a tu casa –le dijo con una sonrisa amorosa.

—¿Mía?

—Ahora te pertenece, cariño –le pasó el brazo por la espalda y la llevó al interior–. Cuando informé a mis padres sobre nuestra reconciliación, decidieron prestarnos la casa.

—¿Y ellos dónde van a vivir?

—En París.

—Pero algún día van a volver.

—No en muchos años. Vamos, María, la cena espera.

—¿Aquí?

—Es nuestra primera noche juntos y quisiera pasarla sólo contigo –murmuró con una sonrisa radiante.

En el comedor, la mesa estaba dispuesta para dos comensales. La vajilla y las servilletas tenían grabadas las letras P. F., de Pascal y Fernández, unidas por un delicado follaje. A una orden del mayordomo, dos empleadas sirvieron los platillos que el chef de la Pastelería Francesa preparaba en la cocina, mientras unos violinistas rodeaban a la pareja.

—¿Me permites la siguiente pieza? –Pablo tomó la mano de María. Al escuchar las primeras notas del vals *Alejandra* la emoción les humedeció los ojos. A pesar del tiempo transcurrido, ambos guardaban sus recuerdos en un lugar inviolable, muy adentro suyo. No importaban los meses que compartieron con otras personas, ni lo que entregaron, perdieron o ganaron; lo primordial era que unirían sus vidas. Al finalizar la melodía, Pablo le dio un tierno beso en los labios.

—Señora Pascal, esto es para usted –le dijo cuando se quedaron solos. Del bolsillo extrajo un pequeño estuche y se lo entregó.

María lo abrió y encontró dos argollas de oro.

—Son el símbolo de nuestra unión –le dijo poniéndole el anillo que le pertenecía–. Te prometo que algún día lo llevarás con legitimidad.

* * *

La temperatura había bajado. Pablo encendió la chimenea de la habitación principal, totalmente remodelada. Decidió que en su hogar no quedaría ningún vestigio del pasado que incomodara a su amada.

María se paró frente a la cama con duda. Se sentía nerviosa, como una ingenua. Pablo se quitó la corbata, se desabrochó la camisa y al notar el titubeo de la joven, la atrajo hacia él y la besó con ternura, lentamente, disfrutando el sabor de sus labios, su estremecimiento, su respiración agitada. Poco a poco el beso se tornó urgente, un reclamo de total entrega. Ella entrecerró los ojos sintiendo cómo el calor se iba apoderando de su cuerpo y le humedecía la entrepierna. Pablo concentró sus caricias en los párpados, las mejillas, el cuello, la nuca, erizando con sus labios la piel de María. Le quitó las peinetas y soltó el cabello suave, ondulado, que cayó sobre los hombros de su amada; luego desabrochó cada uno de los botones hasta liberarla del vestido. Bien recordaba la suavidad de su cadera y la dulzura de sus senos.

—María, ¿sabes cuánto he esperado este momento? –le preguntó mirándola con deseo.

—Sí –respondió ahogada por la emoción–. El mismo tiempo que yo te esperé –y ante la sorpresa de Pablo, ella comenzó a desamarrar los lazos del corsé disfrutando la expectación del hombre cuyos ojos brillaban emocionados. Pablo, con sus manos hambrientas, le recorrió la espalda, las piernas, el pecho, el vientre... La necesitaba más que nunca, quería demostrarle su adoración, no sólo con palabras sino con su cuerpo enamorado.

María, totalmente desnuda e iluminada por la luna que se filtraba a través de la cortina, aceptó que su amante la condujera hasta la cama. Una gran emoción inundó el corazón de Pablo cuando ella le tendió los brazos y él, al fin, pudo cubrirla con todo su amor.

Ciudad de México, abril de 1963

Los labios de la anciana apenas se movían sin que la enfermera, ni el paramédico escucharan palabra alguna. La moribunda se regocijó con el recuerdo. No había sido un sueño. Todas las noches que siguieron, en los cuarenta y ocho años que vivieron juntos, las pasó rodeada por el amor de su esposo. Él ambién tuvo razón cuando afirmó que ella sería la madre de sus hijos. Después de Toñito y el pequeño Leandro, nacieron Teresa, Flora, Paulina y Francisco. En 1920, Pablo logró el divorcio y un año después se casaron por la ley.

En su vaga lucidez, también recordó que su esposo nunca la abandonó. Sólo se había adelantado en el viaje eterno y ese día la reclamaba a su lado. Una mueca, parecida a una sonrisa, le iluminó el rostro. Las campanas de una iglesia cercana sonaron y en su alegre repiqueteo, se llevaron consigo el último suspiro de María.

Epílogo

Adela murió de neumonía en enero de 1914. Amparo y Remedios, preocupadas por la educación y el cuidado de sus sobrinas, rentaron las propiedades de Xochimilco y se fueron a vivir con Olegario. Las tías se marcharon conforme a la edad.

Olegario se quedó en compañía de Matías y Lorena. Murió a los seteta y nueve años, rodeado de sus hijas y sus veinticinco nietos. Después de su partida, las seis herederas vendieron la casona de la calle de Pescaditos. Lorena y Matías se fueron a vivir con María.

Chona decidió pasar largas temporadas en Toluca. Era tal el cariño que le tenía a los hijos de Blanca, que aseguraba que eran sus bisnietos. Una tarde su corazón dejó de latir. A todos les dolió su partida. El más afectado fue Matías.

Lucila regresó en febrero de 1914, convertida en modista. Y, con la ayuda de Olegario, abrió un taller de costura en San Juan de Letrán. A los pocos meses, el primo José Fernández vino a buscarla, se casaron y se establecieron en Madrid. Tuvo cuatro hijas.

Blanca fue feliz al lado de Pascual. Tuvieron diez hijos que se dedicaron a administrar los ranchos agrícolas de la familia. Blanca murió en 1951, sin haber obtenido el divorcio de don Agustín Rosas y Alcántara. El joyero, después de casarse en Nueva York con documentos falsos, estafó a políticos estadounidenses, quienes lo confinaron a treinta años de prisión. Regresó a México en busca de dinero y de la esposa que abandonó. No encontró a nadie dispuesto a ayudarlo. Murió en la miseria.

Rosa ingresó al convento con las Hermanas de San José de Lyon e impartió clases en el Colegio Francés de San Cosme. Ana, la menor, contrajo matrimonio con un ingeniero y le dio a Olegario cinco nietos.

Toñito estudió administración y se dedicó a hacer crecer La Española. Junto con Pascual, hijo de Blanca, abrió una cadena de tiendas de abarrotes. El pequeño Leandro se convirtió en médico y ayudó a su padre adoptivo en su consultorio particular. Entre sus pacientes se encontraba una misteriosa mujer llamada Celia Ramírez, quien lo llamaba hijo y presumía haber pertenecido al ejército carrancista.

Amalita trabajó muchos años más en el Hospital Morelos, pero la obra social no prosperó.

Al estallar la primera Guerra Mundial en julio de 1914, y al participar Francia en el conflicto bélico, muchos mexicanos se regresaron a su patria. Otros jóvenes se enrolaron en las fuerzas armadas que defendían el país galo.

Carmelita Romero Rubio de Díaz regresó a México en noviembre de 1931. Porfirio Díaz está enterrado en el cementerio de Montparnasse en París.

Sara Pérez de Madero, después de vivir en Cuba y en Estados Unidos, volvió al país en 1921.

Tere y Louis Pascal regresaron en 1914. Louis, afectado de los riñones, falleció en octubre de 1915. Para ella fue un golpe duro que se acentuó con el extraño suicidio de la esposa de Antonio. Pablo, María y los niños, la invitaron a vivir con ellos; proposición que aceptó muchos años después. La Pastelería Francesa siguió funcionando hasta la muerte de su dueña.

Milagros, junto con sus padres y su hijo, volvió en enero de 1917 y armó un gran escándalo cuando se enteró de que Pablo había formado una nueva familia. Al convertirse en una divorciada, se dedicó a mantener relaciones con los muchos amantes que su madre le conseguía. Cuando falleció su padre, heredó la fortuna familiar y el cuidado de Concha, quien vivió muchos años.

Luisito prefirió pasar largas temporadas dedicado al cultivo de café en la Hacienda La Trinidad.

Lorenzo Ricaud se casó con una prima y se estableció en Puebla a fines de 1918.

Sofía Negrete, esposa de Antonio y ocho años mayor que él, quedó estéril a causa de la sífilis que le contagió su primer marido. Ante las infidelidades, el alcoholismo y el desprecio de Antonio por no darle hijos, decidió terminar con su vida.

Antonio, sin dinero, porque lo derrochó en parrandas, se alistó en el ejército francés. Murió en 1916 en un hospital cercano a Guillemont, en el Somme. No se le rindieron honores ni reconocimiento alguno, ya que falleció totalmente decrépito debido a la sífilis que le contagió su esposa. Tere, abatida por la muerte de su hijo menor, cayó en una depresión profunda, de la que logró recuperarse cuando María les contó, a ella y a Pablo, el verdadero origen de Toñito.

Nota a la presente edición

No me digas que fue un sueño recoge algunos fragmentos de diversos textos de Francisco I. Madero. Éstos son los siguientes y pueden consultarse en las *Obras completas de Francisco I. Madero*, publicadas por editorial Clío:

> *Carta de Francisco I. Madero al licenciado García Medrano, 7 de febrero de 1910.*
>
> *Discurso pronunciado en el acto de prestar la protesta de aceptación de la candidatura a la presidencia de la República el 17 de abril de 1910.*
>
> *Discurso pronunciado en el Tívoli del Eliseo el 16 de abril de 1910, en el momento de aceptar su candidatura ante los delegados en la Convención Antirreeleccionista.*
>
> *Alocución a los manifestantes del domingo 1° de mayo de 1910.*
>
> *Discurso pronunciado en la ciudad de Puebla, a su llegada el 14 de mayo de 1910.*
>
> *Discurso pronunciado durante la manifestación de la prensa independiente, en la Ciudad de México, el 29 de mayo 1910.*
>
> *Discurso pronunciado en Saltillo el 4 de junio de 1910 durante el tumulto que provocó la policía.*
>
> *Discurso pronunciado en Monterrey el 5 de junio de 1910.*
>
> *Plan de San Luis Potosí.*

Además, se cita el *Almanaque Bouret para el año de 1897*, primera edición facsimilar, México, Instituto de Investigaciones Dr. José María Luis Mora, 1992.

NO
ME DIGAS QUE
fue un sueño
terminó de imprimirse en 2019
en los talleres de Edamsa Impresiones, S. A. de C. V.,
Avenida Hidalgo 111, colonia Fraccionamiento
San Nicolás Tolentino, alcaldía Iztapalapa,
09850, Ciudad de México.